Christine Kabus

Die Birken der Freiheit

atb aufbau taschenbuch

Christine Kabus, 1964 in Würzburg geboren und in Freiburg aufgewachsen, arbeitete nach ihrem Studium der Germanistik und Geschichte zunächst einige Jahre als Dramaturgin und Lektorin bei verschiedenen Film- und Theaterproduktionen, bevor sie sich 2003 als Drehbuchautorin selbstständig machte. 2013 wurde ihr erster Roman veröffentlicht.
Im Aufbau Taschenbuch ist bereits ihr Roman »Die Zeit der Birken« erschienen.

Livland, 1914: Nie hätte Luise gedacht, dass sie einmal die Welt bereisen dürfe, doch hier ist sie: im Baltikum an der Seite ihrer neuen Herrin, die einen deutschbaltischen Baron heiraten soll. Kurz vor ihrer Ankunft auf dem Rittergut, wo ihre Freundin ihren Zukünftigen kennenlernen wird, verliebt sich Luise Hals über Kopf in einen Fremden – der sich ausgerechnet als jener Julius entpuppt, dem Wilhelmine versprochen ist.
Estland, 1989: Ein paar Tage im Ferienlager ohne ihren herrischen und linientreuen Großvater zeigen Merike, dass sie allzu lang ihre Augen vor der Realität verschlossen hat. Als die 19-Jährige sich der Volksfrontgruppe anschließt, wird ihr jedoch klar, dass die Antworten auf ihre Fragen nicht allein in der Souveränität Estlands von der UdSSR liegen, sondern auch tief in der Vergangenheit ihrer Familie.

CHRISTINE KABUS

Die Birken der Freiheit

ROMAN

aufbau taschenbuch

MIX
Papier aus verantwortungsvollen Quellen
FSC® C083411

ISBN 978-3-7466-3826-3

Aufbau Taschenbuch ist eine Marke der
Aufbau Verlage GmbH & Co. KG

1. Auflage 2022

Umschlaggestaltung www.buerosued.de, München
unter Verwendung eines Motivs von © Shelley Richmond / Trevillion Images
Satz Greiner & Reichel, Köln
Druck und Binden CPI books GmbH, Leck, Germany
Printed in Germany

www.aufbau-verlage.de

Für Christiane,
möge unsere Freundschaft weitere 40 Jahre bestehen!

1914

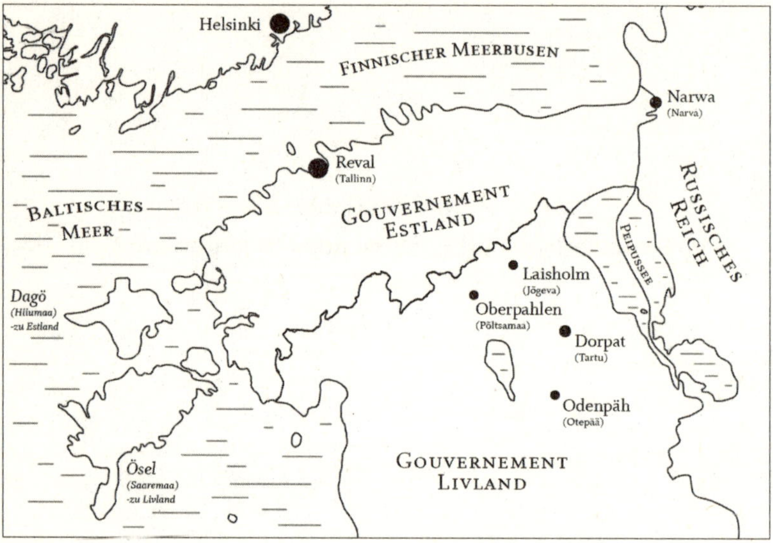
Helsinki
Finnischer Meerbusen
Narwa
(Narva)
Reval
(Tallinn)
Russisches Reich
Baltisches Meer
Gouvernement Estland
Peipussee
Laisholm
(Jõgeva)
Dagö
(Hiiumaa)
-zu Estland
Oberpahlen
(Põltsamaa)
Dorpat
(Tartu)
Odenpäh
(Otepää)
Ösel
(Saaremaa)
-zu Livland
Gouvernement Livland

1989

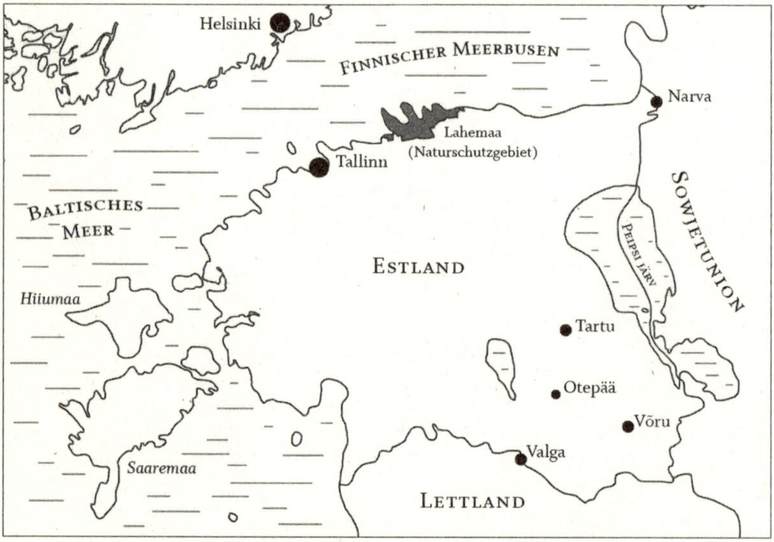
Helsinki
Finnischer Meerbusen
Narva
Lahemaa
(Naturschutzgebiet)
Tallinn
Sowjetunion
Baltisches Meer
Peipsi järv
Estland
Hiiumaa
Tartu
Otepää
Võru
Valga
Saaremaa
Lettland

Targa vaatave tuuma pääle, rumala koore pääle.
Die Klugen sehen auf den Kern, die Dummen auf die Schale.

Prolog

»Bitte, seid doch vernünftig. Bleibt hier!«

Das Flehen in der Stimme seiner Mutter schnitt dem jungen Mann ins Herz, die Sorge in ihren Augen ließ ihn den Blick abwenden. »Unsere Entscheidung steht fest.« Er griff nach der Hand seiner Frau, die neben ihm auf dem Sofa saß. »Heute Nacht gehen wir in die Wälder und bringen den Männern Proviant und Verbandszeug.« Er deutete mit dem Kinn auf zwei prall gefüllte Segeltuchrucksäcke, die neben der Tür standen.

»Es ist viel zu gefährlich!« Seine Mutter beugte sich über den niedrigen Tisch zu dem Paar. »Erst vorgestern haben sie drüben bei Pühajärve ein Versteck ausgeräuchert und alle, die darin waren, sofort ersch…«

»Das wird uns nicht passieren«, fiel er ihr ins Wort. »Wir werden sehr vorsichtig sein, versprochen.«

»Wartet doch wenigstens bis zum Frühling. Wenn der Schnee weg ist, kann man die Spuren besser verwischen.«

»Dann sind die Leute da draußen längst verhungert«, wandte die junge Frau ein. »Sie brauchen unsere Hilfe jetzt. Nicht erst in ein, zwei Monaten.«

»Aber ihr habt keine Chance!«, brach es aus ihrer Schwiegermutter heraus. »Es ist ein aussichtsloser Kampf.«

Sie dachte an die zunehmende Kollektivierung der Landwirtschaft, die den Waldbrüdern schwer zusetzte. Die Bauern, die ihnen zuvor Unterschlupf gewährt und sie versorgt hatten, verloren ihre kleinen Höfe und konnten ihnen nicht länger helfen. Außerdem gelang es dem Geheimdienst immer öfter, Agenten in die Untergrundgruppen einzuschleusen und diese auffliegen zu lassen.

»Das meinst du nicht ernst!« Der junge Mann sah seine Mutter ungläubig an. »Hast du nicht selbst an Vaters Seite jahrelang die Partisanen unterstützt?«

»Das waren andere Zeiten. Das kann man nicht vergleichen.«

»Wir bekommen sicher bald Unterstützung«, sagte die junge Frau. »Die USA und Großbritannien werden nicht zulassen, dass sich Stalin das Baltikum auf Dauer einverleibt.«

Ihre Schwiegermutter presste die Lippen aufeinander. Sie kannte die Hoffnung vieler Esten auf das *valge laev* – das weiße Schiff – am Horizont, das aus dem Westen kommen und sie retten würde. Sie selbst glaubte schon lange nicht mehr daran. Das kleine Land war wieder einmal auf sich selbst gestellt.

»Ich war immer stolz darauf, so mutige Eltern zu haben«, sagte der junge Mann. »Jetzt kann ich beweisen, dass ich euch ein würdiger Sohn bin.«

»Niemand zweifelt an deinem Mut«, sagte seine Mutter leise. »Du musst nichts beweisen.« Sie fasste ihn am Arm. »Bitte!«

»Würde Vater auch wollen, dass ich mich wegducke? Würde er nicht erwarten, dass ich kämpfe?«

»Es ist schwer, für die Toten zu sprechen«, antwortete seine Mutter. »Mag sein, dass du recht hast. Schließlich bist du ihm sehr ähnlich. Heißblütig und geradeheraus. Aber es ist auch möglich, dass er an deiner Stelle anders handeln würde. Vielleicht hätte er sich damals sogar anders entschieden und wäre früher nach Hause zurückgekehrt.«

»Wie kommst du denn darauf?« Der junge Mann runzelte die Stirn.

»Er wusste nicht, dass er Vater wird. Ihr dagegen habt bereits ein Kind.« Sie drehte sich zu ihrer Schwiegertochter. »Soll die Kleine wirklich als Waise aufwachsen, wenn sie euch erwischen?«

»Soll sie in einer Diktatur aufwachsen?« Die junge Frau sprang auf. »Ich möchte mir nicht irgendwann die Frage stellen, warum wir nicht für unsere Freiheit gekämpft haben. Es nicht zumindest versucht haben. Es geht schließlich auch um die Zukunft unserer Kinder.«

Ihre Schwiegermutter erhob sich ebenfalls. »Aber soll eure Tochter das gleiche Schicksal erleiden wie ihr Vater? Oder ein noch schlimmeres und beide Elternteile verlieren?«

»Jetzt male den Teufel nicht an die Wand«, sagte der junge Mann. »Uns wird schon nichts passieren.« Er stand auf und nahm seine Mutter in den Arm. »Wir wollen ja fürs Erste nur diese eine Aktion durchziehen. Dann kommen wir zurück und halten die Füße still.«

Seine Mutter unterdrückte ein Seufzen und erwiderte seine Umarmung. Etwas Ähnliches hatte sein Vater gesagt, als sie ihn das letzte Mal gesehen hatte. Damals, vor über zwanzig Jahren.

Lieber Gott, betete sie stumm. Beschütze meinen Sohn! Bitte mach, dass es heute Nacht nach seinem Aufbruch schneit, damit ihn seine Spuren nicht verraten können.

Oldenburg, Frühling 1914

Kapitel 1

Pünktlich um halb acht schloss der Platzanweiser die Tür zur Loge im ersten Rang, in der Luise Gerdes neben ihrer Schwester Ella saß. Das Licht im Zuschauerraum erlosch, die Gespräche verstummten, und das Publikum richtete seine Aufmerksamkeit auf die Bühne, wo der schwere Samtvorhang aufgezogen wurde und den Blick auf die erste Szene des Stücks *Alt-Heidelberg* freigab, mit dem die Spielzeit Ende April vor der langen Sommerpause beendet wurde.

Das Großherzogliche Theater war nach einem verheerenden Brand zwanzig Jahre zuvor im neubarocken Stil wiederaufgebaut worden. Es war das erklärte Anliegen der oldenburgischen Herzogsfamilie, auch weniger begüterten Bürgern und Angehörigen der unteren Stände den Zugang zu Kunstgenuss und gehobener Unterhaltung zu ermöglichen. Aus diesem Grund stand stets ein Kontingent an erschwinglichen Karten zur Verfügung, und seit 1901 fanden zudem regelmäßig verbilligte Volksvorstellungen statt.

Luise und ihre fünf Jahre jüngere Schwester Ella verabredeten sich häufig im Schauspielhaus, wo sie meistens auf Stehplätzen in der Galerie zu fünfzig Pfennigen Dramen von Shakespeare, Schiller und Goethe, aber auch Komödien und Operetten verfolgten. An diesem Abend erlebten sie das Theater jedoch aus einer ganz neuen Perspektive. Die Loge der Baronin Beulwitz befand sich im ersten Rang auf der rechten Seite dicht neben der Bühne und bot sowohl auf das dortige Geschehen als auch auf die anderen Logen und die Stuhlreihen im Parkett eine gute Sicht. Die mit rotem Samt bezogenen Sessel machten den Abend deutlich komfortabler, während das Stehen bei längeren Vorstellungen zur Qual werden konnte. Dafür hatten sie mit drei Mark zwanzig einen Preis, der für die Schwestern unerschwinglich war. Für diese Summe konnte man in einem guten Hotel ein Zimmer buchen, ein einfach broschiertes Buch oder ein Kilogramm Bohnenkaffee erwerben. Luises Etat gab solche Ausgaben nicht her, sie erhielt als Dienstmädchen 250 Mark im Jahr. Ella verdiente als Arbeiterin in der Warpsspinnerei, in der Baumwollgarne hergestellt wurden, zwar mehr, musste davon aber Ausgaben für Kleidung und Verpflegung sowie die Miete für ihre Unterkunft bestreiten – Posten, die bei ihrer älteren Schwester wegfielen, da freie Kost und Logis Teil ihrer Entlohnung waren.

Luise schaute ein letztes Mal auf den Theaterzettel, auf dem eine längere Pause nach dem dritten Aufzug angekündigt wurde. Ihr blieb eine gute Stunde Galgenfrist, bevor sie Ella von dem Angebot erzählen würde, das die Baronin ihr unterbreitet hatte.

»Ich weiß, wie nah Sie beide sich stehen und dass Ihnen die Trennung nicht leichtfällt«, hatte die alte Dame einige Stunden zuvor gesagt. »Aber Sie fahren ja nicht ans Ende der Welt. Und Sie können selbstverständlich jederzeit zurückkehren.« Baronin Beulwitz hatte sie freundlich angelächelt. »Für mich wäre es ein beruhigendes Gefühl, Sie gut versorgt zu wissen. Wobei ich natürlich keinen Zweifel hege, dass Sie auch ohne meine Hilfe eine gedeihliche Stelle finden würden.« Sie hatte Luises Arm getätschelt und ihr die Theaterkarten gegeben. »Genießen Sie den Abend mit Ihrer Schwester und machen Sie sich nicht so viele Gedanken. Ella ist schließlich kein Kind mehr, für das Sie die Verantwortung tragen.«

Aber sie ist die einzige nahe Verwandte, die mir geblieben ist, dachte Luise. Wird sie sich nicht von mir im Stich gelassen fühlen? Sie musterte verstohlen das Gesicht der Neunzehnjährigen, die auf die Kante ihres Sessels vorgerutscht war und mit leuchtenden Augen das Geschehen auf der Bühne verfolgte. Luise kannte den Inhalt des Schauspiels von Wilhelm Meyer-Förster bereits, das sich ungeachtet der verächtlichen Kritiken einer ständig wachsenden Beliebtheit erfreute. Sie war eine regelmäßige Besucherin der Öffentlichen Bibliothek zu Oldenburg sowie der Lese- und Bücherhalle, wo sie oft ihre freien Stunden verbrachte und sich stapelweise Bücher auslieh – darunter auch die Erzählung *Karl-Heinrich*, auf der das Theaterstück basierte.

Alt-Heidelberg handelte vom jungen Prinzen Karl-Heinrich, der nach dem frühen Tod seiner Eltern am Hof seines strengen, gefühlskalten Onkels eine freudlose Jugend verbrachte. Da er auserkoren war, dereinst dessen Regierungsgeschäfte zu übernehmen, wurde er nach Heidelberg geschickt, um dort ein Jahr lang Jura zu studieren. Sein ehemaliger Hauslehrer sollte ihn begleiten und darüber wachen, dass er fleißig lernte und sich nicht ablenken ließ. Da Doktor Jüttner jedoch einst selbst in der Stadt am Neckar die Universität besucht und diese Zeit als die glücklichste seines Lebens in Erinnerung hatte, ermutigte er seinen Schützling, sich den Freuden des Studentendaseins hinzugeben und die Freiheit fern des höfischen Zeremoniells auszukosten. Karl-Heinrich fand rasch Anschluss in einer Burschenschaft, genoss das gesellige Treiben und verliebte sich Hals über Kopf in Käthie, die Nichte des Gastwirts, bei dem er logierte.

Luise lehnte sich in ihrem Sessel zurück und ließ sich bereitwillig von den Schauspielern in eine andere Welt entführen. Sie war froh, sich eine Weile nicht mit der von ihr zu treffenden Entscheidung beschäftigen zu müssen und den Veränderungen, die in ihrem Leben bevorstanden.

Der dritte Akt bereitete dem unbeschwerten Studentenleben von Karl-Heinrich ein jähes Ende. Ein Minister überbrachte dem Prinzen die Nachricht von der schweren Krankheit seines Onkels sowie die Aufforderung, unverzüglich die Heimreise anzutreten und die Regentschaft zu übernehmen. Nachdem er sich in Heidelberg zum ersten Mal frei gefühlt, Freundschaften geknüpft und nicht zuletzt Seligkeit in den Armen seiner geliebten Käthie gefunden hatte, stürzte Karl-Heinrich die Aussicht, das alles aufgeben zu müssen und an den als trostlosen Kerker empfundenen Fürstenhof zurückzukehren, in Verzweiflung.

Luise war beeindruckt von dem jungen Schauspieler, der den Stimmungswechsel und inneren Kampf des Prinzen sehr glaubwürdig vermittelte. Verzweifelt hob er soeben seine Arme und rief: »Also ich habe keinen Willen, keine Freiheit, keine Selbstbestimmung – ich bin ein Gefangener?!«

Der Minister zeigte sich unbeeindruckt. »Das ist mehr oder weniger, Durchlaucht, unser aller Los.«

Nach einem letzten Gespräch mit Doktor Jüttner, der ihn eindringlich bat, ein Mensch zu bleiben und sich nicht verbiegen zu lassen, endete der dritte Aufzug mit dem Abschied von Käthie.

»So ein Blödmann«, zischte Ella, während der Vorhang fiel, die Lichter im Saal angingen und Applaus aufbrandete. Ihre Wangen waren vor Empörung gerötet, ihre hellblauen Augen blitzten, und zwischen ihren Brauen hatte sich eine steile Falte gebildet. »Wie kann er Käthie so mir nichts, dir nichts verlassen?«

Sie wird unserer Mutter immer ähnlicher, dachte Luise. Sie ist ihr nicht nur wie aus dem Gesicht geschnitten, sondern hat auch ihr Temperament geerbt. Luise hingegen kam mehr nach ihrem Vater. Das sagten zumindest alle, die ihn gekannt hatten. Sie selbst konnte sich kaum noch an sein Gesicht erinnern. Dabei waren er und ihre Mutter erst vor sechs Jahren gestorben. Hatte er wirklich auch so runde Wangen, die gleiche schmale Nase und gerade Augenbrauen gehabt? Und welche Farbe hatten seine Haare, bevor sie grau wurden? Waren sie dunkelbraun wie Luises eigene? Auf dem schwarz-weißen Hochzeitsfoto von ihren Eltern konnte man das nicht erkennen.

»Findest du nicht auch, dass er seinem Herzen folgen sollte?«

Die Ungeduld in Ellas Stimme riss Luise aus ihren Grübeleien. »Äh … wer?«

»Dieser Karl-Heinrich, wer sonst.« Ella sah sie vorwurfsvoll an.

»Ach so … hm … dazu hat er wahrscheinlich zu wenig Selbstvertrauen«, antwortete Luise. »Schließlich hat man ihm sein ganzes Leben eingetrichtert, welche Pflichten er als Erbprinz einmal haben wird. Sich dagegen aufzulehnen erfordert sehr viel Mut.«

»Warum?« Ella schob die Unterlippe vor. »Der Minister hat doch selbst gesagt, dass niemand ihn zwingen kann, in die Fußstapfen seines Onkels zu treten.«

»Aber er hat ihm auch vor Augen geführt, dass er eine große Verantwortung hat und man von ihm …«

»Warum musst du immer so schrecklich vernünftig sein?«, brach es aus Ella heraus. »Regt dich diese Schicksalsergebenheit nicht auf? Was ist Karl-Heinrich seinem Onkel denn schuldig? Der ist ein grässlicher Mensch, der nie ein gutes Wort für seinen Neffen hatte. Käthie dagegen hat ihm ihre Liebe geschenkt, das wiegt doch viel schwerer.«

»Du machst es dir sehr einfach«, sagte Luise. »Ich denke, dass sich der Prinz nicht so sehr seinem Onkel gegenüber verpflichtet fühlt, sondern dem Amt und den Untertanen des Fürstentums.«

»Das sind doch nur Ausreden!« Ella stand auf. »Ich glaube, seine Liebe ist einfach nicht groß genug. Sonst würde er sich gegen diese Fremdbestimmung auflehnen und sein Leben selbst in die Hand nehmen.« Sie zupfte die geraffte Schärpe ihres knöchellangen Kleides zurecht und sah Luise auffordernd an.

Diese blieb sitzen und krampfte die Hände um den gestrickten Beutel, der auf ihrem Schoß lag. Sie trug einen schmalen, dunkelblauen Rock, kombiniert mit einer weit geschnittenen, über die Hüfte fallenden Tunika mit einem tiefen Spitzausschnitt und einem breiten Kragen aus glänzendem Seidensatin. Beides hatte sie sich nach Schnittmustern aus der Zeitschrift »Die Große Modenwelt« geschneidert.

»Wollen wir uns nicht ein wenig die Beine vertreten?«, fragte

Ella, ließ die Schultern kreisen und massierte sich den Nacken, über dem sie ihr Haar zu einem lockeren Dutt aufgesteckt hatte. »Die Sessel sind zwar gut gepolstert, aber nach dem langen Stillsitzen brauche ich Bewegung.« Sie wandte sich zur Tür und griff nach der Klinke.

»Bitte bleib. Ich muss etwas mit dir besprechen.« Luises Stimme klang belegt. Sie räusperte sich. »Und hier sind wir ungestört.«

Ella sah sie überrascht an. »Du klingst so ernst«, stellte sie fest. »Was ist los?« Sie nahm wieder Platz.

»Ähm, also ... ich werde .... Die Baronin hat ...«, begann Luise und verfluchte ihr Gestammel. Warum konnte sie nicht kurz und bündig sagen, worum es ging?

»Hat sie dir etwa gekündigt?«, fragte Ella.

Luise nickte.

»Weil sie jetzt in dieses Damenstift geht?«, fuhr Ella fort. »Das hat sie doch schon seit einer Weile vor, nicht wahr?«

Wieder nickte Luise.

»Und nun weißt du nicht, wie es für dich weitergeht?« Ella zuckte mit den Schultern. »Du musst dir doch wirklich keine Sorgen machen, wieder eine Arbeit zu finden. Du hast doch die besten ...«

»Darum geht es nicht«, fiel ihr Luise ins Wort.

»Worum dann? Bist du enttäuscht, weil sie dich nicht mitnimmt?« Ella zog die Stirn kraus. »Sei doch froh. Du würdest in einem abgeschiedenen Kaff landen, umgeben von alten Schachteln, die auf ihr Ende warten.«

Luise zuckte zusammen. Ihre Schwester hatte zuweilen eine Neigung, Dinge unverblümt beim Namen zu nennen, die sie befremdete.

»Nein, das hatte ich gar nicht erwartet«, versuchte Luise, sich zu erklären. »Wobei ich mir nicht vorstellen kann, je wieder eine so gütige und sympathische Herrin wie die Baronin zu treffen.«

»Ehrlich gesagt, verstehe ich nicht, was du daran findest, als Dienstmädchen zu schuften.«

»Für die Baronin bin ich viel mehr als das«, unterbrach Luise sie. »Im Grunde bin ich ihre Gesellschafterin. Sie vertraut mir rückhaltlos und hat ...«

»Dich trotzdem entlassen«, rief Ella. »Du kannst sagen, was du willst. Für sie bist und bleibst du eine Untergebene. Oder bildest du dir ernsthaft ein, dass sie in dir eine Gleichgestellte sieht?«

»Das wohl nicht«, antwortete Luise.

Ich glaube vielmehr, dass ich für sie eine Art Tochter bin, fuhr sie im Stillen fort. Sie hat nicht nur einmal angedeutet, wie sehr sie sich Kinder gewünscht hätte und mir so manchen mütterlichen Rat gegeben. Luise verzichtete darauf, Ella in diese Erkenntnis einzuweihen und eine längere Diskussion über adlige Arroganz, Standesdünkel und unüberbrückbare Gräben zwischen den verschiedenen Gesellschaftsschichten vom Zaun zu brechen.

»Jetzt verrate mir endlich, was dich bedrückt«, bat Ella.

»Gute Bekannte der Baronin würden mich gern als Zofe für ihre Tochter anstellen«, sagte Luise. »Familie von Rahden. Der Graf ist Offizier im Dragoner-Regiment. Seine Frau engagiert sich im Wohlfahrtsverein, der jüngere Sohn tritt in die Fußstapfen seines Vaters. Wilhelmine, die Tochter, ist derzeit bei einer Tante in England.«

»Klingt alles sehr gediegen«, sagte Ella. »Wo wohnen sie denn? Hoffentlich nicht weit weg?«

»Nein, hier in Oldenburg. Am Caecilienplatz, im Dobbenviertel.«

»Noble Adresse. Und viel näher bei meiner Pension. Wir könnten uns öfter ...« Ella unterbrach sich, als Luise den Kopf schüttelte. »Nicht? Ist das der Pferdefuß? Gibt es bei denen weniger Freizeit?«

»Das weiß ich nicht.« Luise holte tief Luft. »Ich würde Oldenburg verlassen. Die Tochter soll nämlich unmittelbar nach ihrer

Rückkehr nach Russland fahren. Und ich soll sie begleiten.« Sie sah ihre Schwester unsicher an.

»Aber das ist doch wunderbar!« Ella rutschte auf ihrem Sessel nach vorn und strahlte Luise an. »Du kommst endlich raus und wirst etwas von der Welt sehen. Ach, was würde ich darum geben, mit dir reisen zu können!« Sie stutzte. »Warum soll diese Wilhelmine denn nach Russland? Wenn sie doch gerade erst einen langen Aufenthalt im Ausland hinter sich hat?«

»Sie soll dort ihren zukünftigen Ehemann kennenlernen«, antwortete Luise.

»In Russland?« Ellas Augen weiteten sich. »Wieso um alles in der Welt soll sie einen Russen heiraten?«

»Der Bräutigam stammt aus einer deutschbaltischen Familie, die schon seit vielen Generationen in Livland ansässig ist. Das ist so wie Finnland ein Gouvernement des Zarenreiches.«

»Aha. Trotzdem verstehe ich nicht, wieso ...«

»Diese Ehe wurde wohl schon vor langer Zeit verabredet.«

»Das ist ja entsetzlich!«, rief Ella. »Ich dachte, so etwas gäbe es heutzutage nicht mehr. Diese von Rahdens scheinen ja noch im finstersten Mittelalter zu leben.« Ellas Augen funkelten vor Empörung.

»Ich finde das auch seltsam«, gab Luise zu. »Aber wenn ich die Baronin richtig verstanden habe, soll die Tochter selbst entscheiden dürfen, ob sie den Auserkorenen dann tatsächlich heiratet oder nicht.«

»Wenn man sie so bearbeitet hat wie den armen Karl-Heinrich in dem Theaterstück, wird sie sich den Erwartungen ihrer Eltern wohl kaum widersetzen.« Ella schnaubte. »Wahrscheinlich ist sie eines dieser blutarmen Fräulein, die gar keinen eigenen Willen haben und brav das tun, was von ihnen verlangt wird. Um nur ja keinen Anstoß zu erregen oder althergebrachte Traditionen zu verletzen.«

Luise waren ähnliche Gedanken durch den Kopf gegangen, als Baronin Beulwitz ihr davon erzählt hatte. Die Vorstellung, einen völlig Fremden zu heiraten und den Rest des Lebens an seiner Seite zu verbringen – noch dazu in einem anderen Land, weit entfernt von der eigenen Familie und Freunden –, kam ihr ebenso abwegig vor wie ihrer Schwester.

»Na ja, dir kann das egal sein«, fuhr Ella fort. »Du bekommst eine Gelegenheit, ein fremdes Land kennenzulernen. Und im Gegensatz zu der unglücklichen Wilhelmine kannst du jederzeit weggehen, wenn es dir dort nicht gefällt.«

»Ich bin so froh, dass du das positiv aufnimmst«, sagte Luise. »Ich hatte befürchtet, dass du …«

»Dass ich dir böse bin, wenn du dir einen lang gehegten Wunsch erfüllst? Ich bitte dich! Du hast in den letzten Jahren so viel für mich getan.« Ella fasste nach Luises Hand und drückte sie. »Natürlich wirst du mir furchtbar fehlen. Aber vor allem freue ich mich für dich. Ich weiß doch, wie gern du mal all die Orte und Landschaften sehen würdest, von denen in deinen geliebten Büchern die Rede ist. Und gerade die russischen Romane haben es dir doch angetan. Dieses Stellenangebot ist wie für dich gemacht!«

»Danke, du bist sehr lieb.« Luise streichelte Ellas Hand.

Die Gelegenheit, zum ersten Mal in ihrem Leben mehr als ein paar Kilometer aus Oldenburg herauszukommen, hatte das Angebot der Baronin für Luise auf Anhieb verlockend gemacht. Wie oft hatte sie sich beim Lesen in andere Städte und auf ferne Kontinente entführen lassen und sich nichts sehnlicher gewünscht, als wenigstens ein paar davon eines Tages mit eigenen Augen sehen zu können?

»Und wer weiß, vielleicht tun sich in Livland ja ungeahnte Möglichkeiten auf«, sagte Ella mit Begeisterung in der Stimme. »Wenn es dir dort gut gefällt, könnte ich doch nachkommen. Vielleicht können wir uns dort den Traum von einem gemeinsamen Geschäft erfüllen.«

Das erste Klingeln, mit dem das Ende der Pause angekündigt wurde, unterbrach das Gespräch.

»Entschuldige mich.« Ella sprang auf. »Ich muss noch rasch auf die Toilette.« Sie eilte aus der Loge.

Luise ließ sich gegen die Lehne ihres Sessels sinken. In die Erleichterung über die unerwartet wohlmeinende Reaktion ihrer Schwester mischten sich Wehmut und Sorge. Zwar lag Ella richtig, was ihre Sehnsucht nach fremden Ländern anging. Die Aussicht, ihre Heimat und ihre Schwester auf unbestimmte Zeit zu verlassen, bedrückte sie dennoch. Dazu kam die Ungewissheit, wie sie sich mit Wilhelmine von Rahden verstehen und wie sich das Zusammenleben mit einer Unbekannten gestalten würde. Was, wenn sich ihre neue Herrin als launische Tyrannin entpuppte, die sie spüren ließ, dass sie nur eine Dienstbotin war?

Jetzt mach dich nicht verrückt, ermahnte sich Luise. Dein Erspartes reicht auf jeden Fall aus für eine Rückfahrkarte. Im Gegensatz zu dem armen Erbprinzen auf der Bühne da unten bist du ein freier Mensch und kannst zum Glück in einem gewissen Rahmen selbst entscheiden, welche Verhältnisse zu ertragen du bereit bist.

Sie setzte sich aufrechter und lächelte ihrer Schwester zu, die kurz nach dem dritten Pausenklingeln in die Loge zurückkam.

In der zweiten Hälfte fiel es Luise schwer, sich auf das Schauspiel zu konzentrieren, das zwei Jahre nach den Heidelberger Tagen von Karl-Heinrich wiedereinsetzte. In der Zwischenzeit war aus dem fröhlichen Studenten ein gesetzter, resignierter Landesherr geworden, der in Kürze eine noch von seinem inzwischen verstorbenen Onkel arrangierte standesgemäße Ehe eingehen sollte. Zuvor leistete er sich einen letzten Ausbruch aus den vorgeschriebenen Bahnen und besuchte Käthie, die er nie hatte vergessen können – nur um sie dann für immer aus seinem Leben zu verbannen.

Luises Gedanken schweiften immer wieder zu ihrer bevorstehenden Reise und der Frage, was die nächsten Wochen und Monate für sie bereithalten würden. Während die Bühnenfigur dort unten genau wusste, was sie erwartete, schritt sie einer unbekannten Zukunft entgegen.

Lahemaa / Estland, Sommer 1989

Kapitel 2

Merike stand vor dem Mast und entfaltete die rote Fahne, in deren Mitte das Profil Lenins auf einem gelb umrandeten fünfzackigen Stern prangte, hinter dem eine Flamme emporloderte. Darunter stand in kyrillischen Buchstaben das Motto der Lenin-Pioniere: *Всегда готов!* – Immer bereit! Nachdem sie das Tuch befestigt hatte, drehte sie sich zu den zweiundzwanzig Viert- bis Sechstklässlern um, die in drei Reihen auf dem Rasenplatz zwischen den einstöckigen, weiß getünchten Holzbaracken zum Appell angetreten waren. Es war zehn vor acht. Die Sonne war seit ihrem Aufgang kurz nach vier Uhr schon ein gutes Stück den Himmel hinaufgewandert und ließ die Tauperlen an den Gräsern glitzern. Zwanzig Minuten zuvor war Merike durch den Schlafsaal der ihr anvertrauten Mädchen gegangen, hatte diese geweckt und zum Waschen geschickt. Marten, der andere Gruppenleiter, hatte das Gleiche bei den Jungen getan und war anschließend zu einer Kolchose bei Kunda gefahren, um die bestellten Kartoffeln, Gemüse, Eier und andere Lebensmittel zu holen, die nicht wie geplant am Vorabend geliefert worden waren. Marten hoffte, wieder zum Frühstück zurück zu sein, das es in einer guten Stunde geben würde – nach Fahnenappell, Bettenmachen und Zimmeraufräumen.

Merike nickte Enna zu. Die Neunjährige war die Kleinste der Gruppe und hatte in der Nacht vor Heimweh lange nicht einschlafen können. Merike hatte sie getröstet und schließlich ihre Tränen mit dem Versprechen, sie dürfe gleich beim ersten Morgenappell die Fahne hissen, zum Versiegen gebracht.

Enna trat vor. Wie ihre Mitschüler trug sie ein rotes Dreieckstuch um den Hals, das mit einem speziellen Knoten gebunden war. Die drei Ecken symbolisierten die enge Verbundenheit zwischen Schule, Elternhaus und Pionierorganisation, der Knoten stand für die feste Einheit dieser Eckpunkte im Leben eines sowjetischen Kindes. Zwei Jungen schlugen auf kleine Trommeln, die sie vor ihre Bäuche geschnallt hatten, während das Mädchen an den Schnüren zog. Enna hatte die Zungenspitze in den Mundwinkel geklemmt und schaute konzentriert auf die Fahne, die Stück für Stück in die Höhe kletterte. Merike folgte ihrem Blick und fühlte sich an jenen Tag zurückversetzt, an dem sie selbst zum ersten Mal die Flagge der Pioniere hatte hochziehen dürfen.

Lange hatte sie auf diesen Moment gewartet und schon fast die Hoffnung aufgeben, jemals das feierliche Ritual ausführen zu dürfen. Mit zunehmender Verzweiflung hatte sie sich gefragt, warum sie als Einzige in ihrer Klasse dieser Ehre nicht für wert befunden wurde. An ihren Noten konnte es nicht liegen, sie gehörte zu den drei Jahrgangsbesten. Auch ihr Engagement bei Arbeitseinsätzen, zu denen die Pioniere gelegentlich gerufen wurden, war immer vorbildlich gewesen. Nie hatte sie sich als Erntehelferin, Müllaufsammlerin oder bei anderen Tätigkeiten gedrückt, mit denen die Kinder und Jugendlichen ihren Beitrag für die Gemeinschaft leisten sollten. Als dann endlich der ersehnte Tag gekommen war – eine Feierstunde an Lenins Todestag –, war die damals dreizehnjährige Merike vor Nervosität fast ohnmächtig geworden. Mit zitternden Händen hatte sie die Flagge im Hof der Schule von Otepää nach oben gezogen und voller Stolz beobachtet, wie der Wind sie entfaltete und hin und her wehte.

Dem Hochgefühl war kaltes Entsetzen gefolgt. In ihrer Aufregung hatte Merike vergessen, die Schnüre um den Befestigungshaken zu wickeln. Sie ließ sie los – und einen Atemzug später sauste das rote Tuch wieder nach unten. Nie zuvor hatte sich Merike so geschämt wie an jenem Morgen, an dem sie sich am liebsten in Luft aufgelöst hätte. Zu ihrer Überraschung war keine

Strafpredigt gefolgt. Die Lehrerin hatte die Schüler, die hämisch kicherten, mit einem strengen Blick zurechtgewiesen und Merikes beste Freundin Talvi aufgefordert, beim erneuten Hissen zu helfen.

Der Trommelwirbel brach ab. Merike straffte sich.

»*Võitluseks Nõukogude kodumaa eest – ole valmis*! Zum Kampf für die Sache der Kommunistischen Partei der Sowjetunion – seid bereit!«, rief sie.

»*Alati valmis*! – Immer bereit!«, schallte ihr die Antwort der Kinder entgegen, die den rechten Arm zum Gruß vor den Kopf gehoben hatten: Die flache Hand mit dem Daumen zur Stirn und dem kleinen Finger gen Himmel weisend.

Anschließend stimmte die Gruppe ein beliebtes Pionierlied auf Russisch an, in dem es um das Bild eines kleinen Jungen ging, auf das er seine Mutter und die Sonne gemalt hatte. In den Strophen wurde daran appelliert, den Kindern zuliebe diese heile Welt zu bewahren und den Frieden zu sichern.

Merikes ließ ihre Augen über die Umgebung schweifen. Das Ferienlager Lainela befand sich am Finnischen Meerbusen auf der Halbinsel Käsmu einige Hundert Meter nördlich vom Kern des gleichnamigen Dorfes. Hinter ein paar Bäumen lag der Strand. Das Plätschern der Wellen auf dem kiesigen Ufer wurde fast zur Gänze vom Rauschen des Windes in den Blättern überlagert. Die herbe Salznote, in die sich der würzige Geruch von Tang mischte, war jedoch auch hier deutlich wahrzunehmen. Merike holte tief Luft und schmeckte dem fremden Duft nach. Sie hob den Kopf und strich sich eine dunkelblonde Haarsträhne hinters Ohr, die ihr die frische Brise ins Gesicht geweht hatte. Der Himmel wölbte sich blassblau über ihr, ein Wolkenband zog langsam am westlichen Horizont vorüber, und über dem Wasser kreisten einige Möwen, die ab und zu ihre schrillen Schreie ausstießen. Wie wunderbar, dachte Merike. Ich bin endlich, endlich am Meer!

Nach ihrer Ankunft am Vorabend war keine Gelegenheit mehr für einen Spaziergang zum Ufer gewesen. Später als geplant waren sie von Otepää losgekommen, hatten unterwegs eine Reifenpanne gehabt und waren schließlich vom russischen Wachposten am Eingang zur gesperrten Zone, in der sich das Küstengebiet befand, auf das Gründlichste überprüft worden. Merike hätte es nie für möglich gehalten, dass die Kontrolle von Pässen und Zugangsberechtigungsscheinen sowie das Inspizieren des Gepäcks so viel Zeit in Anspruch nehmen konnten. Erst kurz nach Sonnenuntergang um Viertel nach zehn waren sie endlich im Pionierlager eingetroffen und nach einem raschen Imbiss erschöpft in ihre Betten gefallen. Merike, die bis zum Schrillen ihres Weckers tief geschlafen hatte, fühlte sich gut erholt und voller Tatendrang. Sie konnte es kaum erwarten, die Ostsee von Nahem zu sehen, in ihre Fluten zu tauchen und am Strand spazieren zu gehen.

In ihrer Kindheit war Merike im Sommer fast ausschließlich in Ferienlager in der Nähe ihrer Vaterstadt Otepää geschickt worden. Am besten hatte es ihr immer im Schloss von Sangaste gefallen, einem ehemaligen Herrenhaus deutschbaltischer Adliger, in dem ein Jugendlager untergebracht war. Der einstige Besitzer hatte es Ende des 19. Jahrhunderts als detailgetreues Abbild des englischen Windsor Castle errichten lassen, was die Phantasie der kleinen Merike immer aufs Neue beflügelt hatte. Mit zunehmendem Alter aber wuchs ihre Sehnsucht, über den Tellerrand von Valgamaa, dem südlichen Randgebiet Estlands, hinauszuschauen und andere Gegenden, Länder und Kulturen kennenzulernen. Sie beneidete ihre Freundin Talvi, die mit ihren Eltern mehrmals im Seebad Pärnu an der Westküste Urlaub gemacht, Städtetrips nach Riga, Vilnius und Leningrad unternommen und im vergangenen Jahr sogar zwei Wochen am Schwarzen Meer verbracht hatte.

Bei ihrer Familie, die nie weite Reisen unternahm und im Sommer lediglich Ausflüge an den Peipussee machte oder in den Wäldern der Umgebung wandern ging, war Merike mit ihrem Wunsch auf taube Ohren oder vage Vertröstungen gestoßen. Einmal, als sie mit sechzehn Jahren aufbegehrt und sich beschwert hatte, sie sei des Ewiggleichen überdrüssig und würde gern wie ihre Klassenkameraden Urlaub am Meer machen oder in andere Sowjetrepubliken fahren, hatte ihr Großvater sie derart abgekanzelt, dass Merike das Thema fortan tunlichst gemieden hatte. Als undankbares Gör hatte er sie beschimpft, das sich glücklich schätzen sollte, in einer der schönsten Landschaften Estlands zu leben. »Zu meiner Zeit waren wir schon froh, wenn wir einen halben Tag freinehmen und an den See zum Baden fahren konnten«, hatte er geschrien und sich über die Anspruchshaltung der heutigen Jugend im Allgemeinen und die Vergnügungssucht seiner Enkelin im Speziellen echauffiert.

Immer lebe die Sonne,
immer lebe der Himmel,
immer lebe die Mutti,
und auch ich immerdar!

Die Kinder hatten ein letztes Mal den Refrain des Liedes angestimmt und schauten Merike erwartungsvoll an, nachdem der letzte Ton verklungen war.

»Um halb neun gibt's Frühstück«, verkündete diese. »Bis dahin macht ihr bitte eure Betten und räumt auf.«

Ihre Schützlinge stürmten unter Gelächter und Geschrei zu der Baracke mit den beiden Schlafsälen, die von ihnen belegt waren. Die anderen Holzhäuser standen noch leer, andere Pioniergruppen würden erst gegen Ende ihres Aufenthaltes auf der Halbinsel eintreffen. Merike war erleichtert, dass ihre Premiere als Ferienleiterin in diesem überschaubaren Rahmen stattfand. So konnte sie in Ruhe und vor allem ohne fremde Beobachter, die ihre Nervosität beflügelt hätten, in ihre neue Aufgabe hineinwachsen und die Kinder kennenlernen, die ihr bis auf wenige Ausnahmen noch unvertraut waren. Sie war zudem froh, Marten an ihrer Seite zu haben. Bei ihm hatte sie die Schulung zur Pionierleiterin erhalten und mit ihm gemeinsam im Frühjahr einen Freizeitkurs für eine Schar der sogenannten Oktoberkinder gestaltet, in der sieben- bis neunjährige Grundschüler zusammengeschlossen waren, bevor sie in der vierten Klasse bei den Lenin-Pionieren aufgenommen wurden.

Merike begab sich zu einem kleineren Gebäude, in dem die Küche untergebracht war. Es hatte Fenster zu zwei Seiten hinaus und war mit einem riesigen Gasherd, einer Spüle, einem Geschirrschrank und einem großen Arbeitstisch möbliert. Sie setzte zwei Pfeifkessel auf, füllte einen großen Topf mit Wasser und stellte ihn ebenfalls auf den Herd. Anschließend schnitt sie einen Laib Brot in Scheiben, drapierte geräucherte Heringe und saure Gurken auf Tellern und bestückte zwei ausladende Tabletts mit Geschirr, Besteck, Marmeladengläsern sowie Butter- und Zuckerdosen. In der Zwischenzeit begann das Wasser zu sieden. Merike goss den Inhalt der Kessel in bauchige Blechkannen, in die sie Beutel mit Pfefferminztee hängte. In den Topf gab sie Salz und Zucker, rührte Roggen-, Hafer- und Gerstenflocken hinein und kochte das Ganze zwei Minuten lang auf, bevor sie die Flamme ausschaltete und den Brei quellen ließ.

Während sie das Frühstück vorbereitete, kreisten ihre Gedanken um die Ungereimtheiten, die ihren Werdegang in den Jugendorganisationen von jeher belasteten. Immer wieder hatte sie in den vergangenen Jahren ein unterschwelliges Misstrauen gespürt, das ihr von höheren Funktionären entgegengebracht wurde. Es gab keine ausdrücklichen Vorwürfe, keine Erklärungen oder konkrete Hinweise. Im Gegenteil. Merikes Bemühen, eine vorbildliche Kommunistin zu sein und sich den Regeln der sozialistischen Gemeinschaft zu fügen, wurde durchaus gelobt. Umso weniger verstand sie die Vorbehalte, mit denen ihren Wünschen nach verantwortungsvolleren Aufgaben begegnet wurde.

Marten gehörte zum Glück zu den Ausnahmen. Er war bereits seit acht Jahren beim Komsomol, dem Nachwuchsverband der Kommunistischen Partei Russlands für Jugendliche zwischen vierzehn und achtundzwanzig Jahren. In seiner ruhigen, zurückhaltenden Art hatte er Merike niemals spüren lassen, dass ihr Einstieg in diese Organisation holprig gewesen war. Nach ihrer Zeit als Pionierin hatte Merike wie die meisten ihrer Mitschüler zum Komsomol übertreten wollen. Nicht zuletzt, weil sie sich von einer Mitgliedschaft bessere Chancen für die Erfüllung ihres großen Traums versprochen hatte: eines Biologiestudiums in Tartu. Im Gegensatz zu ihren Klassenkameraden wurde ihr Antrag jedoch zunächst auf Eis gelegt mit der Begründung, in ihrem Fall sei eine »eingehende Prüfung« nötig. Außerdem würden derzeit nicht so viele Biologen benötigt. Wenn überhaupt, könne sie sich für ein Ingenieurstudium bewerben.

Talvi, die mit ihr gemeinsam um Aufnahme beim Komsomol ersucht und sofort einen positiven Bescheid erhalten hatte, war außer sich über diese Ungerechtigkeit gewesen. »Das ist verrückt«, hatte sie gerufen. »Ich kenne niemanden, der sich bei den Pionieren mehr ins Zeug gelegt hat. Das muss ein Missverständnis sein!« Merike hatte Talvis Anteilnahme sehr zu schätzen gewusst. Von deren Vorhaben, den zuständigen Funktionären gehörig die Meinung zu geigen, hatte sie ihre Freundin jedoch abgehalten. »Es reicht, dass ich – aus welchen Gründen auch immer – in Ungnade gefallen bin. Du sollst dir meinetwegen auf keinen Fall die Zukunft verbauen.«

Es hatte den Anschein, dass Talvi mit ihrer Vermutung, es müsse sich um ein Missverständnis handeln, richtiggelegen hatte. Einige Tage später war Merike doch noch zur feierlichen Aufnahmezeremonie eingeladen worden. Gemeinsam mit den anderen

Bewerbern war sie zu der Prüfung angetreten, bei der ihrem Wissen um die wichtigsten Personen und Daten der Russischen Revolution und des Großen Vaterländischen Kriegs sowie über die Grundsätze der sozialistischen Ideologie auf den Zahn gefühlt worden war, bevor ihnen ein hochrangiger Komsomolze die Mitgliedsbücher ausgehändigt hatte.

Merikes Gefühl, auf einem speziellen Prüfstand zu stehen, war dennoch geblieben. Länger als die anderen hatte sie auf ihre Schulung zur Gruppenleiterin warten müssen, und erst in diesem Jahr war sie endlich als Begleiterin in ein Ferienlager geschickt worden – was sie im Grunde einem Zufall verdankte. Noch drei Tage zuvor hatte sie sich damit abgefunden, auch in diesem Sommer bei der Einteilung übergangen worden zu sein und sich damit zu begnügen, Freizeitangebote für daheim gebliebene Kinder zu organisieren. Doch Talvi, die eigentlich mit Marten an die Ostsee hätte fahren sollen, war mit dem Fahrrad gestürzt und lag nun mit einem gebrochenen Bein im Krankenhaus. Ihre verletzte Freundin hatte Merike als Ersatz für sich ins Spiel gebracht, was zu deren Überraschung auf offene Ohren gestoßen war.

Merike probierte einen Löffel Brei und stellte zufrieden fest, dass er genau die richtige Konsistenz hatte: Die Flocken waren weich, hatten aber noch etwas Biss. Sie rührte gemahlenen Zimt und Milch unter. Aus den Augenwinkeln nahm sie eine Bewegung wahr und wandte sich zu dem Fenster, das auf den Rasenplatz hinausging. Zwei Jungen rannten – sich immer wieder verstohlen umschauend – in Richtung Meer. Merike steckte den Kopf hinaus.

»He! Wartet mal!«, rief sie laut.

Die beiden hielten an und drehten sich mit schuldbewussten Mienen zu ihr um.

»Bitte, wir wollen nur kurz gucken«, sagte der Größere, dessen Gesicht mit Sommersprossen übersät war.

Merike zögerte einen Augenblick. Ach, was soll's?, dachte sie und rief: »In Ordnung. Aber geht nicht ins Wasser!«

»Danke!« Vergnügt winkten sie ihr zu und rannten weiter.

Merike sah ihnen mit einem Lächeln nach. Sie konnte es immer noch nicht so ganz glauben, dass sie tatsächlich hier war. Als sie vor zwei Tagen bei Ott Mänd geklopft hatte, um ihn um Urlaub zu bitten, damit sie für Talvi einspringen konnte, hatte sie sich kaum Hoffnungen auf seine Einwilligung gemacht. Der Vorarbeiter der Brotfabrik, in der Merike, seitdem ihr Traum von einem Studium geplatzt war, eine Ausbildung machte, saß im Vorstand der Komsomolbrigade in Otepää. Merike hatte so fest mit seiner Ablehnung gerechnet und glaubte daher im ersten Moment, sich verhört zu haben, als er ohne Umschweife ihre spontane Urlaubsanfrage bewilligte.

»Es gefällt mir, wie du dich in unserer Organisation einbringst«, hatte er gesagt und angedeutet, dass es an der Zeit sei, Merikes Engagement zu belohnen – auch wenn manche da wohl anderer Ansicht seien.

»Mitglieder auf dem Papier haben wir mehr als genug«, hatte er gemeint. »Du solltest endlich nach deinen Taten beurteilt und entsprechend gefördert werden.«

Ott Mänd hatte ihr freundlich zugenickt und sie mit der Bemerkung verabschiedet, sie könne es »trotz ihres Hintergrunds« in der Partei weit bringen.

Merike, die eben den Getreidebrei in eine große Schüssel füllte, runzelte bei der Erinnerung an diesen Satz die Stirn. Was hatte er mit »ihrem Hintergrund« gemeint? Im Büro des Vorarbeiters war sie so überwältigt von der Freude über sein Entgegenkommen gewesen, dass sie seine Ausführungen nur mit halbem Ohr verfolgt hatte. Erst jetzt wurde ihr klar, dass Ott Mänd ihr indirekt eine Antwort auf die Frage gegeben hatte, die sie schon so lange umtrieb: Es hatte offenbar nie an ihr oder ihrem Verhalten gelegen, dass sie strenger als andere unter die Lupe genommen worden war. Es lag an ihrer Familie!

Die Erkenntnis durchfuhr Merike wie ein Blitz. Sie stellte den leeren Topf mit einem Scheppern in den Spülstein, drehte den Hahn auf und starrte auf das Wasser, das sich schäumend mit den Resten des Breis zu einer trüben Plörre vermischte.

Warum bin ich nicht schon viel früher darauf gekommen?, fragte sie sich. Weil es total abwegig ist, gab sie sich zur Antwort. Einen hundertprozentigeren Genossen als Opa Andrus gab es wohl in ganz Otepää nicht. Seit sie denken konnte, bläute er seiner Enkelin ein, wie wichtig es war, eine gute Kommunistin zu sein und aktiv am Gelingen der sozialistischen Gesellschaft mitzuwirken. Merike konnte noch nicht laufen, da hatte er sie schon zu Aufmärschen und Feierstunden mitgenommen. Und Oma Kadri ließ auch keine Sitzung des Frauenverbandes aus, strickte jedes Jahr Dutzende Socken für den Wohltätigkeitsbasar der Komsomolzen und hat noch nie ein kritisches Wort über die Partei verloren.

Erneut wurde Merike von den zwei Jungen abgelenkt, die mit hängenden Köpfen über den Rasen schlurften. Sie stellte den Wasserhahn ab und lehnte sich aus dem Fenster.

»Was ist los?«, fragte sie. »Ist der Strand nicht schön?«

»Doch, schon«, antwortete der Große mit den Sommersprossen. »Aber er ist mit Stacheldraht abgesperrt.«

»Was nützt uns ein Lager am Meer, wenn wir gar nicht ans Ufer dürfen?«, maulte der Kleinere.

Gute Frage, gab Merike ihm im Stillen recht. »Es gibt hier auf jeden Fall irgendwo einen Strand, an dem wir baden dürfen«, versuchte sie ihre Schützlinge aufzumuntern. »Jetzt frühstücken wir erst einmal. Ihr könnt bitte schon anfangen, die Klapptische und Bänke aus dem Schuppen zu holen und auf der Wiese aufzustellen.«

Die Jungen nickten und trollten sich. Merike schrubbte den Topf mit einer Bürste und zermarterte sich erneut den Kopf. Was ist mit Mama und Papa? Sind sie überzeugte Kommunisten? Verdutzt stellte sie fest, dass sie nicht wirklich über die Einstellung der beiden Bescheid wusste. Sie war stets davon ausgegangen, dass zumindest ihre Mutter die Meinung ihrer Eltern teilte, da sie ebenfalls in der Partei war und ihrem Vater nie widersprach, wenn er seine Enkelin anspornte, sich noch mehr ins Zeug zu legen.

Ob Raivo derselben Überzeugung war, konnte Merike erst recht nicht sagen. Ihr Vater war selten daheim, er arbeitete als Fernfahrer und war oft wochenlang unterwegs. Wenn er nach Hause kam, drehten sich die Gespräche überwiegend um private Dinge. Seine Frau berichtete, was sich in seiner Abwesenheit ereignet hatte, Merike erzählte von der Schule und fragte nach seinen Erlebnissen. Schon als Kind hatte sie seine Geschichten geliebt und zusammen mit ihrer Mutter an seinen Lippen gehangen. Aus dem Mund ihres Vaters klangen selbst alltägliche Vorkommnisse abenteuerlich; er hatte ein Talent, Menschen und Situationen so plastisch darzustellen, dass seine Zuhörer das Gefühl hatten, die Szenen selbst erlebt zu haben. Erst jetzt fiel Merike auf, dass sich ihre Eltern weder untereinander noch mit Opa Andrus und Oma Kadri über politische Themen unterhielten, geschweige denn stritten.

Sie ließ die Bürste sinken, hob den Kopf und begegnete dem Blick ihres Spiegelbilds im Fenster über dem Spülbecken, hinter der ein dicht belaubter Busch wuchs und die Glasscheibe verdunkelte. Ihre tiefblauen Augen schauten sie unter den zusammengezogenen Brauen fragend an, zwischen denen sich eine steile Falte gebildet hatte. Seltsam, dass ich das nicht schon früher bemerkt habe, dachte Merike. Lag das wirklich daran, dass sie alle derselben Überzeugung waren? Dabei gäbe es Gesprächsstoff genug. Schließlich war seit Gorbatschows Regierungsantritt viel in Bewegung geraten. Wenn Merike es sich recht überlegte, war ihre

Familie sogar peinlich darauf bedacht, politische Themen zu vermeiden. Als hätten sie eine stille Vereinbarung getroffen.

Die ich übrigens auch einhalte, stellte Merike verblüfft fest. Sie kratzte sich an der Schläfe. Warum gab es dieses Tabu bei ihnen? Warum würgte vor allem Opa Andrus jeden sofort ab, der zum Beispiel die Forderungen der baltischen Republiken nach mehr Unabhängigkeit ansprach?

Merike sah das grimmige Gesicht ihres Großvaters vor sich, mit dem er dieses und ähnliche Ansinnen als gefährliche Hirngespinste abtat. Ich glaube, er hat Angst, schoss es ihr in den Sinn. Der Gedanke hakte sich in ihr fest. Das würde vieles erklären, überlegte sie. Aber wovor fürchtete er sich? Und auch Merikes Eltern und Oma Kadri? Wollten sie nicht an dem rühren, was Ott Mänd als ihren »Hintergrund« bezeichnet hatte? Es musste etwas sein, das weit zurück in der Vergangenheit lag, vielleicht noch vor ihrer eigenen Geburt. Merike spürte, wie sich ihr Puls beschleunigte. *Ich muss unbedingt herausfinden, was es damit auf sich hat. Schließlich beeinflusst es mein Leben.*

Motorengeräusch riss Merike aus ihren Gedanken. Sie schaute aus dem anderen Fenster und sah Marten, der eben mit einer Holzkiste beladen aus dem Bus stieg, den er am Rand des Rasenplatzes geparkt hatte. Er forderte die Kinder, die ihm entgegenliefen, auf, ihm beim Entladen der übrigen Kästen und Säcke zu helfen, und ging Richtung Küchenbaracke. Merike stellte den Topf zum Abtropfen auf die Ablage neben dem Spülbecken, eilte zur Tür und öffnete sie ihm.

»Jetzt sind wir bestens versorgt«, sagte Marten und trat ein. »Ich habe sogar einen großen Korb Erdbeeren ergattert.« Er lächelte Merike zu und bat sie, die Luke zum Erdkeller zu öffnen, in dem er die Vorräte verstauen wollte.

»Kannst du mir sagen, was gegen meine Familie vorliegt?« Die Frage brach aus Merike heraus, bevor sie nachdenken konnte.

»Wie kommst du denn jetzt darauf?« Marten sah sie verdutzt an.

»Weil Ott Mänd so seltsame Andeutungen gemacht hat.«

»Hm, also …« Marten stockte.

»Bitte, wenn du etwas weißt …« Merike hielt unwillkürlich den Atem an.

»Ich fürchte, ich kann dir nicht groß weiterhelfen«, antwortete Marten und wich ihrem Blick aus. »Ich habe nur mal gehört, dass es einen Vorfall gab, als deine Eltern in Tartu studiert haben.« Er zuckte die Achseln. »Aber das ist doch Schnee von gestern. Ich glaube nicht, dass das heute noch jemanden juckt.« Er beugte sich wieder über den Erdkeller.

»Wahrscheinlich hast du recht«, nuschelte Merike und verzichtete auf weitere Fragen. Es war offensichtlich, dass Marten nicht alles preisgab, was er wusste. Sie griff nach einem Tablett und verließ die Küche. Fester denn je war sie entschlossen, Licht ins Dunkel der Abgründe zu bringen, die sich in der Geschichte ihrer Familie auftaten.

Oldenburg, Frühling 1914

Kapitel 3

»Baronin Beulwitz hat stets in den höchsten Tönen von Ihnen gesprochen. Und da sie nicht zu überschwänglichem Lob oder Übertreibungen neigt, sehe ich keinen Grund, ihr Urteil anzuzweifeln.«

Elvira von Rahden bedachte Luise, die ihr auf einem von vier lederbezogenen Stühlen im kleinen Salon gegenübersaß, mit einem wohlwollenden Blick. Die Gräfin war ohne Umschweife zum Punkt gekommen, nachdem ein Hausdiener Luise den Mantel abgenommen, sie in das Empfangszimmer geführt und aufgefordert hatte, Platz zu nehmen. Im selben Moment war Gräfin Rahden hereingekommen und hatte Luise einer eingehenden Musterung unterzogen, während sie ihre Röcke ordnete und sich ebenfalls niederließ. Sie war eine füllige Mittvierzigerin mit einer aufwendigen Steckfrisur, die ihrer Zofe einiges an Geschick und Geduld abverlangt haben musste. Der Pony war zu kleinen Löckchen geformt, die auf der Stirn drapiert waren. Auch die sorgfältig manikürten Fingernägel, die zu akkuraten Bögen gezupften Brauen und der rosige Teint sprachen dafür, dass Elvira von Rahden großen Wert auf ein gepflegtes Äußeres legte.

Ob das bei ihrer Tochter Wilhelmine ebenso ist?, fragte sich Luise und dachte mit Wehmut an Baronin Beulwitz, die in dieser Hinsicht unkompliziert war. Im Grunde hatte sie Luise in den fünf Jahren ihrer Anstellung selten klassische »Zofenarbeit« abverlangt. Ihr war es wichtiger, dass Luise ihr vorlas, ihre Korrespondenz erledigte, sich mit ihr unterhielt und sie auf ihren Spaziergängen begleitete. Für Luise war die Vorstellung nicht sehr verlockend, ihrer neuen Herrin jeden Tag eine halbe Ewigkeit beim Einkleiden und der Körperpflege behilflich sein, stundenlang ihre

Haare bürsten und mithilfe von Brenneisen in Form bringen und mit unzähligen Klammern und Nadeln zu komplizierten Frisuren auftürmen zu müssen.

»Ich finde es natürlich sehr bedauerlich, dass die Baronin Oldenburg verlässt. Ich gebe jedoch freimütig zu, dass mich ihr Entschluss, in ein Damenstift zu ziehen, aus einer misslichen Lage befreit«, sprach die Gräfin weiter. »Ich hatte nämlich die Hoffnung schon fast aufgegeben, für meine Tochter eine geeignete Zofe zu finden.«

Elvira von Rahden deutete mit einer einladenden Geste auf das Tischchen zwischen ihnen, auf dem kleine Silberschalen mit verschiedenen Plätzchen, Konfekt sowie kandierten Früchten standen, und nahm sich selbst ein Marzipanpraliné. Die Kleidung der Gräfin – über dem bodenlangen lilafarbenen Taftrock waren mehrere Lagen aus durchsichtiger Spitze drapiert, der Kragen der weit geschnittenen Tunika war mit Seidenröschen bestickt, und im Dekolletee schimmerte ein dreireihiges Perlenkollier – passte in Luises Augen nicht zu dem Raum, der sie in seiner düsteren Strenge an das Innere einer Burg erinnerte.

Die Wohnung der von Rahdens nahm die gesamte Beletage eines dreistöckigen Hauses am Caecilienplatz ein, der mit Bäumen, Büschen und einem großen Rosenbeet Anfang der 1880er Jahre zusammen mit dem Theaterneubau im Dobbenviertel westlich der Altstadt angelegt worden war. Seither hatte er sich nebst den breiten Straßen, die auf ihn zuführten, zu einer beliebten Wohngegend adliger und großbürgerlicher Oldenburger entwickelt. Das Haus, in dem Familie von Rahden lebte, war im spätklassizistischen Stil gebaut und strahlte mit seiner weiß getünchten Fassade und den hohen Fenstern eine heitere Eleganz aus, die sich im großzügig geschnittenen Treppenhaus mit Marmorgeländer und Blumenstuck fortsetzte. Umso größer war der Kontrast zur Einrichtung in der von Rahden'schen Wohnung.

Als Luise den geräumigen Flur betreten hatte, von dem mehrere Türen in die Zimmer und den Küchentrakt abgingen, hatte sie sich um Jahrhunderte zurück ins späte Mittelalter versetzt gefühlt. Gegenüber dem Eingang ragte ein massiver Schrank aus Eichenholz empor, der mit Pilastern, Säulen und Schnitzwerk verziert war und einen Aufsatz in Giebelform hatte. An den Wänden zwischen den Türrahmen hingen über Gemälden mit Darstellungen von Schlachtszenen gekreuzte Säbel, Streitäxte, Morgensterne oder Schwerter. Neben der Garderobe war auf einem Ständer eine vollständige Ritterrüstung platziert, die dem Besucher einen Teller für die Visitenkarten hinhielt. Ein alter Messingeimer diente als Schirm- und Stockständer.

Im kleinen, holzgetäfelten Salon herrschte dieselbe mittelalterliche Anmutung. Neben der Sitzecke mit den Lederstühlen standen linker Hand ein gekachelter Kamin, rechts eine mit breiten Eisenbändern beschlagene Truhe. Eine Wand war fast vollständig von einem Gobelin bedeckt, auf dem ein geharnischter Ritter mit einem Drachen kämpfte, an den anderen hingen Darstellungen von Burgen, Ruinen und Festungsanlagen. Schwere Vorhänge aus dunklem Samt rahmten die Fenster ein, hinter denen an diesem ersten Montag im Mai das Grau eines verregneten Spätnachmittags waberte. Erleuchtet wurde der Raum von einem mittig in der Decke verankerten fünfarmigen Kronleuchter, der allerdings nicht mit Kerzen, sondern mit Glühbirnen bestückt war.

»Meine Tochter kann sich glücklich schätzen, dass Sie bereit sind, sie zu begleiten«, fuhr die Gräfin fort.

»Wo ist sie denn?«, rutschte es Luise heraus. »Also, ich meine … wann lerne ich sie kennen?«, stotterte sie. Schon die ganze Zeit wunderte sie sich, wo die junge Gräfin blieb. Schließlich sollte Luise ihre Zofe werden.

»Wilhelmine will vor der Abreise nach Livland noch ein paar Besuche bei Verwandten absolvieren«, antwortete Elvira von

Rahden. »Am zweckmäßigsten wird es sein, wenn Sie am Freitag in Lübeck kurz vor der Abfahrt des Dampfschiffs zu ihr stoßen.« Sie schürzte die Lippen. »Oder spricht Ihrerseits etwas dagegen?«

Luise schüttelte automatisch den Kopf und bemühte sich um ein unbefangenes Lächeln. Ihre Schwester hatte offenbar mit ihrer Vermutung, Wilhelmine sei eine jener braven Töchter, die keinen eigenen Willen hatten und das taten, was von ihnen verlangt wurde, ins Schwarze getroffen. Luise fand es befremdlich, dass die junge Gräfin nicht einmal bei der Auswahl ihrer Zofe ein Wörtchen mitreden wollte. War es ihr gleichgültig, wer die nächsten Wochen, Monate, vielleicht sogar Jahre ihr Leben teilen und Einblick in dessen intimste Winkel haben würde? Oder gehörte sie zu den Leuten, die in Dienstboten keine »echten« Menschen sahen, sondern eine Art belebtes Mobiliar, das möglichst unsichtbar und geräuschlos seinen Pflichten nachzugehen hatte? Luise presste bei dem Gedanken, für so jemanden arbeiten zu sollen, die Lippen aufeinander.

»Ich habe keinen Zweifel daran, dass Sie und Wilhelmine wunderbar miteinander auskommen werden«, sagte Elvira von Rahden. »Und ich habe Baronin Beulwitz zugesagt, Ihnen jederzeit die Rückfahrt nach Deutschland zu bezahlen, sollten Sie den Dienst kündigen und nach Hause kommen wollen.«

Luise zupfte verlegen am Bündchen ihres Blusenärmels. Konnte die Gräfin ihre Gedanken lesen?

»Mir ist durchaus bewusst, dass ich Ihnen einiges abverlange«, fuhr diese fort. »Schließlich ist es eine Reise ins Unbekannte.« Sie beugte sich zu Luise. »Umso wichtiger ist es mir, eine zuverlässige, umsichtige Person an der Seite meiner Tochter zu wissen.« Sie sah Luise in die Augen. »Ich vertraue Ihnen meinen kostbarsten Schatz an. Geben Sie gut auf mein Kind acht. Wilhelmine ist sehr behütet aufgewachsen und wäre allein nicht …«

»Sie können sich auf mich verlassen«, sagte Luise leise.

»Danke!« Die Gräfin erhob sich. »Um die Formalitäten müssen Sie sich nicht kümmern.«

»Was ist mit dem Gepäck Ihrer Tochter?«, fragte Luise und stand ebenfalls auf.

»Zwei Reisetruhen sind bereits auf dem Weg nach Oberpahlen, genauer nach Algulfer«, antwortete Elvira von Rahden. »Das ist der Gutshof der Familie von Uexküll.« Sie läutete mit einer Tischglocke nach dem Hausdiener. »Ihre Zugfahrtkarte nach Lübeck und einen Scheck für Ihre Auslagen lasse ich Ihnen dieser Tage bringen. Ebenso die übrigen Reisedokumente.« Sie zeigte auf den Pappdeckel, in dem sich Luises Unterlagen befanden. »Ihre Geburtsurkunde habe ich ja. Mehr wird nicht nötig sein, um ein Visum für Russland ausstellen zu lassen.«

Bevor Luise etwas sagen konnte, verabschiedete sich die Gräfin von ihr und bat den Diener, sie hinauszugeleiten. Ehe es sich Luise versah, stand sie in Mantel und Hut auf dem Gehweg und sah verdattert zu dem Haus hinauf, das sie kaum eine Viertelstunde zuvor betreten hatte. Sie hatte damit gerechnet, von Wilhelmines Mutter auf Herz und Nieren geprüft zu werden, Auskunft über ihren Werdegang geben und ihre Kenntnisse und Fähigkeiten als Friseuse, Modistin oder bei der Kleiderpflege unter Beweis stellen zu müssen. Luise schickte einen stummen Dank an ihre Dienstherrin, deren Fürsprache sie zweifellos dieses unkomplizierte Einstellungsgespräch zu verdanken hatte.

Nach kurzem Zögern machte Luise sich auf den Weg zur Öffentlichen Bibliothek. Die Baronin erwartete sie frühestens in einer Stunde zurück. Zeit genug für einen Besuch des Lesesaals, in dem unter anderem verschiedene Enzyklopädien und Lexika standen. Luise wollte sich wenigstens einen oberflächlichen Einblick in das Land verschaffen, in das sie in wenigen Tagen fahren sollte. Im Bücherschrank der Baronin gab es zwar auch ein Nachschlagewerk, die Artikel im *Kleinen Brockhaus* konnten Luises Wissensdurst jedoch kaum stillen.

Im Grunde beschränkten sich ihre Kenntnisse über Russland auf die Zarenfamilie. Baronin Beulwitz verfolgte mit Interesse alles, was das »Haus Oldenburg« anging, und sprach von seinen Mitgliedern wie von engen Freunden. Sie zählten seit Jahrhunderten zur Crème de la Crème des europäischen Hochadels und stellten auch gegenwärtig eine Reihe von Regenten – angefangen bei Großherzog Friedrich August ihrer Heimatstadt über den König von Schweden bis hin zum russischen Zaren Nikolaus II, der außerdem mit dem deutschen Kaiser verwandt war. Luise hatte die Ausführungen ihrer Dienstherrin meist nur mit halbem Ohr verfolgt. Zwar fand sie die Verflechtungen der adligen Familien durchaus spannend, sich all die Namen, Verwandtschaftsgrade, Haupt- und Nebenlinien zu merken erschien ihr jedoch müßig. Es gab für sie wesentlichere Dinge, die sie gern eingehender studieren wollte.

Der Regen war zu einem feinen Nieseln abgeflaut. Die Feuchtigkeit legte sich wie ein Schleier um Luise, die ihre Schritte beschleunigte, den Kragen hochschlug und mit einer Hand unterm Kinn zusammenhielt. Von der Caecilienstraße bog sie links in die Roonstraße ein, von der nach zweihundert Metern der Theaterwall abging, der zuerst in den Schlosswall und schließlich in den Damm mündete, an dem sich die Bibliothek befand, untergebracht in einem imposanten Bau mit massiven Steinquadern und Rundbogenfenstern.

»Ah, welch eine Freude, das Fräulein Luise!« Der Mann hinter dem Empfangstresen, ein hagerer Mittfünfziger mit Goldrandbrille und einem sorgfältig gestutzten Backenbart, nickte Luise freundlich zu.

»Guten Abend, Herr Moser.«

»Sie sind spät dran«, fuhr er fort. »Wir schließen in einer halben Stunde.«

»Das ist mir bewusst«, antwortete Luise. »Ich muss nur rasch etwas nachschlagen.«

»Darf ich erfahren, was heute das Objekt Ihrer Wissbegier ist?«

»Livland.«

»Das russische Ostseegouvernement?« Der Bibliothekar hob die Augenbrauen. »Sie erstaunen mich immer wieder aufs Neue. Letztens wollten Sie alles lesen, was unser Haus zum Brahmanismus der Balinesen zu bieten hat.«

Luise lächelte. Ein kurzer Absatz über die Götzenbilder auf der Insel Bali hatte einige Wochen zuvor in der »Gartenlaube« ihre Aufmerksamkeit erregt. Wie so oft in den vergangenen Jahren hatte ihr Herr Moser geholfen, die Bestände der Bibliothek zu durchforsten und sich über ihre Neugier gefreut, mit der sie ein weiteres unbekanntes Wissensgebiet erkundete.

»Was genau interessiert Sie denn an Livland?«, fragte der Bibliothekar. »Es hat ja eine sehr bewegte Geschichte. Genau wie Estland und Kurland, die beiden anderen Baltischen Provinzen des Zarenreichs.« Herr Moser rieb sich die Hände – für Luise das untrügliche Zeichen, dass er umfassend über das Thema informiert war und darauf brannte, sein Wissen zu teilen.

»Eigentlich alles«, antwortete sie. »Ich muss gestehen, dass ich bis vor Kurzem gar nicht gewusst habe, wo Livland überhaupt liegt und dass es ein Teil Russlands ist. Und auch über das russische Reich habe ich nur eine vage Vorstellung.« Sie schaute Herrn Moser zerknirscht an. Ihre Kenntnisse speisten sich aus den Romanen russischer Autoren und gelegentlichen Artikeln in der »Gartenlaube«, die die Baronin abonniert hatte. Im aktuellen Heft der Illustrierten gab ein kurzer Beitrag Auskunft über eine Passstraße im Kaukasus, der Luises Bild von einer weitgehend menschenleeren, unkultivierten Wildnis bestätigte, aus der das östliche Riesenland mit Ausnahme von Städten wie Moskau oder Petersburg zu bestehen schien.

»Nun, die drei Gouvernements gehören zwar zu Russland, nehmen aber eine Sonderstellung ein«, begann Herr Moser. »Das liegt unter anderem daran, dass sie jahrhundertelang unter der Herrschaft des deutschbaltischen Adels standen. Außerdem ist die Selbstverwaltung der Städte viel weiter entwickelt als im übrigen Zarenreich. Und die Leibeigenschaft ist bereits zu Beginn des 19. Jahrhunderts abgeschafft worden.«

»Was hat die Deutschen denn so weit nach Osten verschlagen?«, fragte Luise. »Hat es etwas mit der Hanse zu tun?«

»Richtig!« Herr Moser bedachte Luise mit einem zufriedenen Blick. »Sowohl Riga, von dem aus Livland heutzutage verwaltet wird, als auch Reval, die Hauptstadt Estlands, waren wichtige Stützpunkte der Hanseaten.« Herr Moser strich sich über den Bart. »Aber die Gegend hatte schon früher Begehrlichkeiten geweckt. Im Ostseeraum verlief nämlich eine wichtige Handelsroute, die bis zur Seidenstraße führte. Nicht nur der dänische König und die benachbarten russischen Fürsten hatten ein Auge auf dieses Land der heidnischen Esten, Liven, Kuren und Letten geworfen. Auch aus Deutschland kamen immer mehr Kaufleute an die Ufer der Düna. Sie alle wollten das Gebiet unter ihre Kontrolle bringen. Und da die dort lebenden Völker keine Christen waren, wurde die Region nach damaligem Verständnis als Niemandsland betrachtet.«

»Das von den Ordensrittern erobert und bekehrt wurde«, erinnerte sich Luise, die erst wenige Wochen zuvor ein Buch über die Kreuzzüge ausgeliehen hatte.

Herr Moser nickte. »Frühere Missionierungsversuche waren in Livland kläglich gescheitert«, erklärte er. »Die Neugetauften wurden nämlich von ihren Nachbarn und Verwandten, die den alten Göttern treu geblieben waren, verfolgt und getötet. Daher hielt man es für geboten, den christlichen Glauben mit Waffengewalt durchzusetzen.«

»Und anschließend siedelten sich Deutsche in Livland an?«

»Genau. Die eroberten Regionen wurden teils direkt vom Schwertbrüderorden verwaltet, teils von Vasallen der Bischöfe. Und hier kamen vor allem jüngere Söhne aus westfälischen und norddeutschen Adelsfamilien ins Spiel, die zu Hause nicht erbberechtigt waren. Sie nutzten die einmalige Gelegenheit, eigenen Besitz zu erhalten.«

Eine Dame, die einen Stapel Bücher auf den Tresen legte, unterbrach die Unterhaltung. Der Bibliothekar verabschiedete Luise mit unverkennbarem Bedauern und trug die Titel der Dame in das Ausleihebuch ein. Luise ging zum Lesesaal, einem hohen Raum, dessen Wände hinter deckenhohen Regalen verschwanden. In einem standen Enzyklopädien, darunter auch *Meyers Großes Konversations-Lexikon. Ein Nachschlagewerk des allgemeinen Wissens*. Die Öffentliche Bibliothek hatte die Jugendstilausgabe mit schwarzen Halbledereinbänden, marmoriertem Buchschnitt und goldgeprägten Rückentiteln angeschafft.

Luise war immer aufs Neue beeindruckt von dem geballten Wissen, das auf den Abertausenden Seiten versammelt war. »Bildung macht frei« – dieser Losung des Verlagsgründers Joseph Meyer stimmte Luise aus ganzem Herzen zu. Sie liebte es, willkürlich eine Seite des Lexikons aufzuschlagen und sich in ihr zumeist unbekannte Gegenden, Kulturen oder Fachgebiete entführen zu lassen, interessante Personen und historische Ereignisse kennenzulernen, sich über technische Errungenschaften, geologische, physikalische oder astronomische Phänomene zu informieren und dabei immer wieder auf Begriffe zu stoßen, deren Erklärung ihr neue Welten eröffneten.

An diesem Nachmittag hatte sie keine Zeit für solche »Bildungsausflüge«, wie sie ihre Stöbereien in Enzyklopädien nannte. Zielstrebig griff sie nach dem zwölften Band des Nachschlagewerks und trug ihn zu einem der langen Tische in der Mitte des

Lesesaals. Nachdem sie auf der Karte »Russische Ostseeprovinzen« die Stadt Oberpahlen gesucht und im Landesinneren unweit der Grenze zum estnischen Gouvernement gefunden hatte, las sie den Artikel zu Livland.

Einer ausführlichen geographischen Verortung folgte die Beschreibung der Landschaft, die durch zahlreiche Seen, große Wälder, Sümpfe, Moore und landwirtschaftlich genutzte Flächen geprägt war. Die Aufzählung der Wildtiere überraschte Luise. Neben Rehen, Hasen, Füchsen und Dachsen tummelten sich in den unwegsameren Gebieten auch Bären, Wölfe, Luchse und Elche – Arten, die in Deutschland ganz oder bis auf wenige Ausnahmen ausgerottet waren. Die Absätze über die Bevölkerungsstruktur, Konfessionen, wirtschaftliche Daten, Hauptexportgüter und Industriestandorte überflog Luise, ebenso die wechselvolle Geschichte vom Mittelalter bis zum frühen 18. Jahrhundert. Sie verlangsamte ihr Lesetempo erst, als sie beim Frieden von Nystad anlangte. 1721 hatte sich Livland Russland ergeben – unter bestimmten Bedingungen, die völkerrechtlich anerkannt worden waren und bis in die Gegenwart wirkten. Hatte der damalige Zar noch gelobt, »für ewige Zeiten« die deutschen Sonderrechte zu bewahren, erkannten seine späteren Nachfolger diese seit 1881 nicht mehr an und waren bestrebt, sie peu à peu zu beseitigen. Russisch wurde zur alleinigen Amts- und Schulsprache erklärt, das Land mit russischen Beamten überschwemmt und das estnische und lettische Landvolk zum Übertritt von der lutherischen zur orthodoxen Kirche ermuntert. Luises Unbehagen wurde nach dem letzten Absatz noch größer.

Seit dem Ausbruch des Krieges 1904 fingen die neuen Behörden zu versagen an, und 1905 stieg der durch bewaffnetes Gesindel aufrecht erhaltene Terrorismus namentlich im lettischen Teil derart, daß die bessern, besonders die deutschen Elemente sich zu bewaffneten

Selbstschutzverbänden organisierten und die fremden Konsuln von der Regierung Schutz des Lebens ihrer Landsleute forderten.

Luise kaute auf ihrer Oberlippe. Mit dem Krieg von 1904 war wohl der Russisch-Japanische gemeint, den die zaristischen Truppen verloren hatten. Der Lexikonband war vier Jahre danach erschienen. Wie sah die Situation heute aus? War das »lettische Gesindel« zur Raison gebracht worden? Oder rumorte es nach wie vor in der Gegend? War es gefährlich, dorthin zu reisen? Ein mulmiges Gefühl breitete sich in Luise aus. Sie legte eine Hand auf ihren Magen und holte tief Luft.

Sollte sie nicht besser in Oldenburg bleiben und sich hier eine neue Stelle suchen? Für einen winzigen Moment war die Idee verführerisch. Sei nicht so ein Hasenfuß, schimpfte sie sich. Überleg doch mal! Gräfin Rahden würde ihre Tochter wohl kaum in ein Land schicken, in dem ihr Leben gefährdet ist.

»Verzeihen Sie die Störung.«

Luise hob den Kopf. Herr Moser stand vor ihrem Tisch. Sie warf einen Blick auf die Wanduhr über der Tür und sprang auf.

»Sie müssen schließen«, rief sie. »Ich habe die Zeit vollkommen vergessen.« Sie schlug das Buch zu.

»So leid es mir tut, Ihre Recherche zu unterbrechen.« Der Bibliothekar hob die Schultern. »Aber Sie können ja bald wiederkommen.«

Luise schüttelte den Kopf.

»Nicht?«

»Ich werde noch diese Woche nach Livland aufbrechen«, antwortete Luise.

»Ah, daher Ihr Interesse!« Herr Moser sah sie neugierig an. »Verraten Sie mir den Grund Ihrer Reise?«

»Wie Sie wissen, wird Baronin Beulwitz ja demnächst in ein Damenstift ziehen und benötigt meine Dienste nicht mehr.«

Der Bibliothekar nickte.

»Eine Bekannte von ihr, Gräfin Rahden, hat mir eine Stelle als Zofe für ihre Tochter angeboten. Ich soll diese nach Livland begleiten.«

»Großartig! Ich freue mich für Sie«, bekundete Herr Moser seine Begeisterung. »Livland wird Ihnen gefallen. Es liegt zwar weit im Nordosten und hat sehr lange kalte Winter, aber im Frühling und Sommer ist es dort wunderschön.«

»Ist es nicht riskant, dorthin zu fahren?«

»Wieso?«

»Ich habe gerade gelesen, dass es vor einigen Jahren zu schweren Ausschreitungen gekommen ist und …«

»Sie meinen die revolutionären Unruhen von 1905?«

Luise nickte.

»Die sind längst befriedet«, fuhr Herr Moser fort. »Sie haben nichts zu befürchten.« Er tätschelte ihren Arm. »Ach, ich beneide Sie fast ein klein wenig. Was Sie alles sehen werden! Die herrlichen Städte, Burgen und Rittergüter. Nicht zu vergessen die urwüchsige Natur.« Er strahlte Luise an. »Ich bin schon sehr gespannt, was Sie mir erzählen werden, wenn Sie wieder hier sind. Wie lange sind Sie denn unterwegs?«

»Das weiß ich noch nicht«, antwortete Luise. »Wenn alles nach Plan verläuft, wird die junge Gräfin dort heiraten und mich auch nach der Hochzeit weiterbeschäftigen.« Wenn wir uns verstehen, fügte sie im Stillen hinzu.

»Oh!« Auf Herrn Mosers Gesicht machte sich Enttäuschung breit. »Ich verliere also eine meiner treuesten und aufgewecktesten Kundinnen.«

Bevor Luise die Möglichkeit erwähnen konnte, dass sie vielleicht früher als gedacht zurückkehrte, hellte sich seine Miene wieder auf. »Aber wie hat es Friedrich Hebbel so trefflich formuliert? ›Eine Reise ist ein Trunk aus der Quelle des Lebens.‹« Herr

Moser nahm den Lexikonband, stellte ihn zurück ins Regal und begleitete Luise zum Ausgang. »Ich bin sicher, Sie werden Ihren Entschluss nicht bereuen. Im Gegenteil, Sie werden hingerissen sein!«

Die Überzeugung in seiner Stimme wischte die Bedenken weg, die Luise gehegt hatte. Er hat recht, dachte sie. Es ist höchste Zeit, dass ich endlich über meinen Tellerrand hinausschaue.

Lahemaa / Estland, Sommer 1989

Kapitel 4

Nach dem Frühstück machte sich Merike mit einer Gruppe Kindern daran, die für das Ende der Lagerzeit geplante Zirkusvorstellung vorzubereiten, bei der ihre Schützlinge sich als Jongleure, Akrobaten, Zauberer und Clowns präsentieren wollten. Marten und die übrigen Pioniere begannen derweil mit dem Bau von Modellflugzeugen und -schiffen aus Sperrholz.

Der Ferienalltag folgte strikten Regeln und einem vorgegebenen Zeitplan. Die Pionierlager sollten schließlich nicht nur der Erholung und dem Vergnügen dienen, sondern waren Teil des staatlichen Erziehungsauftrages. Es gab klare Vorschriften, was jungen Menschen beigebracht werden sollte, um sie zu tüchtigen Mitgliedern der sozialistischen Gesellschaft zu erziehen. Musische Talente konnten beim Theaterspielen, Malen und Zeichnen, Singen, Tanzen sowie beim Basteln von Bühnenkulissen und Kostümen entwickelt werden, naturwissenschaftliche Vorlieben durch Sammeln und Bestimmen von Pflanzen, technisches Basteln sowie beim Bauen von Spielgeräten. Einen wichtigen Platz nahm der Sport ein, der sowohl das Gemeinschaftsgefühl als auch die körperliche Fitness trainieren sollte mit Turnübungen, Tischtennisspielen, sportlichen Wettkämpfen und Wanderungen.

Nach der Gruppenarbeit standen zwei Stunden Schwimmen auf dem Plan. Merikes Zuversicht, es gäbe in der Nähe des Lagers einen Badestrand, wurde nicht enttäuscht. Beim Ortskern von Käsmu war tagsüber ein Stück der ansonsten abgeriegelten Uferzone, auf der Soldaten mit Hunden patrouillierten, zum Baden freigegeben. Merikes Euphorie, endlich an der Ostsee zu sein, flaute merklich ab, als sie feststellte, dass dieser Strand ebenfalls überwacht wurde – von einem fünfzehn Meter hohen Eisenturm aus. Außerdem steckten auch hier im flachen Wasser Zäune, die den Blick aufs offene Meer versperrten. Der Anblick des Stacheldrahts und des Wachpostens bedrückte Merike und löste ein Gefühl latenter Gefahr in ihr aus.

Auch die kleine Enna machte einen ängstlichen Eindruck. Merike hörte, wie sie einen Jungen fragte, wozu der Soldat mit Gewehr und die Absperrungen da seien. Der junge Pionier nahm Haltung an.

»Er beschützt uns vor den imperialistischen Aggressoren«, verkündete er mit wichtiger Miene.

Ennas Augen wurden groß. »Gibt es hier denn welche?« Sie sah sich erschrocken um, als befürchte sie, ein bis an die Zähne bewaffneter Imperialist könne jederzeit hinter einem der unzähligen Findlinge, die den Strand übersäten, hervorspringen und sie angreifen.

Merike unterdrückte ein Schmunzeln und stellte gleichzeitig fest, dass sie selbst als Kind den Parolen ihrer Lehrer und Pionierführer blind geglaubt und »dem Westen« im Allgemeinen und den USA im Besonderen die finstersten Absichten unterstellt hatte. Von klein auf hatte man ihr eingetrichtert, dass diese alles daransetzten, den historisch unvermeidlichen Fortschritt der Menschheit zum Sozialismus aufzuhalten. In dieser Anschauung war die Welt geprägt von dem unüberbrückbaren Gegensatz zwischen dem militaristischen Kapitalismus, der das Volk ausbeutete, und dem friedfertigen Kommunismus, der der Bereicherung weniger auf Kosten vieler ein für alle Mal ein Ende bereitet hatte.

»Natürlich nicht hier, Dummerchen«, beantwortete der Junge Ennas Frage. »Drüben in Finnland lauern sie«, er zeigte mit ausgestrecktem Arm übers Meer Richtung Norden. »Das ist nur achtzig Kilometer entfernt. Aber du musst keine Angst haben. Unsere Soldaten sind wachsam.«

Enna nickte dem Jungen mit einem scheuen Lächeln zu und lief zu ein paar Mädchen, die sich gerade ihrer Kleider entledigten, unter denen sie Badeanzüge trugen. Merike sah ihr gedankenvoll nach. Der Junge hatte recht, offiziell dienten Absperrungen und Überwachung dazu, feindliche Spione und andere zwielichtige Eindringlinge abzuwehren beziehungsweise abzufangen, sollte es ihnen allen Maßnahmen zum Trotz gelingen, das estnische Ufer zu betreten. Merike wunderte sich, wer – abgesehen von Kindern – so naiv war, dieser Erklärung zu glauben. Es lag auf der Hand, dass es vielmehr darum ging, die einheimische Bevölkerung daran zu hindern, das Land zu verlassen. Von dieser Halbinsel aus konnte man bei ruhigem Wetter die finnische Küste selbst mit einfachen Kuttern gut erreichen.

Während die Kinder ausgelassen im seichten Wasser plantschten, tat Merike sich schwer, die Zäune und Verbotstafeln auszublenden und den Aufenthalt am Strand zu genießen. Sie beschloss, sich mit Lesen von der bedrückenden Atmosphäre abzulenken. Nachdem sie sich vergewissert hatte, dass die Kinder nach einem kurzen Bad in der kühlen Ostsee alle wieder am Ufer waren, suchte sie sich einen Sitzplatz vor einem Felsbrocken, der ihr als Rückenlehne diente. Von dort hatte sie einen guten Blick auf die Jungen und Mädchen. Einige von ihnen hatten sich um Marten geschart, der ihnen beibrachte, wie man ein Lasso warf. Andere spielten Fangball oder *kummikeks*, bei dem man seine Geschicklichkeit mit dem Hüpfen komplizierter Figuren über zwei gespannte Waschgummis beweisen musste. Merike holte den historischen Roman *Die Frauen von Wesenberg* von Jaan Kross aus der Tasche, den sie sich als Reiselektüre mitgenommen hatte, und begann zu lesen, wobei sie alle paar Zeilen aufschaute und prüfte, ob mit den Kindern alles in Ordnung war.

»Seid ihr die Gruppe aus Otepää?«

Merike sah von ihrem Buch auf, das sie ins Estland zur Zeit der Zarin Elisabeth I. entführt hatte. Neben dem Findling stand eine

Frau, die sie auf vierzig Jahre schätzte. Sie trug einen knielangen grünen Rock mit roten Längsstreifen und eine dunkelblaue Strickjacke. Ihre Haare waren von einem Kopftuch bedeckt, das sie unter dem Kinn zusammengebunden hatte. Sie trug einen Weidenkorb, über den sie ein Küchentuch gebreitet hatte. Merike nickte und stand auf.

»Willkommen in Käsmu«, fuhr die Frau fort. »Ich bin Ragne. Ich helfe euch beim Essenmachen.« Sie zog das Tuch beiseite und gab den Blick frei auf eine dicke Speckscheibe und mehrere Einweckgläser.

»Wunderbar! Ich bin Merike.« Sie schüttelte erleichtert Ragnes Hand. Den ganzen Vormittag über hatte sie sich schon gefragt, wann die ihnen versprochene Köchin auftauchen oder ob es wie bei der Verpflegung zu Verzögerungen kommen würde. Ihre eigenen Kochkünste hielten sich in überschaubaren Grenzen, und die Aussicht, allein eine warme Mahlzeit für vierundzwanzig hungrige Leute zubereiten zu müssen, hatte sie nervös gemacht.

Nachdem sie mit Marten vereinbart hatte, dass er bei den Kindern bleiben würde, machte sie sich mit Ragne auf den Weg zum Lager, um ihr die Vorräte zu zeigen, einen Speiseplan für die Woche zu erstellen, notwendige Besorgungen abzusprechen und ihr beim Zubereiten des Essens zur Hand zu gehen.

»Es tut mir leid, wenn ich dich vom Strand weghole«, sagte Ragne.

»Muss es nicht. Ehrlich gesagt, ich finde das gewöhnungsbedürftig«, sprudelte es aus Merike heraus. Sie deutete auf die Zäune im Meer. »Man kommt sich vor wie ein Gefang…« Erschrocken verstummte sie und musterte Ragne verstohlen. War sie zu unbedacht vorgeprescht? Verdammt, schalt sich Merike. Du musst vorsichtiger sein. Du kannst doch einer Wildfremden nicht einfach …

»Man gewöhnt sich nicht wirklich daran«, sagte Ragne leise.

»Zumal das nicht die einzigen Beeinträchtigungen sind.« Sie warf Merike einen prüfenden Blick zu und sprach nach einer winzigen Pause weiter. »Wir Dorfbewohner dürfen uns zum Beispiel nach zehn Uhr abends nicht mehr auf den Straßen blicken lassen. Und das Meer, das jahrhundertelang unsere Lebensgrundlage war, hat man zur Tabuzone erklärt.«

»Du meine Güte!« Merike fuhr sich durchs Haar. »Jetzt wundern mich die vielen leer stehenden Häuser nicht mehr. Die sind mir gestern sofort aufgefallen. Haben da Fischer gewohnt?«

»Nein, wenn du die Grundstücke im südlichen Teil meinst. Die haben überwiegend Kapitänen gehört.« Ragne zeigte auf ein längliches Gebäude, an dem sie gerade vorbeigingen. »In dem Haus da war vor dem Krieg eine Seefahrtsschule untergebracht, in der viele unserer Kapitäne und andere Seeleute ausgebildet worden sind. Jetzt hat es der Grenzschutz in Beschlag genommen.«

»Darf ich fragen, was dich hier hält?«, fragte Merike. »Ich stelle es mir sehr deprimierend vor, an so einem Ort zu leben.«

»Meine Familie ist seit Generationen in Käsmu verwurzelt.« Ragne klopfte sich gegen den Kopf. »Wir sind Sturschädel. Uns vertreibt man nicht so leicht, auch wenn wir nicht mehr zum Fischen rausfahren dürfen.« Sie lächelte grimmig. »Aber eines Tages wird das wieder möglich sein. Daran glaube ich ganz fest.«

»Und von was lebt ihr jetzt?«

»Es gibt immer irgendetwas zu tun. Zum Beispiel für Ferienkinder kochen.« Ragne zwinkerte Merike zu. »Wir kommen schon über die Runden.«

Merike traute sich nicht, tiefer zu bohren. Ragnes ausweichende Antwort sprach für sich.

Nach dem Essen, Graupen mit Speck und würzigem Kartoffelstampf, musste der obligatorische Mittagsschlaf abgehalten werden, bevor die Pioniergruppe zu einem Ausflug ins Innere des

Lahemaa-Naturschutzgebietes aufbrechen konnte. Käsmu war mit vier weiteren Halbinseln Teil des ersten Nationalparks der Sowjetunion, der 1971 eröffnet worden war. Er sollte die typische Landschaft Nordestlands mit ihren unberührten Wäldern, Hochmooren, Seen und Flüssen sowie der von den Gletschern der letzten Eiszeit geformten Küste in ihrem Urzustand bewahren und den vom Aussterben bedrohten Arten wie Stein-, See- und Fischadlern, Nerzen, Schwarzstörchen, Luchsen, Braunbären und vielen anderen Tieren eine sichere Heimat bieten. Den Buchten zwischen den vier Landzungen verdankte das Schutzgebiet seinen Namen: Lahemaa bedeutete Land der Buchten. Darüber hinaus war man bestrebt, auch das kulturelle Erbe der Gegend zu erhalten, die von mehreren Gutshöfen geprägt wurde. Sie waren einst von deutschbaltischen Adelsfamilien erbaut worden.

Ragne hatte Merike von Palmse vorgeschwärmt, dem Vorzeigeprojekt von Lahemaa. Nach dem Krieg hatte das Gut unter anderem als Veteranenheim, später einige Jahre als Pionierlager gedient und das Schicksal vieler anderer ehemaliger Herrensitze geteilt: War die Bausubstanz einigermaßen in Schuss, wurden die Häuser als Schulen, Vorratslager, Fabriken oder Unterkünfte benutzt, jedoch selten instand gehalten oder gar renoviert. Ragne hatte erzählt, dass sich für Palmse die Lage mit der Eröffnung des Nationalparks geändert hatte, dessen Verwaltungszentrum dort untergebracht worden war. Nach und nach wurden die bestehenden Bauten restauriert und zerstörte oder verschwundene rekonstruiert. Mittlerweile erstrahlte nicht nur das Herrenhaus in altem Glanz, sondern auch Nebengebäude wie die Orangerie, die Schnapsbrennerei, das Badehaus, die Schmiede, Kavaliershäuser und Stallungen. Außerdem war der riesige Park, der das Anwesen umgab, nach den historischen Plänen wiederhergerichtet worden.

Zu Ragnes Leidwesen musste sie Merikes Frage, ob man das Gutshaus besichtigen könne, verneinen. Es stand Besuchern nur an Feiertagen oder bei besonderen Veranstaltungen offen. »Schade, dass ihr jetzt und nicht Anfang Juli hier seid«, hatte Ragne gemeint. »Da findet nämlich das *Viru Säru Festival* statt, bei dem sich Tänzer und Musikanten aus ganz Virumaa in Palmse versammeln und auftreten. Bei der Gelegenheit kann man dann auch das Schloss besichtigen.«

Marten und Merike beschlossen, bei der Parkverwaltung eine Sonderführung für ihre Gruppe zu beantragen, die ihnen mit Glück noch während ihres Aufenthalts bewilligt würde.

An diesem Nachmittag fuhren sie in den südwestlichen Teil des Nationalparks, in dem sich das Viru-Moor befand. Marten parkte den Bus am Rande eines Fichtenwaldes, durch den sie ein Stück liefen, bevor sich die Bäume lichteten und das Hochmoor begann. Schon im Wald war der Untergrund weich gewesen und hatte Merike das Gefühl vermittelt, sich auf einer gefederten Matratze zu bewegen. Pfützen und Tümpel auf und neben dem Weg wurden immer zahlreicher, je weiter sie ins Innere vordrangen, immer üppiger wuchsen Flechten und Moose an den Stämmen und auf dem Boden. Dieser wurde schließlich so sumpfig, dass es auf einem Holzbohlenweg weiterging, der durchs Hochmoor führte.

Merike forderte die Kinder auf, paarweise hintereinander zu laufen, und schärfte ihnen ein, unter keinen Umständen die leicht schwankenden Planken zu verlassen, unter denen das Wasser gluckste und schmatzte. Marten ging voraus, Merike bildete die Nachhut. Sie hatte kaum Augen für die eigentümliche Landschaft mit den tiefbraunen Tümpeln, von Gräsern zugewucherten Wasserläufen und den bunten Blütensprenkeln im braunroten Moos. Die Angst, einer ihrer Schützlinge könnte vom Weg abkommen und im Moor versinken, veranlasste sie dazu, unablässig die Reihe der Pioniere im Blick zu behalten.

Sie entspannte sich erst, als sie einen Aussichtsturm am Rand eines größeren Sees erreichten. Aufatmend stellte Merike sich ans Geländer und genoss den Rundblick. Noch nie zuvor hatte sie ein so großes intaktes Hochmoor gesehen. In der Gegend um Otepää gab es zwar auch Sümpfe, und ganz im Süden an der Grenze zu Lettland bot das Luhasoo-Schutzgebiet einen Einblick in die verschiedenen Entwicklungsstufen, die ein Moor im Laufe der Jahrhunderte durchlief. Im Vergleich mit Viru nahmen sich diese Feuchtgebiete jedoch bescheiden aus. Zu intensiv hatten die Menschen seit alters den Torf abgebaut, der ihnen zum Heizen diente, und Flächen entwässert, um Äcker und Viehweiden anzulegen.

Während Merike ihre Augen über die Wasserfläche unter ihr schweifen ließ, in der sich der tiefblaue Himmel und dicke Quellwolken spiegelten, lauschte sie den Ausführungen von Marten, der den Kindern die Besonderheiten des Hochmoors erklärte.

»Ihr müsst euch vorstellen, dass hier während der Eiszeit alles von einem gigantischen Gletscher bedeckt war. Als er abschmolz, haben sich in den Senken Seen gebildet. Und als diese immer mehr verlandet sind, ist das Moor entstanden.«

»Was bedeutet verlanden?«, fragte ein Junge. »Sind sie ausgetrocknet?«

»Dummkopf«, zischelte sein Nachbar, der ihn um einen halben Kopf überragte. »Dann wäre es hier kaum so nass.«

»Sie sind zugewachsen«, rief Enna.

»Das ist ja noch blöder.« Der größere Junge grinste höhnisch.

»Selber blöd.« Sie stellte sich vor ihn. »Das hat mir mein Papa gesagt.«

»Dann ist dein Papa eben genauso dämlich wie du.«

Enna wurde bleich. »Du gemeiner Kerl!« Sie ballte ihre Hände zu Fäusten und rang sichtlich um Fassung.

»Dann erklär du uns doch, was verlanden bedeutet«, sagte der kleinere Junge. »Wenn du alles besser weißt.«

»Ist mir vollkommen schnuppe«, antwortete der Größere.

Enna schnaubte verächtlich und wechselte mit dem kleineren Jungen einen vielsagenden Blick.

»Ennas Vater hat recht«, sagte Merike. »Wenn in Seen oder Teichen wenig Strömung herrscht, sammeln sich an den Ufern Pflanzenreste, die sich im Wasser kaum zersetzen und allmählich zu Torf werden. Der See wird also flacher, und der Röhrichtgürtel kann immer weiter zur Gewässermitte vordringen.«

»Siehste!« Enna sah den größeren Jungen triumphierend an. »Der See wächst zu!«

»Was glaubt ihr, wie alt sind diese Bäume?«, fragte Marten die Kinder, die die Streithähne umringten und ihren Schlagabtausch gebannt verfolgten. Er deutete auf die schmächtigen Krüppelkiefern, die vereinzelt zwischen den dunklen Tümpeln auf Grasinselchen wuchsen.

Die Jungen und Mädchen drehten sich wieder zur Brüstung.

»Zehn Jahre?«

»Nein, höchstens sieben!«

»Keine Ahnung.«

»Nicht älter als wir«, riefen sie durcheinander.

Merike teilte ihre Überraschung, als Marten mit einem Grinsen erklärte, die Kiefern hätten mindestens hundert Jahre auf dem Buckel.

»Der Torfboden hat kaum Nährstoffe«, erklärte er. »Da wächst es sich nicht so schnell.«

»Aber ist Torf nicht Humus?«, fragte ein Mädchen. »Den gibt meine Mutter immer auf die Beete, damit das Gemüse besser gedeiht.«

»Torf besteht zwar auch aus abgestorbenen Pflanzen, ist aber ganz anders als der Humus, der in eurem Komposthaufen entsteht«, antwortete Merike, die an den Garten ihrer Großmutter denken musste. »Torf ist extrem sauer, das würde euren Gurken,

Karotten und Salaten gar nicht schmecken. Wie die meisten Pflanzen brauchen sie nämlich kalkhaltige Erde und ab und zu Dünger.«

»Außerdem wird das Moor nur durch Niederschläge bewässert«, ergänzte Marten. »Der Torf enthält also kaum Mineralsalze. Darum wachsen hier auch nur sehr genügsame Pflanzen wie Moose, Flechten, Zwergsträucher und Riedgräser.«

»Apropos Niederschläge«, sagte Merike und deutete zum Himmel, der mittlerweile von dunklen Wolken überzogen war. »Wir sollten uns ein trockenes Plätzchen suchen, wo wir vespern können.«

»Du hast recht«, bemerkte Marten. »Das könnte hier gleich ungemütlich werden.«

Die Pioniere verließen den Aussichtsturm. Der Wind war aufgefrischt, kräuselte die Wasserfläche des Sees und fuhr auf den Grasinseln raschelnd in die trockenen Halme zwischen den neuen Trieben. Am Horizont im Westen kündete Wetterleuchten von einem nahenden Gewitter. Die Vorstellung, von diesem auf dem offenen Gelände überrollt zu werden, beschleunigte Merikes Herzschlag. Sie trieb die Kinder zur Eile an. Nicht auszudenken, wenn in ihrer Nähe Blitze einschlagen oder Niederschläge den Holzbohlenweg in eine glitschige Rutschbahn verwandeln würden.

Sie hasteten zurück zur Straße. Auf den letzten Metern blitzte es direkt über ihnen, unmittelbar begleitet von ohrenbetäubendem Krachen. Merike nahm Enna und einen kleinen Jungen, der verängstigt zum Himmel schaute, an den Händen und rannte mit ihnen zum Bus, dicht gefolgt von den übrigen Kindern und Marten, die ebenfalls vor dem einsetzenden Regen flohen. Kaum saßen alle im Trockenen, prasselte ein heftiger Schauer herab. Das Wasser bildete eine graue Wand, die ihnen die Sicht nahm – durchzuckt von grellen Lichtblitzen und Donnerschlägen, die Merikes Zwerchfell zum Beben brachten.

Im Bus herrschte angespanntes Schweigen, unterbrochen von leisem Schluchzen. Um die verängstigten Kinder abzulenken, stimmte Merike ein Lied an, in dem es um einen Hasen ging, der auf der Flucht vor dem Jäger durch den Wald hetzte, bis ihm der Elch in seinem Haus Schutz anbot. Nach und nach fielen die Jungen und Mädchen in die beschwingte Melodie ein und sangen gegen das Rauschen des Regens und das Grollen des Donners an.

Fünf Minuten später war der Spuk vorüber, die Wolkendecke riss auf, und die hervorbrechenden Sonnenstrahlen ließen die Tropfen auf den Nadeln der Fichten glitzern und die Pfützen in den Schlaglöchern auf der ungeteerten Straße glänzen.

»Ragne, unsere Köchin, hat mir gesagt, dass es nicht weit von hier ein halb verfallenes Gutshaus gibt«, sagte Merike. »Das wäre doch ein interessanter Ort für unser Picknick.«

»Du meinst Kolga.« Marten deutete nach kurzer Suche auf einen Punkt auf der Straßenkarte, die aufgefaltet auf der Ablage vor der Windschutzscheibe lag. »Gute Idee.«

Er startete den Motor, fuhr ein paar Kilometer durch den Wald und parkte den Bus bei einem Steinportal, hinter dem ein breiter Weg auf das Gutsgelände führte.

Ragne hatte Merike erzählt, dass das Anwesen, das neben dem Herrenhaus zahlreiche Nebengebäude umfasste, nach dem Krieg immer wieder in Teilen genutzt worden war. Dieser Tage diente ein umgebauter Stall einem Fischereikombinat als Ferienheim. Insgesamt wurde Kolga jedoch wegen seiner »Architektur der Ausbeuterklasse« nur notdürftig instand gehalten. Auf dem weitläufigen Gelände sah Merike mehrere von Buschwerk und Efeu überwucherte Ruinen. Das Haupthaus hingegen machte trotz bröckelnder Fassade, fehlender Fensterscheiben und des marode aussehenden Blechdachs nach wie vor einen imposanten Eindruck. In der Mitte des zweistöckigen Baus, der rechts und links von Seitenflügeln flankiert wurde, thronte ein von sechs hohen Säulen getragener Portikus, der das Dach des darunterliegenden Eingangs bildete. Dieser lag hinter einem Vorbau mit drei Rundbögen – der ideale Platz für eine Rast auf trockenem Boden.

Die Mädchen und Jungen stürmten los – wer ist zuerst am Haus? Marten und Merike folgten ihnen mit zwei Körben mit Saftflaschen, Butterbroten, Keksen und Äpfeln. Unvermittelt brachen die Kinder ihr Wettrennen einige Schritte vor dem Ziel ab und schauten unschlüssig zu dem Vorbau. Als Merike die Gruppe erreichte, hörte sie Musik, die aus einem Transistorradio tönte, das neben einem der Tragepfeiler auf dem Boden stand. Dazu tanzte eine Gestalt in einem dunklen Overall mit ausladenden Bewegungen und sang den Text lauthals mit:

Walking like a man.
Hitting like a hammer.
She's a juvenile scam.
Never was a quitter.
Tasty like a raindrop.
She's got the look.

Merike stutzte und kratzte sich an der Schläfe. Die junge Frau, als die sich die Gestalt aus der Nähe entpuppte, schätzte sie auf ein paar Jahre älter als sich selbst. Am auffälligsten war ihre Frisur: Auf der einen Kopfhälfte waren die schwarz gefärbten Haare kurz geschoren, auf der anderen reichten sie bis zum Kinn. Um den Hals trug sie ein Hundehalsband mit Nieten.

Die Szene mutete Merike surreal an. Ein Lied in der Sprache der kapitalistischen Feinde der Sowjetunion gesungen von einer punkig zurechtgemachten Frau vor einem Gutshaus der früheren Ausbeuterklasse. Ihr Blick schweifte zu den Kindern, die die Tänzerin kichernd und tuschelnd beobachteten.

Was werden ihre Eltern denken, wenn sie von dieser Begegnung hören?, schoss es Merike durch den Kopf. Wenn sie so drauf sind wie Opa Andrus, werden sie sich beschweren, dass ich das nicht verhindert habe. Oder sogar glauben, ich hätte ihre Kleinen absichtlich in diese Situation gebracht. Dann wäre ich die längste Zeit Pionierleiterin gewesen.

»Warum schaut sie so wütend?«, flüsterte die kleine Enna und fasste nach Merikes Hand. »Was singt sie?«

»Keine Ahnung«, antwortete Merike. »Das ist Englisch, das hatte ich nicht in der Schule.«

Sie schaute zu der jungen Frau, die die Anwesenheit der Pioniere noch nicht bemerkt hatte. Enna hat recht, dachte Merike. Sie wirkt sehr zornig. Und zugleich wild und frei. Wer sie wohl ist? Und was hat sie hierher verschlagen? Das ist gleichgültig, mahnte sie sich. Du solltest zusehen, dass wir so schnell wie möglich von hier verschwinden.

Lübeck, Frühling 1914

Kapitel 5

Luise starrte auf den schweren Büttenbogen, der mit der ausladenden, nach rechts geneigten Handschrift von Gräfin Rahden bedeckt war. Beim ersten Überfliegen des Briefes zwei Tage zuvor war ihr das verklausulierte Ansinnen von Wilhelmines Mutter nicht aufgefallen, zu abgelenkt war sie vom Trubel vor ihrer Abreise gewesen, vom Kofferpacken, von den letzten Besorgungen sowie Botengängen für die Baronin und nicht zuletzt vom tränenreichen Abschied von ihrer Schwester Ella und den vertrauten Straßen, Gebäuden und Plätzen Oldenburgs, die ihr, seit sie denken konnte, Heimat gewesen waren.

Der Brief hatte den Reisedokumenten, die ihr Elvira von Rahden wie angekündigt hatte bringen lassen, beigelegen. Luise hatte ihn in ihre Handtasche gesteckt und erst wieder an ihn gedacht, als sie es sich auf dem für sie reservierten Platz in der Eisenbahn nach Hamburg bequem gemacht hatte. Die Gräfin hatte sich nicht lumpen lassen und ihr eine Fahrkarte zweiter Klasse in einem Sechserabteil bestellt, das Luise zunächst für sich allein hatte. Während der D-Zug nach Osten Richtung Bremen fuhr, las Luise das Schreiben der Gräfin aufmerksam durch. Draußen zog ein abwechslungsreiches Mosaik aus Wäldern, Ackerland und von Entwässerungsgräben durchzogenen Wiesen vorbei, auf denen schwarz-weiße Kühe weideten.

Nachdem Elvira von Rahden ein paar Erklärungen zu den Reiseunterlagen abgegeben und sich erneut für Luises Bereitschaft bedankt hatte, die Zofenstelle bei Wilhelmine anzutreten, folgte der Teil, der Luises Befremden ausgelöst hatte:

Nachdem ich unser Gespräch am Montag zu meinem Bedauern nicht in der Länge habe führen können, wie ich es für wünschenswert und angemessen gehalten hätte, möchte ich Sie nun auf diesem Wege noch eingehender auf Ihre Aufgabe vorbereiten, die Sie – da bin ich mir sicher – nach bestem Wissen und Gewissen erfüllen werden.

Unsere Wilhelmine ist sehr behütet aufgewachsen und im Geiste altdeutscher Tugenden und Werte erzogen worden. Erst haben Hauslehrer und Gouvernanten das Fundament ihrer Bildung gelegt, anschließend verbrachte sie drei Jahre in Heiligengrabe.

Luise hielt kurz inne und rief sich ein Gespräch mit Baronin Beulwitz ins Gedächtnis, in dem diese Heiligengrabe erwähnt hatte. Ursprünglich war Mitte des 19. Jahrhunderts in dem brandenburgischen Frauenkloster eine »Erziehungsanstalt für verarmte adlige Mädchen« gegründet worden, die sich jedoch in den vergangenen Jahren zu *dem* Traditionsinternat in Preußen entwickelt hatte. Laut der Baronin schickte so gut wie jede adlige Familie des Landes ihre Töchter nach Heiligengrabe. Die Schülerinnen wurden wegen der einheitlichen Kleidung und des strengen Erziehungsstils »des Kaisers weibliche Kadetten« genannt. Das Leben war spartanisch und christlich ausgerichtet, Zuverlässigkeit und Ordnung zählten neben Selbstdisziplin, Gehorsam, Bescheidenheit sowie Kaisertreue und Gottesfurcht zu den obersten Tugenden.

Luise wunderte sich nicht, dass die von Rahdens dieses Stift für ihre Tochter ausgewählt hatten. Es passte zu der Betonung der althergebrachten Werte, die sie hochhielten. Wie es Wilhelmine dort wohl ergangen war? Hatte sie sich eingesperrt gefühlt, gegängelt von den starren Regeln? Oder hatte sie die Gemeinschaft mit den gleichaltrigen Mädchen genossen und sich fraglos der Ausbildung unterzogen, die sich am klassischen Bildungskanon und vor allem am christlichen Weltbild orientierte? Das werde ich vermutlich bald herausfinden, dachte Luise und setzte ihre Lektüre fort.

Zuletzt hat Wilhelmine sich in England bei ihrer verwitweten Großtante als Gesellschafterin nützliche Fähigkeiten erworben, die ihr in ihrer zukünftigen Rolle als Herrin über einen großen Haushalt, mit all den Aufgaben, die das mit sich bringt, sowie als Dame der Gesellschaft zupasskommen werden. Sie geht also vortrefflich gerüstet in den neuen Lebensabschnitt, der in Algulfer auf sie wartet.

Andererseits muss ich mir im Nachhinein die Frage stellen, ob es richtig war, Wilhelmine von den Widrigkeiten des Lebens abzuschirmen und Schmutz und Unbill von ihr fernzuhalten. Sie hat ein empfindsames Gemüt, das ich zu schützen trachtete. Sie werden feststellen, dass sie zuweilen impulsiv ist und sich in solchen Momenten zu unvernünftigen Entscheidungen verleiten lässt, was sie umso verletzlicher macht. Wird sie es seelisch verkraften, fern von der vertrauten Heimat ein neues Leben zu beginnen, das sich in vieler Hinsicht grundlegend von ihrem bisherigen unterscheiden wird? Sie wird mit Pflichten und Erfahrungen konfrontiert werden, auf die sie nur unzureichend vorbereitet ist. Obgleich ich keinen Zweifel hege, dass mein Schwiegersohn in spe ein anständiger Mann ist und seine Familie sie mit offenen Armen empfangen wird – so sind es doch zunächst Fremde in einer unbekannten Umgebung.

Und hier komme ich nun zu meinem Anliegen an Sie: Es wäre mir eine große Erleichterung, wenn Sie sich entschließen könnten, Wilhelmine nicht nur nach Livland zu begleiten, sondern auch später möglichst dauerhaft an ihrer Seite zu bleiben und sie bei auftretenden Unsicherheiten, Zweifeln oder anderen heiklen Situationen zu beraten und zu unterstützen. Darüber hinaus wäre ich Ihnen sehr verbunden, wenn Sie mich über eventuelle

Schwierigkeiten informieren. Meine Tochter ist stets bemüht, uns nicht zu beunruhigen und ihre Lage in einem rosigeren Licht darzustellen, als es zuweilen den Tatsachen entspricht.

Nachdem Luise diese Absätze ein zweites Mal gelesen hatte, ließ sie den Briefbogen auf ihren Schoß sinken und schaute aus dem Fenster. Der Zug hatte mittlerweile die Gemeinde Hude erreicht und passierte soeben ein weitläufiges Industriegelände, auf dem neben Backsteingebäuden mit hohen Schornsteinen und Arbeiterwohnhäusern eine prachtvolle Jugendstilvilla stand.

Luise presste die Lippen aufeinander. Der Brief der Gräfin löste zwiespältige Gefühle in ihr aus. Sie war geschmeichelt von dem ihr entgegengebrachten Vertrauen. Zugleich empfand sie das Kompliment als manipulativ. Es hatte unverkennbar den Zweck, ihr einen Rückzieher zu erschweren. Demselben Ziel diente in ihren Augen die Betonung von Wilhelmines Verletzlichkeit. Sie in der Fremde im Stich zu lassen, wäre selbstsüchtig und kalt. Während Luise diesen Schachzug verstehen und dem ängstlichen Mutterherz zugutehalten konnte, tat sie sich mit zwei anderen Punkten schwerer.

Elvira von Rahden hatte sich zwar sehr vager Formulierungen bedient bei der Beschreibung der Erfahrungen, auf die ihre Tochter nur unzureichend vorbereitet sei. Und auch die Unsicherheiten, Zweifel oder anderen heiklen Situationen, die dadurch ausgelöst werden könnten und bei denen sie sich die Hilfe der neuen Zofe erhoffte, hatte sie nicht näher erläutert. Luise glaubte jedoch sicher zu wissen, was die Gräfin damit in erster Linie gemeint hatte: die ehelichen Pflichten, also die körperlichen Seiten des Verheiratetseins. Offensichtlich hatte sie es nicht für angebracht gehalten, Wilhelmine selbst in diese Geheimnisse einzuweihen. Kein Wunder, war dieses Thema doch mit viel Scham behaftet und insbesondere in den höheren Kreisen ein gesellschaftliches Tabu.

Immerhin wollte die Gräfin ihre Tochter nicht gänzlich unvorbereitet in ihr neues Dasein als Gattin schicken.

Aber warum ist sie der Ansicht, ich sei geeignet, Wilhelmine aufzuklären?, fragte sich Luise. Unterstellt sie mir, über Erfahrungen zu verfügen, die eine »anständige Frau« erst nach der Hochzeit macht? Teilt sie wie viele ihrer Standesgenossen die Überzeugung, Dienstboten hätten als Angehörige der unteren Schichten eine lasche Moral, seien oberflächlich, putzsüchtig und triebhaft? Luise versteifte sich.

Der zweite Punkt, der Luise übel aufstieß, war die mehr oder weniger unverblümte Aufforderung, hinter Wilhelmines Rücken über diese zu berichten. Ich bin doch kein Spitzel, dachte sie empört. Nachdenklich starrte sie auf den Brief. Sie wurde nicht recht schlau aus dem Verhalten von Wilhelmines Mutter, die sich einerseits um das Wohl ihrer Tochter sorgte, andererseits nicht gezögert hatte, für sie eine Ehe mit einem wildfremden Mann zu planen und sie in ein unbekanntes Land zu schicken, und das in Begleitung einer ebenfalls Fremden. Luise zuckte die Schultern und steckte den Brief zurück in den Umschlag. Es hatte keinen Sinn, sich den Kopf über etwas zu zerbrechen, was sie nicht ergründen konnte.

Am späten Vormittag traf Luise in Lübeck ein und nahm vom Bahnhof eine offene Droschke zum Anleger für die Dampfer nach Kopenhagen und zu anderen Ostseehäfen.

Für Luise war Lübeck vor allem mit dem Schriftsteller Thomas Mann verbunden. Das Bewusstsein, sich in seiner Vaterstadt zu befinden, erfüllte sie mit Ehrfurcht. Sie bedauerte den straffen Zeitplan, der ihr keine Gelegenheit für einen Stadtbummel ließ. Wie gerne wäre sie auf den Spuren des von ihr verehrten Autors durch die Gassen gestreift, hätte das Haus seiner Familie und all die Orte aufgesucht, die er im Roman *Buddenbrooks* verewigt hatte.

Der Kutscher fuhr direkt an der Untertrave entlang, die beim berühmten Holstentor begann, das Luise von den Holzkisten mit Marzipan kannte, die sich Baronin Beulwitz in der Weihnachtszeit liefern ließ. Flussabwärts ging es vorbei am Hauptzollamt und über eine Drehbrücke in den Hafenbereich. Mit klopfendem Herzen betrachtete Luise die Umgebung. Bereits bei der Ankunft war sie überwältigt gewesen von der Größe der Stadt, in der rund 97 000 Menschen lebten, dreimal so viele wie in Oldenburg. Dessen Centralbahnhof war Luise immer stattlich vorgekommen, im Vergleich mit der zehn Gleise überspannenden Halle, in die der Zug in Lübeck eingefahren war, nahm er sich jedoch bescheiden aus.

An beiden Ufern der Untertrave herrschte lebhaftes Treiben. Auf der gegenüberliegenden Seite, dem Behn-Kai, befanden sich Lagerhäuser und -plätze, vor denen Frachtkähne ankerten, die auf ihre Ent- oder Beladung warteten. Auf dem zur Stadt hin gelegenen Ufer wurden die Seedampfer und kleinere Passagierschiffe abgefertigt. Dienstmänner schoben mit Gepäck beladene Sackkarren vor sich her, ein Marktweib bot gebackene Kringel in einem Henkelkorb feil, eine Gruppe Schulkinder verfolgte das Anlegemanöver eines Dreimastschoners, und rund zwei Dutzend Leute warteten darauf, an Bord des Dampfers nach Sankt Petersburg gehen zu können, der gerade mittels eines Krans mit Kisten, Fässern und Säcken beladen wurde.

Der Kutscher zügelte das Pferd, hob die beiden Koffer vom Gepäckfach und half Luise beim Aussteigen. Noch während sie ihn entlohnte, sah sie sich um und entdeckte ein paar Schritte entfernt eine junge Dame, die ihren Blick ebenfalls suchend über die Menschenmenge wandern ließ. Sie hatte etwa die gleiche Größe wie Luise, war jedoch etwas stämmiger. Sie trug einen knöchellangen Mantel aus einem hellgrauen Lodenstoff und einen schlichten Florentinerhut, der mit einem Samtband verziert war. Sie hielt sich sehr aufrecht, was die Eleganz ihrer Erscheinung unterstrich und ihr eine autoritäre Ausstrahlung verlieh, die Luise einschüchterte.

Sollte das Wilhelmine von Rahden sein?, rätselte Luise, nachdem sie keine weitere unbegleitete junge Frau entdecken konnte. Wohl eher nicht, dachte sie. Nach der Beschreibung ihrer Mutter muss sie doch eine verhuschte, unsichere Person sein. Aber Zeit und Ort stimmen. Ob sie sich verspätet hat? Die gleiche Frage schien sich die junge Dame zu stellen. Sie schob den Ärmel ihres Mantels zurück, schaute auf ihre Armbanduhr und runzelte die Stirn.

Geh zu ihr und verschaffe dir Klarheit, befahl sich Luise. Sie schluckte trocken. Einen winzigen Moment lang spielte sie mit dem Gedanken, kehrtzumachen und sich nicht zu erkennen zu geben. Untersteh dich!, schimpfte ihr strenges Ich mit ihr. Das ist nun wirklich keine Lösung. Luise holte tief Luft, griff nach den Koffern und trat zu der jungen Dame.

»Entschuldigen Sie, sind Sie Fräulein von Rahden?«

»Äh, ja …« Sie sah Luise verblüfft an. »Sind Sie etwa Fräulein Gerdes?« In ihrer Stimme schwang Unglauben.

Luise nickte und lächelte unsicher.

Wilhelmine musterte sie ein, zwei Atemzüge lang aufmerksam – eine gefühlte Ewigkeit für Luise. Sie spürte, wie ihr Mund trocken wurde. Vielleicht war der Impuls, wegzulaufen, doch nicht so dumm gewesen. Die stumme Prüfung, der sie offensichtlich unterzogen wurde, war ihr unangenehm. Es kostete sie Anstrengung, dem Blick standzuhalten. Als sie es kaum noch aushielt, entspannten sich Wilhelmines Züge.

»Ich freue mich sehr!« Ihr Mund verzog sich zu einem breiten Lächeln, das ihre tiefblauen Augen erstrahlen ließ.

Luise blinzelte. War das die gleiche Person, die ihr eben noch unnahbar und streng erschienen war?

»Ist Ihnen nicht gut? Sie sehen so ...«

»Nein, alles bestens«, sagte Luise rasch und drückte die Hand, die Wilhelmine ihr hinhielt. »Ich freue mich auch sehr.«

»Wissen Sie, nach der Beschreibung meiner Mutter hatte ich eine wesentlich ältere Person erwartet«, sprudelte Wilhelmine los. »Sie hatte erwähnt, dass Sie lange die Gesellschafterin von Baronin Beulwitz gewesen sind, die Ihren tadellosen Charakter und vorbildliches Benehmen in den höchsten Tönen gelobt hat.« Sie zwinkerte verschmitzt. »Da habe ich angenommen, dass mich eine in die Jahre gekommene verknöcherte Sittenwächterin begleiten würde, die strikt darauf achtet, dass ich mich stets moralisch einwandfrei verhalte.«

Ohne eine Antwort abzuwarten, winkte Wilhelmine einen Dienstmann herbei und wies ihn an, ihre geräumige Reisetasche und Luises Koffer auf das Dampfschiff zu bringen, dessen Gangway mittlerweile für die Passagiere geöffnet worden war.

Luise folgte ihr ein wenig benommen. Die Erleichterung über die Verwandlung ihrer neuen Herrin machte sie schwindelig. Sie ist tatsächlich sehr impulsiv, stellte Luise fest. Aber sonst entspricht sie Gott sei Dank nicht dem Bild, das ich mir nach der Beschreibung ihrer Mutter von ihr gemacht hatte. Sie wirkt kein bisschen hilflos und schutzbedürftig.

Eine Viertelstunde später kündete ein tiefes Tuten vom Ablegen des Dampfers. Luise und Wilhelmine, die ihr Gepäck in ihren nebeneinanderliegenden Kabinen verstaut hatten, stellten sich an die Reling des Vorderdecks und betrachteten die langsam vorbeiziehenden Häuser. An der Untertrave zeugten die unterschiedlichen Fassaden, Fenster, Giebel und Dächer der drei- bis viergeschossigen Gebäude von den Baustilen ihrer jeweiligen Entstehungszeit von der Romanik bis zur Gegenwart. Zwischen ihnen entdeckte Luise immer wieder Reste der alten Stadtmauer. Die Uferstraße – und damit die Altstadt – endete am Burgtor und dem ehemaligen Marstall, der seit dem Mittelalter immer wieder umgebaut worden war und dieser Tage das Gericht beherbergte. Luise drehte den Kopf, um einen letzten Blick auf Lübeck und seine vielen Türme zu erhaschen. Von Herrn Moser hatte sie erfahren, dass St. Marien, dessen markante Zwillingstürme sie unschwer ausmachen konnte, während der Hansezeit beim Bau zahlreicher Kirchen im Ostseeraum als Vorbild gedient hatte.

»Ich kann es kaum glauben, dass es nun tatsächlich losgeht«, murmelte Wilhelmine.

Luise wandte sich ihr zu in der Erwartung, Nervosität oder Ängstlichkeit in ihrer Miene zu lesen. Stattdessen traf sie auf einen Ausdruck unbändiger Freude.

»Das Abenteuer beginnt«, fuhr Wilhelmine fort. »Endlich frei!«

»Frei?« Luise hob die Augenbrauen. »Aber wir fahren doch zu Ihrem …«

»Bräutigam?« Wilhelmine schnaubte. »Ja, das ist der Plan.« Sie zuckte die Schultern. »Allerdings nicht meiner.« Sie hielt ihr Gesicht in den Fahrtwind, der stärker geworden war, seitdem das Schiff den Hafen verlassen hatte.

Die grimmige Entschlossenheit auf ihrem Gesicht hielt Luise davon ab, weitere Fragen zu stellen. Dazu kannte sie Wilhelmine zu wenig. So wie offenbar deren Mutter. Oder war das Gegenteil der Fall? Wusste Elvira von Rahden nur zu gut um den rebellischen Geist ihrer Tochter und hatte deswegen nach einer vertrauenswürdigen Zofe gesucht, die Wilhelmine schützen sollte – vor sich selbst?

Luise umfasste die Reling fester und blickte in die schäumende Bugwelle. Da ist sie bei mir an die Falsche geraten, stellte sie fest. Ich werde mich nicht zwischen die Stühle setzen. Meine Loyalität gehört ihrer Tochter, zumindest so lange, wie ich in ihren Diensten stehe. Sie entspannte sich. Die Entscheidung fühlte sich richtig an. Sie hob den Kopf und beobachtete zwei Möwen, die scheinbar mühelos neben dem Dampfer herflogen und geschickt die Brotstückchen auffingen, die ihnen ein Junge zuwarf. In diesem Moment erschienen die Vögel Luise wie eine Verheißung: ungebunden, keinen Verpflichtungen oder Verboten unterworfen – frei! Luise spürte ein Kribbeln in ihrer Magengrube.

Wilhelmine hat recht, dachte sie. Das wird ein Abenteuer.

Lahemaa / Estland, Sommer 1989

Kapitel 6

Merike zupfte Marten am Ärmel. »Lass uns lieber woanders hingehen.« Sie nickte mit dem Kopf zu der jungen Frau hin, die selbstvergessen unter dem Säulenportal tanzte. »Hier ist es … Die Kinder …«

»Wieso, es gibt doch mehr als genug Platz für uns alle.« Marten grinste. »Außerdem ist es eine einmalige Gelegenheit, YLE zu hören. Bei uns kann man den ja leider nicht empfangen.«

Merike sah ihn verblüfft an und gestand sich ein, wenig über ihn zu wissen. Hatte er keine Angst, von seinen Vorgesetzten oder den Eltern der Kinder gerügt zu werden?

Merike wusste zwar, dass sich bei den Menschen an der Nordküste Estlands der finnische Rundfunk *Yleisradio* großer Beliebtheit erfreute und sich kaum jemand um den Unmut der Parteileitung scherte, die die Radio- und Fernsehsendungen aus dem Westen als imperialistischen Schund verteufelten. Andererseits kannte sie unter den Eltern ihrer Schützlinge einige, die von der Pionierorganisation erwarteten, dass sie ihre Kinder im Geiste Lenins erzog und vor schädlichen Einflüssen bewahrte. Und selbstverständlich verhinderte, dass die Kleinen in Berührung mit »zweifelhaften Subjekten« kamen, zu denen Punker zweifellos zählten.

»Was ist?« Marten hob die Augenbrauen. »Gefällt dir der Song nicht? Ist von Roxette, war vor Kurzem Nummer eins in den finnischen Singlecharts.«

»Woher weißt du das?« Merike zog die Stirn kraus.

»Sag bloß, du hast dir noch nie Mitschnitte von der Hitparade oder anderen Musiksendungen organisiert.« Marten sah sie ungläubig an.

»Hallo!«

Merike fuhr herum und sah sich der jungen Frau gegenüber, die atemlos und erhitzt vom Tanzen vor ihnen stand. Unwillkürlich machte sie einen Schritt rückwärts und hätte dabei fast Enna umgestoßen, die sich hinter ihr versteckte. Merike spürte, wie sich ihr Zwerchfell anspannte. Muss das sein, dachte sie. Kann die uns nicht in Ruhe lassen?

»Ich bin Lenja.«

»Hallo. Ich bin Marten.« Er lächelte die Unbekannte freundlich an.

Merike stöhnte innerlich auf. Warum hält er sich nicht zurück? Findet er es nicht auch unpassend, sich mit dieser …

Ihre Gedanken wurden von Lenja unterbrochen, die vor Enna in die Hocke ging und ihr die Hand entgegenstreckte. »Und wer bist du?«

Die einfühlsame Geste, sich auf Augenhöhe mit dem verschreckten Kind zu begeben, beeindruckte Merike wider Willen.

Enna schaute neugierig hinter Merikes Bein hervor. »Was ist mit deinem Haar passiert?«, fragte sie nach kurzem Zögern und deutete auf die rasierte Kopfhälfte von Lenja. »Warst du deshalb so wütend beim Tanzen? Weil es dir jemand abgeschnitten hat?«

Lenja schaute Enna verdutzt an und prustete los.

»Nein, du Dummerchen«, sagte Siiri, ein größeres Mädchen, das mit den anderen Kinder näher gekommen war. »Sie ist eine Punkerin. Die haben so verrückte Frisuren. Und sie stinken, weil sie sich nie waschen.«

Enna schnupperte in Lenjas Richtung und schüttelte den Kopf. »Tut sie nicht«, sagte sie zu Siiri.

Diese zuckte die Schultern. »Mein Papa sagt, dass Punker gefährlich sind. Sie pöbeln herum und rauben alte Menschen aus.«

Opa Andrus würde Siiris Vater aus vollem Herzen beipflichten, dachte Merike.

Für ihren Großvater waren Punker faule Schmarotzer, die den

ganzen Tag tranken und alles ins Chaos stürzen wollten. Als Merike drei Jahre zuvor von einem Klassenkameraden eine Musikkassette mit einem Konzertmitschnitt der Punkrockband *Vennaskond* ausgeliehen und zu Hause angehört hatte, war er vor Wut außer sich geraten. Er hatte die Kassette mit einem Hammer zerschlagen und Merike mit harten Strafen gedroht, sollte sie es ein weiteres Mal wagen, die Machwerke »subversiver Elemente« in sein Haus einzuschleusen. Merike war entsetzt gewesen über diesen Ausbruch ihres ansonsten beherrschten Großvaters. Zum einen, weil sie dem Besitzer der Kassette beichten musste, dass sein Kleinod unwiederbringlich dahin war. Zum anderen fand sie es verstörend, dass Opa Andrus offenbar vor einer Musikgruppe Angst hatte und seiner Enkelin unterstellte, zur Anarchistin zu mutieren.

Ihre Neugier auf unbekannte Bands war damals schlagartig versiegt. Sie hatte kein Risiko eingehen wollen, das ihre bevorstehende Aufnahme in den Komsomol hätte gefährden können. Aus diesem Grund hatte sie sich auch nie – anders als viele ihrer Mitschüler – getraut, Zeitschriften aus der DDR zu kaufen, die an Kiosken angeboten wurden. Zwar handelte es sich bei der Deutschen Demokratischen Republik um ein befreundetes Brudervolk. Dass dort in Magazinen wie der »Neuen Berliner Illustrierten« oder der Jugendzeitschrift »Neues Leben« regelmäßig über das Leben hinter dem Eisernen Vorhang und über ausländische Musikgruppen berichtet wurde, war für Opa Andrus verwerflich. Unter seinem Dach duldete er solche Schriften nicht – ein Verbot, dem sich auch seine Frau und Merikes Eltern fügten. Zumindest vordergründig. Oma Kadri und ihre Tochter hatten sich jahrelang hinter seinem Rücken die westdeutschen »Burda Moden« von Freundinnen besorgt, um die begehrten und meist bereits arg zerfledderten Schnittmuster zu kopieren, bis die Zeitschrift seit 1987 offiziell auf dem russischen Markt erscheinen durfte und Opa Andrus nichts mehr gegen ihren Erwerb einwenden konnte.

Merike hatte auch ihren Vater, der als Fernfahrer für ein Textilkombinat häufig in anderen Sowjetrepubliken unterwegs war, im Verdacht, zuweilen Bücher und Magazine mitzubringen, die er tunlichst vor seinem Schwiegervater versteckte. Es gab da eine verschließbare Truhe unter dem Ehebett ihrer Eltern. Sie hatte sie vor Jahren entdeckt, als sie auf der Suche nach ihrer Katze Kissa gewesen war, die sich gern unter Möbeln verkroch. Die Neugier der kleinen Merike war geweckt – vermutete sie doch Geschenke für das bevorstehende Weihnachtsfest in der Kiste. Ihre Wissbegier hatte das schlechte Gewissen überwogen und ihr keine Ruhe gelassen, bis sie den Schlüssel aufgestöbert hatte. Enttäuscht hatte sie festgestellt, dass in der Truhe nur Bücher und Zeitschriften lagen, deren Titel sie damals uninteressant gefunden hatte.

»Stimmt das?« Enna sah Lenja erschrocken an.

»Ich schwöre, ich habe noch nie jemandem etwas geklaut«, antwortete Lenja und hob feierlich die Hand. »Großes Pionierehrenwort!«

Enna legte den Kopf schief und unterzog Lenja einer eingehenden Musterung. »Ich glaube nicht, dass du gefährlich bist«, verkündete die Kleine schließlich und drehte sich zu Siiri. »Dein Vater hat unrecht. Wahrscheinlich kennt er gar keine Punker. Wenn er Lenja …«

»Er muss sie nicht persönlich kennen, um zu wissen, dass sie Abschaum sind«, zischte Siiri. »Er hat in der Zeitung gelesen, was sie anstellen.«

»Beruhigt euch«, sagte Marten. »Es gibt bei allen Arten von Menschen kluge und dumme, gute und böse, egal was sie glauben, wie sie aussehen oder woher sie kommen.«

Siiri schob die Unterlippe vor und murmelte etwas, das klang wie »Ich weiß, was ich weiß«.

»Und warum trägst du deine Haare so komisch?«, fragte ein Junge.

»Kriegst du deswegen keine Schimpfe von deinen Eltern?«, erkundigte sich ein Mädchen.

»Die mögen das gar nicht«, beantwortete Lenja die zweite Frage. »Aber ich lasse mir nicht mehr vorschreiben, wie ich auszusehen habe.« Sie grinste. »Ich finde, jeder sollte sich so anziehen und leben, wie er mag.«

»Das finde ich auch!«, rief Enna. »Meine Mutter zwingt mich im Winter immer, diese eklig kratzigen Wollstrumpfhosen anzuziehen.«

»Und ich soll unbedingt Trompete spielen lernen, obwohl ich das hasse«, sagte ein Junge.

»Bei uns darf ich den Tisch erst verlassen, wenn ich alles aufgegessen habe«, erzählte ein anderer. »Auch wenn es Erbsenpüree gibt. Ich hasse es!«

»Bäh, ich auch«, sagte ein Mädchen und verzog den Mund. »Es sieht aus wie halb getrockneter Zement.«

»Noch schlimmer ist Gerstenbrei. Der ist so schleimig«, rief ein Junge dazwischen.

»Nein, gebratene Leber!«, kam es von Siiri. »Mir wird schon von dem Geruch übel. Trotzdem kocht meine Mutter sie fast jede Woche.«

Na toll, dachte Merike. Jetzt kennen wir diese Lenja keine fünf Minuten, und schon wiegelt sie die Kinder auf. Sogar Siiri hat sich anstecken lassen. Gleichzeitig ertappte sich Merike dabei, Lenja beizupflichten. Warum sollten Kinder und Jugendliche nicht selbst entscheiden dürfen, was sie anziehen, essen, mit wem sie sich anfreunden oder womit sie ihre Freizeit verbringen wollten?

Weil sie nicht wissen, was gut für sie ist. Vor Merikes geistigem Auge erschien das strenge Gesicht ihres Großvaters. Bei der Vorstellung, wie er auf ihre ketzerische Anwandlung reagieren würde, überlief sie ein Schauer.

»Verrätst du uns, was dich hierher verschlagen hat?«, bat Marten, während Enna gleichzeitig ihre Frage wiederholte, warum Lenja beim Tanzen so zornig gewirkt hatte.

»Wir machen eine Fahrradtour«, antwortete Lenja an Marten gewandt. »Wir wollten all die Orte aufsuchen, an denen wir in den letzten zwei Jahren an Protestaktionen teilgenommen haben.«

»Wir?« Marten hob fragend die Brauen.

Merike sah sich suchend um, konnte jedoch keine weiteren Personen entdecken. Auch Lenjas Fahrrad lehnte einsam an einem Pfeiler des Eingangsportals.

»Tja, bis vor einer Stunde war ich mit meinem Freund Juri unterwegs.« Lenja verzog grimmig das Gesicht. »Wir haben uns heftig gezofft. Und dann ist er einfach abgehauen.«

»Du Arme!« Enna fasste nach Lenjas Hand. »Ich verstehe gut, dass du sauer bist.«

»Und wie!« Lenja schnaubte. »Juri hat nämlich unser Zelt mitgenommen.«

»Das ist gemein«, sagte Enna. »Wo schläfst du denn dann?«

»Unter dem Vordach des alten Gutshauses. Da ist es schön trocken.«

»Warum kommst du nicht mit zu uns?«, fragte Marten.

Merike zuckte entsetzt zusammen. War er noch bei Trost?

»Au ja«, rief Enna und hopste aufgeregt auf und ab. »Wir haben gaaanz viel Platz.«

»Wir wohnen im Pionierlager auf Käsmu«, fuhr Marten fort. »Ist nicht weit entfernt.«

»Ich weiß nicht«, antwortete Lenja und streifte Merike mit einem Blick. »Es ist vielleicht nicht jedem recht.«

Merike senkte den Kopf. Einerseits war sie erleichtert, dass Lenja zögerte, das Angebot anzunehmen. Andererseits schämte sie sich, in ihrer ablehnenden Haltung durchschaut worden zu sein.

Marten schüttelte den Kopf. »Das ist doch selbstverständlich. Sozusagen ein Gebot der Gastfreundschaft. Nicht wahr, Merike?«

Diese stöhnte innerlich auf. Was war nur los mit Marten? Er war doch sonst nicht so überschwänglich.

»Äh, nein …äh … ich meine ja«, stammelte sie. »Natürlich kannst du gern bei uns übernachten.«

»Danke! Das ist echt klasse«, rief Lenja. »Ich bin zwar eine Punkerin«, sie grinste Siiri an, »aber eine schöne heiße Dusche würde mir nach der ganzen Radelei guttun.«

»Gut, abgemacht«, sagte Marten unter dem Jubel der Kinder, die die Aussicht auf den exotischen Gast offenbar großartig fanden. »Jetzt stärken wir uns erst einmal.« Marten deutete auf die beiden Körbe. »Und dann fahren wir nach Lainela. Dein Fahrrad können wir auf den Gepäckträger auf dem Busdach schnallen.«

Hoffentlich bringt uns Martens Gastfreundschaft nicht in Schwierigkeiten, dachte Merike und biss sich auf die Unterlippe. Sie sah sich bereits nach ihrer Rückkehr ins Komsomolzenbüro einbestellt, wo erzürnte Eltern Beschwerde gegen sie vorbrachten und verlangten, sie nie wieder als Pionierleiterin einzusetzen.

Jetzt übertreib mal nicht, meldete sich ein aufmüpfiges Stimmchen zu Wort. Wir leben schließlich in Zeiten von Glasnost. Gorbatschow hat ausdrücklich gesagt, dass die neue Transparenz das demokratische Prinzip der Meinungsfreiheit beinhaltet. Auch wenn das Ewiggestrigen wie Opa Andrus und seinen Gesinnungsgenossen gegen den Strich geht. Aber die haben leider oft noch das Sagen, konterte Merikes ängstliche Seite. Besonders daheim in Otepää, diesem verschlafenen Nest. Trotz alledem hatte jedoch Marten die Einladung ausgesprochen und nicht sie. Und morgen zöge Lenja ja zum Glück weiter, dann hatte sich das Problem ohnehin erledigt. Merike atmete aus und biss in den Apfel, den sie sich aus einem Picknickkorb genommen hatte.

Brennt wie Feuer, ihr, blaue Nächte.
Wir sind die Pioniere, die Arbeiterkinder.
Es kommt die neue, die lichte Zeit!
Unser Ruf ist: immer bereit!

Merike lauschte den Kinderstimmen, die von Marten auf der Gitarre begleitet wurden, und schaute in die brennenden Scheite des Lagerfeuers, das sie nach dem Abendessen auf dem Platz zwischen den Baracken angezündet hatten. Die Sonne, die gegen halb elf untergehen würde, wurde bereits von den Bäumen des Waldes verdeckt, der bis dicht an die Bucht im Osten der Halbinsel heranreichte, an der sich das Pionierlager befand. Glühwürmchen tanzten zwischen den Büschen und leuchteten so hell wie die Funken, die zuweilen aufstoben, wenn ein Holzstück zerbarst. In der Luft lag der kräftige Geruch des Feuers, untermalt von der süßen Note, die die Blüten eines Weißdornstrauchs verströmten. Hinter den Absperrungen, die die Sicht auf den Strand verstellten, plätscherten die Wellen auf den Kieseln, begleitet von gelegentlichen Möwenrufen.

Merike sah Lenja mit einem um den Kopf geschlungenen Handtuch aus dem Schuppen treten, in dem Waschbecken und Duschen installiert waren. Sie hatte die Gelegenheit genutzt, sich ungestört frisch zu machen, während die anderen um das Feuer versammelt waren. Als sie in dem Holzhaus verschwand, in dem sie ihre Sachen untergebracht hatte, schaute Merike auf ihre Armbanduhr. Kurz nach neun, höchste Zeit, die Kinder ins Bett zu schicken.

Als die letzte Zeile des Liedes verklungen war, stand sie auf. »Auf geht's. Fahnenappell!« Sie klatschte in die Hände. »Und dann Abmarsch ins Bett!«

Die Mädchen und Jungen sprangen auf, einige eilten zu den Baracken, um ihre roten Pioniertücher zu holen, die beim Einholen der Fahne getragen werden mussten. Als sich alle vor dem Mast aufgestellt hatten, gab Merike der kleinen Enna das Zeichen, die Flagge herunterzuholen, während die Kinder die Hymne der UdSSR auf Estnisch anstimmten:

On vabade riikide murdmatu liidu
Die unzerbrechliche Union der freien Republiken
loond rahvaste tahtel suur Venemaa hõim.
vereinigte für die Ewigkeit die große RUS.
Nüüd jäädavalt õitsegu võidule viidud
Es lebe, vereinigt durch den Willen der Völker
Nõukogude Liit, tema ühtsus ja võim!
die einige, mächtige Sowjetunion!

Au Sulle, Isamaa, vaba ja võitmatu,
Rühme dich, unser freies Vaterland,
rahvaste vennalik sõprus seob meid!
Sichere Festung der Völkerfreundschaft!
Meid kommunismi viib rahvajõud mõõtmatu
Lenins Partei ist die Kraft des Volkes
Lenini rajatud võimas partei!
Sie führt uns zum Triumph des Kommunismus!

»Ihr lasst sie das immer noch singen?«, hörte Merike eine Stimme in ihrem Rücken.

Sie drehte sich um und sah Lenja einen halben Schritt hinter sich stehen. Verdammt, dachte Merike. Muss die sich in alles einmischen?

»Also das gehört doch dazu und .... äh ...«, stammelte sie.

Lenjas Frage hatte sie überrumpelt. Seit Kindertagen war ihr das Lied geläufig, sie hatte nie über seine Bedeutung nachgedacht.

»Freie Republiken«, fuhr Lenja leise fort. »Das ist doch der reinste Hohn.«

Merike zuckte zusammen, legte unwillkürlich einen Finger an die Lippen und schaute zu den Kindern, die zu ihrer Erleichterung nichts von Lenjas ketzerischer Äußerung mitbekommen hatten. Mit Inbrunst schmetterten sie die letzte Zeile und hoben die Arme zum Pioniersgruß, bevor sie zum Zähneputzen stürmten. Marten folgte ihnen. Lenja setzte sich auf einen der Holzklötze, die um das Lagerfeuer aufgestellt waren.

Merike trat verlegen von einem Bein aufs andere. Der Reflex, den Lenjas kritische Bemerkung bei ihr ausgelöst hatte, erfüllte sie im Nachhinein mit Scham. Sie muss mich für eine hasenherzige Duckmäuserin halten, stellte sie betreten fest. Außerdem stimmte es. Das Lied war hoffnungslos antiquiert. An den Triumph des Kommunismus glaubte ja nicht einmal mehr die jetzige Regierung in Moskau. Sonst hätte Gorbatschow es kaum zugelassen, dass die Privatwirtschaft zunahm und neben den Kombinaten und Kolchosen selbstständige Betriebe entstanden. Auch in Otepää gab es mittlerweile Initiativen, sich wirtschaftlich auf eigene Beine zu stellen. Kein Wunder, es herrschte Mangel an allen Ecken und Enden. Sogar Opa Andrus, der all die Jahre standhaft die Augen vor Mängeln im System verschlossen hatte, klagte in letzter Zeit des Öfteren über die zunehmenden Engpässe bei der Versorgung. Und seit Neuestem bunkerte auch er große Vorräte an Wodka und anderem Alkohol, der neben Westwährung ein anerkanntes Zahlungsmittel war – im Gegensatz zum immer wertloser werdenden Rubel.

Merike rief sich eine Unterhaltung mit ihrem Vater in Erinnerung. Sie hatte sich gewundert, warum der Zuliefererbetrieb des Textilkombinats, für das er als LKW-Fahrer tätig war, 500 Kilometer weit entfernt lag. »Wäre es nicht sinnvoller, Fabriken, die voneinander abhängig sind, in unmittelbarer Nähe zueinander zu bauen?«, hatte sie gefragt.

»Das schon«, hatte ihr Vater geantwortet. »Aber das ist nicht im Sinne Moskaus. Stalin hat einst durchgesetzt, dass jede Republik von den anderen abhängig sein muss, so dass ihr keine separatistischen Flausen in den Sinn kommen. Deswegen gibt es in jeder Republik Monopol-Betriebe, die jeweils das gesamte Sowjet-Reich beliefern. Damit wollte Stalin verhindern, dass die Teilstaaten zu Selbstversorgern werden.«

Merike riss sich von ihren Erinnerungen los und atmete tief durch. »Welches Lied würdest du die Kinder denn singen lassen beim Fahnenappell?«, fragte sie und setzte sich neben Lenja.

»Da muss ich nicht lange überlegen.« Lenja grinste. »Mein absoluter Favorit unter den volkstümlichen Liedern ist *Me mõtted on priid* von August Annist. Es ist die freie Übersetzung eines alten deutschen Liedes: *Die Gedanken sind frei*. Du kennst es vielleicht?« Sie summte die Melodie.

Merike nickte. »Das haben meine Mutter und meine Oma erst vor Kurzem mit ihrem Chor geprobt.«

Und zu Hause bei jeder Gelegenheit gesungen, bis sich Opa Andrus erzürnt dieses subversive Geträller verbeten hat, fügte sie im Stillen hinzu. Die Erinnerung ließ sie stutzen. Kann es sein, dass Mama und Oma viel rebellischer sind, als ich dachte? Sie fügten sich zwar vordergründig dem Willen von Opa Andrus, aber hinter seinem Rücken scherten sie sich herzlich wenig darum. Sobald er aus dem Haus war, sangen sie die von ihm beargwöhnten Lieder.

»Es gefällt mir gut«, fuhr Merike laut fort. »Ich bekomme jedes Mal eine Gänsehaut, wenn ich es höre.«

»Na, dann ist es doch perfekt. Kannst es ja mit den Kleinen einüben.« Lenja lächelte schelmisch. »Gedankenfreiheit ist ein hohes Gut. Je früher sie das lernen, umso besser.«

»Stimmt schon. Nur …« Merike druckste kurz. »Ich bin leider ein Totalausfall in Sachen Singen.«

Lenja zog fragend die Brauen hoch.

»Ich bin hoffnungslos unmusikalisch.« Merike verzog den Mund. »Ich kriege keinen geraden Ton heraus.«

»Das kann ich mir gar nicht vorstellen«, sagte Lenja. »Jeder kann doch singen.«

»Schön wär's.« Merike schüttelte den Kopf. »Ich liebe Musik«, fuhr sie fort. »Aber es klingt wirklich furchtbar, wenn ich versuche, zu pfeifen, zu singen oder ein Instrument zu spielen. Und das in einer Familie, in der alle durch die Bank musikalisch sind.«

»Dann bringe ich ihnen das Lied eben bei«, sagte Lenja und strahlte Merike an. »Gleich morgen, okay?«

Ihre Begeisterung übertönte Merikes warnende Stimme, die das Ansinnen ablehnen wollte. »Mal sehen«, nuschelte sie. »Ich schau kurz nach, ob alle schon brav im Bett liegen.« Sie stand auf. »Erzählst du mir nachher von den Protestaktionen, bei denen du mitgemacht hast?«, rutschte es ihr heraus.

»Klaro.« Lenja zog eine verkorkte Flasche aus ihrer Tasche. »Bei einem Schluck selbst gebrautem Beerenwein. Hat uns Juris Mutter mitgegeben.« Sie gluckste. »Der wird sich ganz schön ärgern, dass er die bei mir zurückgelassen hat.«

»Dafür hat er euer Zelt.«

»Na ja, momentan hab ich eindeutig den besseren Tausch gemacht.« Lenja blinzelte Merike zu. »Ein herrlich bequemes Bett und total nette Gesellschaft. Da verzichte ich gern auf das blöde Zelt.«

Merike erwiderte ihr Lächeln und lief beschwingt zu den Baracken. Lenjas Kompliment machte sie froh. Sie hatte befürchtet, in ihren Augen spießig und hinterwäldlerisch zu sein. Sie ist wie ein stürmischer Wind, dachte Merike. Ein bisschen beunruhigend, weil sie so einiges durcheinanderwirbelt. Aber vor allem erfrischend, weil sie einen anderen Blick auf viele Dinge hat und so frei wirkt. Opa Andrus würde sie hassen, schoss es ihr durch den Kopf. Und genau aus dem Grund fand Merike sie so spannend. Es war höchste Zeit, sich aus dem Denkkäfig zu befreien, den er ihnen allen übergestülpt hat.

Kapitel 7

An Bord der »Bertha«, Samstag, 9. Mai 1914

Liebe Ella,
hier kommt mein erster Reisebericht. Auch das eine Premiere, wie eigentlich alles seit meiner Abfahrt aus Oldenburg. War das erst gestern? In den vergangenen vierundzwanzig Stunden wurde ich von neuen Eindrücken nur so geflutet und weiß kaum, wo mir der Kopf steht.

Du findest mich auf einem Liegesessel steuerbords auf dem Passagierdeck mit Blick auf die Küstenlinie Hinterpommerns mit ihren zahlreichen Nehrungen und Haffs. Unser Schiff, die »Bertha«, ist ein moderner Salonschnelldampfer und erst vor ein paar Jahren vom Stapel gelaufen. Er bietet bis zu 1400 Passagieren Platz, ist aber momentan bei Weitem nicht ausgelastet. Was mir nur recht ist, denn größere Menschenmengen sind, wie Du weißt, nichts für mich. Im Gang vor meiner Kabine hängt eine Tafel, auf der zu lesen ist, dass die »Bertha« zwei Propeller besitzt, die von leistungsstarken Dampfmaschinen angetrieben werden und eine Höchstgeschwindigkeit von sechzehn Knoten erreichen. Leider kann ich Dir nicht sagen, was das umgerechnet in Stundenkilometern wäre. An Bord herrscht gediegener Komfort. Es gibt drei Gesellschaftsräume (für jede Klasse einen), einen Rauch-, einen Damen- sowie einen Speisesalon. Alle Zimmer – einschließlich der auf beiden Längsseiten des Hauptdecks angeordneten Schlafkabinen der Ersten Klasse – sind mit elektrischem Licht ausgestattet.

Woher ich Letzteres weiß? Stell Dir vor: Deine Schwester reist Erster Klasse! Es ist, als habe mich eine gütige Fee in ein Luxusleben katapultiert. Erinnerst Du Dich, wie wir uns als Kinder ausgemalt haben, wie es wäre, als Prinzessinnen in einem Schloss zu wohnen? So komme ich mir ein bisschen vor. Meine gütige Fee heißt Wilhelmine. Sie hat darauf bestanden, mir eine Kabine neben ihrer zu buchen.

Endlich erwähnst Du sie!, höre ich Dich ungeduldig rufen. Erzähl mir alles von Deiner neuen Herrschaft. Haben sich unsere Vermutungen bestätigt?

Nein, das haben sie nicht. Und ich kann Dir gar nicht sagen, wie erleichtert ich darüber bin! Wilhelmine von Rahden ist weder ein verhuschtes Mauerblümchen, das frag- und klaglos seinen Eltern gehorcht, noch eine arrogante Schnepfe. Sie ist sehr selbstbewusst und hat ein etwas ungestümes Temperament, davon abgesehen ist sie aber vor allem einfühlsam und taktvoll. Sie hat mich bislang mit keinem Wort oder ihrem Verhalten spüren lassen, dass ich »unter« ihr stehe. Im Gegenteil. Kaum hatten wir uns kennengelernt, bat sie mich, mich wie eine gute Bekannte behandeln zu dürfen, die sie auf ihrer Reise ins Ungewisse begleitet, und nicht als Gesellschafterin oder gar Zofe. Sie hat mir auch umgehend das Du angeboten, weil wir gleich alt seien und in nächster Zeit eine Schicksalsgemeinschaft bilden würden. Wie gesagt, sie neigt zuweilen zu spontanen Entscheidungen, die sie vielleicht später bereuen wird – das war zumindest mein erster Gedanke. Sie hat mein Zögern bemerkt und mir versichert, dass sie mir die vertrauliche Anrede nicht unüberlegt antragen und sich aufrichtig freuen würde, wenn ich einverstanden wäre. Sie habe sofort gespürt, dass ich vertrauenswürdig sei, und mich auf Anhieb sympathisch gefunden.

Außerdem hat sie in England die Bekanntschaft von Frauenrechtlerinnen gemacht, deren Anliegen sie aus ganzem Herzen unterstützt. Wilhelmine ist der Ansicht, dass wir Frauen im Kampf um Gleichberechtigung, Wahlrecht und Selbstbestimmung zusammenhalten sollen – gleichgültig, welcher sozialen Schicht wir angehören.

Ein Schnauben unterbrach Luises Schreibfluss. Wilhelmine, die neben ihr saß und *Abendliche Häuser* las, den druckfrischen Roman von Eduard von Keyserling, hatte ihre Lektüre unterbrochen.

»Was hat sich meine Mutter nur dabei gedacht?«, rief sie und schaute unwillig auf das Buch. »Sie meinte, dass es eine gute Einstimmung auf mein Leben auf einem baltischen Gut wäre, weil die Handlung in Kurland spielt. Ich vermute, sie hat keinen Blick hineingeworfen. Sonst hätte sie bemerkt, dass dieser Roman nicht dazu angetan ist, freudige Erwartungen in mir zu wecken.«

»Wieso? Um was geht es denn?«, fragte Luise.

»Sehr weit bin ich noch nicht«, antwortete Wilhelmine. »Die Hauptfigur, eine junge Baronesse, heißt Fastrade.« Sie verzog den Mund. »Was für ein seltsamer Name. Jedenfalls ist sie vernünftig genug, nach ihrem einundzwanzigsten Geburtstag die Flucht zu ergreifen und sich im fernen Hamburg zur Krankenschwester ausbilden zu lassen. Als aber ihr Bruder bei einem Duell ums Leben kommt, kehrt Fastrade in die Heimat zurück, um den Vater zu trösten. Und landet in einer Welt, in der rein gar nichts passiert und jede Veränderung mit Argwohn betrachtet wird.« Wilhelmine schüttelte sich. »Hör nur, wie Fastrades Vater über ihren Wunsch nach einer Ausbildung denkt.« Sie beugte sich über das Buch und las vor: »*Unsere Töchter gehören in unser Haus, bis sie ihr eigenes beziehen. Tochter eines adeligen Hauses zu sein ist ein Beruf, der ebenso wichtig ist wie jeder andere Beruf.*« Wilhelmine sah Luise an. »Er empfindet Fastrades Weggang als Desertion. Und sein Freund ist keinen Deut besser.« Sie blätterte zwei Seiten weiter. »*Ja, zurück kommen sie alle, aber wie? Die Nerven kaputt, zerzaust wie die Hühner nach dem Regen, keine will auf dem Posten bleiben. Früher hatten die adeligen Fräulein nie solche Talente, die ausgebildet werden mussten, das ist auch so die neue Zeit.*«

»Das klingt wirklich sehr altväterlich«, sagte Luise. »Aber leider denken viele Leute so, bei Weitem nicht nur Adlige.«

»Stimmt.« Wilhelmine schlug das Buch zu. »Umso wichtiger ist es, dass sich endlich etwas ändert. Und dabei werde ich mithelfen und ganz sicher nicht in einem dieser Herrensitze versauern, die Keyserling als düstere Gruften beschreibt. Ich hab's ja schon zu Hause kaum ausgehalten.« Sie griff nach der »Vossischen Zeitung«, die sie sich von einem Steward hatte bringen lassen. »Da lese ich lieber *Meine Kindheit* von Maxim Gorki weiter, die gerade immer samstags in Fortsetzungen erscheint. Obwohl das keine leichte Kost ist.«

»Ich kenne von Gorki zwar *Nachtasyl* und einige Erzählungen«, sagte Luise. »Aber über sein Privatleben weiß ich lediglich, dass er eigentlich Alexej Peschkow hieß, nur drei Jahre die Schule besuchen durfte und sich seine Bildung autodidaktisch erworben hat.« Luise sah Wilhelmine fragend an. »Ich nehme an, er hatte keine schöne Kindheit?«

»Eine ganz furchtbare«, antwortete diese. »Er ist mit der Mutter nach dem frühen Tod seines Vaters zu dessen Eltern gezogen und in äußerst ärmlichen Verhältnissen aufgewachsen. Zu den Entbehrungen kam ein bedrückendes Klima der Gewalt und Trostlosigkeit.«

»Da wundert es mich nicht, dass er Gorki als Pseudonym gewählt hat«, sagte Luise. »Das bedeutet nämlich auf Russisch der Bittere.« Ihre Gedanken schweiften kurz zu Herrn Moser, der ihr diese Information zusammen mit dem Sammelband des Schriftstellers gegeben hatte, den sich Luise einmal ausgeliehen hatte.

Während Wilhelmine die Zeitung aufschlug, beugte sich Luise wieder über ihren Brief, überflog den letzten Absatz und schrieb weiter.

Mittlerweile bin ich davon überzeugt, dass Wilhelmines Mutter keine Ahnung hat, was in ihrer Tochter vorgeht, welche Pläne sie hat und wie ihre Ansichten zu gesellschaftlichen und politischen Themen aussehen. Auch die Großtante, bei der sie knapp zwei Jahre als Gesellschafterin gewesen ist, hat davon vermutlich wenig mitbekommen. Die alte Dame pflegte wohl ein ausgiebiges Mittagsschläfchen zu halten und abends früh zu Bett zu gehen. Diese Zeiten hat ihre Nichte genutzt, Kontakt zu gleichgesinnten Frauen aufzunehmen. Sie hat sich von ihren Forderungen nach einer Gleichstellung mit den Männern in allen Bereichen inspirieren lassen und begonnen, sich Gedanken über ihre Zukunft zu machen, die vollkommen anders aussehen soll als die, die ihre Mutter für sie im Auge hat. Die Reise nach Livland empfindet Wilhelmine als willkommene Gelegenheit, sich ein für alle Mal der Fuchtel ihrer Eltern zu entziehen und auf eigene Füße zu stellen.

Ich schwanke zwischen Bewunderung und Skepsis. Einerseits wünsche ich Wilhelmine aufrichtig, dass sie ihre Träume verwirklichen kann. Andererseits fürchte ich, dass sie an der schnöden Wirklichkeit zerschellen könnten. Als ich ihr vorsichtig meine Bedenken mitteilte, winkte sie ab und erklärte, nur wenn man offen bleibe und alles unvoreingenommen auf sich wirken lasse, könne man die Chancen, die einem das Leben bietet, erkennen und wahrnehmen. Sie kommt mir ein bisschen vor wie ein Fohlen, das zum ersten Mal seinen Stall verlässt, allein auf die Koppel darf, übermütig drauflosgaloppiert und Gefahr läuft, über die eigenen, noch ungeübten Beine zu stolpern.

Außerdem frage ich mich, was es für mich bedeuten würde, wenn Wilhelmine ernst macht und die von ihren Eltern getroffene Vereinbarung platzen lässt. Sie haben ihr zwar zugesichert, dass sie sich gegen die Hochzeit entscheiden darf. Doch im Grunde rechnen sie nicht mit dieser Möglichkeit. Was schon allein daraus ersichtlich ist, dass es keine Pläne gibt, was in jenem Fall passieren soll.

Soeben ertönt die Dampfsirene. Die »Bertha« nimmt Kurs auf den Hafen von Kolberg an der Mündung der Persante, wo wir kurz anlegen werden. Ich nutze die Gelegenheit, meinen Brief an Dich aufzugeben, dann erhältst Du ihn hoffentlich gleich am Montag. Leider ist der Aufenthalt zu kurz für eine Stadtbesichtigung. Am liebsten würde ich bei jedem Halt aussteigen, alles ausgiebig erkunden und mich nach Herzenslust sattsehen. Ich komme mir vor wie früher, als wir uns als Kinder am Schaufenster von Hofkonditor Klinge die Nasen platt gedrückt und sehnsüchtig all die köstlichen Kuchen, Torten und Silberplatten mit Konfekt betrachtet haben, die für uns Habenichtse unerreichbar waren. Jetzt sind es Seebäder und alte Hansestädte mit klingenden Namen, die mein Herz höher schlagen lassen. Und bis wir unser Ziel erreichen, werden noch unendlich viele Orte und Landstriche folgen, denen ich zu gerne einen Besuch abstatten würde. Ich darf gar nicht daran denken … Aber ich will nicht undankbar sein. Allein schon die Fahrt mit diesem Dampfer ist mehr, als ich noch vor einem Monat für möglich gehalten hätte.

Für heute sage ich Dir also Adieu und schicke Dir herzliche Grüße,

Deine Luise

Am Morgen des dritten Reisetags steuerte die »Bertha« den Hafen von Reval an. Schon während des Frühstücks hatte Luise immer wieder aus dem Fenster gesehen, an dem – verschleiert durch Nebelschwaden – eine felsige Steilküste vorüberzog. Schließlich hatte das Schiff zwei Halbinseln passiert, die am Eingang des Finnischen Meerbusens eine Bucht abschirmten, in der Estlands Hauptstadt im 13. Jahrhundert von den Dänen an der Stelle einer von ihnen zerstörten estnischen Holzburg gegründet worden war.

Luise hatte es nicht länger auf ihrem Stuhl gehalten. Auch Wilhelmine war zu aufgeregt, um in Ruhe weiterzufrühstücken. Sie folgte Luise nach draußen und stellte sich neben sie an die Reling.

Das Wetter war über Nacht umgeschlagen. Dunkle Wolken bedeckten den Himmel, und es hatte deutlich abgekühlt. Die Ostsee, die sich am Vortag in einem hellen Grünblau präsentiert hatte, zeigte sich von ihrer grauen Seite, über der weiße Dunstschwaden waberten. Ab und an durchbrach das Tuten eines Nebelhorns die Stille, und Schiffe, die nur schemenhaft zu erkennen waren, fuhren an ihrem Dampfer vorüber.

»Da!«, rief Luise. »Das muss der Domberg sein.« Sie deutete in Fahrtrichtung auf einen Hügel mit unzähligen Festungs- und Kirchtürmen, der sich wie aus dem Nichts aus dem Meer erhob.

»So stelle ich mir Avalon vor«, sagte Wilhelmine. »Es hat so etwas Mystisches.«

»Es ist wunderschön«, sagte Luise leise und fuhr zaghaft fort: »Haben wir Zeit, Reval zu besichtigen? Oder fahren wir unverzüglich weiter?«

»Ich habe keine Eile«, antworte Wilhelmine und drehte sich zu Luise. »Im Gegenteil. Wir können uns viel Zeit lassen.«

»Aber wirst du nicht in Algulfer erwartet?«

»Wenn es nach meiner Mutter ginge, würde ich natürlich schnurstracks dorthin fahren und mich unter die Fittiche meiner künftigen Schwiegereltern begeben.« Wilhelmine lächelte spitzbübisch. »Aber ich konnte meinen Vater überzeugen, mir ein bisschen Freiraum zu gewähren. Er hat mich mit einer hübsch gefüllten Reisekasse versehen, die es mir ermöglicht, meine neue Heimat erst einmal auf eigene Faust zu erkunden.« Sie zwinkerte Luise zu. »Ich kann sehr überzeugend sein.«

Daran besteht kein Zweifel, dachte Luise. Sie sah es direkt vor sich, wie Wilhelmine ihren Vater um den kleinen Finger wickelte. Ob ihre Mutter davon wusste? Und war das nicht genau so eine

Situation, in der die Gräfin von Luise erwartete, dass sie ihr über die Kapriolen ihrer Tochter berichtete? Luise presste die Lippen aufeinander.

»Bist du verärgert, dass ich dir erst jetzt von der geänderten Reiseroute erzähle?« Wilhelmine sah Luise unsicher an. »Ich wollte nicht gleich mit der Tür ins Haus fallen. Es hätte ja sein können, dass du nicht gerne …«

»Ich kann mir nichts Schöneres vorstellen«, fiel Luise ihr ins Wort. »Ein Traum wird wahr.«

»So hatte ich dich mittlerweile auch eingeschätzt«, sagte Wilhelmine. »Aber warum hast du dann so finster geschaut?«

»Es ist wegen … Also, deine Mutter …«

»Verstehe!« Eine steile Falte erschien zwischen Wilhelmines Brauen. »Sie hat dich aufgefordert, dafür zu sorgen, dass ich keine Sperenzchen mache, und sie zu informieren, wenn etwas nicht in ihrem Sinne läuft.«

»So in der Art«, murmelte Luise.

»Wie kann sie nur?«, fauchte Wilhelmine. »Sie bringt dich in eine unmögliche Lage. Und abgesehen davon bin ich längst volljährig und kein Kleinkind mehr, das man am Gängelband führt.« Sie ballte ihre Hände zu Fäusten. »Nicht, dass mich ihr Verhalten überrascht. Sie will stets über alles die Kontrolle haben. Aber damit ist Schluss, ich lasse mich nicht mehr überwachen.« Wilhelmine sah Luise an. »Bringt dich das in die Bredouille? Ich möchte dich auf keinen Fall in irgendetwas verwickeln, das dir unangenehm ist. Ich würde es verstehen, wenn du lieber nicht mit mir …«

»Aber nein, ich möchte dich sehr gern begleiten!« Luise berührte Wilhelmine kurz am Arm. »Ich gebe zu, dass mich das Ansinnen deiner Mutter kurz verunsichert hat. Schließlich hat sie mich angestellt und meine Fahrkarten bezahlt. Aber dann stand für mich ganz schnell fest, wem meine Loyalität gehört.« Sie lächelte Wilhelmine an.

»Danke!« Wilhelmine drückte Luises Hand. »Ich bin sehr froh, dich an meiner Seite zu wissen.«

Das Hupen des Schiffshorns ertönte, die »Bertha« hatte die Hafenanlagen von Reval erreicht. Wilhelmine und Luise begaben sich mit anderen Passagieren, die ebenfalls aussteigen wollten, zur Gangway. Ihr Gepäck hatten sie bereits einem Steward anvertraut, der es direkt zur Zollrevision auf dem Kai bringen ließ. Während sich Wilhelmine in die Schlange im Abfertigungsgebäude stellte, eilte Luise zu einem Reisebüro mit Wechselstube am Westende des Kais, wo sie Mark in Rubel umtauschte und ein schmales Bändchen mit dem Titel *Illustrirter Führer durch Reval und seine Umgebungen* erwarb.

»Du hättest dich gar nicht so hetzen müssen«, sagte Wilhelmine, als Luise etwas außer Atem wieder zu ihr kam. »Das kann noch ein Weilchen dauern, bis wir an der Reihe sind. Die Herrschaften da halten den Betrieb auf.« Sie nickte zu einem Tisch hin, auf dem zwei geöffnete Koffer lagen. Davor standen ein mittelalter Herr und eine weitaus jüngere Dame. Letztere hatte Tränen in den Augen und schniefte in ein Spitzentüchlein. Ihr Mann redete mit hochrotem Kopf auf den Zollbeamten ein, der mit grimmiger Miene das Gepäck durchwühlte und bereits mehrere Holzkisten mit Zigarren sowie zwei Pistolen samt Munitionsschachteln zutage gefördert hatte.

»Der Herr hat wohl versucht, mit ein paar Rubelscheinen eine allzu genaue Prüfung seines Koffers zu vermeiden«, erklärte Wilhelmine.

»Oh weh, da ist er offensichtlich an den Falschen geraten«, sagte Luise.

In den an Bord aushängenden Zollbestimmungen hatte sie gelesen, dass man mitgeführte Schusswaffen vor der Abreise in seinem Pass vermerken lassen musste. Außerdem wurden für Zigarren ab hundert Stück Gebühren erhoben. Vor allem aber hatte das

Merkblatt ausdrücklich davor gewarnt, »Trinkgelder anzuwenden«.

»Gute Idee«, sagte Wilhelmine und deutete auf den Reval-Führer, den Luise in der Hand hielt. »Steht da auch etwas über das ›Hotel St. Petersburg‹ drin? In dem Lübecker Reisebüro, über das ich uns Zimmer habe reservieren lassen, haben sie es über den grünen Klee gelobt. Aber das muss ja nichts heißen.«

Luise schlug das Büchlein auf und wurde unter der Rubrik »Hôtels, Restaurants, Cafés, Conditoreien und Vergnügungslocale« fündig:

Hôtel St. Petersburg, 1. Ranges (Raderstr. 266), im Centrum der Stadt; altrenommirtes Hotel. Besitzer: G. Wicke. Sauber und elegant eingerichtete Zimmer von 1–6 Rbl. Salons für Gesellschaften. Table d'hôte von 2–5 Uhr. In einer dazu besonders eingerichteten Weinstube werden nur Weine aus dem früheren Petenbergschen Weinkeller, dem sog. »Börsenkeller« (»süsses Loch«), zu früheren Kellerpreisen verschänkt. Im Parterre elegant eingerichtetes Restaurant und grosser Speisesaal. Dejeuners, Diners und Soupers in und aus dem Hause; Frühstück à la carte zu jeder Tageszeit. In- und ausländische Biere vom Fass.

»Man hat dir wohl nicht zu viel versprochen«, sagte sie, nachdem sie den Absatz überflogen hatte und hielt Wilhelmine die aufgeschlagene Seite hin. »Es handelt sich tatsächlich um ein erstklassiges Hotel.«

»Süßes Loch«, murmelte Wilhelmine kurz darauf. »Merkwürdiger Name für ein Weinlokal. Irgendwie ein bisschen verrucht. Scheint ja leider nicht mehr zu existieren. Sonst hätten wir da unbedingt hingehen müssen.«

Luise warf ihr einen prüfenden Blick zu. Meinte sie das ernst?

»Was ist?« Wilhelmine zuckte die Schultern. »Wo steht denn

geschrieben, dass sich nur Männer amüsieren dürfen? Ich finde es ungerecht, dass sich eine sogenannte anständige Frau nicht in Bars oder Varietés blicken lassen darf, während es völlig selbstverständlich ist, dass ihre männlichen Verwandten dort ein und aus gehen. Wohlgemerkt, ich spreche nicht von einschlägigen Etablissements mit leichten Mädchen, falls du das – deinem erschrockenen Gesicht nach zu urteilen – glaubst.« Wilhelmine grinste.

In der Zwischenzeit hatte der Zöllner die Prüfung des Gepäcks beendet, dem Mann eine Quittung für die Gebühren ausgestellt und ihn zum Kassenschalter geschickt. Luise hörte den Beamten etwas auf Russisch zischen. Die Verachtung und der Hass in seiner Stimme ließen sie frösteln.

»Was hat er wohl gesagt?« Wilhelmine sprach die Frage aus, die Luise auf der Zunge lag.

»Man könnte es mit ›selbstgefälliger Schnösel‹ und ›typisch deutsch‹ übersetzen«, sagte eine Dame, die hinter ihnen stand.

Luise spürte, wie sich ihr Magen zusammenzog. Hoffentlich ist das kein böses Vorzeichen für unseren Aufenthalt in diesem Land, dachte sie, während der Zöllner den Nächsten in der Warteschlange zügig abfertigte. Mit klopfendem Herzen trat sie kurz darauf selbst an den Tisch. Entgegen ihrer Befürchtung winkte der Beamte sie und Wilhelmine nach einem flüchtigen Blick in ihre Pässe durch. Die Erleichterung konnte Luises mulmiges Gefühl nicht vollends vertreiben. Noch als sie in einem Zweispänner Platz nahmen und sich zur Raderstraße am Fuße des Dombergs kutschieren ließen, tat Luise sich schwer, die Äußerung des Zöllners als unbedeutend abzutun. Sie rumorte wie eine dunkle Vorahnung im Hintergrund und überschattete ihre Vorfreude auf die kommenden Wochen.

Kapitel 8

Nachdem Merike im Mädchenschlafsaal nach dem Rechten gesehen hatte, kehrte sie zum Lagerfeuer zurück, wo Marten sich bereits zu Lenja gesetzt hatte und mit ihr in ein angeregtes Gespräch vertieft war.

»Mich haben die Wochen nach dem Reaktorunfall in Tschernobyl wach gerüttelt«, sagte er gerade, als Merike auf einem Holzklotz Platz nahm. »Ich fand es befremdlich, dass in meinem Verwandten- und Freundeskreis viele Eltern ihren Kindern ukrainische Fruchtsäfte zu trinken gaben, die plötzlich in rauen Mengen in den Läden angeboten wurden, obwohl zur selben Zeit den Apotheken schon das Jod ausgegangen war.« Er kratzte sich am Kinn. »Da wurde mir endgültig klar, dass uns im estnischen Fernsehen nur Lügen erzählt wurden und sich die Regierung nicht um das Wohl der Menschen scherte.«

»Bei mir war es das Bekanntwerden der geheimen Pläne, in Virumaa Phosphorit abzubauen«, sagte Lenja. »Abgesehen davon, dass ich die Heimlichtuerei unmöglich fand, war mir sofort klar, was das für die Gegend bedeuten würde. Ich bin nämlich in Maardu aufgewachsen.«

Merike horchte auf. Sie erinnerte sich gut an die Schlagzeilen, die zwei Jahre zuvor die Gemüter erregt hatten. Das Moskauer Ministerium für Mineraldüngerindustrie hatte noch im derzeit laufenden Fünfjahresplan in Toolse am Finnischen Meerbusen und weiter südlich bei Rakvere den Abbau beginnen wollen, um die vermuteten sechs Milliarden Tonnen Phosphoriterze aus der Erde zu holen. Die sowjetische Umweltkommission hatte sich die massiven Proteste der Einheimischen zu Herzen genommen und das Vorhaben eingehend geprüft. Ihr Urteil war vernichtend ausgefallen. Dem Düngemittelministerium wurde bescheinigt, der größte Umweltverschmutzer der UdSSR zu sein.

Sogar Opa Andrus, der selten ein kritisches Wort über die Regierung äußerte, war von dem Vorhaben entsetzt gewesen, das ein großes Territorium in eine Industriewüste verwandelt hätte. Die Provinz Virumaa war eines der ältesten Ackerbaugebiete Nordeuropas, nahm trotz der kargen Böden einen Spitzenplatz in der sowjetischen Milch-, Fleisch- und Getreideproduktion ein und ernährte rund ein Drittel der estnischen Bevölkerung, also eine halbe Million Menschen. Außerdem hätte die Förderung der Phosphorite, beziehungsweise die dafür erforderliche Trockenlegung der Gruben, die gesamte Wasserversorgung dieses Landstrichs gefährdet, der zahlreiche Flüsse speiste und vierzig Prozent der estnischen Wasservorräte barg.

»Maardu bei Tallinn?«, hakte Marten nach. »Wird da nicht gerade ein riesiger Frachthafen gebaut?«

»Du meinst Muugu.« Lenja nickte. »Vor allem aber steht in Maardu ein Chemiekombinat, das Phosphoritmehl für die Landwirtschaft produziert. In der Umgebung gibt es mehrere Vorkommen, die im Tagebau gefördert werden. Meine Kindheit war buchstäblich überschattet von den sogenannten Fuchsschwänzen, die aus den Schornsteinen der Fabrik quellen.« Lenja rümpfte die Nase. »Sie heißen so wegen ihrer rötlich gelben Farbe. Ihr könnt euch den Schwefelgestank nicht vorstellen. Wenn es eine Hölle gibt, muss es dort genauso riechen. Und dazu kommen noch die Rauchschwaden, die seit Mitte der sechziger Jahre über den Halden wabern.«

»Warum brennt es da?«, fragte Merike.

»Über den Phosphoriten lagert Schwarzer Schiefer«, erklärte Lenja. »Wenn der mit Luft in Berührung kommt, entzündet er sich und ist so gut wie nicht zu löschen.«

»Furchtbar«, sagte Marten. »Schwarzschiefer enthält viele Schwermetalle, die hochgiftig sind.«

»Du sagst es.« Lenja verzog grimmig das Gesicht. »Die Kinder in Maardu erkranken doppelt so häufig wie die südlich von Tallinn. Die Abwässer aus dem Kombinat fließen ungefiltert in die Ostsee, und auf den Weiden verendet das Vieh, weil das Grundwasser verseucht ist.«

Sie holte ein flaches Mäppchen aus ihrem Rucksack, zog ein paar Schwarz-Weiß-Fotografien heraus und hielt sie Merike und Marten hin.

Merike sog scharf die Luft ein. Die Landschaft auf den Bildern sah trostlos und lebensfeindlich aus. »Dieses Schicksal hätte auch Virumaa geblüht?«, fragte sie.

Das Ausmaß der drohenden Zerstörung war ihr nicht annähernd bekannt gewesen. Die Vorstellung von riesigen schwelenden Halden, auf denen nie wieder eine Pflanze gedeihen konnte, verpesteter Luft und ungeklärten Abwässern, die im Meer landeten, war beklemmend.

Lenja nickte. »Deshalb gab es ja so wütenden Widerstand.«

»Ist das nicht ein Schauplatz aus Tarkowskis *Stalker*?«, rief Marten und deutete auf ein Foto, auf dem ein Industriegebäude an einem Gewässer zu sehen war.

»Du kennst den Streifen?« Lenja schaute Marten verblüfft an.

»Einer meiner Lieblingsfilme«, antwortete er und erwiderte das erfreute Lächeln, das sich auf Lenjas Gesicht ausbreitete.

Merike schaute etwas ratlos von einem zum anderen. Sie kannte den Science-Fiction-Film, der 1978 entstanden war, nur vom Hörensagen. Über seinen Regisseur wusste sie, dass er bei der sowjetischen Filmbehörde in Ungnade gefallen war und die letzten Jahre seines kurzen Lebens im französischen Exil verbracht hatte. Mit gerade einmal 54 Jahren war er dort 1986 an Krebs gestorben. Seinen Filmen, die ihn im westlichen Ausland berühmt machten, blieb in seiner Heimat, in der sie nur gegen starke Widerstände und oftmals zensiert erscheinen konnten, die offizielle Anerkennung versagt.

Lenja, die Merikes fragenden Blick bemerkte, erzählte ihr kurz den Inhalt des Films, bei dem eine ominöse, lebensfeindliche Zone die zentrale Rolle spielte – ein mit tödlichen Fallen gespicktes und vom Militär streng bewachtes Gebiet, in dem nach einer nicht näher erklärten Katastrophe die Naturgesetze scheinbar außer Kraft gesetzt waren. Nur die sogenannten Stalker kannten geheime Wege in die Zone, in der sie nach kostbaren Artefakten stöberten oder andere Menschen auf deren Suche nach einem Raum begleiteten, in dem laut einer Legende die sehnlichsten Wünsche in Erfüllung gehen sollten.

»Tarkowski hat die meisten Außenszenen an verschiedenen Orten in Tallinn und Umgebung gedreht«, beendete Lenja ihre Erklärung. »Auch bei uns in Maardu.« Sie deutete auf das Foto, das Marten ihr gezeigt hatte. »Das ist das Iru-Kraftwerk am Unterlauf der Pirita. Weiter stromaufwärts liegt das Chemiekombinat, von dem ich vorhin sprach. Tarkowski musste die Bedrohlichkeit der Zone nicht mit aufwendigem Kulissenbau oder Spezialeffekten erzeugen. Die bekam er gratis geliefert.« Sie drehte sich zu Marten. »Erinnerst du dich an die Szene, in der weißer Schaum den Fluss hinuntertreibt?«

Marten nickte.

»Das war irgendein furchtbares Gift, das die Fabrik ins Wasser geleitet hatte. Ein Bekannter von mir, der damals als Aushilfe am Filmset arbeitete, hat mir berichtet, dass viele Crewmitglieder über allergische Hautreizungen, Übelkeit und Atembeschwerden geklagt haben.«

»Daher die Gerüchte, dass sich Tarkowski bei diesen Dreharbeiten den Lungenkrebs eingehandelt hat, an dem er ein paar Jahre später gestorben ist.« Marten schüttelte sich.

»Anatoli Solonizyn, der im Film den Schriftsteller spielt, ist von derselben Krankheit dahingerafft worden«, sagte Lenja. »Mit nur 47 Jahren.«

Merike überlief ein Frösteln. Was für einen entsetzlichen Preis hatten die Filmleute für die Verwirklichung ihres Projekts zahlen müssen! Und sie hatten sich nur wenige Wochen in dem kontaminierten Gebiet aufgehalten. Wie viel gravierender mussten die Auswirkungen auf die Menschen sein, die ständig dort lebten? Merike rieb sich die Stirn. Otepää inmitten einer nahezu unversehrten Naturlandschaft erschien ihr in diesem Moment wie ein unwirkliches Paradies. Früher hatte sie zuweilen damit gehadert, dass Valgamaa eine verschlafene und strukturschwache Provinz war, die von der Zentralregierung als unwichtiges Randgebiet eingestuft und entsprechend stiefmütterlich bei der Verteilung von Fördergeldern, Baumaterialien und von nicht in der Gegend erzeugten Lebensmitteln behandelt wurde. An diesem Abend war sie dankbar für den friedlichen Dornröschenschlaf, in dem ihre Heimat lag.

»Ich kann nicht schlafen«, piepste es an Merikes Ohr.

Sie zuckte zusammen und fuhr herum. Die kleine Enna stand in ihrem Nachthemd hinter ihr.

»Ich fürchte mich.«

»Warum das denn?« Merike strich Enna über den Kopf. »Hattest du einen schlimmen Traum?«

Die Kleine schüttelte den Kopf. »Siiri hat Gruselgeschichten erzählt.« Sie schlang die Arme um den Oberkörper. »Und dann ist ein Geist gekommen.«

»Ein Geist?« Merike sprang auf. »In eurem Schlafsaal?« Bilder von einem Einbrecher, der sich den Mädchen mit finsteren Absichten näherte, drängten sich ihr auf.

»Ist es ein kleiner Geist?«, fragte Lenja.

»Weiß nicht«, antwortete Enna. »Als ich ihn gesehen hab, bin ich sofort fortgelaufen.«

»Das hast du gut gemacht.« Merike nahm Enna an der Hand und ging mit ihr in Richtung Schlafbaracke.

»Ich glaube, ich kenne den Geist«, sagte Marten, der ihnen folgte.

Merike sah ihn verblüfft an. Bevor sie nachhaken konnte, lenkten schauriges Heulen, Gelächter und spitze Schreie ihre Aufmerksamkeit auf die Hütte der Mädchen. Sie rannte die letzten Meter und riss die Tür auf. Im fahlen Licht, das durch die Ritzen der Fensterläden drang, erkannte sie zwei weiße Gestalten, die wild herumhüpften und »Huh Huh«-Rufe ausstießen. Die Mädchen hatten sich in einer Ecke hinter zwei Betten verbarrikadiert und bewarfen die Eindringlinge mit Kissen.

Merike atmete aus. Natürlich solche Streiche, wie auch das Juckpulver auf dem Kopfkissen durften bei keiner Freizeit fehlen.

»Schluss jetzt!« Sie klatschte in die Hände, während Marten auf den Lampenschalter drückte und im hellen Licht einem der Geister das weiße Laken wegzog. »Siehst du, Enna, du kennst ihn auch«, sagte er und blinzelte der Kleinen zu, die mit großen Augen den Jungen anstarrte, der unter dem Betttuch gesteckt hatte.

Es dauerte eine Weile, bis Merike und Marten die Kinder wieder in die Betten gescheucht hatten und zum Lagerfeuer zurückkehren konnten, wo Lenja auf sie wartete.

»Puh!« Merike ließ sich auf ihrem Holzklotz nieder. »Ich hätte nicht gedacht, dass die Kinder nach dem langen Tag noch so viel Energie haben.«

»Geht mir ähnlich«, sagte Marten. »Normalerweise schlafen sie nach so viel Bewegung an der frischen Luft gleich ein. Aber heute waren sie wohl zu aufgedreht.«

»Hoffentlich ist jetzt Ruhe.« Merike wandte sich an Lenja. »Ich will nämlich unbedingt erfahren, wie es mit der Protestbewegung weiterging.«

»Ja, bitte, das möchte ich auch.« Marten lächelte Lenja an.

»Wo war ich stehengeblieben?« Lenja kratzte sich an der Schläfe. »Ah ja, der geplante Abbau von Phosphoriterzen in Virumaa. Anfangs haben die Behörden noch versucht, die Umweltaktivisten als übertrieben ängstliche Minderheit darzustellen. Aber dann erschien eine Karikatur, die endgültig die Massen mobilisierte.«

»*Sitta kah*! – Sowieso alles Mist!«, rief Merike. Sie erinnerte sich gut an die Zeichnung, die im Mai vor zwei Jahren in aller Munde gewesen war. Sie zeigte einen Bauern, der einen Klumpen Dünger mit den geographischen Umrissen Estlands auf sein Feld schaufelte. Die meisten hatten darin eine Anspielung auf die Haltung des Moskauer Ministeriums gesehen, für das Estland wohl auch nur ein Haufen Mist war.

»Und du warst bei den Protesten dabei?« Marten sah Lenja bewundernd an.

»Vom ersten Tag an.« Lenja zog ein weiteres Foto aus dem Stapel und hielt es Marten und Merike hin. »Das war in Tartu. Im Juni siebenundachtzig.«

Es zeigte Lenja mit raspelkurzen Haaren und einem T-Shirt mit der Aufschrift: »Phosphorit – nein danke!« Neben ihr stand ein junger Mann, der ein selbst bemaltes Plakat hielt, auf dem »Stoppt die Zerstörung unserer Umwelt!« stand.

»Ist das Juri?«, fragte Merike.

»Ja, einen Tag vor dieser Demo sind wir uns zum ersten Mal begegnet.« Lenjas Hände ballten sich zu Fäusten. »Dieser Verräter«, zischte sie.

»Darf ich fragen, was passiert …« Merike stockte angesichts Lenjas finsterer Miene. »Also nur, wenn du darüber reden willst.«

»Er hat mir heute Nachmittag verkündet, dass er sein Leben neu ausrichten wird«, stieß Lenja hervor. »Er will aus Tallinn weg und in Kohtla-Järve eine Stelle in einem Ölschieferkraftwerk antreten. Ausgerechnet!«

»Das ist heftig«, sagte Marten.

Merike sah Lenja ungläubig an. Die Verbrennung von Ölschiefer zur Energiegewinnung war extrem belastend für die Umwelt.

Abgesehen vom dabei frei werdenden Schwefel, der buchstäblich zum Himmel stank, fielen Unmengen von mit Erdöl kontaminierten Gesteinsresten an, die schwer zu entsorgen waren.

»So hab ich ihn auch angeschaut, als er mir das gesagt hat.« Lenja schnaubte. »Ich dachte erst, dass er mich auf den Arm nimmt.«

»Aber er hat es ernst gemeint«, stellte Merike fest. »Warum hat er seine Meinung geändert? Wieso will er für eine schmutzige Industrie arbeiten, gegen die er zuvor protestiert hat?«

»Er will von Tallinn nach Kohtla-Järve wechseln?«, fragte Marten gleichzeitig. Er zog die Stirn kraus. »Umgekehrt würde ich es ja verstehen, aber so …«

Marten hat recht, dachte Merike. Wer würde freiwillig nach Kohtla-Järve ziehen wollen? Ihr Vater hatte ihr nach einer seiner Transportfahrten von dieser Stadt im Nordosten Estlands erzählt, die von gigantischen Halden mit giftigem Abraum aus diversen Bergwerken umgeben war. Nach dem Zweiten Weltkrieg hatten die sowjetischen Behörden beschlossen, am Ufer der Ostsee an der Straße von Tallinn nach Leningrad eine Industriestadt hochzuziehen. Die Bevölkerung bestand überwiegend aus Russen, die zu Zehntausenden aus allen Teilen der UdSSR nach Kohtla-Järve und anderen Fabrikstandorten geschickt und dort angesiedelt wurden.

»Juri tut sich schon seit einiger Zeit schwer damit, dass es bei den Protesten nicht bei den umweltpolitischen Anliegen geblieben ist. Ihm gefällt es nicht, dass sich die Bürgerrechtsbewegung zu uns gesellt hat und mittlerweile den Ton angibt.«

»Wieso stört ihn das?«, fragte Merike.

»Was ist dagegen einzuwenden, wenn ewig totgeschwiegene Aspekte unserer Geschichte endlich ans Licht kommen?«, erkundigte sich Marten. »Zum Beispiel die Deportationen zur Stalinzeit. Oder der erzwungene Beitritt Estlands zur Sowjetunion.«

»Juri sieht sich in erster Linie als Russe«, antwortete Lenja. »Und da schmeckt es ihm nicht, dass die Esten mehr Unabhängigkeit fordern.«

»Hat er etwa Schluss mit dir gemacht, weil du Estin bist?« Merikes Augen weiteten sich.

»Nein, meine Familie stammt auch aus Russland. Deshalb war er felsenfest davon überzeugt, dass ich ihn nicht nur verstehen, sondern gemeinsam mit ihm Tallinn verlassen würde.« Lenja tippte sich an die Stirn. »So schlecht kennt der mich nach zwei Jahren.«

»Du hast demnach nichts gegen die Ziele der Volksfront?«, fragte Marten.

»Ganz und gar nicht.« Lenja schüttelte vehement den Kopf. »Ich bin hier aufgewachsen und kann mir keine andere Heimat vorstellen. Meine besten Freunde sind Esten. Ich halte nichts von den Russen, die sich in ihren Wohnsiedlungen abschotten, sich weigern, Estnisch zu lernen, und von Moskau das Gefühl vermittelt bekommen, Bürger Erster Klasse zu sein.«

Erneut schweiften Merikes Gedanken nach Otepää. Dort lebten so gut wie keine Russen, und auch der Freundes- und Bekanntenkreis ihrer Familie bestand ausschließlich aus Esten. Bei Lichte betrachtet war Lenja die erste Russin, mit der Merike ein persönliches Gespräch führte.

»Jetzt ist aber Schluss mit den trüben Themen!« Lenja entkorkte die Flasche mit dem Beerenwein. »Lasst uns auf die Zukunft anstoßen.« Sie schenkte das Gebräu in drei Teebecher.

»Auf die Zukunft!« Merike prostete den anderen zu.

Was mir meine wohl bringen wird?, fügte sie im Stillen hinzu. Was, wenn ich nicht den Weg einschlage, den Opa Andrus für mich vorgesehen hat? Die Frage war unvermittelt aufgeblitzt, beunruhigend und zugleich verführerisch. Merike nahm einen tiefen Schluck aus ihrem Becher und spürte dem Pochen ihres Herzens nach, das der ketzerische Gedanke schneller schlagen ließ.

Am nächsten Tag war der Himmel bedeckt, es wehte ein böiger Wind, und die Temperatur war deutlich gesunken. Merike war nicht traurig, dass der Aufenthalt am Strand ausfiel. Stattdessen machten sie am Vormittag eine Wanderung. Lenja, die sowohl den Fahnenappell als auch das Frühstück und die Turnübungen verschlafen hatte, gesellte sich zu ihnen. Sie hatte Martens und Merikes Angebot, übers Wochenende bei ihnen zu bleiben, gern angenommen. »Ehrlich gesagt, bin ich ganz froh, eine Pause einlegen zu können«, hatte sie gemeint und grinsend auf ihren Hintern gezeigt. »Der da dankt es euch auch.«

Merike hatte sich von Ragne, der sie bei der Vorbereitung des Mittagessens ein wenig zur Hand gegangen war, in die Besonderheiten der Gegend einweihen lassen und übernahm die Führung. Hinter der ehemaligen Kapitänssiedlung erstreckte sich der »Mast-Kiefern-Wald«. Ein von Heidekraut, Vogelbeersträuchern und Preiselbeerstauden gesäumter Pfad schlängelte sich zwischen den bis zu dreißig Meter hohen und mehrere Hundert Jahre alten Bäumen hindurch.

»Als Schiffsmasten würden die aber nicht taugen«, sagte Marten. »Dazu sind sie viel zu krumm.«

Zwischen den teils wild verrenkten Kiefern lagen unzählige von Moos und Flechten überwucherte Steinblöcke.

»Stimmt es, dass das versteinerte Teufel sind?«, fragte Enna und blieb vor einer Lichtung stehen, die von Findlingen übersät war.

»Du bist so was von kindisch«, sagte Siiri, bevor Merike antworten konnte. »Das sind Überbleibsel der letzten Eiszeit.«

»Dann hast du sicher keine Angst, den da wegzurollen.« Merike deutete auf einen fußballgroßen Brocken.

»Warum sollte sie Angst haben?« fragte ein Junge.

»Weil es Unglück bringt, wenn man Findlinge verschiebt«, antwortete Lenja. »Ich weiß nicht, ob es versteinerte Teufel sind«, fuhr sie an Enna gewandt fort. »Aber ich habe gehört, dass der

Riese Kalevipoeg die Steine nach dem Teufel geworfen hat, der daraufhin heulend Reißaus nahm.«

Einige Kinder nickten. Die Sagen um den estnischen Nationalhelden wurden in vielen Familien lebendig gehalten.

»So hat es mir meine Oma auch erzählt«, sagte Merike. »Und dass der Schutz, den diese Steine vor dem Teufel bieten, nur wirksam ist, solange sie an Ort und Stelle liegen bleiben. Deswegen werden Findlinge umbaut, wenn sie zum Beispiel beim Errichten eines Gartenzauns im Weg sind.« Merike bemerkte, dass Siiri verunsichert auf den runden Stein schaute und keine Anstalten machte, ihn zu berühren. »Mehr Findlinge als in Laheema gibt es nirgendwo in Estland«, sprach sie weiter. »Besonders viele dieser Kaventsmänner liegen oben an der Spitze von Käsmu. Aber da kommt man wegen der Absperrungen leider nicht hin.«

»Die hier sind aber auch nicht von schlechten Eltern«, sagte Marten und deutete auf zwei längliche Felsen, die ihn um einiges überragten. »Das schreit nach einem Foto.« Er zog seine Kamera aus dem Rucksack und bat die Kinder, sich vor den mächtigen Findlingen aufzustellen.

»Lass mich das Bild machen«, sagte Lenja. »Du als Gruppenleiter solltest auch drauf sein.«

»Danke.« Marten gab Lenja den Apparat. »Aber nur, wenn ich dann noch ein Foto von dir und Merike machen darf.«

Diese verbiss sich ein Grinsen. Sie wäre jede Wette eingegangen, dass Marten vor allem Lenja verewigen wollte. Bereits am Abend zuvor war ihr aufgefallen, dass er die Augen kaum von ihrem Gast lassen konnte.

Als sie weitergingen, führte der Weg sie aus dem Wald hinaus an einen Strand, auf dem sich ein Haufen aus kleineren Steinen auftürmte.

»Das muss der Glückshügel sein«, rief Merike. Sie bückte sich nach einem handlichen Kiesel. »Wenn man hier einen Stein über seine Schulter auf den Haufen wirft, darf man sich etwas wünschen.«

»Lass mich raten, dazu gibt es sicher auch eine Legende.« Lenja sah Merike mit mildem Spott an.

»Und ob. Den ersten warf der schwedische König Gustav Adolf II., nachdem er hier in einem schweren Sturm fast Schiffbruch erlitten hätte. Als Dank für seine Rettung ritzte er seinen Namen in einen Stein und versprach jedem, der ebenfalls einen solchen Stein dort ablegte, Glück.«

Ragne hatte erzählt, dass der Haufen in den folgenden Jahrhunderten zu einem stattlichen Hügel angewachsen war, der den Unmut der Sowjets erregt hatte, als sie nach dem Zweiten Weltkrieg ihre Soldaten auf der Halbinsel stationierten. Kurzerhand hatten sie die Steine abgetragen und ins Meer geworfen. Doch diese Maßnahme hatte dem Strand kein Glück gebracht. In den folgenden Jahrzehnten wurde er mehrfach von verheerenden Stürmen heimgesucht, die großen Schaden anrichteten. Seit den frühen siebziger Jahren hatten die abergläubischen Insulaner daher begonnen, einen neuen Steinhaufen aufzubauen.

»Na, dann wollen wir mal.« Lenja hob einen Kiesel auf. »Wann hat man schon mal einen Wunsch frei, den ein König absegnet?« Sie nickte Merike zu, schloss die Augen und schleuderte den Stein über die Schulter Richtung Haufen.

Merike wog ihren Kiesel unschlüssig in der Hand. Wenn sie als Kind beim Ausblasen der Geburtstagskerzen aufgefordert worden war, sich stumm etwas zu wünschen, waren es unerreichbare Dinge gewesen wie neue Rollschuhe oder eine Barbiepuppe, wie ihre Freundin Talvi eine von einer »Westtante« geschenkt bekommen hatte. Später hatte Merike im Grunde nur einen wiederkehrenden Wunsch gehabt, den sie dem Universum anvertraute: sich als gute Kommunistin zu bewähren und vor den Augen ihres Großvaters zu bestehen.

An diesem Tag war es anders. Merike atmete einmal tief ein und aus. Ich wünsche mir den Mut, meinen Weg zu gehen, egal, was andere davon halten. Sie warf den Stein. Vor ihrem inneren Auge erschien die strenge Miene ihres Großvaters. Merike ballte die Hände zu Fäusten. Und eine Extraportion Mut, um Opa Andrus die Stirn zu bieten.

Reval / Estland, Frühling 1914

Kapitel 9

»Wollen wir uns in einer guten Stunde zu einem ersten Stadtbummel treffen?«, fragte Wilhelmine, nachdem der Hoteldiener Luise und sie zu ihren Zimmern geführt hatte. »Ich muss endlich einen Brief an meine Eltern schreiben. Du weißt schon: dass die Schifffahrt reibungslos verlaufen ist, ich wohlbehalten hier eingetroffen bin und so.« Sie verdrehte die Augen. »Könnte ich sehr gut drauf verzichten. Aber vorerst will ich ihnen keinen Grund geben, sich Gedanken über mich zu machen.« Sie grinste schelmisch. »Das kommt noch früh genug.«

Luise schüttelte innerlich den Kopf. Sosehr sie Wilhelmine und deren unbekümmerte Art in den vergangenen Tagen zu schätzen gelernt hatte, die Befürchtung, dass diese sich mit ihrem unbotmäßigen Verhalten und kühnen Plänen in Teufels Küche bringen würde, beschlich sie immer wieder. Gleichzeitig war sie fasziniert von der Chuzpe ihrer neuen Freundin. Besonders Wilhelmines Berichte über die Oldenburger Lehrerin und Frauenrechtlerin Helene Lange ermutigten Luise, über den Tellerrand zu schauen und über neue Entwicklungsmöglichkeiten für sich selbst nachzudenken.

Helene Langes behütete Kindheit Mitte des vorigen Jahrhunderts in einer gut situierten Kaufmannsfamilie hatte mit dem frühen Tod der Mutter ein jähes Ende gefunden. Als auch der Vater wenige Jahre später starb, war ein für alle Mal Schluss gewesen mit dem vorgezeichneten Lebensweg einer »höheren Tochter«. Der Vormund verweigerte der Sechzehnjährigen eine Lehrerinnenausbildung und schickte sie für ein Jahr in ein süddeutsches Pfarrhaus, wo sie nach der liberalen Erziehung durch ihren Vater zum ersten Mal die Nachordnung der Frauen gegenüber Männern und den absichtlichen Ausschluss als Frau von intellektuellen Unterhaltungen erleben musste. Anschließend trat sie eine Stelle als Gouvernante in einer Osnabrücker Familie an und begann ein intensives Selbststudium der Geisteswissenschaften und alten Sprachen. Nach fünf Jahren legte sie in Berlin das lang ersehnte externe Examen ab und wurde Mitglied des Vereins deutscher Lehrerinnen und Erzieherinnen, den sie jedoch als wenig hilfreich für berufstätige Frauen empfand. Sie nahm das zum Ansporn, die Erfahrungen ihres eigenen Emanzipationskampfes weiterzugeben und sich für die Gleichstellung von Männern und Frauen einzusetzen. Luise konnte gut nachvollziehen, warum Wilhelmine in ihr ein leuchtendes Vorbild sah, das sie ermutigte, es ihr nachzutun und trotz Widerständen unbeirrt ihren Idealen zu folgen.

Luise brauchte nicht lang, um die Kleider und Utensilien, die sie während ihres Aufenthaltes in Reval benötigen würde, im Schrank unterzubringen und ihre Koffer zu verstauen. Sie setzte sich mit dem Reval-Führer ans Fenster, das auf einen kleinen Platz mit einem überdachten Brunnen hinausging, und nutzte die verbleibende Zeit, um sich ein bisschen über die estnische Hauptstadt zu informieren. Luise hatte sich gerade über den Stadtplan gebeugt und suchte nach der Russstraße, in der sich laut Kartenlegende das Post- und Telegraphenamt befand, als es klopfte und Wilhelmine ihren Namen rief.

»Endlich!«, entfuhr es Luise. Sie brannte darauf, durch die Gassen von Reval zu streifen und möglichst viele der Sehenswürdigkeiten zu besuchen. Sie sprang auf, zog ihren Mantel über und eilte zur Tür.

»Ich hab uns schon mal einen Rundgang ausgetüftelt«, sprudelte es aus ihr hervor, noch während sie die Tür öffnete. »Es gibt so viel zu entdecken und …«

»Befürchtest du, etwas zu verpassen?« Wilhelmine sah sie mit leisem Spott an. »Wir haben wirklich alle Zeit der Welt. Du kannst dich nach Herzenslust deiner Besichtigungswut hingeben.«

Luise stieg das Blut in die Wangen. »Entschuldige«, murmelte sie. »Aber es ist alles so aufregend«, fuhr sie begeistert fort. »Ich kann noch gar nicht recht glauben, dass ich jetzt tatsächlich hier bin und nicht im nächsten Moment der Wecker klingelt und mich aus diesem wunderbaren Traum reißt.«

»Na, dann mal los«, sagte Wilhelmine. »Aber bitte eins nach dem anderen. Es soll ja schließlich keine Tour de Force werden, sondern ein entspannter Bummel.«

Luise grinste zerknirscht. »Lass uns als Erstes auf den Domberg gehen«, schlug sie vor. »Von dort oben können wir uns einen guten Überblick über die Stadt verschaffen.«

»Prima Idee. In diesen verwinkelten Gassen verliert man sicher schnell die Orientierung.«

Vom Platz vor dem Hotel »St. Petersburg« lenkten sie ihre Schritte nach Nordosten und standen kurz darauf vor einem Torturm, der das nördliche Ende der Altstadt markierte. Luise hatte gelesen, dass diese Pforte bis 1878 jeden Abend verriegelt worden war. Bis zu jenem Jahr waren der vom Adel bewohnte Domberg und die von Kaufleuten und Handwerkern bevölkerten Viertel zu seinen Füßen zwei getrennte Städte gewesen, die zwar aufeinander angewiesen waren, sich aber gegenseitig nicht wirklich über den Weg trauten.

»Von hier führt der *Pikk jalg*, das Lange Bein, nach oben«, sagte Luise und deutete auf den Torbogen, hinter dem eine kopfsteingepflasterte Gasse lag.

»Aha, ich nehme an, es gibt auch ein Kurzes Bein?« Wilhelmine grinste.

»Der *Lühike jalg*. Mit steilen Treppen, wenn dir das lieber ist«, antwortete Luise. »Dann verpasst du allerdings die prächtige Alexander-Newski-Kathedrale.«

»Das geht natürlich nicht. Die goldenen Kreuze auf ihren zwiebelförmigen Kuppeln sind mir schon vom Schiff aus ins Auge gestochen«, sagte Wilhelmine. »Sie passten so gar nicht zu all den zinnenbewehrten Mauern, spitzen Kirchtürmen und roten Ziegeldächern.«

»Viele Esten mögen den prunkvollen Bau wohl gar nicht«, sagte Luise mit gesenkter Stimme. »Die Kirche wurde zu Ehren des gleichnamigen russischen Nationalhelden und Heiligen erbaut und gilt ihnen als Sinnbild für die erzwungene Russifizierung ihrer Heimat.«

»Verständlich«, murmelte Wilhelmine. »Wer hat schon gern ein Wahrzeichen seiner Fremdherrscher an prominenter Stelle vor der Nase?«

Gemächlich liefen sie das von hohen Mauern gesäumte Sträßchen hinauf, das sie schließlich auf einen Platz führte, an dem sich das Domschloss und die russische Kathedrale gegenüberstanden. Zu den drei Portalen des Steinbaus mit seiner rot und grau gestalteten Fassade führten breite Granittreppen hinauf.

Wilhelmine sah sich aufatmend um. »Wohin es da wohl geht?«, fragte sie und zeigte auf einen Durchgang.

»Finden wir es heraus«, antwortete Luise, durchquerte einen dunklen Hof und blieb abrupt stehen. Sie hatte die Brüstung einer Mauer erreicht und ließ mit angehaltenem Atem den Anblick auf sich wirken, der sich ihr bot: eine Aussicht weit ins Land hinein und hinaus auf die Ostsee. Direkt unter ihr erstreckte sich die alte Hansestadt. Der Nebel, der bei ihrer Ankunft über dem Meer gewabert hatte, war längst von der Sonne vertrieben worden, die kräftig vom Himmel schien.

»Beeindruckend.« Wilhelmine war neben sie getreten. »Man hat tatsächlich das Gefühl, sich in einer deutschen Hansestadt zu befinden.«

Luise nickte. »Das muss der Lange Hermann sein«, sagte sie

und zeigte auf einen hohen Burgturm an einer Ecke des Schlosses, an dem die weiß-blau-rote Trikolore des Zarenreichs flatterte. Sie ließ ihre Augen über das Gassengewirr zu ihren Füßen wandern. »Und der dicke, runde da unten ist wohl der *Kiek in die Köck.*«

»Schau in die Küche?«, prustete Wilhelmine. »Wie kommt er denn zu dem Namen?«

»Weil die Turmwächter in alten Zeiten von dort einen hervorragenden Blick in die Küchen der Unterstadt hatten«, antwortete Luise mit einem Schmunzeln.

»Wahnsinn, was du dir in der kurzen Zeit alles angelesen hast und vor allem merken kannst.«

Die Bewunderung in Wilhelmines Stimme machte Luise verlegen. Wirkte sie besserwisserisch?

»Ich wünschte, ich hätte ein ebenso gutes Gedächtnis«, seufzte Wilhelmine. »Ich habe so einige Lehrer und Gouvernanten zur Verzweiflung getrieben, weil nichts in meinem Kopf haften bleiben wollte.« Sie zuckte die Achseln. »Bei mir ist in der Hinsicht Hopfen und Malz verloren.«

»Red dir das nicht ein«, sagte Luise. »Ich glaube, du hast einfach noch nicht das Gebiet gefunden, das dich begeistert. Ich interessiere mich schon immer für Geschichte, andere Länder und fremde Kulturen. Womit ich mich hingegen schwertue, sind Musikstücke und Komponisten. Baronin Beulwitz hat mich oft in Konzerte mitgenommen. Ich habe das sehr genossen. Aber ich konnte mir partout nicht merken, was ich da gehört hatte. Dazu war es mir wohl nicht wichtig genug.«

»Jetzt ist mir etwas viel Schnöderes wichtig«, stellte Wilhelmine fest. »Etwas zu essen«, erklärte sie und wandte sich von der Brüstung ab. »Lass uns ein schönes Café suchen.«

»Da müssen wir nicht lange suchen«, bemerkte Luise. »Eins der besten soll das der Familie Stude sein. Auf Estnisch heißt es *Maiasmokk*, was so viel bedeutet wie Leckermaul.«

»Na, das ist doch ein verheißungsvoller Name.« Wilhelmine grinste breit. »Nichts wie hin!«

Keine zehn Minuten später erreichten sie in der Unterstadt einen kleinen Platz, an dem sich gegenüber der schlichten Heiliggeistkirche die »Conditorei Stude« befand. Sie war in den beiden unteren Geschossen eines dreistöckigen Hauses im Stil der Neorenaissance untergebracht. Besonders hübsch fand Luise die Buntglasdecken. Studes Marzipan war laut dem Reval-Führer so berühmt, dass es an den Hof des Zaren in St. Petersburg geliefert wurde. Hinter den Vitrinen im Verkaufsraum tummelte sich fast die gesamte Tierwelt aus feinstem Marzipan: von Hand bemalte Hunde, Affen, Katzen, Vögel, Fische, Rehe, Wildschweine, Schildkröten und unzählige andere Arten.

Wilhelmine und Luise nahmen im angrenzenden Café in einem behaglichen holzvertäfelten Raum an einem Tisch am Fenster Platz und bestellten heiße Schokolade. Dazu wählte Wilhelmine ein Stück Zitronencremetorte, Luise einen Käsesahnekuchen mit einem Boden aus Schokoladenmürbteig.

Nachdem der Kellner das Gewünschte serviert hatte, nahm Wilhelmine einen Schluck aus ihrer Tasse, stellte sie ab und beugte sich zu Luise vor. Diese ließ die Gabel, mit der sie eben in ihren Kuchen stechen wollte, sinken und sah beunruhigt in Wilhelmines Gesicht, das angespannt und ernst wirkte.

»Ich möchte dich gern um etwas bitten«, begann diese. »Ich fürchte, es wird dir gegen deine ehrliche Natur gehen. Aber du würdest mir einen großen Gefallen tun, und es ist an sich auch nichts verwerf…«

»Womit würde ich dir einen Gefallen tun?«

»Ich möchte unsere Reise gern inkognito fortsetzen«, antwortete Wilhelmine. »Unter dem Mädchennamen meiner Mutter, allerdings ohne den Titel. Einfach als Wilhelmine Rosen.«

»Wieso? Hier kennt dich doch niemand.«

»Und das soll auch so bleiben. Zumindest bis wir in Algulfer eintreffen.« Sie senkte die Stimme. »Meine Mutter hat erzählt, dass die adligen Deutschbalten eine eingeschworene Gemeinschaft sind, in der praktisch jeder über den anderen Bescheid weiß. Es würde mich sehr erstaunen, wenn meine Reise und ihr Anlass nicht längst in aller Munde sind. Da wäre es nur eine Frage der Zeit, bis ich jemandem über den Weg laufe, bei dem es beim Namen Wilhelmine von Rahden klingelt.«

»Und der oder die dann fragt, warum du nicht ohne Umwege zu deinem Bräutigam in spe eilst«, fügte Luise hinzu und nickte nachdenklich. »Da würde die Gerüchteküche ganz schön brodeln.«

»Ich wusste, dass du mich verstehst.« Wilhelmine drückte Luises Hand. »Darf ich also mit deiner Unterstützung rechnen?« Sie schaute ihr in die Augen. »Für mich werden die kommenden Wochen unseres freien Umherschweifens in erster Linie eine kostbare Gelegenheit sein, in aller Ruhe in mich zu gehen und zu ergründen, wie ich mein Leben gestalten möchte. Ich möchte einfach eine Weile aus dem Korsett meiner Herkunft schlüpfen und die Wilhelmine kennenlernen, die unter all den gesellschaftlichen Konventionen, Familienerwartungen und Erziehungsmaßnahmen begraben ist.«

Luise öffnete den Mund, um zu fragen, ob sie bereits eine ungefähre Ahnung hatte, wie sie sich ihre Zukunft vorstellte.

Wilhelmine, die wohl Widerspruch befürchtete, hob die Hand und sprach rasch weiter. »Abgesehen davon, wäre es mir unerträglich, wenn die Leute – insbesondere in deutschbaltischen Kreisen – dich für meine Zofe halten.«

»Na ja, streng genommen bin ich das ja auch.«

»Für mich aber nicht. Es wäre mir furchtbar peinlich, nein, unerträglich, wenn dich jemand wie eine Untergebene behandelte.« Sie verzog angewidert den Mund. »Ich hasse diesen Dünkel!«

Luise schob sich ein Stück Kuchen in den Mund. Ihrem ersten Impuls, Wilhelmines Ansinnen als eine ihr unangenehme Verdrehung der Wahrheit abzulehnen, hatte diese mit ihrer aufrichtigen Empörung den Wind aus den Segeln genommen. Es ist doch nur eine harmlose Flunkerei, überlegte sie. Und wer bin ich, Wilhelmine diese nachvollziehbare Bitte abzuschlagen?

»Einverstanden, Fräulein Rosen«, sagte sie und zwinkerte ihr zu.

»Danke!« Wilhelmine strahlte sie an. »Ich bin so froh, dass meine Mutter dich gefunden hat. Auch wenn sie natürlich entsetzt wäre, wenn sie von unserem kleinen Komplott wüsste.«

Luise schluckte. Die Gräfin wäre zweifellos empört, dachte sie. Schließlich erwartet sie, dass ich genau solche Eskapaden ihrer Tochter unterbinde oder sie unverzüglich darüber in Kenntnis setze.

»Vergiss meine Mutter«, sagte Wilhelmine. »Es war nicht in Ordnung von ihr, dich als Spionin anzuheuern. Geschieht ihr also ganz recht, dass ihr Plan nicht aufgeht.«

Aus Wilhelmines Sicht sind solche Überlegungen nachvollziehbar, meldete sich Luises innerer Skeptiker zu Wort. Selbst wenn ihre Eltern sehr enttäuscht oder auch erbost sein würden, früher oder später würden sie ihr diese Eskapaden sicherlich verzeihen. Luise dagegen waren da sehr viel engere Grenzen gesetzt. Wenn sich herumspräche, dass sie sich über die Vorgaben der Gräfin hinweggesetzt und in ihren Augen zweifellos Verrat geübt hatte, würde es schwer, wenn nicht unmöglich werden, jemals wieder in den besseren Kreisen eine Anstellung zu bekommen. Und was dann? Luise starrte auf das eingewebte Blumenmuster der Tischdecke.

Aber es findet sich immer ein Weg, wenn man nur will, sprach sie sich gut zu. »Wir können den Wind nicht ändern, aber die Segel anders setzen.« Vor Luises innerem Auge tauchte das Gesicht der Baronin Beulwitz auf, die gern den von ihr geschätzten Philosophen Aristoteles zitierte. Luise hob den Kopf und hielt Wilhelmine ihre Tasse entgegen.

»Auf den Beginn einer wundervollen Reise von Wilhelmine Rosen und Luise Gerdes.«

Lahemaa / Estland, Sommer 1989

Kapitel 10

Nach dem Mittagessen wurden die Kinder zum Schlafen geschickt. Die meisten nickten sofort ein, erschöpft von der Wanderung und dem Wettlauf, den sie auf dem Rückweg zum Ferienlager veranstaltet hatten. Als Merike die Mädchenbaracke verließ und in Richtung Küche schritt, drangen Gitarrenklänge an ihr Ohr. Offenbar hatte Lenja ihr Radio geholt. Merike trat auf die Schwelle und stutzte. Lenja saß mit bleichem Gesicht auf einem Schemel und starrte entgeistert auf den Apparat, aus dem eine beschwingte Tangomelodie ertönte, zu der eine Frau auf Finnisch sang.

Merike kannte den Song. Finnland hatte Anneli Saaristo im Mai mit *La dolce vita* ins schweizerische Lausanne zum Eurovision Song Contest geschickt, wo es auf dem siebten Platz gelandet war. Merikes Mutter war ein großer Fan dieser Veranstaltung des kapitalistischen Westens – ein weiterer Punkt auf der Liste mit Dingen, denen sie hinter dem Rücken ihres Vaters nachging. Über eine gute Bekannte, deren Mann im diplomatischen Dienst tätig war und die Viljas Begeisterung für diesen Musikwettbewerb teilte, beschaffte sich diese Audiomitschnitte der Fernsehübertragungen, die sie hörte, wenn Opa Andrus nicht zu Hause war oder schlief. Merike hatte zwar nie Finnisch gelernt, verstand jedoch viele Wörter dieser dem Estnischen nah verwandten Sprache. In ihrem Lied beschwor Anneli Saaristo die Erinnerung an glückliche Zeiten. Gerade sang sie den Refrain:

Das gute Leben.
Es ist alles so süß gewesen.
Das gute Leben.
Kein Grund für Tränen.

Merike saugte die Unterlippe ein. Bisher hatte Lenja den Eindruck vermittelt, die Trennung von Juri gut wegzustecken. Am Vorabend hatte sie erzählt, dass es schon seit Monaten zwischen ihnen gekriselt hätte, sie das aber wohl nicht hatte wahrhaben wollen. »Vor der Radtour haben wir uns nur selten gesehen, hatten beide viel um die Ohren. Und als wir dann den ganzen Tag zusammen waren, ist der ganze angestaute Mist hochgekocht.« Sie hatte die Schultern gezuckt und nach ihrem Becher gegriffen. »Eigentlich bin ich froh, dass Juri sein wahres Gesicht gezeigt hat.«

Ganz so leicht kann sie die gemeinsame Zeit wohl doch nicht abschütteln, dachte Merike jetzt und blieb unschlüssig stehen. Vielleicht ist es Lenja unangenehm, wenn ich sie so aufgewühlt sehe, überlegte sie. Es ist aber auch möglich, dass sie froh ist, wenn sie sich aussprechen kann.

»Lenja?«, fragte sie leise und trat in die Küche.

Die junge Russin drehte wie in Zeitlupe den Kopf. »Sie schießen sie einfach über den Haufen«, hauchte sie tonlos. »Sie rollen mit ihren Panzern über sie und verhaften jeden, der sich nicht rechtzeitig in Sicherheit bringt.«

»Von was sprichst du?« Merike zog sich einen Hocker heran und setzte sich neben Lenja. »Wer schießt auf wen?«

»Heute Nacht haben sie in Peking Panzer auf dem Platz des Himmlischen Friedens auffahren lassen und das Feuer auf die Demonstranten eröffnet.«

Merike sog scharf die Luft ein. Seit gut sieben Wochen protestierten Studenten friedlich gegen die Restriktionen der chinesischen Regierung und forderten mehr Demokratie. Anstoß war der Tod des früheren KP-Chefs Huo Yaobang im April gewesen. Er hatte als Reformer gegolten, weil er sich für eine Öffnung des Marktes und Liberalisierungen eingesetzt hatte. Zwei Jahre zuvor war er entmachtet worden. Nun forderten die Studenten seine Rehabilitation und wollten seine Arbeit fortsetzen: Vetternwirtschaft abschaffen, Meinungsfreiheit und Rechtsstaatlichkeit einführen sowie korrupte Parteikader bestrafen. Die unflexible Haltung der chinesischen Führungsspitze ließ die Demonstrationen rasch zu einer Massenbewegung anschwellen, der sich auch zahlreiche Arbeiter anschlossen.

Als Michail Gorbatschow Mitte Mai Peking besuchte, forderten die Protestierenden ihre Regierung auf, sich ein Beispiel an dessen Reformkurs im Zeichen von Perestroika und Glasnost zu nehmen. Merike hatte noch Gorbatschows Worte im Ohr, mit denen er die Demonstranten in Peking gelobt und erklärt hatte, dass in der Volksrepublik Reformen notwendig wären. War das der Tropfen gewesen, der das Fass zum Überlaufen gebracht und den Hardlinern in der Partei die Oberhand verschafft hatte? Noch am Abend von Gorbatschows Abreise hatte die chinesische Regierung den Kriegszustand ausgerufen – und war jetzt tatsächlich nicht davor zurückgeschreckt, auf die eigene Bevölkerung schießen zu lassen.

Opa Andrus hat recht behalten, musste Merike zugeben. Er hat vorhergesagt, dass sich das Regime nicht beugen wird und es früher oder später zu Blutvergießen kommt. »Diese dummen Demonstranten werden es noch bitter bereuen, sich dem System entgegengestellt zu haben. So etwas geht nie gut aus, wie wir selbst am besten wissen.« Aber ist das ein Grund, alles kritiklos hinzunehmen?, stellte Merike sich die Frage, die laut auszusprechen sie sich damals nicht getraut hatte. Auch Mama hatte nichts dazu gesagt. Merike runzelte bei der Erinnerung die Stirn. Ihre Mutter war bei der letzten Bemerkung ihres Vaters zusammengezuckt – was Merike zwar wahrgenommen, aber nicht weiter verfolgt hatte. Und was hatte Opa Andrus mit »wie wir selbst am besten wissen« gemeint? Merike spürte, dass dieses Wir nicht das estnische Volk, sondern ihre Familie war. Ihr Herz schlug schneller. Nicht zum ersten Mal beschlich sie das Gefühl, dass ihr so einiges verschwiegen wurde. Allem voran die Gründe für die latente Angst, die im Hause Ilves herrschte. Erst der räumliche Abstand führte ihr vor Augen, wie seltsam das war, vor allem im Vergleich zur Stimmung im Land, die in den vergangenen zwei Jahren zunehmend von Aufbegehren und Lockerungen geprägt war. Warum verharrte ihre Familie im Stillhaltemodus? Ich muss das unbedingt herausfinden, beschloss Merike.

»Aber die Leute in Peking haben doch friedlich protestiert«, sagte sie zu Lenja. »Wieso geht die chinesische Führung jetzt so brutal vor?«

»Da kommt sicher einiges zusammen.« Lenja fuhr sich mit der Hand durch die kinnlangen Haare auf der linken Kopfhälfte. »Aber wenn du mich fragst, geht vielen Bonzen vor allem wegen der Arbeiter der Arsch auf Grundeis. Die haben nämlich angefangen, sich in Gewerkschaften zu organisieren.«

»Verstehe«, murmelte Merike. »Sie befürchten ähnliche Entwicklungen wie in Polen. Stichwort Solidarność. Weiß man denn schon, wie viele Tote es gibt?«

Lenja schüttelte den Kopf. »Die Lage ist unübersichtlich. Der finnische Reporter sprach von totalem Chaos, vor allem in den Straßen abseits des Tian'anmen-Platzes. Dort wird wohl nach wie vor Jagd auf Demonstranten, aber auch unbeteiligte Passanten gemacht.«

»Wie entsetzlich!«

»Die kommunistische Führung behauptet natürlich, es seien nur wenige kriminelle Elemente, die von feindlich gesinnten ausländischen Kräften zu diesem konterrevolutionären Aufruhr angestachelt wurden. Und dass das Militär sehr zurückhaltend vorgehen würde.« Lenja schnaubte. »Die üblichen Lügen halt.« Sie stand auf, ging zum Becken und fuhr mit dem Abspülen fort. »Das Schlimmste ist, dass niemand eingreifen wird. Die Protestler sind ganz auf sich gestellt.«

Merike stellte sich neben sie. Wie würde sich unsere Regierung verhalten, wenn die Rufe nach mehr Freiheit lauter und drängender werden?, fragte sie sich, während sie die Teller abtrocknete, die Lenja ihr reichte. Und wie wird Moskau auf Dauer damit umgehen, dass es bei uns immer mehr Leute gibt, die die Unabhängigkeit Estlands verlangen? Und nicht nur hier. Es gibt ja auch in Lettland und Litauen ähnliche Bestrebungen.

»Welche Laus ist euch denn über die Leber gelaufen?« Marten war in die Küche gekommen. »Habt ihr euch gestritten?«

Lenja und Merike schüttelten die Köpfe.

»Gefällt euch der Song nicht?« Marten deutete auf das Transistorradio, aus dem Madonnas *Like a prayer* schallte, der momentan in den finnischen Singlecharts weit oben platziert war.

»Lenja hat die Nachrichten gehört«, sagte Merike. »In Peking schießen sie auf die Demonstranten.«

Marten reagierte ebenso fassungslos wie sie selbst kurz zuvor.

»Das muss eine furchtbare Enttäuschung sein«, sagte er. »Die chinesischen Studenten und ihre Mitstreiter sind doch überwiegend der Meinung, dass die Reformen und die Lösung der Probleme von der Partei kommen müssten. Sie wollen diese ja nicht entmachten, sondern von ihr in eine bessere Zukunft geführt werden.«

»Stattdessen werden sie wie Feinde bekämpft und landen auf dem Friedhof, im Krankenhaus oder im Gefängnis.« Merike rieb sich die Stirn. »Hast du nicht Angst, dass so etwas auch bei uns passieren könnte?«, fragte sie Lenja. »Gorbatschows Reformkurs kommt ja nicht bei allen Genossen gut an. Und wie wird Moskau reagieren, wenn die Proteste hier auch lauter und massiver werden?« Vor ihrem geistigen Auge sah sie Panzer auf einen Platz zufahren, auf dem sich estnische Demonstranten versammelt hatten. Per Lautsprecher wurde den Anwesenden befohlen, sich unverzüglich zu entfernen, Schüsse peitschten über die Köpfe hinweg, um der Forderung Nachdruck zu verleihen. Panik brach aus, ein Teil der Menschen rannte davon, andere stellten sich den Panzern in den Weg, die unbeirrt weiterfuhren … Merike schüttelte sich.

»Gute Frage.« Lenja zuckte die Achseln. »Klar gibt es Befürchtungen. Und ich bin überzeugt, dass viele der ewig gestrigen Kader das brutale Vorgehen ihrer Kollegen in China gutheißen. Aber davon lass' ich mich nicht kirre machen.«

»Du bist so mutig«, brach es aus Merike heraus. »Ich wünschte, ich wäre auch so furchtlos.«

»Ich bin absolut nicht furchtlos.« Lenja sah sie ernst an. »Das wäre dumm. Die Bedrohung ist schließlich real. Aber ich könnte nicht damit leben, untätig zuzuschauen, wie unsere Zukunft verspielt wird.«

»Ich sehe das genauso«, sagte Marten. »Es geht ja nicht nur um die Zerstörung der Natur. Sondern um mehr Freiheit und Mitsprache bei wichtigen politischen, wirtschaftlichen und gesellschaftlichen Themen.«

Merike sah betreten zu Boden. Bislang war es ihr nie in den Sinn gekommen, sich etwa bei der *rahvarinne* – der Volksfront – zu engagieren, die im Frühling des vergangenen Jahres als Oppositionsbewegung ins Leben gerufen worden war und für den demokratischen Wandel in der Gesellschaft sowie den Rücktritt der reformunwilligen kommunistischen Staatsführer eintrat. Auch in Otepää gab es eine Ortsgruppe, die sich unter anderem für eine Wiedererrichtung des Denkmals für die Freiheitskämpfer starkmachte, die nach dem Ersten Weltkrieg erfolgreich gegen eine Annexion durch Russland vorgegangen waren und die Unabhängigkeit der kleinen Republik durchgesetzt hatten. Anfang der fünfziger Jahre war es von den Sowjets abgerissen worden – ein Schicksal, das landesweit viele solcher Gedenkstätten ereilt hatte. Sie passten nicht ins Bild von dem behaupteten freiwilligen Eintritt Estlands in die UdSSR.

Lenja reichte Merike den letzten gespülten Teller. »Ich pack's dann«, sagte sie und trocknete sich die Hände ab. »Sosehr ich eure Gesellschaft genieße und gern noch bleiben würde – jetzt will ich erst mal nach Tallinn zurück.«

Merike sah, wie sich Enttäuschung auf Martens Gesicht ausbreitete. Den hat's ja ganz schön erwischt, dachte sie und verkniff sich ein Schmunzeln.

»Ich muss mich so schnell wie möglich mit unserer Gruppe treffen und besprechen, ob wir uns zu den Pekinger Vorgängen äußern oder eine Aktion planen«, fuhr Lenja fort.

»Natürlich«, sagte Merike. »Wobei ich es sehr schade finde, dass du uns schon wieder verlässt.« Aus den Augenwinkeln nahm sie wahr, dass Marten heftig nickte.

»Wie lange seid ihr denn noch auf Käsmu?«, fragte Lenja.

»Knapp zwei Wochen«, antwortete Merike. »Am sechzehnten geht's wieder nach Otepää.«

»Mensch, dann könnt ihr doch zum Rockfestival nach Tallinn kommen«, rief Lenja. »Das findet genau an dem Wochenende statt.« Sie schaute Marten und Merike erfreut an. »Das wird der Hammer. Ich war letztes Jahr dabei, als es zum ersten Mal organisiert wurde.«

Merike erinnerte sich gut an das Wochenende im vergangenen August, an dem sie mit ihrer Freundin Talvi wie elektrisiert vor dem Radio gesessen und stundenlang die Liveübertragung des estnischen Rundfunks verfolgt hatte. Unter der Schirmherrschaft des Estnischen Friedenskomitees war *Glasnost Rock – Rock für Frieden!* auf dem traditionsreichen Liederfestplatz in Tallinn mit einheimischen und westlichen Bands organisiert worden. Rund 190 000 Besucher waren gekommen, und auch Merike und Talvi hätten damals viel darum gegeben, das Spektakel aus nächster Nähe erleben zu können.

»Tolle Idee!« Marten strahlte. »Ich wollte ohnehin in den Ferien einen Onkel besuchen, der in Tallinn wohnt. Da schlage ich zwei Fliegen mit einer Klappe.« Er rieb sich die Hände.

Merike runzelte die Stirn. »Aber was ist …«, begann sie.

»Mit dir?«, fiel ihr Lenja ins Wort. »Du kannst natürlich bei mir pennen. Gar kein Problem.«

»Danke, das ist lieb«, sagte Merike. »Ich meinte aber die Kinder, die müssen wir doch nach Hause bringen.«

»Na, klar«, sagte Lenja. »Und am Samstag in der Früh düst ihr dann gleich wieder hoch nach Tallinn. Ist natürlich viel Fahrerei. Aber es lohnt sich absolut!«

»So schlimm ist es gar nicht«, sagte Marten. »Wenn man den Zug von Puka aus nimmt, braucht man ungefähr drei Stunden.«

»Ihr werdet es nicht bereuen.« Lenja klatschte in die Hände. »Das wird klasse.«

Einen Moment lang gab sich Merike der verlockenden Vorstellung hin, mit Tausenden Menschen an dem Musikfestival teilzunehmen und ausgelassen zu feiern. »Und ich würde endlich Tallinn sehen.«

»Du warst noch nie dort?«

Lenjas Frage machte Merike klar, dass sie den letzten Satz laut ausgesprochen hatte. Sie schüttelte den Kopf.

»Dann wird's echt Zeit.«

»Ich stelle es mir wunderschön vor«, sagte Merike. »Mein Vater hat mir erzählt, dass es im Krieg nahezu unversehrt geblieben ist und wie eine mittelalterliche Hansestadt aussieht.«

»Na ja, natürlich gibt es malerische Gassen, tolle Aussichten von Türmen und dem Domberg, große Parkanlagen und schnuckelige Cafés und Kellerbars. Aber daneben siehst du eben auch riesige Hotelbauten und unpersönliche Bürogebäude. Vor allem aber ist die Luft durch den starken Verkehr unerträglich verschmutzt, und das Wasser am schönen Strand von Pirita ist so dreckig, dass da keiner mehr baden geht. Da wurden nämlich unglaublich viele Industrieanlagen hochgezogen und scheußliche Betonwüsten mit Plattenbauten für die vielen Arbeiter und ihre Familien.« Sie zog eine zerknirschte Grimasse. »Tschuldige, ich will dich nicht abschrecken. Ganz im Gegenteil. Ich würde mich tierisch freuen, wenn du kommst.« Sie drehte sich zu Marten. »Und du natürlich auch.«

»Mal sehen«, murmelte Merike und senkte den Kopf. Es war ihr peinlich, zuzugeben, dass sie davor zurückschreckte, zu Hause um Erlaubnis zu fragen beziehungsweise das überhaupt zu müssen. Sie war doch volljährig und konnte streng genommen tun und lassen, was sie wollte. Zumindest auf dem Papier. Opa Andrus sah das anders. »Wer unter meinem Dach wohnt, tut, was ich sage« – so lautete das ungeschriebene Gesetz im Hause Ilves, dem sich auch Merikes Eltern unterwarfen. Dass ihr Großvater sein Einverständnis geben und sie auf ein Rockkonzert gehen lassen würde, hielt Merike für undenkbar. Es spielte für ihn keine Rolle, dass es von offizieller Seite gefördert wurde.

Verdammt, dachte Merike. Wenn andere sich getrauen, die Staatsmacht herauszufordern, werde ich es doch wohl schaffen, unserem Haustyrannen die Stirn zu bieten. So kann das nicht weitergehen! Aber wenn ich mich gegen Großvater auflehne, hielt die Vernunftsstimme dagegen, wird er seine Wut an Mama und Papa auslassen. Wäre nicht das erste Mal.

Mit Schaudern erinnerte sie sich, wie Opa Andrus zuweilen außer sich vor Wut gewesen war, weil Merikes Eltern seiner Meinung nach ihre Tochter nicht konsequent genug erzogen und ihr zu viel durchgehen ließen. Meistens endeten seine Ausbrüche mit dem Satz: »Sie wird sich selbst und uns alle in Teufels Küche bringen.« Woraufhin ihre Eltern nicht etwa aufbegehrt, sondern Merike ermahnt hatten, in Zukunft vorsichtiger zu sein. Sie sog an ihrer Unterlippe. Ich will mich aber nicht mehr ohne stichhaltige Begründung fügen. Sie müssen mir endlich erklären, warum sie

Großvater so viel Macht einräumen. Ansonsten sehe ich es nicht länger ein, auf ein eigenes Leben zu verzichten.

Merike straffte sich. »Ich nehme deine Einladung gern an«, sagte sie zu Lenja.

Die ehrliche Freude, die sie in deren Miene las, bestärkte sie in ihrem Vorsatz und vertrieb ein paar Atemzüge lang das mulmige Gefühl, das allein der Gedanke an eine Konfrontation mit ihrem Großvater auslöste.

Kapitel 11

Dorpat, Montag, 1. Juni 1914 (greg.**)*
(estnisch Tartu und seit 1893 offiziell russisch Jurjew),*
*(** In Russland gilt noch der julianische Kalender mit einer Abweichung von dreizehn Tagen zum gregorianischen, hier ist also erst der 19. Mai.)*

Liebe Ella,
es tut mir leid, dass ich Dir in den vergangenen drei Wochen nur sporadisch Postkartengrüße geschickt habe. Reisen ist doch anstrengender, als ich es mir vorgestellt hatte – was meiner Begeisterung aber nicht den geringsten Abbruch tut. Ich habe mir oft gewünscht (und tue es noch), Dich an meiner Seite zu haben, damit Du mit eigenen Augen all diese interessanten Orte, Landschaften und historischen Gemäuer sehen könntest.

Unsere Reise führte uns nach schönen Ausflügen in der Umgebung von Reval (Tallinn) zunächst in den Süden der estnischen Ostseeprovinz über Rappel (Rapla), Turgel (Türi) bis nach Weissenstein (Paide), bevor es dann in nordöstlicher Richtung über Wesenberg (Rakvere) bis nach Narwa ging, der Grenzstadt zum russischen Mutterland, und von dort am Peipussee entlang wieder in südliche Richtung. Wir haben uns also bislang vorwiegend auf estnischem Territorium fortbewegt und erst vor zwei Tagen die Grenze zum Gouvernement Livland überschritten, in dem sich Dorpat befindet. Während der Süden dieser Provinz vor allem von Letten bewohnt wird, besteht hier im nördlichen Teil die Urbevölkerung vorwiegend aus Esten.

Die Esten, mit denen wir bislang in Gasthöfen, Hotels, Läden oder beim Zugfahren zu tun hatten, sprechen meistens leidlich

Deutsch, wenn auch mit einem lustigen Akzent. (Beispiel: »So dachte ich bei mir« klingt bei ihnen ungefähr so: »So tenkte ich pei mir.«) Sie wirken häufig zurückhaltend und verschlossen, sind aber freundlich und hilfsbereit, wenn man sie zum Beispiel nach dem Weg fragt. Da wir bisher immer nur kurze Begegnungen mit ihnen hatten, ist das selbstredend nur ein sehr oberflächlicher Eindruck. Ich fühle mich jedenfalls sehr wohl unter ihnen, sie erinnern mich in ihrer genügsamen, bodenständigen Art ein wenig an unsere Bauern im Oldenburgischen.

Liebe Ella, ich weiß gar nicht, wo ich mit meinen Schilderungen dieses wunderschönen Landes beginnen soll, in dem weite, unberührte Naturgebiete dicht neben Orten liegen, die förmlich die abwechslungsreiche Geschichte der letzten Jahrhunderte atmen. Ich fühle mich wie der sprichwörtliche Schwamm, der unersättlich alles aufsaugt, und bin nun ehrlich gesagt froh, dass wir hier in Dorpat ein paar Tage verweilen werden und ich Gelegenheit zum Durchatmen und Sortieren der bisherigen Eindrücke und Erlebnisse habe – obgleich es natürlich auch in dieser alten Universitätsstadt und drum herum viel zu entdecken gibt.

Wir sind vor einer Stunde eingetroffen und haben uns im Hotel »Livland« (Ecke Rigasche und Pepler Straße) Zimmer genommen. Ich würde mich riesig freuen, wenn Du mir hierher schreiben könntest. Viel zu lange habe ich nichts von Dir gehört und kann nur hoffen, dass Du wohlauf bist.

Dass wir einen etwas längeren Aufenthalt in Dorpat planen, hat einen speziellen Grund. Wilhelmine ist in den vergangenen Wochen in sich gegangen und hat sich intensiv mit der Frage beschäftigt, wie und vor allem von was sie in Zukunft leben möchte. Zunächst hat sie mit dem Gedanken gespielt, wie die von ihr verehrte Frauenrechtlerin Helene Lange als Lehrerin tätig zu werden. Davon ist sie jedoch schnell wieder abgekommen, weil ihr – wie sie selbst sagt – das dafür notwendige pädagogische

Händchen, die Geduld sowie allem voran das tiefe Interesse für Fächer wie Geschichte, Geographie, Hauswirtschaft und andere Gebiete fehlen, die zum Bildungskanon von Mädchen gehören. Stattdessen hat sich ein lang verschütteter Jugendtraum zurückgemeldet: Medizin zu studieren und Ärztin zu werden. Ihre Eltern haben das stets als unreife und unziemliche Flausen abgetan und ihr deutlich gemacht, dass sie rein gar nichts davon halten, geschweige denn ein solches Vorhaben unterstützen würden. Wilhelmine sieht nun, fernab der elterlichen Einflusssphäre, ihre Chance gekommen, sich ihren Wunsch zu erfüllen. Gleich morgen wollen wir uns an der Universität über die Aufnahmebedingungen informieren.

Du fragst Dich gewiss, wie sich Wilhelmine das vorstellt, schließlich wird sie ja in Algulfer erwartet. Nun, sie wird durchaus dorthin fahren, das hat sie ihren Eltern versprochen. Allerdings hat sie nicht vor, länger als nötig dort zu bleiben. Sie wird den von Uexkülls erklären, dass sie ihren eigenen Weg gehen wird – und der führt sie nun einmal nicht in die Arme des jungen Barons. Da das nächste Semester erst im September beginnt, möchte Wilhelmine nach unserem Aufenthalt in Dorpat an die Westküste, wo es herrliche Seebäder geben soll. Auch die Inseln sollen im Sommer lohnende Ziele sein.

Wie es für mich im Herbst weitergehen wird, habe ich noch nicht entschieden. Ein bisschen mulmig ist mir schon. Es würde mich einerseits reizen, nach Deutschland zurückzukehren, einen Broterwerb zu suchen, mich weiterzubilden und das Abitur zu machen. Dann hätte ich viel mehr Möglichkeiten. Andererseits kann ich mir auch gut vorstellen, vorerst bei Wilhelmine zu bleiben (worum sie mich sehr gebeten hat) und mir im Herbst hier in Dorpat eine Stelle zu suchen, etwa als Hauslehrerin oder an einer Privatschule. Mal sehen … Zum Glück habe ich ja noch einige Wochen Bedenkzeit.

Für heute schließe ich meinen Brief mit den herzlichsten Grüßen an Dich. Ich bin schon gespannt, was Du aus Oldenburg berichten wirst.

Fühle Dich fest umarmt von Deiner Luise

Am nächsten Morgen wachte Luise früh auf und beschloss, vor dem gemeinsamen Frühstück mit Wilhelmine einen kleinen Erkundungsgang zu unternehmen und den Brief an ihre Schwester aufzugeben. Mit dem Stadtplan bewaffnet verließ sie das Hotel »Livland«, in dem sich zu dieser frühen Stunde noch kaum etwas regte. Sie trat auf den Bürgersteig der Pepler Straße, an deren Ecke zur Rigaschen Straße sich der zweistöckige Bau mit Erkerturm befand. Ein vielstimmiges Vogelkonzert nahm sie in Empfang und ließ ihr Herz höher schlagen. Sie verharrte ein paar Atemzüge lang vor dem Eingangsportal und ließ die Morgenstimmung auf sich wirken. Der leicht bewölkte Himmel wölbte sich in hellem Blau über ihr, und die Sonne war nach ihrem Aufgang gegen vier Uhr bereits ein gutes Stück über den Horizont gewandert. Auf dem gepflasterten Fahrweg rumpelte ein von einem stämmigen Pferdchen gezogener Karren vorbei, der, nach dem Klirren zu schließen, mit Flaschen beladen war. Zwei einfach gekleidete Frauen eilten mit Körben auf der gegenüberliegenden Straßenseite vorüber, ansonsten waren keine Menschen unterwegs. Ein pfeifendes Geräusch über ihr ließ Luise den Kopf in den Nacken legen. Eine Formation Gänse flog in nordöstlicher Richtung über sie hinweg, vermutlich zum Embach, der quer durch Dorpat strömte und die Altstadt von den neueren Vierteln am anderen Ufer trennte.

Luise lief die Pepler Straße hinauf zur Marienkirche, einem schlichten einschiffigen Bau, der für die estnische Bevölkerung jedoch laut ihrem Reiseführer von besonderer Bedeutung war. Im Jahr 1869 hatte hier die Tradition der jährlich veranstalteten Sängerfeste ihren Anfang genommen, mit denen die Esten allen

Versuchen fremder Herren zum Trotz ihre Identität und ihr nationales Gedächtnis bewahrten. Zum ersten Mal waren damals hier Lieder, die zuvor stets in deutscher, lateinischer oder russischer Sprache gesungen worden waren, auf Estnisch erklungen. Luise folgte der Kurve, die die Straße um St. Marien machte, und bog kurz darauf in den Wallgraben ein, der hinauf auf den Domberg führte.

Sosehr sie die gemeinsamen Erlebnisse und den Austausch darüber mit Wilhelmine schätzte, so sehr genoss sie zwischendurch Augenblicke, in denen sie allein unterwegs war und den Eigenheiten, Geräuschen und Gerüchen einer neuen Umgebung intensiver nachspüren konnte. Schon auf der Zugfahrt nach Dorpat war Luise die zunehmend hügeligere Landschaft aufgefallen, die die weiten von Wäldern, Wiesen, Seen, Äckern und riesigen Mooren bedeckten Ebenen ablöste, aus denen das estnische Binnenland hauptsächlich bestand.

Der Domberg erhob sich über das breite Embachtal und war wegen seiner günstigen strategischen Lage nahe eines schiffbaren Flusses jahrhundertelang fast ausschließlich militärisch genutzt worden. Dieser Tage stand er ganz im Zeichen der Wissenschaft, nachdem Zar Alexander I. ihn der Universität geschenkt hatte. Im Westen wurde er von der Ruine der frühgotischen Backsteinkathedrale dominiert, und im Chor, der eine verheerende Feuersbrunst Ende des 16. Jahrhunderts unversehrt überstanden hatte, war nun die Universitätsbibliothek untergebracht. Im Osten des Areals befanden sich neben der Frauenklinik sowie einem Krankenhaus für Innere Medizin inmitten einer anmutig gestalteten Parkanlage das bogenförmige Anatomische Theater und eine Sternwarte.

Luise lief als Erstes zum Dom, stellte sich ins dachlose Mittelschiff und schaute hinauf zu den auf schlanken Arkadenpfeilern ruhenden Spitzbögen, die wie die massiven Mauern der Zerstörung entgangen waren und nach wie vor eine Kraft ausstrahlten, die Luise ehrfürchtig erschauern ließ. Anschließend schlenderte sie an den nördlichen Rand des Hügels. Vor ihr breitete sich das Panorama von Dorpat aus. Luise faltete den Stadtplan auf und suchte die markantesten Gebäude, die dort eingezeichnet waren. Linker Hand ragte der Turm der Johanniskirche auf, rechts das Rathaus am Großen Markt, der nach Norden hin von einer Reihe im klassizistischen Stil erbauten Häusern begrenzt wurde. An ihrem Ende konnte Luise die Steinbrücke und den Embach ausmachen, der sich in einer weiten Schleife durch die Stadt zog. Direkt zu ihren Füßen lagen die Jakobikirche und dahinter das Universitätsgebäude. Luises Gedanken schweiften zu Wilhelmine, die vielleicht bald als Studentin durch das Säulenportal schreiten würde. Es musste ein erhebendes Gefühl sein, als Teil dieser gelehrten Welt Zugang zu Wissen und Forschung zu haben und sich nach Herzenslust weiterzubilden.

Das könntest du doch auch, flüsterte ein Stimmchen in ihr. Warum solltest du nicht Vorlesungen in Geschichte oder Literaturwissenschaften besuchen? Wenn sich Frauen hier einschreiben dürfen, werden sie doch gewiss auch als Gasthörerinnen zugelassen.

Der Gedanke war verführerisch und versetzte Luise in Aufregung. Was sie früher kaum zu träumen gewagt hätte, lag nun in greifbarer Nähe. Beschwingt lief sie die Breitstraße hinunter und bog in die Magazinstraße ein, in der sich die Hauptpost befand, die eben ihre Türen öffnete. Nachdem Luise den Brief an ihre Schwester aufgeben hatte, lief sie auf kürzestem Weg zurück zum Hotel. Sie konnte es kaum erwarten, Wilhelmine von ihrem Vorhaben zu erzählen.

Als Luise kurz vor neun Uhr ins Frühstückszimmer kam, saß Wilhelmine bereits an einem der kleineren Tische und sah ihr mit finsterer Miene entgegen.

»Entschuldige, dass du warten musstest …«, begann Luise.

»Ich bin nicht deinetwegen schlechter Laune«, fiel ihr Wilhelmine ins Wort. »Ich hab nur gerade erfahren, dass ich auf einem veralteten Stand war, was ein Studium in Dorpat angeht. Ich hatte mal in einem Zeitungsartikel gelesen, dass Frauen hier bereits 1905 als Freihörerinnen an Vorlesungen in sämtlichen Fakultäten zugelassen wurden. Also drei Jahre früher als an preußischen Hochschulen. Nicht bekannt war mir allerdings, dass wenige Jahre später keine Neuaufnahmen mehr zugelassen wurden und 1911 die Bestimmungen nochmals verschärft wurden. Jetzt können Frauen hier überhaupt keine Abschlüsse mehr machen.«

»Das ist wirklich eine böse Überraschung.« Luise setzte sich. »Woher hast du diese Information?«

»Vom Kellner«, antwortete Wilhelmine. »Ich hatte ihn nach dem Weg zur Medizinischen Fakultät gefragt, woraufhin er sich besorgt erkundigte, ob mir etwas fehle. Als er hörte, dass ich dort die Voraussetzungen für ein Studium in Erfahrung bringen wollte, hat er mich aufgeklärt.« Die Enttäuschung stand Wilhelmine ins Gesicht geschrieben. »Das ist so ungerecht! Warum dürfen wir nicht ebenso selbstverständlich wissenschaftliche Bildung erwerben wie die sogenannten Herren der Schöpfung?«

»Weil wir dann vielleicht viel weniger Lust hätten, uns an Herd und Kinderwiege binden zu lassen?«, rutschte es Luise heraus.

»Habe ich einen schlechten Einfluss auf dich?« In Wilhelmines Augen blitzte ein spitzbübisches Funkeln auf. »Als wir uns kennenlernten, hättest du so einen ketzerischen Gedanken nie laut ausgesprochen.«

»Du hast mich tatsächlich dazu gebracht, so einiges infrage zu stellen, was ich früher als gegeben hingenommen habe.« Luise nahm sich eine Scheibe *rukkileib*, das landestypische Schwarzbrot aus Roggenmehl und Sauerteig, dessen malziger, süßsaurer Geschmack es ihr angetan hatte. »Und dafür bin ich dir dankbar«, fuhr sie fort. »Es liegt so viel im Argen. Gerade was uns Frauen angeht.« Sie bestrich das Brot mit *munavõi*, einer würzigen Mischung aus klein gehackten hart gekochten Eiern, Butter und Bärlauch.

»Das stimmt.« Wilhelmine schob einen Löffel Quark in den Mund. »Allerdings hätte ich so oder so erst einmal Russisch lernen müssen, um hier studieren zu können. Nur die Theologen dürfen noch deutsche Vorlesungen und Seminare halten.« Sie zuckte die Schultern. »Hätte ich mir eigentlich denken können. Die Russifizierung des öffentlichen Lebens ist schließlich allgegenwärtig. Aber ich hatte mir das so schön ausgemalt mit einem Studium hier, dass ich einfach ausgeblendet habe, auch die Universität könnte davon betroffen sein.«

»Was hast du nun vor?«, fragte Luise.

»Weiß ich noch nicht.« Wilhelmine stellte das leere Quarkschüsselchen zurück auf den Tisch.

»Du könntest an eine deutsche Uni gehen.«

»Lieber nicht.« Wilhelmine zog die Stirn kraus. »Es klingt vielleicht kindisch, aber ich möchte gern im Ausland bleiben. Wo mich meine Eltern nicht so leicht finden oder gar die Polizei einschalten können.«

»Willst du ernsthaft untertauchen?« Luise sah Wilhelmine skeptisch an. »Wäre es nicht besser, ihr Einverständnis zu erbitten?«

»Gewiss. Aber du hast doch meine Mutter kennengelernt. Glaubst du, sie würde es mir geben?«

Luise presste die Lippen aufeinander und schüttelte den Kopf.

»Es wäre ja nicht für immer«, sprach Wilhelmine weiter. »Nur so lange, bis ich fest im Sattel sitze, mich selbst finanzieren kann und sicher bin, dass Medizin das Richtige für mich ist.«

»Entschuldige, aber siehst du das nicht ein bisschen zu einfach? Wie willst du denn Geld verdienen?«

»Traust du mir das nicht zu?« Wilhelmine zog eine Augenbraue hoch.

»Äh, doch … natürlich, ich …«, stammelte Luise. Wilhelmine hatte ausgesprochen, was sie dachte.

»Mir ist bewusst, dass es nicht einfach wird. Aber ich habe durchaus Fähigkeiten, mit denen sich etwas anfangen lässt.« Wilhelmine grinste. »Auch wenn man es nicht denken sollte und ich es hasse, aber ich kann sehr gut nähen. Meine Handarbeitslehrerin in Heiligengrabe hat mir bescheinigt, dass an mir eine Kunststopferin verloren gegangen ist. Und als Gouvernante könnte ich mich auch einbringen.«

»Ich meinte auch nicht, ob du das nötige Zeug dazu hast …«, begann Luise.

»Sondern ob ich ein beschwerliches Leben ohne Privilegien aushalten würde.« Wilhelmines Miene wurde ernst. »Das ist eine berechtigte Frage. Aber genau dieses fremdbestimmte Dasein ertrage ich nicht länger. Ich muss zumindest versuchen, meine Träume zu verwirklichen.«

Luise nickte. »Wie wäre es mit der Schweiz?«, fragte sie nach kurzem Nachdenken. »In Zürich dürfen Frauen schon seit fast fünfzig Jahren studieren.«

»Gute Idee.« Wilhelmine nahm einen Schluck Kaffee. »Die medizinische Fakultät dort genießt einen hervorragenden Ruf.« Sie sah Luise aufmerksam an. »Könntest du dir vorstellen, mich dorthin zu begleiten?«

»Nach Zürich?« Luise rieb sich die Schläfe. Wilhelmines Vorschlag hatte sie überrumpelt. Deren Fähigkeit, sich blitzschnell an veränderte Situationen anzupassen, war ihr zuweilen unheimlich. Sie selbst tat sich schwerer, sich von Plänen zu verabschieden und übergangslos auf neue Wege einzulassen. Zumal ihr Dorpat ausnehmend gut gefiel. Ein überschaubares Städtchen mit viel Grün, inmitten einer idyllischen Landschaft und mit einem reichen kulturellen Angebot.

»Die Schweiz wird dir bestimmt gefallen«, beteuerte Wilhelmine. »Denk nur an die grandiosen Gebirge. Und die vielen geschichtsträchtigen Städte.« Wilhelmine griff nach Luises Hand. »Bitte, gib dir einen Ruck.«

Das Flehen in ihren Augen ließ Luise innerlich seufzen. »Dir etwas abzuschlagen, ist wirklich schwer«, sagte sie. »Also gut, dann versuchen wir unser Glück bei den Eidgenossen«, fügte sie nach kurzem Zögern hinzu.

»Danke!« Wilhelmine strahlte sie an. »Das wird wunderbar.«

Wenn nicht wieder etwas dazwischenkommt oder Wilhelmine es sich anders überlegt, schoss es Luise in den Sinn. Langweilig wurde es jedenfalls keine Minute mit ihr. Außerdem stimmte es. Die Schweiz war ein lohnendes Ziel. Und Luise könnte ja jederzeit nach Oldenburg zurück. Aber Hand aufs Herz: Wilhelmine schätzte sie ganz richtig ein. Luise würde es sich nie verzeihen, ohne triftigen Grund darauf verzichtet zu haben, ein weiteres Land kennenzulernen. Vielleicht wirst du es dir aber auch nicht verzeihen, dich auf Wilhelmines waghalsigen Plan eingelassen zu haben, murrte die Vernunftsstimme. Und komm mir jetzt nicht mit Nietzsche und seinem »Hindernisse und Schwierigkeiten sind Stufen, auf denen wir in die Höhe steigen«. Wer hoch klettert, kann auch tief fallen.

»Mach dir bitte nicht so schwere Gedanken.« Wilhelmine suchte Luises Blick. »Unsere baltische Reise ist ja noch nicht vorbei. Jetzt freu dich erst einmal auf die nächsten Wochen.«

Luise rang sich ein Lächeln ab. »Es ist eben schwer, aus seiner Haut zu schlüpfen«, murmelte sie. »Ich werde mir Mühe geben, nicht zu viel über die Zukunft zu grübeln.«

»So gefällst du mir schon besser.« Wilhelmine hielt Luise einen Teller mit kleinen Pfannkuchen hin. »Und jetzt lass uns überlegen, was wir heute unternehmen wollen.«

Otepää / Estland, Sommer 1989

Kapitel 12

»Also, bis morgen um sieben auf dem Lipuväljak!« Marten nickte Merike durch das offene Seitenfenster des Busses zu und fuhr vom Schulhof, auf dem er sie und die Pioniere abgesetzt hatte.

Während er den Bus zu dem Kombinat zurückbrachte, das ihn der Gruppe ausgeliehen hatte, beaufsichtigte Merike die Kinder, die nach und nach mit ihrem Gepäck von Müttern, Großeltern und vereinzelt auch Vätern abgeholt wurden. Hatten ihre braun gebrannten Schützlinge das Ferienlager auf Käsmu mit Wehmut verlassen und sich nach vierzehn Tagen nur widerwillig von der Halbinsel verabschiedet, stürzten sich nun die meisten glücklich in die Arme ihrer Verwandten und begannen umgehend, diesen von ihren Erlebnissen zu erzählen.

Die kleine Enna schlang die Arme um Merike, drückte den Kopf fest gegen ihren Bauch und murmelte etwas, das nach »beste Leiterin und schönste Ferien« klang. Anschließend stürmte sie zu einem jungen Mann in Rekrutenuniform, der eben auf einem Mofa auf das Gelände knatterte. Merike, die dem Mädchen gerührt über dessen spontane Zuneigungsbekundung hinterherschaute, zuckte zusammen. War das nicht Tarmo Kuusk, ein ehemaliger Mitschüler? Einer ihrer Hauptpeiniger, der keine Gelegenheit ausgelassen hatte, sie zusammen mit ein paar Gleichgesinnten zu hänseln und zu piesacken?

Nohik hatten sie sie genannt, Streberin. Dabei hatte sie weder ständig gelernt noch mit guten Noten geprahlt, ebenso wenig hatte sie sich bei Lehrern eingeschleimt oder sich über andere lustig gemacht, die weniger gut in der Schule waren. Sie war auch keineswegs die Klassenbeste gewesen. Warum sie dennoch von Tarmo und seinen Kumpeln als ehrgeizige Musterschülerin verachtet und beschimpft wurde, hatte sie nie verstanden – zumal Tarmo selbst selten schlechte Noten bekam.

Unwillkürlich zog Merike den Kopf ein. War Tarmo etwa Ennas älterer Bruder, den sie ein paarmal erwähnt hatte? Sie liebte ihn sehr und litt unter der Trennung, seit er seinen Militärdienst im weit entfernten Kaukasus ableisten musste und nur selten nach Hause kommen konnte. Wie würde Enna wohl von ihm denken, wenn sie wüsste, wie gemein er früher zu mir war?, dachte Merike. Na, egal, ich bin jedenfalls froh, dass ich ihn nicht mehr täglich sehen muss.

Sie wandte sich ab und hatte Tarmo im nächsten Moment wieder vergessen, als sie weiter Hände schüttelte, Fragen wie »Hat er sich anständig benommen?« oder »War sie auch brav?« beantwortete und die letzten Kinder verabschiedete. In Gedanken ging sie dabei unablässig die Argumente durch, die sie ihrem Großvater entgegenhalten wollte, wenn er ihr die Teilnahme an dem Rockfestival verbieten würde.

»Merike!«

Der Ruf riss sie aus ihren Überlegungen. Sie schaute sich um und sah ihren Vater, der eben sein Fahrrad in einen Ständer vor dem Schulgebäude schob. Trotz der ergrauten Haare, die er seit ein paar Jahren mit einem Rasierapparat kurz schor, sah man ihm in Merikes Augen seine knapp fünfzig Jahre nicht an. Raivo Ilves hatte sich dank der regelmäßigen Turnübungen, mit denen er jeden Tag begann, seine muskulöse Figur erhalten. Es waren aber in erster Linie sein offener Blick und die zahlreichen Lachfältchen um Mund und Augen, die ihm seine jugendliche Ausstrahlung verliehen.

»Papa!« Merike rannte zu ihm und warf sich in seine Arme. Das letzte Mal hatte sie ihn fast einen Monat zuvor gesehen, als er auf eine längere Transporttour aufgebrochen war. Sie hatte nicht damit gerechnet, ihn bei ihrer Rückkehr anzutreffen.

»*Mu armas*, mein Schatz«, murmelte er und drückte sie fest an sich.

Ein paar Atemzüge lang vergaß Merike alles um sich herum, einschließlich Opa Andrus. Sie sog den vertrauten Geruch nach Rasierseife, Zigarettenrauch und einer herben Note in sich ein, die sie als kleines Mädchen den Papa-Duft genannt hatte. Wie oft war sie im Elternschlafzimmer an die Kleiderkommode geschlichen, hatte einen seiner Pullover herausgenommen, ihre Nase darin vergraben und sich gewünscht, ihr Vater hätte einen Beruf, der ihn nicht immer wieder wochenlang von ihr fortführte.

»So lieb von dir, dass du mich abholst«, sagte sie, als sie sich voneinander lösten.

Raivo hob ihren Koffer auf den Gepäckträger des Fahrrads. »Das ist doch das Mindeste«, antwortete er und zurrte den Koffer mit einem Gurt fest, den er für größere Lasten am Gestell befestigt hatte. Anschließend zog er das Fahrrad aus dem Ständer und schob es zur Straße. Als Merike Anstalten machte, sich auf die Längsstange zu setzen, schüttelte er den Kopf. »Lass uns laufen. Da hab ich mehr von dir.«

»Wo warst du denn zuletzt?«, fragte Merike. Gleichzeitig erkundigte sich ihr Vater, wie es ihr auf Käsmu ergangen sei.

Sie verstummten und lächelten sich an.

»Es war toll«, sagte Merike. »Aber wenn's dir recht ist, gibt's nachher beim Essen einen ausführlichen Bericht. Dann muss ich nicht alles mehrfach erzählen.«

»Einverstanden.« Raivo zwinkerte ihr zu. »Deine Mutter und Oma Kadri sind schon gespannt wie Flitzebögen. Die werden dich gehörig löchern.«

»Also, wo hast du dich in den vergangenen Wochen herumgetrieben?«

»Zuerst habe ich eine Lieferung runter nach Wolgograd gefahren. Anschließend sollte ich dringend benötigte Ersatzteile für eine Maschine in Swerdlowsk abholen und damit sofort zurückfahren.« Er grinste schief. »So der Plan. Es hat sich aber herausgestellt, dass die noch gar nicht fertig waren. Also musste ich einige Tage warten.«

»Swerdlowsk? Das liegt am Ural, nicht wahr?«, fragte Merike. »Ganz schön weit weg von zu Hause.«

»Über 2600 Kilometer. Auf der Heimfahrt hatte ich zwei Reifenpannen. Die Straßen sind da zum Teil in keinem guten Zustand.«

»Du Armer«, rief Merike. »Da warst du ja noch länger unterwegs.«

»Ja, dieses Mal war es wirklich kein Spaß.«

»Und wann musst du wieder weg?«

»In vier Tagen. Dieses Mal geht's nach Kiew.«

»So bald schon!«

»Ich weiß, ich hätte mir auch mehr Zeit mit dir und deiner Mutter gewünscht.«

Merike zögerte kurz. »Papa, darf ich dich was fragen?«

»Aber gewiss doch.«

»Warum bist du eigentlich Fernfahrer geworden?«

Ihr Vater sah sie überrascht an.

»Na ja, du hättest dir doch auch hier in der Nähe Arbeit suchen können«, erklärte Merike.

Raivo kratzte sich im Nacken. »Nun, als deine Mutter und ich geheiratet haben, brauchte ich schnellstmöglich einen gut bezahlten Job. Schließlich warst du unterwegs.« Er blinzelte ihr zu.

»Nimm's mir nicht übel, aber das klingt unlogisch.« Merike zog die Stirn kraus. »Einerseits hattest du gerade eine Familie gegründet, andererseits eine Arbeit gewählt, die dich regelmäßig von uns entfernte. Hättest du nicht einfach auch in der Brotfabrik arbeiten können. So wie Mama, Oma und Opa?«

»War nicht so mein Ding«, nuschelte Raivo.

»Oder in einem anderen Betrieb in der Umgebung?«

Ihr Vater wich ihrem Blick aus.

»Weißt du, als Kind habe ich mich manchmal gefragt, ob du es mit uns nicht lange aushältst und deshalb …«

»Aber nein!« Raivo blieb stehen und sah Merike entsetzt an. »Das darfst du nicht glauben, bitte! Ihr zwei seid das Wichtigste in meinem Leben.« Er rang sichtlich mit sich. »Aber du hast recht. Ich halte es nie lange aus in Otepää.« Er zögerte kurz. »Wegen deines Großvaters.« Er verzog zerknirscht das Gesicht. »Wir beide können einfach nicht gut miteinander. Das war von Anfang an so.« Er setzte sich wieder in Bewegung.

»Aber warum seid ihr dann nicht woandershin gezogen?« Merike runzelte die Stirn. »Ich verstehe das nicht. Mama hätte doch sicher nicht gezögert, mit dir wegzugehen.«

»Nein, das hätte sie nicht. Aber damals, es war eine schwierige Zeit. Wir konnten froh sein, dass ihr Vater uns aufnahm.«

Die Bitterkeit in seiner Stimme und der traurige Ausdruck in seinen Augen hielten Merike davon ab, tiefer nachzubohren.

»Es tut mir leid, Papa. Ich wollte dir nicht …«

»Das weiß ich doch, mein Schatz.« Er lächelte sie liebevoll an. »Deine Fragen sind ja absolut berechtigt.«

»Warum weiß ich dann so wenig über euch?«, rutschte es Merike heraus. »Mama weicht mir auch immer aus, wenn ich sie nach eurer Zeit an der Uni frage.« Sie räusperte sich und fuhr nach einer kurzen Pause fort: »Früher dachte ich, dass das halt so ist. Dass man nicht über die Vergangenheit spricht, sondern immer nur nach vorn schaut. Aber auf Käsmu ist mir klar geworden, dass das ganz und gar nicht normal ist. Dass in unserer Familie viel zu viel verschwiegen und unter den Teppich gekehrt wird.«

Ihr Vater wich ihrem Blick aus. »Hast ja recht«, murmelte er.

»Du gibst also zu, dass es so einiges gibt, was mir verheimlicht wird?« Merike spürte, wie sich ihr Magen zusammenzog. Ihre eigene Einschätzung bestätigt zu hören, machte sie plötzlich real. »Aber warum ist das so?«

»Ähm, nun …«, druckste ihr Vater. »Das ist kompliziert.«

»Kompliziert?« Merike runzelte die Brauen. »Papa, bitte! Das ist doch lächerlich. Es wird sich ja kaum um Staatsgeheimnisse handeln.«

»Also gut«, sagte Raivo. »Ich verspreche dir, all deine Fragen zu beantworten.« Er kratzte sich erneut im Nacken. »Irgendwann, wenn wir mehr Zeit haben.«

Also nie, dachte Merike. Er ist ja so selten hier. Aber ich werde ihn beim Wort nehmen, ich lasse mich nicht länger abwimmeln.

Sie bogen in die Lille Straße ein, in der an der Kreuzung mit der Pärna Straße das Haus stand, in dem Familie Ilves seit mehreren Generationen wohnte. Anders als die Nachbarhäuser hatte es über dem Erdgeschoss ein weiteres Stockwerk sowie unter dem Wellblechdach, das irgendwann in den fünfziger Jahren die Holzschindeln ersetzt hatte, einen ausgebauten Speicher, in dem in früheren Zeiten Mehl gelagert worden war. Dieser Tage diente er Merike und ihren Eltern als Wohnung. Die Außenfassade war mit dunklen Holzpanelen verschalt, die Eingangstür befand sich auf der linken Frontseite. Auf der rechten gab es eine weitere Tür, die einst in den Bäckerladen der Familie geführt hatte. Nachdem dieser im Zuge der Verstaatlichung der Privatbetriebe hatte schließen müssen und die Rühr- und Knetmaschinen, die Paniermehlmühle, Backtröge, die Teigwaage, Bleche, Regale, Kuchenformen, Mehl- und Zutatenkästen sowie Ofenschieber beschlagnahmt und aus der Backstube im Keller in die Brotfabrik geschafft worden waren, benutzte ihn die Familie als Abstellkammer.

»Du wirst schon sehnlichst erwartet«, sagte Raivo und stieß das Tor im Lattenzaun auf, der das Grundstück umgab. Hinter dem Haus erstreckte sich ein großer Gemüse- und Obstgarten, in dem sich neben einem Holzschuppen auch eine Saunahütte befand.

»So lange war ich nun auch wieder nicht weg«, sagte Merike.

»Natürlich freuen sich alle, dass du wieder da bist.« Ihr Vater reichte ihr den Koffer. »Es ist vor allem dein Großvater, der die Stunden bis zu deiner Rückkehr gezählt hat.«

Merike erschrak. Was hatte das zu bedeuten? War ihm ein Vorfall zu Ohren gekommen, der seinen Unmut erregte? Es war möglich, dass eines der Kinder seinen Eltern von der Begegnung mit der Punkerin Lenja geschrieben hatte.

»Er will einen Familienrat einberufen. Anscheinend hat er uns allen etwas Wichtiges mitzuteilen.«

»Was denn?«

»Ich habe nicht die geringste Ahnung.« Raivo hob die Schultern. »Er besteht darauf, dass alle anwesend sind, wenn er seine Neuigkeiten verkündet. Weil es eben die ganze Familie betrifft.«

Merike rätselte noch, was Opa Andrus wohl im Schilde führte, als die Eingangstür aufgerissen wurde und ihre Mutter, dicht gefolgt von Oma Kadri, zu ihr eilte, sie in die Arme schloss und beide sie mit Rufen und Fragen überschütteten.

»Wie schön, dass du wieder da bist.«

»Wie war die Fahrt?«

»Gut erholt siehst du aus.«

»Hat alles reibungslos geklappt?«

»Du hast sicher Hunger. Ich habe zum Nachtisch extra *leivasupp* gekocht. Die magst du doch so gern.«

Die letzte Feststellung kam von Oma Kadri. Wie ihre Tochter Vilja war sie gut einen halben Kopf kleiner als Merike, hatte eine zierliche Figur, rundliche Gesichtszüge und hellbraune Augen. Sie trug wie immer eine geblümte Kittelschürze und hatte ein Kopftuch umgebunden, das ihre feinen weißen Haare bedeckte.

Der Gedanke an die Schwarzbrotsuppe ihrer Großmutter, die sie mit reichlich frischem Schmand zu besonderen Anlässen als Dessert servierte, entlockte Merike ein leises »Mmmh!«.

Niemand verstand sich so gut auf dieses Gericht wie Oma Kadri, die es mit Honig süßte und je nach Jahreszeit Beeren, Äpfel oder andere Früchte dazugab.

»Jetzt komm doch erst einmal rein«, sagte Merikes Mutter, legte den Arm um ihre Schulter und ging mit ihr in den Hausflur. Mit ihrer stämmigen Statur und den markanten Gesichtszügen kam sie mehr nach Opa Andrus, nach dem Merike vergeblich Ausschau hielt. Wegen der Ankündigung ihres Vaters hatte sie damit gerechnet, dass er Gewehr bei Fuß stehen und sie alle sofort zum Familienrat einbestellen würde.

»Dein Großvater ist noch kurz unterwegs«, sagte ihre Mutter, als habe sie Merikes Gedanken gelesen. »Er meinte, dass er pünktlich zum Essen zurück ist. Also in einer Viertelstunde.«

»Du kannst also noch auspacken und dich ein bisschen frisch machen«, fügte Oma Kadri hinzu und eilte in den hinteren Teil des Hauses, in dem sich die Küche befand. Ihre Tochter Vilja folgte ihr, nachdem sie ihren Mann gebeten hatte, Feuerholz zu holen.

Merike stieg mit ihrem Koffer zur Wohnung unterm Dach hinauf, in der sie ein Zimmerchen mit Ausblick auf den Garten hatte. Auf der einen Seite stand ihr Bett unter einer Dachschräge, an der sie einen Teppich in verschiedenen Blautönen befestigt hatte. Vor dem Fenster hatte sie ihren Schreibtisch platziert, daneben ein Bücherregal; an der Wand gegenüber der Dachschräge befand sich ihr Kleiderschrank. Neben der Tür rundete eine Kommode mit drei Schubladen die Einrichtung ab. Darüber hing die Reproduktion einer Ansicht des Pühajärvs, des Heiligensees in der Nähe von Otepää.

Merike warf den Koffer auf das Bett, sortierte die Schmutzwäsche aus und überlegte, was sie auf ihren Kurztrip nach Tallinn mitnehmen wollte – wild entschlossen, sich von Opa Andrus nicht von ihrem Vorhaben abbringen zu lassen. Er muss es mir einfach erlauben, dachte sie. Und am Montag bin ich schon wieder zurück, da kann er doch eigentlich nicht meckern. Ein leises Maunzen lenkte sie von ihren Überlegungen ab.

»Kissa!« Merike bückte sich zu der grau-braun getigerten Katze, die durch den Türspalt ins Zimmer gekommen war und sich an ihr Bein schmiegte. Sie hob sie hoch.

»Ich hab dich auch vermisst«, murmelte sie und drückte das Tier an sich. Kissa begann zu schnurren und kuschelte sich in Merikes Arm. »Das geht jetzt leider nicht.« Merike setzte die Katze wieder auf den Boden. »Aber nachher gibt's eine extralange Streicheleinheit, versprochen.« Kissa sprang aufs Bett, rollte sich ein und schloss die Augen.

Kurz vor halb sechs hörte Merike die Haustür gehen und die tiefe Stimme ihres Großvaters, mit der er verkündete, wieder da zu sein. So schnell sie konnte, hastete sie ins Erdgeschoss. Sie wollte ihn vor dem Essen abpassen und das Gespräch hinter sich bringen. Er stand noch vor der Garderobe und legte seine Kappe ab, als sie den Treppenfuß erreichte.

»Hallo, Opa«, stieß sie atemlos hervor. »Kann ich dich bitte kurz …«

»Ah, unsere Weltenbummlerin«, rief er und rieb sich die Hände. »Dann können wir ja loslegen.« Er machte eine einladende Handbewegung Richtung Wohnstube. »Die anderen sind schon versammelt.«

»Ich würde dich gern vorher noch …«

»Später. Jetzt muss ich erst etwas loswerden, das euch alle vom Hocker hauen wird.«

Merike war versucht, sich in den Arm zu kneifen. War das ihr Opa Andrus, der selten seine ernste, ja grimmige Miene ablegte? Dem saloppe Formulierungen ein Graus waren und der stets darauf bedacht war, sich unauffällig und korrekt zu verhalten? Sie hatte ihn nie zuvor derart aufgekratzt und gut gelaunt erlebt. Er wirkt um Jahre jünger, dachte sie. Kaum zu glauben, dass er im August seinen 85. Geburtstag feiert.

Das Wohnzimmer, dessen beide Fenster zur Straße hinauszeigten, war mit zwei durchgesessenen Sofas und vier Sesseln möbliert, die sich um einen niedrigen Tisch gruppierten. An einer Schmalseite des Raums stand ein antiker Schrank mit reichem Schnitzwerk. In ihm verwahrte Oma Kadri Fotoalben und Familiendokumente, außerdem das »gute Geschirr«, geschliffene Wein- und Schnapsgläser, eine silberne Zuckerdose sowie anderen Hausrat, der nur zu besonderen Anlässen hervorgeholt wurde. Gegenüber befand sich ein mannshoher grüner Kachelofen, der ebenfalls aus dem vorigen Jahrhundert stammte. Neueren Datums waren dagegen die handgeknüpften Orientteppiche, die dem Raum eine behagliche Note verliehen. Merikes Vater hatte sie nach und nach auf seinen Fernfahrten in die östlichen Sowjetrepubliken erworben.

Opa Andrus blieb vor seinem angestammten Sessel am Kopf des Tisches stehen. Merike setzte sich neben ihre Großmutter, ihre Eltern hatten auf dem anderen Sofa Platz genommen.

»Ich will euch nicht länger auf die Folter spannen und gleich zur Sache kommen«, begann er. »Es tut mir leid, dass ich mich so bedeckt gehalten habe« – Opa Andrus nickte seiner Frau zu – »und damit unbegründete Besorgnis ausgelöst habe.«

Merike sah diese mitfühlend an. Hatte Oma Kadri angenommen, ihr Mann verheimliche ihr eine schwere Krankheit?

»Dafür gibt es nicht den geringsten Anlass«, fuhr Merikes Großvater fort. »Ganz im Gegenteil! Ich habe wundervolle Neuigkeiten. Ich wollte mit deren Verlautbarung lediglich abwarten, bis alles in trockenen Tüchern ist. Und bis ihr alle da seid.« Er machte eine kurze Pause und genoss sichtlich die erwartungsvollen Blicke, die auf ihn gerichtet waren. »Wir werden die Bäckerei wieder aufmachen«, verkündete er schließlich. »Nach vierzig Jahren wird die alte Familientradition zu neuem Leben erweckt. Otepää wird wieder Ilves' Backwaren genießen können.« Er setzte sich auf seinen Sessel und lächelte zufrieden in die Runde.

Er hat uns alle wirklich kalt erwischt, stellte Merike fest, als sie in die Gesichter ihrer Eltern und Oma Kadris blickte, auf denen sich ungläubiges Staunen ausbreitete. Das sah ihm ähnlich. Im Alleingang Dinge zu planen, sie alle vor vollendete Tatsachen zu stellen und zu erwarten, dass die Familie ohne Wenn und Aber zustimmte und tat, was er für richtig hielt.

Ihre Mutter war die Erste, die ihre Sprache wiederfand. »Das klingt wirklich ... toll«, sagte Vilja. »Aber wie soll das gehen? Wir können unmöglich neben der Arbeit in der Fabrik noch eine ...«

»Ich habe selbstverständlich alles von höherer Stelle absegnen lassen«, fiel ihr Vater ihr ins Wort. »Ott Mänd ist einverstanden, dich und Merike gelegentlich freizustellen, wenn im Kombinat nicht so viel zu tun ist. Damit ihr hier helfen könnt, alles auf Vordermann zu bringen.« Er wandte sich an Raivo. »Du hast sicher nichts dagegen, deinen Urlaub jetzt schon zu nehmen und mit anzupacken. Kläre das bitte gleich am Montag mit deinem Vorarbeiter.«

Gespannt sah Merike zu ihren Eltern. Würden sie es sich gefallen lassen, dass Opa Andrus nach Belieben über ihre Zeit verfügte? War an diesem Tag der Punkt erreicht, an dem er zu weit gegangen war? Schließlich hatten die beiden schon lange geplant, in Raivos Ferien eine zweiwöchige Fahrradtour zu unternehmen – zum ersten Mal seit vielen Jahren nur sie beide.

Ihr Vater zog die Brauen zusammen und öffnete den Mund. Merike hielt den Atem an und rutschte nach vorn an die Sofakante. Jetzt wird er Opa Andrus endlich in seine Schranken weisen. Bevor Raivo jedoch etwas sagen konnte, legte ihm Vilja rasch die Hand auf den Oberschenkel. Er schwieg, lehnte sich zurück und verschränkte die Arme vor der Brust. Enttäuscht atmete Merike aus. Was war nur los? Warum schaute Mama so ängstlich? Das war doch verrückt! Was hätten die beiden zu befürchten, wenn sie sich widersetzten?

»Aber bis auf den uralten Ofen haben wir doch gar keine Ausstattung mehr«, wandte Oma Kadri nun ein. »Wo willst du die denn herzaubern?«

»Auch hier kommt uns Ott Mänd entgegen.« Opa Andrus beugte sich zu ihr und tätschelte ihr Knie. »Wir können unsere alten Geräte wiederhaben. Zum Glück wurden sie nach ihrer Ausrangierung nur fortgeräumt. Für die Fabrik waren sie irgendwann veraltet, uns dagegen werden sie für den Anfang wertvolle Dienste leisten. Ich habe sie mir angesehen, sie sind noch gut in Schuss. Ein paar kleine Reparaturen hier und dort, neue Antriebsriemen einsetzen, ein bisschen Rost entfernen, alles gründlich reinigen und ölen – schon laufen sie wieder wie geschmiert.«

»Nimmst du dir da auf deine alten Tage nicht zu viel vor?« Oma Kadri setzte sich aufrechter. »Auch wenn du es nicht hören willst. Deine Gesundheit ist nicht mehr die stabilste, und ich will nicht …«

»Deine Sorge um mich in Ehren«, unterbrach er sie. »Aber es gibt nichts, was ich mir mehr wünsche, seit sie uns enteignet haben: die Familientradition und das Werk meiner Vorfahren fortzusetzen und in die Hände der nächsten Generationen zu legen.« Er nickte Vilja und Merike zu. »Deshalb war es mir so wichtig, dass auch ihr beide eine Bäckerausbildung macht und in der Brotfabrik arbeitet. Ich habe allerdings lange Jahre nicht geglaubt, dass tatsächlich einmal eine Zeit anbrechen würde, in der mein Traum in Erfüllung gehen kann.«

Merike versteifte sich. Steckte Opa Andrus womöglich hinter der Absage, die sie auf ihre Bewerbung für einen Studienplatz in Tartu erhalten hatte? Zutrauen würde sie es ihm. Nein, so viel Einfluss hat er dann doch nicht, hielt ihre Vernunftstimme dagegen. In dem Brief hat ja gestanden, dass ich mich gern für die

Aufnahmeprüfung für ein Ingenieurstudium anmelden könnte, weil in dem Bereich dringend Leute gesucht werden. Aber dass ich die Ausbildung in der Brotfabrik mache, das ist schon auf Opa Andrus' Mist gewachsen, überlegte Merike weiter. Das hat er ja gerade selbst gesagt.

»... möchte ich dich bitten, morgen nach Võru zu fahren, um die Farbe und die anderen Sachen abzuholen. Und du, Merike, hilfst deiner Mutter beim Entrümpeln des Verkaufsraums.«

Die Nennung ihres Namens riss sie aus ihren Grübeleien. Ihr Großvater schaute sie und seinen Schwiegersohn auffordernd an. Letzterer presste die Lippen zusammen und nickte.

»Fein, dann wäre das geklärt.« Opa Andrus erhob sich. »So, nun lasst uns in die Küche gehen und essen. Alles Weitere können wir bei Tisch besprechen.«

»Aber morgen kann ich nicht«, rief Merike. »Ich will nach ...«

Ihr Großvater bedachte sie mit einem Blick, der sie zum Verstummen brachte. »Es geht um deine Zukunft. Was könnte wichtiger sein?«

Merike sah aus den Augenwinkeln, dass ihre Mutter sie beschwörend ansah. Sie senkte den Blick und murmelte etwas, das als Zustimmung verstanden werden konnte.

Feigling, schimpfte sie mit sich. Kaum schaut er streng, ziehst du den Schwanz ein und kuschst. Was bildete er sich überhaupt ein, über ihre Zukunft zu bestimmen? Sie hatte keine Ahnung, warum ihre Eltern sich immerzu von ihm auf der Nase herumtanzen ließen. Aber sie ertrug das nicht länger!

Merike stand auf und folgte den anderen in die Küche. Dann werde ich eben nicht reden, sondern handeln. Ich werde morgen früh einfach ausbüxen, beschloss sie und blies sich trotzig eine Haarsträhne aus dem Gesicht. Taten sind besser als Worte, das sagte Opa Andrus selbst immer. Merike lächelte grimmig. Sie würde ihm schon noch zeigen, dass er mit ihr nicht alles machen konnte.

Dorpat / Livland, Frühsommer 1914

Kapitel 13

Am zweiten Tag ihres Aufenthalts in Dorpat wartete Luise nach dem Frühstück in der Empfangshalle des Hotels auf Wilhelmine, die vor ihrem Aufbruch zu einem Ausflug noch kurz auf ihr Zimmer gegangen war, um eine winddichte Jacke zu holen. Im Reiseführer hatte Luise gelesen, dass auf dem Embach regelmäßige Dampferfahrten angeboten wurden. Laut der »Nordlivländischen Zeitung« waren milde Temperaturen zu erwarten – das ideale Wetter für einen Ausflug mit dem Schiff, wie Wilhelmine festgestellt hatte.

Luise blätterte im »Dorpater Kalender«, der sie in seiner Aufmachung an das Kalenderbuch der »Gartenlaube« erinnerte, das sie sich jeden Januar als Begleiter durchs Jahr kaufte. Im Unterschied zu diesem fehlte hier ein Unterhaltungsteil mit Novellen, Gedichten und Fachartikeln. Stattdessen gab es ein ausführliches Straßenverzeichnis der Stadt sowie einen Auszug aus dem Adressbuch. In der Rubrik »Lehranstalten – Universität« stolperte Luise über einen Eintrag, der sie sofort an Wilhelmine denken ließ.

»Sieh mal, was ich entdeckt habe«, rief sie ihr entgegen, als diese wenige Augenblicke später ins Foyer kam. »Das wäre doch auch eine Möglichkeit für dich.« Luise hielt ihr das aufgeschlagene Buch hin und tippte auf die Spalte, in der sie fündig geworden war.

Die Privaten Universitäts-Kurse in Dorpat
bestehen seit 1908.
Drei Fakultäten: 1) die naturwissenschaftliche, 2) die medizinische und 3) die historisch-phylologische.
Der Studienplan ist gleich denen an der naturwissenschaftlichen

und medizinischen Fakultät der Universität Dorpat. Zum Besuch der Kurse werden Personen beiderlei Geschlechts im Alter nicht unter 17 Jahre zugelassen, welche eine Mittelschule absolviert haben. Anmerkung. Das Konseil der Kurse hat das Recht nach erfolgter Kontroll-Prüfung in die Zahl der Hörer auch solche Personen aufzunehmen, welche eine Hausbildung oder keine vollständige Mittelschulbildung erhalten haben.

Das Honorar für den Unterricht im Betrage von 75 Rubel pro Semester ist spätestens bis zum 1. September zum Beginn der Vorlesungen zu entrichten.

»Das klingt wirklich, als sei es genau auf mich zugeschnitten«, bemerkte Wilhelmine, nachdem sie die Zeilen überflogen hatte. »Vielen Dank, das ist eine wunderbare Entdeckung!« Sie strahlte Luise an. »Einziger Wermutstropfen sind die Gebühren. Aber da fällt mir schon was ein.« Sie hakte sich bei Luise unter. »Jetzt lass uns erst einmal unseren Ausflug machen.«

Die Uhr der Marienkirche schlug gerade zur elften Stunde, als sie das Hotel verließen. Die Sonne strahlte von einem tiefblauen, wolkenlosen Himmel, und von Westen her wehte ein lebhafter Wind.

»Wenn wir flussabwärts fahren, würden wir neben einigen großen Rittergütern die Überreste von Oldenthorn sehen, einem bischöflichen Zollturm aus dem Mittelalter. Er gehörte zu einer Burg, die sowohl als Mautstelle als auch als Verteidigungsposten von Dorpat fungierte«, erzählte Luise, die neben Wilhelmine auf dem Gehsteig der Gartenstraße stadteinwärts lief. »Flussaufwärts geht es nach Falkenau, wo man die Ruine eines alten Klosters besichtigen kann.«

»Hm, klingt beides interessant.« Wilhelmine kramte eine kleine Münze aus ihrer Jackentasche hervor. »Kopf ist flussabwärts, Zahl flussaufwärts«, sagte sie, warf die Kopeke hoch, fing sie auf, klatschte sie auf den Rücken ihrer linken Hand und hielt diese Luise hin.

»Zahl. Also geht's heute zum Kloster«, stellte Luise fest.

Mittlerweile hatten sie das Ende der Gartenstraße erreicht. Auf der gegenüberliegenden Seite erhob sich ein imposanter Jugendstilbau, an dessen schmaler Front zwei halbrunde Erkertürme ein bogenförmiges Portal einrahmten. Die Längsseiten mit ihren großen Fenstern waren von einer Gartenanlage umgeben.

»Das ist das Vanemuine-Theater«, sagte Luise. »Es wurde erst vor acht Jahren eingeweiht und ist die erste estnischsprachige Bühne mit einem professionellen Betrieb. Zuvor gab es nur diverse Laientheater.«

»Sehr beeindruckend.« Wilhelmine ließ ihre Augen über die Fassade wandern. »So monumental. Fast ein bisschen überdimensioniert für das schnuckelige Städtchen, zumindest was seinen alten Kern betrifft.«

Luise stimmte ihr mit einem Nicken zu. »Ich könnte mir vorstellen, dass die estnischen Bürger damit ihren Nationalstolz ausdrücken und einen eigenen Akzent setzen wollten«, sagte sie, als sie weiterliefen. »Es wurde nämlich teilweise durch ihre Spenden finanziert. Außerdem dient es nicht nur als Theater. Hier werden auch wichtige Ereignisse gefeiert, und im obersten Stockwerk sind ein Museum und eine Bibliothek untergebracht.«

»Du solltest als Fremdenführerin arbeiten und Kapital aus deinem Wissen schlagen«, meinte Wilhelmine und grinste schelmisch. »Oder als wandelndes Lexikon.«

Luise kicherte. Die Vorstellung, in einem buchförmigen Kostüm herumzulaufen und interessierten Passanten auf Verlangen Auskünfte zu geben, war zu komisch.

»Apropos Theater«, rief Wilhelmine. »Ich könnte da vielleicht nach einer Arbeit als Garderobiere fragen. Tagsüber könnte ich studieren, und abends …«

»Entschuldige, wenn ich dich unterbreche«, sagte Luise. »Aber dazu müsstest du zumindest etwas Russisch und Estnisch können.«

»Du hast recht. Zumindest anfangs muss ich wohl nach etwas Ausschau halten, wo ich mit Deutsch durchkomme.«

Sie überquerten die breite Alexanderstraße und liefen am Neuen Markt entlang, an dessen linker Seite sich der Kaufhof befand. Wilhelmine und Luise waren am Vortag durch die Säulenarkaden des klassizistischen Baus geschlendert, die einen lang gezogenen Innenhof umschlossen und rund vierzig Läden beherbergten, die sogenannten »Russischen Buden« für Kaufleute aus allen erdenklichen Teilen des Zarenreichs. So stellte sich Luise Basare in Odessa am Schwarzen Meer und anderen östlichen Provinzen mit Fernweh weckenden Namen wie Bessarabien, Turkestan oder Taschkent vor. Neben einer Handvoll Geschäfte, die von Einheimischen betrieben wurden, reihten sich die Buden der auswärtigen Kaufleute, angeordnet nach Warengruppen: Die Anbieter von Arbeiten aus Gold, Silber und Edelsteinen befanden sich alle in einem Abschnitt, ebenso die von Pelzen, Seidenstoffen, Teppichen, Metall-, Tabak- oder Colonialwaren, Gewürzen, Kaviar, gesalzenen und getrockneten Fischen sowie vielen anderen Spezereien und Gegenständen, die Luises Phantasie beflügelten und sie von fremden Ländern träumen ließen.

Gegenüber dem Kaufhof befand sich das Gebäude der Bürgermuße, wie das Vereinshaus des gleichnamigen deutschen Gesellschaftsclubs genannt wurde. Im »Dorpater Kalender« hatte Luise gelesen, dass es dort für die Mitglieder die Möglichkeit gab, in einem Orchester zu musizieren, Lesezimmer und Billardtische zu nutzen sowie Aufführungen auswärtiger Theatergruppen oder Konzertvirtuosen zu besuchen.

»Vielleicht haben sie hier Arbeit für mich.« Wilhelmine deutete auf ein Plakat, das den Auftritt einer Opernsängerin ankündete.

»Die brauchen vielleicht abends, äh …« Sie zuckte die Schultern. »Was weiß ich. Platzanweiserinnen oder Serviererinnen.«

»Mag sein«, Luise verzog skeptisch den Mund. »Ich bezweifle allerdings, dass das gut entlohnt wird.«

Wilhelmine nickte vage und bestätigte einmal mehr Luises Vermutung, dass sie keine realistische Vorstellung davon hatte, was sich mit Tätigkeiten, die keiner aufwendigen Ausbildung bedurften, verdienen ließ. Schon gar nicht, wenn eine Frau sie ausübte.

Vom Neuen Markt waren es nur noch wenige Schritte bis zur Anlegestelle an der Dampferstraße.

»Warum dieser ausgewachsene Fluss als Bach bezeichnet wird, ist mir ein Rätsel«, sagte Wilhelmine mit Blick auf den breiten Wasserlauf.

»Sieh mal, deine Münze hat goldrichtig entschieden.« Luise deutete auf ein Ausflugsschiff, das laut einem Schild am Kai wenige Minuten später Richtung Falkenau ablegen würde.

Auch an diesem gewöhnlichen Mittwoch waren viele Passagiere an Bord, die den schönen Tag auf dem Wasser verbringen wollten. Luise und Wilhelmine fanden auf dem von einer Markise überspannten Vorderdeck eine freie Bank für zwei Personen. Kaum hatten sie Platz genommen, ertönte eine helle Glocke, der Motor wurde angelassen, der Dampfer verließ den Anleger und fuhr kurz darauf unter der breiten Steinbrücke hindurch, die den Großen Markt mit dem Heu- und Fischmarkt am anderen Ufer verband. Gemächlich tuckerten sie an der mit Bäumen bepflanzten Uferpromenade entlang, bevor sie kurz hinter einer Badeanstalt die Holzbrücke unterquerten, den Botanischen Garten passierten und an den Außenbezirken der Stadt vorüberglitten.

Auf dem Wasser tummelten sich zahlreiche Ruderboote und kleine Segler, die sich geschickt zwischen flachen Lastkähnen, Ausflugsbooten und Fischkuttern hindurchmanövrierten. Das Brummen des Schiffsmotors untermalte die Gespräche der Passagiere ebenso wie das Knattern der Wimpel im Wind, die an einer vom Heck über den Schornstein bis zur Bugspitze gespannten Schnur aufgereiht waren; darein mischten sich die Schreie der Möwen, die über den Fischerbooten kreisten, die rhythmischen Befehlsrufe der Ruderer sowie das gelegentliche Tuten einer Dampfpfeife.

Nach drei Kilometern erreichten sie den ersten Halt, das Ausflugslokal »Quistenthal«, dessen direkt am Fluss gebaute Terrasse gut besucht war. Wie schon tags zuvor fielen Luise die zahlreichen grünen, blauen und schwarzen Deckel, wie die Schirmmützen der Korporationen genannt wurden, sowie die quer über die Brust getragenen dreifarbigen Bänder auf, die die Studenten offenbar zu jeder Gelegenheit trugen.

War die Garnisons- und Residenzstadt Oldenburg von den nicht minder farbenfrohen Uniformen der dort stationierten Dragoner, Infanteristen sowie Artilleristen geprägt, dominierten die Korpsstudenten das Straßenbild von Dorpat. Sehr beliebt war es bei ihnen, sich von Zweispännern in rasendem Galopp durch die Straßen kutschieren zu lassen – mit wehenden Fahnen, die robusten estnischen Pferdchen mit Federbüscheln in den Farben der jeweiligen Studentenverbindung ihrer Fahrgäste geschmückt.

Einige Studenten mit rot-grün-weißen Bändern verließen das Schiff und wurden von ihren Kommilitonen auf der Terrasse, die die gleichen Farben trugen, mit großem Hallo und einem Lied begrüßt, dessen beschwingte Melodie bis zum Schiff zu hören war.

»Das ist ja mal ein fröhlicher Empfang«, sagte Wilhelmine. »Zu welcher Verbindung sie wohl gehören?«

»Das sind Livonen«, sagte ein älterer Herr, der auf der Nebenbank saß. »Die dahinten«, er nickte zu vier an der Reling stehenden Burschen mit grün-violett-weißen Bändern hin, »gehören der Landsmannschaft der Estländer an. Außerdem gibt es noch die Kuronia mit der Couleur grün-blau-weiß und die Fraternitas Rigensis, die blau-rot-weiß tragen.«

»Und zu welcher Korporation gehören die mit den blau-schwarz-weißen Abzeichen?«, fragte Luise mit Blick auf zwei junge Männer, die eben an Bord kamen.

»Irgendwelche Kullen«, antwortete der Herr. »Nicht nötig, sich deren Farben zu merken.« Er lüftete kurz seinen Hut und nahm die Unterhaltung mit seinem Nachbarn wieder auf, die er für seine Erklärung unterbrochen hatte.

Die Verachtung in seiner Stimme war Luise übel aufgestoßen. Mit Kullen war sehr wahrscheinlich die Urbevölkerung gemeint. Sie spürte, wie sich Wilhelmine neben ihr versteifte. In ihren Augen spiegelten sich das Befremden und die Empörung, die sie selbst empfand. Auf ihrer Reise hatten sie mehrfach festgestellt, dass die Deutschbalten gesellschaftlich nicht mit Esten verkehrten. Sie beschäftigten sie als Arbeiter in ihren Fabriken, Angestellte in ihren Geschäften, Dienstboten und Ammen; Freundschaften mit ihnen zu schließen oder gar Ehen, kam für sie dagegen offenbar nicht infrage.

Wilhelmine rutschte an die Kante der Bank und öffnete den Mund.

»Hinter dem Gehöft dahinten befinden sich Höhlen und Gänge«, sagte Luise schnell, die befürchtete, ihre Freundin könne einen Streit mit ihrem Nachbarn vom Zaun brechen. Sie deutete auf einige Gebäude, die halb verborgen von Büschen und Bäumen auf der Anhöhe über dem Restaurant lagen. »Früher sollen sie bis zum Dom geführt haben.« Sie sah Wilhelmine beschwörend an.

»Hast ja recht«, murmelte diese. »Es wäre Zeitverschwendung, mit derart bornierten Leuten zu diskutieren.« Sie grinste. »Also, wozu dienten die Gänge? Außer als Ablenkungsmanöver.« Sie zwinkerte verschmitzt. »Wurden sie als Fluchtweg benutzt?«

»Das halte ich für sehr wahrscheinlich«, antwortete Luise. »Schließlich wurde die Stadt des Öfteren angegriffen und belagert.«

»Ob man da wohl hineinkann?«

»Keine Ahnung.« Luise hob die Schultern. »Das steht leider nicht in dem Führer.«

Nach kurzem Aufenthalt ging es weiter. Wilhelmine beugte sich wieder über den Stapel Ansichtskarten, die sie endlich an ihre Eltern, die Großtante in England, andere Verwandte und Freundinnen schreiben wollte. Luise lehnte sich zurück und genoss es, einfach dazusitzen, die hügelige Landschaft an sich vorbeiziehen zu lassen und vor sich hin zu träumen.

Nach einem Halt in Hasen, wo sich ein weiterer »Krug« befand, wie die einfachen Landgasthöfe in Dorpats Umgebung genannt wurden, erreichte der Dampfer sein Ziel: den Anleger von Kärkna. Luise und Wilhelmine verließen das Schiff und liefen zum Dorf Lammiku, bei dem sich die Ruine des Klosters Falkenau nahe der Mündung des Flüsschens Amme in den Embach befand.

Laut einer Erklärungstafel handelte es sich um das älteste Zisterzienserkloster Livlands und war als Wasserburg angelegt worden. Viel war von dem einstigen Gebäudeensemble nicht mehr zu sehen. Im Livländischen Krieg hatten die Moskowiter Mitte des 16. Jahrhunderts die Klosterburg geschleift. 1888 waren bei Ausgrabungen die Grundmauern der Klosterkirche samt Krypta, Sakristei und Kreuzgang freigelegt worden. Die Reste der fast drei Meter dicken Ringmauer waren von Gräsern und Ranken überwuchert, auch die Fundamente der Abtei waren unter dem üppigen Grün kaum auszumachen. Im Süden der Anlage, wo die Wirtschaftsgebäude gestanden hatten, befand sich dieser Tage der Gutshof Kärkna.

Ein bisschen enttäuscht kehrten Wilhelmine und Luise, die eine echte Ruine erwartet hatten, zum Dampfer zurück, der nach einem halbstündigen Besichtigungshalt wendete und nach Dorpat zurückkehrte.

»Lass uns in einen der Krüge unterwegs einkehren«, schlug Wilhelmine vor. »Bei dem herrlichen Wetter würde ich unser verspätetes Mittagessen gern im Freien genießen.«

»Sehr gern, mir knurrt schon der Magen«, antwortete Luise. »Wenn wir das ›Quistenthal‹ wählen, könnten wir anschließend zu Fuß zurück in die Stadt laufen.«

»Prima Idee. Ein Verdauungsspaziergang ist nie verkehrt.«

Auf der Terrasse des Ausflugslokals herrschte auch am frühen Nachmittag lebhaftes Treiben. Die Studenten waren verschwunden, dafür taten sich nun vor allem Familien an Kaffee, Limonade und Kuchen gütlich. Wilhelmine und Luise ergatterten mithilfe eines Kellners einen eben frei werdenden Tisch an der Brüstung und schätzten sich glücklich, ihren Imbiss mit Aussicht auf den Fluss einnehmen zu können. Mit großem Appetit machten sie sich über die mit Käse überbackenen Pfannkuchen mit einer Hackfleischfüllung her, deren estnischer Name *Tule homme jälle* auf Deutsch »Komm morgen wieder« bedeutete, wie ihnen der Kellner erklärte.

Am Nebentisch saßen zwei deutsche Paare. Ihre insgesamt sieben Kinder ließen unter der Aufsicht einer Gouvernante und eines Kindermädchens am Ufer Papierschiffchen zu Wasser oder fütterten Enten und Gänse. Die beiden Damen begannen, sich über eine bevorstehende Wohltätigkeitsveranstaltung zu unterhalten, während ihre Ehemänner die gescheiterte Einführung von Geschworenengerichten in den Ostseeprovinzen thematisierten. Offenbar war die Regierung in St. Petersburg der Auffassung, dass nicht nur die estnische und lettische Bevölkerung, sondern auch ein Großteil der Deutschen das Russische nicht ausreichend beherrschten.

»Wen nimmt es wunder?«, rief einer der beiden, der einen Schnauzbart trug. »Zwang hat noch selten dazu geführt, Menschen zu motivieren.«

Der andere Herr, glatt rasiert und mit bereits merklich gelichtetem Haupthaar, stimmte ihm zu. »Unterm Strich gehe ich wohl nicht zu weit, wenn ich behaupte, dass sich die nationalen Gegensätze seit Einführung der Maßnahmen eher noch verschärft haben.«

Luise lauschte den beiden mit großem Interesse – bot sich hier doch die einmalige Gelegenheit, aus dem Mund direkt Betroffener Kommentare zur Lage in den baltischen Provinzen zu hören.

»Du entschuldigst mich kurz?« Wilhelmine stand auf. »Der Ort, zu dem selbst der Kaiser zu Fuß hingeht, ruft.«

Luise nickte geistesabwesend.

»Mehr Sorgen bereitet mir allerdings die wachsende Unzufriedenheit vieler Arbeiter und Bauern im Reich«, fuhr der Glattrasierte fort. »Es geht ja längst nicht mehr nur um wirtschaftliche Missstände, sondern um handfeste politische Forderungen.«

Der Schnauzbart nickte. »Wenn der Zar nicht höllisch aufpasst, hat er bald die nächste Revolte am Hals. Und ob die sich dann so gründlich niederschlagen lässt wie die von 1905 …« Er verzog skeptisch den Mund.

»Ich weiß genau, was du meinst.« Sein Freund strich sich übers Kinn. »Baron Krüdener war neulich in Moskau und hat von den allgegenwärtigen Streiks, Demonstrationen und Barrikadenkämpfen revolutionärer Arbeiter berichtet.«

»Dazu kommt noch, dass die nationalistischen Scharfmacher in Petersburg immer lautstarker auf eine militärische Besetzung der Meerengen am Bosporus und den Dardanellen drängen und vom Zar verlangen, sich Konstantinopel unter den Nagel zu reißen«, sagte der Schnauzbart.

»Aus strategischer Sicht ist das verständlich.« Der Glattrasierte zog ein silbernes Etui aus der Innentasche seiner Jacke, bot seinem Freund einen Zigarillo an und gab ihm Feuer. »Ebenso das

Bemühen von Außenminister Sasonow, ein Marineabkommen mit England zu schließen. Allerdings verlässt er damit seinen bisherigen Kurs, der in erster Linie darauf zielte, eine bewaffnete Auseinandersetzung mit allen diplomatischen Mitteln zu vermeiden. Jetzt ist er vorrangig bemüht, Russland in die Lage zu versetzen, einen europäischen Krieg mit Aussicht auf Erfolg zu führen.«

Luise schrak zusammen. Hatte sie das richtig verstanden? Spielte die russische Regierung ernsthaft mit dem Gedanken, ihre Begehrlichkeiten notfalls mit militärischen Mitteln durchzusetzen? In den deutschbaltischen Zeitungen, die sie in den letzten Wochen gelegentlich gelesen hatte, war davon keine Rede gewesen. Vielmehr machten dort der erwartbare Rücktritt des französischen Premierministers Gaston Doumergue, der seine Politik nicht mehr gegen die erstarkte radikal-sozialistische Partei durchsetzen konnte, die zunehmend gewalttätigen Krawalle der Suffragetten in England sowie vor allem die anhaltende Krise in Albanien regelmäßig Schlagzeilen.

»Sasonow treibt da ein gefährliches Spiel mit dem Feuer«, sagte der Herr mit dem Schnauzbart. »Ich sehe mit Sorge, dass seit April immer wieder umfangreiche Probemobilisierungen durchgeführt werden.«

»Nun male den Teufel nicht an die Wand! So weit wird es schon nicht kommen.«

Der Schnauzbärtige zuckte die Achseln. »Dein Wort in Gottes Ohr.« Er sog an seinem Zigarillo. »Aber ich bin nicht der Einzige, der mit einem bevorstehenden Krieg rechnet.«

Sein Freund sah ihn fragend an.

Luise hielt den Atem an und spitzte die Ohren. Ich muss unbedingt wieder mehr Zeitungen lesen, beschloss sie. Im Hotel liegen die »Vossische« und die »Norddeutsche Allgemeine« aus. Da erfahre ich auf jeden Fall mehr als aus den schmalen deutschbaltischen Blättern.

»Ein junger estnischer Kollege hat kürzlich einen Vorschlag gemacht, den ich sehr vernünftig finde. Er würde gern in der Chirurgischen Klinik kostenlose Kurse für Krankenpflege anbieten, damit im Falle eines Falles ausreichend Sanitäter und Lazarettschwestern zur Verfügung stehen.«

»Das klingt in der Tat vernünftig. Es kann nicht schaden, gewappnet zu sein.«

»Mein Lieber, bestellst du uns bitte noch Kaffee?«, fragte eine der beiden Damen den Glattrasierten.

»Und ein Gläschen Birnenlikör«, fügte die andere hinzu.

»Das ist *die* Idee!«, sagte eine Stimme in Luises Rücken. Sie zuckte zusammen und drehte den Kopf.

Wilhelmine war von ihr unbemerkt zurückgekehrt, nahm wieder Platz und sah sie mit leuchtenden Augen an.

»Birnenlikör?« Luise zog irritiert die Brauen hoch. »Seit wann magst du denn …«

»Ich meine doch nicht den Likör. Ich interessiere mich für diesen Pflegekurs«, sagte Wilhelmine. »Wie könnte ich besser herausfinden, ob mir der medizinische Bereich wirklich zuspricht? Und einen Einblick in die ärztliche Arbeit bekommt man auch.«

»Das ist wirklich eine gute Idee«, sagte Luise nach kurzem Nachdenken. »Praxiserfahrung zu erwerben, ist nie verkehrt.«

Wilhelmine strahlte sie an. »Gleich morgen gehe ich zu der Klinik und erkundige mich.«

Luise lächelte zurück, ihre Gedanken kreisten jedoch noch um das Gespräch der Herren am Nebentisch. Die Bemerkung des Schnauzbärtigen, er rechne mit einem baldigen Krieg, rief ihr Herrn Moser ins Gedächtnis, der die politischen Entwicklungen im In- und Ausland stets mit großer Aufmerksamkeit und nüchternem Blick verfolgt hatte. Immer wieder hatte der Bibliothekar Luise gegenüber seine Sorge geäußert, dass in vielen Staaten – nicht zuletzt im Deutschen Reich – die Stimmen derjenigen

Politiker lauter wurden, die jede Kompromissbereitschaft ablehnten und diplomatische Lösungsansätze für Konflikte als Zeichen von Schwäche abtaten. Obwohl Herr Moser sich selbst als Liberal-Konservativen bezeichnete, hatte er großen Respekt vor dem SPD-Vorsitzenden August Bebel. Dieser hatte bereits 1911 in einer Rede vor den verheerenden Folgen eines Krieges gewarnt, von dem er überzeugt war, er würde ganz Europa in Mitleidenschaft ziehen und Massenelend, Arbeitslosigkeit und Hungersnöte zur Folge haben.

Luise hatte Herrn Mosers Befürchtungen zwar ernst genommen – jedoch eher auf eine abstrakte Art, wie ihr in diesem Moment bewusst wurde. Die Erwähnung von Probemobilmachungen und prophylaktischen Krankenpflegekursen ließ die Kriegsgefahr mit einem Mal sehr konkret aussehen.

Luise schloss die Finger um die Daumen und presste sie zusammen. Bitte, bitte, das darf nicht geschehen, flehte sie stumm. Lass die Menschen die Oberhand behalten, die Vernunft walten lassen und nicht das Leben von Abertausenden riskieren.

Otepää / Estland, Sommer 1989

Kapitel 14

Auf Socken schlich Merike die Treppe hinunter, machte jeweils einen großen Schritt über die beiden knarzenden Stufen im oberen Drittel hinweg und atmete erleichtert aus, als sie den Flur im Erdgeschoss erreichte. Rasch schlüpfte sie in ihre Turnschuhe, nahm ihre Jacke vom Garderobenhaken, schulterte die große Tasche, in der sie Wäsche für zwei Tage, den Kulturbeutel, als Reiselektüre den historischen Roman *Die Frauen von Wesenberg* von Jaan Kroos, den zu lesen sie im Ferienlager kaum Zeit gefunden hatte, sowie eine Flasche von Oma Kadris selbst gemachtem Himbeerlikör verstaut hatte. Letztere hatte sie am Abend zuvor aus dem Keller gemopst – als Gastgeschenk für Lenja. Geld und Ausweis trug sie in einem Brustbeutel.

Vor der Eingangstür hielt sie inne. Ob sie nicht doch ihren Eltern eine kurze Nachricht dalassen sollte? Die halbe Nacht hatte sie diese Frage hin und her gewälzt und war zu keinem befriedigenden Ergebnis gelangt. War es besser, sie nicht zu Mitwissern zu machen? Damit sie nicht in Verlegenheit kamen, wenn Opa Andrus sie nach dem Verbleib ihrer Tochter fragen würde. Oder wog die Beunruhigung schwerer, die ihr plötzliches Verschwinden zweifellos bei ihren Eltern auslösen würde? Merike unterdrückte ein Seufzen, griff nach dem Bleistift, der bei einem Notizblock auf dem Telefonregal neben der Garderobe lag, und kritzelte:

Liebe Mama, lieber Papa,
macht Euch bitte keine Sorgen!!!

Ich komme am Montag zurück und erkläre Euch dann, warum ich weggefahren bin – obwohl Opa es verboten hat.

Ich hab' Euch lieb, Merike

Sie faltete den Zettel zusammen. Wo sollte sie ihn platzieren? Noch einmal nach oben schleichen und ihn unter der Tür ihrer Eltern durchschieben, kam nicht infrage. Sehr wahrscheinlich waren sie jetzt um kurz vor sechs Uhr bereits wach. Kurz entschlossen steckte Merike ihre Nachricht in einen Schuh ihrer Mutter, und hoffte, dass diese auch an diesem Morgen zu dem Paar greifen würde, das sie am Vortag getragen hatte.

»Ich möchte dir gern etwas zeigen.«

Merike schrie auf und fuhr herum. Auf der Schwelle zum Wohnzimmer stand ihre Großmutter. Sie war noch im Nachthemd, über dem sie ihren flauschigen, mittlerweile recht verschlissenen Morgenmantel trug, der in Merikes Augen zu ihr gehörte wie der lange »Nachtzopf«, zu dem sie ihr Haar abends zu flechten pflegte.

»Oma«, krächzte sie. »Was machst du denn so früh hier unten?«

Noch während sie sprach, schalt sich Merike. Das ist nun wohl die dämlichste Frage, die du in diesem Moment stellen kannst. Jetzt braucht sie den Spieß nur umzudrehen, und schon sitze ich in der Tinte. Fieberhaft suchte Merike nach einer glaubwürdigen Ausrede, warum sie das Haus noch lange vor dem Frühstück verlassen wollte – beladen mit einer großen Tasche.

»Ich konnte nicht schlafen und habe eine alte Kiste hervorgeholt, in der die Geschichte unserer Bäckerei schlummert.« Oma Kadri lächelte verlegen. »Um es pathetisch auszudrücken.« Sie winkte Merike zu sich. »Komm, *mu rukkililleke*. Das hätten wir uns schon viel früher mal gemeinsam ansehen sollen.«

Es war der alte Kosename – mein Kornblümchen –, der Merikes Impuls, mit einer fadenscheinigen Begründung aus dem Haus zu rennen, besiegte. Ihre Großmutter hatte ihn ihr wegen ihrer tiefblauen Augen gegeben. Wenn ihr Vater unterwegs war und ihre Mutter in der Brotfabrik Spätschicht hatte, war die kleine Merike von Oma Kadri zu Bett gebracht worden. Nach dem Vorlesen oder

Erzählen einer Gutenachtgeschichte hatte sie ihre Enkelin auf beide Augen geküsst und ihrem Kornblümchen einen behüteten Schlaf gewünscht.

Verstohlen sah Merike auf ihre Armbanduhr. Bis zu ihrer Verabredung mit Marten auf dem Lipuväljak war es noch eine Stunde hin. Zeit genug, einen Blick auf das zu werfen, was Oma Kadri ihr zeigen wollte. Der Busbahnhof hinter dem Fahnenplatz beim Rathaus war schließlich nur einen Katzensprung entfernt. Sie stellte die Tasche ab und ging in die Wohnstube. Auf dem niedrigen Tisch stand eine alte Holzkiste, die der eingebrannten Aufschrift nach einst sechs Dosen Kakao à 500 Gramm beinhaltet hatte. Oma Kadri setzte sich auf eines der Sofas, griff nach ihrer Lesebrille, klopfte mit der flachen Hand auf den Platz neben sich und hielt Merike eine gerahmte Fotografie hin. Sie war braunstichig und hatte ein paar Flecken.

Merike betrachtete das Bild im Stehen, fest entschlossen, sich anschließend aus dem Staub zu machen. Erst beim zweiten Hinsehen erkannte sie ihr Elternhaus. Damals hatte es einen hölzernen Vorbau mit Giebeldach in der Mitte gegeben, aus dem ein Balken mit einer Taurolle ragte – ein einfacher Lastenkran, mit dem vermutlich Mehlsäcke in den Speicher gehievt worden waren. Die Wände hatten einen hellen Anstrich, und den Platz über der Tür, die zum Laden führte, zierte der verschnörkelte Schriftzug »Bäckerei – Konditorei«. Anstelle des Namens Ilves war das Tier zu sehen, das der Familie einst ihren Namen gegeben hatte: ein Luchs.

Auf den beiden Stufen vor dem Eingang posierte eine Handvoll Menschen. Auf der oberen stand ein stattlicher Mann mit Backenbart und dunklem Anzug, der nicht recht zu der hohen, weißen Kochmütze auf seinem Kopf passen wollte. Neben ihm hielt eine Frau in Rüschenschürze einen Säugling auf dem Arm, unter ihnen hatten sich zwei Burschen in weißen Kitteln und einfachen Mützen sowie eine ältere Frau aufgestellt. Alle wirkten ein wenig steif und schauten mit ernsten Gesichtern in die Kamera.

»Diese Aufnahme wurde 1860 anlässlich der Eröffnung der Bäckerei aufgenommen«, erklärte Oma Kadri. »Dein Ururgroßvater Urmas«, sie tippte auf den Backenbärtigen, »hatte eigens einen Fotografen aus Tartu kommen lassen.«

»Interessant«, nuschelte Merike und wollte Oma Kadri das Bild zurückgeben.

»Neben ihm steht seine Frau«, fuhr diese fort. »Mit deinem Urgroßvater Arvo. Der war da erst ein paar Wochen alt. Auch das Haus hatten sie erst kurz zuvor gebaut.«

Merike legte die Fotografie auf den Tisch und machte behutsam einen Schritt rückwärts Richtung Tür.

»Davor hatte Urmas einen Krämerladen an der Tartuer Chaussee.«

Merike blieb stehen. »Wieso hat er den aufgegeben?«, fragte sie und verfluchte im selben Moment ihre Neugier. Jetzt musste sie zumindest noch die nächste Antwort abwarten.

»Er hat wohl immer davon geträumt, Bäcker zu werden. Er ist extra nach Valga gegangen, um dort eine Lehre zu machen. Danach hätte er dort arbeiten können, aber das kam für ihn wohl nicht infrage. Er wollte sein eigener Herr sein. Außerdem zog es ihn in seine Heimatstadt zurück.«

»Wieso hat er dann hier nicht gleich eine Bäckerei aufgemacht?«, rutschte es Merike heraus. Zu ihrer eigenen Überraschung nahm die Erzählung ihrer Großmutter sie gefangen. Sie fand es spannend, in die Geschichte ihrer Vorfahren einzutauchen und sich auszumalen, wie deren Leben vor über hundert Jahren wohl ausgesehen hatte.

»In so kleinen Landstädtchen wie unserem war das gar nicht so einfach«, antwortete Oma Kadri. »Damals war es üblich, dass die Leute ihre selbst gemachten Teiglaibe allenfalls zum Backen in eine Backstube brachten, wenn sie sie nicht gleich in ihren eigenen Saunaofen schoben. Auch Urmas sah sich in den Anfangsjahren gezwungen, nebenbei noch andere Dinge zu verkaufen. Wobei er sich auf den Handel mit Kolonialwaren verlegte, also Zucker, Kaffee, Tabak, Reis, Kakao, Gewürze oder Tee.«

»Das ist echt spannend«, sagte Merike. »Darüber möchte ich unbedingt mehr erfahren. Aber jetzt …«

»Das muss fünf oder sechs Jahre später entstanden sein«, fuhr ihre Großmutter unbeirrt fort und holte ein weiteres Foto aus der Kiste. »Damals ging es langsam bergauf. Nicht zuletzt dank deiner Ururgroßmutter.«

»Oh, was hat sie denn …« Merike biss sich auf die Zunge. Wenn sie so weitermachte, würde sie sich nie rechtzeitig loseisen.

»Sie war vor der Ehe bei einem der deutschbaltischen Güter hier in der Gegend als Küchenmädchen angestellt und hatte ein Händchen für Torten, Kuchen und anderes feines Gebäck. Das hat sich wohl herumgesprochen, denn sie bekamen zunehmend Aufträge von den Rittergütern, wenn größere Feste, Taufen oder Hochzeiten anstanden.«

Während sich Merike das Bild ansah, auf dem ein Bursche eben ein Lastenfahrrad, auf dessen Frachtkasten das Luchs-Logo der Bäckerei prangte, bestieg, blätterte ihre Großmutter in einem dicken Buch mit bestoßenen Kanten.

»Hier wurden Bestellungen und Termine eingetragen«, erklärte sie und rückte ihre Lesebrille zurecht. »Ziemlich genau vor einhundert Jahren hat zum Beispiel ein Georg Arvid von Roth für eine Geburtstagsfeier auf dem Bremenhof fünf Cremetorten geordert. Die wurden dann vom Lehrling per Fahrrad geliefert.«

»Bremenhof?« Merike schaute unauffällig auf ihre Uhr. Ein paar Minuten hatte sie noch. Sie setzte sich auf die Armlehne des Sofas.

»Du kennst es als Pilkuse«, antwortete Oma Kadri. »Ein kleiner Weiler ungefähr zwei Kilometer östlich von Otepää.«

»Mir ist da nie ein Gutshaus aufgefallen.« Merike runzelte die Stirn. »Nur ein kleiner See und ein paar verstreute Häuschen.«

»Das Rittergut existiert nicht mehr. Ich glaube, es wurde im Krieg zerstört.«

Merike murmelte ein »Ach so« und machte Anstalten, sich zu erheben.

»Später konnte Urmas sogar einen Pferdewagen anschaffen und seinen Lieferradius vergrößern.« Oma Kadri entfaltete eine ausgeschnittene, großformatige Zeitungsanzeige aus dem »Walkschen Annoncenblatt« von 1875, in der die Bäckerei Ilves den neuen Service bewarb. »Auch hier im Ort fanden seine Backwaren zunehmend Absatz. Besonders beliebt war sein *rukkileib*, dessen Rezept er hütete wie seinen Augapfel. Er hat zwar die Geschäftsleitung 1890 an seinen Sohn Arvo übergeben, doch bis zu seinem Tod ließ er es sich nicht nehmen, den Teig für das Schwarzbrot selbst anzusetzen. Der Familienfama zufolge hat Arvo seinen Vater am Sterbebett regelrecht bekniet, das Rezept nicht mit ins Grab zu nehmen, und ihn in buchstäblich letzter Minute dazu gebracht, es ihm anzuvertrauen.«

»Wahnsinn«, entfuhr es Merike. »Das nenn ich mal einen waschechten Geheimniskrämer!« Sie rutschte von der Lehne auf die Sitzfläche.

»Wohl eher ein Kontrollfreak, wie man es heute nennen würde.« Oma Kadri verzog den Mund. »Es ist ihm wohl sehr schwergefallen, die Zügel aus der Hand zu geben und anderen Menschen Entscheidungsgewalt zuzugestehen.«

Da kenn ich noch einen in unserer Familie, lag es Merike auf der Zunge. Sie schluckte die Bemerkung herunter und warf einen Blick auf einen anderen Zeitungsartikel, den ihre Großmutter aus einer Mappe genommen hatte. Unter dem Titel »Einzug modernster Technik in die Bäckerei Ilves« war ein Bild einer Backstube platziert. Rechts und links eines in einer Kachelwand eingelassenen Ofens mit gusseisernen Klappen, Rohren, Temperatur- und Druckmessern hatten sich die Mitarbeiter aufgestellt.

»1906 hat Arvo« – Merikes Großmutter deutete auf einen mittelalten stämmigen Mann in weißem Kittel – »einen Dampfbackofen angeschafft. Das war damals der letzte Schrei.«

»Ich erinnere mich«, rief Merike. »Das haben wir neulich im Theorieunterricht durchgenommen. Unsere Lehrerin meinte, dass diese Röhrenöfen eine Revolution im Ofenbau darstellten, weil Heiz- und Backkammer erstmals getrennt waren und während des Backens nachgeheizt werden konnte.«

»Genau, bei den alten Öfen war das nicht möglich.«, sagte Oma Kadri. »Man musste also erst den Backraum aufheizen und anschließend die Asche entfernen, bevor man die Brotlaibe hineinschieben konnte. Wenn die in den Schamottesteinen gespeicherte Wärme abgekühlt war, musste erneut aufgeheizt werden. Dank des neuen Ofens bestand die Möglichkeit, kontinuierlich zu backen, was natürlich die Produktion enorm steigerte.«

Im Unterricht hatte Merike die Ausführungen der Lehrerin trocken und fade gefunden. Sie war fast eingeschlafen und hatte nur mit halbem Ohr zugehört, was es mit den mit Wasser gefüllten Röhren auf sich hatte und wie das System im Einzelnen funktionierte. Jetzt aber wurden diese Informationen mit Leben erfüllt.

Merike warf einen letzten Blick auf das Zeitungsbild. »Da sind nur Männer drauf«, stellte sie fest. »Hat die Frau von Urgroßvater Arvo nicht mitgearbeitet?«

»Doch, Liina war für den Laden zuständig und hat die Buchhaltung erledigt. Außerdem hat sie sich natürlich um den Haushalt und die Kinder gekümmert.«

Natürlich, dachte Merike und unterdrückte ein Schnauben. Daran hatte sich im Grunde bis heute nicht viel geändert. Selbst wenn Frauen einen Vollzeitjob hatten, wurde von ihnen erwartet, dass sie nebenbei noch die Aufgaben als Mütter und Haushälterinnen wuppten. Als Oma Kadri sich erneut über die Kiste beugte, warf Merike einen verstohlenen Blick auf ihre Uhr. Wenn sie den Bus noch rechtzeitig erreichen wollte, musste sie in den nächsten Minuten aufbrechen.

»Das ist Liina«, sagte ihre Großmutter, bevor Merike aufstehen konnte. Sie hielt ihr einen aufgeklapptes Leporello hin. Auf dem Foto stand eine dralle Frau mit Kopftuch, weißer Schürze und einem strahlenden Lächeln hinter dem Verkaufstresen, dessen verglaste Auslage mit Kleingebäck und Kuchen bestückt war. Im Regal hinter Liina waren Brote in unterschiedlichen Formen und Größen gestapelt.

»Sie sieht sehr nett aus«, sagte Merike.

»Das war sie auch.« Oma Kadri lächelte versonnen. »Ich habe selten einen Menschen getroffen, der so herzlich und freundlich war. Leider ist sie nur wenige Jahre nach unserer Hochzeit gestorben.«

»Großvater und du habt kurz vor dem Krieg geheiratet, nicht wahr?«

»Im Mai 1937.« Oma Kadri drehte das Faltbüchlein und fand nach kurzer Suche das gewünschte Bild. »Zur Kirche hat uns Andrus in dem kleinen Lastwagen gebracht, den er kurz zuvor angeschafft hatte. Er war so stolz darauf. Ich fand es ehrlich gesagt ein wenig peinlich, im Firmenwagen zur Trauung zu fahren.«

Auch den LKW, der eine offene Verladefläche mit Gestängen für eine Abdeckung hatte, zierte an der Seite der Luchs neben dem Schriftzug der Bäckerei. Der Wagen war mit Blumengirlanden geschmückt. Auf dem Verdeck saßen mehrere Leute, das Brautpaar stand vor der Führerkabine.

Merike wendete den Faltbogen und sah sich die älteren Fotos des Familienbetriebes an, die noch vor dem Ersten Weltkrieg entstanden waren. »Wer ist das denn?«, fragte sie nach einer Weile und tippte auf das Gesicht eines Jungen, das ihr wegen seiner markanten Züge auf einigen Bildern aufgefallen war.

»Äh, das ist … Also, das war …«

»Niemand Wichtiges.«

Zum zweiten Mal an diesem Morgen fuhr Merike der Schreck in die Glieder. Opa Andrus war ins Zimmer getreten und nahm Merike das Leporellobüchlein aus der Hand. Sie bemerkte, dass ihre Großmutter betreten den Kopf senkte.

Opa Andrus ließ sich auf seinem Sessel nieder. »Ich sehe mit Freude, dass du dich für die Geschichte unserer Bäckerei interessierst.« Er bedachte Merike mit einem zufriedenen Lächeln. »Bei der Gelegenheit möchte ich dir übrigens danken.«

»Mir?«, entfuhr es Merike. Verblüfft starrte sie ihn an.

»Ja, dir. Nicht zuletzt dein vorbildliches Betragen hat den Genossen Mänd dazu bewogen, uns bei unserem Vorhaben so großzügig entgegenzukommen.« Er tätschelte Merikes Knie. »Er ist wirklich sehr angetan von deinem Engagement für die Pioniere. Und von deiner Arbeit in der Fabrik.« Er rieb sich die Hände. »Mit Letzterer ist ja, wenn alles nach Plan läuft, bald Schluss.«

»Mit was ist bald Schluss?« Merikes Mutter stand in der Tür und schaute sich erstaunt um. »Ich hab eure Stimmen gehört. Was macht ihr denn alle hier so früh am Morgen? Es ist erst kurz nach sieben.«

So ein Mist!, fluchte Merike innerlich. Der Bus ist schon weg. Ob Marten sehr sauer war, dass sie nicht aufgekreuzt war? Das Festival konnte sie jedenfalls knicken. Enttäuscht und wütend auf sich selbst ließ Merike die Schultern hängen.

»Mit deiner und Merikes Arbeit im Brotkombinat«, beantwortete Opa Andrus die erste Frage von Vilja, die an den Tisch kam und neugierig in die Kiste schaute. »Deine Tochter interessiert sich zu meiner Freude sehr für die Geschichte unserer Bäckerei«, fuhr er fort und erhob sich. »Aber das muss warten. Jetzt lasst uns frühstücken. Und dann wird in die Hände gespuckt und die Backstube auf Vordermann gebracht.«

»Dann setz ich schon mal Kaffeewasser auf«, sagte Merikes Mutter und verließ das Wohnzimmer, gefolgt von Opa Andrus.

Merike sprang auf. »Ich komm auch gleich«, sagte sie zu ihrer Großmutter, die die Fotos und anderen Sachen in die Kiste zurücklegte. »Ich muss nur noch schnell ...«

»Die Tasche und den Zettel verschwinden lassen.«

Merike blieb wie angewurzelt stehen. »Du ... du hast gewusst, dass ich ...«, stotterte sie und starrte Oma Kadri fassungslos an. Sie hat also mit Bedacht dafür gesorgt, dass ich das Haus nicht verlasse, schoss es ihr in den Kopf. Wieso hat sie das nicht angesprochen? Warum hat sie nicht gefragt, wohin ich will? Unmut machte sich in Merike breit. Sie hasste es, manipuliert zu werden. Noch dazu von der Person, von der sie es am wenigsten erwartet hätte. Das passte so gar nicht zu ihrer Großmutter. Hat sie es getan, damit ihre Enkelin nicht mit Opa Andrus aneinandergeriet?

»Ich weiß, dass dir dein Großvater das Leben oft schwer macht«, antwortete Oma Kadri leise. »Gestern Abend hast du so unglücklich ausgesehen, als er seine Pläne verkündet hat. Und als ich dich heute Nacht in deinem Zimmer herumkruschen hörte, habe ich befürchtet, dass du deine Sachen packst und dich aus dem Staub machen willst.«

Merike sah sie perplex an.

»Ich verstehe dich«, sprach Oma Kadri weiter. »Du bist jung, du willst dein Leben selbst in die Hand nehmen. Du willst studieren und sicher nicht ...«

»Aber ich will doch nur ...«, begann Merike.

»Weglaufen ist keine Lösung, *mu rukkililleke*«, fuhr ihre Großmutter fort. »Wohin willst du denn gehen? Ohne Plan, ohne

Geld?« Sie stand auf und fasste nach Merikes Hand. »Bitte, stürze dich nicht ins Unglück.«

»Aber ich wollte doch gar nicht weglau…« Merike verstummte. Das Flehen in den Augen ihrer Großmutter versetzte ihr einen Stich. Sie denkt tatsächlich, dass ich für immer gehen wollte. Sie nahm sie fest in den Arm. »Keine Angst, ich verlasse dich nicht«, murmelte sie.

Als sie kurz darauf die Tasche nach oben in ihr Zimmer brachte, kam Merike der verlegene Ausdruck in den Sinn, den Oma Kadris Gesicht bei der Behauptung ihres Mannes angenommen hatte, der wiederholt abgelichtete junge Bursche auf den Bildern im Leporello sei niemand Wichtiges. Außerdem fiel ihr ein, dass ihr Großvater das Büchlein nicht in die Kiste zurückgelegt, sondern in seine Jackentasche gesteckt hatte. Mag sein, dass es nichts zu bedeuten hat, dachte Merike. Aber seltsam ist es. Ich werde schon noch herausfinden, wer der junge Mann war.

Ihr Gefühl sagte ihr, dass er ganz und gar nicht unbedeutend war. Ein Kribbeln breitete sich in ihrem Bauch aus. Gehörte der Unbekannte auch zu den Geheimnissen, die in ihrer Familie so sorgsam unterm Teppich gehalten wurden?

Dorpat / Livland, Frühsommer 1914

Kapitel 15

Im Lesesaal der Öffentlichen Bücherei herrschte Stille, gelegentlich unterbrochen vom Rascheln umgeblätterter Seiten, leisen Schritten und Stühlezurechtrücken. Von draußen drangen gedämpfte Geräusche wie das Klacken von Absätzen auf dem Kopfsteinpflaster, Rasseln von Rädern oder Kutscherbefehle von der Kühnstraße herein, die den Großen Markt mit dem Barclay-Platz verband, auf dem die Bronzebüste des deutschbaltischen Feldherrn, der sich im vorigen Jahrhundert mehrfach als russischer Heerführer bewährt hatte, auf einem hohen Marmorsockel thronte.

Luise und Wilhelmine mussten sich den Raum an diesem sonnigen Nachmittag nur mit einem betagten Herrn, der verschiedene Zeitungen auf dem Tisch vor sich ausgebreitet hatte, und zwei mittelalten Damen teilen, deren Getuschel nach einigen empörten Räuspern und Blicken des Zeitungslesers verstummt war. Wilhelmine war in die Lektüre eines medizinischen Lehrbuchs vertieft, machte sich ab und zu Notizen in ein Heft und blätterte immer wieder in einem anatomischen Lexikon, in dem sie unbekannte Begriffe nachschlug. Beide Bände hatte sie mitgebracht, es waren Leihgaben des estnischen Arztes, der in der Chirurgischen Klinik ab Mitte des Monats kostenlose Kurse für Krankenpflege anbieten wollte.

Luise legte den Brief ihrer Schwester, den sie gerade gelesen hatte, beiseite, schraubte ihren Füllfederhalter auf und beugte sich über einen Schreibblock.

Dorpat, Montag, 9. Juni (22. Juni greg. Kal.) 1914

Liebe Ella,

wie sehr ich mich über Deinen Brief vom fünfzehnten des Monats freue, kannst Du allein schon daraus ersehen, dass ich ihn umgehend beantworte. Hab ganz herzlichen Dank für Deine ausführlichen »Neuigkeiten aus der Heimat«, die Dir sehr anschaulich gelungen sind. Bei Deiner Schilderung der Feierlichkeiten anlässlich des 100. Geburtstages des Schlossgartens hatte ich das Gefühl, mit Dir durch die der Parkgeschichte gewidmeten Ausstellung und die üppig bestückten Ornamentbeete zu schlendern und der Herzoglichen Familie bei der Anpflanzung der Jubiläumseichen zuzusehen. Vor allem aber las ich mit großer Freude von der Lohnerhöhung, die Dir auf Grund Deiner guten Arbeit gewährt wurde. Dazu gratuliere ich Dir von ganzem Herzen! Ich bin sehr stolz auf Dich – und unsere Eltern wären es auch.

Wie Du dem Briefkopf entnehmen kannst, halten wir uns nach wie vor in Dorpat auf und sind nicht, wie ursprünglich geplant, an die Westküste in ein Seebad gefahren. Unsere Anschrift hier hat sich dennoch geändert, bitte schicke Deinen nächsten Brief an folgende Adresse: c/o Rätsep, Peetriturg 5, Dorpat.

Wer ist dieser rätselhafte Rätsep?, höre ich Dich verdutzt fragen. Warum wohnt ihr nicht mehr im Hotel?

Das Geheimnis ist rasch gelüftet: Frau Rätsep ist unsere Vermieterin, bei der wir vor zwei Wochen ein möbliertes Zimmer bezogen haben, um Kosten zu sparen. Aus dem gleichen Grund haben wir auf die Fortsetzung unserer Erkundungstour durch Livland verzichtet. Wilhelmine möchte ihre Reisekasse schonen, um ein kleines Startkapital zu haben, wenn sie im September ihr Studium beginnt. Zwar ist das für Frauen an der Universität nicht (mehr) möglich, dafür gibt es aber private Kurse, die dem offiziellen Lehrplan folgen.

Luise hob den Kopf und schaute auf Wilhelmines dunkelblonden Scheitel und die konzentrierte Miene darunter, mit der diese das Lehrbuch studierte. Als sie es vor gut zwei Wochen nach der Anmeldung zum Pflegekurs mitgebracht und verkündet hatte, sich so gründlich wie möglich auf die praktische Schulung und das spätere Studium vorbereiten zu wollen, war Luise skeptisch gewesen, wie lange die Begeisterung für dieses Vorhaben anhalten würde. Schließlich neigte Wilhelmine dazu, ihre Pläne von einer Minute auf die andere zu ändern. Mittlerweile hatte Luise ihrer Freundin im Stillen längst Abbitte geleistet. Es war offensichtlich, dass deren alter Kindheitstraum keine flüchtige Flause gewesen war, sondern in einer echten Berufung wurzelte, die nun, da sie Raum und Nahrung bekam, kräftige Triebe entwickelte. Jeden Tag verbrachte Wilhelmine viele Stunden lesend und lernend, ließ sich von Luise abfragen und klagte über das Dahinrasen der Zeit, in der sie nicht annähernd so viel Wissen erwerben konnte, wie sie wollte. Für Luise gab es keinen Zweifel: Wilhelmine hatte ihr Element gefunden. Aus dem Schmetterling, der suchend von Blüte zu Blüte flatterte, war ein Jagdhund geworden, der die richtige Fährte gefunden hatte und ihr unbeirrt folgte.

Wilhelmine hob den Kopf, begegnete Luises Augen, die auf ihr ruhten, und hob fragend die Brauen.

»Entschuldige«, flüsterte Luise. »Ich wollte dich nicht stören.«

»Wie wird deine Schwester deine Pläne aufnehmen?«, fragte Wilhelmine mit Blick auf den Briefblock. Sie zögerte kurz. »Oder ist die Sache für dich doch noch nicht in trockenen Tüchern? Es ist schließlich nicht ohne, diesen Schritt zu wagen.«

Luise schüttelte den Kopf. »Mein Entschluss steht fest«, wisperte sie.

»Und du bist sicher, dass du es nicht nur meinetwegen tust?« Wilhelmine sah sie eindringlich an. »Du weißt, wie sehr ich mich freuen würde. Aber hier geht es schließlich um deine Zukunft.«

»Gerade deswegen bin ich so sicher«, antwortete Luise leise und schaute zu dem Zeitungsleser. Zu ihrer Erleichterung war er in seine Lektüre vertieft und störte sich nicht an ihrer Unterhaltung. »Ich kann mir momentan keinen Ort vorstellen, der für mich geeigneter wäre, mein Leben neu auszurichten.«

Wilhelmine legte den Kopf schief und hob fragend die Brauen.

»Es klingt vielleicht verrückt«, erklärte Luise. »Aber dieses Land bedeutet für mich Freiheit und die Möglichkeit, mein eigenes Glück zu machen. Gut möglich, dass ich das verkläre, aber …«

»Ich denke, ich weiß was du meinst.« Wilhelmine lächelte. »Es geht mir nämlich ähnlich. Hier kennt uns niemand, keiner schreibt uns vor, wie wir zu leben haben.«

»Genau. Ich habe das Gefühl, mir selbst ganz neu zu begegnen und unbekannte Seiten an mir zu entdecken. Unverstellt von den Zuschreibungen und Erwartungen, die andere zu Hause aus meiner Herkunft ableiten und die mich von klein auf geprägt haben.«

»Pssst!«, zischte eine der beiden Damen und funkelte Luise entrüstet an. »Das ist ein Lesesaal, keine Plauderecke!«

Luise murmelte eine Entschuldigung. Wilhelmine zwinkerte ihr zu und beugte sich wieder über ihr Buch. Luise fuhr mit dem Schreiben fort.

Das Haus von Frau Rätsep steht nahe der imposanten St. Petrikirche, die vor dreißig Jahren im neogotischen Stil erbaut wurde. Vom Petrimarkt brauchen wir zu Fuß gut zwanzig Minuten ins Stadtzentrum, wo sich unter anderem die von uns fast täglich aufgesuchte Öffentliche Bibliothek befindet. Während Wilhelmine sich erste Grundkenntnisse der Medizin aneignet, habe ich begonnen, Estnisch zu lernen und mehr Wissen über Land und Leute zu erwerben.

Vor drei Wochen schwankte ich in meinem Brief an Dich noch, ob ich im Herbst nach Deutschland zurückkehren oder bei

Wilhelmine bleiben soll. Jetzt bin ich zu Letzterem entschlossen. Von Anfang an hat mich dieses Land in seinen Bann gezogen – nicht nur wegen seiner herrlichen Natur und der geschichtsträchtigen Städte. Nein, es sind in erster Linie die Esten, die es mir angetan haben. Seit wir bei Frau Rätsep wohnen, bewundere ich diese Menschen täglich mehr. Obwohl sie seit dem Mittelalter unter fremden Herrschern leben, haben sie ihre eigenen Traditionen, Sprache und Gebräuche nie vergessen oder aufgegeben. Seit einigen Jahrzehnten regt sich zudem immer stärker der Wunsch, endlich wieder unabhängig zu sein, selbst über ihre Geschicke zu bestimmen und sich nicht mehr unterordnen zu müssen. Eine Regung, die sich auch in mir immer stärker bemerkbar macht. Man könnte durchaus behaupten, dass ich mich den Esten in gewisser Weise seelenverwandt fühle.

Ich werde also in Dorpat bleiben und mir eine Arbeit suchen, sobald wir den Pflichtbesuch bei Familie von Uexküll hinter uns haben.

Diese Fahrt nach Algulfer am Freitag liegt Wilhelmine schwer im Magen – auch wenn sie sich alle Mühe gibt, ihre Nervosität zu überspielen. Abgesehen davon, dass sie nicht weiß, wie man ihre Weigerung aufnehmen wird, in die Familie einzuheiraten, hat sie doch mehr Angst vor der Reaktion ihrer Eltern, als sie mir und sich selbst eingestehen will. Woher ich das weiß? Weil Wilhelmine im Schlaf spricht. Mehrmals habe ich sie Vater oder Mutter anflehen hören: »Bitte, zwing mich nicht!« oder »Ich kann das nicht!«. Da sie sich am nächsten Morgen nicht daran erinnert und sich alle Mühe gibt, Zuversicht zu verbreiten, habe ich sie nicht auf ihren unruhigen Schlaf angesprochen. Es würde sie ohnehin nicht von ihren Plänen abbringen.

Ein leises Aufstöhnen unterbrach Luise.

»Es gibt so furchtbar viel, was ich nicht weiß«, flüsterte

Wilhelmine. »Ich hätte zum Beispiel nie gedacht, dass wir so ungeheuer viele Knochen haben. Allein eine Hand besteht aus 27! Und alle haben sie Namen.« In gespielter Verzweiflung ließ sie den Kopf auf das Buch sinken.

Luise schmunzelte. Wilhelmine hatte mehrmals am Tag solche Anwandlungen, die so rasch vorübergingen, wie sie aufgetaucht waren.

»Es hilft ja nichts«, murmelte Wilhelmine bereits einen Atemzug später, richtete sich auf und las weiter.

Wenn ihre Eltern sie doch nur jetzt sehen könnten, dachte Luise. Dann würden sie vielleicht begreifen, dass ihre Tochter ihr Glück woanders finden könnte, als sie es sich für sie vorgestellt hatten. Und ihren Weg akzeptieren oder sogar unterstützen. Aber das war leider höchst unwahrscheinlich. Vor allem die Mutter sähe wohl nur das Skandalöse der Umstände, unter denen Wilhelmine hier lebte: dass sie sich mit Luise ein Zimmer teilte, keinen Wert auf Komfort sowie angemessenen gesellschaftlichen Umgang legte und sich eine Arbeit suchen würde – gleichgültig, wie »nieder« diese Tätigkeit sein mochte.

Luise beugte sich wieder über den Brief.

Heute am frühen Abend haben wir etwas Besonderes vor. Unsere Wirtin hat uns eingeladen, sie zu einer Probe ihres Chores zu begleiten, der sich auf seinen Auftritt beim Sonnenwendfest vorbereitet. Anschließend wird es noch ein geselliges Zusammensein geben, bei dem ebenfalls gesungen wird. Wir fühlen uns sehr geehrt, denn anfangs war Frau Rätsep uns gegenüber ausgesprochen zurückhaltend, um nicht zu sagen misstrauisch. Inzwischen hat sie wohl erkannt, dass mein Interesse an der Geschichte und Kultur ihres Volkes nicht geheuchelt ist und auch Wilhelmine keine »typische« Deutsche ist, die den Esten von oben herab begegnet, sondern auf Augenhöhe.

Was man von vielen Deutschbalten (zumal wenn sie adliger oder gutbürgerlicher Herkunft sind) leider nicht behaupten kann. Jahrhundertelang waren die Esten und Letten für sie in erster Linie dienstbare Geister, die sie abfällig »Kullen« nennen. Ich habe herausgefunden, dass es vom estnischen Verb kuul abgeleitet ist. Ursprünglich verwendete man das Wort, um Dienstboten oder Fuhrleute herbeizurufen, woraus dann im Deutschen das Hauptwort Kullen gebildet wurde, mit dem man die Urbevölkerung als Bauerntölpel herabwürdigt.

Obwohl viele Esten mittlerweile eine gute Schulbildung haben und eine stetig wachsende Zahl junger Männer die Universität besucht, käme es zum Beispiel den deutschbaltischen Studenten nie in den Sinn, sich mit ihnen anzufreunden oder ihnen gar den Zugang zu ihren Korporationen zu gewähren. Man bleibt unter sich und vermeidet es, die Viertel aufzusuchen, in denen überwiegend Esten wohnen. Dabei bildet der Embach die inoffizielle Grenze zwischen dem deutschen Dorpat und dem estnischen Tartu, zwei streng voneinander getrennte, völlig verschiedene Welten. Wobei die Schicht der Deutschen immer mehr zusammenschmilzt; derzeit gibt es gerade einmal um die 300 deutschbaltische Studenten. Diese zieht es dennoch zuweilen ans linke Embachufer, da ihnen ihr Ehrenkodex strikt untersagt, sich deutschen Mädchen oder jungen Frauen auf der eigenen Seite des Flusses privat anzunähern. Stell Dir vor: Bereits ein harmloser Wangenkuss in der Öffentlichkeit ist ein Grund für ein tödliches Duell!

Der Aufbruch der beiden Damen lenkte Luise ab. Ob die auch so denken?, fragte sie sich. Fänden sie es in Ordnung, wenn sich zwei Männer gegenseitig totschießen, weil einer von beiden beispielsweise mit einer ihrer Töchter geflirtet hatte und deren Bruder oder Vater sich verpflichtet sah, dieses Vergehen zu sühnen?

Was für eine absurde Vorstellung! Mit einem Kopfschütteln wendete sich Luise wieder ihrem Brief zu.

Selbstredend dürfen auch die Ausflüge ins verrufene ›Trans-Embach‹ nur inkognito stattfinden, weswegen die Studenten ihre bunten Deckel und Bänder ablegen und sich mit hochgeschlagenem Verdeck dorthin kutschieren lassen, damit nur ja niemand sagen kann, sie würden ihre Korporation entehren. Denn alles, was es »drüben« an Lokalen, Kneipen, Badestuben und anderen Einrichtungen gibt, gilt unweigerlich als anstößig und vulgär. Auch ist es ein absolutes Tabu, mit estnischen Mädchen zu verkehren, da der sittenstrenge Komment jeden Umgang mit »Frauenzimmern von zweifelhaftem Ruf« untersagt. Und alles Weibliche auf der anderen Embachseite ist in höchstem Grade verdächtig, unsittlich und verderbt zu sein. Völlig in Ordnung dagegen ist es, sich als Student in seiner »Burg«, wie die Studentenquartiere genannt werden, von einer passija, einer estnischen Aufwärterin, bekochen und den Haushalt führen zu lassen, wobei nicht selten sehr enge, familiäre Bindungen entstehen. Das alles hat uns Frau Rätsep erzählt, deren Schwester lange Zeit eine solche Stellung innehatte.

Als wir uns vor zwei Wochen nach einer kostengünstigeren und ruhigen Bleibe umsahen, war uns diese Zweiteilung der Stadt noch nicht bewusst. Eine erste Ahnung davon vermittelte uns der Hotelportier, dessen gesetzte Miene entgleiste, als wir ihn beim Begleichen der Rechnung die Adresse nannten, wohin er etwaig noch für uns eintreffende Post weiterleiten sollte. Zunächst hielt er uns unsere Unwissenheit zugute. In altväterlichem Ton warnte er eindringlich vor den Gefahren, die unbescholtenen Frauenzimmern jenseits des Flusses auflauerten, und empfahl uns eine Pension, die von der Frau eines ehrbaren deutschbaltischen Handwerkers betrieben würde. Als er feststellen musste, dass wir nicht die Absicht hatten, seine Ratschläge zu befolgen, war es aus mit der Zuvorkommenheit. Selten habe ich ein frostigeres »Auf Wiedersehen« vernommen.

Du kannst Dir vorstellen, wie befremdlich und abstoßend ich diese dünkelhafte und bigotte Haltung finde. Auch Wilhelmine konnte sich lange nicht über die Doppelmoral beruhigen, die diesem Denken zugrunde liegt.

»Was schaust du denn so grimmig?«

Luise hob den Kopf. Wilhelmine musterte sie mit fragender Miene. Der Zeitungsleser hatte mittlerweile den Saal verlassen.

»Ich berichte Ella gerade von der Überheblichkeit, mit der hier manche Zeitgenossen auf die Esten herabblicken«, antwortete sie.

»Verstehe.« Wilhelmine verzog das Gesicht. »Ich fürchte, auf Algulfer wirst du noch mehr von diesem Schlag kennenlernen.«

»Hast du auch manchmal den Eindruck, dass hier einige Leute nicht nur die dreizehn Tage Differenz zum gregorianischen Kalender hinter der restlichen Welt nachhinken, sondern Jahrzehnte?«, fragte Luise.

»Absolut.« Wilhelmine nickte. »Bei uns gibt es ja auch viel zu viele Zeitgenossen, die geistig tief im vorigen Jahrhundert stecken geblieben sind. Aber hier scheint dieses gestrige Denken noch zäher in den Köpfen zu haften.« Sie schloss ihr Buch und stand auf. »Wir sollten Frau Rätsep nicht warten lassen.«

Luise schaute auf die Wanduhr, die über der Tür hing. »Du meine Güte, ich hätte nicht gedacht, dass es schon so spät ist.« Rasch räumte sie ihre Sachen zusammen und folgte Wilhelmine nach draußen.

»Hoffentlich fordert uns nachher niemand auf, mitzusingen«, sagte Wilhelmine, als sie ins Freie traten.

»Wieso? Singst du nicht gern?«

»Doch. Aber nur unter Ausschluss der Öffentlichkeit.« Wilhelmine grinste schief. »Ich bin nämlich leider vollkommen unbegabt und treffe keinen Ton richtig. Das haben sogar meine Eltern eingesehen, als die zigste Musiklehrerin entnervt das Handtuch warf und meinte, man solle ihr kein Gehalt, sondern Schmerzensgeld bezahlen.«

Luise kicherte. »Ich fürchte, da bist du unter den Esten ein bunter Hund. Ich kann mir kein sangesfreudigeres Volk vorstellen.«

»Daher rührt ja meine Befürchtung.« Wilhelmine verzog zerknirscht das Gesicht. »Hoffentlich empfinden sie es nicht als Affront, wenn ich nicht mitsinge.«

»Dann beweg doch einfach stumm die Lippen«, sagte Luise. »So hat sich mein Vater immer durch die Gottesdienste gemogelt. Und nie hat jemand etwas bemerkt.«

Otepää / Estland, Sommer 1989

Kapitel 16

Nach dem Frühstück radelte Raivo zum Textilkombinat, um einen kleinen Laster zu holen, den er für die Fahrt nach Võru ausleihen wollte. Davor würde er kurz zu Hause haltmachen und die Kisten mit dem selbst gebrannten Schnaps holen, die Opa Andrus als Bezahlung für die Farbe vorgesehen hatte. Letzterer war zu einer Sitzung des Bezirkskomitees aufgebrochen. Merike half ihrer Großmutter beim Abspülen und ging anschließend zu ihrer Mutter in den ehemaligen Bäckerladen, in dem sich ausrangierte Möbel, Kisten mit Unterlagen, Koffer, Merikes alter Kinderwagen und andere Dinge stapelten, die vor dessen Ausbau auf dem Dachboden gelagert gewesen waren. Vilja empfing Merike mit einem theatralischen Augenrollen.

»Ausmisten sagt sich so leicht. Aber wohin mit dem ganzen Zeug?«

»Keine Ahnung.« Merike zuckte die Schultern. »Du, Mama. Wäre es in Ordnung, wenn ich dir erst später helfe? Ich würde gern mit Papa nach Võru fahren. Ich hab ihn so ewig nicht gesehen und …«

»Aber natürlich, mein Schatz.« Vilja strich ihr über die Wange. »Er hat dich auch sehr vermisst. Und ich komm hier erst mal gut allein zurecht.«

»Danke, du bist die Beste.« Merike umarmte ihre Mutter und ging zur Tür. Auf der Schwelle hielt sie inne. »Und, Mama? Bist du nicht sauer auf deinen Vater? Schließlich hat er euch den Urlaub vermasselt.«

»Ach, das ist halb so wild«, antwortete Vilja nach kurzem Zögern. »Das läuft uns ja nicht davon.« Sie machte eine scheuchende Handbewegung. »Jetzt beeil dich lieber. Dein Vater ist gerade vorgefahren.« Sie deutete aus dem staubigen Fenster, hinter dem Merike schemenhaft die Umrisse eines kleinen LKWs erkannte. »Und wenn du zurück bist, musst du endlich vom Ferienlager erzählen. Dazu bist du bei dem ganzen Durcheinander noch gar nicht gekommen.«

Merike nickte, ging zur Ladentür, öffnete sie einen Spaltbreit und lugte hinaus. Eben betrat ihr Vater durch die andere Tür das Haus. Merike rannte zum Lastwagen, stieg auf der Beifahrerseite ein und kroch hinter die Bank neben dem Fahrersitz. Nach einer Weile hörte sie es auf der Ladefläche rumpeln, einen Moment später schwang sich ihr Vater hinters Lenkrad und startete den Motor. Merike verharrte in ihrem Versteck, bis er von der Lille Straße nach rechts auf die Hauptstraße 71 abgebogen war, die in östlicher Richtung aus Otepää hinausführte.

»Merike!« Ihr Vater schrak zusammen, als sie sich aufrichtete und nach vorn auf die Bank kletterte. »Was um alles in der Welt …«

»Ich dachte, ich nutze die Gelegenheit.«

»Verstehe«, grinste er. »Du hast keine Lust, den ganzen Tag im Staub rumzuwühlen. Ich kann mir schon denken, dass du für heute andere Pläne hattest.«

»Ja, ich würde gern …«

»Deine Freundin Talvi besuchen. Ich könnte dich bei ihr absetzen und auf dem Rückweg wieder einsammeln. Ihr beide habt euch sicher viel zu erzählen.« Raivo lächelte verständnisvoll.

»Äh, nein, eigentlich will ich mit dir …«

Merikes Vater ließ sie nicht zu Wort kommen. »Ich hab vorgestern ihre Mutter getroffen. Talvi ist aus dem Krankenhaus entlassen worden, muss das Bein aber noch ruhig halten. Zu Hause fällt ihr die Decke auf den Kopf, und sie kann es gar nicht erwarten, dich endlich wiederzusehen.«

Merike biss sich auf die Unterlippe. Mist, dachte sie. Ich hab Talvi ganz vergessen. Dabei hab ich ihr fest versprochen, mich sofort nach meiner Rückkehr bei ihr zu melden und ihr alles haarklein vom Ferienlager zu berichten.

»Nett von dir«, nuschelte sie. »Ich besuche sie später.«

Stärker als ihre Gewissensbisse wog in diesem Augenblick der Unmut über ihren Vater, der offensichtlich versuchte, sich ihren Fragen zu entziehen. Aus den Augenwinkeln sah sie, wie Raivo sie mit einem ratlosen Blick bedachte.

»Ich ärgere mich über mich selbst«, schob sie nach, um einen sachlichen Ton bemüht. »Ich hatte mir fest vorgenommen, nicht länger nach Opas Pfeife zu tanzen.«

»Oh weh, ich kenne leichtere Übungen.« Raivo zog eine mitfühlende Grimasse und verdrehte die Augen.

Der komische Gesichtsausdruck, der Merike für gewöhnlich zum Lachen brachte, ließ an diesem Morgen ihre Wut hell auflodern.

»Verdammt!«, brach es aus ihr heraus. »Findest du es normal, dass sich bei uns keiner getraut, ihm die Stirn zu bieten und mal ordentlich die Meinung zu geigen? Das ist doch …«

Erschrocken über ihren Ausbruch verstummte Merike, wandte den Kopf ab und starrte aus dem Fenster, an dem der von Büschen gesäumte Straßenrand vorbeizog. Dahinter lagen Wiesen, Viehweiden und die sich bis zum Horizont erstreckenden Ackerflächen der Kolchosen, gelegentlich unterbrochen von Seen und kleinen Wäldern. Ein paar Atemzüge lang herrschte Schweigen, untermalt vom Brummen des Dieselmotors.

»Nein, es ist ganz und gar nicht normal.«

Die Traurigkeit in der Stimme ihres Vaters versetzte Merike einen Stich.

»Papa, es tut mir leid, ich …«

»Nein, mir tut es leid.« Er drückte kurz ihre Schulter. »Wie du gestern ganz richtig festgestellt hast: In dieser Familie wird viel zu viel verschwiegen.«

»Warum ist das so?«

»Weil wir deinem Großvater schwören mussten, dir nichts davon zu erzählen.« Er hob die Hand, als Merike den Mund öffnete. »Ich weiß, das klingt verrückt. Er wollte, dass wir alle die Vergangenheit ein für alle Mal hinter uns lassen und dich gar nicht erst damit belasten.« Er schüttelte den Kopf. »Was offensichtlich nicht im Geringsten funktioniert hat. Das ist mir gestern endgültig klar geworden, als du gesagt hast, du hättest als Kind geglaubt, ich würde es nie lange mit deiner Mutter und dir aushalten und wäre deshalb Fernfahrer geworden. Das hat mich sehr getroffen. Deshalb fühle ich mich nicht länger an diesen schwachsinnigen Schwur gebunden.« Er schaute Merike in die Augen. »Du bist mir viel wichtiger. Außerdem habe ich dir versprochen, deine Fragen zu beantworten.« Er fuhr sich mit der Hand durchs Haar. »Zugegeben, es fällt mir nicht leicht. Aber eine bessere Gelegenheit, ungestört zu reden, finden wir so schnell nicht wieder.«

Merike unterdrückte den kurzen Impuls, abzuwiegeln, ihm das heikle Thema zu ersparen. Zu groß waren ihre Neugier und der Wunsch, endlich zu verstehen, was in der Vergangenheit ihrer Eltern vorgefallen war und von Beginn an ihr eigenes Leben überschattete.

»Bereit für einen Tauchgang in die Vergangenheit?«, fragte ihr Vater.

Merike nickte. Beklommenheit gepaart mit Aufregung stieg in ihr auf, während sie sich seitlich auf die Beifahrerbank setzte, ihre angewinkelten Beine mit den Armen umschlang und das Kinn auf die Knie legte.

»Wie du weißt, wurde ich in Pärnu geboren«, begann er.

Merike nickte, ein wenig erstaunt, dass er so weit ausholte und nicht wie erwartet bei der »schwierigen Zeit« kurz vor ihrer Geburt ansetzte, als er und ihre Mutter froh gewesen waren, von deren Eltern aufgenommen zu werden.

»Allerdings habe ich nur meine ersten neun Lebensjahre dort verbracht«, fuhr er stockend fort, die Augen starr auf die Straße gerichtet. Seine Stimme klang belegt, unvertraut in Merikes Ohren. Als berichtete ein Unbekannter aus einem fremden Leben.

»Meine Eltern haben dort ein kleines Kurhotel betrieben. Bis in den frühen Morgenstunden des 25. März 1949 plötzlich Soldaten vor der Tür standen und uns aufforderten, mitzukommen. Schon in den Tagen zuvor waren uns die vielen Milizen aufgefallen, die in den Straßen der Stadt unterwegs waren. Sie beschlagnahmten alle Autos, was zu den wildesten Gerüchten führte. Viele glaubten, ein Krieg stehe unmittelbar bevor, weswegen die Bewohner von Küstenorten wie Pärnu evakuiert werden sollten. Stattdessen wurden wir verhaftet. Eine knappe halbe Stunde haben sie uns gegeben, ein paar Dinge zusammenzuraffen, bevor wir nach Tallinn zum Frachtbahnhof von Ülemiste gefahren wurden. Dort pferchte man uns mit vielen anderen Menschen in Güterwaggons, die nach Osten fuhren – Tausende Kilometer weg von unserem Zuhause.«

Merikes Mund wurde trocken. Sie hatte mit allem Möglichen gerechnet, auf diese Geschichte war sie jedoch nicht vorbereitet gewesen. Sie umklammerte ihre Knie noch fester und bemühte sich, keinen Muckser von sich zu geben. Sie spürte, wie ihr Vater um Worte rang, wie schwer es ihm fiel, seine Erinnerungen zu formulieren, von denen sie ahnte, dass er sie seit Ewigkeiten niemandem anvertraut hatte.

»Schließlich erreichten wir unseren Zielbahnhof Krasnojarsk in Sibirien und wurden von dort zu einer Kolchose gebracht, wo wir fortan leben und arbeiten mussten. Wie lange wir unterwegs waren, kann ich nicht mehr sagen. Es fühlte sich wie eine Ewigkeit an.«

Bilder von verzweifelten Menschen, die buchstäblich über Nacht aus ihren Häusern, ihrer Heimat gerissen worden waren und sich nach unsäglichen Strapazen unter furchtbaren hygienischen Bedingungen in einem fremden Land wiederfanden, drängten sich Merike auf. Sich ihren Vater als Neunjährigen inmitten dieses Grauens vorzustellen, schnürte ihr den Hals zu.

»Meine Mutter, die damals schwanger war, kam mehr tot als lebendig dort an«, erzählte er weiter. »Sie hat die Geburt des Kindes nicht überlebt. Auch mein kleiner Bruder starb im ersten Winter.«

Merike kämpfte gegen die Tränen an, die ihr in die Augen stiegen. Ihr Vater schenkte ihr keine Beachtung. Die Knöchel seiner Fäuste, mit denen er das Lenkrad umklammerte, traten weiß hervor, seine Miene war undurchdringlich. Merike war froh, dass auf der Nationalstraße Nr. 2 von Tallin nach Luhama an der lettischen Grenze kaum Verkehr herrschte. Wie in Trance setzte Raivo seinen Bericht fort.

»Stalin hatte verfügt, dass diese Verbannung auf ewige Zeiten gelten sollte. Es war uns verboten, den Wohnort zu wechseln. Außerdem mussten wir uns regelmäßig in der Kommandantur registrieren lassen. Erst nach seinem Tod 1953 schöpften wir Hoffnung. Es dauerte jedoch noch vier Jahre, bis mein Vater und ich wieder nach Estland durften. Aber auch hier hörten die Repressalien noch lange nicht auf. Es wurde uns untersagt, nach Pärnu zu unserem Hotel zurückzukehren. Das war ein für alle Mal konfisziert, so wie auch unser übriges Eigentum. Stattdessen wurden wir nach Rapla geschickt und mussten dort abermals in einer Kolchose arbeiten.«

»Papa, wie entsetzlich!« Merike hielt es nicht länger aus. Sie schob sich näher an ihn heran und streichelte vorsichtig seinen Arm.

Er zuckte zusammen, drosselte das Tempo und fuhr sich mit einer Hand über das Gesicht.

»Ich hatte keinen Schimmer, was du alles durchgemacht hast«, sagte Merike leise.

Ihr Vater legte den Arm um sie und zog sie an sich. Ein paar Atemzüge lang herrschte Schweigen. Merike lehnte ihren Kopf an seine Schulter.

»Habe ich dich sehr erschreckt?«, fragte er leise. »Soll ich lieber nicht weitererzählen?«

»Oh, doch bitte«, sagte Merike. »Außer, es ist zu schmerzlich für dich.«

»Ja, es tut weh«, antwortete er. »Aber es ist auch befreiend. Jahrelang habe ich dieses Kapitel begraben, wollte das alles vergessen. Aber es war natürlich immer da und hat in mir rumort, auch wenn ich das nicht wahrhaben wollte.« Er drückte Merike fester.

»Was hat man euch denn zur Last gelegt?«, fragte Merike. »Warum wurde deine Familie deportiert?«

»Das haben wir nie herausgefunden. Offiziell richtete sich die ›Operation Brandung‹ gegen Banditen, Nationalisten und Kulaken – Letzteres ein Schimpfwort für selbstständige Bauern. Ich nehme an, dass es zum einen darum ging, die Menschen einzuschüchtern, die seit dem Ende des Krieges in großer Zahl die Partisanen unterstützten, die nicht müde wurden, von ihren Verstecken in den Wäldern aus Sabotageaktionen gegen die Besatzer durchzuführen. Zum anderen wollte Stalin flächendeckend die Zwangskollektivierung der Bauernhöfe durchsetzen. Außerdem standen, wie schon bei den Deportationen 1940, wieder einmal alle auf den Listen, die in irgendeiner Weise als Volksfeinde verdächtig waren. Gut möglich, dass den Sowjets mein Vater als Hotelbesitzer ein Dorn im Auge war.«

»Wie ging es für dich weiter?«, fragte Merike. »Wie hast du es aus diesem Rapla rausgeschafft?«

»Ich wollte Tiermedizin studieren«, antwortete er. »Was zunächst unerreichbar schien. Also leistete ich erst einmal meinen Militärdienst ab, wo ich den LKW-Führerschein machte. Anschließend schuftete ich ein paar Jahre in der Papierfabrik von Räpina.«

»Liegt das nicht am Peipussee?« Merike zog die Stirn kraus. »Warum bist du nicht nach Rapla zu deinem Vater zurückgegangen?«

»Er war kurz vor meiner Militärzeit in Rente gegangen und ist kurz darauf gestorben.«

Merike hob die Hand vor den Mund. »Du hattest also gar keine Verwandten mehr?«

»Keine, die mir nahestanden. Die meisten aus unserer Familie waren verschleppt worden, bereits tot oder ins Ausland emigriert.« Ihr Vater zuckte mit den Achseln. »Jedenfalls hatte ich meine Bewerbung an der Uni in Tartu schon beinahe vergessen, als ich eines Tages müde von der Arbeit kam und im Briefkasten die Zusage für ein Veterinärstudium vorfand.«

Erleichtert stellte Merike fest, dass seine Stimme wieder so klang, wie sie sie kannte. Sie löste sich von ihm und nahm ihre vorige Sitzposition ein. Mittlerweile waren sie laut einem Schild an einer Kreuzung nur noch vier Kilometer von Võru entfernt. Schnurgerade lag die Straße vor ihnen, auf der ihnen nach wie vor nur vereinzelt Fahrzeuge entgegenkamen. Merike richtete ihren Blick erneut auf ihren Vater, der seinen Bericht fortsetzte.

»Wie du dir denken kannst, konnte ich mein Glück kaum fassen. Es wurde rundum vollständig, als ich 1967 Vilja kennenlernte, die in Tartu Musik und Geschichte auf Lehramt studierte.« Er zwinkerte Merike zu. »Die folgenden zwei Jahre waren unsere wilde Zeit, in der wir uns so frei gefühlt haben wie nie zuvor.«

Und wohl auch danach nicht mehr, dachte Merike. »Was ist passiert?«, fragte sie. »Warum habt ihr nicht zu Ende studiert?«

Raivo kratzte sich im Nacken. »Ich finde, davon sollten dir deine Mutter und ich gemeinsam berichten.«

»In Ordnung«, sagte Merike. »Es betrifft sie ja auch.«

»Außerdem möchte ich es nicht hinter ihrem Rücken tun«,

fuhr ihr Vater fort. »Vilja soll selbst entscheiden, ob sie sich weiterhin an diesen Schwur halten will, den ihr Vater uns abverlangt hat.«

Merike sah ihn prüfend an. »Was denkst du? Wird Mama …«

»Es würde mich sehr wundern, wenn sie dir nicht endlich alles erzählen will. Sie hat schon mehrmals angedeutet, dass sie diese Heimlichtuerei verkehrt findet. Andererseits hat sie einen Heidenrespekt vor ihrem Vater.« Er zuckte die Achseln. »Warten wir es ab. Ich werde noch heute mit ihr sprechen und dafür sorgen, dass wir drei morgen ungestört miteinander reden können.«

Mittlerweile hatten sie Võru erreicht, das Verwaltungszentrum des Kreises Võrumaa. Raivo fischte den Zettel mit der Adresse, bei der sie die Farbe abholen sollten, von der Ablage vor der Windschutzscheibe und hielt ihn Merike hin. »Wo muss ich abbiegen?«

»Schon bei der nächsten Kreuzung«, antwortete Merike. »Nach links in die Karja Straße.«

Kurz darauf hielten sie vor einem kleinen Haus aus roten Backsteinen.

»Danke.« Raivo sah Merike in die Augen.

»Wofür?«

»Dass du mir zugehört hast. Es hat gutgetan, das alles endlich laut auszusprechen.«

»Ich bin auch sehr froh, dass du dich mir anvertraut hast«, sagte Merike. »Jetzt ist mir vieles klarer geworden.«

»Ich weiß, ich hätte schon viel früher …«

»Hauptsache, du hast es nun erzählt«, sagte Merike schnell. »Und ich hoffe, dass wir mit Mama bald eine Gelegenheit finden, bei dem ich den Rest erfahre.«

»Wie gesagt, dafür werde ich sorgen. Gleich morgen, versprochen!« Raivo schwang sich aus der Fahrerkabine und ging nach hinten, um die Holzkisten mit dem selbst gebrannten Schnaps abzuladen.

Merike blieb noch einen Moment sitzen. Waren sie wirklich erst eine Stunde zuvor von Otepää aufgebrochen? Eine Stunde, in der sie eine viel längere Reise unternommen hatten, die Merike noch lange beschäftigen würde. Papa hat es treffend beschrieben, dachte sie. Es war ein Tauchgang in die Vergangenheit, auf den ich ihn begleiten durfte. Und das war erst der Anfang.

Kirchspiel Oberpahlen / Livland, Sommer 1914

Kapitel 17

Am Freitag, dem nach julianischem Kalender 13. Juni, fuhren Wilhelmine und Luise gegen Mittag mit dem Zug nach Laisholm, das rund fünfzig Kilometer nördlich von Dorpat nahe der Grenze zum Estnischen Ostseegouvernement lag. Von dort ging es in einer Kalesche, die sie in der Posthalterei am Bahnhof samt Kutscher mieteten, in westlicher Richtung gen Oberpahlen. Zum Gut Algulfer, dem Familiensitz der von Uexküll, waren es von dort noch einmal rund sieben Kilometer.

Die beiden Pferde trotteten gemächlich auf der unbefestigten Straße dahin, die durch eine Moränenlandschaft mit lang gezogenen Hügeln verlief. Die sanft gewellten Weide- und Ackerflächen ließen Luise an ein grünes Meer denken, aus dem hin und wieder Inseln aus kleinen Tannenwäldern aufragten. Darüber wölbte sich der blassblaue Himmel, an dem sich vereinzelt kleine Wölkchen zeigten. Die Luft flirrte vor Hitze und war erfüllt vom Zirpen der Grillen und Grashüpfer. Der Duft von frisch gemähtem Heu vermischte sich mit dem Geruch des Tabakrauchs, der aus dem Pfeifchen des Fuhrmanns vom Kutschbock nach hinten in den Wagen wehte, dessen Klappverdeck aufgeschlagen war.

Die beschauliche Stimmung stand im Gegensatz zu Wilhelmines angespannter Miene. Bereits auf der Zugfahrt war Luise deren Unruhe aufgefallen. Minutenlang hatte sie, ohne die Augen zu bewegen, auf die Seiten des anatomischen Lehrbuchs gestarrt, an ihren Haaren herumgenestelt und immer wieder aufgeseufzt. Auch jetzt machte sie einen abwesenden Eindruck, wechselte häufig ihre Sitzposition und atmete schwer.

»Soll ich den Kutscher bitten, ein wenig schneller zu fahren?«, fragte Luise mit gedämpfter Stimme in der Annahme, das langsame Gezuckel ginge ihrer Freundin auf die Nerven.

»Bloß nicht!« Wilhelmine schüttelte heftig den Kopf. »Wir kommen noch früh genug nach Algulfer.«

»Entschuldige, ich dachte, du würdest es gern rasch hinter dich bringen.«

»Das wäre das Vernünftigste. Aber ehrlich gesagt, bin ich über jede Stunde Aufschub dankbar, bevor ich mich in die Höhle der Löwen begeben muss.« Wilhelmine grinste schief. »In Dorpat schien mir das alles noch so einfach. Aber jetzt …« Sie seufzte erneut. »Ich hätte nicht gedacht, dass ich so ein Hasenfuß bin.«

»Bist du nicht«, sagte Luise. »Ich glaube, an deiner Stelle wäre mir ganz übel vor Angst. Ich finde dich sehr mutig. Schließlich hast du vor, den geheiligten Familienpakt zu brechen und alle zu brüskieren.«

»Momentan ist mir eher nach Davonlaufen und Den-Kopf-in-den-Sand stecken.« Sie griff nach Luises Hand. »Ich bin so froh, dass du mich begleitest.«

»Das ist doch selbstverständlich.«

»Ist es nicht. Es könnte auch für dich unangenehm werden. Wir wissen ja nicht, wie diese Leute reagieren werden. Am Ende suchen sie die Schuld nicht bei mir, sondern machen dich verantwortlich. Und das wäre mir doch sehr arg.«

»Warum sollten sie?« Luise sah Wilhelmine verblüfft an.

»Wenn sie ähnlich gestrickt sind wie meine Mutter, wäre das nicht abwegig«, überlegte Wilhelmine laut. »Sie neigt dazu, schlechte Einflüsse ins Spiel zu bringen, wenn sich jemand aus ihren Kreisen nicht *comme il faut* benimmt. Das ist offensichtlich erträglicher als die Erkenntnis, dass der- oder diejenige aus eigenem Antrieb handelt.«

Luise nickte nachdenklich. Wilhelmines Mutter stand mit dieser Haltung nicht allein. Baronin Beulwitz hatte sich erst kurz vor

Luises Abreise über einen Bekannten echauffiert, dessen Sohn sich weigerte, in die Fußstapfen seines Vaters zu treten und Jura zu studieren. Stattdessen wollte er seiner Neigung folgen und Komponist werden. Der Bekannte der Baronin konnte sich diese in seinen Augen absurde Verirrung nur mit dem verderblichen Einfluss des Klavierlehrers erklären, der seinem Sprössling diese Flause in den Kopf gesetzt haben musste. Er entließ den Lehrer und verbot dem Sohn den Umgang mit Musikern sowie den Besuch von Konzerten und anderen musikalischen Veranstaltungen, bis er wieder »eingenordet und auf dem richtigen Kurs« sein würde.

»Wenn die von Uexküll tatsächlich glauben sollten, dass ich hinter deinem aufmüpfigen Verhalten stecke, kümmert mich das nicht«, sagte Luise. »Für mich zählt nur, dass du glücklich wirst.«

»Danke.« Wilhelmine drückte Luises Hand. »Ich fände es trotzdem furchtbar ungerecht, wenn sie ausgerechnet dir etwas Übles unterstellten. Aber ich werde ihnen schon klarmachen, dass mein Aus-der-Reihe-Tanzen ganz allein auf meinem Mist gewachsen ist.« Sie presste die Lippen aufeinander.

Luise schaute auf ihre Uhr. »Es ist schon halb sechs«, stellte sie fest. »Was hältst du davon, wenn wir heute in einem Gasthof übernachten?« Sie zwinkerte Wilhelmine zu. »Dann könntest du dich noch ein bisschen innerlich wappnen.«

Wilhelmines Miene hellte sich auf. »Das ist eine prima Idee!« Sie lehnte sich zurück. »Es ist ohnehin ungehörig, allzu spät bei seinen Gastgebern einzutreffen. Und in dem Telegramm, das ich vor drei Tagen aufgegeben habe, hatte ich unsere Ankunft bewusst vage für Ende der Woche angekündigt.«

Luise stand auf und tippte dem Kutscher auf die Schulter. »Entschuldigen Sie, gibt es in der Nähe von Algulfer einen Gasthof, in dem wir diese Nacht verbringen können?«

»Ja, in Mällikvere«, nuschelte er, ohne die Pfeife aus dem Mund zu nehmen. »Müssen da so oder so hin, Pferde wechseln.« Er verengte die Augen und kratzte sich am Hinterkopf. »Kostet aber mehr, wenn ich Sie erst morgen nach Algulfer fahre.«

»Selbstverständlich, das ist kein Problem«, rief Wilhelmine.

Luise runzelte die Stirn. »Aber er müsste doch ohnehin übernachten«, sagte sie leise, als sie sich wieder neben Wilhelmine setzte. »Bei dem Tempo schafft er es nie im Leben noch heute zurück nach Laisholm.«

»Gönn dem Schlitzohr die paar Kopeken.« Wilhelmine lächelte verschmitzt. »Hauptsache, ich gewinne noch ein bisschen Galgenfrist.«

Der Krug von Mällikvere entpuppte sich als einfacher Gasthof mit drei schlichten, aber sauberen Schlafkammern für Reisende. Der Kutscher spannte die Pferde aus, führte sie zur Tränke und versorgte sie im Stall mit Heu. Wilhelmine und Luise trugen ihr Gepäck in eines der Zimmerchen und wuschen sich an einer mit Wasser gefüllten Schüssel den Staub aus den Gesichtern. Anschließend setzten sie sich an einen der Tische, die unter einer Linde hinter dem Haus aufgestellt waren, und bestellten bei der Wirtin, die ihnen bereits den Weg zu ihrer Schlafkammer gewiesen hatte, gebratene Renken aus dem eigenen Fischteich.

Der Gasthausgarten war gut besucht. Ihr Kutscher hatte sich zu ein paar Kartenspielern gesellt, die ihn freudig begrüßten. Etwas abseits blätterten zwei Männer – ein untersetzter Glatzkopf und ein drahtiger, hochgewachsener Dunkelhaariger – mit ernsten Gesichtern in Dokumenten und führten vermutlich geschäftliche Verhandlungen. Drei ältere Paare waren in ein angeregtes Gespräch vertieft, und an einem langen Tisch saß eine Gruppe junger Burschen und Mädchen, die Luise aufgrund ihrer braun gebrannten Gesichter sowie der schlichten Kittel und Schürzenkleider für Knechte und Mägde hielt, die ihren langen Tag auf den Feldern hier gemeinsam ausklingen ließen.

Die Sonne, die gegen halb zehn untergehen würde, stand schon tief am westlichen Horizont, die Hitze des Tages war jedoch nur unmerklich abgekühlt. Es versprach, eine weitere laue Sommernacht zu werden, die bereits gegen drei Uhr mit dem Sonnenaufgang enden würde. Bei der Lektüre russischer Schriftsteller hatte sich Luise früher oft gefragt, wie sie sich die »Weißen Nächte« vorzustellen hatte, in denen Tag und Nacht sich trafen, die Dunkelheit nie die Oberhand gewann und es auch nach Sonnenuntergang fortwährend dämmerte. In Dorpat hatte ihr diese anhaltende Helligkeit in erster Linie zu schaffen gemacht. Sie brachte ihren Schlafrhythmus durcheinander und verwirrte ihr Zeitgefühl. Es war ihr schwergefallen, die oft beschworene magische Atmosphäre auszumachen und war geneigt gewesen, diese als Produkt dichterischer Verklärung zu interpretieren. Erst an diesem Abend auf dem Lande, auf dem keine Häuser den Blick verstellten, wurde Luise die Einzigartigkeit der abendlichen Lichtstimmungen im Norden bewusst.

Sie legte den Kopf in den Nacken und ließ die vom Rötlichen ins Violette spielende Färbung des weitgespannten Himmels auf sich wirken, an dem ein paar blasse Sterne glommen. Die Luft war erfüllt vom süßen Duft des Bauernjasmins, der zusammen mit Schlehenbüschen und anderen Sträuchern eine Hecke zur angrenzenden Weide bildete, auf der ein paar Kühe lagen und wiederkäuten. Hoch über ihr kreisten zwei Bussarde, vom nahen Fischweiher tönte das Gequake der Frösche, und in den oberen Zweigen der Linde trillerte eine Singdrossel.

»Weißt du, ob in Livland Mittsommer gefeiert wird? Und wenn ja, nach welchem Kalender das Datum berechnet wird?«

Wilhelmines Fragen rissen Luise aus ihrer Versunkenheit. Sie senkte den Kopf – und begegnete dem Blick des dunkelhaarigen Mannes, der zuvor mit dem Glatzkopf über die amtlich aussehenden Papiere gebeugt gewesen war. Diese waren mittlerweile einer Wodkaflasche samt Gläsern und einer Platte *sakuski* gewichen.

Luises Atem setzte aus. Für einen Moment wurden alle Außengeräusche vom Brausen des Blutes in ihren Ohren überdeckt. Die Welt bestand nur aus diesem Augenpaar, von dem Luise auf die Entfernung nicht hätte sagen können, welche Farbe es hatte. Es war die Wärme und wache Aufmerksamkeit darin, die sie in ihren Bann zogen, als würden sie ihr zurufen »Du bist gemeint!«. Ein Schauer überlief sie. Ihr Herzschlag beschleunigte sich, während ihr Körper erstarrte. Fühlte sich so das sprichwörtliche Kaninchen vor der Schlange? Unfähig, sich zu bewegen, sich dem Blick zu entziehen?

Eine Berührung an ihrem Unterarm brach den Zauber.

»Ist dir nicht gut?« Wilhelmine hatte sich über den Tisch gelehnt und sah sie besorgt an. »Du bist ganz blass.«

»Es ist nichts … alles gut«, stammelte Luise. Sie straffte sich und fuhr in beiläufigem Ton fort: »Nur ein kurzer Schwindel.«

»Kein Wunder, ist ja eine halbe Ewigkeit her, seit wir etwas gegessen haben.« Wilhelmine drehte sich ungeduldig zur Tür des Gasthauses. »Mir ist auch schon ganz schwummerig vor Hunger.«

»Du meintest, ob es hier Sankt Johannisfeiern gibt?«, griff Luise die Frage auf und vermied es krampfhaft, an Wilhelmine vorbei zum Tisch mit den beiden Männern zu schauen.

»Genau. Ich stelle mir das sehr romantisch vor«, antwortete Wilhelmine. »Wenn es so wie in Skandinavien mit Tänzen um einen Maibaum, großen Feuern und geheimnisvollen Blumenritualen und dergleichen Bräuchen begangen wird. Es wäre doch hübsch, da mitzutun.«

»Hm, wenn ich mich recht entsinne, stand im ›Dorpater Kalender‹, der sich ja an der julianischen Zeit orientiert, ebenfalls der 24. Juni als Feiertag von Johannes dem Täufer«, antwortete Luise. »Also rein vom Sonnenstand her zu spät, sie müssten ihn eigentlich um den 10. herum begehen. Aber ob die Esten dieses Fest feiern? Die meisten sind zwar evangelisch, aber in der orthodoxen Kirche gibt es den Feiertag im Juni nicht. Ich glaube, da wird der Enthauptung von Johannes gedacht, im August oder war es im … na, egal. Es könnte ja sein, dass die russische Regierung es nicht gern sieht, wenn Andersgläubige ihre eigenen Feiertage zelebrieren und es deshalb verbo…« Sie unterbrach sich selbst und spürte, wie ihr die Röte ins Gesicht stieg. Du plapperst ohne Sinn und Verstand, schimpfte sie sich. Wilhelmine musste sie ja für vollkommen überdreht halten. Luise schaute verlegen zur Seite – und begegnete erneut dem Blick des Dunkelhaarigen.

Wie lange er wohl schon herschaute? Vergeblich versuchte sie, ihre Augen niederzuschlagen. Sie schienen ein Eigenleben zu führen, magnetisch angezogen von denen des Mannes, dessen Mund sich nun zu einem Lächeln verzog, das ihre Lippen unwillkürlich erwiderten.

»Was gibt es denn dahinten so Erfreuliches?«, fragte Wilhelmine und machte Anstalten, sich umzudrehen.

»Ich glaube, unser Essen kommt«, sagte Luise schnell, die im gleichen Moment die Wirtin mit einem Tablett aus dem Haus treten und in ihre Richtung gehen sah.

»Na, das wurde langsam auch Zeit.« Wilhelmine rückte ihren Stuhl näher an den Tisch.

Keinen Bissen werde ich herunterbekommen, dachte Luise, als die Wirtin die Teller auf ihren Tisch stellte. Was ist bloß los mit mir? Es ist doch nicht das erste Mal, dass ein Mann versucht, mit mir zu flirten. Warum wirft mich das heute derart aus der Bahn?

Weil es sich vollkommen anders anfühlt als sonst, gab sie sich selbst zur Antwort. Weil da zwischen uns etwas schwingt, was ich noch bei keinem anderen erlebt habe.

Das ist doch Humbug, erboste sich die strenge Seite in ihr. Das Einzige, was bei dir schwingt, ist deine Phantasie. Wilhelmine hatte recht. Es war gewiss der Hunger, der sie ganz konfus machte.

Luise griff nach ihrem Besteck. Dabei linste sie zu dem Tisch schräg hinter Wilhelmine. Zu ihrer Erleichterung, in die sich ein Hauch Enttäuschung mischte, hatte der Glatzkopf den Dunkelhaarigen in ein Gespräch verwickelt. Während sie sich ein Stück Renke in den Mund schob, unterzog sie Letzteren, den sie auf Mitte dreißig schätzte, einer verstohlenen Musterung. So besonders sieht er doch gar nicht aus, stellte ihre Vernunftsstimme fest. Ein ganz durchschnittliches Gesicht. Kein Grund, sich derart kindisch … Oh nein, jetzt schaut er wieder. Diese Augen! Was machen sie nur mit mir? Luise verschluckte sich, griff rasch nach ihrem Wasserglas, hob es mit zittriger Hand an ihre Lippen und verschüttete die Hälfte.

»Ist wirklich alles in Ordnung bei dir?« Wilhelmine musterte Luise mit gerunzelter Stirn. »Du bist so fahrig. So kenne ich dich gar nicht.«

Ich mich auch nicht, stimmte ihr Luise im Stillen zu. »Kein Grund zur Beunruhigung«, sagte sie laut. »Ich bin einfach nur ein bisschen erschöpft.«

Reiß dich zusammen, befahl sie sich. Es wird langsam peinlich.

»Dann lass uns bald zu Bett gehen«, schlug Wilhelmine vor. »Es war ein langer Tag.« Sie seufzte. »Wobei ich nicht glaube, dass ich schlafen kann. Dazu bin ich viel zu aufgeregt wegen morgen.«

Luise nickte abwesend. Aus den Augenwinkeln nahm sie wahr, dass die beiden Männer aufstanden und den Garten verließen. Gott sei Dank, dachte sie. Jetzt laufe ich nicht länger Gefahr, mich vollends zu blamieren. Gleichzeitig schoss heftiges Bedauern in ihr hoch, als sei ihr etwas Kostbares entglitten.

Otepää / Estland, Sommer 1989

Kapitel 18

Beim Sonntagsfrühstück verteilte Opa Andrus erneut die Aufgaben, die an diesem Tag zu erledigen waren. Merike saß mit vor der Brust verschränkten Armen auf ihrem Stuhl und fixierte ihren Vater, der die alten Verkaufsregale, den Tresen und Schränke abschleifen sollte – eine Arbeit, die ihn in den kommenden Tagen von früh bis spät beschäftigen würde. Er wich ihrem Blick aus und machte keine Anstalten, seinem Schwiegervater Einhalt zu gebieten und, wie er es Merike am Vortag zugesagt hatte, ein paar Stunden einzufordern, die er mit seiner Frau und Tochter allein verbringen wollte.

So viel zu seinem Versprechen, mir heute zusammen mit Mama über die Ereignisse in Tartu zu berichten, dachte Merike voller Zorn und kippelte auf ihrem Stuhl nach hinten, was ihr prompt ein empörtes Funkeln ihres Großvaters einbrachte. Sie ließ die Vorderbeine krachend auf den Boden zurückfallen und sprang auf.

»Ich bin dann mal weg«, nuschelte sie.

»Was sind denn das für neue Sitten?« Opa Andrus sah sie streng an. »Ich bin noch nicht fertig.«

Ihre Eltern und Oma Kadri sahen sich alarmiert an.

»Aber ich.« Merike verließ die Küche, bevor die anderen reagieren konnten.

»Komm auf der Stelle zurück!«, donnerte ihr Großvater hinter ihr her.

Merike rannte aus dem Haus, schnappte sich ihr Fahrrad, das neben denen ihrer Eltern am Zaun lehnte, schwang sich in den Sattel und fuhr so schnell sie konnte davon. Wenige Minuten später erreichte sie das Mietshaus, in dem Talvi mit ihren Eltern wohnte.

»Endlich!«, rief diese, als Merike das Zimmer ihrer Freundin betrat.

Talvi lag mit hochgelagertem Bein auf dem Sofa, neben dem sich Bücher und Hefte türmten, mit denen sie sich auf anstehende theoretische Prüfungen vorbereitete. Sie besuchte die Berufsschule in Võru, wo sie eine Holzbearbeitungs-Ausbildung machte.

»Ich hab mich schon gefragt, ob du mich vergessen hast.«

»Tut mir echt leid, dass ich mich nicht früher habe blicken lassen.« Merike beugte sich zu Talvi herunter und umarmte sie. »Aber zu Hause ist die Hölle los.« Sie zog sich einen Stuhl neben das Sofa. »Am liebsten würde ich abhauen. Die gehen mir alle so was von auf den Geist.«

»Erzähl! Was ist passiert?«

»Eigentlich nur das Übliche. Mein Opa gibt wie immer den Tyrannen und verlangt, dass wir ab jetzt jede freie Minute nutzen, um die olle Bäckerei auf Vordermann zu bringen. Keiner traut sich, ihm zu widersprechen. Außerdem machen meine Eltern ein Mordsgeheimnis daraus, weswegen sie kurz vor meiner Geburt von der Uni geflogen sind. Und ich könnte mich selbst ohrfeigen, weil ich mir das alles viel zu lange habe gefallen lassen. Aber damit ist jetzt Schluss!«

»Du bist ja echt ganz schön in Fahrt«, stellte Talvi fest. »Aber jetzt noch mal der Reihe nach. Was für eine Bäckerei? Und was war das mit der Uni? Ich wusste gar nicht, dass deine Eltern studiert haben.«

»Entschuldige, dass ich dich so überfahren habe.« Merike klopfte auf Talvis Gipsbein. »Ich hab noch gar nicht gefragt, wie es dir geht. Wann wirst du den da los?«

»Übermorgen«, antwortete Talvi. »Aber jetzt erzähl schon. Ich platze vor Neugier.«

»Und dann bist du einfach aufgestanden und gegangen?« Talvi schaute Merike ungläubig an, als diese ihren Bericht beendet hatte. »Wahnsinn. Dein Opa muss ganz schön dumm aus der Wäsche geschaut haben.«

»Nicht nur der. Meine Eltern haben wie verschreckte Kaninchen ausgesehen.« Merike kicherte. Die Spannung der letzten Tage hatte sich gelöst, es hatte gutgetan, sich alles von der Seele zu reden.

»Die Armen. Sicher hat er ihnen mal wieder vorgeworfen, dich nicht streng genug erzogen zu haben.«

»Pft«, machte Merike. »Selber schuld. Warum lassen sie sich das bieten? Außerdem hatte mir mein Vater versprochen, heute endlich reinen Tisch zu machen.«

»Was hast du jetzt vor?«, fragte Talvi.

Merike zuckte die Achseln. »Wenn ich das wüsste.« Sie kaute auf ihrer Unterlippe. »Mir ist erst in den vergangenen zwei Wochen klar geworden, dass ich mich das eigentlich sehr selten gefragt habe. Also was *ich* will. Ohne Rücksicht auf irgendwelche Erwartungen von anderen oder ungeschriebene Gebote.« Sie rieb sich die Stirn. »Das mit dem Biologiestudium war im Grunde das letzte Mal.«

»Und was ist da oben auf Käsmu passiert, dass es nun anders ist?« Talvi sah Merike gespannt an.

»Hm, ich glaube, der Abstand von zu Hause war wichtig. Und die Begegnung mit Lenja, einer Punkerin. Sie würde dir auch gefallen. Ich hab noch nie einen Menschen getroffen, der so frei ist und sich so wenig um die Meinung anderer schert.«

»Klingt nach jemandem, den ich gern kennenlernen würde.« Talvi lächelte Merike an. »Ich finde es jedenfalls klasse, dass du endlich anfängst, es nicht mehr allen recht machen zu wollen.«

»Danke.« Merike umarmte Talvi. »Ich bin so froh, dass ich dich zur Freundin habe.«

Es klopfte an der Tür. Talvis Mutter steckte den Kopf herein. »Merike, deine Eltern warten unten auf dich.«

Merike schob die Unterlippe vor.

»Ich glaube, sie machen sich Sorgen, weil sie nicht wussten, wo du steckst«, sagte Talvis Mutter. »Soll ich ihnen etwas ausrichten? Dass alles in Ordnung ist und du bald nach Hause kommst?«

Merike war einen Atemzug lang versucht, das Angebot anzunehmen. »Danke, das ist lieb. Aber ich red schon selbst mit ihnen.« Sie stand auf. »Ich besuch dich morgen wieder«, sagte sie zu Talvi und ging hinunter zu ihren Eltern.

»Was wollt ihr?« Merike verschränkte die Arme vor der Brust. »Wenn ihr glaubt, ich gehe heim und mache brav, was Opa will, habt ihr euch geschnitten.«

»Merike, was ist bloß in dich gefahren?« Ihre Mutter sah sie irritiert an. »Du bist doch sonst nicht so …«

»Es ist meine Schuld«, unterbrach Raivo seine Frau. »Ich hab ihr versprochen, dass wir ihr heute alles erzählen.« Er schluckte. »Du weißt schon. Von Tartu.«

Vilja nickte und presste kurz die Lippen aufeinander. »Muss es unbedingt jetzt sein?«

»Ja, muss es«, sagte Merike.

»Sie hat ein Recht darauf«, sagte ihr Vater gleichzeitig.

»Also gut«, seufzte Vilja. »Bringen wir es hinter uns.«

Raivo schlug einen Spaziergang zum *linnamägi* vor, dem Stadtberg, der am östlichen Ortsrand lag. »Dort sind wir ungestört und können in Ruhe reden.«

Aufregung breitete sich in Merike aus, gepaart mit Beklommenheit. Der Spruch »Sei vorsichtig mit deinen Wünschen, sie könnten in Erfüllung gehen« kam ihr in den Sinn. Was, wenn ich etwas erfahre, das mein Bild von meinen Eltern für immer trübt? Dennoch war alles besser, als weiter in diesem unguten Klima der Heimlichtuerei zu verharren.

»Es bedeutet mir viel, dass ihr endlich mit mir redet«, sagte Merike. »Ich will diese Altlasten aus der Vergangenheit abschütteln. Eurer wohlgemerkt. Damit ich frei bin für meine Zukunft.«

»Wenn ich geahnt hätte, wie sehr du darunter leidest.« Betroffen sah ihre Mutter Merike an. »Es tut mir wirklich sehr leid. Aber mein Vater hat uns damals derart unter Druck gesetzt.«

»Ist gut, Mama«, sagte Merike schnell. »Ich weiß doch selbst, wie schrecklich schwer es ist, Opa zu widersprechen oder nicht das zu tun, was er verlangt.«

Nachdem sie die letzten Häuser hinter sich gelassen hatten, ging es vorbei an einem Weiher zu dem rund vierzig Meter hohen, kuppelförmigen Hügel, dem das Städtchen seinen Namen verdankte. Jedes Mal, wenn Merike ihn sah, musste sie an den Tag in der Grundschule denken, an dem sie sich furchtbar blamiert hatte. Die Lehrerin hatte der Klasse etwas über die Ursprünge ihrer Heimatstadt erzählt und die Kinder aufgefordert, die Gestalt des *linnamägi* zu beschreiben. Merike hatte eifrig die Hand gehoben und gerufen, er sehe genauso aus wie die Gugelhupfform ihrer Großmutter – was großes Gelächter ausgelöst hatte. Auch die Lehrerin hatte geschmunzelt und gemeint, dass Merike unverkennbar aus einer Bäckerfamilie stammen würde. Viele ihrer Klassenkameraden kannten die »richtige« Antwort: Der Stadtberg hatte die Form eines Bärenkopfes. Wochenlang hatte sich die Clique um Ennas älteren Bruder Tarmo einen Spaß daraus gemacht, Merike nicht das übliche *nohik* hinterherzurufen und sie als Streberin zu verspotten, sondern *baaba*, was Gugelhupf bedeutete, und an ihrem Fahrrad Zeichnungen des Stadtwappens zu befestigen, auf denen anstelle des gelben Bärenkopfes vor schwarzem Hintergrund ein dicker Napfkuchen prangte. Insgeheim fand Merike immer noch, dass ihre Kuchen-Assoziation sehr viel besser zu dem Hügel passte, zu dessen abgeflachtem Gipfel ein steiler Pfad durch einen lichten Mischwald führte.

An diesem Tag hatte Merike keine Augen für die Mauerreste, von Gras überwucherten Fundamente und anderen Überreste der alten Burg. Ungeduldig zog sie ihre Eltern, bei denen sie sich rechts und links eingehakt hatte, zum Rand des Areals, von dem aus sie einen weiten Ausblick auf die hügelige Landschaft hatten. Unter einem ausladenden Ahorn ließen sie sich im Gras nieder.

»Also, was ist damals in Tartu passiert?«, fragte Merike, sobald sie Platz genommen hatten. »Warum seid ihr von der Uni geflogen?«

Ihre Eltern tauschten Blicke, verabredeten stumm, wer als Erstes das Wort ergreifen sollte.

»Wie ich gestern schon sagte«, begann ihr Vater. »Die beiden Jahre bis zu jenem verhängnisvollen Tag, der unser Leben für immer veränderte, waren wunderbar.«

»Ich fühlte mich so frei wie nie zuvor«, erzählte Vilja. »Endlich weg von zu Hause, weg von dem strengen Regiment meines Vaters. Ich studierte die Fächer, die ich am liebsten mochte. Vor allem aber war ich bis über beide Ohren verliebt.«

Merike fiel es angesichts des verträumten Gesichtsausdrucks ihrer Mutter nicht schwer, sich diese als junge Frau vorzustellen, die gerade anfing, die Welt zu entdecken, und den Mann ihres Lebens kennengelernt hatte. Was hatte dieses unbeschwerte Glück zerstört? Es fiel Merike nicht leicht, ihre Ungeduld zu zähmen. Am liebsten hätte sie ihre Eltern gebeten, ohne Umschweife zum Punkt zu kommen.

»Wir steckten oft mit einer Clique zusammen«, setzte ihr Vater seinen Bericht fort. »Das waren so acht bis zehn Studenten aus verschiedenen Fakultäten. Gemeinsam unternahmen wir Ausflüge, feierten ausgelassene Partys und redeten uns nächtelang die Köpfe heiß über alle möglichen politischen und gesellschaftlichen Themen.«

»Erinnerst du dich an den selbst gebrannten Fusel, den Kristjan immer mitbrachte?«, fragte Vilja und schüttelte sich.

»Wie könnte ich den vergessen.« Raivo grinste Merike an. »Man brachte ihn nur hinunter, wenn man hinterher sofort in eine saure Gurke biss, um den Geschmack zu mildern.« Er kratzte sich im Nacken und fuhr wieder ernst fort: »Jedenfalls, an einem Sonntag sind wir zum Friedhof von Raadi hinausgeradelt, auf dem sich die Gräber sehr vieler berühmter Künstler und Wissenschaftler befinden. Gegenüber, auf der anderen Seite einer breiten Straße, erstreckt sich das riesige Grundstück eines einstigen deutschbaltischen Gutshofs, auf dem die Sowjets eine Luftwaffenbasis eingerichtet haben.«

Merike nickte. »Der größte Militärflugplatz in den baltischen Republiken.«

Talvis älterer Bruder war dort zum Bomberpiloten ausgebildet worden und hatte von den strengen Geheimhaltungsmaßnahmen berichtet. Unter anderem war es – insbesondere westlichen – Ausländern untersagt, nach Tartu zu kommen. Auswärtige Wissenschaftler durften zwar nach eingehender Prüfung zu Forschungszwecken oder Gastvorlesungen die Universität besuchen, allerdings nur tagsüber. Abends mussten sie die Stadt wieder verlassen.

Raivo wandte sich an seine Frau. »Weißt du noch, wer die dämliche Idee hatte, ausgerechnet am Eingang zum Friedhof ein Gruppenfoto zu machen?«

Vilja schüttelte den Kopf. »Ich hab jedenfalls auch viel zu spät bemerkt, dass im Hintergrund der Absperrzaun jenseits der Straße zu sehen war.«

Merike hielt den Atem an. Sie ahnte, was als Nächstes kam.

»Keine Minute später waren wir von mehreren Soldaten umringt, die uns die Kamera entrissen und ohne großes Federlesen festnahmen«, sagte ihre Mutter.

»Sie haben euch für Spione gehalten«, hauchte Merike.

»In endlosen Verhören versuchten sie herauszufinden, in wessen Auftrag wir versucht hatten, den Flughafen auszukundschaften.« Raivo fuhr sich mit der Hand durchs Haar. »Als sich dann bei Hausdurchsuchungen auch noch herausstellte, dass ein Mädchen aus unserer Clique einige Ausgaben der ›Chronik der laufenden Ereignisse‹ bei sich versteckt hatte, saßen wir so richtig in der Tinte.«

Merikes Augen weiteten sich. Die Schrift hatte zur sogenannten Samisdat-Literatur gehört, die ohne offizielle Druckgenehmigung an der Zensur vorbei durch Abschreiben oder Fotokopien weitergegeben wurde. In der erwähnten ›Chronik‹ waren von 1968 bis Anfang der achtziger Jahre Informationen über die Verletzung von Bürgerrechten und Rechtsstaatlichkeit durch die Sowjetregierung aufgezeichnet worden – insbesondere Repressionen und Verfolgungen, denen Dissidenten ausgesetzt waren, sowie Berichte über die Zustände in Gefängnissen, Arbeitslagern und psychiatrischen Anstalten.

»Ich hatte wahnsinnige Angst«, sagte Vilja. »Unsere Freundin wurde nämlich bezichtigt, Kontakt zu Mitarbeitern westlicher Menschenrechtsorganisationen zu haben, für die diese Samisdat-Schrift eine wichtige Informationsquelle war.«

»Oh, nein! Die Ärmste«, rief Merike.

Die Verbreitung der ›Chronik‹ galt gemäß Artikel 70 des Strafgesetzbuches als antisowjetische Agitation und konnte mit Lagerhaft, Verbannung oder Ausweisung bestraft werden. Merike kannte diesen und andere Paragraphen, die landesverräterische Vergehen betrafen, nur zu gut. Im Staatskundeunterricht hatte der Lehrer sie mehrfach vor der Klasse aufstehen und Gesetzestexte zu dem Thema aufsagen lassen. Dabei hatte er Bemerkungen gemacht wie »Diese Paragraphen solltest besonders du dir gut hinter die Ohren schreiben«. Erst in diesem Moment wurde ihr klar, dass er auf ihre Eltern angespielt und offenbar von den Vorkommnissen in Tartu Kenntnis gehabt hatte. Was sie nicht wundernahm; der Mann war ein hoher Funktionär des Otepääer Bezirksausschusses der EKP, der Kommunistischen Partei Estlands.

Gleichzeitig wurde ihr bewusst, dass sie diesen und ähnliche Vorfälle zu Hause nie erwähnt hatte. Sie hatte sich geschämt und geglaubt, die Schuld läge bei ihr. Außerdem hatte sie ihre Eltern nicht beunruhigen oder gar Gefahr laufen wollen, dass Opa Andrus Wind davon bekam. Stumm hatte sie Demütigungen dieser Art über sich ergehen lassen und sich nicht getraut, sich Trost und Unterstützung zu holen. Im Grunde habe ich genau das getan, worunter ich selbst in unserer Familie immer gelitten habe, dachte Merike. Ich habe wichtige Dinge und Fragen, die mich quälten, verschwiegen und so getan, als sei alles in Ordnung.

»Wie ist die Sache ausgegangen?«, fragte sie leise.

»Für unsere Freundin leider gar nicht gut.« Ein Schatten flog über das Gesicht ihres Vaters. »Sie verschwand für viele Jahre hinter Gittern. Danach war sie eine gebrochene Frau.«

»Und ihr beide?«

»Wir sind noch einigermaßen glimpflich davongekommen«, antwortete ihre Mutter. »Nach ein paar Wochen Haft wurden wir entlassen. Aber mit dem Studium war's vorbei.«

»Und das war unser kleinstes Problem«, sagte Raivo und griff nach Viljas Hand. »Deine Mutter war damals bereits hochschwanger. Wir hatten kein Dach überm Kopf, wussten nicht wohin, wovon wir leben sollten und wie wir wieder Fuß fassen konnten.«

»Und da seid ihr in eurer Verzweiflung nach Otepää gegangen und habt Oma und Opa um Hilfe gebeten«, stellte Merike fest.

»Selten ist mir etwas so schwergefallen«, sagte ihre Mutter. »Deine Großmutter hat uns mit offenen Armen empfangen. Aber ...«

»Opa Andrus nicht«, stellte Merike fest.

Vilja schüttelte den Kopf. »Er hatte immer damit gehadert, dass ich nicht zu Hause geblieben bin und wie er und deine Großmutter in der Brotfabrik arbeitete.« Sie presste die Lippen aufeinander.

»Außerdem hätte er sich einen anderen Schwiegersohn gewünscht«, sagte Raivo. »Jemanden aus der Gegend, nicht so einen Dahergelaufenen wie mich. Vor allem störte er sich daran, dass meine Familie deportiert worden war. Er hat es mir zwar nie auf den Kopf zugesagt, aber durchaus durchblicken lassen, meine Eltern seien wohl nicht ohne Grund nach Sibirien geschickt worden.«

Vilja rückte näher zu ihm heran und legte ihren Arm um seine Hüfte.

»Das sieht ihm ähnlich!« Merike schnaubte entrüstet. »Ein Wunder, dass er euch überhaupt aufgenommen hat.«

»Das hatten wir in erster Linie deiner Großmutter zu verdanken, die sich sehr für uns eingesetzt hat«, erklärte ihr Vater. »Andrus war schließlich dazu bereit, allerdings nur unter bestimmten Bedingungen.«

Jetzt kommen wir zum Punkt, erkannte Merike aufgeregt. Jetzt erfahre ich endlich, wieso Mama und Papa sich weitgehend widerstandslos dem Willen von Opa beugen.

»Erstens sollte ich meinen belasteten Nachnamen ablegen und Viljas annehmen«, sagte Raivo.

Merike hob die Brauen. Sie war stets davon ausgegangen, dass ihr Vater sich freiwillig zu diesem Schritt entschlossen hatte. Rechtlich gesehen gab es keine Probleme, schließlich standen Frauen – zumindest auf dem Papier – auf allen Gebieten des wirtschaftlichen, staatlichen, kulturellen, gesellschaftlichen und politischen Lebens die gleichen Rechte zu wie den Männern. Es war nicht ungewöhnlich, dass beide Eheleute ihre eigenen Namen beibehielten oder sich für den der Frau als gemeinsamen entschieden.

»Hättest du lieber …«, begann sie.

»Nicht die Spur«, unterbrach ihr Vater sie und zog seine Frau an sich. »Ich mag meinen Namen zwar, aber Tamm ist doch sehr geläufig. Und selbst wenn Vilja einen scheußlichen Nachnamen gehabt hätte, wäre mir das gleichgültig gewesen.«

»Und die anderen Bedingungen?«, fragte Merike.

»Die stießen mir übel auf«, antwortete er. »Kurz gesagt, ging es darum, dass Vilja und ich uns seinen Vorstellungen anpassten, uns keine weiteren Auffälligkeiten mehr leisteten, die Füße stillhielten und absolut nichts taten, was die Familie in Verruf bringen konnte. Was im Grunde nichts anderes bedeutete, als dass dein Großvater bestimmte, wie unser Leben fortan aussah.«

»Und wenn ihr das nicht akzeptiert hättet?« Merike zog die Stirn kraus. »Hätte er euch dann wirklich nicht geholfen?«

»Er hat keinen Zweifel daran gelassen, dass er sich in dem Fall ein für alle Mal von uns losgesagt hätte«, antwortete ihre Mutter.

»Er hätte dich verstoßen?« Merike sah sie entsetzt an. »Sein eigenes Kind?«

»Am liebsten wäre es ihm gewesen, wenn ich mich von Raivo getrennt hätte. Und dich sollte ich nach der Geburt zur Adoption freigeben. Dann wäre ja sozusagen alles beim Alten gewesen, und ich hätte da anknüpfen können, wo ich vor meinem Studium aufgehört hatte.«

»Du meine Güte!« Merikes Augen weiteten sich. »Das ist grausam.«

»Als er einsehen musste, dass ich lieber auf der Straße gelandet wäre, als Raivo zu verlassen und mein Kind herzugeben, stellte er die besagten Bedingungen und ließ uns schwören, dir niemals etwas von den dunklen Flecken unserer Vergangenheit zu erzählen.«

»Wozu eben auch die Geschichte meiner Familie gehörte«, ergänzte Raivo.

»Ich weiß ja, dass Opa sehr starre Prinzipien hat«, sagte Merike nach einer kurzen Pause. »Aber dass er so unbarmherzig ist, hätte ich nicht für möglich gehalten. Ihr müsst ihn gehasst haben«, fuhr sie kaum hörbar fort.

»Und wie«, antwortete ihre Mutter. »Ich war furchtbar enttäuscht und zornig. Wenn meine Mutter mir nicht gut zugeredet hätte, wäre ich trotz unserer desolaten Situation davongelaufen. Alles schien mir erträglicher, als unter dem Dach dieses Mannes zu leben, der in meinen Augen ein Faschist war.« Sie atmete tief durch. »Ich hab damals einfach nicht verstanden, warum er so hartherzig war. Bis ich eines Tages erkannte, dass es schlicht und ergreifend nackte Angst war, die ihn beherrschte.«

»Das ist vermutlich auch der Grund, warum du nichts davon erfahren solltest«, sagte ihr Vater. »Er wollte dich wohl schützen und glaubte, wenn du unsere Geschichte nicht kennen würdest, könntest du unbeschwert aufwachsen.« Er zuckte die Schultern. »Was natürlich nicht funktioniert hat. Kinder sind da sehr sensibel. Das haben wir wohl alle unterschätzt.« Er sah Merike verlegen an.

»Aber weswegen hatte Opa Angst?«, fragte diese. »Wen oder was hat er so gefürchtet, dass er seine eigene Tochter geopfert hätte?«

»Das kann ich dir leider nicht sagen. Und glaub mir, ich habe alles versucht, um es herauszufinden.« Ihre Mutter seufzte. »Ich fürchte, das ist ein weiteres Geheimnis, das in unserem Familienkeller begraben liegt.«

Kirchspiel Oberpahlen / Livland, Sommer 1914

Kapitel 19

Luise war froh, als Rumoren und Geschirrklappern aus der unteren Etage des Gasthauses an ihr Ohr drangen und den Beginn des neuen Tages verkündeten. Eine unruhige Nacht lag hinter ihr. Wilhelmine war entgegen ihren eigenen Erwartungen rasch eingeschlafen, hatte jedoch oft vor sich hin gemurmelt und sich unablässig gewälzt. Luise hatte sich ebenfalls schwergetan, auf der mit Stroh befüllten Matratze, durch die einzelne Halme piksten, eine bequeme Position zu finden. Waren ihr endlich die Lider zugefallen, erschien das Augenpaar des dunkelhaarigen Mannes vor ihr und versetzte sie erneut in Aufregung.

Vorsichtig stieg sie aus dem Bett, tappte zu dem Fensterchen, öffnete den Laden, lehnte sich hinaus und hielt ihr Gesicht in die kühle Morgenbrise. Nach einigen tiefen Atemzügen fühlte sie sich erfrischt und befreit von den Schatten der Nacht. Wie ein fiebriger Traum mutete sie nun ihre Gefühlswallung vom Vorabend an, eine Überreizung der Nerven, die ihr im Nachhinein peinlich war.

»Guten Morgen«, murmelte Wilhelmine und blinzelte verschlafen ins Sonnenlicht, das durchs Fenster in die Kammer flutete. Sie richtete sich auf. »Heute geht es also in die Höhle der Löwen.« Sie grinste schief, kletterte aus dem Bett und begann, sich anzukleiden.

Das Frühstück nahmen Wilhelmine und Luise im Garten ein, den sie für sich hatten. Ihr Kutscher kümmerte sich im Stall um seine Pferde, zwei andere Logiergäste, die die Nacht im Krug verbracht hatten, waren bereits weitergefahren, wie ihnen die Wirtin anvertraute, als sie ihnen Rühreier mit Speck, Roggenbrot und Buttermilch servierte. Sie sprach ein von einem starken estnischen Akzent geprägtes Deutsch, das Luise sehr charmant fand.

Bereits am Vorabend hatte die Wirtin kaum einen Hehl aus ihrer Neugier gemacht, die die beiden Freundinnen bei ihr erweckten, war jedoch kaum dazu gekommen, die »knädjen Fräulein« in ein Gespräch zu verwickeln – was sie nun nachzuholen gedachte.

»Sie werden also auf Algulfer erwartet«, stellte sie fest. »Ta werden tann wohl palt die Hochzeitsglocken läuten«, schob sie nach, als weder Wilhelmine noch Luise Anstalten machten, darauf einzugehen.

Luise sah, wie Wilhelmine kaum merklich zusammenzuckte. Sie selbst war nicht überrascht, dass die Gastwirtin über ihr Reiseziel und die geplante Heirat im Bilde war. Ersteres hat sie leicht vom Kutscher in Erfahrung bringen können, überlegte Luise. Letzteres ist ihr gewiss seit geraumer Zeit bekannt. Dass der einstige Erbe eines der größten Rittergüter der Gegend eine Braut aus Deutschland erwartete, war ohne Zweifel ein Thema, über das ausgiebig geklatscht wurde. Jetzt waren zwei junge deutsche Frauen auf der Durchreise nach Algulfer aufgetaucht, da musste die Wirtin nur zwei und zwei zusammenzählen. Und nun fragt sie sich, wer von uns die Auserwählte ist, schoss es Luise angesichts der neugierigen Musterung, der sie und Wilhelmine unterzogen wurden, durch den Kopf. An unserem Äußeren kann die gute Frau es schwerlich festmachen, schließlich trägt Wilhelmine ebenfalls schlichte Reisekleidung.

»Kennen Sie die Herrschaften denn persönlich?«, fragte Wilhelmine, die sich mittlerweile gefasst hatte.

»Wo tenken Sie hin!« Die Wirtin schüttelte mit sichtlichem Bedauern den Kopf. »Unser Krug ist sich für Herren Parone viel zu pescheiden. Und zu weit entfernt. Ich selbst komme fast nie aus Mällikvere heraus, oft schaffe ich es nicht einmal in die Kirche. Immer alle Hände voll zu tun …«

Ein lauter Ruf aus dem Haus unterbrach sie. Auf der Schwelle der Tür erschien ihr Mann, der sie mit ungeduldiger Miene zu sich winkte. Die Wirtin grummelte etwas auf Estnisch und eilte davon.

»Schade.« Wilhelmine sah ihr hinterher. »Ich hätte ihr gern noch ein wenig auf den Zahn gefühlt. Auch wenn sie die Uexkülls nicht kennt, scheint sie ja bestens über sie informiert zu sein.«

»Na ja, auf Tratsch und Hörensagen kann man nicht viel geben«, sagte Luise, reichte Wilhelmine den Brotkorb und nahm sich selbst eine Scheibe *rukkileib*.

»Stimmt. Aber sie weiß mehr als ich.« Wilhelmine verzog das Gesicht. »Je näher meine Begegnung mit dieser Familie rückt, umso absurder finde ich das Ganze.«

»Du meinst dieses Heiratsabkommen?«

Wilhelmine nickte und stocherte in ihrem Rührei. Bislang hatte sie dieses Thema gemieden und war nicht näher auf Luises diesbezügliche Fragen eingegangen. Sie hatte die Reise durchs Land unbeschwert genießen und sich darauf konzentrieren wollen, ihren künftigen Weg zu planen. Luise hatte das verstanden und war nicht weiter in sie gedrungen – sosehr sie darauf brannte, die Hintergründe zu erfahren.

»Erzählst du mir jetzt, was genau es damit auf sich hat?«, fragte sie nach kurzem Zögern.

»Besonders viel kann ich dazu gar nicht sagen«, antwortete Wilhelmine. »Irgendein gemeinsamer Urahn der von Uexküll und unserer Familie ist im Mittelalter mit den Ordensrittern nach Osten gezogen, wurde hier mit einem Gut belehnt und hat eine neue Seitenlinie gegründet. Offenbar war er seiner Ursprungsfamilie weiterhin sehr verbunden, denn er heiratete eine Cousine zweiten oder dritten Grades und rief die bis heute gültige Tradition ins Leben, laut der der jeweilige Gutserbe eine Frau aus der in der alten Heimat verbliebenen Sippe ehelichen soll, um sozusagen mit frischem und zugleich vertrautem Blut die Nachkommenschaft zu sichern.«

»Und was ist dir über den jetzigen Erben bekannt?«

»Nur, dass er Julius heißt und zehn Jahre älter ist als ich.«

»Was mag das wohl für einer sein?«, überlegte Luise laut. »Ich finde es ja schon unerhört, dass man heutzutage von einer Frau erwartet, sich eine arrangierte Ehe gefallen zu lassen. Aber dass sich ein gestandener Mann Mitte dreißig das vorschreiben lässt …«

»Wenn ich meine Mutter richtig verstanden habe, hat sich dieser Julius durchaus ausbedungen, seine Zukünftige selbst zu wählen. Nur für den Fall, dass er bis zu seinem 35. Geburtstag keine gefunden haben sollte, hat er sich einverstanden erklärt, mich in Erwägung zu ziehen.« Wilhelmine schnaubte. »Jetzt, wo ich es laut ausspreche, merke ich erst, wie abschätzig sich das anhört. Als wäre ich der letzte Strohhalm.« Sie lächelte grimmig. »Umso leichter wird es mir fallen, diese Rolle auszuschlagen.«

»Wieso fiel die Wahl eigentlich ausgerechnet auf dich?«, fragte Luise. »Mittlerweile gibt es doch sicher unzählige Seitenlinien.«

»So viele offensichtlich nicht.« Wilhelmine zuckte die Achseln. »Einige sind wohl im vorigen Jahrhundert erloschen. Oder es fehlt an geeigneten Kandidatinnen. In der Familie meiner Mutter, die von besagtem Urahn abstammt, gibt es zum Beispiel derzeit fast nur männlichen Nachwuchs.«

»Seit wann weißt du, dass du die Auserkorene sein sollst?«, fragte Luise.

»Eigentlich seit ich denken kann«, antwortete Wilhelmine. »Als kleines Mädchen fand ich die Vorstellung noch romantisch. Als wäre ich eine Märchenprinzessin, die einem Königssohn in einem fernen Land versprochen ist und mit einem Tross auf die weite Reise zu ihm geschickt wird.«

»So wie die Gänsemagd mit dem sprechenden Pferd Falada?«

Wilhelmine nickte. »Wobei ich damals vor allem diese Reise spannend fand und mir gern ausgemalt habe, welche Abenteuer ich auf ihr erleben würde.« Sie trank einen Schluck Buttermilch.

»Bekräftigt wurde das Abkommen dann vor knapp zehn Jahren. Da waren die Eltern von Julius in Oldenburg zu Besuch. Anlässlich der Großen Landesausstellung.«

Luise lächelte bei der Erinnerung an das Ereignis, das die Stadt 1905 drei Monate lang in Atem gehalten hatte. Stolze 620 000 Gäste hatte die Präsentation des Wirtschaftslebens der Region nach Oldenburg gelockt. Unvergessen würde ihr der Tag bleiben, den sie mit ihrer Familie auf dem riesigen Gelände verbracht hatte – nicht zuletzt, weil es einer der letzten Ausflüge gewesen war, den sie gemeinsam unternommen hatten, bevor ihre Eltern drei Jahre später kurz hintereinander an Typhus gestorben waren. Über 700 Aussteller aus dem Oldenburger Land – von der Glashütte über Maschinen- und Linoleumfabrikanten bis zu einer Dampfschiffreederei – hatten ihre Produkte vorgestellt. Außerdem gab es einen Kunstpavillon sowie Restaurants und Cafés. Ella und ihr hatte es damals vor allem der Vergnügungspark angetan mit einem Illusionspalast, in dem Lichteffekte gezeigt wurden, einem Zirkus sowie einer riesigen Wasserrutsche. Für Luise war eine Völkerschau der unbestrittene Höhepunkt gewesen, das sogenannte Abessinierdorf. In ihm hatten rund siebzig Mitglieder einer Dorfgemeinschaft aus dem Somaliland gewohnt, die einschließlich ihrer Hütten alles, was ihren heimatlichen Alltag ausmachte, mitgebracht hatten. Zum ersten Mal in ihrem Leben hatte Luise an jenem Tag einen hautnahen Einblick in eine fremde Kultur genommen, der das Fernweh in ihr Herz pflanzte, das sie seitdem nie wieder losgelassen hatte.

»Immerhin hast du seine Eltern kennengelernt«, sagte Luise. »Was für einen Eindruck hattest …«

»Hab ich nicht«, fiel Wilhelmine ihr ins Wort. »Ich war damals im Internat in Heiligengrabe.« Sie grinste schief. »Lassen wir uns also überraschen.«

»Ich glaube, wir können aufbrechen«, sagte Luise, die den Kutscher vom Stall her auf ihren Tisch zukommen sah.

»Prima.« Wilhelmine schob ihren Teller, den sie kaum angerührt hatte, zurück und stand auf.

Ein paar Minuten später rollte die Kalesche auf die Landstraße, der sie etwa vier Kilometer nach Norden folgten, bevor sie in eine Eichenallee abbogen, die sanft ansteigend zu der Anhöhe führte, auf der das Rittergut Algulfer lag. Die Äste der Bäume stießen über der Straße zusammen und bildeten ein grünes Gewölbe, unter dem eine angenehme Kühle herrschte, während über den Feldern und Wiesen bereits am frühen Vormittag eine schwüle Hitze waberte, in der Myriaden von Mücken scheinbar bewegungslos wie graue Mauern in der Luft standen.

»Ich hätte nicht gedacht, dass es hier so heiß wird«, klagte Wilhelmine und tupfte sich mit einem Taschentuch die Stirn trocken. »Als hätte es uns weit hinunter in den Süden verschlagen, nach Sizilien oder Spanien.«

»Hohe Temperaturen im Sommer sind hier wohl nicht ungewöhnlich«, sagte Luise. »So stand es zumindest im Lexikon. Aber in der ›Nordlivländischen Zeitung‹ hieß es auch, dass es dieses Jahr besonders trocken und heiß ist.« Luise deutete auf ein Stoppelfeld. »Offenbar mussten die Bauern den Sommerroggen viel früher als sonst schneiden. Und viele fürchten, dass die Ernte insgesamt schlecht ausfällt wegen der anhaltenden Dürre.«

Wilhelmine nickte abwesend und versank erneut in Schweigen. Luise beobachtete ein paar Störche, die auf dem abgeernteten Feld herumstaksten und nach Mäusen suchten. Das Geruckel des Wagens machte sie schläfrig, die durchwachte Nacht forderte ihren Tribut. Immer wieder fielen ihr die Augen zu. Ein scharfer Knall riss sie aus dem Dämmerzustand. Der Kutscher hatte sich aufgerichtet und trieb seine Pferde mit der Peitsche, die er über ihren Köpfen schnalzen ließ, zu einem scharfen Trab an.

Mittlerweile hatten sie das Ende der Eichenallee erreicht und zwei gemauerte Torpfosten passiert, hinter denen sich das Herzstück des Algulfer'schen Besitzes befand: das weitläufige Gutsensemble mit seinen zahlreichen Wirtschaftsgebäuden, überragt vom herrschaftlichen Wohnhaus, das auf der Kuppe der Anhöhe thronte. Luise entfuhr ein überraschtes »Oh« beim Anblick des blendend weißen Schlosses. Der vorspringende Mittelteil des klassizistischen Gebäudes hatte drei Etagen, die beiden Seitenflügel waren zweistöckig. Eine strenge Symmetrie mit klaren Linien, die dem Ganzen eine edle Note verlieh. Zu dem von vier korinthischen Säulen getragenen Portikus über der zweiflügeligen Eingangstür im Zentrum führte ein kiesbestreuter Rundweg, der es Kutschen ermöglichte, direkt vor die Treppe und anschließend, ohne wenden zu müssen, weiterzufahren.

An diesem Ehrenkreis, den Luise bereits bei anderen Gutshöfen gesehen hatte, waren auch in Algulfer die wichtigsten Wirtschaftsbauten angesiedelt: der Kleete zur Aufbewahrung von Getreide, dem wichtigsten landwirtschaftlichen Ertrag eines Gutes, gegenüber die Wagenremise samt Stall für die Reit- und Kutschenpferde. Vis-à-vis des herrschaftlichen Domizils stand das Verwalterhaus. Viehställe, Scheunen, die Meierei und andere Wirtschaftsgebäude lagen etwas abseits, wobei die Schmiede, die Schnapsbrennerei, die Dreschriege, in der das geerntete Korn vor dem Dreschen mittels heißen Rauchs getrocknet wurde, sowie andere Werkstätten, in denen mit offenem Feuer gearbeitet wurde, wegen des Brandschutzes in der Regel am weitesten entfernt platziert waren.

Offensichtlich war es der Ehrgeiz des Fuhrmanns, Eindruck zu schinden und seine Fahrgäste in schneidigem Tempo ans Ziel zu bringen. Luise hielt sich am Verschlag fest, als er rasant die Kurve nahm und seine Pferde vor der Freitreppe abrupt zum Stehen brachte.

»Was war das denn?«, keuchte Wilhelmine und bückte sich nach ihrem Hut, der ihr bei dem Manöver vom Kopf gerutscht war. »Und ich dachte schon, die Pferdchen seien fußlahm.«

»Gut möglich, dass unser Kutscher sich dieses Kunststück von seinen Dorpater Kollegen abgeguckt hat«, kicherte Luise. »Die Studenten lieben es ja, sich in voller Karriere vorfahren zu lassen. Vielleicht ist es seine Art, den Baronen Uexküll seine Ehrerbietung zu zeigen.«

»Mag sein«, grummelte Wilhelmine. »Er hätte uns zumindest vorwarnen können.« Sie stieg aus dem Wagen und warf dem Fuhrmann, der vom Kutschbock geklettert war und das Gepäck losschnallte, einen vorwurfsvollen Blick zu.

Luise war eben im Begriff, ihr zu folgen, als lautes Gebell ertönte und ein riesiger schwarzer Hund hinter einer Ecke des Stalls hervorschoss. An seinem Hals baumelte ein Stück Kette. Hinter ihm erschien ein Mann, der ihn mit einem Stock fuchtelnd und laut fluchend verfolgte. Als zwei junge Burschen herbeieilten und versuchten, dem Hund den Weg abzuschneiden, änderte dieser die Richtung und stürmte auf die Kutsche zu. Die Pferde wieherten angstvoll und bäumten sich auf. Luise verlor das Gleichgewicht, griff Halt suchend um sich, stürzte rücklings aus dem Wagen, wurde mit Wucht um die eigene Achse gedreht und bemerkte voller Entsetzen, dass sich ihr Rock im Türscharnier verheddert hatte. Voller Panik zerrte sie an dem Stoff, sah sich schon von den Rädern überrollt oder gegen die Wand des Verwalterhauses geschleudert, auf das die Pferde nun zurasten. Luise schloss die Augen und riss die Arme schützend vor den Kopf. Wie aus weiter Ferne hörte sie die angstvollen Schreie Wilhelmines, die ihr hinterherrannte, das Gebell des Hundes und das erregte Wiehern der Kutschpferde, in das sich ein ruhiges »Hooo Hooo« mischte.

Einen Atemzug später stand die Welt still.

Bin ich jetzt tot?, dachte Luise und horchte in sich hinein. Sie spürte nichts. Keine Schmerzen, kein Herzklopfen, nur Leere. Vergebens versuchte sie, die Augen zu öffnen und die Arme, die sie fest um den Kopf geschlungen hatte, zu lösen. Sie konnte sich nicht rühren.

»Was ist mit ihr?«, hörte sie Wilhelmine bang fragen.

»Schockstarre«, antwortete eine tiefere Stimme.

Eine Hand schob sich sanft unter ihren Hinterkopf und hob ihn leicht an. »Können Sie mich hören?« Etwas Weiches wurde ihr untergeschoben. Gleichzeitig durchzuckte sie ein spitzer Schmerz, der sie aus ihrer Bewegungslosigkeit befreite. Langsam ließ Luise die Arme sinken und blinzelte mühsam.

»Gott sei Dank!« Wilhelmines Gesicht erschien über ihr. Es war bleich und tränennass. »Ich dachte schon …« Sie schluchzte auf.

»Schickt nach dem Doktor!«

»Wo bleibt die Tragbahre?«

»Sollten wir sie nicht besser liegen lassen?«

Luise blinzelte erneut und sah sich umringt von mehreren Stiefel- und Schuhpaaren. Zu ihrer Linken kniete Wilhelmine, die vorsichtig ihren Arm streichelte. Von rechts schob sich ein Kopf in Luises Gesichtsfeld. Das kann nicht sein, dachte sie. Der Kopf gehörte dem dunkelhaarigen Mann, der am Abend zuvor im Dorfkrug von Mällikvere gesessen und immer wieder zu ihr geschaut hatte. Graublau sind seine Augen also, stellte Luise fest, während sie sich im gleichen Moment fragte: Wo kommt er auf einmal her? Ich leide wohl unter Halluzinationen. Sie schloss die Lider.

»Bitte, bleiben Sie wach.« Ihre Wange wurde behutsam getätschelt. »Nicht einschlafen.«

Luise schlug die Augen auf. Der Mann war noch da und musterte sie besorgt.

»Ich wusste, dass ich Sie bald wiedersehen würde«, sagte er kaum hörbar. »Aber doch nicht unter so dramatischen Umständen.«

Woher wussten Sie das?, wollte Luise fragen, brachte jedoch nur ein Krächzen zustande und schaute ihn verwirrt an.

»Sch, sch«, machte er und legte ihr sanft einen Finger auf die Lippen. »Alles ist gut.«

In Luises Kopf wirbelte es. Vergebens versuchte sie, einen klaren Gedanken zu fassen. Das muss ein Traum sein, beschloss sie, bevor ihr erneut die Lider zufielen.

Otepää / Estland, Sommer 1989

Kapitel 20

Als Merike am Montagnachmittag nach der Arbeit die Brotfabrik verließ, entdeckte sie Marten am Tor zum Werksgelände. Er hob grüßend die Hand und ging ihr entgegen.

»Hallo, Marten.« Merike lächelte verlegen. »Entschuldige bitte, dass ich dich am Samstag versetzt habe. Aber ich … Zu Hause gab es … Also mein Großvater …«, stammelte sie. Es war ihr unangenehm zuzugeben, unter der Fuchtel von Opa Andrus zu stehen.

»Wollte dich nicht gehen lassen«, beendete Marten ihren Satz. »Ich hab mir so was schon gedacht.« Er sah sie mitfühlend an. »Du hast echt was verpasst. Das Festival war der Hammer.«

Na, toll, dachte Merike. Das ist so peinlich! In seinen Augen muss ich ein totaler Feigling sein. Bin volljährig und kriege es nicht mal gebacken, ein Wochenende so zu verbringen, wie ich es will. Was er Lenja wohl gesagt hat, warum ich nicht mitgekommen bin?

»Meine Großmutter hat ganz ähnlich getickt«, sagte Marten beiläufig. »Meine Geschwister und ich sind praktisch von ihr großgezogen worden, weil unsere Eltern beide gearbeitet haben. Wir haben sie hinter ihrem Rücken immer Oma *teras* genannt.«

»Oma Stahl?«

»Nach Stalins Kampfnamen.« Marten grinste. »Der Stählerne. Sie war wahnsinnig streng und hat uns praktisch alles verboten, was Spaß macht.« Er kramte eine Musikkassette aus seiner Tasche. »Hier, ein paar Mitschnitte, damit du wenigstens einen kleinen Eindruck bekommst.«

»Oh, das ist aber nett!«

»Ich bin nur der Überbringer«, sagte Marten. »Lenja hat es für dich aufgenommen. Ich soll dich ganz lieb grüßen.«

»Danke. Wie geht es ihr denn? Was macht sie? Und ihre Aktivistengruppe?«, sprudelte es aus Merike hervor.

»Das kannst du sie alles bald selbst fragen, ich hab sie nämlich zu unserer Mittsommerfeier am Pühajärv eingeladen.«

»Echt? Das ist eine super Idee!« Merike strahlte Marten an. »Ich freu mich tierisch.«

»Ich mich auch.« Marten wurde rot. »Ähm ...es gibt nur ein Problem.« Er kratzte sich an der Schläfe. »Ich kann ihr leider keine Übernachtungsmöglichkeit anbieten. Ich hab gerade erfahren, dass bei uns daheim am Wochenende die halbe Sippe anrückt. Da wird unser Haus aus allen Nähten platzen.«

»Sie kann gern bei uns schlafen.« Merikes Mutter, die sich nach der Schicht noch mit einer Kollegin unterhalten hatte, war zu ihnen getreten und begrüßte Marten mit einem freundlichen Nicken.

»Danke, das wollte ich Merike gerade fragen«, sagte er und reichte Vilja die Hand. »Lenja kommt am Freitagnachmittag mit dem Bus an und fährt am Sonntag wieder zurück. Es wären also zwei Nächte.«

»Gar kein Problem«, sagte Vilja.

Marten verabschiedete sich, Merike und ihre Mutter gingen zum Fahrradschuppen.

»Du hast noch gar nichts von dieser Lenja erzählt.« Vilja sah Merike neugierig an. »War sie auch mit einer Pioniergruppe im Ferienlager?«

»Nein, wir haben sie zufällig bei einem Ausflug kennengelernt«, antwortete Merike.

»Marten scheint sie ja sehr zu mögen.« Vilja zwinkerte vielsagend.

»Ja, ich glaub, ihn hat's ganz schön erwischt.« Nach einer kurzen Pause fuhr sie stockend fort. »Du, Mama, ich weiß nicht, ob es eine so gute Idee ist, wenn sie bei uns übernachtet.«

Vilja hob die Brauen. »Ich dachte, du freust dich auf sie?«

»Das tue ich auch, und wie. Aber es ist wegen Opa Andrus … Ich fürchte, er wird sie nicht willkommen heißen.« Ausrasten wird er, fügte Merike im Stillen hinzu. Eine Punkerin, die sich in der Unabhängigkeitsbewegung engagiert und kein Blatt vor den Mund nimmt. Was hatte sich Marten nur dabei gedacht, ausgerechnet sie zu fragen, ob Lenja bei ihnen unterkommen konnte?

»Was sollte dein Großvater gegen eine Bekannte von Marten haben?«, fragte Vilja. »Er schätzt ihn sehr und hat noch nie ein schlechtes Wort über ihn verloren.« Sie runzelte die Stirn. »Es sei denn, sie … Lenja heißt sie? Ist sie etwa eine Russin? Dann wäre es in der Tat keine gute Idee, sie zu uns einzuladen.«

»Wie bitte?« Merike blieb stehen. »Was soll das denn heißen?« Verblüfft starrte sie ihre Mutter an. »Seit wann hat Opa etwas gegen Russen?«

»Seit ich denken kann.« Vilja verzog den Mund. »Er hasst sie regelrecht.«

»Das verstehe ich nicht«, sagte Merike. »Das passt doch alles nicht zusammen. Ich kenne keinen Moskau-treueren Menschen als ihn. Und wer wird nicht müde, uns permanent vor den Rufen nach mehr Selbstbestimmung oder gar Unabhängigkeit für Estland zu warnen?«

Merike zog die Stirn kraus. Ihr Großvater hielt solche Bestrebungen für brandgefährlich. Seiner Meinung nach hatte die Geschichte zur Genüge gezeigt, dass Estland nicht die nötige Stärke besaß, sich allein im Machtpoker der großen Nationen zu behaupten. Aus diesem Grund hatte sie angenommen, dass er mit dem Status seiner Heimat als Sowjetrepublik einverstanden war, und wäre nie auf die Idee gekommen, er könnte die Russen nicht mögen.

»Für ihn schließt das eine das andere keineswegs aus«, sagte ihre Mutter und setzte sich wieder in Bewegung. »Er ist absolut obrigkeitshörig und würde nie offen Kritik an der Politik des Kremls äußern. Aber das hindert ihn nicht daran, die Russen als Menschen zu verabscheuen.«

»Kennt er denn überhaupt welche?«, fragte Merike. »In Otepää gibt es doch praktisch keine.«

»Ich glaube, da geht es um irgendeine alte Geschichte. Mal wieder.« Vilja hob die Schultern. »Das gehört zu den Themen, über die sich dein Großvater eisern ausschweigt.«

»Warum wundert mich das nicht?« Merike schnaubte. »Opa wäre der ideale Geheimdienstagent. Langsam habe ich den Eindruck, dass die Vergangenheit unserer Familie ein total vermintes Gebiet ist. Ständig stolpert man über Tabuthemen.«

Sie holten ihre Fahrräder aus dem Schuppen.

»Was machen wir denn nun mit Lenja?«, fragte ihre Mutter. »Es ist mir sehr peinlich, aber ich denke, es ist wirklich besser, wenn sie nicht bei uns …«

»Schon gut, Mama«, sagte Merike und schwang sich in den Sattel. »Ich frage Talvi, ob Lenja bei ihnen übernachten kann. Ich hatte ihr eh versprochen, heute wieder bei ihr vorbeizuschauen.«

Auf dem Weg zu ihrer Freundin ließen Merike die Äußerungen ihrer Mutter über die Russenfeindlichkeit von Opa Andrus keine Ruhe. In ihren Augen war er immer die Personifizierung des linientreuen Sowjet-Bürgers gewesen, der sich nach dem Ende des stalinistischen Terrors gut mit dem Leben im Sozialismus arrangiert hatte. Nach dem Motto: Menschen, die sich anpassten und gewisse Einschränkungen – etwa bei der Reisefreiheit – hinnahmen, wurden von der Zentralregierung in Frieden gelassen und zudem behütet und betreut. Als wäre der Staat ein Vater, dessen Autorität man nicht infrage stellte. Der die Regeln festlegte und deren Übertretung bestrafte, aber eben auch ein fürsorglicher Ernährer war, der seinen Kindern die größten Lebenssorgen abnahm und sie vor den Gefahren schützte, die ihnen von außen drohten.

Andererseits zeigte die Bereitschaft ihres Großvaters, sich den Direktiven Moskaus ohne Wenn und Aber unterzuordnen, in letzter Zeit Risse. Als im November des Vorjahres der estnische Oberste Sowjet in Tallinn eine »Proklamation der Souveränität Estlands innerhalb der UdSSR« angenommen hatte, die estnisches Recht über sowjetisches stellte und unter anderem die Einführung von Privateigentum sowie die Genehmigung nicht staatlicher Betriebe beschloss, hatte Opa Andrus zu ihrer Überraschung mit Genugtuung auf diesen »längst überfälligen Schritt« reagiert – obwohl die Verlautbarung aus Tallinn umgehend von den sowjetrussischen Zentralorganen in Moskau für ungültig erklärt worden war. Ihr Großvater hatte diese Annullierung wie die meisten Esten nicht beachtet, sondern im Gegenteil den Beschluss der Tallinner Regierung, fortan estnischen Grund und Boden, Bodenschätze, Territorialgewässer und Staatsunternehmen als Alleineigentum der Estnischen SSR zu behandeln, offenbar als Startschuss für die Realisierung seines lang gehegten Traums von der Wiederinbetriebnahme der Familienbäckerei gesehen.

Da er jedoch nach wie vor weiterreichende politische Forderungen nach politischer Unabhängigkeit seiner Heimat oder gar deren Austritt aus der UdSSR scharf verurteilte, hatte Merike nie an einen grundlegenden Sinneswandel ihres Großvaters geglaubt. Sie hielt ihn für einen Opportunisten, der sich bietende Freiräume für seine Interessen nutzte, es jedoch tunlichst vermied, sich mit patriotischen Bekundungen aus dem Fenster zu lehnen.

An Feiertagen oder zu besonderen Anlässen hisste Opa Andrus unverdrossen die offizielle rote Flagge der Estnischen SSR mit den hellblauen Wellenstreifen in der unteren Hälfte, die die Ostsee symbolisierten, und dem goldenen Hammer-und-Sichel-Symbol auf der Rückseite. An ihrer Stelle die blau-schwarz-weiße Trikolore aus dem Fenster zu hängen, die zur Zeit der Unabhängigkeit zwischen den Weltkriegen die Nationalflagge gewesen war, kam für ihn nicht in Betracht. Auch wenn das öffentliche Zeigen mittlerweile nicht mehr strafrechtlich geahndet wurde und sie am 24. Februar, dem Jahrestag der Unabhängigkeitserklärung Estlands im Jahre 1918, sogar vor dem Regierungssitz in Tallinn am Fahnenmast geflattert hatte. Im Hause Ilves durfte auch die alte Nationalhymne nicht gesungen werden, die im Jahr zuvor bei den von der Volksfront organisierten Massendemonstrationen und Sängerfesten von Hunderttausenden Menschen angestimmt worden war und seither zähneknirschend von den sowjetischen Behörden geduldet wurde.

Wenn Opa Andrus eine Aversion gegen Russen hatte, warum unterwarf er sich dann ohne Not weiterhin deren Vorgaben, während die meisten seiner Landsleute und sogar viele eingewanderte Russen die Forderungen der Volksfront unterstützten? Merike wurde nicht schlau aus diesen Widersprüchen – und stellte gleichzeitig fest, wie sehr sie selbst unter einer dicken Milchglasglocke gelebt und vieles von dem ausgeblendet hatte, was ihr Heimatland seit gut zwei Jahren bewegte und nun auch ihr auf der Seele brannte. Im Nachhinein war es ihr unverständlich, sich nie gefragt zu haben, wie sie zu den Themen stand, die von den Reformern und Kritikern aufgeworfen wurden.

»Ich hatte dir doch gestern von Lenja erzählt«, sagte Merike, nachdem sie Talvi begrüßt und sich zu ihr auf das Sofa gesetzt hatte. »Stell dir vor, sie kommt am Freitag nach Otepää. Marten hat sie zum Mittsommerfest eingeladen.«

»Super!«, rief Talvi. »Ich freue mich, sie kennenzulernen.« Sie klopfte auf ihr Gipsbein. »Zum Glück bin ich das doofe Teil bis dahin los und kann mitfeiern.«

»Eigentlich könnte sie bei uns übernachten«, fuhr Merike fort. »Das hat meine Mutter sofort angeboten. Aber als sie hörte, dass Lenja eine …«

»… eine Punkerin ist, hat sie einen Rückzieher gemacht.« Talvi verdrehte die Augen. »Weil dein Opa so jemanden niemals unter seinem Dach dulden würde.«

»Das denke ich auch«, antwortete Merike. »Aber das weiß meine Mutter noch gar nicht. Also, dass Lenja eine Punkerin ist. Sie war alarmiert, weil sie Russin ist. Das ist für meinen Großvater anscheinend noch unerträglicher.« Merike verzog den Mund. »Und deshalb wollte ich fragen, ob sie vielleicht bei euch …« Sie hielt inne, als Talvi den Kopf schüttelte. »Haben deine Eltern etwa auch was gegen Russen?«

»Nicht, dass ich wüsste«, antwortete Talvi. »Denen ist es zum Glück egal, wie jemand aussieht oder was für einen Hintergrund er hat.«

»Aber?«

»Mein älterer Bruder kommt wie immer samt seiner Familie über den Johannistag, da wird es hier mehr als eng.«

»Mist, das hatte ich ganz vergessen.« Merike schlug sich vor die Stirn. »Was mach' ich denn jetzt?« Ratlos sah sie Talvi an.

Was, wenn ich Lenja doch zu uns einlade?, meldete sich ein aufmüpfiges Stimmchen in Merike. Vor ihrem inneren Auge tauchte die wutentbrannte Miene ihres Großvaters auf, der den ungebetenen Besuch hochkant aus dem Haus werfen wollte. Sie sah sich selbst, wie sie sich vor ihm aufbaute und verkündete, wenn er Lenja die Gastfreundschaft verweigere, werde auch sie gehen, die Arbeit in der Brotfabrik hinschmeißen und niemals einen Fuß in die Familienbäckerei setzen. Es musste ein berauschendes Gefühl sein, ihm das ins Gesicht zu schleudern. Im selben Atemzug stellte sie sich ihre Eltern vor, die die Szene schreckensbleich verfolgten und versuchten, sie zum Einlenken zu bewegen. Oder wären sie am Ende sogar stolz auf mich, dass ich es wage, ihm endlich die Stirn zu bieten?, fragte sich Merike.

Egal wie, die beiden würden es vielleicht verkraften. Aber Oma Kadri nicht. Die Erinnerung an deren tieftraurigen Blick an jenem Morgen, als sie dachte, ihre Enkelin wolle für immer abhauen, versetzte Merike einen Stich. Nein, das würde ich nicht über mich bringen. Ganz abgesehen davon, dass es Lenja gegenüber nicht fair wäre, sie in meinen Konflikt mit Opa Andrus hineinzuziehen.

»Was hältst du davon, wenn wir drei zusammen an unserem Weiher zelten?« Talvis Vorschlag riss Merike aus ihren Überlegungen. »Das haben wir schon ewig nicht mehr gemacht.«

»Tolle Idee!« Merike schaute Talvi erfreut an.

Talvis Eltern besaßen unweit ihrer Wohnsiedlung im Süden von Otepää ein kleines Grundstück am Ufer eines Weihers, auf dem sie Gemüse, Salate und Obst anbauten. Als Kinder hatten Talvi und Merike dort häufig zusammen gespielt und im Sommer in einem Tipi übernachtet, das Talvis Vater ihnen gebaut hatte.

»Warum ist es für deinen Großvater eigentlich so schrecklich, dass Lenja Russin ist?«, erkundigte sich Talvi nach kurzem Schweigen und sah Merike neugierig an.

»Leider konnte mir Mama das nicht sagen.« Merike kratzte sich an der Schläfe. »Ich grüble schon die ganze Zeit darüber. Zumal er gar keinen Russen persönlich kennt, soweit ich weiß.«

»Na ja, das tut unsere Nachbarin auch nicht«, entgegnete Talvi. »Trotzdem hält sie die Russen durch die Bank für dumm und faul. Und sie ärgert sich, dass Moskau sie zu Zehntausenden zu uns schickt, ihnen gut bezahlte Jobs in prestigeträchtigen Industriebetrieben, bei der Polizei oder der kommunalen Verwaltung zuschanzt und ihnen modernere Wohnungen zur Verfügung stellt. Während wir Esten vorwiegend in der Landwirtschaft, in kleineren Betrieben sowie im Kultur-, Gesundheits- und Bildungssektor arbeiten.« Talvi zuckte die Achseln. »Erst neulich hat sie sich wieder bei meiner Mutter darüber ausgelassen und gemeint, dass es höchste Zeit ist, die Forderungen der *rahvarinne* umzusetzen.

Bevor wir Esten im eigenen Land in der Minderheit wären und unsere Sprache im öffentlichen Leben vollends durch Russisch ersetzt wird.«

Merike schürzte nachdenklich die Lippen und rief sich die Charta der Volksfront in Erinnerung, die sich die Umgestaltung der sozialistischen Gesellschaft nach demokratischen und humanistischen Prinzipien auf die Fahne geschrieben hatte sowie eine Dezentralisierung der Macht- und Verwaltungsinstitutionen. Außerdem sollte die UdSSR in einen Staatenbund umgewandelt werden, dessen Mitglieder politisch und wirtschaftlich eigenständig waren. In Bezug auf den Konflikt zwischen der estnischen und der russischen Nation wollte sich die Volksfront dafür starkmachen, die estnische Bevölkerung als Hauptbestandteil der Bürgerinnen und Bürger zu festigen und dies auch mit dem Mittel der Rückwanderung nicht estnischstämmiger Menschen umzusetzen.

»Ich bin zwar überzeugt, dass die Russifizierung unserer Gesellschaft auch meinem Opa ein Dorn im Auge ist«, sagte sie schließlich. »Aber sein Groll gegen die Russen hat wohl eher persönliche Gründe. Ich hab ihn zumindest noch nie über Anweisungen aus Moskau schimpfen hören. Obwohl es da eigentlich so einiges gäbe, was ihm übel aufstoßen könnte. Zum Beispiel die oftmals verheerenden Folgen der landwirtschaftlichen Kollektivierung und Planwirtschaft.«

»Ja, das regt meinen Onkel auch wahnsinnig auf«, sagte Talvi. »Er arbeitet ja in einer Kolchose oben bei Ketneri. Er findet es verrückt, dass Funktionäre der KP die Zeiten für Aussaat und Ernte vorgeben, ohne auf die klimatischen Bedingungen und Bodenbeschaffenheit zu schauen oder gar alte Traditionen zu berücksichtigen. Und sich dann wundern, wenn die Erträge weit hinter den Erwartungen zurückbleiben und sich die …«

Merike zuckte zusammen, als Talvi sich unterbrach und mit der Hand vor ihrem Gesicht hin und her wedelte.

»Hörst du mir überhaupt noch zu? Du wirkst so abwesend.«

»Äh, nein, ich meine, doch … tschuldige«, stotterte Merike. »Mir kam da nur gerade so eine Idee, was, besser gesagt wer, hinter Opas Russenhass stecken könnte.«

»Nämlich?«

»Sag ich dir, wenn ich es überprüft habe.« Merike sprang auf.

»Du machst es echt spannend.« Talvi schob schmollend die Unterlippe vor. »Und ich darf hier schmoren und das öde Zeug hier büffeln.« Sie deutete mit dem Kinn auf die Bücher, mit denen sie sich auf ihre Prüfungen vorbereitete.

»Wär' jetzt zu kompliziert.« Merike sah Talvi bittend an. »Und vielleicht irre ich mich ja.«

»Na gut, aber morgen berichtest du mir.«

»Klaro. Gleich nach meiner Schicht komm' ich her.« Merike warf Talvi eine Kusshand zu und eilte aus dem Zimmer.

Zehn Minuten später warf sie ihr Fahrrad gegen den Zaun vor ihrem Haus und stürmte in die Küche, wo Oma Kadri das Abendessen vorbereitete.

»Gute Güte«, rief diese und griff sich ans Herz. »Willst du deine alte Großmutter zu Tode erschrecken?«

»Der junge Bursche auf den Fotos in dem Leporellobüchlein«, stieß Merike atemlos hervor. »War das ein Russe? Ist er schuld, dass Opa so verbittert ist?«

Kirchspiel Oberpahlen / Livland, Sommer 1914

Kapitel 21

»Können Sie sich bewegen?«

Wie aus weiter Ferne hörte Luise die Stimme des dunkelhaarigen Mannes. Sie blinzelte und versuchte, sich aufzurichten. Wieder durchfuhr ein stechender Schmerz ihren Kopf, der sie unwillkürlich aufstöhnen ließ.

»Sollten wir sie nicht ins Haus bringen? Raus aus der Sonne?« Hinter dem Dunkelhaarigen erschien eine junge Frau mit sorgfältig ondulierten Haaren. »Bis der Doktor hier ist, dauert es sicher noch eine Weile.«

»Du hast recht, Irmengard.« Der Dunkelhaarige rückte zur Seite und machte zwei Burschen Platz, die eine Tragbahre neben Luise auf den Boden legten. »Aber ganz behutsam! Vermutlich hat sie eine Gehirnerschütterung.« Er griff mit beiden Händen unter Luises Schultern, bat Wilhelmine, die nach wie vor neben Luise kauerte, ihren Kopf zu stützen und wies einen der Burschen an, die Beine zu nehmen. »Bei drei heben wir sie hoch.«

Wenige Augenblicke später wurde Luise in einen Salon im Erdgeschoss des Herrenhauses getragen und auf ein Lederkanapee gebettet. Der grelle Sonnenschein, der ihre Augen draußen geblendet hatte, wich wohltuendem Dämmerlicht, nachdem jemand die schweren Vorhänge vor den bis zum Boden reichenden Fenstern zugezogen hatte. Wilhelmine kniete sich neben Luise und legte ihr einen Beutel mit Eiswürfeln auf die Stirn. Der stechende Schmerz ging in ein wummerndes Pochen über, das in ihrem Kopf dröhnte und es ihr schwer machte, ihre Gedanken zu ordnen oder sich auf die Worte zu konzentrieren, die an ihr Ohr drangen. Sie fühlte sich wie in einen Kokon eingesponnen, der sie der Realität entrückte und ihr das Zeitempfinden nahm. Gedämpftes Gemurmel erfüllte den Raum. Irgendwann hallten schnelle Schritte auf dem Parkett, und ein zarter Duft nach Veilchenparfum, in den sich das kräftige Aroma einer Zigarre mischte, machte sich breit.

»Mein Gott, was für ein Unglück!«, rief eine helle Frauenstimme, während sich gleichzeitig ein Bass erkundigte, wie es dazu kommen konnte und warum zum Teufel die Pferde durchgegangen seien.

»Irgendwelche Lausbuben aus dem Dorf haben Metsik getriezt«, hörte Luise den Dunkelhaarigen antworten. »Er hat sich losgerissen, ist auf die Droschke zugerannt und hat die Pferde scheu gemacht.«

»Dieses grässliche Biest«, schimpfte die Frau. »Jetzt langt es, Kuno. Er muss weg! Am besten, du erschießt ihn, bevor er noch Schlimmeres anrichtet.«

Kuno heißt der geheimnisvolle Fremde also, kam es Luise in den Sinn. Klingt altmodisch. Erbförster Kuno. Wie im Freischütz. Ob dieser hier auch Förster ist? Und Metsik sein Jagdhund?

»Der Doktor ist da«, verkündete eine Stimme.

Luise hörte im Hintergrund eine halblaute Unterhaltung. Kurz darauf spürte sie, wie sich jemand über sie beugte, nach ihrem Handgelenk griff und den Puls fühlte. Mühsam öffnete sie die Augen und blickte in ein bärtiges Gesicht.

»Folgen Sie bitte der Bewegung.« Der Arzt ließ seinen Zeigefinger langsam von rechts nach links und wieder zurück über ihr Gesichtsfeld wandern.

Luise versuchte, der Aufforderung nachzukommen. Der Finger verdoppelte sich, ihr wurde schwindelig. Erschöpft schloss sie die Lider.

»Sie hatten richtig vermutet, es liegt eine *Commotio cerebri* vor«, hörte sie den Arzt sagen. Vorsichtig wurde ihr Körper abgetastet. »Abgesehen davon scheint sie aber bis auf ein paar Prellungen unverletzt. Zumindest äußerlich.«

»Ist die Gehirnerschütterung schwer?« Das war Wilhelmine. Ihre Stimme klang ängstlich.

»Das kann ich gegenwärtig nicht mit Gewissheit sagen. Aber ich glaube nicht, dass Sie sich allzu große Sorgen um Ihre Herrin machen müssen. Nach ein paar Tagen strikter Bettruhe sollte sie wieder auf den Beinen sein.«

Welche Herrin meint er?, überlegte Luise benommen. Er denkt doch nicht etwa ... Kann es sein, dass er mich für Wilhelmine hält? Aber warum sagt sie nichts? Luise kämpfte gegen den Schwindel an. Das ist ein Missverständnis, ich bin Luise, wollte sie rufen, brachte jedoch keinen Ton heraus. Ihr wurde kalt. Was, wenn sie nie wieder sprechen konnte? Wenn sie für immer zu Stummheit verdammt war? Übelkeit stieg in ihr auf.

»Baron, ich werde morgen wieder nach Ihrem Gast sehen«, fuhr der Arzt fort, nun offenbar an den Bass gewandt, der ihm für sein schnelles Kommen dankte.

»Am besten trägst du sie nach oben, Julius. Das Zimmer ist ja schon hergerichtet«, hörte Luise die Stimme der jungen Frau sagen, die der Dunkelhaarige Irmengard genannt hatte.

Julius?, fragte sich Luise. Wer ist Julius? Und warum kommt mir der Name bekannt vor? Wenn sie nur nicht so schrecklich müde wäre. Dann fiele es ihr sicher ein. Oder hatte sie nicht nur ihr Sprachvermögen verloren, sondern auch ihr Gedächtnis? Das Schwindelgefühl nahm zu. Luise stöhnte leise auf und gab endgültig dem Sog des schwarzen Nichts nach, der in den letzten Minuten immer stärker an ihr gezerrt hatte und ihr nun das Bewusstsein raubte.

Als sie das nächste Mal die Augen aufschlug, fand sie sich in einem Himmelbett wieder, dessen Messinggestell mit einem durchscheinenden Musselinstoff verhängt war. Ratlos starrte sie hinauf zum Baldachin, hinter dem sie eine mit Stuckgirlanden verzierte

Decke erahnen konnte, und fragte sich, wo sie sich befand, wie lange sie bereits in diesem Bett lag und wer ihr das Nachthemd angezogen hatte. Schemenhaft tauchten Erinnerungssplitter in ihr auf: an verschiedene Stimmen, die zuweilen im Halbschlaf an ihr Ohr gedrungen waren; an heftige Schmerzen, die wie ein Hammer von innen gegen ihre Schädeldecke geschlagen hatten; an feuchte Lappen, mit denen ihre Stirn abgetupft, und Löffel, mit denen ihr Brühe eingeflößt worden war. Und immer wieder an zwei graublaue Augen, die sich in ihre versenkten und ihr ein Gefühl der Geborgenheit vermittelt hatten.

Vorsichtig setzte sich Luise auf und stellte erleichtert fest, dass sich weder die stechenden Kopfschmerzen noch das Schwindelgefühl einstellten. Auf einer Seite des Bettes waren die Vorhänge zusammengerafft und gaben den Blick frei auf zwei große Reisetruhen, die vor einem Schrank standen, sowie ein geöffnetes zweiflügeliges Fenster, durch das ein laues Lüftchen den betörenden Duft von blühenden Glyzinien hineinwehte. Dem lauten Summen und Brummen unzähliger Bienen und Hummeln nach zu schließen, rankte der Blauregen direkt an der Hauswand. In einem Sessel gegenüber dem Bett war eine junge Frau in einem dunklen Kleid mit weißer Schürze eingenickt. Das Knarzen der Matratzenfedern schreckte sie auf. Sie rappelte sich hoch, richtete ihr Spitzenhäubchen, lächelte Luise zu und eilte aus dem Zimmer auf den Gang, bevor diese ihr die Fragen stellen konnte, die ihr auf den Nägeln brannten.

Wenige Augenblicke später kam das Dienstmädchen zurück, gefolgt von Irmengard, die Luise für die Tochter des Hauses hielt, und dem Dunkelhaarigen. Ihr Herz machte einen Hüpfer, zugleich breitete sich Verwirrung in ihr aus. Warum hat Irmengard den Förster mitgebracht?, fragte sie sich. Kuno hieß er, wenn ihre Erinnerung nicht trog. Dessen Hund die Pferde scheu gemacht hatte.

»Meine liebe Wilhelmine«, rief Irmengard und trat ans Bett. »Wir haben uns große Sorgen gemacht. Wie geht es dir? Ich darf dich doch mit dem vertraulichen Du ansprechen? Wir sind zwar nur entfernt verwandt, aber das wird sich ja demnächst ändern, nicht wahr, Julius?« Sie zwinkerte dem Dunkelhaarigen bedeutsam zu.

Das ist Julius? Luise starrte ihn erschrocken an. Jetzt wusste sie wieder, warum ihr der Name bekannt vorgekommen war. Er war der junge Baron Uexküll, den Wilhelmine heiraten soll. Wo war die überhaupt? Und warum glaubte Irmengard, Luise wäre Wilhelmine?

»Ich freue mich sehr, endlich deine Bekanntschaft zu machen. Wir werden uns gewiss wunderbar verstehen, das habe ich sofort gespürt«, plapperte die junge Frau unterdessen weiter. »Wie unhöflich, ich habe mich noch gar nicht vorgestellt. Ich bin Irmengard.« Sie beugte sich hinunter und hielt Luise die Hand hin. »Willkommen auf Algulfer.«

»Äh, danke, aber ich …«, stotterte Luise heiser und erwiderte automatisch den Händedruck. Sie räusperte sich. »Ich bin ni…« Aus den Augenwinkeln bemerkte sie, wie Julius einen Finger vor den Mund legte, unmerklich den Kopf schüttelte und sie beschwörend ansah.

»Du machst sie ja ganz konfus«, sagte er schnell und legte seiner Schwester eine Hand auf die Schulter. »Denk daran, was uns Doktor Dettmann ans Herz gelegt hat.« Julius strich über einen imaginären Backenbart, hob mahnend die Hand und fuhr mit verstellter Stimme fort: »Ruhe lautet das Gebot der Stunde! Aufregung und Überreizung der Patientin sind unbedingt zu vermeiden, damit der Genesungsprozess gut voranschreiten kann.«

Irmengard kicherte. »Entschuldige, dass ich dich so überfahren habe«, sagte sie zu Luise. »Du bist gewiss noch sehr erschöpft. Kein Wunder, du warst vier Tage kaum bei Bewusstsein.« Sie richtete sich auf. »Wir haben ja zum Glück alle Zeit der Welt, um uns in Ruhe kennenzulernen.« Sie ging zur Tür. »Ich gebe meinen Eltern Bescheid, dass du endlich aufgewacht bist. Das wird sie sehr erleichtern.« Sie wandte sich an das Dienstmädchen. »Und du gehst bitte in die Küche und lässt einen ordentlichen Imbiss für Fräulein von Rahden zubereiten. Mit den ewigen Süppchen ist nun Schluss. Sie soll schließlich schnell wieder zu Kräften kommen.«

»Was geht hier vor?«, fragte Luise, sobald die beiden Frauen das Zimmer verlassen hatten. Sie setzte sich aufrechter, schlang die Bettdecke um ihren Oberkörper und bemühte sich um eine würdevolle Miene.

Meine Haare sehen sicher furchtbar aus, ging es ihr durch den Kopf. Na, wenn das deine größte Sorge ist, höhnte die strenge Stimme in ihr. Du befindest dich in einer absolut unmöglichen Lage: allein mit einem Fremden, der dich ansieht, als kenne er dich in- und auswendig. In einem Zimmer, in das du nicht gehörst. Unfreiwillig unter falscher Flagge segelnd. Luise spürte, wie ihr das Blut in die Wangen stieg. Bitte mach, dass ich gar nicht aufgewacht bin, flehte sie stumm. Dass das nur ein wilder Traum ist, in dem ich als Schauspielerin in einer dieser absurden Verwechslungskomödien auftrete, über die Ella und ich uns immer so herzlich amüsiert haben.

Luise holte tief Luft. »Ich möchte bitte sofort mit Wilhel… äh, ich meine Fräulein von Rahden sprechen«, sagte sie. »Mein Name ist Luise Gerdes. Ich habe leider keine Ahnung, wie es zu diesem Missverständnis kommen konnte.«

»Das ist mir bewusst.«

Luise zog die Stirn kraus. Was war ihm bewusst? Dass sie Luise war oder dass sie den Grund des Missverständnisses nicht kannte?

»Beides«, sagte Julius, als hätte sie die Frage laut gestellt. Er trat einen Schritt näher und hielt ihr einen Umschlag hin. »Bitte,

Fräulein Gerdes, lesen Sie zuerst diesen Brief. Ich denke, er wird einige Ihrer Fragen beantworten.« Er lächelte sie freundlich an. »Anschließend stehe ich Ihnen Rede und Antwort, sobald Sie es wünschen. Ich warte nebenan.« Er legte den Umschlag auf die Bettdecke und ging zu einer schmalen Tür, die in ein angrenzendes Zimmer führte. »Ich werde dafür sorgen, dass niemand Sie stört.«

Luise holte tief Luft, bevor sie den Umschlag aufriss und ihm zwei gefaltete Papierbögen entnahm, die mit Wilhelmines schwungvoller Schrift bedeckt waren.

Algulfer, Dienstag, 17. Juni 1914

Liebe Luise,
eines möchte ich als Allererstes vorausschicken: Es ist nicht meine Absicht, Dich vor vollendete Tatsachen zu stellen, Dich moralisch zu erpressen oder zu etwas zu überreden, das Dich in schwere Gewissensnöte stürzt oder Dir zutiefst zuwider ist. Ich bin jederzeit bereit, den Schwindel ohne Wenn und Aber aufzudecken, die volle Verantwortung dafür zu übernehmen und – allem anderen voran – klarzustellen, dass Du nichts davon gewusst hast und ich Deine Bewusstlosigkeit ausgenutzt habe, um unsere Identitäten zu tauschen. Ich habe einen entsprechenden Brief an die Eltern von Julius geschrieben, den dieser ihnen gegebenenfalls aushändigen soll.

Denn auch wenn auf den ersten Blick für Dich gerade einiges dagegensprechen mag: Du bist mir sehr, sehr wichtig! Deine Freundschaft bedeutet mir mehr, als ich mit Worten ausdrücken kann, und es wäre mir unerträglich, sie zu verlieren. Daher möchte ich Dich inständig um Entschuldigung bitten. Mir ist bewusst, dass mein Verhalten Dich mit hoher Wahrscheinlichkeit vor den Kopf stößt, Dein Vertrauen in mich erschüttert und Dich verletzt. Es würde mir ja umgekehrt genauso gehen. Ich kann nicht sagen, wie ich reagieren würde, wenn mich eine Freundin ausgerechnet dann allein unter Fremden zurückließe (noch dazu, ohne sich persönlich zu verabschieden), nachdem ich einen Unfall erlitten hätte, und sie obendrein die Dreistigkeit besäße, meine hilflose Lage für ihre Zwecke auszunutzen.

Warum ich trotz all dieser Bedenken, den Beteuerungen meiner Zuneigung und dem Beschwören unserer Freundschaft das Risiko eingehe, ebendiese aufs Spiel zu setzen?

Zum einen vertraue ich auf Dein großes Herz, das mir verzeihen wird, auch wenn das eine sehr anmaßende, um nicht zu sagen unverschämte Erwartungshaltung ist. Aber ich habe nun einmal noch nie einen Menschen kennengelernt, der eine solche Herzensgüte und ein so großes Einfühlungsvermögen besitzt wie Du.

Zum anderen fand ich mich am Tag unserer Ankunft unversehens in einer Konstellation wieder, die einfach zu verführerisch war, um sie nicht auszunutzen. Der gute Doktor Dettmann lieferte mir mit seiner Annahme, ich sei eine besorgte Zofe, die um das Leben ihrer Herrin bangte, die perfekte Steilvorlage. Du kennst mich inzwischen gut genug. Meine oft beklagte Neigung, spontanen Einfällen nachzugeben und günstige Gelegenheiten ohne großes Nachdenken beim Schopfe zu ergreifen, tat ein Übriges. In jenem Moment stellte niemand die Aussage des Arztes infrage. Mir erschien es zu dem Zeitpunkt nebensächlich, ihn zu korrigieren, die Angst um Dich hatte mich im Griff und verdrängte alles andere.

Und als auch später niemand Anstalten machte, sich bei mir zu erkundigen, wer denn nun wer sei, und sich zum Glück schnell herausstellte, dass Du keine schwerwiegenden Verletzungen erlitten hattest und vollends gesunden würdest, verzichtete ich weiterhin darauf, das Missverständnis aufzuklären. Denn ich hatte schlagartig erkannt, welche Möglichkeiten mir diese

Verwechslung bietet: Ich kann viel schneller als geplant nach Dorpat zurückkehren, sofort an einem Krankenpflegekurs teilnehmen, meine Vorbereitungen für das Studium fortsetzen und nach einer Arbeit suchen, die mich unabhängig von den Zuwendungen meiner Eltern machen wird.

Das alles könntest Du doch auch tun, ohne mich da mit hineinzuziehen und die Familie von Uexküll hinters Licht zu führen, höre ich Dich berechtigterweise einwenden. Das stimmt, allerdings verschafft mir mein Manöver Zeit und mehr Spielraum. Wenn ich kurz nach meinem Eintreffen verkündet hätte, nicht die Absicht zu haben, Julius zu heiraten, hätten sich dessen Eltern zweifellos umgehend mit meinen in Verbindung gesetzt. Diese würden mich sofort nach Hause zurückbeordern. Käme ich dem nicht nach, würden sie alles tun, um ihre unbotmäßige Tochter wieder auf Kurs zu bringen.

Der ursprüngliche Plan, zwei, drei Wochen auf Algulfer zu verbringen und dann meine Weigerung zu verkünden, erscheint mir jetzt als Zeitverschwendung; zumal das Ergebnis unterm Strich ähnlich ausfallen dürfte. Meinen Wunsch, mich auf eigene Füße zu stellen, werden meine Eltern niemals gutheißen, ganz zu schweigen davon, mich als Studentin zu unterstützen. Wieder sehe ich Dich die Stirn runzeln, schließlich hast Du Deine dahin gehenden Bedenken mehrmals dargelegt, bevor wir nach Algulfer aufgebrochen sind.

Ganz genau, dachte Luise und presste die Lippen aufeinander bei der Erinnerung an die Gespräche, bei denen sie mal vorsichtig, mal unverblümt auf die Schwachstellen und Risiken hingewiesen hatte, die Wilhelmines Zukunftspläne in ihren Augen aufwiesen. Allerdings habe ich nie ernsthaft versucht, sie davon abzubringen, gestand sich Luise ein. Im Gegenteil, sie hatte sich letztlich bereitwillig von ihrem Optimismus anstecken lassen, mit dem sie darauf vertraute, es würde sich schon eine Lösung für die Probleme finden, wenn diese denn aufträten. Und in gewisser Weise war ja nun genau das geschehen. Es wäre etwas scheinheilig von ihr, jetzt die Moralkeule zu schwingen und Wilhelmine dafür zu verurteilen, dass sie ihrer Impulsivität nachgegeben hatte. Luise rieb sich die Stirn und las weiter.

Vermutlich hat mich außerdem die Erwähnung des Märchens »Die Gänsemagd« bei unserem letzten gemeinsamen Frühstück unbewusst dazu animiert, das Missverständnis nicht aus der Welt zu schaffen und den Rollentausch zu wagen. Ich hätte ehrlich gesagt nicht damit gerechnet, wie einfach das sein würde, und muss zugeben, dass ich meine diebische Freude daran hatte, wie bereitwillig alle glaubten, Du wärest die sehnlich erwartete Braut in spe. Alle – mit Ausnahme von Julius …

Und mit ihm komme ich zu einem weiteren, sehr viel gewichtigeren Grund für meine Entscheidung, mich als Luise aus dem Staub zu machen und Dich als Wilhelmine zurückzulassen. Als sich dieser verwegene Gedanke in mir verfestigte, stand für mich sofort fest, dass ich Julius reinen Wein einschenken würde. Der war allerdings bereits von selbst auf den Trichter gekommen. An dem Abend im Wirtsgarten von Mällikvere, wo er sich mit einem Pferdezüchter aus der Gegend getroffen hatte, um ein Geschäft zu begießen, hatte er sich zwar gefragt, ob es sich bei uns beiden um seine entfernte Verwandte aus Deutschland samt ihrer Zofe handeln konnte, hatte dies jedoch aufgrund unseres freundschaftlichen Umgangs für eher unwahrscheinlich gehalten. Und falls er richtiglag, hätte er nur raten können, wer von uns beiden Wilhelmine war. Im Grunde wäre es ihm auch gleichgültig gewesen, denn er hatte ohnehin nur Augen für Dich. (Und Du offenbar für ihn, was mir aber erst im Nachhinein klar geworden ist, als mir Dein seltsames Verhalten wieder einfiel.)

Wann es Julius dämmerte, dass ich nicht Luise bin, woran er das erkannte und vor allem warum er es für sich behalten hat, das soll er Dir am besten selbst erzählen. Jedenfalls rannte ich bei ihm offene Türen ein; ja, mehr noch, er bestärkte mich in meinem Vorhaben. Er hat mir eine Mitfahrgelegenheit zum Bahnhof von Laisholm verschafft und mir versprochen, alles für Dein Wohlergehen zu tun und negative Konsequenzen für Dich zu verhindern, sollte die von mir forcierte Verwechslung auffliegen.

Ich bin natürlich unendlich erleichtert, dass sich Julius als ein so feiner Kerl entpuppt hat und kein arroganter Schnösel ist oder wie seine Schwester fraglos den althergebrachten Traditionen und Regeln folgt. Er hat das Herz auf dem rechten Fleck – das macht es mir leichter, Dich seiner Obhut zu überlassen.

Liebe Luise, eben habe ich noch ein letztes Mal nach Dir gesehen, bevor ich aufbreche. Deine Wangen haben endlich wieder etwas Farbe angenommen. Laut Doktor Dettmann, der dich vorhin untersucht hat, schläfst Du Deiner Genesung entgegen und wirst in ein, zwei Tagen wieder putzmunter sein. Wie gesagt, ich werde es Dir nicht übelnehmen, solltest Du es nicht über Dich bringen, eine Weile als Fräulein von Rahden aufzutreten. Ich weiß, wie zuwider Dir eine solche Täuschung ist. Gleichgültig, wie Du Dich entscheidest: An meinen freundschaftlichen Gefühlen für Dich wird sich nichts ändern!

Ich melde mich bald wieder.
Alles Liebe von Deiner Wilhelmine

Luise ließ den Brief auf ihren Schoß sinken. Was sollte sie jetzt tun? *Es ist so schwer, den falschen Weg zu meiden.* Das Zitat von Goethe fiel ihr ein. Was würde mir Baronin Beulwitz raten?, war ihr nächster Gedanke. Das gütige Gesicht ihrer ehemaligen Dienstherrin tauchte vor ihrem geistigen Auge auf. »Folgen Sie Ihrem Herzen.« Mit diesem Satz hatte sie Luise ermutigt, ihren eigenen Weg zu suchen und sich frei zu machen von den Erwartungen anderer und starren Konventionen.

»Aber was ist, wenn mein Herz mich in die Irre führt?«, hatte Luise damals gefragt.

»Die Hauptsache ist, mit sich selbst im Reinen zu sein und Fehler verzeihen zu können«, hatte die Baronin geantwortet. »Nur so werden Sie auf Dauer Ihr Glück finden.«

Luise atmete tief durch und schaute zu der Tür, die ins Nebenzimmer führte, in dem der Mann saß, der, offensichtlich ohne zu zögern, bereit gewesen war, das Täuschungsmanöver zu decken. Um sie in seiner Nähe zu haben. Und dem sie nun gegenübertreten würde.

Kapitel 22

»Welcher Bursche?«, fragte Oma Kadri mit winziger Verzögerung und sichtlich um einen unbefangenen Gesichtsausdruck bemüht. »In dem Leporello mit den Bäckereibildern sind ja einige junge Männer abgeli…«

»Der, von dem Opa behauptet, er sei niemand Wichtiges«, fiel ihr Merike ins Wort. »Ich denke, du weißt ganz genau, um wen es sich handelt.« Sie stellte sich ihrer Großmutter in den Weg, die eine Dose mit Nudeln zurück in die Speisekammer bringen wollte. »Also, war er Russe?«

»Russe? Wie kommst du denn darauf?«

»Weil Mama mir erzählt hat, dass Großvater die Russen hasst und das mit irgendeiner alten Geschichte zu tun hat. Über die natürlich mal wieder nichts Genaues bekannt ist. Und weil Opa neulich um jeden Preis verhindern wollte, dass du mir etwas über den jungen Mann auf den Fotos sagst, hab ich eben zwei und zwei zusammengezählt.«

Oma Kadri schüttelte den Kopf. »Du meinst Kolja. Das ist meines Wissens der einzige Russe, mit dem Andrus jemals näher bekannt war. Aber das war zu einem viel späteren Zeitpunkt. Außerdem war Kolja ganz sicher nicht der Grund, warum dein Großvater einen Groll gegen die Russen hat.« Sie stellte die Dose auf der Anrichte ab und lehnte sich gegen die Kante des Spültisches. »Die beiden haben sich im Krieg kennengelernt und angefreundet. Sie waren in derselben Einheit und hielten zusammen wie Pech und Schwefel. Das waren auch ihre russischen Spitznamen bei den Kameraden: *Pek*, der schwarzhaarige Andrus, und *Céka*, der blonde Kolja.«

»Und nach dem Krieg?«, fragte Merike. »Haben sie sich aus den Augen verloren, als Kolja in seine Heimat zurückgekehrt ist?«

»Das hatte er vor«, antwortete Oma Kadri. »Aber das Dorf in der Ukraine, aus dem er stammte, gab es nicht mehr. Die Deutschen hatten es im Zuge einer Strafaktion vollständig zerstört und alle Bewohner ermordet. Darunter auch Koljas Familie.«

»Oh nein, wie furchtbar!«, rief Merike. »Die ganze Familie?«

Ihre Großmutter nickte. »Er hat das erst im Herbst 45 erfahren. Da hat Andrus ihm dann vorgeschlagen, nach Otepää zu kommen, und ihm geholfen, hier eine Arbeit zu finden.« Sie lächelte versonnen. »Er war oft bei uns zu Besuch. Ein sehr angenehmer Mensch. Ich mochte ihn auch sehr.«

»Warum habe ich noch nie von ihm gehört?«, fragte Merike. »Wenn er doch so gut mit euch befreundet war. Was ist aus ihm geworden?«

»Das kann ich dir leider nicht sagen.«

»Wie bitte?« Merike zog ungläubig die Brauen hoch. »Hat er sich plötzlich in Luft aufgelöst, oder was?«

»So ungefähr«, Oma Kadri hob die Schultern. »Er hat sich hier wohl nie richtig eingelebt, dazu war sein Heimweh zu groß. Und eines Tages ist er dann weggegangen.«

»Einfach so, ohne sich zu verabschieden?«

»Das hat er gewiss getan. Aber ich war damals nicht in Otepää, sondern für drei Monate bei meiner Schwester.«

»Ein Vierteljahr weg von zu Hause?« Merike musterte ihre Großmutter verblüfft. »Hattet ihr etwa Eheprobleme?«

»Aber nein!«, rief Oma Kadri. »Ganz im Gegenteil. Ich war damals guter Hoffnung. Da ich davor zwei Fehlgeburten gehabt hatte, verordnete mir der Arzt größtmögliche Ruhe und keinerlei Anstrengungen. Andrus bestand darauf, dass ich zu meiner Schwester Anneli fuhr, die nach Kabli an der Rigaer Bucht geheiratet hatte. Dort sollte ich mich während der kritischen Phase der Schwangerschaft schonen. Als ich nach Otepää zurückkam, war Kolja nicht mehr da.«

»Und später hat er sich auch nie wieder bei euch gemeldet?« Merike kratzte sich am Hinterkopf. »Vielleicht ist er doch nicht im Guten gegangen? Gab es Streit?«

»Das kann ich mir nicht vorstellen.«

»Was hat Opa denn dazu gesagt? Du wirst ihn doch sicher gefragt haben?«

»Vermutlich.« Oma Kadri zuckte die Schultern. »Wie gesagt, ich erwartete ein Kind, das hat alles andere verdrängt.« Sie sah auf die Uhr. »Oh, ich muss mich sputen. Sonst wird die *frikadellisupp* nicht rechtzeitig fertig.« Sie nickte zum Herd hin, auf dem in einem großen Topf Fleischbällchen mit diversen Gemüsen und Nudeln vor sich hin köchelten. »Lass uns ein anderes Mal über die alten Zeiten plaudern.« Sie drehte sich zu einem Holzbrett auf der Anrichte und begann, frischen Dill und Petersilie zu hacken.

Merike runzelte die Stirn. Wieder einmal hatte sie den Eindruck, mit ein paar Informationshäppchen abgespeist zu werden und nicht zum Kern der Geschichte vordringen zu können.

»Verrate mir wenigstens noch, wer der Junge auf den alten Fotos ist.«

»Das war der ältere Bruder von Andrus«, antwortete Oma Kadri, ohne sich zu Merike umzudrehen. »Und über ihn kann ich dir noch weniger erzählen als über Kolja. Er ist nämlich schon 1919 gestorben. Also lange bevor ich deinen Großvater kennengelernt habe.« Sie streute die Kräuter in den Topf. »Schneidest du bitte das Brot auf?«

»Ich glaub's ja nicht!« Merike fasste sich ungläubig an die Stirn. »Opa hatte einen Bruder? Was kommt als Nächstes? Irgendwelche heimlichen Geliebten und unehelichen Kinder?«

Stimmen auf dem Flur kündeten vom Eintreffen der anderen Familienmitglieder. Oma Kadri zuckte zusammen und schaute Merike beschwörend an. »Bitte, *mu rukkililleke*, nicht jetzt.«

Der flehentliche Ton hielt Merike davon ab, ihre Großmutter weiter zu bedrängen. »Schon gut, Oma. Ich werde brav den Mund halten.« Sie holte einen *must leib* aus dem Brotkasten. Aber das letzte Wort ist in der Angelegenheit noch lange nicht gesprochen, fuhr sie im Stillen fort. Im Gegenteil, ich werde nicht lockerlassen, bis ich alle Leichen in unserem Familienkeller ausgebuddelt habe.

In den folgenden Tagen fand Merike keine Gelegenheit, ihr Vorhaben umzusetzen. Ihr Vorgesetzter in der Brotfabrik rief sie am Dienstagmorgen überraschend in sein Büro.

»Genosse Toom sollte heute eigentlich zu einer dreitägigen Fortbildung nach Valga fahren«, erklärte er. »Gerade habe ich aber erfahren, dass er mit einer Sommergrippe im Bett liegt. Es wäre doch schade, den Platz ungenutzt zu lassen.« Ott Mänd lächelte Merike freundlich zu. »Und weil du dich so gut machst, darfst du an dem Kurs teilnehmen.«

Noch einige Wochen zuvor hätte diese Auszeichnung Merike mit Stolz erfüllt. Sie hätte sie als Beweis dafür gesehen, endlich akzeptiert zu sein und nicht länger gegen ein Stigma ankämpfen zu müssen, dessen Ursache sie nicht kannte. Nun mischte sich in die Freude über das Lob ein schaler Beigeschmack. Ist das überhaupt noch die Welt, in der ich mich beweisen und behaupten möchte?, fragte sich Merike. Wenn es sie je gewesen war. Sie hatte sich doch in erster Linie bemüht, den Erwartungen gerecht zu werden, um ihre Familie – allen voran Opa Andrus – nicht zu enttäuschen. Was scherte es sie, was irgendwelche Parteikader von ihr hielten? Bröckelte deren Macht nicht an allen Ecken und Enden? Bloß weil ihr Großvater nach wie vor der Überzeugung war, dass man es nur zu etwas bringen konnte, wenn man sich in das System einfügte, musste das ja keineswegs stimmen.

Trotz dieser rebellischen Gedanken getraute sich Merike nicht, das Angebot des Vorarbeiters auszuschlagen und fuhr zu der

Fortbildung, bei der die Teilnehmer ihre theoretischen und praktischen Kenntnisse über Vor- und Sauerteige erweitern konnten.

Am Freitag traf sich Merike am frühen Abend nach ihrer Rückkehr aus Valga mit Talvi am Busbahnhof, um Lenja abzuholen. Merike hätte sie fast nicht wiedererkannt. Die junge Russin hatte die asymmetrische Frisur mit den kinnlangen schwarzen Haaren auf der einen Kopfhälfte gegen einen neuen Look ausgetauscht: raspelkurz und leuchtend blau gefärbt. Die Augen hatte sie mit einem breiten Kajalstrich umrandet, die Lippen waren ebenfalls schwarz geschminkt. Dazu trug sie ausgefranste, löchrige Hosen, ein T-Shirt der Punkband *Vennaskond*, einen selbst gefertigten Nietengürtel sowie Ohrringe in Form von Totenschädeln. Fröhlich winkend kam sie ihnen entgegen.

»Sie sieht echt cool aus«, flüsterte Talvi. »Ich kann verstehen, dass Marten sich in sie verknallt hat.«

Unter den befremdeten Blicken einiger Passanten nahmen die beiden Freundinnen Lenja in ihre Mitte und machten sich auf den Weg zu der Parzelle von Talvis Familie im Süden von Otepää. Dort wollten sie Lenjas Gepäck im Zelt verstauen, das Talvi bereits aufgebaut hatte, und anschließend zum Nordufer des Pühajärvs laufen, wo die Mittsommerfeier stattfinden sollte.

»Wenn ihr Lust habt, könnten wir erst noch einen Saunabesuch einlegen, bevor wir zur Festwiese gehen«, sagte Talvi. »Mein Vater hat sie den ganzen Tag eingeheizt. Meine Eltern und die Familie meines Bruders wollen erst später rein, wir hätten also freie Bahn.«

»Klingt großartig«, sagte Lenja.

Merike war ebenfalls erfreut über den Vorschlag ihrer Freundin. Die Sauna bei ihr daheim war für die kommenden Stunden belegt. Ihre Eltern hatten einige Freunde zum Grillen im Garten hinterm Haus eingeladen, wo sie gemeinsam die Mittsommernacht verbringen wollten. Die Feier am 23. Juni, dem Vorabend von *Jaanipäev*, wurde nach altem Brauch mit einem ausgiebigen Saunagang einleitet – streng getrennt nach Geschlechtern.

»Ist das etwa eine Rauchsauna?«, fragte Lenja, als sie das Gartengrundstück erreicht hatten, und deutete auf die Blockhütte am Ufer des Weihers. »Ich sehe keinen Schornstein.«

Talvi nickte. »Ist das ein Problem für dich?«

»Nee, gar nicht. Ich find's klasse! So ein Teil wollte ich immer schon mal ausprobieren. Bei uns gibt es die leider nicht mehr.«

Im Gegensatz zu Saunen mit Kamin, die von außen beheizt werden konnten, wurde bei einer traditionellen Sauna der Raum durch den Qualm erhitzt, der beim Verbrennen von Holzscheiten in einem mitten im Raum befindlichen Steinofen entstand und durch dessen Öffnung sowie die nicht zugekitteten Fugen strömte. War die gewünschte Temperatur von 80 bis 90 Grad Celsius erreicht, wurde kräftig durchgelüftet und die Ofenklappe geschlossen. Ein starker erster Aufguss trieb den restlichen Rauch aus der Sauna, die nun mehrere Stunden lang benutzt werden konnte. Da ein Nachheizen nicht möglich war und sich im Lauf der Zeit eine dicke Rußschicht an den Wänden bildete, schafften sich immer mehr Esten eine schneller beheizbare und »saubere« Sauna mit Schornstein an. In der Gegend um Otepää erfreute sich die Rauchsauna jedoch ungebrochener Beliebtheit. Sowohl der Ruß als auch der Qualm hatten desinfizierende Eigenschaften, die Bakterien abtöteten und sich reinigend auf den Organismus auswirkten. Darüber hinaus nutzten viele Familien ihre Saunahütten zum Räuchern von Schinken und Würsten. Merikes Großmutter war sogar noch in einer solchen Sauna geboren worden – dem Ort, der in früheren Zeiten als der sauberste eines Hauses galt.

Nachdem sie sich ihrer Kleider entledigt hatten, schlüpften die Freundinnen durch die niedrige Tür ins Innere der Blockhütte, nahmen sich Sitzbretter und legten sie auf die an den Wänden umlaufende Bank, bevor sie sich setzten. Es dauerte ein paar Sekunden, bis sich Merikes Augen an die schummrige Dunkelheit gewöhnt hatten. Durch die Ritzen zwischen den dicken Balken, die wie die Steine auf dem Ofen die gespeicherte Hitze abstrahlten, drang nur spärliches Tageslicht. Ein intensiver Geruch nach Holzfeuer lag in der Luft.

»Die Wärme ist irgendwie molliger als in einer modernen Sauna«, stellte Lenja fest.

»Das liegt daran, dass sich der Aufgussdampf durch die vielen Steine auf dem Ofen weicher ausbreitet und nicht so knallig verzischt«, erklärte Talvi.

»Boah, das ist doch heißer, als ich erst dachte«, stöhnte Lenja nach ein paar Minuten. »Ich muss raus, bevor ich noch vollends zerfließe.« Sie sprang auf.

Merike und Talvi grinsten sich an und folgten Lenja, die zum Weiher rannte und sich kopfüber hineinstürzte. Nachdem sie eine Weile prustend und lachend im Wasser herumgetollt waren, kehrten sie in die Sauna zurück.

»Jetzt kommt das Beste«, sagte Talvi, zog ein Bündel Birkenzweige aus einem Eimer, in dem sie mit den Blättern voran zum Einweichen steckten, und ließ sie über den heißen Steinen abtropfen. Ein betörender Duft breitete sich aus.

»Wahnsinn«, rief Lenja. »Es duftet, als ob man mitten in einem Frühlingswald säße.«

»Gleich wird's noch intensiver«, sagte Talvi und begann, sich mit dem Büschel zu schlagen. Zuerst auf die Arme, von den Händen aufwärts hinauf zur Schulter, anschließend von den Füßen über die Waden zu den Oberschenkeln. Die ätherischen Öle aus den Birkenblättern entfalteten nun vollends ihr Aroma und verteilten sich im ganzen Raum. Merike und Lenja folgten Talvis Beispiel. In den nächsten Minuten waren nur das Klatschen der Schläge, wohliges Glucksen und das Platschen der Blätter zu hören, die auf den Boden fielen. Nach einer Weile schloss Merike die Augen, spürte dem Prickeln auf ihrer Haut nach und genoss die Entspannung, die sich von den Zehenspitzen bis zum Scheitel in ihr ausbreitete. Nach einer weiteren Abkühlung im See rubbelten sie sich mit Handtüchern trocken und zogen sich wieder an.

»Ich rieche wie ein Räucherschinken«, stellte Lenja fest. »Am liebsten würde ich in mich reinbeißen, ich habe einen Bärenhunger.«

Talvi grinste. »Ich krieg in der Sauna auch immer wahnsinnigen Kohldampf.«

»Na, dann auf zur Festwiese«, rief Merike. »Die haben sicher schon angefangen zu grillen.«

Das nördliche Ende des Pühajärv lag nur wenige Hundert Meter entfernt. Die drei ließen die dort befindliche Bucht mit dem Badestrand, auf dem sich viele Familien zum Feiern versammelt hatten, links liegen und liefen auf der westlichen Seite des Sees weiter zu einer Wiese gegenüber einer länglichen Insel – der größten von insgesamt fünf, die der Sage nach die Grabhügel von fünf Brüdern waren. Der See um sie herum war aus den Tränen ihrer Mutter entstanden, als sie um ihre in einer Schlacht gefallenen Söhne weinte. Schon als kleines Mädchen hatte es Merike der Pühajärv, um den sich viele Legenden rankten, angetan – besonders wenn in der Dämmerung Nebelschwaden über seiner Oberfläche waberten und ihm eine geheimnisvolle Anmutung verliehen.

Direkt am Wasser war ein riesiger Scheiterhaufen aufgeschichtet, der auf seine Entzündung bei Sonnenuntergang wartete. Weiter hinten spielte eine Rockband auf einer aus Holzpaletten zusammengeschraubten Bühne, nicht weit davon waren mehrere Grillbecken aufgestellt, von denen ein appetitlicher Duft nach Gebratenem herüberwehte. Daneben standen lange Tische und Bänke, an denen bereits viele junge Leute Platz genommen hatten und aßen. Andere standen in Grüppchen zusammen oder saßen auf dem Rasen. Im seichten Wasser lagen Fässchen mit selbst gebrautem Bier und Limonadenflaschen zur Kühlung.

»Schau mal, dort drüben!« Talvi stupste Merike in die Seite. »Den hab ich ja eine Ewigkeit nicht gesehen.«

Merike schaute in die Richtung, in die ihre Freundin deutete, und sah vor einem Tisch mit verschiedenen Kuchen und anderen süßen Speisen ein ihr unbekanntes Mädchen mit Sommersprossen neben einem jungen Mann stehen. Sie sog scharf die Luft ein, als sie Tarmo Kuusk erkannte. Dieses Mal trug er keine Uniform wie an dem Tag, als er seine Schwester Enna nach dem Ferienlager abgeholt hatte, sondern eine blaue Hose aus Segeltuch und ein weißes T-Shirt.

»Von mir aus hätte ich den auch eine weitere Ewigkeit nicht zu sehen brauchen«, brummte Merike und zog ihre Freundin weiter. »Schon vergessen, wie der mich …«

»Natürlich nicht!« Talvi schnaubte empört. »Was denkst du von mir? Ich war nur überrascht, weil ich so gar nicht damit gerechnet hatte, ihm zu begegnen. Ich glaub, ich hab den seit unserem letzten Schultag nicht mehr getroffen. Und das in einem Kaff wie unserem.«

»Wer ist der Typ?« Lenja sah Merike fragend an. »Und was hat er dir getan?«

»Ach nichts, Schnee von gestern«, antwortete Merike schnell. Es war ihr peinlich, zuzugeben, wie sehr sie in ihrer Schulzeit unter den Hänseleien einiger ihrer Klassenkameraden gelitten hatte.

»Da seid ihr ja!« Marten löste sich aus einer Gruppe, unter denen Merike einige Bekannte ausmachte, und kam zu ihnen. »Willkommen, Lenja!« Er blieb vor ihr stehen, sichtlich unschlüssig, wie er sie begrüßen sollte.

Lenja nahm ihn, ohne zu zögern, in den Arm, drückte ihm zwei herzhafte Küsse rechts und links auf die Wangen und zog ihn zu einem der Grills mit der Bemerkung, auf der Stelle tot umzufallen, wenn sie nicht endlich etwas zwischen die Zähne bekäme.

»Die geht aber ran«, flüsterte Talvi. In ihrer Stimme schwang Bewunderung.

»Und er ist ganz rot geworden«, stellte Merike mit einem Grinsen fest. »Irgendwie süß.«

»Vielleicht springen sie ja nachher gemeinsam übers Feuer.« Talvi kicherte.

Sie und Merike liefen zuerst zu einem Tisch, auf dem Schüsseln mit Salaten, sauer eingelegten oder geräucherten Fischen, Kümmelkäse und anderen Speisen sowie mehrere Bretter mit Brotlaiben standen, die von den Feiernden mitgebracht worden waren. Merike holte ein großes Glas mit Oma Kadris Salzgurken und eine Dose mit Pfannkuchen aus ihrem Rucksack, Talvi hatte Speckpiroggen dabei.

Als sie zu den Grills weitergingen, hielt Merike unauffällig Ausschau nach Tarmo. Sie wollte es nach Möglichkeit vermeiden, ihm über den Weg zu laufen. Zu ihrer Erleichterung saß er mittlerweile am Rand der Wiese bei ein paar Leuten, die sie nicht kannte. Tarmo hatte seinen Arm um das sommersprossige Mädchen gelegt, das sich eng an ihn schmiegte.

Marten und dessen Freunde, die fast alle Mitglieder im Ortsverband der Volksfront waren, tauschten sich gerade mit Lenja über die Aktivitäten aus, die in den nächsten Monaten geplant waren, als Merike und Talvi sich mit ihren Tellern wieder zu ihnen gesellten.

»Bei uns steht als Nächstes die Wiedererrichtung des Denkmals für die Freiheitskämpfer an«, sagte eine junge Frau gerade, als sie sich an den Tisch setzten. Sie hieß Helina und hatte ein paar Jahre vor Merike und Talvi ihren Schulabschluss gemacht.

»Apropos Freiheitskampf«, warf ihr Nachbar ein. »Wusstet ihr, dass in den dreißiger Jahren der 23. Juni ein staatlicher Feiertag war, an dem der Schlacht von Võnnu gedacht wurde? Ich hab das erst vor Kurzem von meinem Großvater erfahren.«

»Doch, da klingelt was«, sagte Talvi, während Merike stumm den Kopf schüttelte. »Das ist das lettische Cēsis, nicht wahr? Dort haben die Esten im Unabhängigkeitskampf einen wichtigen Sieg errungen.«

»Kein Wunder, dass die Sowjets den Feiertag nach dem Zweiten Weltkrieg abgeschafft haben«, sagte Helina. »Schließlich tun die ja bis heute so, als ob wir freiwillig in die UdSSR eingetreten wären. Da passt es nicht ins Bild, das Gedenken an eine Schlacht im Freiheitskrieg zu feiern.«

Merike bemerkte, wie Marten sich auf die Lippe biss und unsicher zu Lenja äugte.

»Mach dir keinen Kopf«, sagte diese. »Nur weil meine Familie aus Russland stammt, finde ich nicht automatisch alles gut, was dort beschlossen wird. Sonst würde ich ja wohl kaum bei der Volksfront mitmachen.« Sie nahm einen Schluck Bier aus ihrer Flasche. »Und mal eben ein Land einzukassieren und dann zu behaupten, es hätte seine Souveränität aus freien Stücken aufgegeben, geht ja nun gar nicht.«

»Sehen deine Eltern das auch so?«, erkundigte sich Merike.

»Nee, überhaupt nicht«, antwortete Lenja. »Die sind da ganz wie mein Ex und können meine Einstellung weder verstehen noch akzeptieren. Das mit dem Punk und der Umweltbewegung, damit sind sie noch einigermaßen klargekommen, aber dass ich mich für Estlands Selbstständigkeit starkmache, geht ihnen definitiv zu weit. In ihren Augen bin ich eine Verräterin.«

»Das muss schlimm für dich sein.« Merike sah sie mitfühlend an.

»Ja, das ist schon bitter. Hätte mir natürlich gewünscht, dass sie anders denken.« Lenja zuckte mit den Schultern »Zumal ich ihre Haltung irgendwie verlogen finde. Denn zurück in die alte

Heimat wollen sie auf keinen Fall. Dazu lebt es sich in Tallinn viel zu gut.«

Merike nickte unwillkürlich. Ihr Vater hatte nach seinen Fahrten häufig berichtet, dass der Lebensstandard bei ihnen im Vergleich zu dem in der restlichen Sowjetunion deutlich höher war und viele Menschen eine Reise nach Estland, Lettland oder Litauen als Begegnung mit der für sie unerreichbaren »westlichen« Kultur betrachteten, vor allem in materieller Hinsicht.

»Hast du keine Angst, dass sich die Stimmung gegen die hier lebenden Russen noch mehr aufheizen könnte, wenn immer mehr Esten gegen die Vorherrschaft Moskaus aufbegehren und das Ende der Russifizierungspolitik verlangen?«, fragte Marten. »Also zum Beispiel, dass nicht mehr Russisch die Standardsprache ist. Oder dass hier nur Leute leben sollten, die sich an die estnische Kultur anpassen?«

»Ich hoffe einfach mal, dass nicht alle Russen über einen Kamm geschoren werden«, sagte Lenja. »Obwohl es natürlich immer Leute geben wird, die genau das tun. Aber nach einer Weile wird sich das schon einspielen. Ich fühle mich jedenfalls mehr als Estin als als Russin. Und würde, ohne zu zögern, die estnische Staatsbürgerschaft beantragen, wenn das Land wieder unabhängig würde.«

Merike hatte Lenja mit klopfendem Herzen zugehört. Sie war beeindruckt von deren bedingungslosen Einstellung, die sie ihre Beziehung gekostet und sie zum schwarzen Schaf in ihrer Familie gemacht hatte. Dass ihre neue Freundin obendrein das Risiko in Kauf nahm, als Teil einer verhassten Bevölkerungsgruppe angefeindet zu werden, flößte Merike Respekt ein. Und ich fürchte mich, den Unmut von Opa Andrus zu erregen, dachte sie voller Scham. Das ist im Vergleich dazu doch Pillepalle.

Merike holte tief Luft. »Ich würde gern bei den Vorbereitungen für die Einweihung des Denkmals mithelfen«, sagte sie zu Helina, die ihr gegenübersaß.

»Prima«, antwortete diese erfreut. »Wir können jede Hand gebrauchen.«

Talvi warf Merike einen überraschten Blick zu. »Bist du sicher?«, flüsterte sie. »Dein Opa wird ausrasten.«

»Soll er doch.« Merike zuckte mit den Achseln. »Ich hab diese Duckmäuserei so was von satt!«

»Ich würd ja auch mittun«, sagte Talvi. »Aber die nächsten Wochen muss ich mich echt ranhalten mit dem Büffeln.« Sie verdrehte die Augen. »Ich darf gar nicht daran denken, dass die Prüfungen schon in vier Wochen stattfinden.«

»Ülle, komm zurück!«

Der laute Ruf lenkte Merikes Aufmerksamkeit ab. Sie sah sich um und bemerkte die junge Frau, die Tarmo im Arm gehalten hatte, mit wütendem Gesicht davonstürmen.

Tarmo folgte ihr. »Bitte, lauf nicht weg«, rief er. »Lass uns in Ruhe reden.«

Ülle schüttelte den Kopf, beschleunigte ihre Schritte und verließ die Festwiese. Tarmo blieb stehen und schaute ihr mit unschlüssiger Miene hinterher.

»Ts, ts, ts«, machte Talvi. »Wenn das mal kein Unglück bringt. Beziehungszoff in der Nacht der Verliebten.« Sie grinste Merike an. »Geschieht diesem Ekel recht, findest du nicht?«

Merike nickte automatisch. Zugleich stellte sie fest, dass die Ratlosigkeit, die Tarmo ins Gesicht geschrieben stand, ihr keine Genugtuung bot. Zu oft hatte sie selbst erlebt, wie schmerzhaft es war, mit offenen Fragen buchstäblich stehen gelassen zu werden.

Als die Sonne hinter den Wipfeln der Bäume am westlichen Ufer verschwand, wurde der Scheiterhaufen mit Fackeln angezündet. Nach und nach versammelten sich alle Feiernden, bildeten einen Kreis um das Feuer und stimmten die Nationalhymne an, die jahrzehntelang verboten gewesen war:

Mu isamaa, mu õnn ja rõõm,
Mein Vaterland, mein Glück und Freude,
kui kaunis oled sa!
wie schön bist du!
Ei leia mina iial teal
Ich finde nichts
see suure, laia ilma peal,
auf dieser großen weiten Welt,
mis mul nii armas oleks ka,
was mir so lieb auch wäre,
kui sa, mu isamaa!
wie du, mein Vaterland!

Merike bewegte stumm die Lippen und folgte mit den Augen den Funken, die hinauf gen Himmel stoben, der sich in dunklen Rottönen über dem See wölbte. Ihr war, als habe ihr Entschluss, sich der *rahvrinne* anzuschließen und konkrete Aufgaben zu übernehmen, den Knoten der Angst gelockert, die sie ein Leben lang beherrscht hatte. Ich werde mich für die Freiheit meines Landes einsetzen, dachte sie. Und für meine eigene. Ein feierliches Gefühl breitete sich in ihr aus und die Gewissheit, dieses Mal nicht vor Opa Andrus einzuknicken.

Kirchspiel Oberpahlen / Livland, Sommer 1914

Kapitel 23

Luise zog sich den Morgenmantel an, den ein dienstbarer Geist über der Lehne eines Stuhls drapiert hatte. Dieser stand in der Ecke neben der Tür zum Gang vor einer Frisierkommode, auf der sie eine Schüssel mit frischem Wasser, Seife, Waschlappen, Handtücher sowie weitere Toilettenartikel vorfand. Rasch wusch sie sich das Gesicht, bürstete ihr Haar und steckte es zu einem einfachen Dutt hoch, wobei sie sich prüfend im Spiegel betrachtete. Bläuliche Schatten lagen unter ihren Augen, ihr Teint war bleich, nur auf den Wangen hatten sich zwei rote Flecken gebildet – wie immer, wenn sie aufgeregt oder befangen war.

In was für eine verrückte Lage bin ich da nur geraten?, dachte sie. Was würde Ella wohl sagen, wenn sie mich jetzt sehen könnte? Wie Luise ihre Schwester kannte, fände sie es vermutlich knorke und hätte ihren Spaß an diesem Verwirrspiel gehabt. Was, wenn auch Julius das Ganze als Jux ansah, als willkommene Abwechslung in seinem adligen Alltagstrott? Wenn er zu den Landjunkern gehört, deren Leben nicht durch Arbeit strukturiert wurde, sondern durch wiederkehrende Mahlzeiten, Besuche, Jagden und gelegentliche Festivitäten? So wie es Keyserling in seinem Roman *Abendliche Häuser* beschrieb. Die Vorstellung versetzte Luise einen Stich. Nun, er wird schnell merken, dass ich für solche Spielereien nicht zu haben bin, redete sie sich selbst gut zu. Das werde ich ihm jetzt gleich klipp und klar zu verstehen geben.

Luise wandte sich vom Spiegel ab und klopfte an die schmale Tür, die zum Nebenraum führte. Einen Atemzug später wurde sie aufgerissen, und Luise stand Julius gegenüber, der sie fast um zwei Köpfe überragte. Unwillkürlich machte sie einen Schritt rückwärts, um ihm besser ins Gesicht sehen zu können.

»Ich … äh … also«, stotterte Luise. Der Blick seiner graublauen Augen brachte sie aus dem Konzept. Sie räusperte sich. »Baron, ich …«, begann sie erneut.

»Einfach nur Julius, bitte«, sagte er und machte eine einladende Bewegung zu einem Sofa und zwei Sesseln hin, die im Nebenzimmer vor einem runden Tischchen standen.

Luise schüttelte den Kopf. Sie hielt es für angemessener, dieses Gespräch stehend und auf Abstand zu führen. Ihre Knie waren jedoch anderer Meinung und drohten, jeden Moment nachzugeben. Luise stellte sich hinter einen Sessel und hielt sich an dessen Rückenlehne fest. Julius zog den zweiten Sessel vor den ihren und nahm ihr gegenüber Platz.

Luise entspannte sich ein bisschen. Es tat gut, nicht länger den Kopf in den Nacken legen zu müssen, um in sein Gesicht zu sehen.

»Besser so?«, fragte er. »Auf Augenhöhe spricht es sich entschieden leichter.«

Er ist so aufmerksam, dachte Luise. Ich habe noch nie einen Mann getroffen, der so einfühlsam mit mir umgegangen ist.

»Sie fragen sich gewiss, warum ich Wilhelmine nicht ins Gewissen geredet habe, das Missverständnis unverzüglich aufzuklären. Warum ich sie nicht daran gehindert habe, Sie ungefragt in eine heikle Lage zu manövrieren«, fuhr er fort. »Wie es einem Mann von Ehre zweifellos anstünde.« Er fuhr sich durch die vollen Haare und zerzauste den sorgsam gezogenen Scheitel. »Ich fürchte, ich kann es nicht rechtfertigen. Nicht im Sinne der herrschenden Etikette. Ich weiß nur, dass ich Sie kennenlernen möchte. Wenn Wilhelmine ihre wahre Identität enthüllt hätte, wäre sie allzu bald wieder mit Ihnen abgereist. Die Verwechslung erschien mir wie ein Geschenk des Schicksals, das ich dankbar angenommen habe.« Er sah sie zerknirscht an. »Sie müssen mich für einen skrupellosen Egoisten halten, der vielleicht irgendwelche finstere Absichten …«

Luise schüttelte den Kopf. Das tue ich nicht, wollte sie sagen, war jedoch nicht imstande, einen Ton herauszubringen.

»Heißt das …« Julius schaute ihr in die Augen. »Bleiben Sie?«, fragte er.

Die Hoffnung in seiner Stimme ließ Luises Herz schneller schlagen. Sie zwang sich, den Blick abzuwenden und dem Drang zu widerstehen, Julius' Frage mit einem freudigen »Ja, nichts lieber als das« zu beantworten. Wenn es noch ein Fünkchen gesunden Menschenverstand in dir gibt, machst du der Sache jetzt sofort ein Ende, ermahnte sie sich.

»Es mag unvernünftig erscheinen«, hörte sie ihn sagen. »Aber es fühlt sich richtig an.«

»Wie soll das denn funktionieren?«, brach es aus Luise heraus. »Wenn Sie binnen kürzester Zeit durchschaut haben, dass ich nicht Wilhelmine bin, werden es andere doch auch bald tun.«

Sie biss sich auf die Lippe. Das war nicht das, was du hättest sagen sollen, schimpfte ihr strenges Ich. Jetzt denkt er, du wärest grundsätzlich zu diesem Schwindel bereit. Läge er denn so falsch damit?, hielt sie dagegen. Sei ehrlich, juckt es dich nicht, über deinen Schatten zu springen und das Wagnis einzugehen? Aber was erwartest du dir davon? Ein kurzes Techtelmechtel? Mehr kann es nicht werden. Oder glaubst du im Ernst, dass Julius sich gegen seine Eltern, die Traditionen seiner Familie und die Regeln seines Standes stellen und dich … Hör sofort auf damit! Allein der Gedanke ist grotesk.

»Bitte, quälen Sie sich nicht«, sagte Julius leise. »Das ist nun wirklich das Letzte, was ich will.«

»Wohin soll das führen?«, rief Luise und schloss ihre Hände fester um die Sessellehne. »Ich bin doch nur eine einfache …«

»Sie sind die Frau, die neulich im Wirtsgarten von Mällikvere einem Fremden das bezauberndste Lächeln geschenkt hat, das diesem je zuteilwurde. Vergessen Sie den Baron. Geben Sie jenem

Fremden die Chance, Sie näher kennenzulernen. Er wird nichts von Ihnen erwarten, keine Forderungen an Sie stellen und alles daransetzen, dass Sie diesen Schritt nicht bereuen werden.«

Luise betrachtete forschend seine Miene, in der sie nichts als Aufrichtigkeit lesen konnte.

»Und was Ihre Sorge vor Entdeckung betrifft: Die meisten Menschen neigen dazu, das zu sehen, was sie aus eingefleischter Gewohnheit erwarten. Ihre Freundin Wilhelmine ist in den Tagen vor ihrer Abreise sehr überzeugend in die Rolle der treu ergebenen Zofe geschlüpft, die schweren Herzens ihre Herrin verlassen muss, um dem Ruf ihrer erkrankten Mutter zu folgen, die ihre Hilfe benötigt.«

Luise musste bei der Vorstellung unwillkürlich schmunzeln und bedauerte es fast ein wenig, Wilhelmines Darstellung verpasst zu haben.

»Aber Sie haben sich ja offensichtlich nicht lange täuschen lassen«, stellte sie fest. »In ihrem Brief hat Wilhelmine geschrieben, dass sie Ihnen gegenüber den Irrtum nicht aufklären musste. Woran haben Sie erkannt, dass sie nicht Luise ist?«

»Im Wirtsgarten wirkten Sie beide wie zwei gute, gleichgestellte Freundinnen«, antwortete Julius. »Weswegen ich an jenem Abend auch nicht ernsthaft angenommen habe, dass eine von Ihnen das adlige Fräulein aus Deutschland sein könnte, das mit seiner Zofe auf dem Weg zu unserem Gut war. Als Wilhelmines Telegramm dort eintraf, war ich nämlich noch unterwegs und wusste nichts von ihrer baldigen Ankunft. Umso größer war daher meine Freude, als Sie beide am nächsten Tag in Algulfer auftauchten. Dass Wilhelmine von Doktor Dettmann fälschlicherweise für die Zofe gehalten wurde, war zunächst mehr eine Intuition als eine Gewissheit für mich. Ihr Auftreten kam mir eine Spur zu selbstbewusst vor, sie war es unverkennbar gewohnt, Anweisungen zu geben, und reagierte teilweise mit kaum merklicher

Verzögerung, wenn sie als Fräulein Gerdes angesprochen wurde. Mir ist das aufgefallen, weil ich unbedingt herausfinden wollte, wer ihre Begleiterin war und ob ich mit meiner Vermutung richtiglag. Deshalb habe ich sie sehr aufmerksam beobachtet. Im Gegensatz zu meiner Familie.«

Luise zog die Stirn kraus. »Warum hat die Wirtin Sie eigentlich nicht erkannt?«, fragte sie. »Als sich Wilhelmine bei ihr nach Familie von Uexküll erkundigt hat und wissen wollte, ob sie Sie persönlich kennt, hat sie behauptet, keinem von Ihnen je begegnet zu sein.«

»Das stimmt auch, zumindest was mich betrifft. Mällikvere liegt zu weit entfernt beziehungsweise nicht auf dem Weg zu Zielen, die wir regelmäßig ansteuern. Letzten Freitag war ich zum ersten Mal dort, nachdem ich in der Gegend einen Bauern aufgesucht hatte, der Tori-Pferde besitzt.« Seine Augen leuchteten auf. »Ich bin dabei, mir einen Traum zu erfüllen und eine neue Zuchtlinie aufzu...« Er unterbrach sich. »Entschuldigen Sie, ich schweife ab. Mein Steckenpferd geht mit mir durch.« Er lächelte verlegen. »Wie dem auch sei, bei solchen Geschäften begegne ich den Leuten gern von gleich zu gleich, in dem Fall von Pferdenarr zu Pferdenarr. Und auch hier kommt wieder die vorhin erwähnte Erkenntnis zum Tragen: Die Leute sehen das Erwartbare. Die gute Wirtin stellt sich unter einem deutschen Baron vermutlich einen befehlsgewohnten Herrn vor, der sich allein schon von der Kleidung her deutlich vom sogenannten gemeinen Volk abhebt, dieses mit einer gewissen Herablassung behandelt und meistens auf Deutsch mit den Leuten redet, sofern Estnisch überhaupt zu seinem Sprachschatz gehört.«

Luise, die ähnlich über die Macht von Klischeevorstellungen und Vorurteilen dachte, die das Urteilsvermögen der Menschen stärker beeinflussten, als den meisten bewusst war, nickte zustimmend. Nach kurzem Zögern stellte sie die Frage, die ihr besonders am Herzen lag: »Wie können Sie es mit Ihrem Gewissen vereinbaren, Ihre Familie hinters Licht zu führen?«

»Weil sie es nicht anders verdient hat«, antwortete er wie aus der Pistole geschossen. Zu Luises Überraschung wurde er rot. »Jetzt halten Sie mich endgültig für einen Kindskopf, den man unmöglich ernst nehmen kann.« Er hob die Schultern. »Ich möchte mich gewiss nicht über mein Schicksal beklagen, das mich als Erben eines Rittergutes vorgesehen hat. Aber zuweilen hadere ich doch mit den Zwängen und Erwartungen, die diese Position mit sich bringt. Zumal in einer Familie, die großen Wert auf gewisse Traditionen legt.«

»Sie spielen auf die Verheiratung mit einer entfernten Verwandten aus der alten deutschen Heimat an?«

Julius nickte. »Und auf die Überzeugung, etwas ganz Besonderes zu sein und daher das Anrecht auf das Bestmögliche zu haben. Ein dünkelhaftes Anspruchsdenken, das in meinen Augen nicht zu rechtfertigen ist.« Ein spitzbübisches Lächeln huschte über sein Gesicht. »Ich muss gestehen, dass ich Wilhelmines heimliches Vergnügen an der Verwechslung nachvollziehen kann.« Er zauste erneut seine Haare und fuhr ernster fort: »Ich hätte mich jedoch nie darauf eingelassen, wenn ich nicht von der aufrichtigen Zuneigung Wilhelmines Ihnen gegenüber überzeugt wäre. Sie würde nichts tun, was Sie ernsthaft in Schwierigkeiten bringen könnte.«

»Daran habe ich keinen Zweifel«, sagte Luise. »Sie hat den Brief erwähnt, den Sie Ihren Eltern aushändigen sollen, falls ich nicht mitspiele.«

Sie unterdrückte ein Seufzen. Im Grunde kann ich gar nicht anders, als mich auf diesen Rollentausch einzulassen, dachte sie. Ich würde es nicht übers Herz bringen, Wilhelmines hoffnungsfrohen Aufbruch zu neuen Ufern im Keim zu ersticken und ihr nicht wenigstens eine Zeit lang Rückendeckung zu geben. Was wäre ich für eine Freundin, ihr das zu verweigern?

»Also gut«, sagte Luise leise. »Ich bin dabei.«

»Ich kann gar nicht sagen, wie glücklich mich …«

»Ich tue es für meine Freundin«, unterbrach ihn Luise. »Und zwar ausschließlich.« Sie sah ihn eindringlich an. »Ich möchte, dass in diesem Punkt absolute Klarheit herrscht. Es geht mir nur darum, Wilhelmine den Rücken freizuhalten. Sind Sie bereit, das zu akzeptieren?«

Julius nickte nach einer winzigen Pause. »Wie gesagt, ich werde alles daransetzen, dass Sie diesen Schritt nicht bereuen werden.« Er streckte ihr seine Rechte hin. »Herzlich willkommen auf Algulfer.«

Luise ergriff seine Hand, die sich warm und fest um ihre legte.

»Ich freue mich sehr, deine Bekanntschaft zu machen«, fuhr er fort und zwinkerte ihr zu. »Und nicht vergessen: Wilhelmine ist per Du mit ihren Verwandten.«

Luise nickte. »Ich kann aber nicht garantieren, dass ich die Rolle überzeugend spielen werde. Es gibt so viele Stolpersteine. Wird man zum Beispiel nicht erwarten, dass ich reiten kann? Oder die französische Sprache beherrsche?«

Julius hob die Hand. »Vergiss nicht, du hattest einen schweren Unfall«, antwortete er. »Doktor Dettmann hat dir ausdrücklich Ruhe verordnet und allenfalls Spaziergänge erlaubt, von Reiten kann gar keine Rede sein. Und aufgrund der Gehirnerschütterung hält er es für möglich, dass du unter partiellem Gedächtnisschwund leiden könntest. Falls also wirklich jemand Anstalten machen sollte, dich in eine französische Konversation zu verwickeln oder Dinge von dir zu erfragen, auf die du die Antwort nicht kennst, hat uns der gute Doktor eine wunderbare Erklärung für deine Wissenslücken geliefert.« Er stand auf. »Bereit, Wilhelmine?«

Luise legte die Hand auf ihr Zwerchfell, das sich angespannt hatte, und sah ihn unschlüssig an.

»Hab keine Angst«, bat er. »Du wirst feststellen, dass du dich gar nicht groß verstellen musst. Die meisten Menschen kreisen um sich selbst und wollen gar nicht so viel über andere erfahren, wenn sie erst einmal glauben zu wissen, wen sie vor sich haben. Meine Schwester ist da ein gutes Beispiel. Wenn sie die Gelegenheit bekommt, über sich zu sprechen, wird sie dich kaum mit bohrenden Fragen behelligen. Und meine Eltern schweben ohnehin die meiste Zeit in ihren eigenen Sphären und werden …«

Ein Klopfen unterbrach ihn, die Tür wurde geöffnet, und das Dienstmädchen steckte den Kopf herein.

»Ah, da kommt dein Imbiss«, sagte Julius und winkte das Mädchen herein. »Stell das Tablett bitte hier ab, Reet.«

Reet knickste vor Luise. »Soll ich Ihnen ein Bad einlassen?«, fragte sie.

»Das wäre wundervoll, vielen Dank«, sagte Luise.

Das Dienstmädchen eilte aus dem Zimmer.

»Gut, wir sehen uns später.« Julius ging zur Tür. »Wenn du Lust hast, führe ich dich dann ein bisschen herum, damit du einen ersten Eindruck von Algulfer bekommst.«

»Sehr gern. Nach der langen Bettruhe sehne ich mich nach Bewegung an der frischen Luft.«

»Du findest mich vermutlich im Pferdestall«, sagte Julius. »Ich plane, ihn zu vergrößern, und will prüfen, ob eine einfache Erweiterung genügt. Oder vielleicht doch ein umfassender Umbau sinnvoller ist.«

Eine gute Stunde später trat Luise erfrischt und gestärkt aus ihrem Zimmer. Sie trug ein luftiges, knöchellanges Sommerkleid von Wilhelmine, das ihr eine Spur zu weit war, was dank einer hoch angesetzten Schärpe jedoch nicht auffiel. Während Luise im Bad gewesen war, hatte Reet den Inhalt der beiden Reisetruhen, die Wilhelmines Mutter Wochen zuvor nach Algulfer vorausgeschickt hatte, in den Schrank eingeräumt und mit geschultem Blick festgestellt, dass das Fräulein um die Taille herum schmaler geworden war. Zu Luises Erleichterung hatte das Dienstmädchen wohl keinen Verdacht geschöpft, es könnte sich nicht um ihre Garderobe handeln, sondern hatte die mehrtägige unfreiwillige Fastenkur nach dem Unfall dafür verantwortlich gemacht und gefragt, ob sie die betreffenden Röcke und Kleider enger nähen sollte. Luise hatte die Bemerkung, das könne sie bei Bedarf schon selbst erledigen, rechtzeitig herunterschlucken können und das Angebot fürs Erste freundlich abgewiesen unter dem Vorwand, erst einmal abwarten zu wollen, ob sie nicht bald wieder in ihre Sachen hineinwachsen würde. Es widerstrebte ihr, Wilhelmines Kleider zu verändern, die sie als vorübergehende Leihgabe ansah.

Luise hatte sich im Nordtrakt, in dessen zweiter Etage sich die Gästezimmer befanden, von Reet eine Stiege zum Erdgeschoss zeigen lassen, die direkt zu einem Seiteneingang an der Schmalseite des Wohnhauses führte, von der es nur wenige Schritte zu den Stallungen waren. Luise war froh, nicht die große Treppe im Mittelbau benutzen zu müssen, die in die Empfangshalle führte. Sie wollte es nach Möglichkeit vermeiden, einem Mitglied der Familie von Uexküll über den Weg zu laufen, und noch eine kurze Galgenfrist herausschinden, bevor sie spätestens beim Diner ihren Gastgebern als Wilhelmine unter die Augen treten musste.

Die Wagenremise, in der auch die Reit- und Kutschpferde untergebracht waren, war ein lang gezogener Bau mit einem überdachten Arkadengang, an dem sich die Stallabteile hinter zweigeteilten Türen befanden. Bei einigen streckten Pferde ihre Köpfe aus den geöffneten oberen Teilen und beäugten Luise aufmerksam, die an ihnen vorbei zu dem in der Mitte des Gebäudes befindlichen Tor lief. Dort stieß sie um ein Haar mit einem drahtigen Mittvierziger zusammen, der eben aus dem Stall trat. Er trug eine Lodenjoppe, Kniebundhosen und Reitstiefel.

»Verzeihung!« Luise trat beiseite und schalt sich im nächsten Atemzug. So verhält sich keine selbstbewusste Dame von Stand. Die würde erwarten, dass er sich entschuldigt und ihr den Weg freimacht.

»Kann ich Ihnen behilflich sein, gnädiges Fräulein?«, fragte der Mann und lüftete seine Schiebermütze.

»Ja, ich bin auf der Suche nach dem jungen Baron.«

»Den finden Sie im Haus des Oberstallmeisters«, sagte der Mann und zeigte auf einen Durchgang an einer Seite des Stalls.

»Danke.« Luise bemühte sich um eine huldvolle Miene, die ihr selbst entsetzlich übertrieben vorkam.

Den Mann schien sie dagegen nicht zu irritieren. Er lächelte freundlich, verbeugte sich und ging zu einer der Stallboxen.

Erste Feuerprobe bestanden! Beschwingt schlug Luise die angegebene Richtung ein und landete auf einem kleinen Platz hinter der Wagenremise, an dem weitere Wirtschaftsgebäude standen. Als sie sich unschlüssig umsah, welches das Haus des Oberstallmeisters sein könnte, hörte sie ein gedämpftes Jaulen. Sie ging dem Geräusch nach und entdeckte hinter einem hohen Stapel Brennholz einen fensterlosen Schuppen. Durch ein Astloch spähte sie ins Innere und machte im Dämmerlicht ein zotteliges schwarzes Etwas aus.

»Metsik?«

Das klägliche Winseln wurde lauter, begleitet von Scharren an der Holzwand.

»Gott sei Dank, du lebst noch«, entfuhr es Luise, der die Äußerung der Baronin wieder einfiel, das grässliche Biest, das die Pferde scheu gemacht und den Unfall verursacht hatte, solle am besten erschossen werden. Dass ein Lebewesen ihretwegen getötet werden könnte, hatte Luise in ihren fiebrigen Träumen gequält, und auch jetzt fand sie den Gedanken unerträglich. Zumal der Hund sich vermutlich aus Verzweiflung von seiner Kette losgerissen hatte, nachdem er von den beiden Dorfjungen gepiesackt worden war.

»Ich werde dafür sorgen, dass niemand dir etwas tut«, sagte sie leise in das Astloch. »Du wolltest mich sicher nicht verletzen.«

Das herzzerreißende Jaulen brach ab.

»Du Armer«, fuhr Luise fort. »Ganz allein im Finstern. Das muss schrecklich sein. Am liebsten würde ich dich aus deinem Gefängnis befreien.«

»Das lassen Sie mal schön bleiben!«

Luise fuhr herum und sah sich einem stämmigen Mann in einem kragenlosen Kittel und weiten Hosen aus derbem Webstoff gegenüber, der sie grimmig musterte. Luise erkannte in ihm den Mann wieder, der den Hund mit einem Stock fuchtelnd verfolgt hatte, als er weggelaufen war. Metsik begann zu knurren.

»Du ungehorsame Bestie!«, schrie der Mann. »Was fällt dir ein, deinen Herrn zu bedrohen?«

Das Knurren verstärkte sich.

»Ich hätte gleich auf die Baronin hören sollen. Es ist höchste Zeit, kurzen Prozess mit dir zu machen.« Er kam näher.

Ohne nachzudenken, stellte sich Luise mit dem Rücken vor die Schuppentür. »Unterstehen Sie sich!« Sie breitete die Arme aus. »Sie rühren Metsik nicht an.«

»Oho, das werden wir ja sehen«, fauchte der Mann und lief rot an. »Gehen Sie aus dem Weg, Fräulein.«

Der Hund bellte mittlerweile wie von Sinnen.

»Das werde ich nicht tun«, antwortete Luise mit bebender Stimme. »Ich werde nicht zulassen, dass Sie Metsik anrühren.«

»Was ich mit meinem Hund mache, geht Sie gar nichts an!«, brüllte der Mann außer sich. »Gehen Sie, bevor ich mich vergesse!«

Luises Herz schlug ihr bis zum Hals. Alles in ihr schrie danach, das Weite zu suchen und sich in Sicherheit zu bringen. »Nein, das werde ich nicht tun«, antwortete sie. »Sie müssen schon Hand an mich legen, wenn Sie an Metsik heranwollen.«

Der Mann starrte sie aus blutunterlaufenen Augen an und ballte die Fäuste.

Die Angst schnürte Luise die Kehle zu. Was würde Wilhelmine in so einer Situation tun?, fragte sie sich. Die Adlige herauskehren und ihn in seine Schranken weisen, kam wie aus dem Nichts die Antwort. Luise drückte ihr Kreuz durch, stemmte die Hände in die Seiten und fixierte den Mann mit einem Blick, von dem sie hoffte, dass er ihr überzeugend hochmütig und selbstbewusst gelang – so, wie man es von einem hochgestellten Fräulein erwarten würde.

Otepää / Estland, Sommer 1989

Kapitel 24

Als der große Scheiterhaufen in den frühen Morgenstunden des Johannistages zu einem kleinen Feuer heruntergebrannt war, verließen Merike und Talvi den Strand. Vergeblich hielten sie nach Lenja Ausschau, die einige Zeit zuvor von Marten zu einem »kleinen Spaziergang« entführt worden war, von dem die beiden nicht wieder zur Festwiese zurückgekehrt waren. Sie waren nicht das einzige Pärchen, das in der lauen Sommernacht die Zweisamkeit in einem der umliegenden Wäldchen gesucht hatte. Merike und Talvi grinsten sich vielsagend an und liefen allein zu dem Grundstück am Weiher, wo sie kurz nach Sonnenaufgang um halb fünf in ihr Zelt krochen und umgehend in Tiefschlaf fielen.

Die Sonne stand bereits hoch am Himmel, als sie am späten Vormittag von Marten und Lenja geweckt wurden, die deren Rucksack holten und die Freundinnen zu einem gemeinsamen Ausflug einluden.

»Ich will ihr ein bisschen die Umgebung zeigen«, sagte Marten. »Besser gesagt, ein paar möglichst verfallene Gutshöfe.« Er zerzauste Lenja die Haare. »Da haben wir ja zum Glück einige in der Nähe.«

Lenja kicherte. »Du weißt ja, ich liebe diese alten Gemäuer«, sagte sie zu Merike. »Die haben so was herrlich Morbides.«

»Also, seid ihr dabei?«, fragte Marten.

»Lust hätte ich schon.« Merike verzog den Mund. »Aber ich sollte mich mal wieder zu Hause blicken lassen«, fuhr sie fort und verspürte einen Pikser ihres schlechten Gewissens. Bislang hatte sie sich weitgehend davor gedrückt, sich beim Entrümpeln und Putzen des alten Ladens nützlich zu machen. Vor Tagen hatte ihre Mutter sie gebeten, wenigstens ihre alten Kindersachen zu sichten und zu entscheiden, was sie aufheben wollte und was wegkonnte. Wegen der Fortbildung war Merike jedoch nicht dazu gekommen.

»Und ich muss heute dringend einen Lerntag einlegen«, sagte Talvi. »Außerdem seid ihr doch bestimmt lieber zu zweit unterwegs. So wie letzte Nacht.« Sie lächelte betont unschuldig.

Merike sah, dass Marten rot anlief. »Wann fährst du denn nach Tallinn zurück?«, erkundigte sie sich rasch bei Lenja, bevor Talvi ihn mit weiteren Bemerkungen in Verlegenheit bringen konnte.

»Erst mal gar nicht«, antwortete Lenja.

»Wir wollen nämlich ein paar Tage ans Meer«, erklärte Marten und strahlte über das ganze Gesicht. »Morgen früh geht's los.«

»Dann lasst uns doch heute Abend gemeinsam grillen«, schlug Merike vor.

»Super Idee!«, riefen Lenja und Talvi wie aus einem Mund.

Nachdem sie Ort und Zeit verabredet hatten, verabschiedeten sich Marten und Lenja und verließen eng umschlungen das Grundstück.

»Da kann man direkt neidisch werden«, murmelte Talvi, die den beiden nachschaute. »Sie passen echt gut zusammen. Obwohl sie so unterschiedlich sind.« Sie drehte sich zu Merike. »Wann uns wohl mal der Richtige begegnet?«

»Keine Ahnung.« Merike zuckte die Achseln. »Zurzeit hätte ich eh keinen Kopf für 'ne Beziehung. Ist mir so schon alles kompliziert genug.«

»Muss ja nicht gleich was total Ernstes sein. Aber ein netter Flirt, bisschen Knutschen ...« Talvi seufzte. »Aber du hast schon recht. Momentan würde mich ein Typ viel zu sehr vom Lernen ablenken.«

Nachdem sie im Weiher gebadet und frische Kleider angezogen hatte, rollte Merike ihren Schlafsack zusammen und machte sich auf den Heimweg. Im Haus in der Lille Straße waren alle ausgeflogen. Auf dem Telefonregal neben der Garderobe wartete eine kurze Nachricht auf sie:

Liebe Merike,
ich hoffe, Du hattest gestern einen schönen Abend.

Wir sind jetzt zu Besuch bei Milvi und Mati. Komm gerne nach, wenn Du Lust hast. Ansonsten gibt es noch Gemüsesuppe (Topf steht in der Speisekammer) und frische Mohnfladen.

Bis später! Küsschen, Mama

P.S. Deine alten Kindersachen habe ich in Dein Zimmer gebracht. Da kannst Du sie in Ruhe durchsehen.

Merike musste grinsen. Ihre Mutter war eine Meisterin darin, immer neue Methoden zu erfinden, mit denen sie ihren Mann und ihre Tochter zu Tätigkeiten »überredete«, die diese am liebsten bis zum Sankt Nimmerleinstag vor sich hergeschoben hätten.

»Bringen wir es hinter uns«, sagte Merike zu ihrem Gesicht im Garderobenspiegel, steckte die Notiz in die Hosentasche und ging nach oben. Auf der Schwelle zu ihrem Zimmer entfuhr ihr ein entgeistertes: »Hatte ich wirklich so viel Zeugs?«

Der gesamte Boden war vollgestellt. Zwischen Kartons und Taschen quetschten sich ein Schaukelpferd, ein windschiefer Babyhochstuhl, ein Paar kurze Skier mit ausgeleierten Bindungen und ein Kinderwagen mit rostigem Fahrgestell, in dem sich Merikes Katze zusammengerollt hatte und schlief.

In den nächsten Stunden wühlte sich Merike durch die Kisten, Schachteln und Tüten und sortierte aus, was sie nicht aufheben wollte. Einiges warf sie auf den für den Abfall bestimmten Haufen; darunter ihre Schulhefte – ausgenommen die mit ihren Aufsätzen –, kaputte Bälle, zerschlissene Springseile, eine zerdellte

Blechtrompete, einen kopflosen Hampelmann und ein unvollständiges Kinderdomino. Die meisten der noch ansehnlichen Spielsachen wollte Merike jedoch verschenken.

In der Holzkiste mit den Dingen, von denen sie sich nicht trennen mochte, landeten schließlich eine Handvoll Lieblingsstücke: ein Stoffhase, den Oma Kadri für sie aus einem gelb-weiß gestreiften Frotteehandtuch genäht hatte, eine Trachtenpuppe aus Kasachstan, die ihr Vater von einer seiner Fernfahrten mitgebracht hatte, zwei Gummifiguren – der Olympische Misha Bär und ein gelber Kosmonaut – sowie ein Puzzle mit einem Bild aus *Nu Pogodi!*, einer russischen Trickfilmreihe um einen Wolf und einen Hasen, die Merike als kleines Mädchen geliebt hatte. Besonders hatte es ihr damals der Wolf angetan mit seinem rebellischen Charakter. Er hatte eine wilde Mähne, fluchte, rauchte und verstieß gegen Gesetze – zugleich war er aber ein begnadeter Eisläufer, Tänzer und Gitarrenspieler.

Auch der Kasten mit dem Puppenbäckerladen, mit dem bereits ihre Mutter gespielt hatte, und das Schaukelpferd, das um einiges älter war als Merike, wanderten auf die Seite der Dinge, die sie behalten wollte. Zum Schluss sichtete Merike einen Karton mit Kinder- und Jugendbüchern, die teilweise ebenfalls aus Zeiten lange vor ihrer Geburt stammten. Unter ihnen begraben war ein kleiner Lederkoffer, den sie noch nie gesehen hatte. »Von wegen alles meine Sachen«, brummelte sie, hob ihn heraus, setzte sich aufs Bett und ließ die beiden Schnappschlösser aufploppen.

Das laute Geräusch schreckte Kissa aus ihrem Schlummer. Die Katze sprang aus dem Kinderwagen und strich um Merikes Beine.

»Hast du auch Hunger?« Merike beugte sich zu Kissa und streichelte sie. »Gleich gibt's was Feines. Ich mach das hier nur noch schnell fertig.«

Die Katze maunzte und haschte nach einem Sonnenstrahl, der von einer Schneekugel an die Wand reflektiert wurde. Merike stellte den Koffer auf ihre Knie und öffnete den Deckel. Der Geruch nach altem Papier, in den sich eine süßliche, leicht modrige Note mischte, strömte ihr entgegen. Zuoberst lag ein Plüschbär mit kahlen Stellen im schütteren Fell, dem ein Auge fehlte. Unter diesem fand Merike eine Schachtel voller Mini-Backutensilien, angefangen bei kleinen Brot- und Kuchenformen über Messbecher, Nudelholz, Quirl und Teigschaber bis hin zu einer einfachen Balkenwaage und einem Blankobüchlein, auf dessen vorderen Seiten mit ungelenker Kinderschrift ein paar Rezepte für unkomplizierte Gebäckstücke geschrieben waren.

Merike stellte die Schachtel neben den Plüschbären auf die Tagesdecke ihres Bettes und griff zu einer Schatulle, in der auf schwarzem Samt ein Orden gebettet war: An einem verblichenen blau-schwarz-weißen Dreiecksband baumelte ein geschwärztes flaches Eisenkreuz, in dessen Mitte ein rundes Emaillemedaillon eingelassen war. Auf dessen rotem Grund war ein gepanzerter Arm abgebildet, der ein Schwert hielt; darüber schwebte wie ein Halbmond der Buchstabe E.

Während sich Merike noch fragte, wie dieser militärisch aussehende Orden zwischen die Kindersachen geraten war, gab ihr das Cover eines in Leinen gebundenen Buches gleich das nächste Rätsel auf: *Auf Großmutters Landgut* von Eva Gaethgens. Wie hatte sich dieses deutsche Buch in den Koffer verirrt? Sie schlug die erste Seite auf. Unter der stilisierten Darstellung eines Bauernhofs und dem Untertitel *Eine Erzählung für kleine Leute* stand eine mit Tusche ebenfalls auf Deutsch geschriebene Widmung:

Für Jaan.
Zur Erinnerung an Deinen letzten Sommeraufenthalt auf dem Birkenhof. Mögen ihm noch viele weitere folgen!
Mit lieben Grüßen von Deiner Patentante.
September 1929

Stockend übersetzte Merike die Zeilen und stellte fest, dass ihre Deutschkenntnisse seit dem Ende der Schule ziemlich eingerostet waren. Sie stand auf und holte sich das *Deutsch-Estnische Wörterbuch für Schulen* aus ihrem Bücherregal.

Beim Nachschlagen der ihr unbekannten Wörter *Landgut* und *Patentante* fühlte Merike sich in ihre Schulzeit zurückversetzt. Verse wie *Ich bin Peter, du bist Paul, ich bin fleißig, du bist faul*, die sie hatten auswendig lernen müssen, kamen ihr in den Sinn. Ebenso die Figur des Reporters Schreibikus, der durch die Übungshefte gegeistert war und Fragen gestellt hat wie »Wie muss ein guter Komsomolze sein?« sowie die Lösung kniffliger Grammatikaufgaben verlangt hatte. Merike hatte den naseweisen Wicht gehasst und sein Konterfei mit Rauschebärten, Langhaarfrisuren und dicken Brillen »verschönert«. Sie sah sich wieder in dem Klassenzimmer sitzen, in dem der Deutschunterricht stattgefunden hatte. An der Wand über dem Pult hatte als Parole ein Zitat von Karl Marx gestanden: *Eine fremde Sprache ist eine Waffe im Kampfe des Lebens*. Als Waffe hatte Merike das Deutsche nie empfunden, vielmehr als Schlüssel für die Tür in eine Welt, die für sie unerreichbar war. In der fünften Klasse hatte sie wie die meisten ihrer Mitschüler Deutsch als zweite Fremdsprache neben dem obligatorischen Russisch gewählt. Während ihre Landsleute im Norden, wo man das Radio- und Fernsehprogramm des finnischen Rundfunks empfangen konnte, Finnisch lernten, um Zugang zu unabhängiger Berichterstattung zu erhalten und einen Blick in den Westen zu erhaschen, war für viele Südesten die ostdeutsche Presse, die an den Kiosken in Otepää in reichlicher Auswahl angeboten wurde, ein ähnliches Fenster im Eisernen Vorhang. Die »Neue Berliner Illustrierte«, das Frauenmagazin »Für Dich« oder die Jugendzeitschrift »Neues Leben« unterlagen selbstredend der staatlichen Zensur der DDR und hatten sich die Verherrlichung des Sozialismus auf die Fahnen geschrieben. Dennoch wurde in diesen Heften auch viel über das Leben im Ausland, westliche Musikbands, Jugendkultur und andere Themen berichtet, die einen Hauch Exotik ins abgelegene Otepää wehten. Merike hatte sich zwar nie getraut, sich solche Zeitschriften selbst anzuschaffen und zu Hause aufzubewahren; bei Talvi hatte sie jedoch oft die Gelegenheit genutzt, in den begehrten Magazinen zu blättern.

Auf dem Boden des Koffers fand Merike zu guter Letzt ein Bündel Briefe und Postkarten, die mit einem Bindfaden zusammengeschnürt waren, sowie einen in Packpapier eingeschlagenen flachen Gegenstand, der sich beim Auswickeln als gerahmte Fotografie entpuppte. Sie zeigte das schwarz-weiße Brustbild eines jungen Mannes. Überrascht zog Merike die Brauen hoch. Es war der Bursche aus dem Leporello, das Opa Andrus einkassiert hatte. Von dem er behauptet hatte, er sei niemand Wichtiges, obwohl es sich um seinen älteren Bruder handelte, wie Merike mittlerweile von Oma Kadri erfahren hatte. Sie hat mir nicht mal seinen Namen gesagt, stellte sie fest. Nur, dass er bereits 1919 gestorben ist. Nachdenklich betrachtete sie das Gesicht mit den markanten Zügen, das ernst in die Kamera blickte. »Was ist dir zugestoßen?«, murmelte sie.

Das Grummeln ihres Magens, das in der letzten halben Stunde immer lauter geworden war, erinnerte sie daran, dass sie seit dem vorigen Abend nichts mehr gegessen hatte. Begleitet von Kissa ging Merike nach unten in die Küche, wo sie den Napf der Katze füllte. Mit einem Becher Milch und zwei der fluffigen, mit Honig gesüßten Mohnfladen, die Oma Kadri zu besonderen Anlässen zubereitete, kehrte sie in ihr Zimmer zurück, setzte sich an ihren Schreibtisch und notierte die Fragen in ein Heft, die der Inhalt des alten Koffers für sie aufgeworfen hatte:

Wer war Jaan?
Wer waren seine Eltern?
Wer war seine Patentante?
Warum hat sie ihm ein deutsches Buch geschenkt?
Wo befindet sich der Birkenhof?
Wem wurde wann und aus welchem Grund der Kreuz-Orden verliehen?
In welcher Beziehung stand Opas älterer Bruder zu Jaan?
Woran ist dieser Bruder gestorben?
Was geschah mit …

Das Klingeln der Haustürglocke zerriss die mittägliche Stille. Merike fuhr erschrocken zusammen. Wer mochte das sein? Vielleicht ein Gast ihrer Eltern, der am Vorabend etwas bei ihnen hatte liegen lassen? Kurz spielte sie mit dem Gedanken, die unwillkommene Störung zu ignorieren. Wieder wurde energisch auf die Klingel gedrückt.

»Ist ja gut«, brummte Merike, eilte die Treppe hinunter, riss die Eingangstür auf und erstarrte. Vor ihr stand Tarmo Kuusk. Er trug noch dieselbe Kleidung wie am Tag zuvor auf der Festwiese, seine dunkelblonden Haare waren zerstrubbelt, und tiefe Ringe lagen unter seinen Augen.

»Entschuldige die Störung«, sagte er. »Aber ist meine kleine Schwester vielleicht bei dir?«

Merike starrte ihn verständnislos an.

»Enna, sie war mit dir im Pionierlager. Ist sie hier?« Tarmo versuchte, an Merike vorbei ins Innere des Hauses zu schauen.

»Nein, ist sie nicht.« Merike stellte sich breitbeinig in die Tür und musterte Tarmo argwöhnisch. »Warum sollte sie das?«

»Weil sie dich sehr mag. Ich hatte gehofft, dass sie zu dir …«

»Ich glaube nicht, dass sie weiß, wo ich wohne«, fiel Merike ihm ins Wort. »Woher hast du überhaupt meine Adresse?«

»Von Ennas Lehrerin. Die hat mir die Anschriften der Pioniere und ihrer Leiter gegeben. Ich hab schon überall nach Enna gesucht.« Tarmo ließ die Schultern hängen. »Du warst meine letzte Hoffnung.«

Merike schwankte zwischen dem Bedürfnis, ihm die Tür vor der Nase zuzuschlagen, und der Sorge um die kleine Enna.

»Verstehe ich das richtig?«, frage sie nach kurzem Zögern. »Enna ist fortgelaufen?«

Tarmo nickte. »Irgendwann letzte Nacht.« Er fuhr sich durch die Haare. »Ich mache mir solche Vorwürfe. Was, wenn sie sich verlaufen hat? Wenn sie einen Unfall hatte und irgendwo verletzt liegt? Oder in den See gefallen und ertrunken ist? Oder von jemandem aufgelesen wurde, der ihr etwas antun will?«

Merike hatte den Eindruck, dass er die letzten Sätze mehr zu sich selbst als zu ihr gesagt hatte. Die Sorge und Erschöpfung in seinem Gesicht drängten ihren alten Groll in den Hintergrund.

»Warum machst du dir Vorwürfe?«, rutschte es ihr heraus.

Tarmo zuckte leicht zusammen.

»Hattet ihr Streit? Ist sie deswegen abgehauen?«

Er schüttelte den Kopf. »Es ist nur gerade …«, er unterbrach sich. »Ich muss dann mal wieder.«

»Soll ich dir beim Suchen helfen?«

»Danke, nicht nötig.« Er presste die Lippen aufeinander, wandte sich rasch ab und murmelte etwas, das nach »Schnapsidee« und »nicht länger stören« klang.

Bevor Merike etwas erwidern konnte, eilte er zur Straße und schwang sich auf sein Mofa, das er vor dem Gartenzaun abgestellt hatte.

Blödmann, dachte sie und sah ihm empört nach. Wie konnte ich nur eine Sekunde lang Mitleid mit ihm haben? Wahrscheinlich ist er ganz froh, dass sie nicht hier ist. Wäre ja auch sehr peinlich, wenn seine kleine Schwester ausgerechnet zu mir kommt und hier Zuflucht sucht. Ist für ihn vermutlich schon ärgerlich genug, dass sie mich mag.

Merike ging in den Flur zurück und lief die Treppe nach oben – wild entschlossen, sich wieder den Rätseln zu widmen, die ihr der alte Lederkoffer aufgegeben hatte. Bereits auf der vierten Stufe hielt sie jedoch inne. Das Gesicht der kleinen Enna tauchte vor ihrem inneren Auge auf. Sie kann nichts dafür, dass ihr Bruder ein Mistkerl ist, dachte Merike. Ich würde es mir nie verzeihen, wenn ihr etwas zustößt und ich untätig geblieben bin. Ich muss wenigstens versuchen, sie zu finden. Merike seufzte und machte kehrt.

Kirchspiel Oberpahlen / Livland, Sommer 1914

Kapitel 25

»Grubner, sind Sie verrückt geworden?«

Unbemerkt von Luise war Julius aufgetaucht. Er packte den Mann, der sich vor ihr aufgebaut hatte, an der Schulter und zog ihn von ihr weg. »Was fällt Ihnen ein, die Dame zu bedrohen?«

Grubner zog den Kopf ein, warf Luise einen finsteren Blick zu, wand sich aus Julius' Griff und stapfte Verwünschungen murmelnd davon. Luise lehnte sich gegen die Schuppenwand, hinter der Metsik wie rasend bellte. Zum zweiten Mal an diesem Tag wurden ihre Knie weich, dieses Mal vor Erleichterung.

»Ist alles in Ordnung?«, erkundigte sich Julius besorgt. »Hat er dir was getan?«

Luise schüttelte matt den Kopf.

»Wie bist du denn mit ihm aneinandergeraten?« Julius sah sie ratlos an. »Grubner ist zwar ein mürrischer Geselle, für gewöhnlich geht er anderen Menschen aber aus dem Weg.«

»Ich habe ihn provoziert«, sagte Luise.

»Du?« Julius zog verblüfft die Brauen hoch. »Das kann ich mir beim besten Willen nicht …«

»Er hatte vor, Metsik zu töten«, fiel Luise ihm erneut ins Wort. »Ich wollte das verhindern.«

»Seltsam.« Julius runzelte die Stirn. »Als meine Mutter Grubner nach deinem Unfall aufgefordert hat, den Hund zu beseitigen, hat er sich kategorisch geweigert. Er meinte, dass er Metsik im Griff hätte und sich ein solcher Vorfall nicht wiederholen werde.«

»Aus Liebe hat er seinen Hund jedenfalls nicht verteidigt«, stellte Luise fest. »Er hat ihn wohl auf seine Weise bestrafen wollen und hier eingesperrt.«

Julius warf einen Blick auf den Schuppen, aus dem nach wie vor das Bellen und Knurren drangen. »Kein Wunder, dass Metsik durchdreht, wenn er seit Tagen da drin steckt. Zumal bei dieser brütenden Hitze. Das ist Tierquälerei!«

»Ich denke, dieser Grubner wollte Metsiks Willen brechen«, meinte Luise. »Als er feststellen musste, dass Metsik ihn noch immer nicht unterwürfig anwinselt, ist er vor Wut außer sich geraten.«

»Und du hast dich ihm entgegengestellt? Um den Hund zu schützen?« Julius' Stimme schwankte zwischen Vorwurf und Bewunderung.

»Ich konnte nicht anders«, antwortete Luise leise. »Ich liebe Hunde. Als Kind habe ich viel mit dem Terrier meiner Großmutter gespielt. Sie hat oft auf meine Schwester und mich aufgepasst, wenn meine Eltern bei der Arbeit waren.« Luise straffte sich. »Ich bin überzeugt, dass Metsik nicht bösartig ist. Eher verängstigt.« Sie beugte sich zu dem Astloch in der Schuppenwand. »Nicht wahr, Metsik, du bist keine Bestie. Du fürchtest dich nur vor deinem brutalen Herrn. Aber vor uns musst du keine Angst haben, wir tun dir nichts.«

Der Hund verstummte.

»Deine Stimme scheint ihn zu beruhigen.« Julius machte einen überraschten Eindruck. »Dabei hat er seinen Namen nicht ohne Grund. Metsik bedeutet ›wild‹ auf Estnisch.«

»Wenn ich mein Leben an einer Kette fristen müsste, wäre ich auch gereizt.« Luise sah Julius bittend an. »Ich möchte nicht, dass er meinetwegen bestraft oder gar umgebracht wird.«

»Das will ich auch nicht«, sagte Julius. »Schon dreimal nicht, weil es dich unglücklich machen würde«, schob er nach einer winzigen Pause nach und sah ihr in die Augen.

Luise senkte den Kopf. Die Intensität seines Blicks brachte sie aus dem Konzept.

»Fürs Erste können wir ihn im Welpenzwinger unterbringen«, sagte Julius. »Der wird zurzeit nicht gebraucht und liegt in einer geschützten Ecke. Da kann Metsik zur Ruhe kommen, und wir überlegen uns, was in Zukunft mit ihm geschehen soll.«

»Danke!« Luise strahlte. »Hast du gehört, Metsik?« Sie beugte sich zu dem Astloch. »Wir holen dich hier raus. Du musst aber artig sein und darfst nicht ausbüxen.«

Metsik wuffte kurz.

Luise redete weiter auf den Hund ein und machte Anstalten, den Türriegel anzuheben.

»Warte«, sagte Julius. »Ich hole eine Leine.«

Luise schüttelte den Kopf. »Das wird ihn nur aufregen und an die Kette erinnern«, sagte sie. »Am besten wird es sein, wenn ich ihn allein raushole.«

Julius setzte zu einer Erwiderung an.

»Bitte, lass es mich versuchen.«

Julius presste kurz die Lippen zusammen, nickte ihr zu und ging zum Zwinger voraus, der sich zu Luises Erleichterung nicht weit entfernt in einer Nische hinter der Wagenremise befand. Behutsam öffnete sie die Schuppentür einen Spaltbreit. Ein furchtbarer Gestank schlug ihr entgegen. Unaufhörlich beruhigend vor sich hin murmelnd ging sie in die Hocke und spähte in den Verschlag. Metsik hatte sich in den hintersten Winkel verkrochen. Er winselte und zitterte am ganzen Körper. Sein zotteliges Fell war verklebt, seine Flanken waren eingefallen und seine Augen trüb.

»Du Armer.« Luise streckte die Hand aus. »Hab keine Angst.«

Es dauerte lange, bis der Hund sich aus seiner Ecke traute, an Luises Fingern schnupperte und aufhörte zu zittern. Vorsichtig richtete sie sich ein Stück weit auf und machte in gebückter Haltung einen Schritt rückwärts. Metsik folgte ihr zaudernd mit eingezogenem Schwanz. Für die wenigen Meter zum Zwinger benötigten sie mehrere Minuten. Metsik hielt seinen Blick fest auf

Luise gerichtet, die stumm betete, dass der Platz, der in der Nachmittagshitze brütete, weiterhin menschenleer blieb und nichts geschah, was den Hund erschrecken könnte. Sie war von Schweiß überströmt, als sie endlich den Zwinger erreichte, dessen Tür Julius bereits geöffnet hatte. Metsik verzog sich umgehend in die geräumige Hundehütte, die inmitten eines umzäunten Auslaufs stand.

»An dir ist eine Hundeflüsterin verloren gegangen.« Julius trat auf sie zu. »Ich bin sehr beeindruckt und gestehe, dass ich große Zweifel hatte, ob Metsik dir folgt.«

»Ich ehrlich gesagt auch«, sagte Luise und tupfte sich die Stirn mit einem Taschentuch trocken.

»Er spürt eben, dass du ein gutes Herz hast.« Julius suchte ihren Blick. »Und da ist er nicht der Einzige.«

Das Erscheinen des Mannes, den Luise vor dem Stall nach dem Weg gefragt hatte, beendete ihr Gespräch. Er blieb in einiger Entfernung stehen und nickte Julius zu.

»Ich bin gleich bei Ihnen«, rief dieser. »Ich fürchte, unser Rundgang muss warten«, sagte er zu Luise. »Unser Bereiter hat mich vorhin gebeten, mit ihm nach einem Hengst zu schauen, der uns Sorgen bereitet. Wir sehen uns dann nachher beim Diner.«

Mit federnden Schritten eilte er davon. Luise sah ihm nach. Die Erwähnung des Abendessens versetzte sie in Aufruhr. Die erste Bewährungsprobe vor der ganzen Familie stand kurz bevor. Die Angst, als Wilhelmine nicht überzeugend zu wirken und sich eine verräterische Blöße zu geben, nahm von Luise Besitz. Mach dich nicht verrückt, versuchte sie sich zu beruhigen. Deine Tischmanieren sind tadellos, das hat Baronin Beulwitz mehr als einmal festgestellt. Und auch die Kunst der gepflegten Konversation beherrschst du nach all den Jahren in ihren Diensten aus dem Effeff. Trotzdem, wandte die skeptische Stimme ein. Es gibt so viele Stolpersteine.

Luise biss sich auf die Lippe. Jetzt war es zu spät für einen Rückzieher.

»Sie kommt ganz nach ihrer Mutter«, sagte Dina von Uexküll. »Nicht wahr?« Sie schaute ihren Mann, der ihr gegenüber an der anderen Kopfseite des länglichen Tisches saß, um Zustimmung heischend an.

Die Veranda hinter dem Herrenhaus, auf der das Diner serviert worden war, nahm die gesamte Front des Erdgeschosses ein und wurde von einem breiten Sonnensegel beschattet, das zwischen zwei Balkonen im ersten Stock aufgespannt war. Die Schwüle, die seit Wochen über dem Land lastete, war auch an diesem Tag in den Abendstunden kaum abgeflaut. Luise, die mit dem Rücken zur Fensterfront über Eck mit der Baronin auf dem »Ehrenstuhl« mit der besten Aussicht platziert worden war, spürte die gespeicherte Hitze, die die Hauswand abstrahlte.

Kuno von Uexküll brummte etwas Unverständliches und wandte sich wieder seinem Sohn Julius zu, mit dem er sich über die bevorstehende Kleeernte unterhielt, die wegen der anhaltenden Dürre sehr mager ausfallen würde.

Seine Frau ließ nicht locker. »Genau die gleichen Augen wie Elvira. So warm und seelenvoll.« Sie tätschelte Luises Arm. »Findest du nicht auch, Kuno?«

Der Baron nickte vage, bedachte Luise mit einem wohlwollenden Lächeln und steckte sich eine Zigarre in den Mund, die er umständlich anpaffte. Julius, der ihr schräg gegenübersaß, zwinkerte Luise kaum merklich zu und zündete sich eine Papirossa an, deren langes Pappmundstück er vorher zweimal versetzt eingeknickt hatte, um ein Inhalieren von Krümeln oder Glut zu verhindern.

Zum Glück ist Wilhelmine nicht hier, schoss es Luise durch den Kopf. Sie würde sich köstlich amüsieren und sich das Lachen kaum verbeißen können. Abgesehen davon, dass die Augen ihrer

Mutter nicht braun wie Luises, sondern hellblau waren, wäre »seelenvoll« sicher nicht der Begriff, den man für Frau von Rahden wählen würde. Eher kühl und unnahbar.

Die Baronin unternahm keinen weiteren Versuch, ihren Mann in ein Gespräch über Luises Aussehen und vermeintliche Ähnlichkeiten zu verwickeln. Sie wies einen livrierten Diener, der das benutzte Geschirr abräumte, an, Kaffee und Likör zu servieren. Anschließend beugte sie sich zu ihrer Tochter, die zu ihrer Rechten saß. »Wie kommt Clemens voran?«, erkundigte sie sich. »Du hast doch heute einen Brief von ihm erhalten.«

Luise spürte, wie die Anspannung, mit der sie sich zur ersten gemeinsamen Mahlzeit mit der Familie von Uexküll begeben hatte, ein wenig nachließ. Julius' Vorhersage, man werde sie nicht mit bohrenden Fragen behelligen, schien sich zu bewahrheiten.

Sie griff nach dem Fächer, den sie im Schrank mit Wilhelmines Sachen gefunden hatte, fächelte sich Luft zu und ließ ihre Augen über den Park unterhalb der Veranda und die Wiesen und Wälder schweifen, die sich bis zum westlichen Horizont erstreckten. Der auf mehreren Terrassen angelegte Park war von einer hohen Feldsteinmauer umgeben und nahm den gesamten Hang der Anhöhe ein, an deren Fuß die vorbeifließende Pahle seine natürliche Grenze bildete. Die oberste Ebene war im französischen Stil gestaltet mit streng symmetrisch ausgerichteten Wegen zwischen von niedrigen Hecken umhegten Rasenflächen und Blumenbeeten, in deren Mitte ein rundes Brunnenbecken eingelassen war. Die beiden darunterliegenden Terrassen waren dagegen nach dem Vorbild Englischer Gärten freier gestaltet mit alten Bäumen, Wiesenflächen, Teichen und kleinen Wasserläufen. Verschlungene Pfade führten zu Pagodentempelchen, Sommerpavillons und Lauben, bevölkert von Skulpturen, die Götter und Helden aus der antiken Mythologie darstellten.

»Die Praxis ist fertig renoviert. Und auch die Einrichtung

unserer Wohnräume macht gute Fortschritte«, beantwortete Irmengard die Frage ihrer Mutter. Sie drehte sich zu Luise. »Clemens von Lilienfeld ist mein Verlobter«, erklärte sie. »Zu schade, dass er nicht hier ist. Ich hätte ihn dir gern vorgestellt.«

»Wo hält er sich denn gerade auf?«

»In Hapsal. Das ist ein Kurort oben an der Westküste von Estland.«

»Lebt seine Familie dort?«

Irmengard schüttelte den Kopf. »Die von Lilienfelds besitzen ein großes Gut in der Nähe von Wesenberg. Aber das wird mal sein älterer Bruder Theodor erben.« Für einen kurzen Moment verdüsterte sich ihre Miene, bevor sie betont munter weitersprach. »Clemens hat in Dorpat Medizin studiert und übernimmt jetzt die Praxis eines Philisters der Livonia, der sich zur Ruhe setzt.«

»Eines Philisters?«, fragte Luise ratlos. Im nächsten Moment biss sie sich auf die Zunge und schaute verstohlen zu Julius. War das eine verräterische Frage, die Wilhelmine nie stellen würde? Weil man in ihren Kreisen selbstverständlich wusste, was damit gemeint war?

»Philister sind ältere Mitglieder einer Burschenschaft, die ihr Studium beendet und die Uni verlassen haben«, erklärte Julius. »Bei euch in Deutschland nennt man sie wohl Alte Herren.«

Luise lächelte ihm dankbar zu. »Dann ziehst du also bald nach Hapsal?«, fragte sie Irmengard.

»Ja, nach unserer Hochzeit im Herbst.«

»Ich darf gar nicht daran denken.« Die Baronin seufzte schwer. »Ich freue mich natürlich, Irmengard in so guten Händen zu wissen. Clemens ist eine hervorragende Partie. Er ist zwar kein Gutsbesitzer, sein Vater unterstützt ihn jedoch mit einer großzügigen Apanage. Und seine Praxis wird sicher auch einiges abwerfen. Er wird meiner Irmengard also ein angemessenes Leben bieten können. Aber es ist für eine Mutter nicht leicht, ihre Tochter zu verlieren und in die Fremde zu entlassen.«

»Ich bitte dich, Maman«, rief Irmengard. »Du verlierst mich doch nicht! Und so weit ist Hapsal nun nicht entfernt. Was soll denn da erst Wilhelmines Mutter sagen?«

»Ja, Elvira kann natürlich auch ein Lied davon singen.« Die Baronin drückte Luises Hand. »Es ist ihr bestimmt sehr schwergefallen, dich gehen zu lassen.«

»Umso dankbarer können wir sein, dass sie uns Wilhelmine anvertraut«, sagte Irmengard. »Nicht wahr, Julius?« Sie zwinkerte ihrem Bruder vielsagend zu. »Maman mag mich verlieren, dafür gewinnt sie aber eine neue Tochter.«

Luise wurde rot. Schnell, lass dir etwas einfallen, befahl sie sich. Du musst verhindern, dass noch mehr verfängliche Andeutungen gemacht werden. Oder gar unverblümt die Ehevereinbarung auf den Tisch kommt.

»Das hast du schön gesagt, Irmengard.« Dina von Uexküll nippte an ihrem Likörglas. »Das ist mir wirklich ein großer Trost.«

»Darf ich fragen, wie Clemens und du euch kennengelernt habt?«, fragte Luise rasch, bevor die Baronin das Thema weiter vertiefen konnte.

Hoffentlich ist das kein heikler Punkt, dachte sie. Was, wenn auch von Julius' Schwester erwartet wird, eine Ehe im Sinne ihrer Eltern zu schließen und ihr Verlobter von diesen ausgewählt worden ist?

»Aber sicher!«, rief Irmengard. Ein schwärmerischer Ausdruck erschien auf ihrem Gesicht. »Es war im letzten Winter. Ich habe die Saison in Reval bei einer Freundin verbracht, deren Familie dort ein Stadthaus besitzt. An Silvester waren wir auf einem Kostümball der Fürstin Baranoff eingeladen, einer ehemaligen Hofdame der Zarin. Ihre rauschenden Feste sind legendär! Dieses stand unter dem Motto ›Römische Antike‹. Ich ging als Kleopatra und hatte mir ein zauberhaftes weißes Gewand aus mit goldenen Fäden durchwirktem Satin schneidern lassen. Die Fürstin war entzückt und stellte mir einen schmucken römischen Feldherrn vor, der mein Antonius sein sollte. Er passte perfekt zu mir, es war wie eine Fügung. Wir gaben ein wunderbares Paar ab und gewannen bei der Wahl des besten Kostüms den ersten Preis.« Irmengards Augen leuchteten. »Zwei Wochen später hat Clemens dann um meine Hand angehalten.«

Luise beglückwünschte sich, den richtigen Knopf bei Julius' Schwester gefunden zu haben. Es tat gut, sich ein paar Minuten lang von der permanenten Habachtstellung zu erholen und Irmengard zu lauschen, die in ihren Erinnerungen schwelgte. Wobei Luise nicht hätte entscheiden können, was der Schwester von Julius wichtiger war: die Anerkennung durch die russische Fürstin, der Triumph auf dem Ball oder der Antrag ihres Verlobten.

»Ach, der arme Kaiser!«

Der Ausruf der Baronin lenkte Luise ab.

»Welchen Kaiser meinst du, Maman?« Irmengard sah ihre Mutter ungehalten an. »Den russischen, den chinesischen, den deut…«

»Franz Joseph I., natürlich. Dein Vater und Julius sprachen gerade von dem Attentat.«

»Auf den Kaiser von Österreich wurde ein Anschlag verübt?« Luise schaute Julius erschrocken an.

»Nein, auf seinen Thronfolger und dessen Frau«, antwortete er. »Am Sonntag in Sarajewo.«

»Als hätte sein Onkel nicht schon genug Schicksalsschläge erlitten.« Dina von Uexküll verzog bekümmert das Gesicht. »Erst wird sein Bruder Maximilian in Mexiko von Revolutionären erschossen, dann nimmt sich sein einziger Sohn das Leben und schließlich ermordet ein fanatischer Anarchist seine geliebte Frau Elisabeth.«

Luise verkniff sich den Hinweis, dass der Verlust Franz Ferdinands für den Habsburger Monarchen mit Sicherheit nicht so schmerzlich war wie die anderen Todesfälle. Von Baronin Beulwitz wusste sie, dass der Kaiser ihm nicht sonderlich nahegestanden war, zu unsympathisch und befremdlich war ihm der Charakter seines Neffen – angefangen bei seinem herrischen Wesen über seine geschmacklose Kunstsammlerei bis hin zu seiner pathologischen Schießwut, die er beim Jagen an Zigtausenden Tieren ausgelassen hatte.

»Der Thronfolger war eigentlich nirgends beliebt«, sagte Julius, als habe er Luises Gedanken gelesen. »Weder bei Hofe noch im Volk. Dazu war er zu reaktionär und cholerisch. Aber es besteht die Gefahr, dass sein gewaltsamer Tod dennoch schwerwiegende Folgen haben könnte. Nicht nur auf dem Balkan.«

»Nun male den Teufel nicht an die Wand.« Der Baron streifte bedächtig die Asche seiner Zigarre ab. »Es ist ja nicht das erste Attentat, das in dieser unruhigen Region auf hochrangige Vertreter der Donaumonarchie verübt wurde. Denk nur an 1910, als bei der Eröffnung des bosnisch-herzegowinischen Landtags auf den Gouverneur geschossen wurde. Bei solchen Krisen hat sich aber noch immer eine diplomatische Lösung gefunden.«

»Dein Wort in Gottes Ohr«, erwiderte Julius. »Ich hoffe sehr, dass du recht behältst und sich bei den Verantwortlichen die Vernunft durchsetzt.«

»Aber du befürchtest, dass es anders kommen könnte?«, fragte Luise beunruhigt.

»Die Stimmung ist äußerst aufgeheizt«, antwortete Julius mit ernster Miene. »Es gibt nicht nur auf serbischer Seite viele Kriegshetzer, die auf einen Vorwand warten, ihrer Sache mit Waffengewalt Nachdruck zu verleihen.«

»Nun ist es aber genug mit den trüben Themen!« Irmengard sprang auf. »Ein bisschen Musik ist jetzt genau das Richtige.« Sie ging zu einer der Glastüren, die von der Veranda in den Großen Salon führten, öffnete sie und setzte sich an einen Flügel, der dahinter stand. »Wilhelmine, komm, wir singen zusammen.«

»Das ist eine schöne Idee!« Die Baronin lächelte Luise aufmunternd zu.

Irmengard schlug die ersten Takte einer Tonfolge an, die Luise einige Monate zuvor mit ihrer Schwester bei einem Besuch des Oldenburger Theaters gehört hatte. An jenem Abend war die Operette *Frau Luna* von Paul Lincke aufgeführt worden. An die Handlung konnte sie sich nur noch vage erinnern, viele der Lieder jedoch hatten sich ihr dank der beschwingten Melodien und eingängigen Texte eingeprägt.

Luise schob ihren Stuhl zurück. Das »Sehr gern«, das ihr auf der Zunge lag, münzte sie in ein Husten um. Ihr wurde heiß. Um ein Haar wäre sie aus der Rolle gefallen. Sie räusperte sich. »Es tut mir sehr leid, aber ich bin vollkommen unmusikalisch.«

»Ach, herrje, wie taktlos von mir.« Dina von Uexküll sah Luise betrübt an. »Deine Mutter hatte damals bei unserem Besuch in Oldenburg erwähnt, dass dir diese Gabe leider nicht vergönnt ist.«

Luise senkte den Kopf und hoffte, überzeugend zerknirscht auszusehen. Vor ihrem geistigen Auge sah sie Wilhelmines Mutter und Baronin Uexküll, wie sie im mittelalterlich eingerichteten Wohnzimmer der von Rahden'schen Familie zusammengesessen hatten, die Vorzüge und Eigenschaften ihrer Kinder aufzählten und sich gegenseitig die Heiratskandidaten in spe anpriesen. Ob Wilhelmines mangelndes musikalisches Talent dabei sehr negativ zu Buche geschlagen hatte? Schließlich erwartete man gemeinhin von Töchtern aus höheren Kreisen, dass sie sich musisch betätigten, um die Herren der Schöpfung zu zerstreuen.

Irmengard begann zu singen:

Heimlich, still und leise kommt die Liebe,
wie ein kecker Dieb in dunkler Nacht,
fordert als Tribut des Herzens Triebe:
Zaub'risch süße Liebesmacht.
Leuchtet hell die gold'ne Morgensonne,
schon erträumt man sich das schönste Ziel,
alles um uns her ist Glück und Wonne,
himmlisch süßes Liebesspiel.

Luise hob den Kopf und begegnete Julius' Blick, der mit einem verschmitzten Lächeln auf ihr ruhte. Das Blut stieg ihr in die Wangen. Oh nein, rief es in ihr. Nicht schon wieder rot werden. Dieser vermaledeite Text. Jetzt denkt er sicher, dass ich die Worte auf uns beziehe und mich in ihn … Sie versteifte sich. Nein! Das durfte sie nicht einmal denken. Sie durfte keine zärtlichen Gefühle für ihn entwickeln! Ihre Lage war schon vertrackt genug. Sich noch zusätzlich in ein emotionales Chaos zu stürzen, würde kein gutes Ende nehmen.

Du bist nicht Wilhelmine von Rahden!, beschwor sie sich. Du bist und bleibst Luise Gerdes aus einfachsten Verhältnissen. Es liegen Welten zwischen dir und dem Erben eines Rittergutes, das sich seit Jahrhunderten im Besitz einer der ältesten Adelsfamilien des Baltikums befindet.

Luise heftete ihre Augen auf ihre Kaffeetasse und versuchte, den Gesang auszublenden. Es gelang ihr nicht, die Worte schienen direkt auf sie gemünzt:

Ach, wir armen Menschenkinder werden nie ergründen,
welch' ein süß Geheimnis plötzlich wundersam und zart
wie ein Zauber lässt zwei Seelen innig sich verbünden,
dass sich Herz zu Herz in ungestümer Sehnsucht paart.

Otepää / Estland, Sommer 1989

Kapitel 26

Wohin könnte Enna gegangen sein?, fragte sich Merike, als sie ihr Fahrrad aus dem Schuppen neben dem Haus holte und auf die Straße schob. Wo habe ich in dem Alter Zuflucht gesucht, wenn ich es zu Hause nicht mehr ausgehalten habe? Wenn Opa Andrus mich mal wieder runtergeputzt hat und ich das Gefühl hatte, eine Versagerin zu sein, die es niemandem recht machen konnte?

Eigentlich war sie dann immer zu Talvi geflüchtet. Oft waren sie zusammen zu dem Grundstück am Weiher geradelt, hatten sich im Tipi verkrochen und sich vorgestellt, fernab von anderen Menschen in der Wildnis Nordamerikas zu leben.

Merike rieb sich die Schläfe. Nein, das brachte sie bei Enna nicht weiter. Denk nach, was weißt du über sie?, überlegte sie fieberhaft. Merike rief sich die Zeit im Ferienlager ins Gedächtnis. Das Mädchen hatte oft ihre Nähe gesucht und sie mit allen möglichen Fragen gelöchert. Dabei hatte sie sich vor allem für alte Sagen und magische Ereignisse interessiert. Die Legenden, die sich um die zahlreichen Findlinge im Nationalpark rankten, hatten es ihr besonders angetan. War es möglich, dass Enna in der Mittsommernacht in der Umgebung von Otepää nach einem solchen Felsbrocken gesucht hatte, der ihr Schutz vor bösen Mächten gewähren sollte? Merike zog die Stirn kraus. Hier in der Gegend gab es ihres Wissens nur einen Findling: den Gedenkstein im Eichenhain von Murrumetsa. Wobei der streng genommen nicht zählte, denn er wurde von Menschen dorthin gebracht. Aber das wusste Enna vermutlich nicht.

Merike schwang sich auf ihr Rad und fuhr auf der Straße nach Kääriku in südwestlicher Richtung aus der Stadt hinaus. Nachdem sie ein Waldstück und die dahinterliegende Siedlung passiert hatte, erreichte sie nach gut drei Kilometern das Gelände des ehemaligen Gutshofes Heiligensee, das sich am Nordufer des Pühajärvs über mehrere Hektar erstreckte. Das Herrenhaus war im Zweiten Weltkrieg zerstört worden, an seiner Stelle war in den fünfziger Jahren ein Lungensanatorium errichtet worden. Das Anwesen war von einem Park mit weitläufigen Rasenflächen, Baumgruppen und einem künstlich angelegten Teich umgeben.

Als Merike an einer großen Wiese entlangradelte, an deren Ende sich das lichte Wäldchen mit dem Findling befand, bremste sie scharf ab. Ein rotes Band, das an einem der unteren Äste einer einzeln stehenden ausladenden Eiche flatterte, hatte ihre Aufmerksamkeit erregt. Wieder sah sie die kleine Enna vor sich, die sich mehrfach bei ihr erkundigt hatte, ob Wünsche bei bestimmten Ritualen tatsächlich in Erfüllung gingen. Zum Beispiel bei dem Glückshaufen auf Käsmu, auf den sie Kiesel geworfen und sich dabei etwas erbeten hatten. Oder später, als sie bei einem Ausflug zum Gutshof Palmse im Lahemaa-Nationalpark an einer uralten Linde in der Nähe des Friedhofs von Ilumäe vorbeigekommen waren, die seit heidnischen Zeiten als heiliger Wunschbaum galt. Auch dieser Tage gab es Menschen, die zu der Linde pilgerten und farbige Schnüre oder Bänder an seine Äste knoteten in der Hoffnung, dank dieser Opfergaben würden sich ihre geheimen Sehnsüchte erfüllen.

Enna hatte gemeint, dass sie ja auch in Otepää einen heiligen Baum hätten: die über dreihundert Jahre alte Eiche am Pühajärv. Ihr Vater hatte ihr erzählt, dass sie ein Ableger der Eiche war, unter der die heidnischen Esten einst die Sommersonnenwende gefeiert und ihren Göttern gehuldigt hatten. Ihr verdankte der Heiligensee seinen Namen.

Einer der größeren Jungen hatte Enna ausgelacht und sie darüber belehrt, dass es sich bei dem Baum am Nordufer des Pühajärvs um die Kriegseiche handelte. Der Streit der Kinder war von Marten geschlichtet worden, der beiden recht gab. Der von den Heiden verehrte Baum hatte sich ebenfalls am Nordufer des Sees befunden; es konnte sich bei der Kriegseiche also durchaus um dessen Nachfahrin handeln. Diese hatte ihren Namen allerdings viel später erhalten, nach der sogenannten Schlacht vom Heiligensee, an die der Gedenkstein im Eichenwäldchen erinnerte.

Merike hatte Martens Ausführungen genauso gespannt gelauscht wie Enna. Im Heimatkundeunterricht war die Episode nicht erwähnt worden. Marten hatte süffisant gegrinst und vermutet, dass die linientreue Lehrerin den Aufstand der Bauern von 1841 bewusst ausgelassen hatte. Wie eigentlich alles, was irgendwie unerwünschte Assoziationen hätte wecken können – in dem Fall das Aufbegehren gegen die Obrigkeit, selbst wenn diese damals aus adligen Deutschen bestanden hatte. Nach mehreren Missernten sahen die Bauern durch Hungersnöte ihre Existenz bedroht, zumal sie weiterhin die Pachtzinsen an die deutschbaltischen Gutsherren zahlen mussten. Einige beschlossen daraufhin, sich um Land in Südrussland zu bewerben, das einem Gerücht zufolge umsonst an Landwirte verteilt werden sollte, die bereit waren, zum orthodoxen Glauben überzutreten. Die Generalgouverneure aller Ostseeprovinzen wollten jedoch um jeden Preis eine religiöse Bekehrungs- und Emigrationsbewegung verhindern, die sie viele wertvolle Arbeiter gekostet hätte. Also schickten sie Soldaten an den Heiligensee, die die sogenannten Rädelsführer verhaften sollten. Die meisten Gesuchten waren in die Wälder geflohen, nur einer wurde geschnappt und im Herrenhaus eingesperrt. Beim Versuch seiner Kameraden, ihn zu befreien, kam es zu besagter Schlacht, bei der die Bauern nicht die geringste Chance gegen die gut bewaffneten Soldaten hatten. Die Rebellen wurden überwältigt und vom Baron zu schweren Körperstrafen verurteilt, manche sogar zusätzlich zu zwölf Jahren Verbannung nach Sibirien. Unter der Kriegseiche waren sie gezüchtigt worden – die seitdem diesen martialischen Namen trug.

Merike stieg ab und schob ihr Fahrrad durch das hohe Gras zu dem mächtigen Baum, dessen Stamm gut sechs Meter Durchmesser hatte und sich in Kopfhöhe in drei dicke Äste teilte. Als sie nur noch wenige Schritte entfernt war, entdeckte sie ein farbiges Bündel, das sich beim Näherkommen als zusammengekauertes Kind entpuppte. Die kleine Enna hatte sich in der breiten Astgabel zusammengerollt und schlief. Merike atmete erleichtert aus, lehnte ihr Rad gegen den Baumstamm und stellte sich über den Pedalen auf dessen Rahmen. Behutsam berührte sie das Mädchen am Arm und flüsterte seinen Namen.

Enna blinzelte und fuhr mit einem Schreckenslaut zusammen, als sie Merike erkannte. Auf ihrem Gesicht machte sich ein banger Ausdruck breit. Ihre Augenlider waren gerötet und geschwollen, als habe sie sich in den Schlaf geweint.

»Keine Angst«, sagte Merike leise. »Ich bin nicht gekommen, um dich zu schimpfen. Und ich werde auch keinem verraten, wo du steckst, wenn du das nicht willst.«

Enna richtete sich auf. In ihrem Gesicht kämpfte Misstrauen mit Erleichterung.

»Darf ich mich zu dir setzen?«, fragte Merike.

Die Kleine nickte nach kurzem Zögern und rückte ein Stück zur Seite.

Merike zog sich zu ihr hinauf und holte einen Mohnfladen aus ihrer Umhängetasche, die sie vorsorglich mit Verbandszeug, einer Wasserflasche und etwas Proviant gefüllt hatte. »Hast du Hunger?«

Enna nickte schüchtern und nahm das Gebäck.

»Ich bin früher auch manchmal von zu Hause weggelaufen«, sagte Merike. »Mein Großvater ist sehr streng. Er hat mich oft ausgescholten, auch wenn ich gar nichts Schlimmes angestellt hatte.«

Enna biss in den Fladen und sah Merike aufmerksam an.

»Das Dumme war nur, dass es ihn noch wütender gemacht hat, wenn ich abgehauen bin«, sprach Merike weiter. »Zum Glück hat meine Oma zu mir gehalten und dafür gesorgt, dass er mich erst wieder zu Gesicht bekam, wenn er sich etwas beruhigt hatte.«

»Und deine Mama und dein Papa? Haben die dir nicht geholfen?«

»Meine Mama hat mich getröstet. Aber sie hat sich nicht getraut, meinem Opa zu widersprechen«, antwortete Merike. »Und mein Papa war selten da. Er ist Lastwagenfahrer und viel unterwegs.«

»Mein Papa ist auch weg«, sagte Enna. »Aber er kommt nicht wieder.«

Merike biss sich auf die Lippe. War Ennas Vater gestorben? »Das tut mir so leid«, sagte sie leise, legte eine Hand auf Ennas Schulter und überlegte, ob sie nachfragen sollte, oder besser abwartete, was die Kleine von sich aus erzählte.

»Und meine Mama liegt den ganzen Tag auf dem Sofa. Tarmo sagt, dass sie zu traurig ist, um aufzustehen. Aber sie ist gar nicht traurig. Sie weint nicht, sondern sagt gemeine Sachen über Papa. Und dass ich ihn nicht mehr liebhaben darf, weil er uns verlassen hat.«

Merikes Kehle schnürte sich zusammen. Ennas Eltern hatten sich also getrennt. Und jetzt musste das Mädchen nicht nur mit dem Verlust des Vaters fertigwerden, sondern wurde darüber hinaus von der Mutter genötigt, sich auf deren Seite zu stellen. Merike spürte, wie eine heiße Welle des Zorns in ihr aufwallte. Es war so unfair, das eigene Kind in einen derartigen Loyalitätskonflikt zu stürzen.

»Ich bin schuld, dass er fort ist«, wisperte Enna mit tränenerstickter Stimme.

»Aber nein!« Merike sah die Kleine erschrocken an. »Du kannst ganz sicher nichts dafür, dass sich deine Eltern nicht mehr gut verstehen.«

»Aber sie haben wegen mir gestritten.« Enna schluchzte auf. »Wenn ich artiger gewesen wäre, wäre Papa nicht …« Die Stimme versagte ihr.

Merike zog die Kleine an sich und wiegte sie sanft hin und her.

»Keiner will mich haben«, schluchzte Enna. »Tarmo geht auch fort.«

»Aber doch nicht deinetwegen«, sagte Merike. »Er muss wieder zum Militär.«

»Eben nicht!« Enna löste sich von Merike und schniefte. »Er ist fertig mit dem Schießenlernen. Er wird mit Ülle nach Tallinn gehen. Er will mal Straßen und Brücken bauen. Das kann man dort studieren.«

Merike sah Enna betroffen an. Dass auch ihr geliebter Bruder sie verlassen wollte, machte der Kleinen allem Anschein nach mindestens ebenso zu schaffen wie die Trennung der Eltern.

»Tarmo sorgt sich sehr um dich«, sagte Merike. »Er hat Angst, dass dir etwas Schlimmes passiert ist und hat schon überall nach dir gefragt.« Merike bemerkte, dass Enna verstohlen zu dem roten Band schielte, das an einem Zweig neben ihr hing. Hatte sie sich gewünscht, dass ihr Bruder nach ihr suchte? »Ich glaube, er würde sich wahnsinnig freuen, wenn du nach Hause kommst.«

»Warum will er dann weg?« Ennas Unterlippe zitterte. »Warum lässt er mich allein?«

»Wollen wir ihn das zusammen fragen?«, schlug Merike vor. »Vielleicht weiß er gar nicht, wie traurig du darüber bist.«

»Meinst du?« Ein Fünkchen Hoffnung glomm in Ennas Augen.

»Es wäre doch möglich.« Merike streichelte Ennas Arm. »Ich finde, du solltest es ihm sagen.«

»Ich geh aber nicht nach Hause.« Enna schob die Unterlippe vor. »Tarmo ist sicher gar nicht dort.«

»Das könnte schon sein«, sagte Merike. »Schließlich sucht er ja nach dir.«

»Oder er ist bei Ülle. Da ist er jetzt ständig.«

Merike rieb sich die Stirn. »Was hältst du davon? Du bleibst hier, ich suche deinen Bruder und bringe ihn zu dir. Dann könnt ihr hier in Ruhe reden. Und wenn du dann doch nicht mit ihm nach Hause gehen willst, kannst du zu mir kommen.«

»Ehrlich?« Enna sah sie überrascht an. »Erlaubt das denn dein Opa?«

Merike erwiderte ihren Blick. »Es ist mir egal, ob ihm das gefällt oder nicht. Ich werde dich nicht im Stich lassen, das verspreche ich dir. Und wenn er was dagegen hat, ziehen wir beide eben in das Zelt von Talvi. Da ist es sehr gemütlich.« Sie lächelte Enna zu. »Aber jetzt hole ich erst einmal deinen Bruder, in Ordnung?«

Enna nickte zögerlich.

»Wo wohnt ihr denn?«

»In der Kolga Straße Nummer 20.« Enna hielt Merike, die vom Baum klettern wollte, am Arm zurück. »Du kommst wirklich wieder?«

»Auf jeden Fall!« Merike reichte Enna ihre Umhängetasche. »Könntest du bitte so lange auf meine Sachen aufpassen?«

Enna nahm den Beutel. »Und du verrätst meiner Mama nicht, wo ich bin?«

»Großes Pionier-Ehrenwort!« Merike hielt Enna die Hand hin. »Und du versprichst mir, dass du hier wartest.«

Enna nickte, schlug ein und besiegelte den Schwur mit feierlicher Miene.

Die Kolga Straße befand sich inmitten der Gartenstadt, an der Merike auf der Hinfahrt vorbeigeradelt war. Das Haus von Familie

Kuusk war wie die meisten in seiner Nachbarschaft ein einstöckiger Bau mit Wellblechdach, umgeben von einem großen Garten, in den eine dichte Hecke, die den Zaun überwucherte, den Blick verwehrte. Merike stellte ihr Fahrrad ab. Hoffentlich habe ich Enna nicht zu viel versprochen, dachte sie. Was ist, wenn Tarmo nicht bereit ist, Enna entscheiden zu lassen, ob sie wieder nach Hause kommt? Im Grunde habe ich überhaupt kein Recht, sie zu uns mitzunehmen. Merike schüttelte den Kopf. Jetzt sei kein Frosch, redete sie sich selbst gut zu.

Sie atmete tief durch und ging zu der Tür im Gartenzaun. Im selben Augenblick schwang diese auf, und Tarmo schob sein Moped auf die Straße.

»Hoppla!« Er sah Merike verblüfft an. »Was machst du denn hier?«

»Ich weiß, wo Enna ist.«

»Ist sie doch noch zu dir gekommen?«

»Nein, ich habe nach ihr gesucht und sie gefunden.«

»Dem Himmel sei Dank! Ich wollte gerade zur Polizei.« Tarmo sah sich um. »Wo ist sie denn?«

»Sie will noch nicht nach Hause«, antwortete Merike.

Er runzelte die Stirn.

»Ich habe ihr versprochen, dass ich dich zu ihr bringe und du erst einmal mit ihr redest«, fuhr Merike rasch fort und beobachtete Tarmo, in dessen Gesicht es arbeitete. »Ich glaube, es ist wichtig, dass du ihr er…«

»Was hat sie dir denn erzählt?«, fiel Tarmo ihr ins Wort. Er klang ungehalten.

»Hör zu.« Merike verengte die Augen. »Mir ist klar, dass mich das alles im Grunde nichts angeht. Ich will mich gewiss nicht in fremde Angelegenheiten einmischen. Und in deine schon gar nicht.« Sie funkelte Tarmo wütend an. »Ich tue das für Enna. Sie braucht Hilfe.«

»Kannst du mir nicht einfach sagen, wo sie ist? Du hast dich echt schon …«

»Nein, kann ich nicht«, fauchte Merike. »Auch wenn es dir gegen den Strich geht. Aber ich habe Enna mein Ehrenwort gegeben, dass ich wiederkomme.« Merike drehte sich zu ihrem Fahrrad. »Also, was ist jetzt? Soll ich dich zu ihr bringen? Oder soll ich ihr ausrichten, dass es dem Herrn Bruder gerade nicht in den Kram passt?«

Sie schwang sich auf den Sattel. Tarmo machte keine Anstalten, sich auf sein Moped zu setzen. Er starrte sie mit einem unergründlichen Gesichtsausdruck an.

»Es ist mir gleichgültig, was du von mir denkst«, stieß Merike hervor. »Ich weiß ja, dass du mich verachtest und für eine ehrgeizige Streberin hältst. Aber deswegen werde ich noch lange nicht mein Versprechen brechen, das ich Enna gegeben habe.«

Sie stieß sich vom Boden ab und radelte davon. Tränen brannten ihr in den Augen. Aus Mitleid mit Enna, der sie doch zu viel versprochen hatte. Und aus Zorn auf Tarmo, der offensichtlich erwartete, dass sie nach seiner Pfeife tanzte, und so tat, als sei in ihrer gemeinsamen Schulzeit nichts vorgefallen. Vermutlich hatte er die Sticheleien schon längst vergessen oder als unbedeutend abgehakt. Ihr hingegen gellte das gehässige »*nohik*«, mit dem Tarmo und ein paar andere sie als Streberin verspottet hatten, zuweilen noch in den Ohren. Es war so demütigend. Merike trat fester in die Pedalen und wünschte, sie könnte dem Gefühl der Scham und der Wut auf sich selbst davonradeln.

Kirchspiel Oberpahlen / Livland, Sommer 1914

Kapitel 27

Am folgenden Morgen wachte Luise gegen sechs Uhr auf und beschloss, die Zeit bis zum Frühstück zu nutzen und nach Metsik zu sehen. Der Hund lag apathisch in der Hütte, aus der er sich allem Anschein nach seit dem Vortag nicht hinausgetraut hatte. Der Futternapf, den Julius zu ihm hatte bringen lassen, stand unberührt hinter der Klappe, durch die er in den Auslauf geschoben worden war. Auch die Wasserschüssel war noch bis obenhin gefüllt. Luise kauerte sich vor das Gitter und begann, leise auf Metsik einzureden. Nach einer Weile hob er den Kopf und schnupperte in ihre Richtung. Vorsichtig öffnete sie die Tür und schlüpfte in den Zwinger.

»Komm, mein Lieber, du musst etwas essen«, sagte sie und schob den Napf in Richtung Hütte. »Du hast doch bestimmt großen Hunger.« Behutsam bewegte sie sich auf den Hund zu, der sie aufmerksam beobachtete. »Du brauchst wirklich keine Angst mehr haben«, fuhr sie fort. »Dafür werde ich sorgen, das habe ich dir versprochen.«

Metsik robbte eine Handbreit aus seiner Deckung. Luise beförderte die Futterschüssel mit einem letzten Schubser direkt vor seine Schnauze. Nachdem er sich sichernd umgesehen hatte, packte der Hund einen Brocken des Fleisch-Getreide-Gemischs und schlang ihn in einem Happs hinunter.

»Na, siehst du, es geht doch.«

Luise atmete erleichtert auf und holte die Wasserschüssel, während Metsik sich über den Rest des Futters hermachte. Der Hund winselte leise, als Luise den Zwinger verließ.

»Ich besuche dich später wieder«, versprach sie. »Jetzt muss ich zurück, bevor man mich vermisst.«

In ihrem Zimmer fand sie Reet vor, die Luise mit einem Knicks begrüßte.

»Die Baronesse schickt mich«, sagte das Dienstmädchen. »Ich soll Ihnen helfen, die Haare zu richten.«

»Danke, aber ich …« Luise räusperte sich. Fall nicht aus der Rolle, ermahnte sie sich. »Das ist sehr nett«, sprach sie rasch weiter und setzte sich vor den Frisiertisch.

Es fiel ihr schwer, sich zu entspannen und sich den geübten Handgriffen Reets zu überlassen, die ihren Nachtzopf löste, die Haare gründlich bürstete und anschließend zu einem lockeren Dutt aufsteckte. Den Angestellten gegenüber war Luise noch befangener als bei Julius und seiner Familie. Sie kam sich wie eine Verräterin vor und fragte sich, wie Reet und die anderen Dienstboten wohl reagierten, wenn sie ihre wahre Identität kennen würden. Sie lächelte Reet im Spiegel zu. Hoffentlich hält sie mich nicht für überheblich, weil ich so kurz angebunden bin und kein Gespräch mit ihr anfange, dachte Luise. Dabei wollte sie nur vermeiden, sie direkt anzusprechen. Es wäre ihr falsch vorgekommen, sie zu duzen – was sie unweigerlich hätte tun müssen, um sich nicht zu verraten. Luise seufzte innerlich und stellte einmal mehr fest, dass es nicht leicht war, überzeugend als Wilhelmine aufzutreten.

»Das Frühstück wird auf der Terrasse serviert«, sagte Reet, nachdem sie Luises Frisur mit Haarkämmen und -nadeln gesichert hatte.

»Vielen Dank«, sagte Luise.

»Kann ich noch etwas für Sie tun?«

Luise schüttelte stumm den Kopf. Reet knickste und verließ das Zimmer. Luise folgte ihr einige Minuten später. Als sie auf dem Weg zur Veranda durch die Eingangshalle lief, hörte sie aus dem Arbeitszimmer, dessen Tür offen stand, die Stimmen von Julius und seinem Vater. Sie hielt inne.

»Ich bedaure es sehr, dich ausgerechnet jetzt fortschicken zu müssen, wo Wilhelmine endlich wieder auf den Beinen ist«, sagte der Baron. »Aber die Angelegenheit sollte so schnell wie möglich geregelt werden.«

»Das sehe ich genauso«, sagte Julius. »Am besten breche ich sofort auf.«

Wie lange wird er wohl unterwegs sein?, war das Erste, was Luise durch den Kopf ging. Dir kann man es auch nicht recht machen, schimpfte sie mit sich. Gestern noch fasst du den vernünftigen Beschluss, dich nach Möglichkeit von Julius fernzuhalten und Situationen zu meiden, in denen du mit ihm allein bist. Du solltest froh und dankbar sein, dass dein Vorsatz unerwarteten Rückenwind erhält. Sieh es als Wink des Himmels. Je weniger du Julius siehst, desto weniger Gelegenheiten hast du, dich in etwas zu verrennen, das dich unglücklich machen wird. Und jetzt sieh zu, dass du hier wegkommst und nicht beim Lauschen erwischt wirst! Luise durchquerte zügig die Eingangshalle.

»Warte!«

Luise zuckte zusammen, blieb auf der Schwelle zum Großen Salon stehen, von dem aus es hinaus auf die Terrasse ging, und drehte sich langsam zu Julius um.

»Ich muss mich leider für ein paar Tage von dir verabschieden.« Er trat zu ihr, fasste sie am Ellenbogen und führte sie zwei Schritte in den Raum. »Auf einem unserer Nebengüter gibt es seit Jahren Streit mit einem benachbarten Bauern um die Wasserrechte an einem Bach. In der jetzigen Dürre ist die Sache wohl eskaliert, weil beide Parteien ihre ausgetrockneten Felder mit ihm bewässern wollen.«

Luise nickte stumm.

»Es tut mir wirklich leid, dass ich dich …«

»Nicht weiter schlimm«, stieß Luise hervor. »Ich komme schon zurecht.«

»Daran zweifle ich nicht.« Julius suchte ihren Blick. »Es ist mir nur um jede Minute leid, die ich hier mit dir versäume«, sagte er leise. »Wir lernen uns doch gerade erst kennen.«

Luise senkte die Augen.

»Ich beeile mich, versprochen!« Julius griff nach ihrer Hand, drückte sie zärtlich und verließ den Salon.

Luise atmete tief durch. Es beunruhigte sie, wie sehr sie selbst eine kurze Begegnung wie diese aufwühlte. Ganz zu schweigen von seiner flüchtigen Berührung. Es ist wirklich besser, wenn du ihn ein paar Tage nicht siehst, stellte ihre vernünftige Seite fest. Schade ist es trotzdem, wisperte ein anderes Stimmchen in ihr.

Die nächsten Tage gestalteten sich ruhig. Die nach wie vor brütende Hitze und ihre Auswirkungen auf Natur und Landwirtschaft waren das alles beherrschende Thema. Die Roggen- und Weizenhalme waren ungewöhnlich kurz, die Ähren klein, und die bevorstehende Klee- und Heuernte versprach keine nennenswerten Erträge. Kuno von Uexküll bereitete überdies Unmengen von Raupen Sorge, die bereits mehrere Gemüsefelder kahl gefressen hatten und den geschwächten Sträuchern und Bäumen zusetzten. Luise fand die allerorten wütenden Wald- und Moorbrände am bedrohlichsten. Die von Rauchgeruch geschwängerte Luft wurde von Dunstschleiern durchzogen, hinter denen die Sonne oft nur als roter Ball zu erahnen war und eine unheimliche Stimmung erzeugte. Auch in den Regionalzeitungen, die zweimal pro Woche mit der übrigen Post von einem Gasthof mit Poststation abgeholt wurden, nahmen die Berichte über das ungewöhnlich heiße Wetter mehr Raum ein als die politischen Verwerfungen, die das Attentat von Sarajewo ausgelöst hatte. *Seit Jahren hat der arme Landmann nicht mit so trübem Sinn in die Zukunft schauen müssen wie im heurigen Sommer,* konstatierte die »Rigasche Rundschau« und brachte die Situation damit trefflich auf den Punkt.

Die Baronin und ihre Tochter hielten sich die meiste Zeit auf der schattigen Veranda auf, ließen sich gekühlte Limonade und Fruchtsorbets servieren, fächelten sich träge Luft zu, blätterten in Journalen und sehnten die kühleren Abendstunden herbei.

Der Baron hingegen ließ sich von den Kapriolen des Wetters nicht von seiner Routine abbringen und drehte jeden Vormittag seine Inspektionsrunde, wie er es nannte. Den Einwand seiner Frau, er müsse nicht ständig selbst alles kontrollieren, wofür habe er schließlich einen Verwalter eingestellt, ließ Kuno von Uexküll nicht gelten. »Ich bin es meinen Vorfahren und auch unseren Untergebenen schuldig, mich persönlich zu kümmern. Nur so haben wir es seit Generationen geschafft, allen ein gutes Auskommen zu sichern und den Besitz nicht nur zu erhalten, sondern peu à peu zu vergrößern. Ein Verwalter, so versiert und loyal er auch sein mag, wird niemals mit derselben Hingabe dieses Vermächtnis wahren.«

Als der Baron bei Julius' Abschied erfahren hatte, dass dieser den versprochenen Rundgang mit Luise erneut aufschieben musste, hatte er sie eingeladen, ihn zu begleiten. »Ich bin natürlich kein ebenbürtiger Ersatz für Julius«, hatte er mit einem Augenzwinkern gemeint. »Aber wenn du willst, führe ich dich gern ein bisschen auf unserem Gut herum.«

Luise war seiner Einladung aus Höflichkeit gefolgt. Julius' Vater flößte ihr großen Respekt ein; sich ihm gegenüber zu verplappern oder in ein Fettnäpfchen zu treten fürchtete sie am meisten. Ihr Unbehagen war rasch verflogen. Kuno von Uexküll entpuppte sich als bodenständiger Landwirt, der sich freute, sein umfassendes Wissen über Viehzucht, Fruchtfolge, Düngung, Forstwirtschaft und die Zeichen, anhand deren man das Wetter vorhersagen konnte, mit Luise teilen zu können. Diese sog seine Erklärungen in sich auf und stellte fest, dass das Landleben eine Saite in ihr zum Klingen brachte, die sie lange nicht mehr gehört hatte. Als kleines Kind hatte sie viel Zeit bei ihrer Großmutter verbracht, die in einem Dorf bei Oldenburg gelebt hatte. Nach dem frühen Tod ihres Mannes hatte sie ihre spärliche Witwenrente mit dem Verkauf von Obst und Gemüse aufgebessert, die sie in ihrem Garten anbaute. Luise hatte es geliebt, ihr beim Unkraut jäten, Beete umgraben, Setzlinge einpflanzen und anderen anfallenden Arbeiten zu helfen. Bei den Inspektionsgängen mit dem Baron, auf denen sie ihn täglich begleitete, wurde ihr bewusst, wie sehr sie das Landleben vermisst hatte. Es war ihr Element, in dem sie aufblühte und sich heimisch fühlte.

Nachmittags, wenn der Baron sich in sein Arbeitszimmer zurückzog, seine Frau ein Schläfchen hielt und Irmengard ihren täglichen Brief an ihren Verlobten schrieb, stahl sich Luise davon und besuchte Metsik. Es dauerte nicht lang, bis der Hund seine Hütte verließ, wenn sie sich dem Zwinger näherte, und sie schwanzwedelnd begrüßte. Luise wagte es bald, ihn hinauszulassen und mit ihm zum Fluss hinunterzuspazieren, wo er ein ausgiebiges Bad nahm. Auf einem Baumstumpf am Ufer sitzend beobachtete sie, wie er mit sichtlichem Wohlbehagen im Wasser tollte. Ihr war, als habe er mit all dem Dreck und Staub auch seine letzte Scheu vor ihr abgewaschen. Nachdem er sich ausgiebig trocken geschüttelt hatte, sprang er zu ihr, legte seinen Kopf auf ihre Knie und ließ es zu, dass sie ihn hinter den Ohren kraulte.

Ihre Freundschaft mit dem Hund sprach sich rasch herum. Die Baronin nahm zunächst Anstoß an Luises befremdlichem Interesse an dem zotteligen Biest. Irmengard dagegen fand deren Marotte liebenswert und erinnerte ihre Mutter an die Begeisterung, mit der Julius von Luises Einsatz für Metsik berichtet hatte.

»Du hast recht«, hatte die Baronin schließlich gemeint. »Wilhelmine passt auch in dieser Hinsicht ganz wunderbar zu unserem Julius.« Sie hatte Luises Hand getätschelt und zufrieden gelächelt. »Manchmal hatte ich ihn bereits im Verdacht, sich mehr für

Pferde als für Menschen – insbesondere weibliche – zu interessieren. Doch das hat sich gründlich geändert, seitdem du da bist.«

Irmengard hatte diesen Eindruck bestätigt und Luise mit der Äußerung in Verlegenheit gestürzt, Julius habe wohl geahnt, dass die Richtige bereits vor langer Zeit für ihn ausgesucht worden war, und daher geduldig auf sie gewartet.

Am 23. Juni, dem Tag vor St. Johannis, herrschte ab den frühen Morgenstunden große Geschäftigkeit. Vom Baron wusste Luise, dass für die estnischen Bauern der *Jaanipäev* seit alters einen wichtigen Wechsel im Landwirtschaftsjahr markierte, die Pause zwischen dem Abschluss der Frühjahrsaussaat und der Heuernte, die traditionell nach dem Feiertag in Angriff genommen wurde.

Aus der Küche im Erdgeschoss waberten Brataromen und der Duft nach frisch gebackenem Weißbrot, herzhaften Pastetchen und süßem Gebäck. Auf dem Platz vor dem Herrenhaus stellten die Knechte mehrere lange Tische auf, die von zwei Mägden mit weißen Leinentüchern bedeckt und mit Wiesenblumen bestreut wurden. Die Eingangshalle zierten Birkenzweige, und auf der Veranda wurde der ovale Tisch ausgezogen und bot nun vierzehn Personen Platz. Die Baronin hatte die Dienstmädchen angewiesen, ihn mit dem guten Geschirr aus der Meißner Manufaktur sowie geschliffenen Gläsern aus Bleikristall einzudecken. In üppig bestückten Vasen prangten Orchideen, Bromelien und andere tropische Blüten aus dem Gewächshaus, und auf der Balustrade der Terrasse standen Laternen, die nach Sonnenuntergang Licht spenden sollten.

Am Abend fuhren Kutschen vor mit Bekannten und Freunden, die Familie von Uexküll zur Feier der Mittsommernacht eingeladen hatte. Sie wurden mit einem Umtrunk in der Halle begrüßt.

»Wo bleibt Julius?«, zischte Dina von Uexküll ihrem Mann zu, der neben ihr und Irmengard die Honneurs machte. »Er hat doch versprochen, pünktlich zum Fest wieder hier zu sein.«

Luise, die einen Schritt hinter ihnen stand, beugte sich unwillkürlich nach vorn, um die Antwort des Barons zu hören. In den vergangenen vier Tagen war sie ihrem Vorsatz, Julius aus ihren Gedanken zu verbannen, weitgehend gerecht geworden. Seit sie an diesem Morgen erfahren hatte, dass er spätestens am Abend zurückerwartet wurde, war es allerdings vorbei mit dem selbst auferlegten Verbot. Bei jedem Hufgeklapper zuckte sie zusammen und musste an sich halten, nicht aufzuspringen und nachzusehen, ob Julius gerade auf den Hof geritten kam.

»Er wird aufgehalten worden sein«, sagte der Baron mit einem Schulterzucken. »Du weißt doch, wie es ist. Die Leute wollen seinen Rat hören und die Gelegenheit nutzen, sich mit ihren Anliegen an ihn zu wenden.«

Luise wusste, wie sehr der Baron diese Eigenschaft seines Ältesten schätzte. Das Vertrauen der Untergebenen zu besitzen, war in seinen Augen fast noch wichtiger als umfassende landwirtschaftliche Kenntnisse und ein besonnener Umgang mit Geld. Nur so konnte ein großes Gut wie Algulfer gewinnbringend und effizient geführt werden.

Die Baronin verzog unwillig das Gesicht, verzichtete jedoch auf den bissigen Kommentar, der ihr sichtlich auf der Zunge lag, und widmete sich wieder der Begrüßung ihrer Gäste.

Luise kannte nur Doktor Dettmann, der sich eingehend nach ihrem Befinden erkundigte. Die anderen Geladenen musterten sie mit unverhohlener Neugier. Luise konnte ihre Gedanken förmlich hören: »Das ist also die Auserwählte, die zukünftige Baronin. Ob sie dem Erben von Algulfer eine gute Ehefrau sein wird?« Luise rang nach Luft und kämpfte gegen den Impuls an, wegzulaufen.

Vor ihrem geistigen Auge erschien Wilhelmine. »Es kann dir doch gleichgültig sein, was diese Leute von dir halten.« Ja, das würde Wilhelmine wohl sagen, dachte Luise. Aber ich bin nun einmal nicht sie. Ich wünschte, ich hätte mehr von ihrem Selbstbewusstsein. Die imaginäre Wilhelmine grinste verschmitzt. »Denk an Oscar Wildes Bonmot: ›Meine eigenen Angelegenheiten langweilen mich zu Tode. Ich bevorzuge die anderer Leute.‹ Diesen Menschen geht es erst recht so. Schließlich passiert hier auf dem Lande kaum etwas. Sie können dir also dankbar sein, dass du ihnen Stoff zum Nachdenken und Tratschen gibst.« Luise musste wider Willen lächeln und schickte einen stummen Gruß nach Dorpat.

Erleichtert atmete sie auf, als wenig später aus der Ferne vielstimmige Lieder erklangen und der Baron seine Gäste aufforderte, mit ihm nach draußen zu gehen und die Leute in Empfang zu nehmen. Luise und die anderen folgten ihm auf die oberste Stufe der Treppe und sahen der Prozession der Dörfler, Pächter und Gutsarbeiter entgegen, die auf den Hofplatz strömten. In der Mitte des Rondells war eine lange Stange aufgestellt worden, an deren Spitze eine mit Teer gefüllte Tonne thronte. Diese wurde nun entzündet und leuchtete vor dem silberblauen Himmel, an dem die untergehende Sonne ein paar Wolkenstreifen in verschiedene Rottöne einfärbte.

»Nach landläufiger Überzeugung wird im nächsten Jahr das Getreide dort besonders gut gedeihen, wo der Feuerschein heute zu sehen ist«, erklärte der Baron, der neben Luise stand. »Außerdem hält er böse Geister von den Feldern, Häusern und Ställen fern.«

»Du siehst, das einfache Volk ist hier sehr abergläubisch«, sagte Irmengard zu Luise. »Stell dir vor, die Sichtung von Glühwürmchen in der Johannisnacht soll ein großes Vermögen verheißen, und der Tanz um das Feuer schützt das Vieh angeblich vor Unfällen und Krankheiten und soll sogar Missbildungen bei Kindern verhindern.« Sie schürzte die Lippen zu einem herablassenden Lächeln. »Aber was soll man von rückständigen Bauern anderes erwarten?«

Luise stieß Irmengards verächtlicher Ton übel auf. In solchen Momenten schwankte sie zwischen dem Wunsch, Irmengard über den Mund zu fahren – wie es die echte Wilhelmine vermutlich ohne zu zögern getan hätte –, und dem tief verwurzelten Verhaltenskodex, nach dem es ihr als Angehöriger der Unterschicht nicht zustand, Kritik an einer Person »von Stand« zu äußern.

Mittlerweile hatten sich die Teilnehmer des Zugs vor dem Eingangsportal des Herrenhauses versammelt. Viele der Frauen trugen Trachten: weiße Blusen, schwarze Wickelröcke mit roten Besätzen und grünen Schürzen, dazu bestickte Schultertücher mit Fransen und lederne Bundschuhe. Einige von ihnen traten mit Blumenkränzen und Kräutersträußchen nach vorn, die sie, begleitet vom Gesang der Menge, der Gutsherrenfamilie und deren Gästen darboten, wobei sie Glück, Segen und Fruchtbarkeit wünschten.

Luise beugte mit verlegenem Lächeln den Kopf, als ihr ein junges Mädchen eines der duftenden Gebinde um den Hals legte. Mein Platz wäre eigentlich dort unten, dachte sie, als sich die Teilnehmer der Prozession an den Tischen niederließen, auf denen das Festmahl auf sie wartete: goldgelbe runde Kümmelkäse, die die Sonne symbolisierten, sauer eingelegte Heringe, Salzgurken, geräucherte Würste, Speckpiroggen und Schmalzkringel. Dazu gab es dicke Scheiben Roggenbrot sowie selbst gebrautes Bier und Schnaps aus der gutseigenen Brennerei.

Der Baron ließ sich ein Gläschen füllen, dankte seinen Untergebenen für ihre Arbeit und trank auf das Wohl von Algulfer, ihrem gemeinsamen Zuhause. Anschließend zogen sich die Herrschaften auf die Veranda hinter dem Haus zurück, wo man die Sommernacht in »gepflegtem Rahmen«, wie Irmengard es ausdrückte, verbringen würde. Die Dienstboten, denen an diesem Abend freigegeben worden war, hatten zuvor ein üppiges Buffet aufgebaut, dessen Speisen ausgefallener waren als die einfachen Gerichte, die dem Gesinde serviert worden waren. Dazu gab es französische Weine.

Luise brachte kaum einen Bissen herunter. Ich bin hier fehl am Platze, schrie es unaufhörlich in ihr. Ich gehöre nicht zu diesen Leuten, die seit Generationen in dem Gefühl einer natürlichen Überlegenheit die Unterwürfigkeit und Dienstbarkeit der ihnen untergebenen Menschen erwarten, die sie zwar – zumindest was die von Uexkülls betrifft – anständig behandeln, aber nicht als ihnen ebenbürtig ansehen.

Zu allem Überfluss schienen sich ihre Tischnachbarn verschworen zu haben, sie mit Anspielungen in Verlegenheit zu stürzen. Ein älterer Herr klärte Luise darüber auf, welche besondere Bedeutung die Mittsommernacht für Liebende hatte, und erzählte die Sage von Koit und Hämarik, dem Morgengrauen und der Abenddämmerung, die sich in inniger Liebe zugetan seien, aber nur einmal im Jahr die Gelegenheit hätten, sich in der kürzesten Nacht zu begegnen und Küsse auszutauschen.

»Schade, dass ein gewisser Herr ausgerechnet heute nicht anwesend ist. Sonst könnte er später mit Ihnen im Wald nach blühendem Farn suchen.« Seine Gattin blinzelte Luise vielsagend zu. »Man sagt, die Farnblüte öffne sich zur Sommersonnwende um Mitternacht und könne nur von Liebenden entdeckt werden, denen sie Glück bringe.«

Luise zwang sich zu einem Lächeln und schluckte die Bemerkung hinunter, dass Farne genau genommen nicht blühten und es demnach mit dem Liebesglück nicht weit her sein könne.

»An Johanni blüht vor allem der Aberglaube«, sagte Irmengard. »Die Esten sind überzeugt, dass einige Pflanzen zur Zeit der Sonnenwende magische Kräfte haben.« Sie verzog spöttisch den Mund.

»Ich finde viele dieser Vorstellungen ganz reizend.« Die ältere Dame bedachte Irmengard mit einem tadelnden Blick. »Zum Beispiel den Brauch lediger junger Frauen, acht oder neun verschiedene Blumen zu pflücken und vor dem Zubettgehen unters

Kopfkissen zu legen. Dann wird ihnen im Traum ihr zukünftiger Ehemann erscheinen.« Sie beugte sich zu Luise vor. »Das wird bei Ihnen aber nicht nötig sein, nicht wahr?«, flüsterte sie gut vernehmlich.

Luise verschluckte sich fast an dem Happen Räucherfisch, den sie sich gerade in den Mund geschoben hatte.

»Eigentlich könntet ihr doch eine Doppelhochzeit feiern«, fuhr die Dame an Irmengard gewandt fort. »Oder ist es noch nicht offiziell?«, schob sie lauter nach und schaute mit unverhohlener Neugier zu Kuno von Uexküll, der in ein Gespräch mit Doktor Dettmann und einem jüngeren Herrn vertieft war.

»Das ist eine entzückende Idee!« Irmengard klatschte in die Hände. »Wir könnten uns die gleichen Traukleider schneidern lassen.« Sie drehte sich zu ihrer Mutter. »Was meinst du, Maman?«

Luise wusste vor Verlegenheit nicht, wohin sie schauen sollte. Ihr war, als seien alle Blicke auf sie gerichtet, als lauerten alle auf ihre Reaktion. Am liebsten wäre sie davongelaufen. Sie griff sich an den Hals.

»Ist dir nicht gut, meine Liebe?« Die Baronin sah sie besorgt an. »Du bist ganz blass.«

Luise rang nach Luft. Ist das der Augenblick, in dem ich reinen Tisch machen sollte?, fragte sie sich. Bevor ich noch tiefer in dieses Lügengespinst verstrickt werde? Bring es hinter dich, redete sie sich gut zu, stand auf und öffnete den Mund.

Otepää / Estland, Sommer 1989

Kapitel 28

»Merike, warte!«

Tarmos Ruf übertönte das Knattern des Mopeds, mit dem er ihr folgte. Merike biss die Zähne zusammen und erhöhte ihr Tempo. Wenige Sekunden später hatte er sie eingeholt und drosselte den Motor.

»Bitte! Halt an.«

Merike reagierte nicht. Sollte er doch zusehen, wie er ohne sie seine Schwester fand. Sie würde ihn nicht zu Enna führen. Sie würde ihn abschütteln, später auf einem Umweg zur Kriegseiche zurückkehren und mit dem Mädchen besprechen, wie es weitergehen sollte.

Tarmo beschleunigte, stellte sich ihr mit dem Mofa in den Weg und zwang Merike zu einer Bremsung.

»Ich verachte dich nicht«, sagte er. »Ganz im Gegenteil. Ich habe großen Respekt vor dir. Du kümmerst dich so lieb um Enna, obwohl ich …«

»Du hast es erfasst. Es geht mir einzig und allein um Enna.« Merike schniefte verstohlen und hoffte, dass er ihre Tränen nicht bemerkte. »Ich werde sie nicht im Stich lassen.«

»So, wie ich das tue?«

»Das hab ich nicht gesagt.«

»Tut mir leid, ich wollte dich gerade eben nicht so angehen.« Tarmo räusperte sich. »Ich möchte dich …«

»Schon gut«, brummte Merike, der ihr trotziges Benehmen peinlich war.

»Nein, ist es nicht.« Tarmo suchte ihren Blick. »Ich hätte das schon viel früher tun sollen.«

»Was?«

»Dich um Entschuldigung bitten. Ich hab mich dir gegenüber wie ein Arsch verhalten. Und damit meine ich nicht heute.« Er fuhr sich durch die Haare. »Ich kann verstehen, dass du mich verabscheust.«

Merike hielt den Atem an. Die Wendung, die das Gespräch nahm, verwirrte sie. Sagte er das jetzt bloß, damit sie ihn zu Enna brachte? Sie musterte ihn misstrauisch.

»Ich meine es ernst«, sagte Tarmo. »Ich kann dir gar nicht sagen, wie sehr ich mich schäme, dass ich in unserer Schulzeit so gemein zu dir war. Deshalb war ich vorhin auch so kurz angebunden. Ich wusste einfach nicht, wie ich mich dir gegenüber verhalten sollte. Die ganze Zeit konnte ich nur daran denken, wie schwer es dir fallen muss, ausgerechnet mir zu helfen. Obwohl es dir natürlich ausschließlich um Enna geht«, fügte er schnell hinzu. »Aber wenn ich nicht zu dir gekommen wäre, hättest du ja gar nicht von ihrem Verschwinden erfahren.«

»Woher der Sinneswandel?«, fragte Merike nach kurzem Zögern.

»Ich weiß auch nicht, was mich damals geritten hat, so auf dir rumzuhacken. Es gibt keine Entschuldigung dafür.« Tarmo kratzte sich im Nacken und sprach stockend weiter. »Ich glaube, ich war neidisch auf dich.«

»Auf mich?« Merike riss die Augen auf. »Wieso das denn? So toll waren meine Noten im Vergleich zu deinen nun auch wieder nicht.«

»Es ging nicht um schulische Leistung.«

»Hä? Wieso hast du mich dann immer als Streberin beschimpft?«

»Weil ich unbedingt zu der Jungsclique gehören wollte, die ich cool fand.« Tarmo verzog den Mund. »Heute würde ich sagen, das waren alles unsichere Bürschchen, die sich besser fühlten, wenn sie andere runtermachten. Und ich war wohl der Schlimmste.«

»Aber warum warst du neidisch auf mich?«

»Du hast so nette Eltern. Und ich hatte immer den Eindruck, dass ihr euch super versteht.«

»Ja, und?« Merike runzelte die Stirn.

»Erinnerst du dich an die Feiern zu Lenins Geburtstag, an die Schulbasare, an … ach, eigentlich an alle Anlässe, zu denen unsere Väter und Mütter eingeladen wurden?«, fragte Tarmo. »Für mich war das jedes Mal ein Graus. Entweder haben sich meine Eltern gar nicht erst blicken lassen. Dann habe ich mir irgendwelche Ausreden ausgedacht, um nicht als der Junge zu gelten, dessen Familie sich nicht die Bohne für ihn interessiert. Oder sie haben mich begleitet, was fast genauso schrecklich war, denn sie haben sich meistens übelst gestritten. So wie eigentlich immer. Das war mir noch peinlicher.«

»Das kann ich verstehen«, sagte Merike. »Was ich allerdings nicht verstehe: Warum hast du dich so auf mich eingeschossen? Ich war doch nicht die Einzige in unserer Klasse, die ein gutes Verhältnis zu ihren Eltern hatte. Wieso hast du zum Beispiel Talvi in Ruhe gelassen?«

»Weil ich dich … äh …«, stotterte Tarmo. »Keine Ahnung. Vielleicht, weil deine Mutter mich mal sehr einfühlsam getröstet hat, als sich meine Eltern zofften und alle zu uns starrten. Ich konnte dieses Mitleid nicht ertragen. Es hat in dem Moment für mich alles noch schlimmer gemacht. Und das wollte ich dir wohl unbewusst heimzahlen.« Er räusperte sich. »Es war kindisch. Und absolut daneben, meinen Frust an dir auszulassen.«

Merikes Anspannung löste sich. Tarmo schien sein früheres Verhalten aufrichtig zu bereuen. Auch wenn sie den Eindruck hatte, dass er mit irgendetwas hinterm Berg hielt. Sie beschloss, darüber hinwegzusehen. Es war fürs Erste erfreulich genug, dass er sich entschuldigte.

»Ich erwarte nicht, dass du mir verzeihst«, fuhr Tarmo fort.

»Aber ich wäre dir sehr dankbar, wenn du mich zu Enna bringst. Ich muss dringend mit ihr reden.«

»Ja, das solltest du unbedingt«, sagte Merike. »Sie glaubt nämlich, dass sie schuld an der Trennung eurer Eltern ist.«

»Ich hatte so etwas befürchtet.« Tarmo kratzte sich an der Schläfe. »Ist echt 'ne schwere Zeit für sie. War vorher schon heftig mit den ständigen Streitereien, aber dass unser Vater jetzt tatsächlich Ernst mit seiner Drohung gemacht hat und fortgegangen ist, hat sie sehr getroffen.«

»Dass du ebenfalls aus Otepää wegziehst, macht ihr wohl noch mehr zu schaffen«, rutschte es Merike heraus.

Ein Schatten flog über Tarmos Gesicht. War er verärgert, dass seine Schwester ihr so viel Privates erzählt hatte?

»Da kann ich sie beruhigen, das Thema ist vom Tisch«, murmelte er.

Merike hätte zu gern nachgehakt, warum er seine Pläne geändert hatte und ob das der Grund für seinen Streit mit Ülle gewesen war, traute sich jedoch nicht. Zu indiskret erschienen ihr weitere Fragen. »Gut, dann bringe ich dich jetzt zu Enna«, verkündete sie stattdessen. »Sonst denkt sie noch, ich hätte sie vergessen.«

»Ich bin echt gespannt, wo du sie gefunden hast«, sagte Tarmo. »Ich dachte eigentlich, ich hätte überall nach ihr gesucht. Ich hab jeden Stein umgedreht und alle Orte abgeklappert, wo sie sich verkriecht, wenn zu Hause dicke Luft ist.« Er sah Merike fragend an. »Bist du zufällig über sie gestolpert?«

Sie schüttelte den Kopf. »Ich hatte so 'ne Idee, wo sie sein könnte.« Sie zuckte die Achseln. »War zwar nicht ganz richtig, hat mich aber doch zu ihr geführt.«

»Ich verstehe immer mehr, warum Enna so begeistert von dir ist.« In Tarmos Stimme schwang Anerkennung. Er trat auf die Pedale seines Mopeds und startete den Motor. »Ich bin froh, dass sie in dir jemanden hat, dem sie vertraut.«

Merike spürte, wie ihr das Blut in die Wangen schoss. Das unverhoffte Lob aus seinem Mund freute sie mehr, als sie sich selbst eingestehen wollte.

Einige Tage später fand das erste Planungstreffen der Volksfront-Ortsgruppe von Otepää für die Vorbereitungen des Festaktes am 15. Juli statt, an dem das renovierte Denkmal für die Freiheitskämpfer eingeweiht werden sollte. Merike radelte direkt nach der Arbeit zu Helina, die angesichts des anhaltenden schönen Wetters die Teilnehmer in ihren Garten eingeladen hatte. Unter einer hohen Birke hatten sich bereits ein paar Leute um einen runden Tisch versammelt: Milvi, die im gleichen Chor sang wie Merikes Mutter und Oma, sowie ihr Ehemann Mati – beide gute Freunde der Familie Ilves. Den schnurrbärtigen Mann Mitte dreißig ihnen gegenüber kannte sie nur vom Sehen. Er arbeitete bei einer Tankstelle. Neben ihm saß Helina, die aufsprang, als sie Merike entdeckte, und sie in Empfang nahm.

»Jetzt sind wir fast vollzählig«, sagte sie. »Fehlt nur noch unser zweiter Neuzugang, aber der müsste auch jeden Moment da sein.« Sie lächelte Merike an. »Wir freuen uns sehr über die Verstärkung. Marten ist ja mit Lenja ans Meer gefahren, und zwei weitere unserer Mitstreiter sind auch gerade im Urlaub.« Sie deutete auf eine mit Wasser gefüllte Zinkwanne, die im Schatten der Hauswand stand. »Kühle Getränke findest du dort. Kaffee gibt's in der Thermoskanne auf dem Tisch.« Sie kehrte zu ihrem Platz zurück.

Merike wollte ihr folgen, als Tarmo um die Hausecke bog. Das ist also der zweite Neuzugang, dachte sie und stellte befremdet fest, dass sein unverhofftes Auftauchen sie befangen machte. Um die Irritation zu überspielen, erkundigte sie sich nach Enna.

In den vergangenen Tagen hatte sie mehrmals an die kleine Schwester von Tarmo gedacht. Als sie diesen zu der Kriegseiche gebracht hatte, war Enna ihm zunächst mit Misstrauen begegnet und hatte gezögert, seiner Beteuerung Glauben zu schenken, er werde sie nicht allein lassen und in Otepää bleiben.

Wollte er nicht mit Ülle nach Tallinn und dort am Polytechnischen Institut studieren? Tarmo hatte die Frage freimütig beantwortet, ohne sich – zumindest dem Anschein nach – daran zu stoßen, dass Merike zuhörte. »Ja, das war der Plan«, hatte er gesagt. »Aber da wusste ich noch nicht, dass es Mama so schlecht geht und sie sich nicht richtig um dich kümmern kann. Das habe ich Ülle erklärt und sie gebeten, noch eine Weile mit dem Umzug nach Tallinn zu warten. Das will sie aber nicht. Ich glaube, sie versteht nicht, wie wichtig du mir bist. Und dass ich mich nicht gegen dich für sie entscheiden kann.«

Enna hatte seine Erläuterung mit gemischten Gefühlen aufgenommen. Die Freude über seine Treue war überschattet worden von einer bangen Vermutung: »Also bin ich schuld, dass Ülle böse mit dir ist?«

Tarmo hatte seine Schwester fest in den Arm genommen und ihr versichert, dass sie nicht für Ülles Unmut verantwortlich war. »Weißt du«, hatte er Enna erklärt. »Im Grunde habe ich Ülle gar nicht richtig gekannt. Wir haben uns ja nur selten sehen können, wenn ich Urlaub hatte. Und jetzt hat sich gezeigt, dass wir ganz unterschiedliche Erwartungen haben.«

Merike war beeindruckt gewesen von der Unbedingtheit, mit der er sich zu seiner Schwester bekannte, und der Offenheit, mit der er über seine Gefühle sprach. Es fiel ihr schwer, in diesem Tarmo den Jungen zu entdecken, der sie einst mit seinen Hänseleien malträtiert hatte.

»Enna geht es gut«, beantwortete Tarmo soeben ihre Frage. »Ich soll dir das hier geben.« Er zog ein zusammengefaltetes Blatt aus seiner Jackentasche. »Das hat sie extra für dich gemalt.« Er lächelte ihr zu und ging zum Tisch, wo er sich neben den Tankwart setzte, der sich Merike als Artur vorstellte.

Merike entfaltete das Papier, auf dem Enna mit Buntstiften einen großen Baum gezeichnet hatte, auf dem eine kleine und eine größere Gestalt saßen, um die ein rotes Band in Herzform geschlungen war. Darunter stand in Schönschrift: *Enna und Merike.* Gerührt steckte sie das Bild in ihre Tasche und nahm auf dem letzten freien Stuhl schräg gegenüber von Tarmo neben Milvi Platz. Diese begrüßte Merike mit einem freundlichen Kopfnicken, bevor sie sich wieder dem Tankwart zuwendete, mit dem sie und ihr Mann in eine lebhafte Diskussion verwickelt waren.

»Das geht mir alles nicht weit genug!«, rief Artur gerade. »Es wird Zeit, dass wir massiver auftreten und endlich unsere Unabhängigkeit zurückverlangen. Am liebsten würde ich die Tradition der Waldbrüder wieder beleben und als Partisan zu den Waffen greifen.«

»Untersteh dich!« Milvi sah ihn empört an. »Das würde unserer Sache nur schaden.«

»Ganz meine Meinung«, sagte ihr Mann. »Gewalttätige Aktionen fänden kaum Unterstützung in der Bevölkerung. Vor allem aber würden sie den Reaktionären in Moskau in die Hände spielen und zu Gegengewalt führen. Denk nur an Ungarn 56 oder Prag 68, das ging gar nicht gut …«

»Das waren andere Zeiten«, unterbrach ihn der Tankwart. »Jetzt haben wir viele aus der Partei auf unserer Seite. Sogar Gorbatschow zeigt sich offen für unsere Reformwünsche.«

»Ja, aber auch nur solange wir nicht einen Bruch mit Moskau forcieren«, warf Tarmo ein. »Gorbatschow mag zwar Verständnis für unsere Unzufriedenheit haben, was wirtschaftliche Missstände angeht, aber er hat nationalen Bestrebungen eine scharfe Absage erteilt. Und diesem Kurs folgen auch die meisten EKPler.«

Merike sah ihn überrascht an. Sie konnte sich nicht erinnern, dass Tarmo und seine Freunde in der Schulzeit besonderes Interesse an politischen Fragen an den Tag gelegt hatten. Bei den Treffen der Komsomolzen, bei denen aktuelle Themen diskutiert wurden, hatten sie sich selten blicken lassen. Sie hatten lieber an ihren Mofas herumgeschraubt, im Sommer auf dem Lipuväljak, dem Fahnenplatz vor dem Rathaus, oder am Badestrand am Pühajärv abgehangen, und eine Weile hatten sie sich als Rockband versucht.

»Ich bin auch der Ansicht, dass wir weiterhin mit rein friedlichen Mitteln vorgehen sollten«, sagte Helina. »Damit sind wir bislang doch gut gefahren. Wir dürfen wieder unsere alte Nationalflagge zeigen und die Hymne singen. Und sogar die ›Geheimen Zusatzprotokolle‹ wurden veröffentlicht.«

Merike erinnerte sich gut an die Aufregung im vergangenen Sommer, als zum ersten Mal der volle Wortlaut des Hitler-Stalin-Paktes von 1939 abgedruckt worden war – ausgerechnet in der Tageszeitung »Rahva Hääl«, dem Presseorgan und Propagandablatt der Estnischen KP. Im Geschichtsunterricht hatte Merike gelernt, dass die UdSSR den »Nichtangriffsvertrag mit Deutschland« bloß geschlossen hatte, um den Überfall Hitlers auf Russland hinauszuzögern und sich besser auf die unvermeidliche militärische Auseinandersetzung vorbereiten zu können. Von einem geheimen Abkommen der beiden Diktatoren war dagegen nie die Rede gewesen.

In diesem waren unter anderem die deutsch-sowjetischen Interessensphären in Ostmitteleuropa abgegrenzt worden, wobei Finnland, Estland, Lettland sowie Teile Polens von den Russen beansprucht wurden. Das Zusatzprotokoll lieferte so den Beweis, dass die baltischen Republiken gegen ihren Willen besetzt und der Sowjetunion einverleibt worden waren.

Opa Andrus hatte das als westliche Propaganda und Aufhetzung abgetan und auf Gorbatschows Beteuerung verwiesen, ein solches Dokument sei in den Archiven des Kremls nicht vorhanden. Damit war für ihn das Thema abgehakt und wie so viele andere auch in der Tabu-Kiste gelandet.

»Mag sein«, sagte der Tankwart zu Helina. »Aber was ist seither passiert? Nichts! Was nützt uns der schriftliche Beweis, dass wir ein annektiertes Land sind, wenn das keine Konsequenzen hat?« Er schnaubte. »Oder hab ich den Sturm internationaler Entrüstung und Solidarität nicht mitgekriegt?«

»Ich hatte mir da auch mehr vom Westen erwartet«, sagte Mati. »Schließlich haben die drei baltischen Staaten im Sinne des Völkerrechts nie aufgehört zu existieren.«

Milvi zuckte die Schultern. »Es ist ja leider nicht das erste Mal, dass wir vom Westen außer leeren Floskeln nichts zu erwarten haben.« Sie drehte sich zu Merike. »Erst neulich redete ich mit deiner Großmutter darüber. Sie erinnert sich ja auch noch gut, wie enttäuscht wir darüber waren, dass die Alliierten nach dem Krieg nichts gegen die sowjetische Annexion unternommen haben. Obwohl sie diese nie anerkannt haben.«

»Rein rechtlich vielleicht nicht, de facto aber schon«, knurrte Artur.

Merike nickte vage. Zuzugeben, dass Oma Kadri ihr gegenüber nie darüber gesprochen hatte – wovon Milvi offenbar ganz selbstverständlich ausging –, war ihr peinlich. Vor allem, weil Tarmo es mitbekommen würde, gestand sie sich ein. Warum spielt das eine Rolle? Ist es nicht vollkommen gleichgültig, was er von mir denkt? Unwillkürlich schielte sie zu ihm und senkte rasch die Augen, als er in ihre Richtung schaute.

Merike setzte sich aufrechter und wandte sich an Mati. »Ich denke, Amerika und seine Verbündeten sind in erster Linie daran interessiert, Gorbatschow zu unterstützen und alles zu vermeiden, was zu einer Schwächung seiner Position führen könnte. Zum Beispiel durch Bürgerkriege, Massenstreiks und so weiter«, sagte sie. »Und das könnte passieren, wenn wir uns aus der Union lösen und andere Republiken unserem Beispiel folgen.«

»Aber das ist doch genau der Punkt!«, rief der Tankwart aufgebracht. »Wir sind keine abtrünnigen Ukrainer, Georgier, Weißrussen oder andere Völker, die jetzt eigene Staaten gründen wollen. Wir würden nicht mutwillig ausscheren, sondern nur zum alten Status quo zurückkehren. Es geht eben nicht um einen Austritt aus der Sowjetunion, sondern um das Ende der sowjetischen Besatzung. Das ist ein fundamentaler Unterschied!«

»Ich fände den Mittelweg vernünftig, den die Gemäßigten vorschlagen«, sagte Helina.

»Du meinst die Ausrufung einer dritten estnischen Republik?«, fragte Tarmo. »Nach der zweiten, in der wir aktuell seit 1940 leben?«

Helina nickte.

»Auf gar keinen Fall!« Der Tankwart funkelte Helina entrüstet an. »Es gibt nur eine estnische Republik. Und die besteht seit 1918!«

Neben Merike griff Milvi nach ihrer geleerten Limonadenflasche und machte Anstalten, aufzustehen, was ihr sichtlich Mühe bereitete.

Merike sprang auf. »Soll ich dir eine neue mitbringen?«, fragte sie. »Ich wollte mir ohnehin gerade etwas zu trinken holen.«

Milvi nickte dankbar und ließ sich mit leisem Ächzen auf ihren Stuhl zurücksinken, während Merike zur Zinkwanne lief. Sie hatte den Wortwechsel am Tisch mit klopfendem Herzen verfolgt. Dass es eine glatte Lüge des Kremls war, Estland wäre 1940 aus freien Stücken der UdSSR beigetreten, wühlte Merike auf. Zum ersten Mal stellte sie sich die Frage, wie ihr Leben in einem freien Staat verlaufen wäre. Wie sich das Schicksal ihrer Familie gestaltet hätte, wenn Estland keine Sowjetrepublik geworden wäre. Gäbe es die alte Bäckerei noch? Und wenn ja, wer würde sie heute betreiben? Mama und Papa wohl nicht, die hätten fertig studiert und wären danach ganz sicher nicht nach Otepää gezogen, überlegte sie. Wo wäre ich wohl aufgewachsen? Hätten wir viele Reisen ins Ausland unternommen?

Merike kehrte zu den anderen zurück, die in der Zwischenzeit das Thema gewechselt hatten und besprachen, welche Dekorationen und andere Dinge für den Festakt benötigt wurden.

»Unsere ist leider total zerschlissen«, sagte Artur gerade und hob mit einer bedauernden Grimasse die Hände. »Die fällt schon auseinander, wenn man sie nur scharf ansieht.«

»Habt ihr noch eine?«, fragte Helina und sah Merike an.

»Eine was?«

»Eine alte blau-schwarz-weiße Fahne«, erklärte Helina. »Wir brauchen möglichst viele zur Dekoration des Denkmals und für den Umzug, den wir machen wollen.«

»Ich würde ja gern neue nähen«, sagte Milvi. »Aber bis Mitte Juli werde ich das kaum schaffen.« Sie seufzte. »Es ist gerade so gut wie unmöglich, geeignete Stoffe zu bekommen.«

»Ob wir noch eine alte haben, weiß ich nicht«, antwortete Merike. Opa Andrus wird schon dafür gesorgt haben, dass das kompromittierende Teil verschwindet, fügte sie im Stillen hinzu. »Aber wegen neuer Stoffe frag ich meinen Vater«, fuhr sie fort. »Der kann uns da hoffentlich weiterhelfen. Schließlich arbeitet er als Fahrer für das Textilkombinat.«

»Das wäre wunderbar!«, rief Helina.

»Der Frauenchor will Torten backen, die mit Blaubeeren, Schokostreuseln und Sahne dekoriert werden. Wenn wir denn alle Zutaten in ausreichender Menge zusammenbekommen«, sagte Milvi.

»Man könnte Wimpel als Trikoloren bemalen und Girlanden damit bestücken«, überlegte Merike laut.

»Wie wäre es außerdem mit dreifarbigen Papierlampions?«, fragte Tarmo.

»Beides prima Ideen.« Helina notierte die Vorschläge.

»Vielleicht haben die Pioniere Lust, mit mir zu basteln«, sagte Merike. »Meine Freundin Talvi hat mich nämlich gebeten, ihre Gruppe in den nächsten Wochen zu übernehmen, weil sie vor lauter Lernerei zu nichts anderem mehr Zeit hat und oft nach Võru fahren muss.«

»Enna wird begeistert sein.« Tarmo lächelte ihr zu. »Sie schwärmt immer noch von dem Ferienlager.«

Merike wurde rot und drehte sich rasch zu Milvi, die eben gefragt hatte, ob sie nicht mit den Kindern das ein oder andere Lied für den Festakt einüben wollte.

»Das würde ich gern«, sagte Merike. »Aber als Chorleiterin wäre ich die totale Fehlbesetzung. Es sei denn, ihr wollt Katzenmusik. Ich kann leider überhaupt nicht singen.«

»Entschuldige, das ist mir im Eifer des Gefechts entfallen.« Milvi tätschelte Merikes Arm. »Dabei hat deine Großmutter erst neulich, als wir die *Fünf Patriotischen Lieder* von Alo Mattiisen probten, bedauert, dass du nicht mit ihr und deiner Mutter in unserem Chor singst. Drei Generationen Ilves erheben ihre Stimmen für Estlands Freiheit – das hatte sie sich so schön vorgestellt.«

»Ihr tretet am 15. Juli auf?« Merike hob die Brauen.

»Selbstverständlich.« Milvi stutzte kurz. »Ach, verstehe, Kadri hat das zu Hause wohl nicht an die große Glocke gehängt.« Sie zupfte sich am Ohrläppchen. »Andrus sollte wirklich langsam begreifen, dass ein neuer Wind weht und die Zeit der Duckmäuserei vorbei ist.« Sie drückte kurz Merikes Hand. »Ich will deinem Großvater sicher nicht zu nahetreten. Aber in manchen …«

»Ich weiß nur zu gut, was du meinst«, fiel Merike ihr ins Wort. »Ich bin gerade dabei, mich von ihm und seinen Doktrinen abzunabeln.«

»Das ist gewiss nicht einfach«, sagte Milvi. »Umso mehr freue ich mich, dass du den Weg zu unserer Gruppe gefunden hast.« Sie hielt ihre Limonadenflasche hoch und hob die Stimme. »Freunde, lasst uns auf unsere neuen Mitstreiter anstoßen.«

Die anderen unterbrachen ihre Gespräche und griffen nach ihren Getränken. Merike schaute zu Tarmo. In seinem Gesicht fand sie die Mischung aus Verlegenheit und Freude wieder, die sie selbst empfand. Die Aussicht, sich mit Gleichgesinnten dafür einsetzen zu können, die Unabhängigkeitskämpfer dem Vergessen zu entreißen, zu dem die Sowjets sie verdammt hatten, versetzte sie in Hochstimmung. Auch wenn es nur ein kleiner Beitrag war, für Merike fühlte es sich wie ein Befreiungsschlag an. Wie ein erster Schritt, die von Opa Andrus aus Tabus und Verboten errichtete Mauer zu zertrümmern, hinter der sie und ihre Familie viel zu lange ängstlich verharrt hatten.

Kapitel 29

»Ich muss euch etwas ge…«, begann Luise.

»Ah, da ist er ja endlich!« Der Ruf des Barons unterbrach sie. Sie folgte seinem Blick und sah Julius, der eben auf der Schwelle der Verandatür erschienen war, seine Reiterkappe lüftete und grüßend in die Runde nickte. Luise fasste sich an den Hals und rang nach Luft.

»Mein Lieber, du wurdest schon sehnlich erwartet.« Irmengard winkte ihren Bruder zu sich. »Nicht wahr, Wilhelmine?«

Luise entfuhr ein gurgelnder Laut. Sie machte einen Schritt rückwärts, wäre um ein Haar über ihren Stuhl gestolpert, wich zur Seite aus und taumelte Richtung Haus. Julius war mit einem Sprung bei ihr und fasste sie am Ellenbogen.

Am Tisch wurden erschrockene Fragen nach ihrem Befinden und den Ursachen für ihren Schwächeanfall laut.

»Ich fürchte, wir haben Wilhelmine heute zu viel zugemutet«, sagte die Baronin, die sich erhoben hatte, und sah ihren Sohn zerknirscht an. »Sie ist eben doch noch nicht ganz auf dem Damm. Dazu noch diese furchtbare Hitze tagsüber …« Sie tätschelte Luises Hand. »So bedauerlich es ist, dass du nicht länger mit uns feiern kannst: Du solltest dich jetzt besser zurückziehen und dich ausruhen.« Sie drehte sich zu Doktor Dettmann, der zu ihnen geeilt war. »Das ist doch wohl das Vernünftigste?«

»Zweifelsohne«, pflichtete der Arzt ihr bei, griff nach Luises Handgelenk und prüfte den Puls. »Ist Ihnen übel? Haben Sie Kopfschmerzen?«

Luise verneinte stumm.

»Schlafen Sie sich aus, das ist tatsächlich die beste Medizin.«

Mein Gott, ist das peinlich, dachte Luise. Schon wieder schauen alle zu mir. Dabei habe ich noch nicht einmal die Bombe platzen lassen. Was wäre nur geschehen, wenn Julius eine Minute später auf der Bildfläche erschienen wäre? Nachdem Luise seiner Familie und ihren Gästen bereits eröffnet hätte, dass sie nicht Wilhelmine von Rahden war? Bilder von einer Tischgesellschaft in Aufruhr blitzten vor ihr auf: von stummem Entsetzen und fassungslosen Nachfragen über entrüstete oder angewiderte Mienen bis hin zu Rufen nach einem Riechfläschchen für Irmengard. So wie Luise diese einschätzte, war von ihr die hysterischste Reaktion zu erwarten. Vor ihrem geistigen Auge sah Luise Julius' Schwester von Entsetzen übermannt vom Stuhl kippen, dabei krallte sie sich Halt suchend an die Tischdecke und ging mit ihr zu Boden, wobei sich der weiße Damast wie ein Leichentuch über sie breitete, übersät von Tellern, Speisen und Blumen.

»Geleiten Sie Ihre Verlobte auf ihr Zimmer?«, fuhr Doktor Dettmann an Julius gewandt fort. »Ich sehe dann später noch einmal nach ihr.«

Luise schreckte aus ihren Phantasien hoch.

»Selbstverständlich.« Julius legte sacht den Arm um ihre Schulter und führte sie in den Großen Salon.

In Luises Ohren wurden die Kommentare und besorgten Zurufe der Tischgesellschaft von einem Brausen überdröhnt, begleitet von schwarzen Punkten, die vor ihren Augen tanzten und immer dichter wurden, als stünde sie in einem Gestöber aus dunklen Flocken. Einen Moment lang fürchtete sie, das Bewusstsein zu verlieren. Es kostete sie all ihre Kraft, nicht dem Bedürfnis nachzugeben, ihren Kopf an Julius' Brust zu legen und sich dem wohligen Gefühl der Geborgenheit zu überlassen, das seine Gegenwart in ihr auslöste. Sie blieb stehen.

Julius beugte sich zu ihr hinunter. »Du Arme. Geht es, oder soll ich dich nach oben tragen?«

Nichts lieber als das, rief ein Stimmchen in ihr, während sie, so energisch sie es vermochte, den Kopf schüttelte und sich von ihm löste. »Nein, ich muss zurück. Ich muss jetzt sofort klarstellen, dass ich nicht Wil…«

»Bitte nicht«, sagte Julius leise. »Ich weiß, was in dir vorgeht. Meine Schwester hat dir ja gehörig zugesetzt mit ihren Hochzeitsplanungen.«

»Du bist schon länger hier?«

»Lang genug, um mitzubekommen, wie dein ehrliches Herz unter Beschuss genommen wurde.« Er sah ihr in die Augen. »Tu dir das bitte nicht an. Nicht vor all diesen Leuten. Nicht heute.«

»Aber …«

»Vergiss das alles für ein paar Stunden«, er wedelte mit der Hand Richtung Terrasse. Er schaute sie prüfend an. »Fühlst du dich noch sehr schwach?«

»Nein, es geht schon wieder«, antwortete Luise und stellte zu ihrer eigenen Verwunderung fest, dass es sich tatsächlich so verhielt.

»Dann lass mich dir die wahre Mittsommernacht zeigen«, bat Julius. »Es ist ein einzigartiges Erlebnis. Und du möchtest doch immer gern aus erster Hand erfahren, wie die Menschen hier leben, was sie bewegt, was sie ausmacht. Dazu muss man mit ihnen feiern und hier in Livland insbesondere in der Johannisnacht.«

»Das hat dein Vater auch gemeint, also, dass dieses Fest eine wichtige Bedeutung für die Esten hat«, sagte Luise.

»Dann lass uns gehen.« Julius setzte sich in Bewegung.

Luise folgte ihm zögernd in die Halle. »Was ist mit Doktor Dettmann?«, fragte sie. »Wird er nicht Alarm schlagen, wenn er mich nachher nicht in meinem Zimmer vorfindet?«

»Er wird sich sein Teil denken und Stillschweigen bewahren.« Julius hielt Luise die Eingangstür auf.

Einen Lidschlag lang verharrte sie auf der Schwelle. Komm schon, lass mal fünfe gerade sein, sprach sie sich selbst gut zu. Außerdem hatte Julius recht. Jetzt war nicht der richtige Zeitpunkt für heikle Enthüllungen, die denen da draußen auf der Veranda die Festlaune gründlich verhageln würden. Eigentlich war Julius gerade im richtigen Moment aufgetaucht und hatte sie vor einer Riesendummheit bewahrt. Er hatte verhindert, dass sie seine Familie in aller Öffentlichkeit blamierte.

Luise atmete aus und trat vor die Tür. Die Tische und Bänke, an denen das Gesinde getafelt hatte, standen verwaist im Hof, der vom Feuer der Pechtonne in ein flackerndes Licht getaucht wurde. Julius ging mit ihr an der Getreidekleete vorbei und schlug den Weg zum Dörfchen Algulfer ein, das etwa einen Kilometer vom Herrenhaus entfernt in einer Senke lag. Nachdem sie ein paar Wirtschaftsgebäude passiert hatten, bogen sie zu einem Wäldchen ab. Unter den Bäumen war es duster. Julius griff nach Luises Hand und führte sie auf dem kaum sichtbaren Pfad durchs Dickicht.

Luise durchlief ein Schauer. Nie zuvor hatte sie Julius, dessen Gestalt sie nur schemenhaft sehen konnte, so intensiv wahrgenommen: seinen Geruch, die Wärme seines Körpers, das leise Geräusch seines Atems. Ein Gefühl tiefer Gewissheit vertrieb das bange Zaudern, mit dem sie ihm anfangs ihre Hand überlassen hatte. Ein paar Atemzüge lang wurde sie von der Dunkelheit, die sie umhüllte, allem entrückt, was sie bedrückte, beschwerte und ängstigte. Alle Zweifel waren verschwunden und machten der Erkenntnis Platz, gegen die sie sich in den vergangenen Tagen mit aller Macht gestemmt hatte: Ihr Herz gehörte diesem Mann.

Nach ein paar Metern schimmerte von fern ein Lichtschein zwischen den Stämmen, der sich beim Näherkommen als das Feuer eines gewaltigen Scheiterhaufens entpuppte, der inmitten einer Lichtung brannte. Mehrstimmiger Gesang, Gelächter und fröhliche Rufe schallten ihnen entgegen. Auf der Lichtung hatten sich die Dorfbewohner und viele Angestellte des Gutshofs versammelt. Kinder spielten Fangen oder haschten nach den Glühwürmchen, die über der Wiese gaukelten. Die meisten älteren Erwachsenen saßen um das Feuer herum, tranken Bier, unterhielten sich oder jubelten den jungen Frauen und Männern zu, die auf einer großen Schaukel standen. Diese war am Waldrand aus dicken Holzstämmen gezimmert worden. An einem hohen Gerüst hingen an vier langen Stangen zwei gegenüberliegende Planken, auf denen insgesamt acht Personen Platz fanden. Auf einem Brett standen die Burschen, auf dem anderen die Mädchen. Gemeinsam schaukelten sie sich in die Höhe und sangen dabei im Wechsel einfache Weisen. Die Melodien waren eingängig und variierten das Grundthema in mannigfacher Weise.

»Von was handeln die Lieder?«, fragte Luise.

»Viele besingen das Schaukeln selbst«, antwortete Julius. »Sie rufen zum Schaukeln auf, verspotten diejenigen, die nicht schaukeln wollen, oder fordern Belohnungen für die Erbauer.«

Einige Leute am Feuer hatten die Neuankömmlinge bemerkt und winkten sie in ihren Kreis, wo Julius herzlich willkommen geheißen wurde.

Der Baron hat nicht übertrieben, dachte Luise. Sein Ältester war wirklich beliebt bei seinen Untergebenen und den Bauern. Kein Wunder, im Gegensatz zu seiner Schwester schaute er nicht auf sie herab, respektierte sie ohne überheblichen Dünkel und war offen für ihre Anliegen und Sorgen. Seltsam, wie unterschiedlich die beiden waren. Wenn Luise es nicht besser gewusst hätte, wäre sie nie auf den Gedanken gekommen, dass Irmengard und Julius Geschwister waren. Wie wohl Ferdinand ist?, überlegte sie. Den drei Jahre jüngeren Bruder von Julius hatte sie bislang nicht kennengelernt. Er war Leutnant im Ismailowski Leibgarde-Regiment und folgte damit einer Tradition seiner Familie, die seit Generationen ihre jüngeren Söhne nach St. Petersburg schickte, wo sie dem Zaren entweder als Gardeoffiziere oder als Diplomaten dienten. Nach allem, was Luise bislang über ihn gehört hatte, war Ferdinand mit Leib und Seele Soldat. Mit Julius teilte er die

Leidenschaft für Pferde, der Landwirtschaft und Gutsverwaltung dagegen konnte er nichts abgewinnen.

Luise ließ sich neben Julius auf einem Baumstamm nieder, auf dem bereits eine ältere Frau saß, die zwei kleine Mädchen bei sich hatte. Sie nickte Luise mit einem freundlichen Lächeln zu und sagte etwas auf Estnisch zu den Kindern, die Luise daraufhin mit großen Augen ansahen.

»Sie hat ihren Enkelinnen erklärt, dass du das mutige Fräulein bist, das sich dem hartherzigen Grubner in den Weg gestellt und dessen Hund vor dem Tod bewahrt hat«, übersetzte Julius. »Deine Heldentat hat schnell die Runde gemacht.«

Luise errötete und zupfte sich verlegen eine Klette vom Rock, die auf dem Weg durch den Wald an ihr hängen geblieben war.

»Wie geht es Metsik überhaupt?«, erkundigte sich Julius.

»Sehr gut«, antwortete Luise. »Er hat sich prima erholt und ist richtig zutraulich geworden.«

»Das freut mich sehr.« Julius drückte ihre Hand.

Erst in diesem Moment wurde Luise bewusst, dass er sie immer noch in der seinen hielt. Es fühlte sich so selbstverständlich an, als sei ihre Hand genau dort, wo sie hingehörte. Sie erwiderte den Druck.

Der drahtige Mittvierziger, den Luise am Tag von Metsiks Rettung nach dem Weg gefragt hatte, kam zu ihnen und brachte ihnen zwei Krüge Bier. Mittlerweile hatte sie erfahren, dass er Jüri Landa hieß, als Bereiter und zweiter Stallmeister auf Algulfer arbeitete und darauf brannte, mit dem jungen Baron dessen Plan umzusetzen, eine Tori-Zucht aufzubauen. Er wechselte ein paar Worte mit Julius und kehrte anschließend zu seiner gut zehn Jahre jüngeren Frau zurück, die mit Töchterchen Maarja auf dem Schoß ein paar Meter entfernt von ihnen saß.

Julius deutete mit dem Kinn zu der Schaukel, wo die jungen Leute mittlerweile ein neues Lied angestimmt hatten. »Jetzt singen sie von einer uralten Sage, die die Entstehung und Bedeutung des Johannisfeuers erklärt.«

»Erzählst du sie mir?«

»Sehr gern, auch wenn ich es leider nicht so gut kann wie meine Kinderfrau.« Julius lächelte verschmitzt. »Die Gute war ein unerschöpflicher Quell von Märchen und Legenden, wobei es ihr bei Letzteren vor allem die gruseligen angetan hatten, die kein gutes Ende nahmen. So manche Nacht konnte ich lange nicht einschlafen, weil es mir vor all den Weißen Frauen, bösen Kobolden und Teufeln grauste. Sie beschwor diese Schreckgestalten derart anschaulich, dass ich felsenfest von ihrer Existenz überzeugt war.« Julius grinste. »Aber keine Angst, diese Sage gehört nicht in diese Kategorie. Obwohl es auch in ihr durchaus einen bösen Zauberer gibt.«

Er nahm einen Schluck von seinem Bier. »In alter Zeit wurde ein estnischer Prinz von heftiger Liebe zu einer Prinzessin ergriffen, die auf einer fernen Insel lebte«, begann er mit einem raunenden Tonfall, der Luise zurück in ihre Kindheit versetzte. Als kleines Mädchen hatte sie oft in der Wohnküche ihrer Großmutter zu deren Füßen auf einem Schemel gekauert, wenn diese Socken stopfte, etwas strickte oder Erbsen palte und ihrer Enkelin Märchen erzählte, wobei sie einen ähnlichen Ton angeschlagen hatte wie Julius.

»Von Sehnsucht getrieben unternahm der Prinz die gefährliche Schiffsreise, um die Geliebte zu sich zu holen. Leider hatte er einen mächtigen Windzauberer zum Feind, der ihm die Zuneigung der Prinzessin neidete und ihn mit Unwettern heimsuchte, um ihn zur Umkehr zu zwingen. Doch der Prinz kämpfte sich unbeirrt durch die aufgewühlte See und hatte das Ziel schon vor Augen, als der Zauberer all seine Kräfte bündelte und das Schiff des Prinzen zum Kentern brachte. Seinen Widersacher verschleppte er auf ein abgelegenes, ödes Eiland, wo er elendiglich verschmachten sollte. Die

Prinzessin, die ihren Geliebten ungeduldig erwartete und über sein langes Ausbleiben tief beunruhigt war, erhielt nach einigen Jahren endlich Kunde von seinem Schicksal und beschloss sogleich, ihn zu befreien. Sie baute mithilfe eines weisen Mannes, der über magische Kräfte verfügte, ein unverwüstliches Schiff, mit dem sie allen Stürmen des bösen Zauberers trotzte, schließlich ihren Geliebten von der kargen Insel rettete und mit ihm nach Estland segelte. Hier verbrannten die Liebenden am Ufer das Schiff, weil sie fortan nirgends mehr als in ihrem heimatlichen Paradiese weilen wollten.«

Luise, die Julius mit halb geschlossenen Augen zugehört hatte, richtete sich auf. »Das ist wirklich eine schöne Geschichte«, sagte sie. »Aber was hat sie mit dem Johannisfeuer zu tun?«

»Der Tag ihrer Ankunft war laut der Sage der Johannistag«, antwortete Julius. »Weil sich die Untertanen des Prinzen sehr über seine Rückkehr freuten, beschlossen sie, diesen Tag alljährlich feierlich zu begehen. Das Feuer symbolisiert dabei den Brand des Schiffes. Auf manchen Inseln werden heute noch alte ausgemusterte Fischerboote in der Johannisnacht am Strand verbrannt. Und die Schaukeln stellen das Schiff der Prinzessin dar, mit dem sie ihren Geliebten gerettet hat.« Er stellte seinen Bierkrug beiseite. »Apropos. Wollen wir es wagen?«

Luise sah, dass die jungen Leute die Schaukel ausschwingen ließen, von den Planken sprangen und sich mit erhitzten Gesichtern im Gras niederließen.

Julius stand auf. »Um die Esten zu verstehen, musst du wenigstens einmal auf einer solchen Schaukel gestanden haben. *Kiiking* ist für sie ein Lebensgefühl.« Er zog Luise auf die Beine und ging mit ihr zu dem Holzgerüst. »Das Auf und Ab versinnbildlicht die Höhen und Tiefen von Estlands Geschichte. Und früher war es Brauch, im März zur Tag-und-Nacht-Gleiche der Sonne mit Schwung über den Horizont zu helfen, damit es endlich Frühling werden konnte.«

»Die Vorstellung gefällt mir gut«, sagte Luise und kletterte auf eines der Bretter.

Julius stellte sich ihr gegenüber und bat einen der Burschen, sie anzustoßen. Luise, die sich zunächst noch etwas ängstlich an die Querstange klammerte, die in Hüfthöhe vor ihr angebracht war, fand rasch ihren Rhythmus. Abwechselnd ging sie in die Knie, richtete sich wieder auf und trieb so gemeinsam mit Julius die Schaukel zu immer höheren Schwüngen. Ein Jauchzen stieg ihr in die Kehle. Sie erlebte den Moment, in dem der höchste Punkt erreicht war, an dem sie sich schwerelos vorkam, es im Bauch heftig kribbelte und sie glaubte, nur die Hand ausstrecken zu müssen, um nach einem der Sterne zu greifen, die über ihr am Firmament schimmerten.

»Es ist herrlich«, rief sie zu Julius hinüber.

Trotz der Geschwindigkeit, in der ihre Schaukel gen Himmel strebte, versenkten sich ihre Augen in seine, die zum Zentrum der Welt wurden, die um sie herum auf und ab schwang. Wenn er mein Fixpunkt ist, kann ich allen Widrigkeiten trotzen, wurde sie sich bewusst. So wie die Prinzessin, die ungeachtet aller Gefahren und Drohungen nach ihrem Geliebten gesucht hat.

»Ich will für immer mit dir auf der Schaukel des Lebens stehen.«

Luise las Julius' Worte mehr von seinen Lippen ab, als dass sie sie im sausenden Fahrtwind hörte. Der Gleichklang ihrer Empfindungen ließ ihr Herz schneller schlagen. Sie strahlte ihn an und bejahte so die stumme Frage, die sie in seinen Augen las.

Nach dem Schaukeln kehrten sie nicht in den Kreis am Feuer zurück. Hand in Hand verließen sie in wortloser Übereinkunft den Festplatz, durchquerten das Wäldchen und liefen über die angrenzenden Felder zu einer Anhöhe, auf der eine Bank unter einer alten Birke stand.

»Ich bin gleich bei dir«, sagte Julius leise und verschwand hinter dem Baumstamm.

Luise setzte sich und ließ ihre Augen schweifen. Im Osten kündete flammendes Rot vom baldigen Aufgang der Sonne. Über den Wiesen waberten feine Dunstschleier. Am Fuß der Anhöhe ästen drei Rehe im Schutz einer Hecke, aus der der melodische Gesang einer Nachtigall ertönte. Luise beobachtete eine Spinne, die bewegungslos in der Mitte ihres Netzes saß, das sie zwischen den Ästen eines Weißdornstrauchs aufgespannt hatte. Ein paar Atemzüge überließ sich Luise der friedvollen Stimmung, unbeschwert und gedankenleer.

Als sich die Sonne über den Rand des Horizonts schob, trat Julius hinter der Birke hervor und setzte sich neben Luise.

»Früher hat mir meine Amme gern von Feen, Waldgeistern und anderen Naturwesen erzählt, die in ihrer Vorstellung ganz selbstverständlich die Welt um uns herum bevölkern«, begann er leise. »Besonders gern hörte ich vom Birkenmädchen, das ich mir als ein freundliches, etwas scheues Geschöpf vorstellte, mit einem reinen, ehrlichen Gemüt und einem herzerwärmenden Lächeln. Zu meinem Leidwesen ist es mir nie gelungen, einem zu begegnen. Bis zu jenem Abend im Dorfkrug von Mällikvere.« Er griff nach Luises Hand. »Du bringst Licht und Leichtigkeit in meine Seele. Mit dir an meiner Seite fühle ich mich allen Herausforderungen gewachsen.« Er streifte einen Reif, den er aus Birkenrinde geformt hatte, über ihren Ringfinger. »Willst du mein Birkenmädchen sein und mit mir durchs Leben gehen?«

Luises Herz schlug schneller, und ein Schauer überlief ihren Körper. Sie hob den Kopf und sah Julius in die Augen. Er zeichnete mit zwei Fingern die Kontur ihrer Wange von der Schläfe hinunter zu ihrem Kinn nach. Die zarte Berührung verstärkte den Schauer. Luises Körper lehnte sich wie von einem Magneten angezogen näher zu Julius. Einen Wimpernschlag später spürte sie seine Lippen auf den ihren. Sie schloss die Augen, vergaß zu atmen und erwiderte den Kuss. Hinter ihren Lidern zuckten farbige Lichtblitze, ein Schwindel erfasste sie und ließ sie Halt suchend die Arme um Julius legen, der sie an sich zog und seinen Mund fester auf ihren presste.

Otepää / Estland, Sommer 1989

Kapitel 30

Bevor Merike am Tag nach dem Treffen bei Helina hinunter in die Küche ging, wo sich die Familie allmorgendlich zum Frühstück versammelte, hängte sie sich das Eiserne Kreuz mit dem roten Emaillemedaillon, das sie in dem alten Lederkoffer entdeckt hatte, an einer dünnen Kordel um den Hals. Tagelang hatte sie gerätselt, was es mit diesem Orden auf sich haben könnte. Nach den abweisenden oder ausweichenden Reaktionen auf ihre Fragen nach Personen und Ereignissen in der Vergangenheit ihrer Familie hatte Merike beschlossen, ihren Fund zunächst nicht zu erwähnen, bis sie mehr darüber in Erfahrung gebracht hatte. Bislang hatte sie noch keine Muße gefunden, die Briefe und Postkarten zu lesen. Bei einer ersten Durchsicht hatte sie immerhin festgestellt, dass sie alle an den mysteriösen Jaan gerichtet waren. Einige waren auf Deutsch in der Handschrift der Patentante verfasst worden, die ihm das Kinderbuch geschenkt hatte. Der Großteil war auf Estnisch und stammte von seiner Mutter, die stets mit *Deine Dich liebende Mama* unterschrieben hatte. Dazwischen steckten ein paar Kinderzeichnungen, die der kleine Jaan für sie gemalt hatte.

Am Vorabend war zumindest ein Teil des Geheimnisses um das Eiserne Kreuz gelüftet worden. Mati hatte vorgeschlagen, man könne doch an die Girlanden, mit denen der Festplatz geschmückt werden sollte, nicht nur Fähnchen, sondern zusätzlich stilisierte Nachbildungen von den Orden befestigen, die verdienten Unabhängigkeitskämpfern in den Zwanzigern verliehen worden waren. Er hatte ein Foto herumgezeigt, auf dem Merike ein Kreuz erkannte, das ihrem Fundstück glich. Seine Frau Milvi hatte ihr erklärt, dass es sich um ein *Vabadusrist* handelte, ein estnisches Freiheitskreuz.

Wem hatte der Orden ursprünglich gehört? Diese Frage brannte Merike nun erst recht auf den Nägeln. Jaan, den sie für den Besitzer des alten Lederkoffers hielt, konnte unmöglich selbst damit ausgezeichnet worden sein. Die Widmung in dem Kinderbuch, das ihm seine Patentante geschenkt hatte, war schließlich erst im Jahr 1929 geschrieben worden. Auch die Briefe seiner Mutter stammten aus den zwanziger Jahren. Für eine Teilnahme am Kampf für Estlands Unabhängigkeit wäre Jaan demnach viel zu jung gewesen. Wie also war das Freiheitskreuz bei seinen Sachen gelandet? Hatte er es geerbt oder geschenkt bekommen?

Es gab nur einen Weg, das herauszufinden: Merike musste ihren Großvater und die anderen damit konfrontieren.

In der Küche traf sie zunächst nur ihre Großeltern an. Opa Andrus saß am Tisch und war in die Tageszeitung »Eesti Päevaleht« vertieft, Oma Kadri stand an der Anrichte und brühte Kaffee auf. Merike begrüßte sie mit einem Kuss auf die Wange, setzte sich auf ihren Stuhl und spielte mit dem Ordenskreuz herum.

»Guten Morgen!« Vilja kam in die Küche und setzte sich über Eck zu Merike. »Was hast du denn da Schönes?« Sie deutete auf den Anhänger.

»Ein Freiheitskreuz«, antwortete Merike.

Opa Andrus zuckte zusammen, ließ die Zeitung sinken und starrte sie an. Täuschte sie sich, oder war er tatsächlich blass geworden?

»Woher hast du das?«, zischte er.

»Hab ich beim Ausmisten gefunden.«

»Wo genau?«

Die Schärfe in seiner Stimme fuhr Merike durch die Glieder. »Keine Ahnung, war irgendwo dazwischengerutscht.« Unwillkürlich schloss sie die Hand um den Anhänger. Sie würde den Koffer vorerst nicht erwähnen. Das Risiko, dass Opa Andrus ihn wie das Leporellobüchlein kassierte, war ihr zu groß.

»Das war bei deinen alten Kindersachen?« Merikes Mutter zog die Stirn kraus. »Wie seltsam.«

»Weißt du, wem es gehört hat?«, fragte Merike.

»Nein, ich habe es noch nie zuvor gesehen.« Vilja wandte sich an ihre Eltern. »Könnt ihr uns da weiterhelfen?«

Merike wartete mit angehaltenem Atem. Oma Kadri stellte die Kaffeekanne und einen Korb mit aufgeschnittenem Brot auf den Tisch, warf einen flüchtigen Blick auf das Kreuz, schüttelte den Kopf und nahm ihrem Mann gegenüber Platz. In Opa Andrus' Gesicht arbeitete es. Er öffnete den Mund, schloss ihn wieder, kratzte sich am Kinn und grummelte schließlich etwas, das nach »alter, bedeutungsloser Plunder« klang, und verschanzte sich wieder hinter seiner Zeitung.

Er weiß definitiv über diesen Orden Bescheid, dachte Merike. Und seine Reaktion beweist, dass es sich keineswegs um irgendwelchen Plunder ohne Bedeutung handelt. Merike lächelte grimmig. Seine Abwehrhaltung fachte ihre Neugier noch stärker an. Und mit ihr die Bereitschaft, ihren Großvater zu provozieren.

»Bevor ich es vergesse. Ich soll euch allen schöne Grüße von Milvi und Mati ausrichten«, sagte sie in beiläufigem Ton, als sich auch ihr Vater in der Küche eingefunden hatte.

»Danke«, sagte Oma Kadri. »Wo hast du die beiden denn getroffen?«

»Gestern in der *Rahvarinne*-Gruppe«, antwortete Merike. »Ich mache da jetzt mit bei der Vorbereitung für die Feier am 15. Juli.« Sie schielte zu ihrem Großvater, zwischen dessen Brauen sich prompt eine steile Falte bildete. »Ich wusste gar nicht, dass Milvi und Mati sich bei der Volksfront engagieren«, setzte sie, um einen möglichst arglosen Ausdruck bemüht, nach und steckte sich einen Löffel Dickmilch, in die sie *kama*-Pulver gerührt hatte, in den Mund.

Der amüsierte Blick, den ihr Vater ihr zuwarf, verriet ihr, dass er sie durchschaute. Ihre Mutter machte einen etwas beunruhigten Eindruck, Oma Kadri dagegen sah gelassen aus.

»Milvi möchte gern Fahnen nähen, also blau-schwarz-weiße«, fuhr Merike fort. »Weil ja kaum noch jemand eine alte Nationalflagge hat.« Sie fixierte ihren Großvater. »Oder hast du eine aufgehoben?«

»Wohl eher nicht«, antwortete Vilja, bevor ihr Vater, der mittlerweile hochrot im Gesicht war, etwas sagen konnte. »Jedenfalls ist mir beim Entrümpeln bislang keine in die Hände gefallen.«

»Das dachte ich mir«, sagte Merike. »Papa, kannst du uns vielleicht Stoffe organisieren? Milvi meint, dass sie zurzeit nirgends geeignete bekommt. Und bis zum Festakt ist es ja nicht mehr so lang hin.«

»Ich schau mal, was ich machen kann.« Raivo lächelte Merike zu. »Wie viel braucht ihr denn?«

Merike zuckte die Achseln. »So genau hat Milvi das nicht gesagt.«

»Je mehr, desto besser«, sagte Oma Kadri. »Ich will uns nämlich auch eine nähen. Und es gibt gewiss viele andere, die auch gern eine hätten, um sie an dem Tag vor ihrem Haus hissen oder beim Umzug schwenken zu können.«

»Untersteh dich!«, fauchte ihr Mann.

»Was spricht denn dagegen? Es ist doch nicht mehr verboten.« Oma Kadri hielt seinem entrüsteten Blick stand. »Außerdem solltest du dich eigentlich freuen, dass die Reliefplatten endlich wieder an ihren angestammten Platz an der Maarja-Kirche zurückkehren.« Sie lächelte ihm zu. »Schließlich war es für uns ein wichtiger Tag, als sie zum ersten Mal dort angebracht wurden.«

Opa Andrus knurrte etwas Unverständliches, wiederholte seinen Protest jedoch nicht.

»Was für Platten?« Merike sah ihre Großmutter verwirrt an. »Es geht doch um die Wiedereinweihung des Denkmals für die Otepääer Bürger, die im Freiheitskrieg gefallen sind.«

»Das stimmt. Aber die Sowjets haben ja auch die Erinnerung an die Fahnenweihe unserer Trikolore tilgen wollen und 1950 die Bronzereliefs abgenommen und zerstört, die jenes Ereignis dargestellt haben«, erklärte Oma Kadri.

»Die Nationalflagge wurde hier bei uns geweiht?« Merike hob die Brauen. »Das hat unsere Heimatkundelehrerin nie erwähnt.« Wie fast alles, was spannend war in der Geschichte von Otepää, fügte sie missmutig im Stillen hinzu.

»Streng genommen war es die Fahne des Vereins Studierender Esten, des EÜS, die 1884 im Pastoratsgebäude der Kirche geweiht wurde«, erklärte Vilja, die ihre anfängliche Zurückhaltung aufgegeben hatte – vermutlich ermutigt von ihrer Mutter, die sich nicht von Andrus' offen zur Schau getragenen Missbilligung einschüchtern oder zum Schweigen bringen ließ. »Als unser Land nach dem Ersten Weltkrieg seine Freiheit errungen hatte, wurden die Farben Blau, Schwarz und Weiß für die Nationalflagge übernommen.«

»Wieso wurde ausgerechnet die Fahne einer studentischen Verbindung gewählt?«, erkundigte sich Merike.

»Weil es im vorigen Jahrhundert in erster Linie estnische Studenten und andere Akademiker waren, die das Nationalbewusstsein unseres Volkes weckten und dessen Traditionen und Kultur förderten«, antwortete ihr Vater. »Auch in den Jahren der Souveränität bis 1940 bildete der EÜS ein einflussreiches Netzwerk national gesinnter und staatstragender Studenten, Professoren und Intellektueller.«

»Weswegen er von den Sowjets umgehend aufgelöst wurde«, ergänzte Vilja. »Viele seiner Mitglieder landeten in Gefängnissen oder wurden nach Sibirien deportiert.«

»Ihre Geisteshaltung und Ideale hatten dennoch Bestand und ließen sich durch das Verbot nicht ausmerzen«, sagte Raivo. »Vergangenen Dezember wurde die Studentenverbindung offiziell wieder gegründet und mischt seitdem munter mit bei der Reformbewegung.«

»Weiß man, warum die Studenten damals diese Farben gewählt haben?«, fragte Merike. »Haben sie eine besondere Bedeutung?«

»Was die jungen Männer vor fast hundert Jahren bewogen hat, kann ich dir nicht sagen«, antwortete ihr Vater. »Im Lauf der Zeit haben sich verschiedene Interpretationen angesammelt. Das Blau, zum Beispiel, symbolisiert den Himmel.«

»Oder auch das Meer, das in schweren Zeiten als Fluchtweg diente«, sagte Oma Kadri. »Außerdem gilt es als Symbol der Vaterlandstreue.«

Raivo nickte. »Und Schwarz steht für die Erde unserer Heimat und den Fleiß, mit dem die Bauern sie bearbeiten. Gleichzeitig ist es ein Sinnbild für die dunkle Vergangenheit und das Leiden des estnischen Volkes.«

»Dann bedeutet Weiß vielleicht Schnee?«, fragte Merike.

»Genau. Manche erinnert es allerdings eher an Birkenrinde. Und es ist das Zeichen für Reinheit und Tugend.«

»Mir ist die Version lieber, bei der Weiß für die Hoffnung auf eine bessere Zukunft steht«, warf Vilja ein.

»Wie ich sagte, es gibt viele Erklärungen.« Raivo grinste verschmitzt. »Und ich bin mir sicher, dass es noch weitere Deutungen …«

»Genug geplappert!« Opa Andrus stellte seine Kaffeetasse mit einem lauten Klirren auf den Unterteller zurück. »Die Arbeit wartet.« Er erhob sich und schaute auffordernd in die Runde. Als niemand Anstalten machte, ebenfalls aufzustehen, schob er seinen Stuhl zurück und stapfte grummelnd aus der Küche.

Merike sah ihm verblüfft nach. Es war das erste Mal, dass ihr Großvater das Feld räumte, ohne seinen Willen durchgesetzt zu haben.

»Vielleicht ist es besser, wenn wir ihm …«, begann ihre Mutter mit unsicherer Stimme.

»Lass mal.« Oma Kadri schüttelte den Kopf. »Er muss langsam akzeptieren, dass sich die Zeiten ändern. Wir haben uns viel zu lange weggeduckt und nur hinter seinem Rücken die Dinge gesagt und getan, die wir für richtig halten.« Sie sah ihre Tochter eindringlich an. »Außerdem ist es nicht strafbar, sich an der von oberster Stelle unterstützten Feier zu beteiligen – ob nun mit dem Chor wie wir beide, bei der Organisation wie Merike oder nur als Zuschauer.«

Merikes Verwunderung steigerte sich. Das waren ja ganz neue Töne! Seit wann getraute sich Oma Kadri, ihren Haustyrannen so abblitzen zu lassen? Und wieso ließ er sich das gefallen? Lag es daran, dass Milvi und Mati, mit denen ihre Familie eng befreundet war, sich bei der Volksfront engagierten? Traute er sich nicht, die beiden zu kritisieren? Oder hatte seine Zurückhaltung etwas mit Großmutters Bemerkung von vorhin zu tun?

»Du, Oma«, begann sie. »Warum war es ein wichtiger Tag für dich und Opa, als diese Gedenkplatten an der Kirche angebracht wurden? Wann war das überhaupt?«

»Am 3. Juni 1934«, antwortete ihre Großmutter.

»Dass du das noch so genau weißt.« Vilja sah sie erstaunt an.

»Na ja, schließlich sind Andrus und ich uns an jenem Sonntag, dem 50. Jahrestag der Fahnenweihe, zum ersten Mal begegnet.« Auf Oma Kadris Gesicht erschien ein verträumter Ausdruck. »Ich war damals zwanzig und furchtbar aufgeregt, weil unser Chor bei der feierlichen Enthüllung der Reliefs auftreten sollte. Oberbefehlshaber Johan Laidoner, ein enger Vertrauter vom damaligen Staatsoberhaupt Konstantin Päts, sowie einige Mitglieder

der Regierung waren eigens aus Tallinn angereist. Auch der Bildhauer Voldemar Mellik war gekommen. Er hatte übrigens ein paar Jahre zuvor auch das Denkmal für die Freiheitskämpfer gestaltet. Noch nie hatte ich vor so illustren Gästen gesungen. Ich war sehr eingeschüchtert von all den hohen Herren und fürchtete, keinen Ton herauszubringen.« Oma Kadri nahm einen Schluck Kaffee. »Zum Glück lief alles glatt. Wir bekamen viel Applaus, und General Laidoner hat sich mit uns für ein Zeitungsbild fotografieren lassen. Ich hätte mir nie träumen lassen, dass ich einmal mit dem berühmten Helden des Unabhängigkeitskrieges auf einem Bild zu sehen sein würde.«

»Was war denn nun mit Opa?«, fragte Merike ungeduldig. »Wie habt ihr euch kennengelernt?«

»Nach dem Festakt wurde zum Tanz aufgespielt. Ich war gerade von einem Mitglied unseres Chors zu einem Walzer aufgefordert worden, als nach wenigen Takten plötzlich dieser stattliche Mann auftauchte, meinen Tanzpartner abklatschte und mich in seine Arme zog.« Oma Kadri lächelte erinnerungsselig. »Andrus war nicht nur ein hervorragender Tänzer. Er sah gut aus, war aufmerksam, zuvorkommend und unterhaltsam.«

Merike schaute unauffällig zu ihrer Mutter, auf deren Gesicht sie ihre eigene Ungläubigkeit gespiegelt fand. Sich Opa Andrus als galanten Charmeur vorzustellen, fiel ihr schwer.

»Er hatte mich wohl schon eine Weile beobachtet und sich Hals über Kopf in mich verliebt.« Oma Kadri kicherte. »Vom Fleck weggeheiratet hätte er mich, das hat er mir ohne Umschweife gesagt. Ich habe das natürlich nicht so ernst genommen, war aber doch geschmeichelt und beeindruckt von der Offenheit, mit der er über seine Gefühle sprach. Von dem Tag an hat er mir den Hof gemacht und ein paar Wochen später um meine Hand angehalten. Während einer Bootsfahrt an einem lauen Sommerabend auf dem Pühajärv. Das war so romantisch.« Sie verstummte und holte tief Luft.

Merike kam aus dem Staunen nicht mehr heraus. Ihr Großvater als schwärmerischer Mann auf Freiersfüßen? Das passte so gar nicht zu dem Menschen, den sie seit je als verbittert und unduldsam wahrnahm. Was hatte diese drastische Veränderung ausgelöst?

»Ich unterbreche nur ungern«, sagte Raivo. »Aber solltet ihr beide nicht aufbrechen?« Er tippte auf seine Armbanduhr und sah seine Frau und Merike an. »Es ist kurz vor halb.«

»So spät schon?« Vilja sprang auf. »Komm Liebes, wir müssen uns sputen.«

Merike verzog unwillig das Gesicht. Sie hatte noch so viele Fragen. Am liebsten hätte sie die Arbeit geschwänzt und sich weiter mit ihrer Großmutter unterhalten. Sie unterdrückte ein Seufzen und stand auf. Warum musste immer, wenn es spannend wurde, etwas dazwischenfunken?

Kirchspiel Oberpahlen / Livland, Sommer 1914

Kapitel 31

Nach der Johannisnacht waren die Redewendungen »Im siebten Himmel sein« oder »Auf Wolke sieben schweben« für Luise nicht länger leere Floskeln. Sie beschrieben den Zustand ziemlich genau, in dem sich Luise befand, nachdem sie und Julius einander ihre Liebe gestanden hatten.

Die Bedenken und Zweifel, die sie zuvor gehegt hatte, waren zwar keineswegs verschwunden. Im Gegenteil, sie hatten sich verschärft, gab es doch nun sehr viel mehr zu verlieren als zuvor. Sie wurden jedoch von der Glückseligkeit überstrahlt, die Luise auf der Schaukel empfunden hatte und die sie seitdem begleitete. »Trunken vor Glück« war eine weitere Redensart, die Luise nicht länger als Phrase wahrnahm, sondern am eigenen Leib erfuhr; als perlten Champagnerbläschen durch ihre Adern, prickelten in ihrer Magengrube und stiegen ihr zu Kopf, wo sie die ängstlichen Gedanken und mahnenden Worte in den Hintergrund verdrängten.

Zu Luises Bereitschaft, optimistisch in die Zukunft zu blicken, trug Julius' Haltung nicht unwesentlich bei. Er war überzeugt, dass zumindest sein Vater seine Wahl akzeptieren, ja sogar gutheißen würde. Schließlich war er überaus angetan von seiner künftigen Schwiegertochter, schwärmte geradezu von ihrem freundlichen Wesen, ihren Kenntnissen und vor allem von ihrer unerschöpflichen Wissbegier. Unter vier Augen hatte er Julius gestanden, dass er Luise als Gutsherrin für sehr viel geeigneter hielt als seine eigene Tochter, die dem Landleben nicht viel abgewinnen konnte.

Irmengard hatte wohl zunächst ein wenig damit gehadert, dass ihr zukünftiger Ehemann als jüngerer Sohn dereinst keine Aussicht auf die Übernahme des Landguts seiner Familie hatte. Im Grunde war sie jedoch froh, unbelastet von den Pflichten und Tätigkeiten zu bleiben, die sie als Vorständin eines großen Anwesens mit Dutzenden Dienstboten erwartet hätten. Clemens von Lilienfeld konnte ihr als Arzt in Hapsal ein komfortables, sorgenfreies Leben bieten. Der Badeort erfreute sich in den Sommermonaten großer Beliebtheit, sogar der Zar unterzog sich dort regelmäßig Kuren mit dem berühmten Heilschlamm. Und in der kalten Jahreszeit konnte Irmengard Freunde und Verwandte in Reval, St. Petersburg oder Riga besuchen und während der »Saison« am gesellschaftlichen Leben der höheren Kreise teilnehmen.

Julius und Luise hatten beschlossen, bei nächster Gelegenheit nach Dorpat zu fahren und mit Wilhelmine zu sprechen. Es war Luise wichtig, diese als Erste über die noch geheime Verlobung zu informieren und alles zu tun, damit ihre Freundin abgesichert war, wenn die Sache offiziell wurde und sie ihre wahre Identität enthüllen würde. Luise ging davon aus, dass Wilhelmines Eltern ihre Tochter umgehend nach Oldenburg zurückbeordern und ihr nicht gestatten würden, ihren Traum von einem Medizinstudium zu verwirklichen. Was genau sie tun konnte, um das zu verhindern, wusste Luise noch nicht, war aber – auch dank Julius' Unterstützung – zuversichtlich, dass sie zu dritt eine Lösung finden konnten.

Am liebsten wäre Luise umgehend aufgebrochen. Der Schwebezustand belastete sie zunehmend, sie wollte endlich die Heimlichtuerei beenden. Die Fahrt zu Wilhelmine musste jedoch vorerst warten. Julius wurde in den Tagen nach dem Mittsommerfest von den Aufgaben in Beschlag genommen, die während seiner Abwesenheit liegen geblieben waren oder neu hinzukamen. Die anhaltende Hitze sowie die durch sie verursachten Ernteausfälle und Waldbrände waren nach wie vor das alles beherrschende Thema. Luise war einerseits traurig, Julius so selten zu sehen, andererseits erleichtert, nicht allzu oft unter den Augen seiner Familie mit ihm zusammen am Tisch zu sitzen.

Allen voran Irmengard beobachtete Luise und Julius mit großer Aufmerksamkeit, lauerte förmlich auf Anzeichen, dass sich zwischen ihnen »zarte Bande« knüpften, und sparte nicht mit Anspielungen und Fragen, die ihren Bruder aus der Reserve locken sollten. Luise saß bei solchen Gelegenheiten wie auf glühenden Kohlen, brachte kaum einen Bissen herunter und wusste vor Verlegenheit nicht, wohin sie schauen sollte. Was Irmengard prompt als Indiz für ihre Verliebtheit deutete und ihre Eltern beglückwünschte, die diese Verbindung von langer Hand mit Wilhelmines Familie verabredet hatten.

Luise beneidete Julius um seine Gelassenheit. Er überhörte solche Bemerkungen mit einem amüsierten Funkeln in den Augen und ließ sich nicht aus der Ruhe bringen. Es bereitete ihm unverkennbar Vergnügen, seine Schwester zappeln zu lassen. »Es ist ja nicht mehr lange hin, bis wir die Sache offiziell machen«, hatte er Luise versichert, als er ihr Unbehagen bemerkte. »Sobald wir mit Wilhelmine in Dorpat gesprochen haben. Bis dahin soll Irmengard gern noch ein bisschen in ihrer Neugier schmoren.«

War Julius geschäftlich unterwegs, streifte Luise stundenlang durch die Umgebung, begleitet von Metsik, der kaum von ihrer Seite wich und jeden anknurrte, der sich ihr näherte. Ziel ihrer Spaziergänge war stets die Anhöhe mit der Bank unter der alten Birke, wo Julius und sie sich am Ende der Mittsommernacht im Licht der aufgehenden Sonne das erste Mal geküsst hatten. Saß Luise in den folgenden Tagen unter der Birke, fühlte sie sich Julius nah und ertrug die brennende Sehnsucht leichter, die seine Abwesenheiten in ihr auslösten. Wenn sie die Augen schloss, spürte sie wieder seine Lippen auf ihrem Mund, glaubte, seinen Duft zu riechen und seine Stimme zu hören, die zärtliche Worte in ihr Ohr flüsterte. Es war ihr unbegreiflich, wie sie all die Jahre vor ihrem Kennenlernen zufrieden, ja, sogar oft glücklich hatte sein können.

Von der Anhöhe bot sich eine weite Aussicht übers Land. An dem schier endlosen Himmel, der sich über den Wiesen, Äckern und Waldstücken wölbte, trieb der Wind sein Spiel mit den Wolken. Immer neue Gebilde ließ er entstehen, zerrte an den weißen Formationen, zerriss sie, schob sie wieder zusammen oder zog sie zu dünnen Schleiern auseinander. Versunken in den Anblick dieser Wolkenmalerei saß Luise oft bis kurz vor dem Abendessen unter der Birke, lauschte dem sachten Rauschen der Blätter, kraulte Metsik, der seinen Kopf auf ihren Schoß zu betten pflegte, hinter den Ohren und träumte sich in die gemeinsame Zukunft mit Julius.

Sie kam sich wie eine Schlafwandlerin in einer Traumwelt vor, in der einzig Julius real war. Sie fieberte den rar gesäten Gelegenheiten entgegen, bei denen sie unter vier Augen waren. Jede noch so kurze Begegnung mit ihm versetzte sie in Aufruhr, jede noch so flüchtige Berührung ließ sie erbeben, und wenn sie sich küssten, klopfte ihr Herz so heftig, dass sie befürchtete, es könnte einen Riss bekommen. Die starken Gefühle, die Julius in ihr auslöste, beglückten und beunruhigten Luise. Noch nie in ihrem Leben war sie derart heftig von Emotionen übermannt worden.

Zwei Wochen nach Johanni nahm Julius sie nach dem Mittagessen beiseite. Er war erst am Abend zuvor von einem Inspektionsritt zurückgekehrt und bereits seit den frühen Morgenstunden im Arbeitszimmer zugange, wo er mit seinem Vater anstehende Anschaffungen, den geplanten Neubau des Pferdestalls für seine Tori-Zucht und andere geschäftliche Angelegenheiten besprach. Luises Hoffnung, er könne sich den Nachmittag freischaufeln und etwas mit ihr unternehmen, zerstob, als sie das Bedauern in seinem Gesicht sah.

»Leider muss ich heute noch einmal für zwei, drei Tage fort«, sagte Julius. »Aber nächste Woche habe ich mehr Luft. Dann fahren wir endlich nach Dorpat.« Er strich Luise zärtlich eine Haarlocke aus der Stirn.

Luise nickte stumm und versuchte, über ihre Enttäuschung hinweg zu lächeln. Sie wollte Julius den Abschied nicht unnötig schwer machen.

»Ich kann dir gar nicht sagen, wie sehr ich mich darauf freue«, fuhr er fort und zog sie an sich.

»Und ich erst«, flüsterte Luise, die sich erschauernd an ihn schmiegte. Alles in ihr schrie: Geh nicht fort, lass mich nicht allein! Sie atmete tief ein, löste sich aus seinen Armen, stellte sich auf die Zehenspitzen und küsste ihn auf den Mund. »Nun geh«, stieß sie hervor und blinzelte die Tränen weg, die ihr in den Augen brannten. »Wie sagte Baronin Beulwitz immer so treffend? ›Je früher der Abschied, desto kürzer die Qual.‹«

»Eine kluge Frau.« Julius zog zwei Briefe aus seiner Jackentasche. »Fast hätte ich es vergessen. Die waren heute für dich in der Post.«

Beide Umschläge, aufgegeben in Dorpat und Oldenburg, waren an Julius adressiert. Luise hatte Wilhelmine und Ella gebeten, ihre Korrespondenz über ihn laufen zu lassen, solange sie noch unter falscher Flagge segelte. Die vertrauten Handschriften erschienen Luise einen Atemzug lang wie Grüße aus einem weit zurückliegenden Leben.

»Oh, wie schön«, sagte Luise. »Ich hatte mich schon gefragt, wann ich endlich mal wieder etwas von den beiden höre.«

»Gut möglich, dass die Briefe schon am Samstag oder gestern angekommen sind«, sagte Julius. »Vielleicht sollten wir Grubner anweisen, doch häufiger die Post zu holen.«

Der ehemalige Besitzer von Metsik hatte die Aufgabe, dienstags und freitags auf dem Rückweg von Oberpahlen, wohin er verschiedene Produkte der gutseigenen Molkerei lieferte, Zeitungen, Briefe und Päckchen von der Poststation in einem Gasthof abzuholen, wo sie für die Bewohner von Algulfer deponiert wurden.

Nachdem sich Julius von ihr verabschiedet hatte und vom Hof geritten war, konnte Luise es kaum erwarten, mit Metsik zu ihrer Birkenbank zu wandern und dort ungestört die Briefe der beiden Menschen zu lesen, die ihr neben Julius am wichtigsten waren.

Wilhelmine hatte einen begeisterten Bericht aus Dorpat geschickt. Sie genoss das ungebundene, »einfache« Leben, frei von den Konventionen ihres Standes, fühlte sich wohl unter den Esten und wurde von Frau Rätsep regelrecht verwöhnt. Sie lernte sowohl Estnisch als auch Russisch und eignete sich weiterhin mithilfe von Lehrbüchern medizinisches Grundwissen an, um Anfang September gut vorbereitet mit dem Studium beginnen zu können. Vor allem aber schwärmte sie von dem Krankenpflegerkurs. Ihren Schilderungen zufolge war sie mit Feuereifer bei der Sache, woran offenbar der junge estnische Arzt nicht ganz unschuldig war, der die angehenden Krankenschwestern unterrichtete und Wilhelmine in ihrem Vorhaben, Medizin zu studieren, bestärkte. Luise fragte sich, ob da möglicherweise nicht nur berufliches Interesse im Spiel war und ihre Freundin mehr für ihren Lehrer empfand. Oder vermutete sie das nur, weil sie selbst verliebt war? Hoffentlich können Julius und ich wirklich nächste Woche nach Dorpat fahren, dachte sie. Dort werde ich schnell herausfinden, wie es um Wilhelmines Herz bestellt ist. Und vielleicht lerne ich dann auch den jungen Mann kennen, der es ihr angetan hat.

Luise steckte den Bogen zurück in den Umschlag und öffnete den Brief ihrer Schwester, den diese Mitte Juli – also Anfang des Monats nach julianischem Kalender – geschrieben hatte.

Oldenburg, den 15. Juli 1914

Liebe Luise,
als ich Deinen letzten Brief las, konnte ich kaum glauben, dass er wirklich aus Deiner Feder stammt. Meine Schwester, vernünftig und ehrlich bis auf die Knochen, lässt sich auf einen bühnenrei-

fen Rollentausch ein! Ich hätte es nie für möglich gehalten, dass Du es derart faustdick hinter den Ohren hast. Versteh mich bitte nicht falsch, ich verurteile Dein Handeln in keinster Weise. Ich bin nur überrascht; im positiven Sinne, wenn ich das anmerken darf. Diese Reise scheint Dir wirklich gutzutun. Das Einzige, was ich bedaure, ist, dass ich nicht Mäuschen auf Algulfer sein und beobachten kann, wie Du diese Adligen als »Wilhelmine« an der Nase herumführst. Was für ein Spaß!

Luise grinste schief. Es sah Ella ähnlich, die Sache von ihrer amüsanten Seite zu sehen und alle bedenklichen Aspekte auszublenden. Sie würde sich prima mit Wilhelmine verstehen. Die nahm das Ganze ja auch eher auf die leichte Schulter und verdrängte die Konsequenzen, die der Betrug nach sich ziehen könnte. Denn nichts anderes war das Ganze bei Lichte betrachtet. Luise schluckte trocken. Was Ella wohl von ihrer Verlobung mit Julius halten würde? Fände sie das auch amüsant oder eher bedenklich? Würde sie sich daran stoßen, dass Julius und sie so unterschiedliche Hintergründe hatten? Luise runzelte die Stirn. Nein, Ella wäre es nur wichtig, dass sie glücklich war.

»Bist du sicher, dass er es ernst meint? Dass er nicht mit dir spielt und wirklich zu dir stehen wird, wenn es um die Wurst geht? Wenn seine Eltern sich querstellen und ihm den Segen für eure Verbindung verweigern? Was wirst du dann tun? Könntest du damit leben, dass er deinetwegen in Zwist mit seiner Familie gerät?« Luise konnte Ellas Stimme förmlich hören, die solche Fragen gewiss stellen würde. Fragen, die auch ihr immer wieder durch den Kopf gingen und Löcher in die rosenrote Wattewand rissen, die sie seit dem ersten Kuss umhüllte.

Luise rieb sich die Stirn. Die erste Frage konnte sie aus vollem Herzen bejahen, sie war zutiefst von Julius' Aufrichtigkeit überzeugt. Aber kannte sie ihn gut genug, um zu wissen, wie er unter

Druck entscheiden würde? Wenn sein Optimismus Lügen gestraft und sich nicht alles in Wohlgefallen auflösen würde? Luise holte tief Luft. »Du musst vertrauen und an die Menschen glauben, sonst wird das Leben unmöglich.« Das Zitat von Anton Tschechow kam ihr in den Sinn und vertrieb die zweiflerische Anwandlung. Sie atmete aus und setzte die Lektüre fort.

Andererseits mache ich mir Sorgen um Deine Sicherheit. Schließlich spitzt sich die politische Krise, die durch das Attentat auf den österreichischen Thronfolger ausgelöst wurde, immer mehr zu. Was würde geschehen, wenn sich Russland auf die Seite Serbiens schlägt? Vergangene Woche hat unser Kaiser Österreich-Ungarn seine uneingeschränkte Bündnistreue zugesichert. Wenn es also zu einer kriegerischen Auseinandersetzung käme, würde Deutschland unweigerlich mit hineingezogen – und stünde Russland als Gegner auf dem Schlachtfeld gegenüber, wenn der Zar die Serben unterstützt.

Ich hoffe sehr, dass ich mir umsonst Sorgen mache. Unser Kaiser wäre wohl kaum am 6. Juli mit seiner Yacht zu seiner allsommerlichen Nordlandfahrt zu Norwegens Fjorden aufgebrochen, wenn er unser Land am Rande eines militärischen Konfliktes wähnte. Oder liegen die skeptischen Stimmen richtig, die diese Reise für ein Ablenkungsmanöver halten? Ich möchte gern glauben, dass Wilhelm II. vernünftig ist, sich nicht von den Kriegstreibern beeinflussen lässt und weiterhin auf eine diplomatische Beilegung des Konflikts setzt. Zumal er und Zar Nikolaus II. Cousins sind und kein Interesse daran haben dürften, ihre Völker gegeneinander kämpfen zu lassen.

Luise runzelte die Stirn. Ellas Gedanken zur politischen Lage in Europa führten ihr vor Augen, wie wenig sie in den zurückliegenden Wochen von den internationalen Verwerfungen und Krisen mitbekommen hatte. In diesem Moment erschien ihr Algulfer einmal mehr wie ein der Realität entrücktes Märchenschloss, das unter dem Leitspruch der Livonia stand, der alle männlichen Sprösslinge der Familie von Uexküll seit Bestehen dieser Studentenverbindung angehört hatten und noch angehörten: *Es bleibe beim Alten!*

Dieses Motto prangte auch im Rauchersalon des Herrenhauses unter dem rot-grün-weißen Wappenschild inmitten gerahmter Fotografien und Gemälde, auf denen Korpsstudenten posierten – mit den typischen Deckeln, die mit dem Baltenstern bestickt waren, auf dem Kopf und farbigen Bändern quer über der Brust.

Luise las den Brief zu Ende. Ihre Schwester berichtete noch von einer Sonntagsfahrt zum Gasthof »Dreibergen« am Ufer des Zwischenahner Meers, von Besuchen im Lichtspielhaus und von einer Aufführung eines gastierenden Varieté-Theaters. Zuletzt erwähnte sie eine Kollegin in der Warpsspinnerei, die mit marxistischen Ideen liebäugelte und das baldige Ausbrechen einer proletarischen Revolte erwartete, die das ungerechte Ausbeutersystem hinwegfegen, Monarchie und Adel abschaffen und die Macht in die Hände der Arbeiter legen würde. Ella schien hin und her gerissen zwischen Faszination und Skepsis.

Du weißt, wie sehr ich mich oft über die herrschenden Ungerechtigkeiten aufrege und mir eine offenere Gesellschaft wünsche, in der nicht Herkunft, Rang, Vermögen und nicht zuletzt das Geschlecht darüber entscheiden, was aus einem Menschen wird und ob er frei darüber entscheiden darf, wie er lebt. Aber blutige Gewalt als Mittel zur Erreichung dieses Ziels lehne ich entschieden ab; zumal im Falle von umstürzlerischen Aktionen ein Bürgerkrieg ausbrechen könnte. Eine Vorstellung, die ich ebenso entsetzlich finde wie die einer militärischen Auseinandersetzung zwischen Staaten. Umso mehr hoffe ich, dass sich die dunklen

Wolken, die sich dieser Tage über Europa zusammenballen, nicht in einem Kriegsgewitter über uns entladen.

Nach dieser neuerlichen Erwähnung der dräuenden Kriegsgefahr schloss Ella ihren Brief mit der Bitte um eine ausführliche Beschreibung von Luises Leben auf dem Rittergut, das sie sich offenbar äußerst mondän und aufregend ausmalte.

Luise strich über das Blatt und beschwor das Gesicht ihrer jüngeren Schwester mit den blitzenden hellblauen Augen herauf. Ella wird enttäuscht sein, wenn ich ihr schildere, wie ereignislos und gemächlich die Tage hier ineinanderfließen, überlegte sie. Keine Spur von Besuchen illustrer Persönlichkeiten, rauschenden Bällen, Kutschfahrten mit Picknicks oder geselligen Abenden mit Hausmusik. Zumindest zu dieser Jahreszeit. Im Herbst kam dann ja mit den Jagdgesellschaften, die auf Algulfer und den anderen Gutshöfen in der Gegend abgehalten wurden, mehr Leben in die Bude, wie Ella es ausdrücken würde.

Der Gedanke an ihre Schwester versetzte Luise in eine wehmütige Stimmung. Ach, wie schön wäre es, wenn sie Ella jetzt neben sich auf die Bank zaubern könnte. Dann könnten sie sich nach Herzenslust austauschen. Luise seufzte. Wann sie sich wohl wiedersähen? Vielleicht schon bald, schoss es ihr gleich darauf in den Sinn. Zu meiner Hochzeit. Da muss sie auf jeden Fall kommen. Beim Gedanken, mit Julius vor dem Traualtar zu stehen und sich in aller Öffentlichkeit zu ihm bekennen zu dürfen, zog sich Luises Unterleib in süßem Schauer zusammen. Ich werde seine Frau, jubelte es in ihr. Am liebsten wollte sie es laut herausschreien und alle an ihrem Glück teilhaben lassen. Sie steckte die Briefe in die Tasche, rief nach Metsik, der im hohen Gras Heuschrecken jagte, und machte sich beschwingt auf den Rückweg.

Kapitel 32

Die Tage bis zum 15. Juli verflogen für Merike wie im Nu. Neben ihrer Arbeit in der Brotfabrik verbrachte sie viel Zeit mit den Vorbereitungen für den Festakt, in die sie wie geplant die Kinder von Talvis Pioniergruppe miteinbezog. Angesichts des anhaltend schönen Wetters trafen sie sich meistens auf dem Grundstück von Talvis Familie am Weiher, wo die Kinder zwischendurch baden und nach Herzenslust herumtoben konnten. Merikes Vater hatte ihnen zum Werkeln einen Tapeziertisch organisiert, an dem alles unter dem Motto Blau-Schwarz-Weiß stand: beim Bemalen von Wimpeln und Fähnchen, Kleben von Girlanden, Falten von Kreppblumen oder beim Basteln von Lampions. Ab und zu schaute Milvi vorbei, um mit den Pionieren Lieder wie »*Isamaa ilu hoieldes, vaenlase vastu võideldes* – Bewahrt die Schönheit des Vaterlandes, kämpft gegen den Feind« einzuüben und ihnen aus dem Leben des Nationalhelden Kalevipoeg zu erzählen, der Symbolfigur des Widerstandes.

Merike genoss diese Stunden mit den Kindern – nicht zuletzt, weil sie ihr als Rechtfertigung dienten, sich zu Hause rar zu machen, wo seit Tagen eine gewittrige Stimmung herrschte. Opa Andrus hatte es sich zwar verkniffen, Merike ihr Engagement in der Volksfront zu verbieten, seinen Schwiegersohn zur Rede zu stellen, weil dieser Stoffe für die Fahnen besorgt hatte, sowie seiner Frau zu untersagen, diese zu nähen, oder zusammen mit Vilja im Frauenchor Lieder zu proben, die die Liebe zum Vaterland und dessen Freiheit beschworen. Sein Groll über diese Unbotmäßigkeiten war dennoch deutlich spürbar. Verstärkt wurde seine schlechte Laune noch durch das Stocken der Renovierungsarbeiten in der alten Backstube und dem Laden. Dafür war allerdings nicht seine Familie verantwortlich, sondern das Fehlen von Ersatzteilen, die zur Reparatur einiger alter Geräte vonnöten waren. Sie konnten derzeit weder auf dem offiziellen Markt noch über privaten Tauschhandel beschafft werden.

Merike war nicht die Einzige, der die düstere Atmosphäre zu schaffen machte und die sich so selten wie möglich in der Gegenwart ihres Großvaters aufhielt. Sogar ihre Großmutter, die die Launen ihres Mannes für gewöhnlich mit stoischer Gelassenheit ertrug, ging ihm aus dem Weg.

Merike hatte befürchtet, ihre Eltern oder Oma Kadri würden sie auffordern, einzulenken und sich bei ihrem Großvater zu entschuldigen, so wie sie es in früheren Jahren oft getan hatten. Zu ihrer Überraschung blieb die Bitte aus. Es war, als sei der Funke der Rebellion von ihr auf die anderen übergesprungen, als hätten sie beschlossen, nicht in die alten Muster zurückzufallen, sich nicht länger dem Diktat von Andrus zu unterwerfen. Es machte Merike stolz, diesen Prozess in Gang gesetzt zu haben. Gleichzeitig warnte ihre Vernunftstimme sie davor, sich vorschnell zu beglückwünschen. So wie die nach Unabhängigkeit strebenden Esten Gefahr liefen, in den Augen Moskaus den Bogen zu überspannen und gewaltsame Gegenmaßnahmen zu provozieren, schien es Merike nicht ausgeschlossen, dass Opa Andrus über kurz oder lang seine Autorität wiederherstellen wollte und der Streit eskalierte – mit ungeahnten Folgen für alle Beteiligten.

Die kleine Enna mied ihr Zuhause aus einem anderen Grund. Merike war bereits beim ersten Basteltreffen aufgefallen, dass das Mädchen anschließend herumtrödelte und offenbar keine Lust hatte, den Heimweg anzutreten. Als Enna auch nach dem nächsten Zusammensein keine Anstalten machte, nach Hause zu gehen, setzte sich Merike zu ihr, fragte behutsam nach dem Grund und erfuhr, dass Ennas Mutter nach wie vor den größten Teil des Tages lethargisch auf dem Sofa lag. Ihr Zustand machte ihrer kleinen Tochter Angst, sie fürchtete sich, allein mit ihr zu Hause zu sein.

»Was ist mit deinem Bruder?«, fragte Merike. »Ihr versteht euch doch wieder gut, oder?«

Enna nickte. »Tarmo ist sehr lieb zu mir und kocht nur Sachen, die ich gern esse.« Ihre Unterlippe begann zu zittern. »Aber er ist selten da, und an manchen Tagen kommt er erst spät nachts heim.«

Merike war versucht zu fragen, ob er wieder mit Ülle zusammen war und die Abende bei ihr verbrachte. War das auch der Grund, weshalb er sich seit dem ersten Treffen der Volksfront nicht mehr dort blicken ließ? Das geht dich überhaupt nichts an, wies sie sich selbst zurecht.

»Warum muss er so viel arbeiten?«, brach es aus Enna heraus. »Das ist so ungerecht.«

»Er arbeitet nachts?« Merike zog verblüfft die Brauen hoch. »Ich wusste gar nicht, dass er einen Job ...«

»Und am Tag auch«, schniefte Enna. »Weil Mama nicht arbeiten kann und so viel Geld braucht für ihre Medizin.«

Merike biss sich auf die Unterlippe. Wenn sie es richtig verstand, nahm Frau Kuusk Medikamente, die sie selbst bezahlen musste, also nicht von einem Arzt verschrieben bekam. Eine beunruhigende Vorstellung. Vielleicht sind es sogar Drogen, überlegte Merike. Ennas Mutter wäre nicht die Erste, die sich mittels illegaler Substanzen der tristen Realität entzieht.

»Bekommt ihr denn kein Geld von eurem Vater?«, fragte sie. »Muss der keinen Unterhalt zahlen, zumindest für dich?«

Merike kramte in ihrem Gedächtnis, konnte sich jedoch beim besten Willen nicht entsinnen, wie laut Gesetz die finanziellen Regelungen im Falle einer Scheidung aussahen. Wer musste wem Geld geben und insbesondere für die Kinder sorgen?

»Ich weiß nicht.« Enna schaute Merike verzagt an. »Mama sagt, dass sie keine Kopeke von Papa will und wir ihn nicht brauchen.« Sie schob die Unterlippe vor. »Aber das stimmt doch gar nicht!«

Merike legte den Arm um Enna. »Du vermisst ihn sehr, nicht wahr?«

Enna ließ den Kopf hängen. »Warum können sie sich nicht vertragen?«, wisperte sie. »Warum darf ich Papa nicht sehen?«

Merike zog sie fester an sich. Der Kummer des Mädchens ging ihr nah und weckte ihren Zorn. Hatte Tarmo nicht erwähnt, dass seine Eltern schon immer miteinander im Clinch lagen und er von klein auf darunter gelitten hatte? Warum hatten sie sich nicht schon viel früher getrennt? Stattdessen hatten sie ein weiteres Kind bekommen, das unter ihrem Zwist zu leiden hatte und jetzt auch noch mit dem Zerbrechen der Familie konfrontiert wurde. Und Tarmo konnte nicht wie geplant sein Ingenieurstudium in Tallinn beginnen, sondern musste sich um seine kleine Schwester und seine kranke Mutter kümmern und zusehen, wie er mit irgendwelchen Jobs die Haushaltskasse füllte.

»Wenn du magst, kannst du bei uns übernachten«, sagte Merike. »Wir schreiben einen Zettel für Tarmo, damit er heute Nacht nicht erschrickt, wenn er nach Hause kommt und du nicht da bist.« Sie löste sich von Enna und sah ihr in die Augen. »Was meinst du? Dann lernst du auch meine Katze Kissa kennen.«

Ein scheues Lächeln stahl sich auf Ennas Gesicht. Sie nickte und wischte sich eine Träne von der Wange.

Kurz bevor Merike am nächsten Morgen zu ihrer Schicht in der Brotfabrik aufbrach, kam Tarmo, um seine kleine Schwester abzuholen. Oma Kadri, die ihm geöffnet hatte, bat ihn in die Küche und lud ihn ein, sich zu ihnen an den Tisch zu setzen und sich nach seiner Nachtarbeit mit einem Frühstück zu stärken. Tarmo machte einen verlegenen Eindruck und stand unschlüssig in der Tür.

Wahrscheinlich ist es ihm peinlich, dass wir von der prekären Lage bei ihm zu Hause wissen, dachte Merike. Ihr war es ja auch sehr unangenehm, wenn bei ihnen mal wieder dicke Luft herrschte und andere Leute das mitkriegten.

»Komm!«, rief Enna und patschte mit der Hand auf den freien Platz neben sich. »Du musst unbedingt die Kartoffelpuffer probieren. Die sind sooo lecker!«

Die Kleine hatte sich schnell bei Merikes Familie eingewöhnt, die sie mit offenen Armen aufgenommen hatte. Sogar Opa Andrus hatte sie am Vorabend freundlich begrüßt und war sehr angetan von den guten Manieren des Mädchens. Enna hatte ihre anfängliche Scheu rasch abgelegt, begeistert mit Kissa gespielt, Merikes Mutter nach dem Abendessen beim Spülen geholfen, mit Oma Kadri die Salatbeete gegossen und sich vor dem Schlafengehen von Merike, die für ihren Gast eine Matratze neben ihr Bett gelegt hatte, aus der Kinderbuchreihe *Drei lustige Gesellen* von Eno Raud vorlesen lassen. Merike hatte als kleines Mädchen die Geschichten von den schrulligen Wichteln Halbschuh, Moosbart und Muff geliebt, die gemeinsam viele lustige Abenteuer erlebten.

Tarmo kam der Aufforderung seiner Schwester nach und setzte sich neben sie. »Ich weiß gar nicht, wie ich euch danken soll«, murmelte er, als Merike ihm Kaffee einschenkte, Oma Kadri den Teller mit den Kartoffelpuffern in seine Richtung schob und Raivo aufstand, um die Pfanne mit den Rühreiern zu holen, die zum Warmhalten im Ofen stand. »Es war echt total nett von euch, dass Enna hier übernachten durfte.«

»Das ist doch nicht der Rede wert«, sagte Opa Andrus. »Wir greifen einem tüchtigen jungen Mann gern ein bisschen unter die Arme.« Er bedachte Tarmo mit einem wohlwollenden Lächeln.

Enna hatte erzählt, dass ihr Bruder nicht nur weitgehend den Haushalt erledigte, sondern auch als Gabelstapelfahrer in einem

Warenlager arbeitete und dreimal pro Woche außerdem als Aushilfe bei der Post, wo er in der Nacht Briefe, Päckchen und andere Sendungen sortierte.

»Enna kann gern jederzeit bei uns schlafen«, sagte Oma Kadri und strich der Kleinen übers Haar. »Und auch tagsüber ist sie uns willkommen.«

Merike bemerkte, wie Tarmo seine Schwester unauffällig musterte. Deren fröhliche Miene überzeugte ihn offenbar. Er entspannte sich, nahm einen Pfannkuchen sowie eine Portion Rührei und begann, beides mit sichtlichem Appetit zu vertilgen.

»Ich muss leider los.« Merike stand auf.

»Oh, schon?«, rief Enna.

»Schade«, rutschte es Tarmo gleichzeitig heraus.

»Wir sehen uns ja bald wieder«, sagte Merike zu Enna. »Kissa freut sich sicher auch, wenn du sie oft besuchst.«

»Kissa?«, fragte Tarmo.

»Das ist Merikes Katze«, erklärte Enna. »Die ist sooo süß und hat ganz kuschelig weiches Fell.«

Merike verabschiedete sich, ging auf den Flur und zog sich ihre Straßenschuhe an.

»Warte kurz.« Tarmo war ihr gefolgt. »Vielen Dank noch mal, dass du Enna gestern mitgenommen hast. Ich hab wohl nicht wahrhaben wollen, wie unwohl sie sich zu Hause fühlt, wenn sie allein mit unserer Mutter ist.«

»Ist ja kein Wunder, bei dem, was du derzeit alles um die Ohren hast.«

»Trotzdem, ich hätte merken müssen …« Er machte eine abwinkende Bewegung. »So geht es jedenfalls nicht weiter. Meine Mutter muss endlich einsehen, dass sie ärztliche Hilfe braucht. Nachher werde ich unsere Tante anrufen. Vielleicht kann sie eine Weile bei uns wohnen und sich um Enna kümmern, wenigstens bis die Schule wieder losgeht.«

»Das ist eine gute Idee«, sagte Merike. »Aber meine Oma hat das ernst gemeint. Enna ist immer willkommen bei uns.«

»Danke!« Tarmo sah Merike in die Augen. »Das werde ich dir … euch nie vergessen.«

Ein paar Tage später begleitete Merike seine kleine Schwester am frühen Abend nach Hause – beladen mit einem Topf *Mulgikapsad*, Sauerkraut mit Rauchfleisch und Graupen, den Oma Kadri ihr für Ennas Familie mitgegeben hatte, nebst einer Schale Grießpudding sowie einem Glas mit eingemachten Kirschen als Nachtisch. »Dann braucht Tarmo nach der Arbeit nicht zu kochen, und ihr könnt gleich gemütlich zusammen essen«, hatte sie zu Enna gesagt, die den Tag bei Merikes Familie verbracht hatte.

»Oh nein, nicht die schon wieder!«, stieß die Kleine hervor, als sie in die Kolga Straße einbogen.

Sie duckte sich hinter ein parkendes Auto und zog Merike mit sich. Diese spähte Richtung Ennas Elternhaus und entdeckte Ülle, die eben das Gartentor hinter sich zuzog, sich auf ihr Fahrrad schwang und davonradelte.

»Was sie jetzt wohl wieder wollte?«, hörte sie Enna sagen. »Die müsste doch langsam wissen, dass Tarmo um die Zeit noch nicht zu Hause ist.«

»Ich dachte, Ülle sei längst in Tallinn.« Merike richtete sich auf und sah Enna fragend an. »Ist sie wegen Tarmo doch hiergeblieben?«

»Keine Ahnung.« Enna zuckte mit den Schultern. »Also, er will nicht mehr mit ihr zusammen sein. Das hat er ihr auch gesagt.« Sie zog eine Grimasse. »Aber sie glaubt, dass er das nicht so meint. Ständig kreuzt sie bei uns auf, um mit ihm zu reden. Und wenn er nicht da ist, will sie von mir wissen, wann er kommt oder wo er gerade ist.«

»Das klingt nervig«, sagte Merike. Und total unreif, fügte sie im Stillen hinzu. Enna hatte doch erzählt, dass Ülle von Tarmo verlangt hat, sich zu entscheiden. Sie oder seine Familie. Das hatte sie wohl doch nicht so ernst gemeint. Im Gegensatz zu Tarmo, der hatte sie beim Wort genommen. Man sollte eben aufpassen, mit was man droht. Gut möglich, dass man sich damit ins eigene Fleisch schneidet, dachte sie mit einem Anflug von Schadenfreude.

Zwei Tage vor dem großen Ereignis übernachtete Enna vorläufig ein letztes Mal bei Familie Ilves. Tarmo war nicht in Otepää und würde erst am folgenden Abend zurückkehren. Er musste in dem Lager, wo er als Gabelstapelfahrer arbeitete, für einen kranken Kollegen einspringen, der die Aufgabe hatte, Warentransporte zu begleiten, nachdem es auf manchen Strecken zu mysteriösem »Schwund« begehrter Güter gekommen war.

Tarmo hatte seine Tante, die mit ihrem Mann in Valga lebte, erst kurz zuvor erreicht. Sie war im Urlaub gewesen. Am 15. Juli wollte sie zum Festakt anreisen und anschließend auf ihre Nichte aufpassen, solange ihre Schwester in einer Klinik wegen ihrer Depressionen und Tablettensucht behandelt wurde.

Beim Abendessen mit den Großeltern – Vilja und Raivo waren bei Freunden eingeladen – fiel Merike auf, dass Enna auffallend still war. Blass saß sie am Küchentisch und stocherte mit abwesendem Gesichtsausdruck in dem Beerenauflauf herum, den Oma Kadri extra für sie zubereitet hatte.

»Du weißt, dass du immer zu uns kommen kannst.« Merike lächelte Enna zu. »Deine Tante hat sicher nichts dagegen.«

»Ich würde mich jedenfalls sehr freuen, wenn du uns recht oft besuchst«, sagte Oma Kadri.

»Und dein Bruder darf sich auch gern mal wieder bei uns blicken lassen«, schob Opa Andrus nach. Er hatte einen regelrechten Narren an Tarmo gefressen und wurde nicht müde, seiner Enkelin dessen Fleiß und Verantwortungsbewusstsein als vorbildlich und nachahmenswert unter die Nase zu reiben.

Merike nervten diese Anwürfe, insgeheim gab sie ihrem Großvater jedoch recht. Es imponierte ihr, wie rührend sich Tarmo um seine Schwester und seine Mutter kümmerte. Gleichzeitig bedauerte sie es, dass er deswegen so selten Zeit fand, an den Treffen der Volksfrontgruppe teilzunehmen.

Enna war bei der Erwähnung ihres Bruders zusammengezuckt. Sie sprang auf und bat stammelnd, nach oben gehen zu dürfen.

»Ist dir nicht gut, Kind?« Oma Kadri musterte die Kleine besorgt.

»Ich bin nur müde«, antwortete Enna mit gesenkten Augen.

Merike und ihre Großmutter tauschten einen besorgten Blick. Merike schob ihren Stuhl zurück und folgte Enna. Bei der Gesangsprobe, die Milvi am Nachmittag mit den Pionieren abgehalten hatte, war das Mädchen noch fröhlich gewesen. Merike nahm an, dass bei ihrem kurzen Aufenthalt zu Hause, wo sie ein paar Sachen hatte holen wollen, etwas vorgefallen war.

»Wie geht es deiner Mutter?«, erkundigte sich Merike, als sie in ihr Zimmer trat, wo Enna auf ihrer Matratze saß und Kissa streichelte, die schnurrend auf ihrem Schoß lag. »Hast du mit ihr gesprochen, als du vorhin zu Hause warst?« Sie setzte sich Enna gegenüber hin.

»Nein, sie hat geschlafen.« In Ennas Gesicht arbeitete es.

»Was ist passiert?«

»Versprich mir, es niemandem zu sagen.« Enna schaute Merike unsicher an.

»Was meinst du? Das mit deiner Mutter?«

Enna schüttelte den Kopf. »Ich glaube, Tarmo steckt in Schwierigkeiten«, flüsterte sie kaum hörbar.

»Dein Bruder?« Merike zog überrascht die Brauen hoch. »Wieso denkst du das?«

»Ich habe das in seinem Schrank gefunden«, antwortete Enna und zog ein paar Blätter aus ihrer Umhängetasche. »Ich hab mir zum Schlafen ein T-Shirt von ihm genommen. Und darunter lagen die hier.«

Merike blätterte durch die Zettel und sog scharf die Luft ein. Offensichtlich plante Tarmo, vor der Enthüllung des Denkmals und der Reliefplatten Plakate anzubringen, auf denen zur offenen Rebellion gegen die Sowjetmacht aufgerufen wurde. Auf einem Blatt war der Sockel des Gedenksteins für die Freiheitskämpfer skizziert, dort sollte die Parole *Tod den Feinden Estlands!* prangen. Unter den Tafeln an der Kirchenwand, auf denen die Fahnenweihe von 1861 dargestellt wurde, sollte die Aufforderung stehen: *Zerreißt die lainelipp und tretet sie in den Dreck!*

Lainelipp – Wellenflagge, so wurde die offizielle Fahne der ESSR aus rotem Tuch genannt wegen der hellblauen und weißen Wellenstreifen, die horizontal in der unteren Hälfte verliefen und die Ostsee symbolisierten. Merike runzelte die Stirn. Hatte Tarmo sich von Leuten wie dem Tankwart anstecken lassen, denen die bisherigen Aktionen nicht weit genug gingen und die für ein forscheres Vorgehen plädierten, um endlich die Unabhängigkeit Estlands zu erlangen? Notfalls sogar mit Gewalt?

Merike presste die Lippen aufeinander. Ein Teil in ihr hatte durchaus Verständnis für diese Haltung, schließlich hatte ihre Heimat lange genug unter fremder Herrschaft gestanden, und ihren Bürgern war viel Unrecht geschehen. Andererseits war sie wie Helina der Ansicht, dass nur friedlicher Protest zum Ziel führen konnte, wollte man kein Blutvergießen riskieren und die Änderungen zum Besseren zerstören, die in den vergangenen Jahren erfolgt waren. Hatte sie sich in Tarmo getäuscht? War er doch radikaler, als sie angenommen hatte? Und schlimmer noch, hatte er sie und seine Schwester belogen? Ging er nachts gar nicht zur Arbeit, sondern bereitete heimlich seine Aktionen vor? Waren die Transparente nur die Spitze des Eisbergs? Plante er womöglich andere Operationen, die weit gefährlicher waren?

»Es ist gut, dass du mir das gebracht hast«, sagte sie zu Enna, die sie mit bangem Ausdruck beobachtete. »Wir wissen zwar nicht, ob dein Bruder wirklich vorhat, solche Plakate zu malen und aufzuhängen. Vielleicht bewahrt er sie auch nur für jemand anderen auf. Es ist auf jeden Fall besser, wenn diese Papiere nicht in seinem Schrank sind.«

»Aber wenn die doch von ihm sind und er die Plakate aufhängt?« Enna schluckte. »Wenn sie ihn erwischen, kommt er ins …« Ihre Stimme brach.

»Ich kann mir eigentlich nicht vorstellen, dass Tarmo so unvernünftig ist«, sagte Merike mit mehr Überzeugung in der Stimme, als sie innerlich verspürte. »Er würde ja nicht nur sich selbst in Gefahr bringen.« Sie hielt inne, als sie die Angst in Ennas Gesicht sah und streichelte ihr über die Wange. »Ich werde mit ihm reden und ihm sagen, dass er das bleiben lassen soll.«

»Lieber nicht.« Enna wich Merikes Blick aus. »Dann musst du ihm ja verraten, woher du die Zettel hast«, erklärte sie kleinlaut. »Er hat mir verboten, an seinen Schrank zu gehen. Er mag es gar nicht, wenn man in seinen Sachen stöbert.«

»Verstehe.« Merike rieb sich die Stirn. »Hm … weißt du was? Ich werde einfach übermorgen vor der Feier unauffällig überprüfen, ob unter den Tüchern, mit denen das Denkmal und die Reliefs verhüllt werden, etwas hängt, was da nicht hingehört. Dann kann ich noch alles in Ordnung bringen, bevor jemand etwas merkt.«

»Danke!« Enna schlang die Arme um Merike. »Du bist die Beste!«

Merike drückte das Mädchen an sich. Hoffentlich baut Tarmo keinen Scheiß und plant noch andere Aktionen, die ich nicht so leicht verhindern kann, dachte sie. Hoffentlich habe ich Enna nicht zu viel versprochen.

Kirchspiel Oberpahlen / Livland, Sommer 1914

Kapitel 33

Am Dienstag war Julius zu seinem Inspektionsritt aufgebrochen, für den er ungefähr zwei bis drei Tage veranschlagt hatte. Luise ertappte sich bereits am Donnerstag dabei, wie sie bei jedem Hufgeklapper, das auf dem Hofplatz ertönte, mit angehaltenem Atem lauschte, ob sie die vertraute Stimme hörte, und Ausschau nach der hochgewachsenen Gestalt hielt, um die ihre Gedanken die meiste Zeit kreisten. Sie zögerte, ihren gewohnten Spaziergang mit Metsik zu unternehmen und Gefahr zu laufen, die Ankunft des sehnlich Erwarteten zu verpassen. Sie konnte sich weder auf den Brief konzentrieren, den sie an ihre Schwester schreiben wollte, noch auf die Lektüre eines Reiseberichts in der »Gartenlaube«. Auch die Stickarbeit, zu der die Baronin sie angeregt hatte – die Verzierung kleiner Pompadourbeutel für den alljährlichen Wohltätigkeitsbasar, der vom Kirchspiel Oberpahlen im Herbst organisiert wurde –, ging ihr nicht recht von der Hand. Permanent verhedderte sich der Faden oder riss, und die Nadel landete allzu oft mit einem schmerzhaften Piks in einem Finger.

Ablenkung fand Luise schließlich im großen Gemüse- und Kräutergarten, der etwas abseits des Wohnhauses angelegt war. Die Köchin, die die Aufsicht über die Beete führte, war zunächst skeptisch, als Luise ihr Hilfe beim Jäten antrug, nahm die Unterstützung jedoch gern in Anspruch, da die Magd, die ihr gewöhnlich zur Hand ging, mit einer Sommergrippe das Bett hütete. Nachdem sich die Köchin überzeugt hatte, dass Luise sich mit Pflanzen auskannte und Unkraut von Nutzpflanzen unterscheiden konnte, überließ sie ihr dankbar das Feld und zog sich in den Küchentrakt zurück, in dem dank der dicken Mauern auch an diesen heißen Tagen eine erträgliche Temperatur herrschte. Während Luises

Engagement bei Irmengard auf Befremden stieß, freute sich Dina von Uexküll darüber – hatte sie selbst doch in jüngeren Jahren gern zu Schere, Harke und Schaufel gegriffen, bevor ihre zunehmend von Arthrose geplagten Gelenke ihr die Arbeit verleideten.

Beim Werkeln im Freien vergaß Luise die Zeit und die Warterei auf Julius. Sie fühlte sich in ihre Kindheit zurückversetzt, in der ihre Großmutter sie in die Geheimnisse der Pflanzenpflege eingeweiht und ihre Begeisterung für die Gartenarbeit geweckt hatte. Von einem breitkrempigen Strohhut gegen die Sonne geschützt, zupfte Luise Löwenzahn, Disteln und Giersch aus, entfernte welke Pflanzenteile, pflückte Salate, Schalotten und Perlzwiebelchen, zog Rettiche und die ersten Möhren aus dem Boden, lockerte die Erde zwischen den Pflanzen, düngte Kürbisse, Kohl und Sellerie mit Brennnesseljauche, besprühte die von Mehltau befallenen Feldgurkenranken mit Knoblauchsud, band neue Bohnentriebe an Stangen und säte für die Herbsternte Samen von Möhren, Fenchel, Radieschen, Spinat und Roter Bete.

Sie genoss es, mit bloßen Händen Erdbrocken zu zerbröseln und den Geruch der feuchten Krume einzusaugen, in den sich der süße Honigduft von Labkraut sowie die aromatischen Noten von Basilikum, Salbei, Thymian und anderen Gewürzkräutern mischten, die in einem Hochbeet wuchsen. Als Luise nach gut drei Stunden die erschöpften Glieder streckte, das gejätete Unkraut auf den Komposthaufen warf und die Ausbeute ihrer Ernte ins Haus brachte, hatte sie das befriedigende Gefühl, ihre Zeit mit etwas Sinnvollem verbracht zu haben.

»Das muss sie sein, die vertauschte Braut.«

Luise erstarrte. Die Harke, mit der sie eben die Erde zwischen den Salatköpfen auflockerte, fiel ihr aus der Hand und landete mit einem dumpfen Schlag auf dem Boden. Versunken in die Gartenarbeit, in die sie sich auch am Samstag geflüchtet hatte, um das

Warten auf Julius erträglicher zu gestalten, hatte sie nicht bemerkt, dass sie nicht länger allein in ihrem grünen Paradies war.

Jetzt ist es also passiert, schoss es ihr in den Kopf. Eine harmlos klingende Bemerkung beendete den Spuk. Sie war aufgeflogen. Langsam drehte sie sich um und sah sich einem jungen Mann in einer Uniform gegenüber, deren blaue Farbe unter einer dicken Staubschicht kaum auszumachen war.

»Gestatten, Ferdinand, der jüngere Bruder von Julius«, sagte er mit einem verschmitzten Lächeln und verbeugte sich vor ihr.

Luise starrte ihn aus geweiteten Augen an, unfähig, einen Ton herauszubringen. Ihr Herz pochte hart gegen ihre Rippen, ihr Magen fühlte sich flau an.

»Entschuldige, ich wollte dich nicht erschrecken«, fuhr er fort. »Dein Geheimnis ist bei mir gut aufgehoben.« Er deutete eine salutierende Geste an. »Mein Ehrenwort!«

»Woher wissen Sie … Hat Julius …«, stammelte Luise.

»Nein, er hat mir nichts verraten«, sagte Ferdinand. »Zumindest nicht von sich aus. Aber ich kenne meinen Bruder zu gut, um nicht zu merken, wenn er etwas verbirgt.« Er schmunzelte. »Als wir uns vor zwei Stunden zufällig auf dem Weg hierher begegnet sind, habe ich ihm sofort angesehen, dass ihm etwas Großartiges widerfahren ist. Da mir unsere Mutter kürzlich von der Ankunft Wilhelmines geschrieben hat, zählte ich eins und eins zusammen und schloss messerscharf, dass unsere entfernte Cousine aus Deutschland der Grund für Julius' glückliches Leuchten ist. Seine Reaktion auf meine Feststellung war jedoch …«

»Offenkundig sehr verräterisch.« Hinter Ferdinand tauchte Julius auf, der Luise zerknirscht ansah. »Mein Bruder liest in mir wie in einem offenen Buch, das war schon immer so. Ich kann von Glück sagen, dass er der Einzige in unserer Familie ist, der diese Gabe besitzt. Und dass er dichthält, wenn es darauf ankommt.«

»Das habe ich deiner Verlobten auch schon versichert«, sagte Ferdinand. »Ich fürchte, ich habe ihr dennoch einen gehörigen Schrecken eingejagt. Sie ist ganz blass.« Er musterte sie besorgt.

»Ist schon gut.« Luise atmete aus und streckte ihm die Hand hin. »Ich freue mich, Sie endlich …«

»Du, bitte«, fiel ihr Ferdinand ins Wort. »Wo wir doch bald verschwägert sind.«

Luise spürte, wie ihr das Blut in die Wangen stieg. »Äh, ja, natürlich …« Sie fuhr sich mit dem Handrücken über die Stirn.

»Ich freue mich auch sehr, dich kennenzulernen«, sagte Ferdinand. »Wer hätte gedacht, dass es doch einmal einer Frau gelingt, das Herz meines Bruders buchstäblich im Sturm zu erobern?« Er schlug Julius auf die Schulter. »Und dass du, mein Lieber, einen regelrechten Komplott schmiedest. Ich muss zugeben, dass ich dir das gar nicht zugetraut hätte.« Er zwinkerte Luise zu. »Wobei ich jetzt gut verstehe, was ihn dazu bewogen hat.«

Luise wurde noch röter. Julius stellte sich neben sie und nahm ihre Hand. Ihre Finger schlossen sich fest um seine, ihr Herzschlag wurde ruhiger, und ihre Anspannung löste sich.

»Ich finde es jedenfalls famos, dass hier endlich mal frischer Wind durch die alten Gemäuer und vor allem durch die verkrusteten Gehirne geblasen wird«, fuhr Ferdinand fort.

»Ich wünschte, der Rest eurer Familie könnte das ebenso sehen«, sagte Luise und schmiegte sich an Julius. »Ehrlich gesagt, habe ich ziemlich große Angst davor, wie sie reagieren werden, wenn sie die Wahrheit erfahren.«

Julius legte den Arm um sie. »Ich weiß«, murmelte er. »Aber nun haben wir in Ferdinand schon einen wichtigen Verbündeten.«

»Auf jeden Fall!«, rief dieser. »Diese Haltung ›Es bleibe beim Alten‹ ist doch nun wirklich nicht mehr zeitgemäß. Ich erlebe es jeden Tag in der Armee, wie schädlich die Gräben sind, die sich zwischen den verschiedenen sozialen Schichten auftun. Der Adel hat teilweise vollkommen die Bodenhaftung verloren und keinen Bezug zum sogenannten niederen Volk. Das wird über kurz oder lang eine zerstörerische Sprengkraft entwickeln.«

Luise nickte nachdenklich. Die Zustände im russischen Reich waren in den vergangenen Jahren immer wieder auch in der deutschen Presse thematisiert und analysiert worden. Im Zuge der Industrialisierung waren mit dem Bürgertum und den Arbeitern neue Gesellschaftsschichten entstanden, die vermehrt politische Mitsprache und Sozialreformen forderten, was Nikolaus II. kategorisch ablehnte. Der offizielle Titel des Zaren lautete *Kaiser und Selbstherrscher von ganz Russland* und beschrieb den autokratischen Herrschaftsanspruch mit einer unkontrollierten Machtfülle, die keinerlei verfassungsmäßigen Beschränkungen unterworfen war. Je lauter die Stimmen wurden, die eine Modernisierung des Staates verlangten, desto brutaler ließ der Zar die Opposition durch seine Geheimpolizei verfolgen – in totaler Verkennung der Verhältnisse und Bedürfnisse der Bevölkerung.

»Das stimmt, es gärt schon wieder gewaltig«, sagte Julius.

»Und ob es ein zweites Mal gelingen wird, die Rufe nach Reformen und mehr politischer Mitbestimmung zum Schweigen zu bringen und die revolutionären Kräfte zu zerschlagen, wage ich zu bezweifeln.« Ferdinand verzog den Mund. »Dazu liegt zu vieles im Argen.«

»Du denkst an die Aufstände und Streiks von 1905«, stellte Julius fest.

Sein Bruder nickte.

»Hatte Russland damals nicht gerade den Krieg gegen Japan verloren?«, fragte Luise.

»Genau. Und diese schon länger schwelende Fehde mit dem asiatischen Land hatte der Zar nicht zuletzt deswegen forciert, um von den inneren Missständen abzulenken und sein Volk im Kampf gegen den externen Feind hinter sich zu vereinen.«

»Was bekanntlich nicht funktioniert hat, zumindest nicht lange. Und letztendlich in der verheerenden Niederlage mündete, die neben dem Prestigeverlust nach außen einen gravierenden Autoritätsverlust nach innen nach sich gezogen hat«, sagte Julius. »Wir können nur hoffen, dass der Zar diesen Fehler nicht wiederholt und sein Heil dieses Mal nicht in einem außenpolitischen Konflikt sucht.«

»Dein Wort in Gottes Ohr.« Ferdinand kratzte sich im Nacken. »Leider stehen die Zeichen auf Sturm.«

Luise schluckte trocken. Sie musste an den Brief ihrer Schwester denken, die befürchtete, das Attentat auf den österreichischen Thronfolger könnte einen internationalen Krieg auslösen, bei dem sich Russland sehr wahrscheinlich auf die Seite Serbiens schlagen würde.

»Was meinst du?«, erkundigte sich Julius bei seinem Bruder.

»Na, das Ultimatum«, antwortete Ferdinand und sah Julius und Luise verblüfft an. »Sagt bloß, ihr habt hier noch gar nichts davon mitbekommen.« Er öffnete eine flache Säbeltasche, die er am Gürtel trug, zog die Morgenausgabe der »Vossischen Zeitung« vom 24. Juli heraus und hielt ihnen das Titelblatt hin.

Mit angehaltenem Atem überflog Luise den Aufmacher des Artikels:

Die österreichische Note in Belgrad überreicht.
Belgrad, 23. Juli (Eigener Drahtbericht.) Der österreichisch-ungarische Gesandte überreichte heute 6 Uhr abends der serbischen Regierung eine Verbalnote mit den Forderungen der österreichisch-ungarischen Regierung. In der Note wird die Antwort bis Sonnabend, 25. Juli, 6 Uhr abends verlangt.

»Sonnabend«, hauchte sie. »Also heute.«

Ferdinand nickte.

Julius runzelte die Stirn. »Was sind das für Forderungen?«, fragte er. »Ich hatte gestern noch in der ›Rigaschen Rundschau‹ gelesen, dass man sowohl in Deutschland als auch in England davon ausgeht, bei der angekündigten Note werde es sich nicht um ein Ultimatum mit unbilligen Forderungen handeln.«

»Tja, da war wohl der Wunsch der Vater des Gedanken«, sagte Ferdinand. »Ich kenne diese Gerüchte. Auch in St. Petersburger Regierungskreisen haben manche bis zuletzt geglaubt, Österreich-Ungarn werde in einer Form an Serbien herantreten, die eine friedliche Lösung und Verständigung der beiden Staaten ermöglichen würde.«

»Aber dem ist nicht so«, stellte Luise fest.

Ferdinand nickte. »Lasst uns später weiterreden«, sagte er. »Ich muss dringend den Staub loswerden und mich wieder in ein menschliches Wesen verwandeln.«

»Gute Idee.« Julius grinste. »Ich sehe vermutlich ähnlich gepudert aus. So sollten wir unserer Mutter und Irmengard besser nicht unter die Augen treten.«

»Darf ich die so lange lesen?« Luise tippte auf die Zeitung.

»Selbstverständlich.« Ferdinand nickte ihr zu und entfernte sich in Richtung Haus.

»Ich kann dir gar nicht sagen, wie sehr ich dich vermisst habe.« Julius zog Luise in seine Arme. »Es tut mir leid, dass ich länger unterwegs war als geplant. Aber es war so viel …«

Luise legte ihm einen Finger auf die Lippen, reckte sich zu ihm hoch und küsste ihn auf den Mund. »Jetzt bist du ja da.«

Auch beim frühen Abendessen der Familie war die Zuspitzung der außenpolitischen Verwerfungen das beherrschende Thema. Es kam Luise so vor, als habe Ferdinand ein Fenster aufgestoßen, durch das ein frischer, um nicht zu sagen frostiger Wind hereinwehte und die Bewohner von Algulfer aus ihrer beschaulichen

Ruhe riss. Während Julius und der Baron den jungen Offizier mit Fragen löcherten, machten Irmengard und ihre Mutter keinen Hehl daraus, dass sie diese martialischen Themen bei Tisch für unziemlich hielten. Wie konnte man die köstlichen Kalbfilets in Brandteig mit Dillsauce genießen, wenn von Drohgebärden, verworrenen Interessenlagen, widersprüchlichen Ankündigungen und komplizierten Bündnissen die Rede war? Außerdem gab es ihrer Meinung nach keinen Anlass zu besonderer Sorge, schließlich war es nicht der erste Sommer, in dem vor einem bevorstehenden Krieg auf dem Balkan gewarnt wurde. Das hatte zumindest erst vor ein paar Tagen in der »Rigaschen Rundschau« gestanden.

Luise folgte Ferdinands Ausführungen mit großem Interesse und zunehmender Besorgnis. Als Adjutant eines hochrangigen Mitglieds des Generalstabs war er aus erster Hand über die Vorgänge am Zarenhof informiert. Zudem verschaffte er sich täglich durch die Lektüre diverser Zeitungen aus dem In- und Ausland ein umfassendes Bild der Entwicklungen außerhalb seiner Heimat. Er war alles andere als überzeugt, dass die Krise mit friedlichen Mitteln beigelegt werden konnte, zu laut waren seiner Ansicht nach die Stimmen der »Falken« auf allen Seiten. Der Zar selbst hoffte zwar auf eine diplomatische Lösung, war jedoch zu schwach und unentschieden, um denjenigen seiner Berater, die Krieg wollten, die Stirn zu bieten.

Kurz vor Ferdinands Aufbruch zu seiner Stippvisite in Algulfer war der französische Präsident Poincaré für drei Tage am Zarenhof zu Besuch gewesen und hatte seinem Gastgeber versichert, Frankreich werde seine Bündnisverpflichtungen im Falle eines Krieges einlösen. Laut Ferdinand hatte der Franzose zu diesem Zeitpunkt nicht gewusst, dass Nikolaus II. bereits am 6. Juli, also dem 19. Juli nach gregorianischem Kalender, von Österreichs Plan, Serbien ein scharfes Ultimatum zu stellen, Kenntnis erhalten hatte. Und nun lag es tatsächlich auf dem Tisch.

In der »Vossischen Zeitung« hatte Luise gelesen, dass von der serbischen Regierung unter anderem eine offizielle Distanzierung von der südslawischen Vereinigungspolitik gefordert wurde, außerdem eine Säuberung der serbischen Armee und Beamtenschaft von antiösterreichischen Agitatoren sowie die Unterdrückung der Österreich-feindlichen Propaganda in der serbischen Presse und die Verfolgung von extremistischen Geheimorganisationen. Der letzte Punkt schließlich war der heikelste: Wien bestand auf einer Mitwirkung von österreichischen Beamten bei der Aufklärung des Attentates und der Verfolgung der politischen Drahtzieher auf serbischem Territorium. Luise hatte sofort die Brisanz dieser Bedingung erkannt. Selbst wenn die Regierung in Belgrad zu großen Zugeständnissen bereit sein sollte: Diese Forderung war unannehmbar, wollte man nicht vollends das Gesicht verlieren und die eigene Souveränität aufgeben.

»Kann es sein, dass man sich in Wien bemüht hat, möglichst unannehmbare Bedingungen zu stellen?«, fragte Luise. »Der Verdacht drängt sich mir zumindest auf.«

»Da bist du nicht die Einzige.« Ferdinand nickte ihr zu.

»Wie geht es denn nun weiter?« Julius sah Luise an. »Was stand in der Zeitung?«

»Von den Serben wird binnen 48 Stunden eine Reaktion verlangt«, antwortete sie. »Wenn sie nicht bereit sind, die Forderungen zu erfüllen, sollen die diplomatischen Beziehungen abgebrochen werden.«

Julius sog scharf die Luft ein.

»Eine explizite Kriegsdrohung steht zwar nicht in der Note«, ergänzte Ferdinand. »Aber es liegt auf der Hand, dass das der nächste Schritt sein wird.«

»Jetzt male den Teufel nicht an die Wand«, sagte die Baronin. »Vielleicht wird es ja nicht so schlimm. Vielleicht kann man den

Krieg auf einen lokalen Konflikt zwischen Serbien und Österreich beschränken.«

»Der Zug ist abgefahren«, sagte Ferdinand. »In Petersburg wurde bereits gestern eine Teilmobilisierung angeordnet. Dabei läuft das Ultimatum ja erst in diesen Minuten aus. Ich fürchte, wir befinden uns mitten in einer unaufhaltsamen Eskalation mit fatalen Folgen.«

»Wäre es denn so schlimm, wenn es zu einer kriegerischen Auseinandersetzung käme?«, fragte Irmengard und schürzte die Lippen. Sie hatte die Unterhaltung bislang mit demonstrativem Unmut verfolgt, nachdem Ferdinand nicht auf ihre Fragen nach dem neuesten Klatsch am Petersburger Hof eingegangen war. »Haben wir nicht eine riesige Armee, die diese armseligen Serben schnell in ihre Schranken weisen wird?«

»Das russische Heer mag zwar zahlenmäßig das größte der Welt sein. Seine Schlagkraft ist jedoch alles andere als berauschend«, antwortete Ferdinand.

»Woran liegt das?«, erkundigte sich Luise.

»Da kommt einiges zusammen. Angefangen bei der notorisch schlechten Versorgungslage über gravierende Defizite bei der Ausrüstung mit Waffen und Munition bis hin zum Mangel an modernen Nachrichtenmitteln wie Telegraphen und dergleichen.«

»Noch beunruhigender finde ich den personellen Zustand in der Armee des Zaren«, sagte der Baron. »Falls sich da in den letzten Jahren nicht grundlegend etwas geändert hat.«

»Hat es leider nicht, Vater.« Ferdinand kratzte sich im Nacken. »Die meisten Heerführer sind gelinde gesagt inkompetent. Sie kennen nur eine Strategie, nämlich den Frontalangriff. Und sie fühlen sich für die ihnen untergebenen Bauernsoldaten nicht verantwortlich. Sie sehen in ihnen nur austauschbares Kanonenfutter, keine Menschen, deren Leben ebenso viel wert ist wie das ihre.«

»Dann ist es also wie zu meiner Zeit.« Kuno von Uexküll verzog das Gesicht. »Nicht Eignung und Talent, sondern Herkunft und Beziehungen zum Hof entscheiden darüber, wer Befehle erteilen darf, und wer nicht. Und die Bauern sollen diese gefälligst befolgen, gleichgültig, wie sinnlos sie sein mögen. Mit so einem Heer ist kein Krieg zu gewinnen.«

»Aber gilt die russische Landbevölkerung nicht gemeinhin als dem Zaren treu ergeben?«, warf Irmengard ein.

»An dem Klischee mag ja etwas Wahres dran sein«, antwortete Julius. »Aber warum sollten sich Bauern, deren Welt am Ende des Dorfes endet, für eine Ordnung aufopfern, zu der sie nicht gehören dürfen, in der sie nichts zu sagen haben und die ihnen ohne nennenswerte Gegenleistung viel abverlangt? Nation, Volk und Vaterland haben für sie keine Bedeutung.«

»Das sehe ich genauso«, sagte Ferdinand. »Für die niederen Ränge ist so ein Krieg eine Katastrophe, die unverschuldet über sie kommt und die sie vermutlich als Strafe Gottes empfinden. Wenn da jemand den Funken der Rebellion zündet, ist es schnell vorbei mit dem Zusammenhalt.«

Luise nickte unwillkürlich. Erst wenige Tage zuvor hatte sie zufällig gehört, wie ein Stallbursche einen anderen fragte, warum zum Teufel er sich als einfacher Soldat erschießen lassen oder andere einfache Soldaten töten solle, gegen die er gar nichts hätte. Die ihm im Gegenteil näher wären als so mancher Vorgesetzter in der eigenen Armee. Seiner Meinung nach sollten die Herrschenden ihre Händel unter sich austragen und ihn und seinesgleichen raushalten. Luise hatte dem jungen Mann von Herzen zugestimmt. Ihr war es unbegreiflich, weswegen ganze Armeen in den Tod geschickt wurden – egal, ob es nun darum ging, sich wirtschaftliche Vorteile zu verschaffen, Landstriche zu erobern, anderen seinen Glauben aufzuzwingen oder gar einen abstrakten Wert wie Ehre zu verteidigen.

»Außerdem hat der deutsche Kaiser dem Habsburger seine Unterstützung im Falle einer militärischen Auseinandersetzung zugesagt. Wir hätten es also nicht nur mit den serbischen Truppen zu tun«, sagte Julius zu seiner Schwester.

Seine Bemerkung riss Luise aus ihren Gedanken. Ein Schauer lief ihr über den Rücken. »Aber das hieße ja, dass deutschbaltische Männer gegen Reichsdeutsche kämpfen müssten«, rief sie. »Es könnte also passieren, dass der Bruder von … äh, mein Bruder die Waffe gegen Ferdinand richten müsste. Das wäre furchtbar!« Sie biss sich auf die Lippen und schaute in die Runde – erschrocken darüber, sich beinahe verplappert zu haben und über die entsetzliche Vorstellung, Deutsche könnten gezwungen sein, sich gegenseitig zu töten.

»Wo dient dein Bruder denn?«, fragte der Baron.

Luise atmete erleichtert aus. Ihr Stocken hatte keinen Argwohn erregt. »Wilfried ist Unteroffizier im Oldenburgischen Dragonerregiment Nummer …«

»Neunzehn«, sprang Ferdinand ihr bei. »Sehr namhaftes Bataillon.«

»Wie kannst du nur so kühl bleiben?«, rief Irmengard empört. »Fehlt noch, dass du verkündest, es sei dir eine Ehre, gegen so renommierte Gegner antreten zu dürfen.« Sie schnaubte.

»Sei nicht albern.« Ferdinand sah seine Schwester entrüstet an. »Selbstredend finden ich und meine Kameraden den Gedanken verstörend, gegen Deutsche, möglicherweise sogar gegen Verwandte, Freunde und Bekannte kämpfen zu müssen.« Er nahm einen Schluck aus seinem Weinglas. »Aber wir haben nun einmal dem Zaren unbedingte Loyalität geschworen. Auch wenn das bedeutet, dass wir gegen das deutsche Kaiserreich zu Felde ziehen müssen.«

»Dann können wir nur hoffen, dass die Serben auf die Forderungen des Ultimatums eingehen und es nicht zum Äußersten kommt«, sagte der Baron.

»Ich bin sicher, dass sich die Vernunft durchsetzen wird«, sagte seine Frau. »Es wäre schließlich sehr töricht, ohne triftigen Grund einen Krieg vom Zaun zu brechen, der letztendlich auf allen Seiten in erster Linie viel Leid verursachen würde.«

Luise tauschte einen Blick mit Julius, auf dessen Gesicht sie ihre eigene Skepsis gespiegelt sah. Kälte breitete sich in ihr aus. Ein Spruch von Oscar Wilde kam ihr in den Sinn: »Der Mensch ist vielerlei. Aber vernünftig ist er nicht.«

Otepää / Estland, Sommer 1989

Kapitel 34

Lautes Klingeln riss Merike aus dem Schlaf. Sie hatte ihren Wecker auf sechs Uhr gestellt. Noch vor dem Frühstück wollte sie an diesem Samstagmorgen einen ersten Kontrollgang zur Maarja-Kirche unternehmen und, wie sie es Enna versprochen hatte, nachsehen, ob sich jemand in der Nacht vor dem Festakt am Denkmal oder den Reliefplatten zu schaffen gemacht und sie mit aufrührerischen Parolen verschandelt hatte. Benommen tastete sie nach dem Gehäuse auf dem Nachttisch und drückte mit geschlossenen Augen den Ausstellknopf. Das Schrillen hörte nicht auf. Merike blinzelte und stellte überrascht fest, dass durch die Ritzen des Fensterladens kein Licht schimmerte. Sie schaltete die Nachttischlampe ein und sah auf den Wecker. Es war kurz vor halb vier Uhr. Schritte und Gemurmel auf dem Gang vor ihrem Zimmer verrieten ihr, dass auch ihre Eltern von dem Klingeln aufgeschreckt worden waren. Merike stand auf, steckte den Kopf aus ihrer Tür und hörte die Stimme von Opa Andrus, der den nächtlichen Störenfried verfluchte, während er die Treppe hinunterpolterte.

Merike folgte ihren Eltern und Oma Kadri, die ebenfalls nach unten gingen, wo Opa Andrus die Haustür aufriss.

»Ist hier Merike Ilves wohnhaft?«, fragte eine Männerstimme auf Russisch.

Merike, die den untersten Treppenabsatz erreicht hatte, sah, wie ihr Großvater einen Schritt rückwärts machte und ihre Eltern, die hinter ihm standen, entsetzte Blicke tauschten. Vor der Tür standen zwei mittelalte Männer in grauen Anzügen.

»Was … was wollen Sie von meiner Enkelin?«, stammelte Opa Andrus.

Merike stutzte kurz. Sie konnte sich nicht erinnern, ihn jemals Russisch sprechen gehört zu haben.

»Wir nehmen sie mit zur Klärung eines Sachverhalts«, antwortete der größere der Männer.

Merikes Herzschlag geriet ins Stolpern. Sie krallte sich am Treppengeländer fest.

»Unsere Merike?« Oma Kadri stellte sich neben ihren Mann. »Das muss ein Missverständnis sein.«

»Das wird sich zeigen«, sagte der Große, während sich der andere, ein stämmiger Glatzkopf, an ihr und Opa Andrus vorbeischob und Merike mit einer herrischen Handbewegung zu sich winkte.

Merike spürte, wie ihre Knie weich wurden. Bin ich wach, oder schlafe ich noch?, fragte sie sich. Das konnte doch nur ein böser Traum sein. Der KGB stand vor der Tür und wollte sie mitnehmen? Das war doch absurd.

»Na los!«, raunzte er. »Zieh dir was an. Oder willst du im Nachthemd mitkommen?«

Seine Stimme brachte Merike zu sich. Sie starrte ihn an, unfähig, sich zu rühren oder etwas zu sagen.

»Ist das wirklich notwendig?«, fragte ihr Vater. »Können Sie sie nicht hier …«

»*Du* hältst mal besser die Füße still!«, schnitt ihm der Glatzkopf das Wort ab. »Sorg' gefälligst dafür, dass deine Tochter keine Zicken macht.«

Merike sah, wie ihr Vater blass wurde, die Fäuste ballte und einen Schritt auf den KGBler zu machte. Ihre Mutter fasste blitzartig nach seinem Arm.

»Ich bin sofort wieder da«, stieß Merike hervor, hastete zurück in ihr Zimmer, zerrte sich mit zitternden Händen das Nachthemd über den Kopf und schlüpfte, so schnell sie konnte, in ein Paar Hosen, T-Shirt, Sandalen und einen dünnen Blouson, bevor sie wieder nach unten rannte, wo die anderen wie erstarrt an denselben Plätzen standen.

»Na, geht doch«, brummte der Glatzkopf und ging zur Tür, wo sein Kollege breitbeinig die Stellung hielt, als wolle er verhindern, dass jemand entwischte.

»Merike!« Opa Andrus baute sich vor ihr auf. »Was hat das zu bedeuten?« Sein Gesicht war hochrot, sein Atem ging schwer, und an seiner Schläfe pochte eine dicke Ader. »Was zum Teufel hast du angestellt?«

Gleich trifft ihn der Schlag, schoss es Merike durch den Kopf. »Ich weiß es nicht«, antwortete sie. »Ehrlich nicht!«, fuhr sie an ihre Eltern gewandt fort, die die Szene mit stummem Entsetzen verfolgten.

Der Glatzkopf zog Merike am Ellenbogen an ihrem Großvater vorbei ins Freie.

Opa Andrus schnappte nach Luft. »Was hat mich nur geritten, dieses Balg aufzunehmen?«, brüllte er außer sich vor Wut. »Nichts als Ärger hat man mit ...«

Merikes Mutter schrie auf und stürzte zu Oma Kadri, die lautlos in sich zusammengesunken war.

Merike blieb stehen. »Ich muss zu meiner Großmutter.« Sie versuchte, sich aus dem Griff des Glatzkopfs zu befreien.

»Nix da, du kommst jetzt mit«, zischte er. »Das Theater dauert eh schon viel zu lang.« Er zerrte Merike zu einem dunkelblauen Lada.

»Bitte, lassen Sie mich zu ihr!« Verzweifelt stemmte Merike ihre Beine in den Boden.

Ihr Flehen verhallte ungehört. Der Größere öffnete die hintere Wagentür, der Glatzkopf bugsierte Merike hinein, umrundete das Auto und nahm neben ihr Platz, während sein Kollege sich hinters Steuer setzte.

»Wenn sie stirbt, hast du sie auf dem Gewissen!«, schrie Opa Andrus und schüttelte die Faust in Merikes Richtung. »Du wärest nicht die Erste, die skrupellos die Familie in Gefahr bringt und über …«

Seine Worte gingen im Aufheulen des Motors unter. Merike presste ihre Nase gegen die Fensterscheibe im Bemühen, einen letzten Blick auf Oma Kadri zu erhaschen. Es gelang ihr nicht. Ihr Großvater versperrte die Sicht in den Hausflur. Krampfhaft blinzelte sie die Tränen weg, die ihr in die Augen stiegen. Sie wollte sich vor den beiden Männern keine Blöße geben, die sie als Schuldbewusstsein deuten könnten.

Um sich von der bangen Frage abzulenken, ob Oma Kadri noch lebte, suchte Merike fieberhaft nach den Gründen, wieso ausgerechnet sie ins Visier des Geheimdienstes geraten war. Was legte man ihr zur Last? Ihr Engagement in der Ortsgruppe der Volksfront? Dann müssten sie halb Estland verhaften, verwarf Merike den Gedanken. Es war außerdem nicht verboten, sich dieser Bewegung anzuschließen, auch wenn sie hartgesottenen Parteikadern und russischen Beamten gewiss ein Dorn im Auge war. Das Gleiche galt für die Feierlichkeiten anlässlich der Denkmalenthüllung, den Besitz oder das Hissen der blau-schwarz-weißen Trikolore und das Singen der alten Nationalhymne. Was also hatte ihren Unmut erregt? War es vielleicht doch ein Missverständnis? Ein Fünkchen Hoffnung glomm in ihr auf. Ebenso rasch erlosch es wieder. Die Art, wie der Glatzkopf ihren Vater zusammengestaucht hatte, bewies, dass er über dessen Vergangenheit informiert war. Galt sie deswegen in den Augen des KGB als vorbelastet? Das hat doch nichts mit mir zu tun, begehrte Merike innerlich auf. Das sind schließlich uralte Kamellen, wen juckt das heute noch?

Der Fahrer hatte Otepää auf der Landstraße Richtung Norden verlassen und bog etwa zwanzig Minuten später hinter dem Dörfchen Tatra auf die Nationalstraße A 202 ab, der er in hohem Tempo folgte. Merike schloss daraus, dass man sie zur Tartuer

Zweigstelle des estnischen Staatssicherheitskomitees brachte. Ihre Vermutung bestätigte sich eine gute halbe Stunde später, als sie die Ausläufer der Universitätsstadt erreichten. Der Fahrer umfuhr die südlichen Viertel und lenkte den Wagen schließlich in die Rigasche Straße, die ins Zentrum führte. Als Merike kurz nach der Abzweigung zum Bahnhof die Backsteinkirche St. Paulus mit ihrem über einhundert Meter hohen Turm sah, musste sie an den Schulausflug denken, den sie mit ihrer Klasse einige Jahre zuvor nach Tartu unternommen hatte.

Der finnische Architekt Eliel Saarinen hatte vor dem Ersten Weltkrieg die Pläne für die einzige Jugendstilkirche Estlands entworfen. 1944 war sie bei der Bombardierung der Stadt zerstört worden, in den späten fünfziger Jahren hatte die Gemeinde mit dem Wiederaufbau begonnen. Im Zuge der von den Sowjets gestarteten atheistischen Kampagne, die zur Profanisierung zahlreicher Sakralbauten führte, mussten die Protestanten jedoch einen großen Teil des Gebäudes abtreten und hatten fortan statt der früheren 1500 Plätze nur noch 350 zur Verfügung. Im Rest der Kirche wurden ein Sportmuseum und später ein Depot des damaligen Ethnographischen Museums untergebracht.

Merike und ihre Mitschüler hatten nach einer Stadtführung und einer Dampferfahrt auf dem Emajõgi zum Abschluss die Dauerausstellung »Zur Geschichte der Körperkultur und des Sports Estlands« besucht, in der auch ihre Heimatstadt als wichtiges Trainingszentrum für Wintersportler gewürdigt wurde. Merike unterdrückte ein Seufzen. Wie unbeschwert und fröhlich sie an jenem Tag gewesen war.

Der Fahrer bog nach links in die Akademiestraße ein und kurz darauf in die Vanemuise Straße, wo er vor einem Gebäude anhielt. Die schmucke Neorenaissance-Fassade mit ihren Giebeln und Säulen wollte in Merikes Augen so gar nicht zum derzeitigen Verwendungszweck als Verhörzentrale des Tartuer KGB passen.

Die beiden eisernen Torflügel schwangen auf, und der Lada rumpelte in den Innenhof des Anwesens. Merike warf einen letzten Blick zurück auf die Straße. Für den Bruchteil einer Sekunde war sie drauf und dran, die Tür aufzureißen, aus dem Auto zu hechten und wegzurennen. Bevor sie jedoch die Hand zur Klinke heben konnte, schloss sich das Tor. Merike griff sich an den Hals. Wann werde ich hier wieder rauskommen?, fragte sie sich. Und werde ich als freie Frau gehen oder wieder in einem Wagen sitzen, der mich in ein anderes Gefängnis bringt?

Der Glatzkopf stieg aus, umrundete den Lada, öffnete die Tür auf Merikes Seite und forderte sie auf, auszusteigen. Sie folgte ihm durch einen Seiteneingang ins Gebäude, wo er sie in einen fensterlosen Raum winkte, der von einer flackernden Neonröhre an der Decke erhellt wurde und bis auf einen Tisch an der Wand gegenüber der Tür leer war. Nachdem er ihr befohlen hatte, sich auf einen in der Mitte des Bodens gemalten Strich zu stellen und sich nicht von diesem wegzubewegen, verließ er die Zelle.

Merike lauschte seinen sich entfernenden Schritten und kämpfte gegen die Panik an, die in ihr hochwallte. Beängstigende Bilder stiegen vor ihr auf: von stundenlangen Verhören mitten in der Nacht, dem Verbot, sich tagsüber hinzulegen, ständigen Kontrollen sowie Nahrungsentzug oder ungenießbarem Essen. Das größte Grauen flößte Merike die Vorstellung einer systematischen Isolierung ein, bei der der Verhörbeamte der einzige Mensch war, den man zu Gesicht bekommen würde. Berichte über politische Häftlinge und die grauenvollen Zustände in Gefängnissen drängten sich ihr auf. Über Menschen, die nach monatelanger Einzelhaft den Verstand verloren hatten. Die gebrochen an Leib und Seele alles gestanden, was man ihnen zur Last legte, in der Hoffnung, dem Grauen ein Ende bereiten zu können. Und die sich anschließend für Jahre – wenn nicht gar lebenslang – in einem Straflager wiederfanden.

Merike versuchte, sich mit dem Gedanken zu beruhigen, dass die schrecklichen Jahre des stalinistischen Terrors längst Geschichte waren, in denen Zehntausende aus nichtigen Gründen ohne Gerichtsverfahren eingekerkert oder ermordet worden waren. Es gelang ihr nicht. Eine antisowjetische Gesinnung galt dieser Tage nicht mehr nur als »staatsfeindlich«, sondern als eine Krankheit, die man behandeln musste, wobei eine Zwangstherapie in psychiatrischen Kliniken mitunter von einer Gefängnishaft mit Prügel und Foltern kaum zu unterscheiden war.

Das Klacken des Türriegels riss sie aus ihren Gedanken. Die Tür wurde geöffnet, und eine uniformierte Frau um die vierzig betrat den Raum.

»Warum bin ich hier?«, verlangte Merike zu wissen und ging einen Schritt auf sie zu. »Ich habe nichts verbrochen, das müssen Sie mir …«

Die Frau scheuchte sie mit einem eisigen Blick auf den Bodenstrich zurück.

»Bitte, sagen Sie mir …«

»Taschen ausleeren!« Die Uniformierte deutete auf den Tisch.

Merike förderte einen Kamm, ein paar Kopeken, ein gebügeltes Taschentuch, eine angebrochene Rolle mit Pfefferminzdrops sowie ihren Fahrradschlüssel zutage.

»Ausziehen!«

Merike schwankte und schaute unwillkürlich zu der Überwachungskamera, die in der Ecke über dem Tisch angeschraubt war. Saß da jemand am anderen Ende des Kabels, verfolgte das Geschehen an einem Bildschirm und gierte darauf, sie nackt zu sehen?

»Na, wird's bald!«

Merike presste die Lippen aufeinander und legte ihre Kleidung ab. Mit gesenktem Kopf stand sie vor der Beamtin, einen Arm vor ihren Brüsten, mit dem anderen ihre Scham bedeckend. Bitte mach, dass sie mich nicht auch noch einer handgreiflichen Leibesvisitation unterzieht, flehte sie stumm.

»Anziehen und mitkommen!«

Merike stieg ein Schluchzen der Erleichterung in die Kehle. Hastig kam sie dem Befehl nach, folgte der Wärterin eine Minute später auf den Flur und hinauf in die erste Etage, wo diese vor einer ledergepolsterten Tür haltmachte und sie öffnete. Dahinter befand sich ein großer Raum, der im Halbdämmer lag. Die hohen Fenster waren vergittert und mit angegrauten Gardinen verhängt. Auf dem kleineren zweier Resopaltische standen eine Schreibmaschine und ein Telefon. Vor dem größeren war in zwei Meter Abstand ein schlichter Holzstuhl aufgestellt.

»Setzen! Und nicht von der Stelle rühren.« Die Beamtin wartete, bis Merike Platz genommen hatte, und verließ den Raum.

Merike schaute sich um und entdeckte zwei Überwachungskameras, die auf sie ausgerichtet waren. Beklemmender fand sie jedoch die Präsenz des überlebensgroßen Portraitgemäldes von Felix Dserschinski, das an der Wand hinter dem großen Schreibtisch über einem wuchtigen Drehsessel hing. Die dunklen Augen des Gründers der Außerordentlichen Allrussischen Kommission zur Bekämpfung von Konterrevolution, Spekulation und Sabotage, der auch TscheKa genannten ersten sowjetischen Geheimpolizei und Vorläuferorganisation des KGB, schienen sich förmlich in ihre zu bohren und jede ihrer Regungen zu verfolgen.

Dserschinski ließ, um die »revolutionäre Ordnung« zu sichern, all jene Menschen und sozialen Gruppen verfolgen, die den Bolschewiken skeptisch oder gar ablehnend gegenüberstanden – was in seinen Augen nicht nur auf wohlhabende Bürger und Großbauern oder adelige Familien zutraf, sondern auch auf alle Geistlichen sowie weite Teile der sogenannten Intelligenzija, von Vertretern der anderen politischen Strömungen ganz zu schweigen. Unter seiner Ägide hatte die Geheimpolizei Zehntausende »Klassenfeinde« ohne jedes Gerichtsverfahren getötet oder in Gulags gesteckt. Mit ihm hatte die jahrzehntelange Geschichte des sowjetischen Staatsterrors begonnen, der sich auch dieser Tage noch gegen die eigene Bevölkerung richtete.

Und jetzt gegen mich, dachte Merike. Wie schon früher gegen Mama und Papa. Ob die beiden wohl damals auch in diesem Zimmer gesessen und auf ihr Verhör gewartet haben? Die Vorstellung spendete ihr für einen Augenblick Trost. Was könnten diese Schergen ihr schon nachweisen? Sie hatte sich nichts zuschulden lassen kommen.

Als ob es darauf ankäme, höhnte die kühle Vernunftstimme. Wenn du in deren Augen verdächtig bist, dann geht es nicht darum, die Wahrheit herauszufinden. Sondern darum, dich zu einem Geständnis zu bringen. Merike schluckte und musste nun mit einem mulmigeren Gefühl im Magen erneut an ihre Eltern denken.

Laut ihren Erzählungen hatten sie Blut und Wasser geschwitzt, als sie vom Geheimdienst als Spione verdächtigt worden waren und hinter diesen Mauern die wohl schlimmsten Tage ihres Lebens verbrachten. Und auch anschließend waren sie gebrandmarkt gewesen – ungeachtet der Tatsache, dass die KGBler ihnen nichts hatten nachweisen können und sie laufen ließen. Dennoch hatten sie nicht weiter studieren dürfen und waren gezwungen gewesen, in Otepää unterzuschlüpfen.

Merike wurde bewusst, dass bei allen Lockerungen und Freiheiten, die in den letzten Jahren erfolgt waren und gewährt wurden, die Staatsmacht nach wie vor mit harter Hand durchgriff, wenn sie es für nötig erachtete. Und dass der KGB offenbar noch immer ungehindert seine willkürlichen Methoden anwenden konnte.

Wie lange würde man sie hier schmoren lassen? Wie spät es wohl war? Durch die dichten Gardinen konnte sie den Stand der Sonne nicht ausmachen. War es bereits Mittag? Gut möglich, zumindest dem Knurren ihres Magens nach zu schließen. Auch ihre Blase meldete sich mit schmerzhaftem Druck. Am schlimmsten war jedoch die Angst um Oma Kadri. Lebte sie noch? Nicht dran denken, sonst wirst du noch verrückt, ermahnte sich Merike. Lenk dich ab!

Ihre Gedanken wanderten zu dem Festplatz bei der Maarja-Kirche, auf dem sich vermutlich bereits die Gäste, Gesangsgruppen und Honoratioren einfanden. Ob Helina, Tarmo und die anderen mich schon vermissen? Und die kleine Enna und die anderen Pioniere? Zum Glück kommt Milvi, die mit ihnen singen wird. Der Gedanke an die Freundin ihrer Großmutter machte den Vorsatz zunichte, nicht an Letztere zu denken. Merike stöhnte auf. Nicht zu wissen, wie es um Oma Kadri stand, war schier unerträglich.

Kirchspiel Oberpahlen / Livland, Sommer 1914

Kapitel 35

Die unerwartete Stippvisite von Ferdinand auf Algulfer sorgte für einen erneuten Aufschub der geplanten Fahrt nach Dorpat. Luise war zwar enttäuscht, konnte jedoch Julius' Bitte, sich noch ein paar Tage zu gedulden, nicht abschlagen. Die Brüder, die sich sehr nahestanden, hatten sich lange nicht mehr gesehen. Außerdem hätte sie in der gleichen Situation mit ihrer Schwester ebenfalls den Wunsch gehabt, die kostbare Zeit miteinander zu nutzen. Ende der Woche wollten sie dann gemeinsam mit Ferdinand aufbrechen, der von Dorpat aus mit dem Zug zurück nach St. Petersburg reisen würde.

Am Dienstag holte Grubner wie gewohnt die Post, darunter die beiden letzten Ausgaben der »Nordlivländischen Zeitung«. Luise konnte es kaum erwarten, die Artikel zu lesen, die die politischen Verwerfungen zwischen den Regierungen in Wien und Belgrad sowie die Reaktionen ihrer jeweiligen Verbündeten behandelten. Zusammen mit Julius und seinem Bruder setzte sie sich in den Großen Salon, wo sie sich die Blätter aufteilten. Der Baron war auf seinem täglichen Rundgang, seine Frau und Irmengard hatten sich von Stallmeister Landa zu einem Besuch bei Bekannten kutschieren lassen.

Am Montag war gemeldet worden, dass die serbische Antwort auf das scharfe Ultimatum Österreichs am Abend zuvor fristgerecht eingetroffen war und Belgrad alle Forderungen bedingungslos akzeptierte – bis auf den letzten Punkt: Die Ermittlungen habsburgischer Beamter auf serbischem Hoheitsgebiet wurden abgelehnt. Trotz des ansonsten weitreichenden Entgegenkommens verweigerte der österreichische Außenminister kategorisch weitere Verhandlungen.

Julius las den entscheidenden Absatz des Leitartikels laut vor: *»Die diplomatischen Beziehungen zwischen beiden Nachbarstaaten sind somit abgebrochen, und offiziell herrscht zwischen ihnen Kriegszustand. Ob es den eventuellen Vermittelungsversuchen anderer Mächte noch gelingen wird, einen Krieg abzuwenden, oder ob es schon zu spät ist, das werden uns die nächsten Tage oder Stunden lehren. Und kommt es zum Kriege, so ist die Hauptfrage, ob er lokalisiert bleiben wird oder ob in Rußland die Regierung, von der panslawistisch-nationalistischen Strömung mitgerissen, für die slawischen Brüder das Schwert zieht oder etwa Bulgarien die ersehnte Stunde zur Revanche gekommen wähnt. Tritt dieser Fall ein, so stehen wir vor dem so sehr gefürchteten Weltkriege.«*

»Nun, das war leider zu erwarten«, sagte Ferdinand und sog an seiner Papirossa. »Es war ja schon vorher offenkundig, dass Wien an einer diplomatischen Lösung nicht interessiert ist.«

»Jetzt hängt viel davon ab, wie man die Lage in St. Petersburg einschätzt«, sagte Julius. Er tippte auf eine Seite, auf der Reaktionen der russischen Presse zitiert wurden. »Ich fürchte allerdings, dass die Stimmung schon zu sehr aufgeheizt ist. Da steht zum Beispiel, dass Russland ›seine Antwort nicht mit Worten, sondern mit Taten erteilen‹ wird.«

»Und hier wird verkündet, dass bereits am Sonntag der Zustand des außerordentlichen Schutzes in Petersburg und Moskau verhängt wurde«, ergänzte Ferdinand, der die Rubrik mit den Kurzmeldungen durchgelesen hatte.

»Das klingt ja alles gar nicht gut.« Luise rieb sich die Stirn und griff nach der Zeitung von diesem Tag. Auf der Titelseite stach ihr die Überschrift des ersten Artikels ins Auge: *Die Aussicht auf Erhaltung des Friedens besteht noch. Eine Vermittlungsaktion Englands.*

»Vielleicht gibt es doch noch Hoffnung«, sagte sie und begann, den Beitrag vorzulesen: *»Die in der verflossenen Nacht eingetroffenen Telegramme geben die erfreuliche Zuversicht, daß die Aussicht auf*

Erhaltung des Friedens nicht nur nicht geschwunden, sondern sogar neuerdings gestiegen ist. In ganz Europa scheint man sich dessen bewußt zu sein, daß die angekündigte und mit Beklemmung erwartete Stunde einer angeblich unvermeidlichen Generalabrechnung zwischen Dreibund und Tripleentente oder zwischen Germanentum und Slawentum noch nicht gekommen ist und daß die Entfachung eines Weltkrieges wegen des vorliegenden österreichisch-serbischen Konfliktes ein Verbrechen an der Menschheit wäre.«

»Das wäre es zweifellos«, unterbrach Ferdinand ihre Lektüre. »Aber ob das die Kriegstreiber aufhalten wird?«

Luise überflog die nächsten Absätze, in denen ausgeführt wurde, warum man sich vor allem von der deutschen und der englischen Diplomatie entscheidende Bemühungen erhoffte, den drohenden europäischen Krieg abzuwenden, und dass man »mit einiger Sicherheit« annahm, dass diese Bemühungen Erfolg haben würden. Ferner wurde darauf hingewiesen, dass »erfreulicherweise auch die russische Diplomatie die Situation keineswegs pessimistisch und unversöhnlich beurteilen würde«.

»Wenn es zu einer internationalen Vermittlungsaktion kommt, könnte sich das Blatt vielleicht doch noch wenden«, sagte sie.

»Ich würde mir nichts sehnlicher wünschen.« Julius fuhr sich durchs Haar. »Aber ehrlich gesagt, glaube ich nicht mehr daran.«

Luise hätte ihm gern widersprochen, ihr eigenes Vertrauen in die Bereitschaft der betroffenen Länder, Kompromisse zu finden und eigene Befindlichkeiten und Ansprüche zugunsten einer friedlichen Lösung zurückzustellen, war jedoch gering.

Der Hitzewelle, unter der das Land wochenlang geächzt hatte, folgte ab Mitte Juli kühleres Wetter. Der Himmel war meist bedeckt, ab und zu regnete es. Die Schauer reichten jedoch nicht aus, um den ausgedörrten Boden ausreichend zu bewässern und die anhaltend hohe Waldbrandgefahr wesentlich zu verringern.

Große Sorge bereitete Julius und seinem Vater außerdem das gehäufte Auftreten von Milzbrand, dem schon etliche Kühe zum Opfer gefallen waren.

Luise bekam ihren Verlobten nur selten zu Gesicht. Julius wurde von früh bis spät von seinen Aufgaben auf dem Gut in Beschlag genommen, sein Bruder stattete indes alten Freunden in der Umgebung Besuche ab. Luise setzte ihre ausgedehnten Spaziergänge mit Metsik fort, werkelte im Garten und sehnte die Abende herbei, an denen sich alle gegen sechs Uhr im Speisezimmer versammelten und gemeinsam dinierten. Am Donnerstag, soeben war eine Selleriesuppe als Auftakt des Menüs aufgetragen worden, meldete ein Diener die Ankunft eines berittenen Boten der Armee, der ihm auf dem Fuße folgte und dem Baron zwei Telegramme überreichte. Nachdem dieser seine Frau gebeten hatte, ein Gedeck für den Kurier auflegen zu lassen, überflog er die Schreiben.

»Das ist für dich«, sagte er und reichte seinem jüngeren Sohn ein Telegramm.

»Meine Rückbeorderung, nehme ich an?«

Der Baron nickte. »Samt einem Sonderauftrag.«

Luise wusste, dass Ferdinand täglich damit gerechnet hatte, nachdem Österreich bereits am Sonntag an der russischen Grenze Truppen mobilisiert hatte und im Zarenreich daraufhin das Kriegsrecht ausgerufen worden war. Der Kurier, der die Einladung zum Essen gern angenommen hatte, berichtete, dass in Petersburg bereits am 11. Juli eine Teilmobilmachung beschlossen worden war, die zwei Tage später den Beginn der Kriegsvorbereitungen im gesamten europäischen Teil Russlands eingeläutet hatte. Seitdem wurden Übungen und Manöver abgebrochen, Truppen in ihre Quartiere zurückgeschickt, Militärbezirke unter Kriegsrecht gestellt, Festungen in den Gefechtszustand versetzt, Mannschaften aufgestockt, Grenzposten voll bemannt, Reservistenjahrgänge einberufen, Zensur und Sicherungsmaßnahmen verschärft, Häfen und Bahnlinien vermint und Versorgungsdepots sowie Lazarette eingerichtet.

Ferdinand sollte in Dorpat deutschbaltische Studenten, die ihrer Wehrpflicht bereits direkt nach dem Abitur genügt hatten, einsammeln und nach St. Petersburg zu einer achtmonatigen Offiziersausbildung im kaiserlichen Pagenkorps bringen. Luise und Julius, die ihn am nächsten Tag in die Universitätsstadt hatten begleiten wollen, sahen sich ein weiteres Mal ausgebremst. Das zweite Telegramm enthielt nämlich die Aufforderung an Baron Uexküll, dem Heer einige Reit- und Kutschpferde zur Verfügung zu stellen. Julius sollte die Tiere nach Võhma bringen, der nächstgelegenen, ungefähr einen Tagesritt entfernten Bahnstation auf der Strecke Reval – Fellin – Moiseküll. Von dort würden die Pferde mit dem Zug nach Walk transportiert, wo ein größeres Truppenkontingent zusammengezogen wurde.

»Zu schade, dass ihr euren Ausflug schon wieder verschieben müsst«, sagte Irmengard zu Luise, die neben ihr saß. »Julius kümmert sich ohnehin viel zu wenig um dich«, fuhr sie lauter fort und bedachte ihren Bruder mit einem vorwurfsvollen Blick.

Luise errötete. Irmengards Versuche, sie und Julius aus der Reserve zu locken und herauszufinden, ob sie endlich Nägel mit Köpfen machten und wann sie sich verloben wollten, stürzten sie jedes Mal aufs Neue in Verlegenheit.

»Deine Gehirnerschütterung müsste doch mittlerweile vollständig abgeklungen sein, oder?«, stellte Irmengard fest.

Luise hob vage die Schultern. Worauf will sie jetzt wieder hinaus?, fragte sie sich. Warum kann sie nicht einfach Ruhe geben?

»Dann spricht gewiss nichts dagegen, wenn du reitest.« Irmengard strahlte sie an. »Das fehlt dir doch bestimmt.«

Dazu müsste ich es erst einmal lernen, wäre es Luise um ein Haar herausgerutscht. Sie wurde noch röter und schob sich rasch einen Bissen der Krebsfleischfrikadellen in den Mund, die mit Dillsauce und Kartoffelpüree nach der Suppe serviert worden waren.

Irmengard ließ nicht locker. »Du könntest Julius nach Wöchma begleiten. Auf dem Rückweg könnte er dir Oberpahlen zeigen. Und wenn ihr bei von Vietinghoff auf Gut Kabbal übernachtet, würdest du endlich ein paar unserer Nachbarn ke…«

»Zum Reiten ist es noch viel zu früh«, fiel ihr Julius ins Wort. »Doktor Dettmann hat unmissverständlich klargemacht, dass mit einer Gehirnerschütterung nicht zu spaßen ist und sie sorgfältig auskuriert werden sollte.«

Luise sah ihn dankbar an und bemerkte ein belustigtes Funkeln in Ferdinands Augen, der neben seinem Bruder saß.

»Dann könntet ihr doch mit der Kutsche …«, begann Irmengard.

Ferdinand runzelte die Stirn. »Dir scheint nicht bewusst zu sein, wie ernst die Lage ist«, sagte er. »Jetzt ist nicht die Zeit für nette Ausflüge. Wir stehen unmittelbar vor der Explosion des sprichwörtlichen Pulverfasses, auf dem Europa seit dem Attentat von Sarajewo sitzt.«

»Woher willst du das denn so genau wissen?« Irmengard schob die Unterlippe vor. »Säbelgerassel gibt's doch ständig.«

»Da muss ich deiner Schwester recht geben.« Dina von Uexküll, die über Eck mit Ferdinand saß, legte diesem die Hand auf den Unterarm. »Ich vertraue fest darauf, dass es doch noch eine diplomatische Lösung geben wird.«

Luise sah, wie der Kurier, der mit dem Baron in ein Gespräch verwickelt war, kurz in ihre Richtung schaute und kaum merklich den Kopf schüttelte, Julius die Stirn runzelte und sein Bruder die Lippen aufeinanderpresste.

»Das ist doch noch möglich, nicht wahr?« Die Stimme der Baronin hatte einen flehenden Unterton.

»Ganz ehrlich, Mutter. Da müsste schon ein Wunder geschehen.« Julius fuhr sich durchs Haar. »Eine Mobilmachung kommt einer Kriegserklärung gleich. Sie nötigt den Gegner, ebenfalls strategische Transporte in die Wege zu leiten, Truppen zusammenzuziehen, Reservisten einzuberufen und dergleichen mehr. Und haargenau das wird Deutschland als Verbündeter Österreichs tun.«

»Absolut richtig«, pflichtete Ferdinand seinem Bruder bei. »Eine Million Mann an seiner Grenze aufmarschieren zu sehen, ohne gleichzeitig dasselbe zu tun, hieße, sich jeder Möglichkeit der Sicherung begeben. Es hieße, sich in die Lage eines Menschen zu versetzen, der mit einer Pistole in der Tasche sich die seines Nachbarn an die Stirn drücken ließe, ohne die seine hervorzuziehen.«

»Dass du immer so theatralisch sein musst.« Seine Schwester sah ihn unwillig an.

Luise war schleierhaft, wie Irmengard derart hartnäckig die Augen vor dem Offensichtlichen verschließen konnte. Der Aufmarsch der zahlenmäßig weit überlegenen russischen Streitkräfte bedeutete eine Bedrohung, welche die deutsche Regierung unter keinen Umständen untätig mitansehen konnte. Es mussten in einem solchen Fall unbedingt Gegenmaßnahmen getroffen werden, und diese konnten nur in einem kriegerischen Vorgehen bestehen.

»Weißt du, die Überlegenheit der deutschen Armee besteht vor allem in ihrer größeren Beweglichkeit«, erklärte Ferdinand seiner Schwester, als hätte er Luises Gedanken gelesen. »Die Sicherheit des Reiches beruht also auf einer möglichst raschen Mobilmachung. Nur wenn es den Deutschen gelingt, ihre Truppen schneller aufmarschieren zu lassen als die Russen, haben sie eine Chance, deren Übermacht erfolgreich die Stirn zu bieten.«

Das ist verrückt, dachte Luise. Ferdinand macht sich Gedanken, wie die Armee, gegen die er vermutlich bald kämpfen muss, agieren sollte, um den Sieg zu erringen. Das nenne ich mal einen waschechten Interessenkonflikt.

»Das ist übrigens der Grund, weswegen man in Petersburg bislang bestrebt war, die Mobilmachung geheim zu halten«, ergänzte der Kurier Ferdinands Erklärung. »Man will Deutschland gegenüber einen möglichst großen Vorsprung gewinnen.«

»Dann waren die diplomatischen Verhandlungen der letzten Tage nur Blendwerk?« Luise legte ihr Besteck ab. Der Appetit war ihr vergangen.

»So pauschal würde ich das nicht sagen«, antwortete Julius. »Aber ich denke schon, dass sie zum sehr großen Teil den Zweck verfolgt haben, die militärischen Vorbereitungen Russlands zu verschleiern.«

Luise schluckte und gestand sich ein, ebenso wie Irmengard und die Baronin in ihrem tiefsten Inneren die Hoffnung auf eine gütliche Beilegung des Konflikts bis zu dieser Minute nicht gänzlich aufgegeben zu haben. Nun war es ihr nicht länger möglich, sich etwas vorzumachen. Und das letzte Fünkchen Hoffnung erlosch, als sie am nächsten Vormittag die »Pernausche Zeitung« im Großen Salon las. Grubner war kurz nach dem Aufbruch von Ferdinand mit der Post zurückgekehrt und hatte dem Baron berichtet, dass er unterwegs ungewöhnlich vielen Fuhrwerken begegnet war, die sackweise mit Pferdefutter beladen gewesen waren. Auf Seite zwei der Freitagsausgabe las Luise den Grund:

Petersburg. 17. Juli. Durch Namentlichen Allerhöchsten Befehl an den Dirigierenden Senat ist es für notwendig befunden worden, einen Teil der Armee und Flotte in Kriegszustand zu versetzen. Die Mobilisation betrifft die nördlichen, östlichen, Wolga- und zentralen Gouvernements, sowie einige Kreise Livlands und Estlands.

Seine Majestät der Kaiser hat Allerhöchst zu befehlen geruht, Heer und Flotte in den Kriegszustand zu versetzen. Als erster Tag der Mobilisation ist der 18. Juli festgesetzt. Der Mobilisationsbefehl ist seit 12 Uhr nachts durch Maueranschläge bekannt gegeben worden.

Nun ist es also amtlich, dachte sie. Bleibt nur zu hoffen, dass der Baron richtigliegt. Dieser hatte beim Abschied von Ferdinand gesagt: »Diese leidige Angelegenheit wird ja höchstens drei bis vier Monate dauern. Länger kann kein Staat die Kosten aufbringen, die so ein kriegerischer Großeinsatz erfordert.«

Dennoch würden viele Männer ihr Leben verlieren. Luise hatte das nicht laut ausgesprochen. Die Angst in den Augen der Baronin, als sie ihren jüngeren Sohn ein letztes Mal an sich drückte, hatte sie davon abgehalten.

Wenigstens ist Julius in Sicherheit, dachte Luise und legte die Zeitung beiseite. Zum Glück wird nur ein Sohn pro Familie eingezogen, und als rechte Hand seines Vaters und künftiger Hoferbe würde er ohnehin nicht gemustert. Sie spürte, wie ihr das Blut in die Wangen stieg. Sie schämte sich für die Erleichterung, die sie empfand. Wie viele Mütter, Ehefrauen, Verlobte und andere Familienangehörige wohl in diesen Stunden Abschied nehmen mussten von ihren geliebten Männern? Sich die bange Frage stellten, wann sie sie unversehrt wieder in die Arme schließen würden. Oder ob sie sie in diesem Moment zum letzten Mal lebend gesehen hatten.

Luise schüttelte sich unwillkürlich und verließ den Salon. In der Eingangshalle verrieten ihr Wiehern und Hufgeklapper, das vom Hof hereinschallte, dass Julius in Kürze zur Sammelstelle aufbrechen würde. Sie eilte nach draußen, wo Metsik wie jeden Vormittag bereits am Fuße der Treppe auf sie wartete, sie mit freudigem Gebell begrüßte und schwanzwedelnd umsprang.

»Du musst dich noch ein wenig gedulden«, sagte Luise und kraulte den Hund hinter den Ohren. »Bevor wir unseren Spaziergang machen, will ich mich erst noch von Julius verabschieden.«

Gott sei Dank nur für zwei, drei Tage, fügte sie im Stillen hinzu und schaute sich suchend nach ihrem Verlobten um. Sie entdeckte ihn inmitten mehrerer langbeiniger Warmblüter, die er mithilfe von Stallmeister Landa aneinanderleinte. Sein Reitpferd stand bereits gesattelt und aufgezäumt etwas abseits. Als Luise zu der Gruppe ging, gesellte sich der Baron zu ihr, der eben aus dem Verwalterhaus kam.

»Die Klepper lässt du am besten außen laufen«, rief er Julius zu und deutete auf einen Burschen, der vier kleinere Pferde aus dem Stall führte. »Sie sind nicht so leicht aus der Ruhe zu bringen. Und wie wir gehört haben, ist ja derzeit viel auf den Straßen los.«

»Warum werden diese hübschen Tiere eigentlich Klepper genannt?«

Die Frage hatte sich Luise schon mehrfach gestellt. Bei dem Wort drängte sich ihr das Bild eines ausgemergelten, altersschwachen Gauls auf. Die Pferde auf Algulfer waren jedoch allesamt in tadellosem Zustand, lebhaft und gut genährt mit glänzendem Fell.

»In dem Fall ist Klepper die Bezeichnung der Rasse«, erklärte Kuno von Uexküll. »Das *eesti hobune*, was nichts anderes bedeutet als estnisches Pferd, stammt vermutlich von den nordeuropäischen Wildpferden ab und war ursprünglich im gesamten Ostseeraum beheimatet. Diese Ponys sind robust, leistungsstark, ausdauernd und genügsam. Vor allem haben sie einen ruhigen, ausgeglichenen Charakter, der sie sehr vielseitig einsetzbar macht. Auch die von Julius so geschätzten Toris gehen übrigens auf die Klepper zurück.«

Den letzten Satz hatte er mit einem Lächeln an seinen Sohn gerichtet, der seine Arbeit beendet hatte und zu ihnen trat. Julius nickte abwesend und presste die Lippen aufeinander.

»Ich weiß, mein Lieber«, fuhr der Baron fort. »Es kommt dich hart an, die Pferde abgeben zu müssen.«

»Es ist eine Schande«, stieß Julius hervor. »Sie sind so schutzlos. Ich war schon immer der Meinung, dass Tiere in Kriegen nichts verloren haben. Und schon gar nicht in den Gefechten unserer Tage mit Maschinengewehren, Splittergranaten und anderen modernen Waffen. Furchtbar genug, dass jetzt wieder unzählige Soldaten ihr Leben lassen …« Er unterbrach sich. »Entschuldige«, sagte er zu Luise, die ihn mitfühlend ansah. »Ich will dich nicht mit schlimmen Bildern belasten.«

»Ich verstehe dich sehr gut«, sagte Luise leise und drückte seine Hand. »Und ich bete, dass der Spuk bald vorüber ist.«

Julius setzte zu einer Erwiderung an, fuhr sich durchs Haar und griff nach Luises Hand. »Das hoffe ich auch, von ganzem Herzen«, sagte er nach kurzem Zögern.

Aber du glaubst es nicht, dachte Luise und erwiderte den Druck seiner Hand. Ihr Magen zog sich zusammen, während sie ein stummes Gebet gen Himmel sandte, der von grauen Wolken verhangen war.

Otepää / Estland, Sommer 1989

Kapitel 36

Merike hätte nicht sagen können, wie lange sie allein in dem Verhörzimmer ausharren musste. Das fahle Licht ließ keine Rückschlüsse über die Tageszeit zu, nur ihr wachsendes Hungergefühl und der zunehmende Druck ihrer Blase wiesen darauf hin, dass die Zeit verrann. Sie vermutete, dass es Teil der Geheimdiensttaktik war, Gefangene warten zu lassen und auf diese Weise mürbe zu machen. Mehrmals hörte sie wie aus weiter Ferne Stimmen und Schritte auf dem Gang – gedämpft durch die gepolsterte Tür. Jedes Mal war sie drauf und dran, aufzuspringen und mit Rufen auf sich aufmerksam zu machen, darum zu bitten, eine Toilette aufsuchen zu dürfen und vor allem zu erfahren, wie es um ihre Großmutter stand. Die beiden Überwachungskameras und mehr noch der strenge Blick des gemalten Felix Dserschinski, dessen Augen unerbittlich auf sie gerichtet waren, hielten sie davon ab.

Endlich wurde die Tür geöffnet. Ein Mann in einem grauen Anzug und ein Uniformierter traten ein. Letzterer nahm hinter dem kleineren Schreibtisch Platz, entfernte die Haube der Schreibmaschine und spannte zwei Blätter Papier ein, zwischen die er einen Durchschlagbogen gelegt hatte. Der andere setzte sich auf den Drehsessel unter dem Dserschinski-Portrait. Offenbar handelte es sich bei ihm um den Untersuchungsführer. Er legte einen Aktendeckel vor sich auf den Tisch und unterzog Merike einer eingehenden Musterung.

»Entschuldigen Sie«, hauchte diese. »Darf ich bitte auf die Toilette? Ich muss wirklich dringend.«

Zu ihrer Überraschung gab der Anzugträger dem Protokollanten mit einem Wink die Anweisung, sie hinauszubegleiten. Zögernd stand sie auf. Als er keine Anstalten machte, seine Erlaubnis zurückzuziehen, folgte sie dem Uniformierten erleichtert nach draußen.

»Wir sind doch keine Unmenschen«, sagte der Verhörer, als sie wieder auf ihrem Stuhl saß. »Wir hoffen, dass wir mit deiner Hilfe das Problem klären können. Wichtig ist, dass du uns alles sagst, was du weißt. Dann können wir die Sache auch wieder ins Lot bringen.«

»Welche Sache?«, rutschte es Merike heraus. »Ich habe wirklich keine Ahnung, weshalb ich hier bin.«

Der Beamte schlug den Aktendeckel auf und warf einen Blick hinein. »Du hast dich vor ein paar Wochen der Volksfront angeschlossen, richtig?«

»Ja, das habe ich.«

»Du bist jung und leicht zu beeinflussen«, fuhr er mit jovialer Miene fort. »Da kann es schon mal vorkommen, dass man sich auf die falschen Leute einlässt. Ich gebe dir daher den Rat: Verbaue dir deine Zukunft nicht.« Erneut schaute er in die Akte. »Oder willst du so enden wie deine Eltern?«, schob er mit einem lauernden Unterton nach.

Merikes Zwerchfell verhärtete sich. »Es ist doch nicht verboten, bei der Volksfront mitzumachen«, sagte sie und zwang sich, ruhig ein- und auszuatmen.

»Du und die Ortsgruppe stehen im Verdacht der antistaatlichen Hetze.« Das Joviale war endgültig aus seinem Gesicht verschwunden.

»Wie bitte? Das kann nicht sein. Wir haben nichts dergleichen …«

»Ihr wollt die Bevölkerung zu Aufruhr und gewalttätigen Aktionen aufstacheln.«

Darum geht es also, dachte Merike. Irgendwie hatte der KGB Wind von den Plakaten bekommen, die Tarmo aufhängen wollte. Aber wie? Dafür gab es nur eine Erklärung: Seine kleine Schwester hatte nur die Entwürfe in seinem Schrank gefunden, auf die Plakate dagegen musste der Geheimdienst später bei der Durchsuchung seines Hauses gestoßen sein.

Merike spürte, wie sich Schweißperlen auf ihrer Stirn bildeten. Was ist, wenn sie auch ihr Zimmer durchsuchten? Würden sie ihr Geheimversteck finden? Als Halbwüchsige hatte Merike hinter einer losen Wand-Boden-Leiste einen kleinen Hohlraum entdeckt, den sie fortan nutzte, um ihr Tagebuch geschützt vor neugierigen Augen aufzubewahren. Dort hatte sie die Zettel, die Enna ihr gebracht hatte, deponiert, um Tarmo später damit zu konfrontieren.

Nur jetzt nichts Verräterisches tun oder sagen!, befahl Merike sich, während in ihrem Kopf ein Film ablief, in dem Geheimdienstschergen ihr Zimmer nach belastenden Beweisen durchforsteten, jeden Winkel unter die Lupe nahmen, die Matratze aufschlitzten, die Schubladen der Kommode auf den Boden auskippten, den Teppich von der Schräge über ihrem Bett rissen, im Kleiderschrank wühlten und den Schreibtisch durchsuchten.

»Nimm zu den Vorwürfen Stellung!« Der Beamte sah sie streng an.

»Wie könnte ich? Ich weiß gar nicht, wovon Sie reden.« Merike bemühte sich, seinem Blick standzuhalten und sich ihre Angst nicht anmerken zu lassen.

»Welche weiteren Straftaten sind geplant?«

»Keine. Wir haben keine begangen und haben auch nicht vor, welche …«

»Es war offensichtlich ein Fehler von mir, dich mit Samthandschuhen anzufassen.« Der Vernehmer hieb mit der flachen Hand auf den Tisch.

Merike zuckte zusammen.

»Du hast deine Chance verspielt, im Guten aus der Sache rauszukommen. Und falls es dich interessiert: Alle anderen Gruppenangehörigen haben sich im Laufe des Tages vernünftig gezeigt.

Aber du glaubst, hier auf stur schalten zu müssen. Was versprichst du dir davon?«

»Ich kann nur wiederholen. Ich bin mir keiner Schuld bewusst«, antwortete Merike mit mehr Festigkeit in der Stimme, als sie verspürte.

»Zum letzten Mal: Es ist erwiesen, dass ihr zu Aufruhr und Widerstand gegen die Staatsgewalt anstiften wollt. Leugnen ist zwecklos.«

»Und ich sage Ihnen zum letzten Mal: Weder ich noch irgendjemand, den ich kenne, hat Derartiges geplant, geschweige denn ausgeführt. Sie wollen, dass ich die Wahrheit sage? Ich müsste lügen, wenn ich die Taten gestehe, die Sie mir vorwerfen.«

Merike stockte der Atem. Was sprach da aus ihr? Bist du wahnsinnig geworden?, herrschte ihre Vernunftsstimme sie an. Du machst alles noch schlimmer! Mag sein, entgegnete die trotzige Seite in ihr. Aber ich sehe nicht ein, warum ich mich selbst anschwärzen soll. Ich habe nichts getan. Und ich werde auch andere nicht hinhängen. Ich bin keine Verräterin. Und ich lasse mich auch nicht zu einer machen.

»Ich warne dich!« Die schneidende Stimme des Vernehmungsbeamten unterbrach ihren inneren Dialog. »Spiel hier nicht die Heldin. Gerade du müsstest doch wissen, wie das ausgeht. Oder willst du so enden wie dein Urgroßvater und seine Frau oder wie deine Großeltern?«

Merike runzelte die Stirn. Worauf spielte der Mann an?

»Nun, du wirst schon noch reden«, fuhr er fort. »Das tun sie alle früher oder später.« Er forderte den Protokollanten mit einer Geste auf, Merike abzuführen. »Nach ein paar Tagen Bedenkzeit in der Einzelzelle wirst auch du zur Vernunft kommen.«

Der Uniformierte stand auf und ging zu ihr.

»Warten Sie!« Merike blieb sitzen. »Was ist mit meiner Großmutter?«

»Hoch mit dir!«, knurrte der Uniformierte und zerrte sie vom Stuhl hoch.

»Bitte, sagen Sie mir, wie es ihr geht.«

»Vielleicht. Wenn du kooperierst«, erwiderte der Verhörer und lehnte sich in seinem Sessel zurück. »Also, ich höre. Was für Aktionen plant die Volksfront in Otepää?«

Merikes Gedanken überschlugen sich, es gab zu viele offene Fragen: Was hatten die anderen Mitglieder der Ortsgruppe angeblich zugegeben? Und wenn sie irgendetwas gestanden hatten, warum war es dann so wichtig, dass sie die vermeintlich geplanten Aktionen preisgab? War es denkbar, dass die Behauptung, die anderen hätten sich »vernünftig gezeigt«, ein Bluff war? Weil der Typ rein gar nichts gegen sie in der Hand hatte? Bei ihrer Verhaftung hatten die beiden KGBler weder ihr Zimmer noch andere Räume durchsucht. Es war natürlich gut möglich, dass das mittlerweile von ihren Kollegen erledigt worden war. In dem Fall waren sie allerdings zum Glück nicht fündig geworden, sonst hätte es ihr der Verhörer gewiss unter die Nase gerieben. Fokussierte sich die Suche nach belastendem Material auf Tarmos Haus? Und von ihr und den anderen der Gruppe wollte man nur wissen, ob sie in seine Pläne eingeweiht waren?

Für den Bruchteil einer Sekunde war Merike versucht, dem Beamten von den Zetteln zu erzählen, die Enna im Schrank ihres Bruders entdeckt hatte. Untersteh dich, herrschte sie sich umgehend an. Es gab keine Gewähr, dass er wirklich mit Informationen über Oma Kadri herausrücken würde. Wenn er überhaupt etwas über ihren Zustand wusste. Außerdem war das Risiko viel zu groß, Tarmo und sie alle erst richtig in die Scheiße zu reiten.

Merike hielt es für unwahrscheinlich, dass Helina, Milvi und deren Mann von Tarmos Vorhaben wussten. Sie hätten niemals zugelassen, dass er den Festakt auf diese Weise torpedierte. Beim Tankwart war sie sich hingegen nicht so sicher, der hatte schließlich unverblümt zugegeben, dass er am liebsten mit Waffengewalt die Unabhängigkeit Estlands erzwingen würde.

»Ich schwöre Ihnen, wir haben nichts Staatsfeindliches geplant«, wiederholte Merike. »Wir haben lediglich den Festakt bei der Maarja-Kirche vorbereitet.«

Die Miene des Vernehmungsbeamten verfinsterte sich. »So wird das nichts«, knurrte er und machte eine scheuchende Handbewegung.

Der Uniformierte fasste Merike am Oberarm und schubste sie auf den Gang.

»Ich flehe Sie an!«, rief sie. »Sagen Sie mir wenigstens, ob meine Großmutter noch lebt.« Tränen stiegen ihr in die Augen. Sie versuchte vergeblich, sich aus dem Griff ihres Bewachers zu winden und in den Verhörraum zurückzulaufen.

Der Uniformierte zog sie unerbittlich zur Treppe, die ins Untergeschoss führte. Eine Minute später fand sich Merike in einer engen Zelle wieder, die bis auf eine an der Wand angeschraubten hochgeklappten Pritsche unmöbliert war. An der Schmalseite hatte sich einst ein großes Fenster befunden, das nun bis auf eine kleine vergitterte Öffnung ganz oben zugemauert worden war. Es gab keine Möglichkeit, nach draußen zu schauen.

»Die bleibt bis zur Nacht, wo sie ist«, sagte der Bewacher und deutete auf die Liege. »Setzen, anlehnen und hinlegen ist verboten.« Er verließ die Zelle und schloss die Stahltür, in der ein von außen zu öffnendes Guckloch eingelassen war.

Ein paar Atemzüge lang stand Merike bewegungslos unter der nackten Neonröhre, die über ihr an der Decke montiert war. Ihr war schwindelig. Der Hunger, den sie während des Verhörs nicht mehr bemerkt hatte, meldete sich mit Wucht zurück. Schlimmer noch war der Durst, der sie plagte. Ihre Mundhöhle war ausgedörrt, ihre Zunge fühlte sich pelzig an, und ihre Lippen spannten. Die Worte des Vernehmungsbeamten, nach ein paar Tagen in der Einzelzelle werde sie schon zur Vernunft kommen, verhießen nichts Gutes. Hoffentlich war das nur eine leere Drohung gewesen, um sie unter Druck zu setzen.

Merike holte tief Luft und zwang sich, an etwas anderes zu denken. Wo sind wohl die anderen eingesperrt? Von dem Gang gingen ja einige Türen ab. Die Vorstellung, hinter diesen könnten Tarmo, Helina und die anderen Gruppenmitglieder in ähnlichen Zellen stecken und dass sie sich nicht allein in dieser misslichen Lage befand, hatte etwas Tröstliches. Merike lauschte angestrengt. Bis auf das Sirren der Neonröhre war nichts zu hören. Sie seufzte und begann, in dem kleinen Raum auf und ab zu gehen. Fünf Schritte von der Tür zur Wand mit dem Fensterchen, fünf Schritte zurück.

Es machte sie schier verrückt, nicht zu wissen, warum man sie aus heiterem Himmel verhaftet hatte und ob die Geheimdienstler wirklich über belastende Beweise verfügten. Oder hatten die einfach nur den Festakt verhindern wollen? Nein, das war unwahrscheinlich. Die Einweihung des Denkmals hatte mit Sicherheit stattgefunden. Ihre Gruppe hatte ja alles bestens vorbereitet und organisiert. Zudem war die Feier von höchster Stelle genehmigt. Auch die Stadthonoratioren hatten ihre Teilnahme angekündigt.

Ob man sie und die anderen vermisst hatte? Das Gesicht der kleinen Enna tauchte vor Merikes geistigem Auge auf. Sie muss sich schreckliche Sorgen um ihren Bruder machen, überlegte sie. Zum Glück war heute ihre Tante gekommen und konnte sich um sie kümmern. Ob man die Kleine zu ihrem Bruder befragen und unter Druck setzen würde? Merike blieb stehen. Hatte Enna am Ende gestanden, ihr die Zettel aus seinem Schrank gegeben zu haben? Das würde erklären, warum Merike ins Visier des KGB geraten war. Sie verzog den Mund. Die arme Kleine. Sie wird sich das nie verzeihen. Wenn es denn so gewesen ist. Du musst deine Phantasie zügeln, ermahnte sie sich. Sonst drehst du wirklich noch durch. Merike nahm ihre Wanderung wieder auf. Fünf Schritte hin, fünf Schritte her.

Auch die beim Verhör gefallenen Anspielungen auf ihre familiäre Vorbelastung ließen ihr keine Ruhe. Offenbar waren nicht nur die Ereignisse in der Studienzeit ihrer Eltern aktenkundig, sondern auch länger zurückliegende Vorkommnisse, die ihre Urgroßeltern betrafen und die Geheimdienstbehörde auf den Plan gerufen hatten. Merike konnte sich keinen Reim darauf machen, es passte jedoch zu den verstörenden Bemerkungen von Opa Andrus. Auf welche Urgroßeltern hatte der Beamte angespielt? Um Arvo und Liina kann es sich nicht gehandelt haben, überlegte Merike. Die waren schon 1935 beziehungsweise 1940 gestorben. Also die Großeltern von Raivo? Er hatte sie nie erwähnt. Merike war davon ausgegangen, dass sie bereits vor seiner Geburt gestorben waren – was bedeuten würde, dass auch sie die Annektierung Estlands und die Repressalien der Sowjets nicht mehr erlebt hatten.

Merike kratzte sich an der Schläfe. Und wen hatte Opa Andrus mit dem Balg gemeint, das er nie hätte aufnehmen dürfen? Sie blieb erneut stehen. Damit konnte ja wohl nur sie gemeint sein. Aber er hatte eigentlich zunächst gar nicht sie aufgenommen, sondern ihre Eltern vor ihrer Geburt. Merike zuckte die Achseln. Vermutlich hatte er wirres Zeug von sich gegeben, außer sich vor Wut und Angst um seine Frau. Merike krümmte sich zusammen. Die Erinnerung an Oma Kadri, die lautlos in sich zusammengesunken war, versetzte ihr einen Stich.

»Wenn sie stirbt, hast du sie auf dem Gewissen!« Die Worte ihres Großvaters gellten in Merikes Ohren. Sie taumelte, ließ sich mit dem Rücken an der Wand zu Boden gleiten, umklammerte ihre angezogenen Unterschenkel und barg ihren Kopf zwischen den Knien.

»Hoch mit dir!«

Der Befehl schreckte sie auf. Benommen hob sie den Kopf. Waren Minuten oder Stunden vergangen, seit sie sich hingekauert hatte? Durch das Guckloch fiel ein Lichtschein. Merike rappelte sich auf. Das war die Gelegenheit, um Essen oder wenigstens Wasser zu erbitten. Und um eine menschliche Stimme zu hören, mochte sie noch so unfreundlich sein. Die Klappe schloss sich wieder.

»Nein!« Merike stürzte zur Tür. »Bleiben Sie. Bitte, bitte!« Schluchzend presste sie die Stirn gegen das kalte Metall. »Ich halte das nicht länger aus«, wimmerte sie.

»Keiner weiß, was morgen sein wird, deshalb darf man sich heute nicht aufgeben.« Sie glaubte die Stimme von Oma Kadri zu hören. Mit diesem Spruch pflegte sie Merike zu ermuntern, wenn diese sich vor einer schwierigen Prüfung oder anderen Herausforderungen fürchtete. Im selben Atemzug fiel ihr ein Satz des französischen Schriftstellers Voltaire ein, den ihre Geschichtslehrerin zitiert hatte, als in der Schule die Epoche der Aufklärung Thema gewesen war: »Es hat Verzweiflung oft die Schlachten schon gewonnen.«

Merike ballte die Fäuste. »Ich lasse mich von euch nicht brechen«, sagte sie zu dem Guckloch. »So leicht werdet ihr mich nicht unterkriegen!«

Kapitel 37

Einen Tag nach dem Aufbruch von Ferdinand und Julius erklärte Deutschland dem Russischen Reich den Krieg. Auf Algulfer erfuhren die Bewohner erst am Anfang der folgenden Woche davon, als Doktor Dettmann auf dem Rückweg von einem weiter entfernt wohnenden Patienten auf dem Gut vorbeischaute, um dem Baron höchstpersönlich die Salbe gegen dessen rheumatische Beschwerden zu bringen.

Die Nachricht von der Kriegserklärung versetzte Luise in Aufregung. Nun gab es keinen Zweifel mehr, die schlimmstmögliche Entwicklung hatte stattgefunden, die Hoffnung auf eine glimpfliche Lösung war ein für alle Mal zerstört. Was soll ich jetzt tun?, fragte sie sich. Und was ist mit Wilhelmine? Sollten wir nicht auf der Stelle zurück nach Deutschland fahren? Bevor die Grenzen geschlossen werden und wir hier als Feinde gelten, weil wir Reichsdeutsche sind? Was geschah mit Zivilisten, die sich in einer solchen prekären Lage befanden, wurden sie verhaftet oder des Landes verwiesen? Warum nur war Julius nicht da? Ausgerechnet jetzt, wo sie dringend seinen Rat benötigte. Nicht auszudenken, wenn jemand ihren Pass sehen wollte. Dann wäre die Katastrophe vollkommen! Dann flöge nicht nur ihre falsche Identität auf, sondern auch Wilhelmine geriete in Teufels Küche. Was diese jetzt wohl vorhatte? Wenn sie sich doch nur mit ihr austauschen könnte. Es fiel Luise schwer, die Ruhe zu bewahren und sich vor den anderen nichts anmerken zulassen.

Der Einladung, mit der Familie zu Abend zu speisen und über Nacht zu bleiben, folgte Doktor Dettmann gern. Luise vermutete, dass er es darauf angelegt und den Abstecher vor allem aus diesem Grund gemacht hatte. Der Arzt liebte die Gesellschaft in angeregter Runde bei gutem Essen und einem edlen Tropfen.

Nachdem er sich eingehend nach dem Befinden seiner Gastgeber und Luises erkundigt hatte, wandte sich das Gespräch bald der politischen Lage zu. Doktor Dettmann berichtete von dem tiefen Riss, der sich in der Familie seines letzten Patienten aufgetan hatte. Während einer der Söhne zu den Fahnen der zaristischen Armee geeilt war, wollte sich ein anderer auf die deutsche Seite schlagen. Er hatte in Berlin studiert, dort viele Freunde gewonnen und sich mit einer Deutschen verlobt. Er hegte die Hoffnung, Deutschland werde die baltischen Ostseeprovinzen erobern und in sein Reich eingliedern. Mit diesem Wunsch stand der junge Mann keineswegs allein. Für die meisten baltischen Adligen war Deutschland das »Mutterland«, dessen Sprache und Kultur sie verbunden waren. Der Hof von Nikolaus II., dem man sich in unbedingter Treue verpflichtet sah, galt jedoch als höchste gesellschaftliche Instanz, trotz der Russifizierung der vergangenen Jahre. Letztere sorgte wiederum dafür, dass vielen das Deutsche Kaiserreich als das gepriesene Land der kulturellen Freiheit galt.

»Herrjemine!«, seufzte die Baronin und schüttelte mit bekümmerter Miene den Kopf. »Da kommen schwere Zeiten auf unsere Männer zu, die ins Feld ziehen müssen.«

»Da kann ich Ihnen nur beipflichten«, sagte der Arzt. »Deutsch fühlen und zugleich loyaler russischer Untertan bleiben – das ist wahrlich eine belastende Herausforderung.«

»Mich erinnert das an den inneren Konflikt von Rüdiger von Bechelaren im Nibelungenlied«, rutschte es Luise heraus, die die Unterhaltung bis dahin stumm verfolgt hatte.

Irmengard sah sie verständnislos an, während ihr Vater nachdenklich nickte und Doktor Dettmann Luise mit einem anerkennenden Lächeln bedachte.

»Hilf mir bitte auf die Sprünge«, sagte Irmengard zu Luise. »Ich muss gestehen, dass mir dieser Rüdiger entfallen ist.«

»Kein Wunder, du hast das Epos ja nie in Gänze gelesen.« Dina von Uexküll sah ihre Tochter tadelnd an. »So wie die meisten unserer Klassiker.«

Irmengard nuschelte etwas, das nach »verstaubte, langweilige Schinken« klang.

»Rüdiger war ein germanischer Adliger, der für den Hunnenkönig Etzel eine Markgrafschaft verwaltet hat«, erklärte Luise. »Getreu seinem Vasalleneid musste er auf der Seite seines Lehnsherrn gegen die Burgunden kämpfen, mit denen er von Kindesbeinen an eng befreundet war.«

»Wahrlich eine tragische Figur«, sagte der Baron. »Hat sich durch die Bindung an beide Konfliktparteien in eine aussichtslose Lage manövriert.«

»Ah, ja, jetzt dämmert's mir«, rief Irmengard. »Wenn ich mich richtig erinnere, ging die Sache nicht gut aus für den Mann.«

»Wie hätte sie auch?« Der Baron nahm einen Schluck aus seinem Weinglas. »Für sein Problem gab es schließlich keine Lösung. Egal, wie er sich entscheiden würde, sein Tun konnte nur unrecht sein.«

»Er hätte doch einfach für keine der beiden Seiten kämpfen können«, sagte Irmengard.

Ihr Vater schüttelte den Kopf. »Damit hätte er seine Ritterehre und jegliches Ansehen verloren.«

»Immer noch besser als sein Leben«, murmelte Irmengard.

Luise pflichtete ihr insgeheim bei. Bei der Lektüre des von Karl Simrock aus dem Mittelhochdeutschen übersetzten Nibelungenliedes hatte sie ebenfalls mit dieser Figur gehadert. Genauer gesagt mit der Entscheidung Rüdigers, für Etzel zu kämpfen, obwohl er wusste, dass dies seinen Tod bedeutete. Sie hatte es schrecklich gefunden, dass ausgerechnet der tugendhafteste Mann in dem Epos in diese ausweglose Situation geraten war.

Entgegen Luises Erwartung, die deutsche Kriegserklärung an Russland werde sich umgehend auch in ihrem Alltag bemerkbar machen, ging auf dem abseits wichtiger Straßen gelegenen Algulfer zunächst alles seinen gewohnten Gang. Julius konnte nach seiner Rückkehr Mitte der Woche abgesehen von den vielen Pferde-, Vieh- und Provianttransporten sowie marschierenden Soldaten, die ihm unterwegs aufgefallen waren, kaum etwas Neues berichten.

Die Deutsche Armee hatte am Montag die Grenzstädte Tschenstochau und Kalisch auf polnisch-russischem Gebiet besetzt, anschließend jedoch keine weiteren Versuche unternommen, ins Zarenreich einzudringen. Im Gegenzug machte dessen Heer vorerst keine Anstalten, sich über die Grenze Richtung Westen in Bewegung zu setzen. Es kam Luise so vor, als lauerten beide Seiten mit angehaltenem Atem auf den nächsten Schritt des Gegners in dem Bestreben, die Schuld für eine Eskalation der Aggression auf dessen Konto verbuchen zu können. Schenkte man den Verlautbarungen Glauben, die in den Zeitungen zitiert wurden, herrschte diese Haltung auch bei den anderen Konfliktparteien vor: Alle waren bemüht, sich als nach wie vor friedliebend darzustellen; alle behaupteten, aus rein defensiven Gründen zu den Waffen greifen zu müssen. Luise fand das heuchlerisch. Sie war überzeugt, dass es durchaus möglich gewesen wäre, den Krieg auf diplomatischem Wege zu verhindern, wenn man es denn wirklich gewollt hätte. Schließlich hatten die europäischen Großmächte seit mehr als hundert Jahren stets versucht, Konflikte durch eine sogenannte Konferenzdiplomatie zu bereinigen. Dieses uralte System hatte trotz aller Schwierigkeiten zuletzt noch auf dem Balkan funktioniert. Warum sollte jetzt, da ein großer Krieg drohte, nicht wieder versucht werden, das Problem zwischen Serbien und Österreich-Ungarn auf dem Wege internationaler Konferenzen zu entschärfen? Luise zog den ernüchternden Schluss, dass offensichtlich in der aktuellen Lage für keine der beteiligten Nationen der Frieden das höchste Gut war.

Luise nutzte die erste sich bietende Gelegenheit, um mit Julius unter vier Augen über ihre Befürchtungen zu sprechen. Julius schätzte die Lage zwar auch als durchaus ernst ein, war jedoch überzeugt, dass für sie und Wilhelmine keine unmittelbare Gefahr bestand. »Anfang nächster Woche fahren wir beide ohnehin endlich nach Dorpat«, hatte er abschließend gesagt. »Dann können wir mit Wilhelmine das weitere Vorgehen abstimmen. Ich bin zuversichtlich, dass wir eine gute Lösung finden werden.« Luise beschloss, seinem Urteil zu vertrauen. In seiner Gegenwart fühlte sie sich sicher und sah der Zukunft weniger ängstlich entgegen.

Am Freitag kam ein Brief von Ella, den Grubner wie gewohnt mit der übrigen Post von dem Gasthaus abgeholt hatte, wo die Sendungen und Zeitschriften für Algulfer deponiert wurden. Luise schnappte sich einen Schirm und lief, begleitet von Metsik, im Park hinunter zu einem kleinen Pavillon, der auf der mittleren Ebene inmitten blühender Rosenbüsche stand. Wenn es wie an diesem Tag das regnerische Wetter nicht zuließ, ihre Lieblingsbank unter der alten Birke zur ungestörten Lektüre aufzusuchen, setzte sich Luise gern in den runden Unterstand, der mit seinen Säulen an einen antiken Tempel erinnerte und selten von anderen Hausbewohnern aufgesucht wurde. Der Hund rollte sich zu ihren Füßen zusammen und döste ein, während sie es sich auf einem Korbstuhl bequem machte und den Umschlag öffnete.

Oldenburg, Dienstag, 4. August 1914

Meine liebe Luise,
in was für aufregenden Zeiten wir leben! In den letzten Wochen haben sich die Ereignisse förmlich überschlagen, man wusste morgens nie genau, wo die Welt am Abend stehen würde. Nun hat das zermürbende Hin und Her, das an den Nerven zerrte,

ein Ende. Unser Kaiser hat sein Versprechen, Österreich zur Seite zu stehen, eingelöst und Russland den Krieg erklären lassen. Am Samstagabend hat er vom Balkon seines Schlosses in Berlin eine Rede gehalten, deren Wortlaut gestern in vielen Zeitungen abgedruckt war. Wie gern hätte ich sie mit eigenen Ohren gehört! Sie muss sehr bewegend gewesen sein. Vor allem die Stelle, als Wilhelm II. rief: »Ich kenne keine Parteien und auch keine Konfessionen mehr; wir sind heute alle deutsche Brüder.«

Wobei er für meinen Geschmack durchaus hätte erwähnen dürfen, dass es sich bei der Hälfte dieser Brüder streng genommen um Schwestern handelt. Wir Frauen werden schließlich ebenso von dem Krieg betroffen sein. Viele meiner Kolleginnen zum Beispiel sind wild entschlossen, sich zu Krankenschwestern umschulen zu lassen und in Lazaretten ihrem Kaiser und dem Vaterland zu dienen. Aber auch zu Hause werden unsere Hände dringend benötigt. Denn viele Arbeiter werden einberufen, da müssen wir Frauen umso mehr schuften. Unsere Fabrik hat schon auf die sogenannte Kriegswirtschaft umgestellt und produziert nun fast ausschließlich Stoffe für Uniformen.

Überhaupt würdest Du unser altes Oldenburg kaum wiedererkennen. Es gleicht einem riesigen Heerlager. Tausende Reservisten aus der Stadt und dem Umland haben sich freiwillig gemeldet, um ihrer vaterländischen Pflicht nachzukommen. Die Atmosphäre ist aufgeheizt, eine Mischung aus Begeisterung, Sorge und Hysterie. Denk Dir nur, allein gestern wurden mehr als 50 angebliche Spione auf Grund von Gerüchten verhaftet.

Heute früh habe ich eine Bekannte zum Bahnhof begleitet, deren Bruder mit dem Infanterie-Regiment Nr. 91 ausgerückt ist. Es wimmelte nur so von Menschen. Von der Euphorie, die angeblich überall herrscht, konnte ich ehrlich gesagt nicht so viel ausmachen. Die Stimmung war eher gedrückt. Natürlich hörte man viele markige Sprüche, und es wurde viel gesungen, aller-

dings waren es seltener patriotische oder kriegsbegeisterte Texte. Es wurden eher Abschiedslieder gegrölt. Letzteres Wort habe ich mit Absicht gewählt. Bei manchen Rekruten beschlich mich nämlich der Verdacht, dass sie ihre Angst in Alkohol ersäuft haben und sich mit dem lauten Gesang eher Mut machen, als ihrer Vorfreude auf den Kampf Ausdruck verleihen wollten.

Apropos Angst. Auf dem Lande herrscht eine sehr viel bangere Gefühlslage als in der Stadt. Außerdem murren dort viele über die Mobilisierung mitten in der besten Erntezeit. Und auch in Oldenburg scheint es Leute zu geben, die nicht an einen schnellen Sieg glauben. Man hört von nicht wenigen Bürgern, die bei den Banken ihre Konten leeren und nur Silber- und Goldmünzen wollen, weil sie den Geldscheinen nicht mehr trauen. Zudem kommt es zu Hamsterkäufen von Lebensmitteln und anderen Gütern, von denen man fürchtet, sie könnten bald rar werden.

So ganz verstehen kann ich das nicht, schließlich hat der Kaiser gestern, als die ersten Truppen Richtung Westen ausrückten, versprochen: »Ihr werdet wieder zu Hause sein, ehe noch das Laub von den Bäumen fällt.« Man rechnet also damit, dass unsere Soldaten noch vor Einbruch des Winters siegreich in die Heimat zurückkehren werden.

Luise presste die Lippen aufeinander. Julius und Ferdinand waren sich einig, dass diese Einschätzung grundfalsch war. Die modernen Waffen in den Arsenalen der gegnerischen Parteien würden die Strategen, die von einem raschen Schlagabtausch ausgingen, bald eines Besseren belehren.

Ferdinand hatte den preußischen General und Militärtheoretiker Carl von Clausewitz zitiert, der hundert Jahre zuvor festgestellt hatte, dass Krieg immer ein Chamäleon sei und absolut werde, wenn er nicht mehr von der Politik gesteuert würde. Und genau das befürchteten die Brüder angesichts der konservativen Denkweise von Europas Generalstäblern. In allen Lagern schienen diese davon auszugehen, dass es ein kurzes, heftiges Ringen werden würde. Alle Pläne setzten auf Beweglichkeit und Geschwindigkeit. Der Gegner sollte ausmanövriert, umfasst und umgehend vernichtet werden. Die Strategen orientierten sich an den Feldzügen und Schlachten der Vergangenheit und erkannten die Möglichkeiten, die ihnen die moderne Industrie zur Verfügung stellte, wie etwa Maschinengewehre, schlicht nicht oder unterschätzten sie. Auf den Militärakademien wurden die schnellen Feldzüge Napoleons I. als Maß aller Dinge gelehrt, als neuere Varianten der preußische Sieg 1866 bei Königgrätz über Österreich sowie der Erfolg des deutschen Heeres gegen Frankreich 1870 bei Sedan. Dabei wurde allerdings übersehen, dass die beiden letzten Kriege ihre baldige Beendigung weniger den Waffen als vielmehr der Diplomatie verdankten, die auf einen raschen Friedensschluss gedrungen hatte.

Aber vielleicht sind die Befürchtungen der Schwarzseher doch überzogen, dachte Luise. Wenn sogar der Kaiser versprach, dass der Krieg nicht länger als ein paar Wochen dauern würde. Luise strich sich eine Haarsträhne, die sich aus ihrem Dutt gelöst hatte, hinters Ohr und las weiter.

Liebe Luise, ich mache mir große Sorgen um Dich. Auch wenn – so Gott will – bald wieder Frieden herrscht: Momentan befindest Du Dich im Feindesland und musst gewiss mit Repressalien rechnen. Hoffentlich gibt es keine Schwierigkeiten, wenn Du so schnell wie möglich nach Deutschland zurückkehrst. Hast Du schon eine Schiffspassage gebucht? Bitte gib mir umgehend Bescheid, wann Du kommst. Ich hoffe, die Post kommt noch durch.

»Fräulein von Rahden!«

Der Ruf, der aus der Ferne zu ihr drang, ließ Luise den Kopf heben. Metsik schreckte aus seinem Schlummer hoch und wuffte kurz. Die Stimme gehörte dem Dienstmädchen, das die Baronin ihr zur Verfügung gestellt hatte. Luise zog die Stirn kraus. Warum suchte Reet nach ihr? Sie stand auf, steckte den Brief in die Tasche ihrer Jacke, spannte den Schirm auf und verließ den Pavillon. Metsik trottete hinter ihr her. Auf dem mit Kies bestreuten Weg, der zur Treppe führte, auf der man zur nächsthöheren Ebene des Parks gelangte, entdeckte sie Reet, die sich suchend umsah.

»Ah, da sind Sie!«, rief sie und winkte Luise zu. »Sie möchten bitte in den Großen Salon kommen«, fuhr sie fort und eilte durch den Regen zurück zum Haus, bevor Luise sie fragen konnte, warum man nach ihr verlangte.

Vielleicht ist Besuch eingetroffen, dem ich vorgestellt werden soll, überlegte sie. Ob sie sich noch rasch etwas anderes anziehen sollte? Luise schaute an sich hinunter. Sie trug ein schlichtes knöchellanges Kleid aus geblümtem Baumwollstoff und darüber eine gerade geschnittene kragenlose Leinenjacke. Das wird schon gehen, beschloss sie.

Wenige Minuten später trat Luise in den Salon. Ihre Vermutung bestätigte sich nicht, es waren keine Fremden anwesend. Auf einem der Sofas vor den bodenlangen Fenstern saßen die Baronin und Irmengard, Kuno von Uexküll ging mit auf dem Rücken zusammengelegten Händen vor ihnen auf und ab. Julius war noch nicht von seinem Rundgang durch die Stallungen zurück.

Als der Baron Luise bemerkte, unterbrach er seine Wanderung und stellte sich hinter einen Sessel.

Als wolle er sich verschanzen, schoss es Luise durch den Kopf. »Ihr habt nach mir rufen lassen«, sagte sie und sah die anderen fragend an. »Was gibt es ...« Die ernsten Mienen, in die sie blickte, ließen sie verstummen. Waren schlechte Nachrichten gekommen? Sie schluckte trocken. »Ist etwas mit Ferdi...«

»Sie sind uns eine Erklärung schuldig«, unterbrach Irmengard sie.

Warum siezt sie mich auf einmal? Luise schaute sie irritiert an.

»Fräulein Gerdes«, schob Irmengard nach einer winzigen Pause nach.

Luises Herzschlag setzte aus. Bitte mach, dass ich mich verhört habe, flehte sie stumm.

Irmengard nahm ein entfaltetes Blatt Papier von einem kleinen Stapel Kuverts, der vor ihr auf dem niedrigen Sofatisch lag. »Das Einzige, was ich bedaure, ist, dass ich nicht Mäuschen auf Algulfer sein und beobachten kann, wie Du diese Adligen als ›Wilhelmine‹ an der Nase herumführst. Was für ein Spaß«, las sie aus Ellas Brief vom 8. Juli vor.

Luise schloss die Augen. So muss es sich anfühlen, wenn einen der sprichwörtliche Blitz aus heiterem Himmel trifft, dachte sie. Was für ein Alptraum!

Kapitel 38

Merike hatte nicht damit gerechnet, in dieser Nacht Schlaf zu finden. Irgendwann musste sie aber doch auf der harten Pritsche eingenickt sein. Sie kam erst zu sich, als die Tür mit lautem Scheppern entriegelt und geöffnet wurde. Blinzelnd richtete sie sich auf und erkannte die Frau, von der sie am Vortag gefilzt worden war.

»Mitkommen!«

Merike stolperte aus der Zelle. Jetzt geht es wieder zum Verhör, dachte sie. Ihre Müdigkeit verflüchtigte sich schlagartig. Immerhin haben sie mich in der Nacht in Ruhe gelassen. Wie lange es wohl dieses Mal dauern würde? Und ob sie wohl endlich etwas zu essen bekäme? Oder war das die Taktik? Sie so lange auszuhungern, bis sie gestand? Wie lange würde sie das durchhalten?

Die Beamtin führte Merike nicht in das Verhörzimmer im ersten Stock, sondern in den Raum, in dem sie sich hatte ausziehen müssen. Auf dem Tisch lagen ein Aktendeckel und der Inhalt von Merikes Hosen- und Jackentaschen.

»Unterschreiben!«

Die Frau schlug die Pappkladde auf und drückte Merike einen Kugelschreiber in die Hand. Diese beugte sich über die wenigen Zeilen, die vor ihren Augen verschwammen, nachdem sie die Überschrift gelesen hatte: *Entlassungsschein.*

Ich erkläre an Eides statt, dass ich vom beauftragten Sicherheitsdienst der Estnischen SSR über den Inhalt des Verhörs zum Schweigen gegenüber jedermann verpflichtet worden bin. Mir wurde eröffnet, dass ich bei Verletzung der Schweigepflicht strafrechtlich zur Verantwortung gezogen werden kann.

Tartu, 16. Juli 1989

Der Stift in Merikes Hand zitterte, als sie ihn auf das Papier setzte und einen unleserlichen Krakel fabrizierte. Würden sie sie wirklich gehen lassen? Oder war das eine Finte? Merike richtete sich auf und wartete mit gesenktem Kopf darauf, was als Nächstes passieren würde. Die Frau deutete auf Merikes Sachen. Diese stopfte sie hastig in ihre Taschen, folgte der Beamtin auf den Flur und hielt Ausschau nach Tarmo, Helina und den anderen der Volksfrontgruppe. Nach ihnen zu fragen, wagte sie nicht. Würden sie ebenfalls entlassen werden?

Die Beamtin öffnete eine Tür, die zur Straße hinausführte. Merike hielt sich am Rahmen fest. Ihr war schwindelig. Vor Hunger, vor Erleichterung und vor Sorge um Oma Kadri, die nun, da sie wieder auf freiem Fuß war, mit einer Wucht über sie hereinbrach, die ihr den Atem nahm.

»Können Sie mir …«, krächzte sie und räusperte sich. »Wissen Sie, wie es meiner Großmutter geht?« Merike sah die Frau flehend an. »Lebt sie?«

Die Beamtin zögerte kurz, warf einen prüfenden Blick in den leeren Gang und beugte sich zu ihr. »Sie ist ins Spital für Innere Medizin der Uniklinik gebracht worden«, sagte sie leise, schob Merike über die Schwelle und schloss die Tür.

Merike war versucht, sich in den Arm zu kneifen. Man hatte sie tatsächlich gehen lassen. Einfach so, ohne weitere Verhöre, ohne eine Erklärung, warum sie nicht länger unter Verdacht stand. Oder wollte man sie in trügerischer Sicherheit wiegen? Vielleicht wurde sie von nun an beschattet in der Hoffnung, so an Beweise ihrer staatsfeindlichen Umtriebe zu gelangen oder sie auf frischer Tat zu ertappen? Merike zuckte die Schultern. Es war ihr gleichgültig. Sie musste auf der Stelle zu Oma Kadri, das war das Einzige, was in diesem Augenblick wichtig war.

Sie fragte einen Passanten nach dem Weg zum Krankenhaus und erfuhr, dass sie zu Fuß etwa zwanzig Minuten bis zur Ludvig

Puusepa 6 unterwegs sein würde. Sie brauchte nur die Hälfte der Zeit. So schnell war sie noch nie in ihrem Leben gerannt. Keuchend stürmte sie in die Eingangshalle, erkundigte sich am Empfang, wo ihre Großmutter untergebracht war, und rannte weiter zum angegebenen Stockwerk. Vor dem Zimmer atmete sie ein paarmal tief ein und aus, fuhr sich mit dem Jackenärmel über die feuchte Stirn und klopfte an die Tür, die sie im selben Moment vorsichtig öffnete. Das kleine Doppelzimmer war leer. Eines der Betten war frisch bezogen, die Decke des anderen wies Gebrauchsspuren auf. Vielleicht ist Oma gerade bei einer Behandlung, überlegte Merike. Sie kehrte auf den Flur zurück und fragte eine Krankenschwester, die auf sie zukam, nach ihrer Großmutter.

»Kadri Ilves«, antwortete die Schwester. »Ich fürchte, da kommst du zu spät. Tut mir leid.« Die Frau hob bedauernd die Schultern und eilte weiter.

Merike sah ihr benommen nach, taumelte in das Zimmer und sank auf das benutzte Bett. Zu spät, schrie es in ihr. Ich bin zu spät. Oma ist tot. Meinetwegen!

»Nein, nein«, wimmerte Merike und schlug die Hände vors Gesicht. Opa hatte recht. Ich bin schuld. Er wird mir das niemals verzeihen. Und Mama? Ich habe ihre geliebte Mutter auf dem Gewissen. Ich brauche mich zu Hause gar nicht mehr blicken lassen. Wohin soll ich nur gehen? Am liebsten würde ich mich einfach in Luft auflösen. Dann würde dieser entsetzliche Schmerz aufhören. Merike ließ sich auf die Seite fallen, zog die Beine an, umklammerte die Unterschenkel mit den Armen und ließ ihren Tränen freien Lauf.

»*Mu rukkilillеke.*«

Merike glaubte die Stimme ihrer Großmutter zu hören. Sie schluchzte auf. Nie wieder würde sie das zärtliche »mein Kornblümchen« aus deren Mund hören.

»Wo kommst du denn auf einmal her?«

Das war die Stimme ihrer Mutter. Merike hob den Kopf. Durch den Tränenschleier sah sie zwei verschwommene Silhouetten vor dem Bett stehen. Sie richtete sich auf, fuhr sich mit der Hand über die Augen und riss sie in ungläubigem Staunen auf.

»Oma!« Merike sprang vom Bett. »Du lebst!« Sie schlang die Arme um ihre Großmutter und drückte sie fest an sich.

»Nicht so stürmisch, mein Schatz«, sagte Vilja. »Du zerquetschst sie ja.«

Merike löste sich von Oma Kadri. »Ich dachte, du … Dass ich dich nie mehr …« Wieder wurde sie von Tränen übermannt.

»Ach, Kind.« Ihre Großmutter strich ihr über den Kopf. »Es tut mir leid, dass ich euch allen so einen Schrecken eingejagt habe.«

»Ich hab mir solche Vorwürfe gemacht«, schluchzte Merike. »Und niemand hat mir gesagt, wie es dir geht, ob du noch …«

»So schnell werdet ihr mich nicht los.« Oma Kadri tätschelte ihre Wange. »Ich darf sogar schon wieder nach Hause.«

»Es ist also nichts Ernstes?«, fragte Merike ihre Mutter, die bleich und übernächtigt aussah.

»Nein, zum Glück nicht«, antwortete diese. »Gerade hat ein Arzt sie einer abschließenden Untersuchung unterzogen. Organisch ist alles in bester Ordnung.«

»Sag ich doch.« Oma Kadri schüttelte den Kopf. »Es war nur der Schock, der mich buchstäblich umgehauen hat. Als diese Männer dich aus dem Haus gezerrt haben.«

»Ja, das war entsetzlich.« Merikes Mutter verzog das Gesicht. »Wir waren außer uns vor Sorge. Weil wir nicht wussten, wohin sie dich bringen würden. Und warum sie dich überhaupt geholt haben.« Sie musterte Merike aufmerksam. »Geht es dir gut, mein Schatz? War es arg schlimm?«

»Was wollten sie denn von dir?«, fragte Oma Kadri gleichzeitig.

»So genau hab ich das bis zuletzt nicht verstanden«, antwortete

Merike. »Diese Typen scheinen überzeugt zu sein, dass unsere Volksfrontgruppe staatsfeindliche Aktionen plant.«

»Wie bitte?« Ihre Mutter zog die Brauen hoch. »Das ist ja nun wirklich absurd.«

»Kein Wunder, dass sie dich so schnell wieder haben laufen lassen«, sagte Oma Kadri. »Sie haben wohl gleich eingesehen, dass das eine unhaltbare Anschuldigung war.«

»Wisst ihr, wer von unserer Gruppe noch verhaftet wurde?«, fragte Merike.

»Milvi und ihr Mann jedenfalls nicht«, antwortete Vilja. »Ich habe vorhin mit meinem Vater telefoniert, um ihm zu sagen, dass es Kadri gut geht. Da hat er mir erzählt, dass die beiden gestern spätabends noch bei ihm vorbeigeschaut haben. Sie wollten wissen, warum wir alle nicht zum Festakt gekommen sind.«

»Interessant.« Merike kratzte sich an der Schläfe. »Mir gegenüber hat der Typ, der mich verhört hat, so getan, als wäre die ganze Gruppe im Gewahrsam des Geheimdienstes. Und als hätten alle außer mir gestanden, was man uns unterstellt hat.«

»Ja, das behaupten die gern, um einen weichzukochen.« Vilja verdrehte die Augen. »Als dein Vater und ich damals nach der unglücklichen Sache mit den Fotos befragt wurden, wollte man uns auch weismachen, unsere Freunde wären alle geständig, inklusive der jeweils andere von uns beiden. Das hat mich sehr verunsichert.« Sie grinste schief. »Im Gegensatz zu dir hatten wir aber wirklich ein Mädchen in unserem Freundeskreis, das in den Augen des KGB verdächtig war. Weil es verbotene Samisdat-Schriften besaß und angeblich Kontakt zu Mitarbeitern westlicher Menschenrechtsorganisationen hatte.«

»Und denen die ›Chronik der laufenden Ereignisse‹ weiterleiten wollte, die man bei ihr gefunden hatte, nicht wahr?«

Merikes Mutter nickte. »Die Leute vom Geheimdienst sind natürlich davon ausgegangen, dass wir alle nicht nur davon wussten, sondern selbst ebenfalls solche Dokumente verbreiteten.« Sie zog die Stirn kraus. »Aber bei euch gibt es ja wohl niemanden, der etwas Illegales tut, oder?«

Merike schüttelte automatisch den Kopf. Sie hatte beschlossen, nichts von den Zetteln zu erzählen, die Enna im Schrank ihres Bruders entdeckt hatte. Offenbar hatte der KGB keine weiteren Beamten zu ihnen nach Hause geschickt, die ihr Zimmer durchsuchen sollten. Davon hätte Opa Andrus seiner Tochter auf jeden Fall am Telefon berichtet. Merike wollte möglichst unauffällig herausfinden, was es mit den Plänen auf sich hatte und ob Tarmo tatsächlich vorgehabt hatte, die aufrührerischen Parolen am Freiheitskämpferdenkmal anzubringen. Oder hatte er es am Ende doch getan?

»Hat Opa eigentlich den Festakt gestern erwähnt? Ich meine, haben ihm Milvi und ihr Mann davon erzählt? Ob irgendetwas Besonderes vorgefall… äh, ist alles gut gelaufen?« Sie hielt den Atem an.

Ihre Mutter stutzte kurz. »Was sollte denn … Soweit ich weiß, lief alles glatt«, antwortete sie und sah Merike mitfühlend an. »Es tut mir so leid, dass du die Feier verpasst hast. Du hast dich so reingehängt in die Vorbereitungen.«

»Ach, halb so schlimm.« Merike machte eine abwinkende Handbewegung. Hauptsache, alles ist glatt gelaufen, fügte sie im Stillen hinzu. Warum sie ins Visier des Geheimdienstes geraten war, wurde ihr immer schleierhafter. Sollte es sich doch um ein Missverständnis handeln? Was auch erklären würde, warum sie so sang- und klanglos wieder hatte gehen dürfen. Andererseits waren die Beschuldigungen doch sehr konkret gewesen. Merike wurde nicht schlau daraus. Sie musste so bald wie möglich mit Tarmo sprechen.

»Wo ist Papa eigentlich?«, erkundigte sie sich bei ihrer Mutter. »Hat er dich nicht hergefahren?«

»Nein, ich durfte mit in den Krankenwagen«, antwortete Vilja. »Dein Vater wollte gestern versuchen herauszufinden, wohin man dich gebracht hat. Vor allem aber wollte er die Parteikader und andere einflussreiche Leute in Otepää bitten, sich für dich einzusetzen. Zum Beispiel unseren Vorarbeiter Ott Mänd. Der hält ja bekanntlich große Stücke auf dich.« Sie zuckte die Schultern. »Laut meinem Vater hatte Raivo aber keinen Erfolg. Niemand wusste etwas von deiner Verhaftung, geschweige denn über die Gründe dafür oder wohin man dich gebracht hatte.«

»Jetzt ist sie ja wieder da.« Oma Kadri lächelte Vilja an. »Du solltest Raivo sofort Bescheid geben, dass seine Kleine wohlbehalten wieder aufgetaucht ist. Und dass wir bald wieder zu Hause sind.«

»Gute Idee.« Vilja ging zur Tür. »Wir sehen uns gleich unten im Foyer.«

Merike half ihrer Großmutter aus dem Krankenhauskittel, der auf dem Rücken zugeknotet war. »Hast du überhaupt was zum Anziehen da? Gestern hattest du ja nur dein Nachthemd an.«

»Vilja hat an alles gedacht.« Oma Kadri deutete auf den Schrank.

Merike öffnete ihn und holte die bauchige Reisetasche aus ausgebleichtem Leinen heraus, die ihre Großmutter bereits 1937 auf ihrer Hochzeitsrundreise über die Inseln vor der Westküste begleitet hatte. Zuoberst fand sie darin einen gestreiften Faltenrock und eine farblich dazu passende Bluse, beides ordentlich zusammengefaltet. Darunter frische Wäsche, einen Beutel mit Toilettenartikeln, Oma Kadris Lieblingsstrickjacke sowie ein gebügeltes Taschentuch und das Etui mit der Lesebrille. Wahnsinn, dachte Merike. Wie schafft Mama es bloß, unter enormen Druck und voller Angst um einen geliebten Menschen noch so besonnen zu handeln? Ich an ihrer Stelle hätte wahllos irgendwelche Sachen gegriffen und in die Tasche gestopft, wenn ich überhaupt daran gedacht hätte.

Während sie Oma Kadri die Kleidungsstücke reichte, fragte sie sich, wie ihre Mutter auf den Wutausbruch ihres Vaters reagiert hatte. Schließlich hatte er auf Ereignisse in der Vergangenheit angespielt, die vermutlich auch sie betrafen. Merike traute sich nicht, sich bei Oma Kadri zu erkundigen, wen ihr Mann mit dem Balg gemeint hatte, das er besser nicht aufgenommen hätte. Und wie seine Behauptung zu verstehen war, sie wäre »nicht die Erste, die die Familie skrupellos in Gefahr bringen« würde. Das Risiko, das Thema könnte ihre Großmutter zu sehr aufregen und zu einem erneuten Zusammenbruch führen, war ihr zu groß.

»Was treibt dich um, *mu rukkililleke*?«

»Ach, nichts … Ich hab mich nur gewundert, warum Opa nicht mitgekommen ist«, sagte sie rasch, bevor Oma Kadri nachhaken konnte. Noch während sie es aussprach, wurde ihr klar, dass sie es tatsächlich merkwürdig fand.

»Dein Großvater hasst Krankenhäuser«, antwortete ihre Großmutter. »Besser gesagt, sie flößen ihm eine Heidenangst ein. Das würde er natürlich nie zugeben.«

»Na und? Du bist seine Frau. Da hätte ich schon erwartet, dass er bei dir sein will. Egal wo. Schließlich hättest du …«

»Ist in Ordnung für mich«, fiel ihr Oma Kadri ins Wort. »Ich bin sogar froh, dass er gerade nicht hier ist.«

Ich auch, dachte Merike. Seine finstere Miene und die Vorwürfe, mit denen er mich zweifellos empfangen hätte, erlebe ich noch früh genug. Sie runzelte die Stirn. Aber warum war ihre Oma über seine Abwesenheit erleichtert? Merike warf dieser einen prüfenden Blick zu und öffnete den Mund.

»So, ich bin fertig«, verkündete ihre Großmutter und ging schnell zur Tür. »Kommst du?«

Es war offensichtlich, dass Oma Kadri das Thema nicht vertiefen wollte. Merikes Impuls, nachzuhaken und dieses weitere Rätsel zu lösen, verpuffte. Als sie sich nach der Reisetasche bückte, wurde ihr schwarz vor Augen. Sie stützte sich an der Wand ab.

»Kind, was ist dir?«

»Mir ist nur ein bisschen schwindelig. Wahrscheinlich, weil ich seit Ewigkeiten nichts gegessen habe.«

»Soll das etwa heißen, die haben dir nichts gegeben?« Oma Kadri schaute sie entsetzt an. »Die ganze Zeit? Du hast also seit vorgestern Abend nichts mehr zu dir genommen?«

Merike nickte matt. Dabei hab ich es ja noch gut getroffen, kam es ihr in den Sinn. Manchen Häftlingen wird tagelang das Essen entzogen oder viel zu wenig gegeben.

»Diese Unmenschen!«, fauchte Oma Kadri. Sie kramte in ihrer Handtasche und förderte eine Tüte mit ihren »Kraftkugeln« zutage, die sie stets dabei hatte, um für Situationen wie diese gewappnet zu sein.

Merike steckte sich einen der Bollen in den Mund. Selten hatte ihr die Mischung aus gerösteten Haferflocken, Nüssen, getrockneten Früchten und Honig so gut geschmeckt. »Du bist meine Rettung«, nuschelte sie.

»Wo bleibt ihr denn?« Vilja stand in der Tür und runzelte die Stirn. »Geht es dir doch nicht so gut, wie du behauptet hast?« Sie musterte ihre Mutter mit besorgter Miene.

»Nein, nein, alles bestens«, antwortete diese. »Aber Merike …«

»Bei mir ist auch alles in Ordnung«, rief diese mit strahlendem Lächeln und schwenkte die Tüte mit den Kraftkugeln. »Die Dinger sollten wir unbedingt in der Bäckerei anbieten, wenn wir den Laden öffnen. Die sind echt der Knüller.« Sie drückte Oma Kadri kurz an sich.

Vilja zog die Stirn kraus. »Freut mich. Auch wenn ich nicht ganz verstehe …«

Merike drückte ihr einen Kuss auf die Wange und eilte auf den Gang. Aus den Augenwinkeln bemerkte sie die verwunderten Blicke, die die beiden anderen tauschten. Kein Wunder, ich führe mich ja auf, als sei ich beschwipst, dachte sie. Habe ich vielleicht eine Art Zuckerschock? Ach egal, jedenfalls habe ich mich lange nicht so leicht und unbeschwert gefühlt.

Kirchspiel Oberpahlen / Livland, Sommer 1914

Kapitel 39

»Wie konntest … äh, wie konnten Sie nur?« Der Baron klang eher bekümmert als empört. »Sie haben unsere Gastfreundschaft, schlimmer noch, unser Vertrauen missbraucht.«

»Es kommt einer Kriegserklärung gleich gegen alles, was guter Ton und Anstand gebieten«, stieß seine Frau hervor.

»Aber Mutter, was erwartest du von einer wie der da.« Irmengard spuckte die Worte förmlich aus. »Ihresgleichen sind stets nur auf ihren eigenen Vorteil aus. Ohne Rücksicht auf Verluste. Da zählen höhere Werte nicht, die sind Leuten wie ihr nur hohle Worte. Nicht mit heiligem Ernst gefüllt wie in unseren Kreisen.«

Luise stand mit gesenktem Kopf vor dem Sofa und kämpfte mit den Tränen. Kriegserklärung. Das Wort hallte am stärksten in ihr nach. Ja, sie befand sich in einer Art Krieg, wie die Welt um sie herum. Mit ähnlich unabsehbaren Konsequenzen und Unwägbarkeiten.

»Was ist mit der echten Wilhelmine geschehen?«, fragte die Baronin. »Wie haben Sie sie dazu bekommen, Ihnen ihren Platz zu überlassen?«

Oh, mein Gott, Wilhelmine! Ich muss sie so schnell wie möglich informieren, dass unser Rollentausch aufgeflogen ist. Bevor ihre Eltern Wind von der Sache bekommen. Oder die von Uexkülls nach ihr suchen. Verstohlen schaute Luise zu dem Häufchen Umschläge auf dem Sofatisch. Hatten Irmengard und ihre Eltern bereits alle Briefe gelesen? Nein, gab sie sich selbst die Antwort, zumindest nicht die von Wilhelmine, sonst wüssten sie, dass sie in Dorpat ist und was sie dort tut. Vermutlich hatte vor allem Ellas Oldenburger Anschrift ihren Verdacht erregt, weil sie nicht der von Wilhelmines Familie entsprach und von dieser kein einziges

Schreiben dabei war. Aber wie waren sie überhaupt auf die Idee gekommen, nach den Briefen zu suchen? Sie lagen ja nicht einfach in Luises Zimmer herum, sondern waren gut versteckt. Sollte ein Zimmermädchen sie beim Saubermachen gefunden haben? Auch das war unwahrscheinlich, sie befanden sich schließlich in meinem Koffer unter dem Schrank. Jemand musste gezielt danach gesucht haben, nachdem Grubner die Post abgeliefert hatte. Davor hatte ja noch eitel Sonnenschein geherrscht. Sie musste unbedingt verhindern, dass sie die anderen Briefe auch noch lasen.

»Vermutlich hat Fräulein Gerdes die arme Wilhelmine mit irgendeinem perfiden Manöver ausgetrickst«, giftete Irmengard. »Oder sie erpresst.«

»Aber nein!« Luise schrak aus ihren Überlegungen und hob den Kopf. »Ich kann das erklären. Wilhelmine hat einen Brie...«

»Ich habe von Anfang an geahnt, dass mit der was nicht stimmt«, redete Irmengard weiter, ohne Luise Beachtung zu schenken. »Der unglückselige Julius, er ist so gutgläubig und sieht vor lauter Verliebtheit nicht, dass er einer Hochstaplerin auf den Leim gegangen ist. Gott sei Dank haben wir den infamen Betrug noch rechtzeitig entdeckt. Nicht auszudenken, wenn das erst nach der Hochzeit geschehen wäre. Denn es ist ja sonnenklar, dass Julius diese Person auf der Stelle fallen lässt wie eine heiße Kartoffel.«

Luises Zwerchfell krampfte sich zusammen. Sie hat recht, dachte sie und ließ erneut den Kopf hängen. Es wäre geradezu verrückt von ihm, die Bande zu seinen Vorfahren zu kappen und sich von allem loszusagen, was ihm lieb und teuer war: von seinen Wurzeln, von Algulfer, der jahrhundertealten Geschichte seiner Familie – wegen einer wie ihr, die nichts zu bieten hatte. »Es bleibe beim Alten.« Julius machte sich zwar lustig über diesen Leitspruch, aber konnte er ihn einfach über Bord werfen? Und damit das verraten, was den Seinen alles bedeutete?

»Ich kann durchaus verstehen, dass Julius sich in Fräulein Gerdes verliebt hat.«

Die Worte des Barons lenkten Luise von ihren Grübeleien ab. Verblüfft schaute sie ihn an.

»Sie hat ein liebenswertes Wesen, ist aufgeweckt und vielseitig interessiert«, sagte er zu seiner Tochter.

Irmengard schnaubte empört. »Wie kannst du nur?«, zischte sie. »Machst dieser ... dieser Person auch noch Komplimente.«

»Meine Liebe, darf ich dich daran erinnern, wie begeistert du vom ersten Tag an von deiner Schwägerin in spe warst?« Der Baron sah seine Tochter streng an. »Von wegen, du hättest von Anfang an Lunte gerochen.«

Irmengard presste die Lippen aufeinander und rümpfte die Nase.

»Aber ich sage es gerade heraus: Es ist vollkommen undenkbar, dass Julius Sie zu seiner Frau und damit zur künftigen Herrin von Algulfer macht«, fuhr der Baron an Luise gewandt fort. »Er ist nicht frei in dieser Entscheidung, sondern hat gewisse Verpflichtungen. Er wird einmal eine große Verantwortung tragen.«

Luise nickte und musste an die letzte Theateraufführung denken, die sie mit ihrer Schwester in Oldenburg besucht hatte. Im Nachhinein kam ihr das Stück *Alt Heidelberg*, in dem ein Prinz der Liebe zu einer nicht standesgemäßen Frau entsagen musste, wenn er nicht den Anspruch auf den Thron verlieren wollte, prophetisch vor. Wenn man ihr an jenem Abend gesagt hätte, dass sie selbst einmal in eine ähnliche Situation geraten würde! Und das in der Rolle der unpassenden Geliebten, die selbstverständlich keine Ansprüche erhebt und ihren Prinzen gehen lässt.

»Nicht zu vergessen, dass wir alle zum Gespött der Gesellschaft würden.« Die Baronin zückte ein Spitzentüchlein und tupfte sich die Stirn.

»Wenn Ihnen also etwas an ihm liegt, dann ...«

»Wird sie mir ihre Hand reichen und mit mir vor den Traualtar treten.«

Julius kam ins Zimmer und stellte sich neben Luise.

Wie lange er wohl schon zugehört hat?, fragte sie sich. Seine Nähe zu spüren, gab ihr Halt. Sie atmete tief durch.

»Das sagst du, weil du noch nicht weißt, dass sie gar nicht …«, rief Irmengard.

»Wilhelmine von Rahden ist, sondern Luise Gerdes?«, beendete Julius ihren Satz.

Seine Schwester schnappte nach Luft, seine Mutter schaute ihn fassungslos an, und der Baron zog die Brauen zusammen. Luises Herz machte einen Hüpfer. Er hält zu mir, jauchzte es in ihr.

»Ja, ich weiß«, fuhr Julius fort. »Das erschüttert euer Weltbild und wirft alle Pläne über den Haufen, die ihr mit Wilhelmine und mir hattet. Aber die sieht das gottlob ebenso wie ich und ist nicht gewillt, sich …«

»Du hast den Verstand verloren!«, schrie Irmengard und sprang vom Sofa auf. »Anders kann ich mir dein ungeheuerliches Verhalten nicht erklären!«

Die Baronin wedelte hektisch mit ihrem Fächer vor ihrem Gesicht herum und starrte ihren Ältesten entgeistert an.

»Wie gesagt, ich habe durchaus Verständnis für deine Wahl«, sagte der Baron zu Julius. »Aber du musst einsehen, dass diese Verbindung niemals durch eine offizielle Eheschließung …« Er räusperte sich. »Und du möchtest Fräulein Gerdes gewiss nicht in die Rolle einer … unehrenhaften …«, nuschelte er und kratzte sich im Nacken.

»Aber genau das ist sie!«, geiferte Irmengard. »Eine schamlose, ausgekochte …«

»Hüte deine Zunge!« Julius legte seinen Arm um Luise. »Du sprichst über meine Verlobte.«

»Was hat sie gegen dich in der Hand?« Irmengard verengte die Augen. »Lass mich raten: Sie hat dich verführt und erwartet ein Kind von dir. Oder behauptet es zumindest.«

»Treib es nicht zu weit!« Julius löste sich von Luise und baute sich direkt vor seiner Schwester auf.

Der Baronin entfuhr ein entsetztes »Um Gottes willen!«, ihr Mann wirkte ähnlich fassungslos.

Luise schwankte. Oder war es der alte Dielenboden, der ins Wanken geraten war, erschüttert von den ungeheuerlichen Anschuldigungen und Vorgängen, die die beschauliche Ruhe auf Algulfer störten? Wie von selbst setzte sich ihr Körper in Bewegung. Etwas in ihr übernahm die Regie, ließ sie die Briefumschläge vom Sofatisch schnappen, aus dem Salon und durch die Halle rennen, die Eingangstür aufreißen, die Stufen zur Auffahrt hinabspringen und Zuflucht suchen in einer Nische der Remise, wo sie einigermaßen vor Blicken geschützt war. Schwer atmend lehnte Luise sich gegen die Mauer.

Selten hatte sie sich derart gedemütigt gefühlt. Die Unterstellung, sie hätte sich Julius hingegeben, nein, schlimmer noch, ihn bezirzt, in ihre Arme gelockt und ihn dazu gebracht, mit ihr unaussprechliche Dinge … Luise spürte, wie ihr das Blut heiß in die Wangen schoss. Wie konnte Irmengard nur so von ihr denken?

Etwas Feuchtes stupste gegen Luises Hand. Metsik stand schwanzwedelnd vor ihr und sah sie mit schiefgelegtem Kopf an.

»Ach, Metsik«, sagte sie leise. Sie steckte das Bündel Briefe in ihre Jackentasche, beugte sich zu dem Hund hinunter und kraulte ihn hinter den Ohren. »Dir ist es gleichgültig, wer ich bin, wer meine Vorfahren waren, ob ich einen bedeutenden Namen trage. Du nimmst mich so, wie ich bin.«

»Ich auch.«

Luise schreckte hoch und sah sich Julius gegenüber. Sein Gesicht war bleich und angespannt.

»Es tut mir aufrichtig leid, dass du diese unschöne Szene erleben musstest«, sagte er. »Ich wusste nicht, wie boshaft und biestig meine Schwester tatsächlich ist. Ihr Verhalten ist unverzeihlich.« Er fasste nach Luises Hand. »Leider war ich nicht früh genug zur Stelle, um dir das zu ersparen. Oder zumindest gemeinsam mit dir vor dem Familientribunal zu stehen.«

»Du bist gekommen und hast dich zu mir bekannt«, sagte Luise. »Das ist mehr, als manch anderer in der Situation getan hätte.«

»Aber das ist doch selbstverständlich!« Julius fasste Luise unters Kinn und hob es an. »Ich meine es absolut ernst.«

»Ist der Preis nicht zu hoch?« Luise erwiderte seinen Blick. »Kannst du das wirklich vor dir verantworten? Auf dein Erbe zu verzichten?« Sie stockte kurz. »Ich werde dir keinen Vorwurf machen, wenn du die Verlobung löst«, fuhr sie mit fester Stimme fort.

»Das ehrt dich«, sagte er. »Aber ich will dich heiraten. Nicht, weil ich dir mein Wort gegeben habe und mich deshalb verpflichtet fühle. Sondern weil ich dich von ganzem Herzen liebe.«

Luise öffnete den Mund. Julius legte einen Finger auf ihre Lippen.

»Natürlich ist es schmerzlich, aus dem Paradies meiner Kindheit vertrieben zu werden und aus der Reihe der Stammhalter zu fallen, die es erbauten, erhielten und zum Blühen brachten. Doch Algulfer bedeutet mir nichts, wenn ich das Leben hier nicht mit dir teilen kann.«

»Liebe ist vergänglich, auch die unsere kann zerbrechen – so stark und unverwüstlich sie uns jetzt auch scheinen mag.«

»Ich weiß, mein Herz, aber selbst wenn mir nur ein paar Jahre mit dir vergönnt sein sollten: Ich hätte dieses unbeschreibliche Glück genießen dürfen.« Er nahm Luises Hände in seine, hob sie nacheinander an seinen Mund und küsste sie. »Außerdem gehört es durchaus zu den Traditionen unserer Familie, zu neuen Ufern aufzubrechen und anderswo etwas aufzubauen. Angefangen bei unserem Ururahn, der einst dem Ruf des Bischofs von Dorpat folgte und von Norddeutschland ins heidnische Livland zog. Und in späteren Zeiten gab es ebenfalls immer wieder jüngere Söhne, die Nebenlinien gründeten. Dieses Mal ist es eben der Älteste, der einen Neuanfang wagt.« Julius nahm Luises Gesicht in beide Hände. »Aber nun musst du mir ehrlich sagen, ob du mit mir den Schritt ins Ungewisse wagen willst.« Er sah ihr tief in die Augen. »Es liegen nämlich harte Zeiten vor uns.«

»Du meinst die Suche nach einem neuen Zuhause und die Frage, von was wir leben werden?« Luise legte ihre Hände über seine. »Ich bin es gewohnt, mir meinen Unterhalt zu verdienen, und kann …«

»Das weiß ich doch. Als Ernährer brauchst *du* mich gewiss nicht.« Julius grinste verschmitzt. »Und mich würdest du obendrein ohne Schwierigkeiten gut über die Runden bringen.« Seine Miene wurde wieder ernst. »Nein, ich wollte sagen, dass uns sehr wahrscheinlich eine längere Trennung bevorsteht. Ferdinand wird meinen Platz auf Algulfer einnehmen und seinen Dienst in der Armee quittieren müssen. Und mich wird man an seiner Stelle einberufen. Schließlich befinden wir uns im Krieg. Und da muss zumindest ein Sohn pro Familie einrücken.«

Luise lief ein Schauer über den Rücken. »Das kann ich nicht zulassen!« Sie löste sich von Julius. »Wie sollte ich damit leben, wenn dir etwas zustößt? Mit der Schuld, weil du meinetwegen …«

»Schuld?«, fiel ihr Julius ins Wort. »Es ist meine freie Entscheidung, vergiss das bitte nicht. Und für den Krieg bist du auch nicht verantwortlich.«

»Aber wir könnten warten, bis er vorbei ist«, sagte Luise. »Ich würde nach Deutschland zurückkehren, und du könntest hierbleiben …«

»Und so tun, als hätte ich es mir anders überlegt und würde den Forderungen meiner Familie entsprechen?« Julius schüttelte den Kopf. »Niemals! Das wäre Verrat an dem Menschen, an dem mir am meisten liegt. Für mich gibt es kein Zurück mehr.« Er beugte sich zu Luise hinunter und küsste sie auf den Mund. »Ich gebe freimütig zu, dass ich enttäuscht bin von der unnachgiebigen Haltung meiner Familie und insbesondere meines Vaters. Ich habe ihn wohl doch liberaler und toleranter eingeschätzt, als er ist. Oder ich wollte einfach gern glauben, dass ihm das Glück seines Sohnes wichtiger ist als fragwürdige Werte wie Familienehre und überholte Traditionen.« Er fuhr sich durchs Haar. »Er will, dass ich noch einmal darüber schlafe, und hofft gewiss, dass ich dann doch einlenke. Er selbst sieht keine Möglichkeit, sich anders zu entscheiden und sich über die Standesregeln hinwegzusetzen. Er sagte wortwörtlich, dass er ›ein Sklave der ehernen Familiengesetze‹ sei. Und natürlich will er nicht wahrhaben, dass ich auf diese pfeife. Er ist überzeugt, dass ich noch zur Besinnung kommen werde.« Julius zuckte die Achseln. »Ich schätze meinen Vater sehr. Aber in dem Punkt kann und will ich ihm nicht folgen.«

»Was ist mit Ferdinand? Wie wird er es aufnehmen, unseretwegen seinen Posten aufgeben zu müssen?«

»Das wird ihm gar nicht schmecken. Er war schon als kleiner Junge froh, nicht der künftige Herr von Algulfer zu sein. Das Landleben lag ihm noch nie.« Julius grinste schief. »Aber als er gemerkt hat, wie ernst es mir mit dir ist, hat er uns seine volle Unterstützung zugesagt. Auch wenn es zum Äußersten kommen sollte und ich enterbt würde.«

»Ihr habt darüber gesprochen?« Luise sah Julius verblüfft an.

»Wir waren schon immer sehr offen miteinander«, antwortete er. »Ich bin sehr froh, ihn an unserer Seite zu wissen.«

»Das bin ich auch«, sagte Luise. »Aber wie geht es denn nun weiter? Ich kann unmöglich auch nur eine weitere Nacht hier bleiben.«

»Das sollst du auch nicht. Ich bin sicher, Jüri Landa wird uns mit offenen Armen aufnehmen. Er wohnt mit seiner Frau und Tochter in einem der Gesindehäuser. Am besten, du packst gleich deine Sachen und die von Wilhelmine. Landa soll uns morgen zur Bahnstation in Laisholm fahren, wo wir dann den Zug nach Dorpat nehmen.«

»Kannst du denn hier einfach alles stehen und liegen lassen?«

»Warum nicht?« Julius zuckte die Achseln. »So unentbehrlich bin ich nun auch wieder nicht. Außerdem werde ich in Laisholm gleich ein Telegramm an Ferdinand abschicken und ihn bitten, so schnell es geht, nach Algulfer zurückzukehren.«

»Was ist, wenn es sich dein Vater doch noch anders überlegt? Schließlich hat auch er eine Nacht Bedenkzeit.«

»Ich werde vor unserer Abreise morgen Vormittag noch einmal in Ruhe mit ihm reden. Wobei schon ein Wunder geschehen müsste, dass er seine Meinung ändert. Und selbst wenn, das Gift, das meine Schwester gegen dich versprüht hat, und die feindselige Haltung meiner Mutter lassen sich nicht einfach ignorieren.« Er verzog grimmig das Gesicht. »Ich würde es dir niemals zumuten, weiterhin hier zu wohnen. Dazu müssten dich die beiden erst einmal glaubhaft um Verzeihung bitten.« Er fasste nach Luises Hand. »Es ist also so oder so am besten, wenn wir beide erst einmal von der Bildfläche verschwinden.« Er zog sie an sich. »Im Grunde bin ich froh, dass die Katze nun aus dem Sack ist. Die ewige Heimlichtuerei war doch recht belastend.« Er drückte seine Lippen auf ihren Mund.

Luise schlang ihre Arme um ihn und erwiderte seinen Kuss. Wie nah Verzweiflung, Angst und höchstes Glück doch beieinanderliegen konnten.

Zehn Minuten später ging Luise ein letztes Mal in ihr Zimmer und begann, die Kleider aus Schrank und Kommode in Wilhelmines Koffer zu verstauen. Ein zaghaftes Klopfen, gefolgt von einem leisen »Sie erlauben?« unterbrach sie.

Reet schlüpfte durch die Tür. »Wir bedauern es alle sehr, dass Sie uns verlassen müssen«, sagte sie leise. »Das soll ich Ihnen im Namen der Dienerschaft ausrichten.«

Luise zog die Stirn kraus. Der Eklat hatte offensichtlich in Windeseile die Runde gemacht.

»Kann ich Ihnen helfen?«, fragte Reet.

»Sehr gern. Zu zweit geht es schneller.«

Reet nahm einen Stapel Leibwäsche aus der Kommode. »Wir hätten uns alle sehr gewünscht, dass Sie unsere künftige Herrin werden.« Sie lächelte scheu.

»Aber ich bin keine Herrin. Ich bin eine einfache Zofe.«

»Gerade deswegen. Weil Sie eine von uns sind.« Reet suchte Luises Blick. »Sie sind nie überheblich gewesen, haben uns nie wie Luft behandelt oder uns schikaniert wie gewisse andere junge Damen hier im Hause. Ihnen und dem jungen Baron würden wir von Herzen gern zu Diensten sein.«

»Ich danke Ihnen.« Luises Hals wurde eng. Sie räusperte sich. »Es bedeutet mir viel, das zu hören.«

»Reet, lass uns einen Moment allein.« Auf der Schwelle stand Irmengard und machte eine scheuchende Handbewegung in Richtung des Dienstmädchens.

Reet legte das Nachthemd, das sie eben zusammenfaltete, aufs Bett, zwinkerte Luise kaum merklich zu und verließ das Zimmer.

Irmengard schloss die Tür. Sie war sichtlich um Contenance bemüht, hielt sich sehr aufrecht und hatte die Hände fest ineinander gepresst.

»Folgendes«, begann sie, wobei sie es vermied, Luise ins Gesicht zu schauen. »Meine Mutter und ich sind bereit, Ihnen eine erkleckliche Summe anzubieten, wenn Sie Julius freigeben.«

Luise riss die Augen auf. Das wird ja immer grotesker, dachte sie. Die glauben wirklich, dass ich käuflich bin. Und dass Julius tatsächlich das willenlose Opfer meiner intriganten Machenschaften ist. Es schien für die Frauen von Uexküll jenseits des Vorstellbaren zu liegen, dass er Luise aufrichtig liebte. Zu ihrer eigenen Überraschung empfand Luise Mitleid mit Irmengard, die so tief in ihren Vorurteilen, ihrem Standesdünkel und verkrusteten Denkweisen feststeckte. Es muss furchtbar sein, so unfrei zu sein, überlegte sie. Ich dagegen bin frei! Viel freier zumindest, als es dieses arme Mädchen jemals sein wird. Diese Erkenntnis erfüllte Luise mit tiefer Dankbarkeit.

»Nennen Sie uns Ihren Preis«, forderte Irmengard und wippte ungeduldig mit dem Fuß.

Luise stellte sich vor Irmengard und schaute ihr direkt in die Augen. »Die Liebe ist der Liebe Preis«, zitierte sie aus Schillers *Don Carlos*. Sie ging zur Tür. »Und nun gehen Sie bitte. Ich muss packen.« Sie drückte die Klinke hinunter, trat beiseite und verschränkte die Arme vor der Brust. Dabei rief sie sich die folgenden Zeilen der Strophe ins Gedächtnis, die sie beim Lesen des Dramas sehr beeindruckt hatten:

»Die Liebe ist der Liebe Preis. Sie ist
Der unschätzbare Diamant, den ich
Verschenken oder, ewig ungenossen,
Verscharren muss – dem großen Kaufmann gleich,
Der, ungerührt von des Rialto Gold,
Und Königen zum Schimpfe, seine Perle
Dem reichen Meere wiedergab, zu stolz,
Sie unter ihrem Werte loszuschlagen.«

Auf Irmengards Hals bildeten sich rote Flecken. Sie öffnete den Mund, schloss ihn wieder und rauschte mit versteinerter Miene an Luise vorbei auf den Gang. Diese spürte, wie die Anspannung von ihr abfiel. Julius hat recht, dachte sie. Es ist gut, dass die Heimlichtuerei ein Ende hat und ich wieder Luise Gerdes bin. Unwillkürlich richtete sie sich gerader auf. Und es gab keinen Grund, sich ihrer Herkunft zu schämen oder sich kleinzumachen. Da konnte Irmengard noch so verächtlich schauen. Luise kehrte in das Zimmer zurück und setzte beschwingt das Packen der Koffer fort.

Kapitel 40

Auf der Rückfahrt nach Otepää konnte Merike kaum die Augen offen halten. Die kurze Nachtruhe, die aufreibenden Stunden im Gewahrsam des KGB und nicht zuletzt das Wechselbad der Gefühle im Krankenhaus hatten sie erschöpft. Opa Andrus war nicht zu Hause, als sie gegen Mittag eintrafen. Merike war erleichtert über den Aufschub der Konfrontation mit ihm, die zweifellos bevorstand. Ihr Vater war ebenfalls unterwegs. Nachdem Vilja ihn telefonisch über Merikes Auftauchen informiert hatte, war er mit einem Tag Verspätung zu einer LKW-Fahrt für das Textilkombinat aufgebrochen.

Mit großem Appetit vertilgte Merike einen Teller aufgewärmte *frikadellisupp*, die Oma Kadri am Freitag gekocht hatte. War das wirklich erst vorgestern gewesen? Merike kam es deutlich länger vor. Nach dem Essen zog sie sich zu einem Nickerchen in ihr Zimmer zurück und erwachte erst am nächsten Morgen pünktlich zu ihrer Aufstehzeit an Arbeitstagen.

Am liebsten hätte Merike blaugemacht. Es brannte ihr auf den Nägeln, zu erfahren, was mit Tarmo geschehen war, warum die Volksfrontgruppe vom Geheimdienst staatsfeindlicher Umtriebe bezichtigt wurde und wer außer ihr noch alles zum Verhör nach Tartu gebracht worden war. Kaum ertönte am Nachmittag die Sirene, die das Ende der Tagschicht verkündete, rannte sie aus der Brotfabrik und schwang sich auf ihr Fahrrad. Als Erstes wollte sie bei Tarmo vorbeischauen.

Obwohl sie vor Ungeduld fast verging, zwang sich Merike, einen Umweg zur Gartensiedlung zu nehmen. Immer wieder schaute sie sich um. Wurde sie beschattet? Sie konnte kein verdächtiges Fahrzeug ausmachen, das ihr folgte. Das mulmige Gefühl blieb dennoch. Vielleicht haben die KGBler einen Peilsender an meinem Rad angebracht, überlegte sie. Dann wissen sie auch ohne persönliche Überwachung, wo ich mich befinde. Das ist doch Blödsinn, widersprach sie sich selbst. Wegen eines kleinen, unbedeutenden Lichts wie dir werden sie kaum so viel Aufwand treiben. Außerdem ist doch nichts dabei, wenn ich eines meiner Pionierkinder besuche. Einigermaßen beruhigt bog sie bald darauf in die Kolga Straße ein und klingelte an der Haustür der Familie Kuusk.

Enna öffnete ihr. Sie war blass, hatte gerötete Augen und machte einen verstörten Eindruck. »Tarmo ist weg.« Sie warf sich in Merikes Arme.

Hinter dem Mädchen erschien eine füllige Frau um die vierzig. Sie trug eine Kittelschürze, an der sie sich die bemehlten Hände abwischte.

»Bist du Merike?«

Diese nickte.

»Enna hat mir viel von dir erzählt.« Die Frau lächelte freundlich. »Ich bin Riina, die Tante von Enna und Tarmo.«

Bei der Nennung seines Namens schluchzte seine Schwester auf und drückte ihren Kopf fester gegen Merikes Bauch.

»Der KGB hat ihn am Samstag verhaftet«, sagte Riina leise. Sie warf an Merike vorbei einen prüfenden Blick zur Straße. »Komm besser herein.«

Ich bin also nicht die Einzige, die eine Überwachung für möglich hält, dachte Merike und folgte Enna und ihrer Tante in die Stube, wo sie sich an einen Tisch setzten.

»Seitdem haben wir nichts von ihm gehört«, fuhr Riina fort. »Wir wissen weder, wo er jetzt ist, noch, was man ihm zur Last legt.«

»Euch hat man nicht befragt?«

Enna und ihre Tante schüttelten die Köpfe.

»Nachdem er weggebracht worden war, haben zwei Beamte das

ganze Haus auf den Kopf gestellt«, sagte Riina. »Keine Ahnung, was die gesucht haben. Gefunden haben sie wohl nichts, sie haben zumindest nichts mitgenommen.«

Zum Glück wurde Enna nicht in die Mangel genommen, wie ich es befürchtet hatte, stellte Merike erleichtert fest.

»Ich kann mir das alles nicht erklären.« Riina zupfte an ihrem Ohrläppchen. »Warum glauben die, dass Tarmo etwas angestellt hat? Noch dazu etwas, das den Geheimdienst auf den Plan ruft.«

Offensichtlich hatte Enna ihrer Tante nichts von den Zetteln erzählt, die sie im Schrank ihres Bruders gefunden hatte.

»Mich hat man auch vorgestern geholt und verhört«, sagte Merike.

Enna sah sie erschrocken an. Merike schüttelte kaum merklich den Kopf. Hoffentlich versteht sie, dass ich dichtgehalten und unser Geheimnis nicht verraten habe, dachte sie.

»Ich glaube nicht, dass etwas Konkretes gegen uns vorliegt«, sagte sie zu Riina. »Sonst hätten die mich kaum so bald wieder gehen lassen.«

»Was ist mit Tarmo?«, fragte Enna. »Wann kommt er zurück?«

Die Angst in ihrer Stimme gab Merike einen Stich. »Das kann ich dir leider nicht sagen.« Sie strich der Kleinen übers Haar und fuhr an Riina gewandt fort: »Es muss in irgendeiner Weise mit der Volksfrontgruppe zu tun haben, in der wir uns engagieren. Ich werde jetzt gleich die anderen aufsuchen und fragen, ob sie mehr wissen. Es wurden wohl nicht alle verhaftet.«

»Wo hat denn deine Vernehmung stattgefunden?«, fragte Riina.

»In Tartu. Ich nehme mal an, dass Tarmo ebenfalls in die dortige KGB-Stelle gebracht wurde.«

»Warum bist du frei und er nicht?«, wisperte Enna.

»Das weiß ich noch nicht«, antwortete Merike. »Aber ich werde es herausfinden. Und ich werde alles tun, was ich kann, um ihm zu helfen. Das verspreche ich dir.« Hoffentlich hast du dich da mal nicht zu weit aus dem Fenster gelehnt, rügte ihre Vernunftsstimme. Du tappst doch vollkommen im Dunkeln. Momentan schon, hielt die Optimistin in ihr dagegen. Sie konnte doch nicht einfach zur Tagesordnung übergehen, als wäre nichts geschehen. Außerdem ließ man einen Freund nicht im Stich.

Als Nächstes fuhr Merike zu Helina, die der KGB ebenfalls verhaftet und verhört hatte und die davon genauso überrumpelt worden war wie Merike. Außer ihnen beiden und Tarmo hatten die Agenten aus Tartu noch Tankwart Artur kassiert, der wie Ennas Bruder noch nicht wieder nach Otepää zurückgekehrt war. Die Frage, warum der Geheimdienst Milvi und ihren Mann Mati in Ruhe gelassen und Marten nur kurz bei sich zu Hause befragt hatte, konnte Helina nicht beantworten. Die ganze Angelegenheit war ihr ebenso schleierhaft wie Merike.

Sie war überdies felsenfest davon überzeugt, dass Tarmo niemals etwas tun würde, was die Aufmerksamkeit der Staatssicherheit erregen konnte. In einem Gespräch mit Artur, der sich krassere Aktionen wünschte, hatte er zwar sein Verständnis für die Ungeduld des Tankwarts gezeigt, dem Estlands Abnabelungsprozess von Moskau viel zu schleppend voranging. Gleichzeitig hatte Tarmo jedoch keinen Zweifel aufkommen lassen, dass er selbst die Füße stillhalten würde. Zumindest so lange, wie seine Mutter sich nicht um Enna kümmern konnte. Tarmo fühlte sich für seine kleine Schwester verantwortlich und wollte nicht riskieren, von ihr getrennt zu werden. Merike leuchtete das ein. Umso weniger passten die Zettel mit den Plakatentwürfen ins Bild. Sie hatte den Eindruck, sich im Kreise zu drehen und keinen Ansatzpunkt zu finden, wie sie Tarmo entlasten und ihren Teil dazu beitragen konnte, dass er nach Hause zurückkehren durfte.

Beim Abendbrot fand sich Merike allein mit ihrer Mutter am Küchentisch. Dass ihr Vater fehlte, war sie gewohnt. Dass ihre

Großeltern fernblieben, war dagegen höchst ungewöhnlich. Vor allem Opa Andrus legte, seit sie denken konnte, großen Wert darauf, zumindest die Hauptmahlzeit des Tages im Kreis der Familie zu sich zu nehmen. Laut Vilja war Oma Kadri nachmittags spontan zu ihrer Freundin Milvi gegangen mit dem Hinweis, sie würde dort zum Abendessen bleiben. Opa Andrus hatte sich mit einem Teller belegter Brote in den ehemaligen Bäckerladen zurückgezogen, der mittlerweile bis auf ein paar Kleinigkeiten instand gesetzt war und auf seine Eröffnung wartete. Angeblich wollte er dort ungestört »wichtige Unterlagen« durchgehen, eine Erklärung, die in Merikes Ohren verdächtig nach einer Ausrede klang.

Schon in der Früh war ihr aufgefallen, dass ihr Großvater sich rarmachte, und sie hatte sich gefragt, ob er seine Strategie geändert hatte. Sie hatte erwartet, dass er die erste Gelegenheit seit ihrer Rückkehr aus Tartu nutzen würde, ihr eine wütende Gardinenpredigt zu halten und sie mit Vorwürfen sowie der Androhung von »Konsequenzen« zu überschütten. Hatte er stattdessen beschlossen, sie mit Schweigen zu strafen?

»Was ist mit Opa los?«, fragte sie ihre Mutter, sobald sie sich gesetzt hatten. »Isst er meinetwegen nicht mit uns?«

»Das glaube ich nicht.« Vilja reichte Merike eine Schüssel mit Kartoffelsalat, den sie mit gekochten Karotten und Eiern sowie sauren Gurken und einer Sauerrahm-Senf-Sauce zubereitet hatte. Dazu gab es gebrühte Fleischwürstchen. »Er hat Zoff mit Oma.«

»Wie bitte, mit Oma?« Merike hob verblüfft die Brauen. »Das verstehe ich nicht. Er müsste doch überglücklich sein, dass sie so schnell wieder aus dem Krankenhaus entlassen wurde und kregel ist wie eh und je.«

»Davon bin ich auch ausgegangen«, sagte Vilja. »Aber heute Nacht haben die beiden heftig gestritten. Ich bin von ihren lauten Stimmen wach geworden. Leider habe ich kaum ein Wort verstanden und weiß nicht, weswegen die beiden aneinandergeraten sind.« Sie schöpfte sich eine Portion Salat auf ihren Teller. »Ich vermute, dass es um etwas ging, von dem deine Großmutter erwartet, dass er es endlich anspricht.«

»Wie kommst du darauf, wenn du doch kaum was aufschnappen konntest?«

»Einen Satz schon. Irgendwann wurde nämlich die Tür unten aufgerissen, und Schritte polterten durch den Flur. Wahrscheinlich ist mein Vater da aus dem Schlafzimmer gestürmt. Und sie hat ihm nachgerufen: ›Wenn es nach mir ginge, wüsste sie es schon längst!‹« Vilja schnitt ein Stück Wurst ab.

Während sich Merike fragte, wen Oma Kadri wohl mit »sie« gemeint hatte, erzählte ihre Mutter weiter.

»Heute Morgen habe ich Vater auf einer Pritsche im Laden überrascht, wo er wohl den Rest der Nacht verbracht hat. Es war ihm sehr unangenehm, dass ich ihn dort entdeckt habe. Erklärt hat er natürlich nichts.« Sie schob die Gabel in den Mund.

Merike sah ihre Mutter ungläubig an. Das hatte es noch nie gegeben! Sie hätte es allenfalls für wahrscheinlich gehalten, dass Oma Kadri nach einer Auseinandersetzung das Feld räumte und ihrem Mann das Ehebett überließ. Was war nur in ihre Großmutter gefahren? Seit wann war sie so auf Krawall gebürstet?

»Und Oma? Hat sie dir gesagt, was los ist?«

Vilja schüttelte den Kopf. »Jetzt, wo du es sagst …«, sie unterbrach sich und verengte die Augen. »Sie ist mir heute ebenfalls tunlichst aus dem Weg gegangen.«

»Das ist alles sehr merkwürdig.« Merike stocherte in ihrem Kartoffelsalat. »Es sieht Oma gar nicht ähnlich.«

»Stimmt. Sie ist doch sonst immer um Harmonie bemüht.« Vilja zupfte an einer Haarsträhne. »Wobei. Auf mich hat sie nicht so sehr einen zornigen Eindruck gemacht, sie wirkte eher bekümmert. Als würde etwas auf ihrer Seele lasten, das ihr zu schaffen macht.«

Hatte es mit dem »Balg« zu tun, das Opa Andrus in seiner Wut erwähnt hatte? Merike war drauf und dran, ihre Mutter danach zu fragen. Tu's lieber nicht, mahnte ihre besonnene Seite. Jetzt ist kein guter Zeitpunkt, sie ist auf dem Sprung zur Nachtschicht. Das ist kein Thema für ein Gespräch zwischen Tür und Angel.

Merike aß schweigend ein paar Bissen. Ich verstehe Mama nicht, überlegte sie. Warum bohrte sie nicht nach? Interessierte es sie nicht, was hinter all den ominösen Anspielungen steckte? Hatte sie Angst, etwas zu erfahren, mit dem sie nicht fertig wurde? Wie konnte sie damit leben? Merike warf ihrer Mutter, die ihren Teller geleert hatte und sich ein Vesperbrot für die Arbeit schmierte, einen verstohlenen Blick zu, doch ihre Miene blieb unergründlich.

»So, mein Schatz.« Vilja stand auf. »Wir sehen uns morgen früh.« Sie drückte Merike einen Kuss auf die Wange und verließ die Küche.

Geheimnisse, dachte Merike, während sie das Geschirr zusammenräumte. Das war das Stichwort. Im Trubel um die Vorbereitungen auf den Festakt war der alte Lederkoffer in den Hintergrund geraten. Merike beschloss, ihn an diesem Abend endlich gründlicher unter die Lupe zu nehmen und zu versuchen, Antworten auf einige der ungeklärten Fragen zu finden, die er ihr aufgab.

Ihr Vorhaben musste erneut warten. Kurz nachdem Vilja zur Brotfabrik aufgebrochen war und Merike gerade den Abwasch erledigte, klingelte es. Enna stand mit erhitztem Gesicht vor der Tür.

»Was ist passiert?«, fragte Merike.

»Tarmo hat sich gemeldet.« Enna hielt ihr einen Fetzen Papier hin. »Das hat mir Artur gerade gebracht. Mein Bruder hat es ihm heimlich geben können.«

»Der Tankwart ist also wieder frei?« Merike winkte das Mädchen ins Haus.

»Ja, sie haben ihn vor ein paar Stunden gehen lassen.« Ennas Unterlippe begann zu zittern. »Jetzt ist nur noch Tarmo eingesperrt.«

Merike streichelte ihr über den Kopf und nahm die Notiz, die mit Bleistift auf ein Stück grobes Toilettenpapier geschrieben war.

Liebe Enna, mach Dir keine Sorgen um mich! Mir geht es gut. Ich bin sicher, dass ich bald wieder bei Dir bin. Ich habe nichts Unrechtes getan, das musst Du mir bitte glauben! Ich hoffe, bei Euch ist alles in Ordnung. Grüße Tante Riina von mir. Und Merike, wenn Du sie siehst. Alles Liebe, Dein Tarmo

Dass Tarmo ihr Grüße ausrichten ließ, freute Merike mehr, als sie sich eingestehen wollte. Es kam ihr bedeutsam vor, dass er selbst in einer desolaten Lage an sie dachte. Steigere dich da nicht in etwas hinein, ermahnte sie sich selbst. Wahrscheinlich hat er das vor allem geschrieben, um mich durch die Blume zu bitten, für Enna da zu sein. Sie rieb sich die Stirn. Wie es ihm wohl wirklich ging? Er war nun schon den dritten Tag im Gewahrsam des KGB. Ihr waren ja schon vierundzwanzig Stunden Haft wie eine Ewigkeit vorgekommen. Nicht auszudenken, wenn daraus Tage geworden wären. Sie sah Tarmo in einer Zelle vor sich, dazu verdammt, stundenlang auf das nächste Verhör zu warten, erschöpft vom Schlafmangel, unter ständiger Beobachtung eines Wärters, der regelmäßig kontrollierte, ob der Gefangene das Verbot einhielt, sich tagsüber weder hinzusetzen noch auf die Pritsche zu legen. Ob man ihn wenigstens ausreichend mit Essen versorgte?

»Warum darf mein Bruder nicht nach Hause?« Enna schniefte.

Gute Frage, dachte Merike. Ging der KGB davon aus, dass er ein Einzeltäter war? Und sie aus der Gruppe waren nur verhört worden, weil sie ihn kannten? Aber was wurde ihm zur Last gelegt? Nachdenklich starrte sie auf seine Zeilen und stutzte.

»Das ist seltsam«, murmelte sie.

»Was denn?«

»Komm mit nach oben. Ich muss was überprüfen«, antwortete Merike und lief zur Treppe.

In ihrem Zimmer holte sie die Zettel aus dem Versteck hinter der Boden-Wand-Leiste und legte sie neben Tarmos Botschaft.

»Fällt dir was auf?«, fragte sie Enna, die ihr mit ratlosem Gesicht zusah.

Die Kleine beugte sich über die Papiere. »Das ist nicht Tarmos Schrift«, rief sie kurz darauf und tippte auf die Notizen, die sie in seinem Schrank gefunden hatte.

»Ganz genau.« Merike runzelte die Stirn. »Die Buchstaben sind viel runder.«

»Aber wer hat das dann geschrieben?«, fragte Enna.

Merike zuckte die Schultern. Vielleicht hat Tarmo sie für Artur aufbewahrt, überlegte sie. Dem würde ich so eine Plakataktion zutrauen. Sie ging zu ihrem Schreibtisch, durchsuchte den Papierkorb und holte einen zerknüllten Zettel heraus, auf dem ihr der Tankwart zwei Wochen zuvor die Adresse eines Bekannten aufgeschrieben hatte, bei dem sie Papier für die Wimpel hatte abholen können, die sie mit den Pionieren gebastelt hatte. »Fehlanzeige«, murmelte sie. Sogar ein ungeübtes Auge konnte auf Anhieb erkennen, dass sich auch Arturs Schrift deutlich von den beiden anderen unterschied.

Aber für wen dann könnte Tarmo die Zettel bei sich versteckt haben? Und noch wichtiger: Wie war er ins Visier des Geheimdienstes geraten? War es möglich, dass er einer Diffamierung zum Opfer gefallen war? Dass ihn jemand beim KGB angeschwärzt hatte, um ihm zu schaden? Eine andere plausible Erklärung gab es eigentlich nicht.

Merike setzte sich neben Enna, die auf dem Boden kauerte und den Kopf hängen ließ. Tränen rollten ihr über die Wangen, und ihre Schultern bebten.

»Ich weiß, dass das eine schlimme Zeit für dich ist.« Merike legte behutsam den Arm um die Kleine. »Aber ich bin …«

»Was ist, wenn Siiri recht hat?«, platzte Enna hervor.

»Siiri?« Merike sah Enna verdattert an. »Was hat sie denn gesagt?«

Siiri war eins der älteren Mädchen bei den Pionieren. Sie hackte gern auf den Kleineren herum, gab mit ihrem Wissen an und war bis zu den Haarspitzen mit Vorurteilen vollgestopft, die sie zu Hause eingetrichtert bekam.

»Dass ich in ein Heim komme, wenn Tarmo ins Gefängnis muss. Weil meine Mama in der Irrenanstalt ist.« Enna presste ihren Kopf gegen Merikes Brust und schluchzte verzweifelt.

Diese dumme Gans, dachte Merike. Wie konnte man nur so gemein sein? Enna hatte ihrer Mitschülerin doch nichts getan. Merike wiegte das weinende Kind hin und her und murmelte beruhigend auf es ein. Dabei grübelte sie weiter, wer ein Interesse daran haben konnte, den KGB auf Tarmo anzusetzen und dazu zu bringen, dessen Haus auf den Kopf zu stellen. Die Zeiten, in denen der Hauch eines Verdachts ausgereicht hatte, die Staatssicherheit auf den Plan zu rufen, die ohne großes Federlesen Leute festnehmen und ohne Untersuchung oder Gerichtsverfahren in Gefängnissen oder Straflagern verschwinden ließ, gehörten doch der Vergangenheit an. Es bedurfte schon konkreter Hinweise oder Indizien, um eine Person auf den Prüfstand zu stellen. Merike zog die Stirn kraus. In Tarmos Fall würde das bedeuten, dass jemand ihm die belastenden Zettel ohne sein Wissen untergeschoben und anschließend den Geheimdienst informiert hatte. Allerdings hatte dieser jemand nicht mitbekommen, dass Enna die angeblichen Beweise für Tarmos subversive Pläne rechtzeitig gefunden und entfernt hatte. Aber wer zum Teufel war dieser jemand?

Nach einer Weile keimte ein ungeheuerlicher Gedanke in Merike auf. Die gehässige Bemerkung von Siiri hatte Merike an einen anderen Menschen erinnert, dem sie Boshaftigkeiten wie eine Verleumdung eines Unschuldigen beim KGB zutraute. Aber wie konnte sie herausfinden, ob ihr Verdacht sie endlich auf die richtige Spur führen würde?

Livland, Sommer 1914

Kapitel 41

Die Frage, wie und von wem Luises falsche Identität aufgedeckt worden war, beantwortete Jüri Landa, als er sie und Julius am Tag nach dem Eklat zur Bahnstation in Laisholm kutschierte. Wie Julius vorhergesagt hatte, waren sie vom Stallmeister und seiner Frau am Vorabend herzlich bei sich aufgenommen worden und hatten die harmonische Stimmung bei den Landas nach dem Zerwürfnis im Herrenhaus genossen.

Vor ihrem Aufbruch am nächsten Morgen hatte sich Julius noch einmal mit seinem Vater zusammengesetzt. Auch hier sah er sich in seiner Prognose bestätigt: Das Gespräch war zwar in versöhnlichem Ton verlaufen, am Stand der Dinge hatte es jedoch nichts geändert. Der Baron sah sich nicht in der Lage, die althergebrachten Familiengesetze zu brechen und seinem Ältesten und Erben des Gutes zu gestatten, weit unter Stand zu heiraten. Julius wiederum hatte keinen Zweifel aufkommen lassen, dass sein Entschluss, Luise zur Frau zu nehmen, unverrückbar feststand.

Die Hitze, unter der das Land wochenlang gebrütet hatte, war seit einigen Tagen regnerischem Wetter mit kühleren Temperaturen gewichen. Die letzten Brandherde in den Wäldern und Mooren erloschen, frisches Grün sprosste zwischen den vertrockneten Grasbüscheln, und der dürstende Boden saugte das lang entbehrte Nass auf, das die staubigen Wege in schlammige Moräste verwandelte. Landa hatte ein Verdeck über die zweisitzige Sitzbank eines Jagdwagens gespannt, auf der Julius und Luise nebeneinander Platz nahmen. Er selbst saß in eine Regenpelerine gehüllt auf dem Bock und lenkte das Pferd.

Als die Kutsche die Torpfosten der Mauer, die das Gutsensemble umgab, passierte und in die Eichenallee fuhr, hörte Luise ein

Bellen. Sie beugte sich aus dem Wagen und sah Metsik in großen Sprüngen hinter ihnen herjagen. Sie hatte den Hund zuvor vergebens mit zunehmender Verzweiflung gesucht und schließlich von einem Knecht erfahren, dass Grubner ihn am Vortag eingefangen hatte. Luise konnte sich nicht erklären, was er mit dem Hund vorhatte, und befürchtete das Schlimmste. Der Melker war wie vom Erdboden verschluckt, niemand wusste, wo er sich befand. Umso glücklicher war Luise, dass es Metsik offensichtlich gelungen war, seinem ehemaligen Peiniger zu entfliehen und rechtzeitig den Weg zu ihr zu finden.

»Darf er mitkommen?«, fragte sie leise und sah Julius unsicher an.

»Selbstverständlich«, antwortete er. »Er ist auch ein Verstoßener, er passt also gut zu uns. Außerdem weiß ich doch, wie viel er dir bedeutet. Ich brächte es niemals übers Herz, euch zu trennen. Wobei ich gestehe, fast ein wenig eifersüchtig zu sein.« Er zwinkerte ihr mit einem verschmitzten Lächeln zu.

»Ich danke dir!« Luise drückte seine Hand. Sie war froh, Julius wieder ein wenig fröhlicher zu sehen. Sie wusste, wie nah ihm der Abschied von Algulfer ging, auch wenn er sich alle Mühe gab, seine Trauer zu verbergen. Seit der Abfahrt hatte er schweigend neben ihr gesessen, die Augen fest auf Landas Rücken geheftet, als wolle er sich mit aller Macht davon abhalten, zurückzuschauen und einen letzten Blick auf das Herrenhaus zu erhaschen.

»Ich hatte mir schon Sorgen gemacht, dass Grubner ihm doch noch etwas angetan hat«, sagte Luise. »Er hat sich Metsik nämlich gestern geschnappt.«

»Wahrscheinlich wollte er sich an Ihnen rächen«, sagte Jüri Landa über die Schulter hinweg zu Luise.

»An mir? Wieso das denn?«

»Weil sein schöner Plan nicht aufgegangen ist.«

»Welcher Plan?«, fragte Julius.

»Sie haben das gar nicht mitbekommen?« Landa drehte sich zu ihnen um. »Grubner hat versucht, den Baron zu erpressen.«

Julius und Luise sahen sich erstaunt an.

»Ich war gestern Vormittag zu einer Besprechung mit dem Baron im Herrenhaus verabredet. Er bat mich, im Arbeitszimmer auf ihn zu warten, da er im angrenzenden Kleinen Salon noch schnell etwas mit der Baronin klären wollte. Dazu kam es nicht, denn Grubner tauchte auf. Durch die angelehnte Tür wurde ich zum unfreiwilligen Zuhörer des Gesprächs.« Er stockte und kratzte sich im Nacken. Es war ihm sichtlich unangenehm, das zuzugeben.

»Wir wissen doch, dass Sie nicht herumschnüffeln«, sagte Julius und bat den Stallmeister, weiterzuerzählen.

»Also, Grubner hat wohl gestern beim Abholen der Post zum wiederholten Mal festgestellt, dass Sie«, er nickte Julius zu, »Briefe von einem gewissen E. Gerdes aus Deutschland erhalten. Er vermutete, dass es sich dabei um einen Spionage-Kontakt handelte, der vielleicht von der vermeintlichen Wilhelmine eingefädelt wurde, die quasi als U-Boot fungierte. Das erklärte in Grubners Augen auch, warum Sie die Briefe an Wilhelmine weitergegeben haben, die die Informationen oder Anweisungen vielleicht für Sie verstecken sollte. Oder sie war selbst die Agentin und missbrauchte Sie als nichts ahnenden Kurier.«

»Gute Güte!«, rief Julius. »So eine blühende Phantasie hätte ich dem Mann nie und nimmer zugetraut.«

Auch Luise hatte den Ausführungen von Jüri Landa mit zunehmender Irritation gelauscht, in die sich ein Hauch Belustigung mischte. Wie konnte Grubner auch nur einen Moment lang annehmen, seine absurden Unterstellungen könnten ernst genommen werden? Nun, er war beileibe nicht der Einzige, der dieser Tage allerorten Sabotage und Verrat witterte. Sie erinnerte sich an Ellas Bericht über die unzähligen Festnahmen angeblicher Spitzel. Das würde hier in Russland nicht anders sein.

»Was hat es denn nun mit der Erpressung auf sich?«, fragte sie.

»Er drohte, mit seiner Entdeckung zur Polizei zu gehen«, antwortete Landa. »Zuerst wollte er dem Baron jedoch die Chance geben, die Sache intern zu regeln. Grubner verlangte für sein Schweigen mehr Lohn, eine gehobenere Stellung oder am besten ein Stück Land.«

»Was für ein ausgekochter Spitzbube.« Julius schüttelte den Kopf. »Wie haben meine Eltern reagiert?«

»Die Baronin hat wortlos das Zimmer verlassen. Und der Baron ist, wie Sie sich denken können, nicht auf diese erpresserische Forderung eingegangen. Er hat vielmehr den Spieß umgedreht und durchblicken lassen, dass er den Melker ohne Weiteres sofort verhaften lassen könnte, weil dieser ein Reichsdeutscher ist, und entweder umgehend des Landes verwiesen oder – wahrscheinlicher noch – ins Innere Russlands deportiert würde.«

Auch den Grund, warum die Baronin den Salon verlassen hatte, kannte Landa. Von deren Zofe hatte seine Frau erfahren, dass Dina von Uexküll höchstpersönlich in Luises Zimmer nach den Briefen gesucht hatte und fündig geworden war. Daraufhin hatte sie ihren Mann eindringlich gebeten, Grubner mit einer stattlichen Summe abzufinden und fortzuschicken. Sie wollte um jeden Preis verhindern, dass der Melker vom wahren Inhalt der Schreiben Wind bekam und die skandalträchtige Information verbreiten konnte, Familie von Uexküll sei einer Betrügerin aufgesessen. Was für sie zweifelsohne sehr viel furchterregender war, als wenn sich die echte Wilhelmine als Spionin entpuppt hätte.

Beim Abschied am Bahnhof von Laisholm bat Julius den Stallmeister, der nach Grubners Entlassung für die Post zuständig war, etwaige Briefe, die seine Eltern an Wilhelmines Familie nach Oldenburg schicken wollten, abzufangen und dafür zu sorgen, dass sie erst zum Postamt weitergeleitet wurden, wenn der Briefverkehr zwischen Russland und dem Deutschen Reich gänzlich unterbrochen sein würde, was nur eine Frage von Tagen sein konnte. Auf diese Weise wollte Julius es Wilhelmine ermöglichen, in Ruhe zu überlegen, wie sie mit der veränderten Situation umgehen wollte, und ihre nächsten Schritte zu planen.

Seine Bitte, der Jüri Landa gern nachkommen wollte, führte Luise vor Augen, dass sie selbst bis auf Weiteres von Ella abgeschnitten war und den vorerst letzten Brief ihrer Schwester am Freitag erhalten hatte. Wie lange würde ihre Korrespondenz unterbrochen sein? Während Julius und Landa die Koffer von der Kutsche auf eine Lastkarre luden, kämpfte Luise gegen einen Anflug von Panik an. Wenn es schon für Postsendungen kein Durchkommen mehr ins verfeindete Deutschland gab, galt das vermutlich erst recht für Menschen. Die Erkenntnis, keine Möglichkeit zu haben, in die Heimat zurückzukehren, verengte ihren Brustkorb und ließ ihr Herz heftig pochen. Sie zwang sich, tief ein- und auszuatmen, und folgte Julius zum Telegraphenamt, nachdem dieser einen Gepäckträger beauftragt hatte, ihre Koffer zum Gleis zu bringen, auf dem in Kürze der Zug nach Dorpat einfahren sollte. Deine Heimat ist jetzt hier, bei Julius, dachte Luise, als er ihr den Arm reichte. Alles andere würde sich fügen. Die ängstliche Anwandlung verflüchtigte sich. Sie hakte sich bei ihm unter, spürte die Wärme seines Körpers und die Geborgenheit, die seine Nähe ihr vermittelte.

Im Dorpater Bahnhof, den sie am frühen Nachmittag erreichten, herrschte lebhaftes Treiben. Luise konnte kaum glauben, dass es dieselbe Zugstation war, die sie sechs Wochen zuvor als ein wenig verschlafen wahrgenommen hatte. Auf dem Bahnsteig war kaum ein Durchkommen. Ihr Zug, der Richtung Süden über Walk und Riga weiterfahren sollte, diente offenbar in erster Linie dem Transport von Soldaten, die, wie Julius vermutete, zur ostpreußischen Grenze gebracht werden sollten, wo dieser Tage die Erste

Armee unter dem Befehl des deutschbaltischen Generals Paul von Rennenkampf Aufstellung nahm.

Luise hielt sich dicht neben Julius, der ihnen einen Weg durch die Menge bahnte. Metsik, der die Zugfahrt unter ihrer Bank dösend verbracht hatte, presste sich gegen Luises Beine und schien sich in der Menschenmenge ähnlich unwohl zu fühlen wie sie. Nach der beschaulichen Ruhe auf dem Lande empfand Luise das Zischen und Pfeifen der Dampflokomotiven, das Kreischen der Bremsen, das Stimmengewirr der Passagiere und das schrille Trillern, mit dem Schaffner die Abfahrbereitschaft eines Zuges signalisierten, wie eine riesige Welle, die über ihr zusammenschlug.

»Luise!« Der Ruf übertönte die Geräuschkulisse.

Sie reckte sich, sah sich suchend um und fand sich einen Augenblick später in den Armen Wilhelmines wieder, die sie stürmisch an sich drückte. Luise hatte ihr von Laisholm aus telegraphiert, dass sie sich auf dem Weg nach Dorpat befand. Sie war jedoch davon ausgegangen, dass Wilhelmine nicht zu Hause sein würde, wenn ihre Nachricht eintraf. Umso größer war ihre Überraschung, von ihr in Empfang genommen zu werden.

»Frau Rätsep hat mir dein Telegramm ins Lazarett gebracht«, erklärte Wilhelmine, nachdem sie sich voneinander gelöst hatten und hinter Julius hergingen, der mittlerweile einen Gepäckträger aufgetrieben hatte. »Da habe ich alles stehen und liegen gelassen.« Wilhelmine strahlte Luise an. »Ich kann gar nicht sagen, wie sehr ich mich freue, dass du gekommen bist.«

Luise drückte stumm ihre Hand und blinzelte, überwältigt von ihrer Wiedersehensfreude, eine Träne weg.

»Und natürlich brenne ich darauf, zu erfahren, was auf Algulfer geschehen ist und warum ihr mit großem Gepäck reist«, fuhr diese mit gesenkter Stimme fort und warf einen bedeutungsvollen Blick auf Julius, der eine Droschke herbeiwinkte und den Lastenträger entlohnte, der die Koffer von seiner Karre wuchtete.

»Ist das nicht der Hund, der dich bei unserer Ankunft auf Algulfer umgerannt hat?«, fragte Wilhelmine mit Blick auf Metsik, der die stürmische Umarmung der beiden Frauen mit leisem Knurren begleitet hatte.

»Ja, das ist Metsik.« Luise beugte sich zu ihm. »Du musst keine Angst vor Wilhelmine haben«, sagte sie und kraulte ihm die Stirn. »Sie tut mir nichts Böses.«

»Wie sieht es umgekehrt aus?« Wilhelmine betrachtete den Hund misstrauisch. »Ich gestehe, dass ich großen Respekt vor dem Ungetüm habe.«

»Ja, er wirkt auf den ersten Blick sehr grimmig. Aber solange du nett zu Luise bist, bleibt er friedlich«, sagte Julius, der den Fuhrmann mittlerweile angewiesen hatte, das Verdeck herunterzulassen. »Metsik ist nämlich Luises selbsternannter Beschützer.« Er half dieser und Wilhelmine in den Fond der Kutsche und nahm ihnen gegenüber mit dem Rücken zur Fahrtrichtung Platz. »Sie hat ihn vor der Rache seines ehemaligen Besitzers gerettet.«

»Er hat ihn grausam behandelt und wollte ihn am Ende sogar umbringen«, erklärte Luise und kraulte Metsik, der sich auf den Boden vor sie gesetzt hatte, hinter den Ohren. »Das konnte ich nicht zulassen.«

»Natürlich nicht.« Wilhelmine drückte Luises Arm. »Dazu hast du ein viel zu großes Herz.« Sie hielt Metsik ihre Hand zum Beschnuppern hin. »Du hast wirklich Glück mit deinem neuen Frauchen.«

Der Hund wuffte kurz und wedelte leicht mit dem Schwanz.

»Warum fahren wir nicht im offenen Wagen?«, fuhr Wilhelmine an Julius gewandt fort. »Es regnet doch nicht mehr.«

»Das gilt nicht den Unbilden des Wetters, sondern neugierigen Blicken«, antwortete er.

»Neugierige Blicke?« Wilhelmine zog die Brauen hoch. »Ich

fürchte, ich stehe auf dem Schlauch. Was ist denn so interessant an uns?«

Luise errötete und nestelte am bestickten Saum ihrer Tunika herum, die sie über dem knöchellangen Rock trug.

»Eigentlich gar nichts.« Julius schmunzelte. »Es geht eher darum, mit wem ich unterwegs bin.« Er lächelte Luise zu. »Das muss jetzt noch nicht an die große Glocke gehängt werden.«

Wilhelmine verengte die Augen und sah Luise, die vor Verlegenheit nicht wusste, wohin sie schauen sollte, von der Seite an. »Jetzt sag bloß …« Sie hob die Hand vor den Mund. »Ihr beide seid …?«, rief sie nach einer winzigen Pause.

»Pssst, nicht so laut«, bat Luise mit Blick auf den Fuhrmann.

»Wie wunderbar!« Wilhelmine strahlte. »Ich hab's doch gleich gewusst. Ihr gehört zusammen.« Sie klatschte in die Hände. »Und nun seid ihr durchgebrannt? Das ist so romantisch.«

»Durchgebrannt nun nicht gerade«, murmelte Luise. »Unser Rollentausch ist gestern aufgeflogen und da …«

»Habe ich öffentlich verkündet, was Luise und ich schon am Johannistag beschlossen haben«, setzte Julius ihren Satz fort. »Nämlich, dass wir heiraten werden.«

»Großartig, ich gratuliere euch von ganzem Herzen!«

»Danke. Abgesehen von meinem Bruder bist du die Erste in der Familie, die so positiv darauf reagiert.« Julius verzog den Mund.

»Das kann ich mir lebhaft vorstellen«, sagte Wilhelmine. »Ich muss bloß an meine Eltern denken. Die würden außer sich geraten, wenn ihnen ihr Sohn eine nicht adlige Braut präsentieren würde.«

»Es war grässlich.« Luise zog bei der Erinnerung an die Szene im Salon die Schultern hoch.

»Jedenfalls habe ich meinem Vater versprochen, die Angelegenheit« – Julius rollte vielsagend mit den Augen – »so diskret wie möglich zu behandeln.«

»Verstehe.« Wilhelmine nickte. »Ja, die deutschbaltischen Kreise sind hier sehr eng vernetzt. Und insbesondere die Korporationen spielen bei ihnen eine wichtige Rolle. Ich habe manchmal den Eindruck, dass ganz Livland am Leben und den Vorgängen der Livonia und den anderen drei alteingesessenen Studentenverbindungen teilnimmt.« Sie grinste Julius an. »Und du als Philister bist davon selbstverständlich nicht ausgenommen.«

»Aus dem Grund hoffen wir, dass Luise bis zur Hochzeit bei Frau Rätsep wohnen kann. Da ist sie sicher vor sensationslüsternen Klatschmäulern.« Julius beugte sich vor und berührte Luises Knie.

Erneut spürte sie, wie ihr das Blut in die Wangen stieg. Die Selbstverständlichkeit, mit der Julius über sie beide als »wir« sprach, die Aussicht, in wenigen Tagen seine Frau zu sein, und der Gedanke an die Hochzeitsnacht erfüllten sie mit einer Mischung aus Dankbarkeit, Vorfreude und Aufregung.

»Frau Rätsep wird sich riesig freuen, dich wieder unter ihrem Dach zu beherbergen«, sagte Wilhelmine. »Sie erkundigt sich oft nach dir.« Sie drückte Luises Hand. »Und ich finde es erst recht großartig. Da können wir uns nach Herzenslust austauschen. Es gibt so viel zu erzählen.«

»Auf jeden Fall.« Luise straffte sich und erwiderte den Händedruck. »Ich scheine ja auch nicht mehr auf dem Laufenden zu sein. Du hast vorhin ein Lazarett erwähnt. Besuchst du denn nicht mehr den Pflegekurs in der Chirurgischen Klinik?«

»Der wurde verlegt. Besser gesagt, einige Teilnehmer sind Peet in das Lazarett gefolgt, das der EÜS, der Verein Studierender Esten, in seinem Conventshaus eingerichtet hat. Peet soll es leiten.«

»Peet?«

»Ähm … der estnische Arzt, der uns unterrichtet hat.«

Täuschte Luise sich, oder war es nun Wilhelmine, die rot wurde?

Bevor sie nachhaken konnte, wandte sich diese an Julius. »Und wo kommst du unter?«

»Bei einem Freund. Entweder bei Johann von Kleve oder bei Franz Freese. Wir drei haben uns während des Studiums eine Burg geteilt, also eine Wohnung, nahe der Uni.«

»Lass mich raten, die beiden sind ebenfalls Livonen.«

Julius nickte. »Aber sehr aufgeschlossene. Sie können dem Motto ›Es bleibe beim Alten‹ ebenso wenig abgewinnen wie ich.« Er fuhr sich durchs Haar. »Andernfalls würde ich mich gewiss nicht so gut mit ihnen verstehen. Auch wenn wir uns jetzt nicht mehr oft sehen, sind wir doch nach wie vor eng befreundet.«

»Ich freue mich schon sehr darauf, sie kennenzulernen«, sagte Luise, der Julius viel von den beiden erzählt hatte.

Johann, der jüngere Sohn eines Revaler Fabrikanten, der aufgrund von großzügigen Geldzuwendungen an den Zaren von diesem in den Adelsstand erhoben worden war, hatte sich nach seinem Jurastudium als Anwalt in Dorpat niedergelassen. Franz, der einer kleinbürgerlichen Familie entstammte, die nach dem frühen Tod des Vaters verarmt war, hatte dank eines Stipendiums das Gymnasium besuchen und anschließend Theologie studieren können. Seit zwei Jahren war er Diakon an der Johanniskirche in Dorpat.

Für Luise waren Julius und seine Freunde das beste Beispiel für den viel beschworenen engen Zusammenhalt der Conventsstudenten und Philister, die ein Leben lang auf Augenhöhe miteinander verkehrten. Die Universität Dorpat bildete eine Art Schmelztiegel der deutschbaltischen Gesellschaft, in dem sich die Vertreter aller Stände trafen. Die soziale Herkunft spielte keine Rolle, es kam nur auf den Menschen selbst an. Alle drei Ostseeprovinzen Russlands hatten eine verhältnismäßig dünne gebildete Oberschicht – bestehend aus Adel und Literaten, wie die Akademiker genannt wurden – im Unterschied zum Deutschen Reich, wo sich die Angehörigen der höheren Bildungsschichten auf viele Universitäten, unzählige Verbindungen, Burschenschaften, Turnervereine und andere Organisationen verteilten.

»Dann könnte euch doch dieser Franz Freese trauen.«

Wilhelmines Bemerkung riss Luise aus ihren Betrachtungen.

»Du wirst lachen, genau das ist der Plan«, sagte Julius und lächelte Luise zu. »So haben wir es einst in Studententagen ausgemacht: Franz hatte die Aufgabe, Johann und mich dereinst zu ehrbaren Ehemännern zu machen und unsere Kinder zu taufen. Unser Jurist würde uns in Rechtsangelegenheiten beraten. Und ich sollte meine Freunde zu Jagdgesellschaften nach Algulfer einladen.«

Luise musterte ihn unauffällig. War beim letzten Satz ein wehmütiger Ausdruck über sein Gesicht gehuscht? Sie biss sich auf die Lippe. Was er ihretwegen alles aufgab. Hoffentlich bereute er es nicht doch irgendwann.

»Eigentlich bin ich ganz froh, dass ich meinen Teil nun nicht einlösen kann.« Julius zuckte die Schultern. »Ich kann solchen Großjagden nicht viel abgewinnen. Allein schon wegen der unglaublich vielen Rehe, Hasen, Fasanen und Füchse, die dabei buchstäblich auf der Strecke bleiben.« Er grinste verschmitzt. »Das bleibt mir dank dir von nun an erspart.« Er nahm Luises Hand, führte sie an seine Lippen und schaute ihr in die Augen.

Die Zärtlichkeit, die aus seinen sprach, wischten Luises Zweifel beiseite. Sie erwiderte sein Lächeln und gab sich dem Glücksgefühl hin, das sie durchströmte.

Otepää / Estland, Sommer 1989

Kapitel 42

Merike hatte Enna nichts von ihrem Verdacht erzählt. Sie wollte keine falschen Hoffnungen wecken, bevor sie sich ihrer Sache nicht hundertprozentig sicher war. Nachdem sie die Kleine mit dem Versprechen, alles zu tun, um die Unschuld ihres Bruders zu beweisen, nach Hause zu ihrer Tante geschickt hatte, kehrte Merike zum Abwasch in die Küche zurück. Während sie das eingeweichte Geschirr mit der Spülbürste bearbeitete, ging sie die Anhaltspunkte durch, die sie dazu gebracht hatten, in Tarmos Ex-Freundin Ülle die Hauptverdächtige zu sehen:

Erstens hatte Enna gehört, wie diese Tarmo quasi die Pistole auf die Brust gesetzt und von ihm verlangt hatte, sich zwischen ihr und seiner Familie zu entscheiden. Diese unmögliche Forderung sprach in Merikes Augen dafür, dass Ülle sehr egoistisch und kaltherzig war. Wie konnte man jemanden, den man angeblich liebte, vor eine derart grausame Wahl stellen? Ülle hatte weder Tarmos Weigerung, sie nach Tallinn zu begleiten, noch sein Schlussmachen mit ihr akzeptiert. Sie hatte ihn weiterhin belagert und versucht, ihn umzustimmen. Augenscheinlich gehörte sie zu den Menschen, die eine Zurückweisung nur schlecht verkrafteten. Weswegen Merike es für möglich hielt, dass Ülles Zuneigung in Hass umgeschlagen war und sie auf Rache sann. Das war das zweite Indiz, das gegen Ülle sprach: Sie hatte ein starkes Motiv, Tarmo schaden zu wollen.

Merike runzelte die Stirn. Aber wie komme ich an belastbare Beweise?, fragte sie sich und griff gerade nach einem Geschirrtuch, als es erneut an der Tür klingelte. Dieses Mal stand Talvi vor dem Haus.

»Mann, bin ich froh«, stieß sie hervor und fiel Merike um den

Hals. »Als ich von deiner Verhaftung gehört habe, bin ich fast ausgeflippt vor Sorge.«

»Wie hast du denn davon erfahren?« Merike sah Talvi erstaunt an. »Und was machst du überhaupt hier?«

Mit ihrer Freundin hatte Merike am allerwenigsten gerechnet. Ihr letzter Stand war, dass Talvi sich am Freitag für ein paar Tage mit drei Bekannten von der Berufsschule zum Lernendspurt in eine Hütte im Hinterland von Võru zurückgezogen hatte, um dort in Ruhe für die kurz bevorstehenden Prüfungen zu büffeln.

»Ich bin früher zurückgefahren«, erklärte Talvi. »Nach drei Tagen hab ich den Koller gekriegt. War mir dann doch eine Spur zu still und ungestört in der Waldeinsamkeit.« Sie zog eine Grimasse. »Und als ich vorhin nach Hause kam, hat mir meine Mutter erzählt, was hier los war. Also das mit dem KGB und vom Zusammenbruch deiner Oma.« Sie schüttelte den Kopf. »Kaum bin ich mal kurz weg, ist hier die Hölle los«, sagte sie mit gespielter Entrüstung, wurde aber gleich wieder ernst. »Wie geht es deiner Großmutter mittlerweile?«

»Gut, zum Glück«, antwortete Merike. »Ich hatte wahnsinnige Angst um sie. Als ich abgeholt wurde, wusste ich nicht einmal, ob sie noch lebt. Das war schrecklich. Eigentlich noch schlimmer als die Verhöre und das Eingesperrtsein.«

»Du Arme!«

»Ich hatte echt noch Schwein. Der ganze Spuk war nach einem Tag vorbei.« Merike trat einen Schritt zurück. »Jetzt komm erst mal rein. Dann erzähl ich dir alles.«

Nachdem sie es sich in ihrem Zimmer auf dem Bett gemütlich gemacht hatten, berichtete Merike von ihrem Aufenthalt beim KGB und den Fragen, auf die sie nach wie vor keine befriedigenden Antworten hatte.

»Und deshalb kann ich mir das Ganze nur so erklären, dass ich und die anderen in die Mangel genommen wurden, weil wir in derselben Volksfrontgruppe sind wie Tarmo«, beendete Merike ihre Ausführungen. »Der aber sehr wahrscheinlich auch nichts Unrechtes getan hat, sondern böswillig denunziert worden ist.«

»Klingt einleuchtend«, sagte Talvi, die gebannt zugehört hatte. »Und hast du einen Verdacht, von wem?«

Merike nickte. »Ülle.«

»Seine Ex?« Talvi verengte die Augen. »Heftig. Aber absolut möglich.«

Merike, die damit gerechnet hatte, dass Talvi ihre Vermutung als überzogen und aus der Luft gegriffen abtun könnte, sah sie verblüfft an.

»Ülle ist ein Biest«, erklärte Talvi. »Zuckersüß, wenn man nach ihrer Pfeife tanzt. Aber wehe, es geht nicht nach ihrem Willen. Dann fährt sie ihre Krallen raus.«

»Woher weißt du das?«

»In meiner Klasse in der Berufsschule ist ein Mädchen, dessen Familie neben der von Ülle wohnt. Als wir es mal von unangenehmen Nachbarn hatten, hat sie ein paar Schoten zum Besten gegeben. Schon als Kind war Ülle intrigant und hinterhältig. Sie hat es irgendwie immer geschafft, anderen die Schuld in die Schuhe zu schieben, wenn sie was angestellt hatte. Und wenn man ihr zum Beispiel von Süßigkeiten oder so nichts abgeben wollte, ist sie richtig fies geworden und hat Lügen über die anderen verbreitet. Weil sie vorn herum auf Unschuldslamm gemacht und sich bei den Erwachsenen eingeschleimt hat, ist sie damit fast immer durchgekommen.«

»Widerlich!« Merike schnaubte. »So jemand würde vielleicht tatsächlich nicht vor einer Verleumdung beim KGB zurückschrecken.«

»Aber es zu beweisen, ist schwer.«

»Wem sagst du das?«, stöhnte Merike. »Darüber grüble ich schon die ganze Zeit.«

»Wenigstens ist Ülles Plan dieses Mal nicht ganz aufgegangen. Schließlich hat der Geheimdienst nichts Belastendes bei Tarmo gefunden.«

»Das stimmt. Aber warum behalten sie ihn dann immer noch in Tartu?«

»Keine Ahnung.« Talvi zuckte die Achseln. »Ich denke, sie werden ihn bald laufenlassen. Wenn wir mit unseren Vermutungen richtigliegen, haben sie ja nichts gegen ihn in der Hand.«

»Hoffentlich! Enna hat Bammel, dass man sie in ein Heim steckt, wenn er nicht bald rauskommt.«

»Arme Kleine«, sagte Talvi. Sie sah Merike forschend an. »Hängst du dich ihretwegen so rein?«

»Ja, klar, warum fragst du?«

»Na ja, ich hatte in letzter Zeit den Eindruck, dass dir Tarmo, sagen wir mal, nicht ganz gleichgültig ist.« Talvi zwinkerte vielsagend. »Und du dir deswegen so viele Gedanken machst, wie du ihm helfen kannst.«

»Nee, wie kommst du denn darauf?«, rief Merike und schüttelte energisch den Kopf. »Ich würde das genauso für Helina oder jeden anderen aus der Gruppe tun.«

Würdest du das wirklich?, fragte im selben Moment ein Stimmchen in ihr. Rasch schob sie den Gedanken an Tarmo beiseite. »Aber genug von mir«, sagte sie. »Wie läuft es bei dir mit dem Lernen?«

»Geht so. Ist wahnsinnig viel Stoff. Und die Zeit rennt mir davon.« Talvi erhob sich. »Apropos. Ich pack's dann mal wieder. Muss morgen früh raus und weiterbüffeln.« Sie seufzte. »Ich wünschte, die blöden Prüfungen wären endlich vorbei. Die versauen mir den ganzen Sommer.«

»Bald hast du es doch geschafft.« Merike stand ebenfalls auf. »Und dann wird gefeiert.«

»Hoffentlich vergeige ich es nicht.«

»Jetzt sei nicht so pessimistisch.« Merike drückte Talvis Oberarm. »Du warst so fleißig, da kann nichts schiefgehen.«

Talvi grinste schief. »Halt mich bitte auf dem Laufenden, wenn du was Neues von Tarmo hörst. Oder was über Ülle rausfindest«, sagte sie, als sie sich eine Minute später an der Haustür verabschiedeten.

Während Talvi zu ihrem Fahrrad lief, das sie gegen den Zaun gelehnt hatte, entdeckte Merike ihre Katze, die eben um die Ecke des Hauses bog und die Treppenstufen zu ihr hinaufsprang.

»Na, du Streunerin, kommst du mit rein?«

Kissa maunzte, strich um Merikes Beine und folgte ihr ins Haus. Merike nahm einen schwachen Lichtschein unter der Tür am Ende des Flurs wahr, die zum Raum hinter dem Laden führte. Offensichtlich hielt sich Opa Andrus nach wie vor in seinem selbst gewählten Exil auf. Auf Zehenspitzen schlich Merike zu der Tür, beugte sich zum Schlüsselloch und spähte hindurch. Der kleine, fensterlose Raum sollte später, wenn die Bäckerei eröffnet war, als Büro und Lager für Papiertüten, Tortenschachteln und anderen Kleinkram dienen. Über eine Treppe gelangte man in die Backstube im Keller, durch einen Durchgang mit Glasperlenschnurvorhang in den Verkaufsraum.

Ihr Großvater saß am Schreibtisch. Er hatte die Ellbogen auf die Platte gestützt, seinen Kopf in die Hände gelegt und starrte blicklos auf die Wand. Der Anblick ging Merike unerwartet nahe. Er wirkt verloren, schoss es ihr in den Sinn. Und sehr einsam und traurig. Einen Atemzug lang überlegte sie, ob sie anklopfen sollte. Um was zu tun? Ihn trösten? Sie ließ die Hand, die sie bereits erhoben hatte, sinken. Es war ihm ganz sicher nicht recht, wenn ihn jemand so sah. Schon gar nicht, wenn ich dieser Jemand bin, fügte Merike in Gedanken hinzu. Vorsichtig drehte sie sich um und kehrte in ihr Zimmer zurück.

»Was meinst du, Kissa?«, fragte sie ihre Katze, die sich auf dem

Bett zusammengerollt hatte. »Werde ich jetzt endlich dazu kommen, die Sachen von dem geheimnisvollen Jaan zu sichten? Oder wird wieder etwas dazwischenfunken?«

Sie holte den alten Lederkoffer vom Schrank und setzte sich neben Kissa. Zunächst sortierte sie die Briefe, die sich darin befanden. Die der Patentante, die dem kleinen Jaan auch das deutsche Kinderbuch geschenkt hatte, legte sie beiseite. Bei ihnen handelte es sich überwiegend um Weihnachtsgrüße sowie Glückwunschkarten, die sie ihrem Patensohn zu dessen Geburtstagen geschickt hatte. Dank der Datierungen und der Nennung des jeweiligen Alters schloss Merike, dass Jaan 1920 geboren worden war.

Zwischen den auf Estnisch verfassten Briefen seiner Mutter steckten Buntstiftzeichnungen. Auf den Rückseiten waren jeweils mit ungelenker Kinderschrift ein paar Zeilen gekritzelt, deren Inhalt fast immer der gleiche war:

Liebe Mama,
wie geht es Dir? Mir geht es gut. Vielen Dank für Deinen letzten Brief. Komm bitte bald wieder zu mir. Ich vermisse Dich. Viele Grüße von Deinem Jaan.

Ab und zu erwähnte der Junge eine gute Schulnote, Ausflüge mit Oma, Opa und seinem Onkel Andrus sowie die Fortschritte, die er beim Backen machte. Letztere erfüllten ihn unverkennbar mit besonderem Stolz. Auf vielen seiner Bilder war ein riesiger Ofen zu sehen, bestückt mit Broten und anderem Gebäck. Daneben standen ein Mann mit grauen Haaren und ein Junge in weißen Kitteln an einem Tisch mit Schüsseln, Teigrollen, Kuchenformen und anderen Backutensilien. Andere Zeichnungen zeigten den Jungen mit einer Frau, die leuchtend blaue Augen hatte und eine weiße Kappe trug, die mit einem rot-grünen Band gesäumt war und einen schmalen schwarzen Schirm hatte. Mal rodelten die beiden zusammen einen Hügel hinunter, mal liefen sie Hand in Hand über eine Wiese; auf anderen Bildern saßen sie nebeneinander auf einer Schaukel, schwammen in einem See oder spielten mit einem Ball. Über- oder untertitelt waren diese Darstellungen meistens mit den Worten: *Jaan und seine liebste Mama.*

Merike starrte auf die Bilder. Warum kam ihr die Farbkombination weiß-rot-grün bekannt vor? Wofür standen die Farben, und wieso hatte Jaan seine Mutter stets mit der Schirmmütze dargestellt? Nachdenklich kaute sie auf ihrer Oberlippe. Na klar, fiel es ihr nach einer Weile ein. Sie muss Studentin gewesen sein! Im Februar diesen Jahres hatten die Zeitungen über die feierliche Neugründung der C!FP berichtet, der Korporation Filiae Patriae. Nach der Erlangung der Souveränität Estlands hatten sich 1920 in Tartu junge Frauen, denen es zum ersten Mal in der Geschichte der altehrwürdigen Institution erlaubt war, die Universität zu besuchen, zu einer Schwesternschaft zusammengeschlossen. Die Töchter des Vaterlandes war wie alle anderen Studentenverbindungen und Vereine 1940 von den Sowjets aufgelöst worden. Im Zuge der Bestrebungen um eine erneute Unabhängigkeit hatten die heutigen Studentinnen an die alte Tradition angeknüpft, die weiß-rot-grüne Fahne in der Paulus-Kirche von Tartu segnen lassen und sich erneut in der C!FP organisiert.

Die Briefe von Jaans Mutter stammten aus den Jahren 1924 bis 1930. Sie waren nicht sehr lang, aus jeder Zeile sprachen jedoch liebevolle Zuwendung und große Sehnsucht. Wie ein roter Faden zogen sich Entschuldigungen für ihre Abwesenheit über die Seiten, verbunden mit dem Dank für Jaans tapferes Aushalten der Trennung. Zudem fanden sich Bekundungen der Vorfreude auf das nächste Wiedersehen in Otepää oder die gemeinsamen Sommerferien bei der Patentante auf dem Birkenhof und im letzten Jahr auf die Aussicht, bald wieder zusammenleben zu können. Die

Briefe schlossen jedes Mal mit der Bitte, Oma und Opa herzliche Grüße auszurichten und dem Satz: *Ich umarme Dich ganz fest und gebe Dir einen Kuss, Deine Dich liebende Mama.*

»Was wissen wir bis jetzt über Jaan?«, murmelte Merike und kraulte Kissa, die sich neben ihr räkelte, am Bauch. »Und über seine Mutter? Ich gehe mal davon aus, dass sie in unsere Familie eingeheiratet hat. Zumindest gibt es keinerlei Hinweise, dass Opa Andrus nicht nur einen Bruder, sondern auch eine Schwester hatte.«

Kissa schlug spielerisch nach Merikes Hand.

»Du hast recht, das heißt gar nichts.« Merike seufzte. »Von dem Bruder habe ich ja auch erst vor Kurzem eher zufällig erfahren.«

Sie griff zu dem Heft, in das sie bei der ersten Sichtung des Koffers Fragen geschrieben hatte, blätterte eine neue Seite auf und notierte:

1. *Jaan wurde 1920 geboren.*
2. *Er lebte mindestens 6 Jahre bei seinen Großeltern Arvo und Liina und seinem Onkel Andrus, während seine Mutter (sehr wahrscheinlich) in Tartu studierte.*
3. *Als er 10 Jahre alt war, ist sie nach Otepää zurückgekehrt.*
4. *Jaan hatte wohl ein sehr inniges Verhältnis zu ihr, scheint sich aber auch bei den Großeltern wohlgefühlt zu haben und half gern in der Backstube mit.*

Auf der Seite mit den Fragen fügte sie weitere hinzu:

Wer war Jaans Mutter? Wie hieß sie?
Vorausgesetzt, sie war keine gebürtige Ilves:

- *Stammte sie auch aus Otepää?*
- *Und wenn ja, gibt es hier noch Familienangehörige von ihr? Oder anderswo?*

- *Warum hat sie ihren Sohn der Obhut seiner väterlichen Großeltern überlassen? (Und nicht der ihrer eigenen Eltern?)*
- *Was hat sie studiert?*
- *Was hat sie nach dem Uniabschluss in Otepää gemacht?*

Was ist mit den beiden geschehen???

Merike hielt inne und holte das Porträtbild des jungen Mannes aus dem Koffer, bei dem es sich um den älteren Bruder ihres Großvaters handelte. Laut Oma Kadri war er bereits 1919 gestorben. Er muss der Vater von Jaan sein, überlegte sie. Eine andere plausible Erklärung gab es nicht. Auf den Bildern, die der Junge von sich und seiner Mutter gemalt hatte, tauchte nie ein Mann auf. Und der, mit dem er sich in der Backstube darstellte, hatte graue Haare und war sicher sein Großvater.

Merike kratzte sich an der Schläfe. Warum hatte Jaan seinen Onkel Andrus nicht gemalt? Der musste doch damals auch schon im Familienbetrieb mitgearbeitet haben. Vielleicht mochte sein Neffe ihn nicht, weil Opa schon als junger Mann grantig und streng war? Nein, das kann ich mir nicht vorstellen, grübelte sie weiter. Oma Kadri hatte doch erzählt, wie charmant und unterhaltsam er früher gewesen sei. Oder war er das nur in der Zeit, als er um sie geworben hat? Hatte er die Maske fallen lassen, sobald er sie rumgekriegt hatte? Die Vorstellung war beklemmend. Merike schluckte trocken. Musste Oma ihn am Ende heiraten, weil sie schwanger von ihm war? Nein, das kam zeitlich nicht hin. Vilja war ja erst 1946 geboren worden, da lag die Hochzeit schon neun Jahre zurück. Und Merike hatte nie auch nur die leiseste Andeutung gehört, dass Oma gegen ihren Willen Opas Frau geworden ist. Es gab gewiss eine harmlose Erklärung, warum Andrus auf Jaans Bildern fehlte.

Ein Klopfen an der Tür unterbrach Merikes Überlegungen. Nach ihrem »Ja, bitte!« steckte ihr Vater den Kopf herein.

»Papa!« Merike sprang vom Bett und flog in seine Arme. »Ich wusste gar nicht, dass du schon heute zurückkommst.«

»Ich hab ordentlich Gas gegeben«, sagte er und drückte Merike an sich. »Ich bin so froh, dass du wieder zu Hause bist.« Er hielt sie auf Armlänge von sich und musterte sie besorgt. »Haben sie dir sehr zugesetzt?«

»Nicht so wie dir und Mama damals«, sagte Merike. »Meine Phantasien waren eigentlich das Schlimmste. Man hat ja ausreichend Zeit, sich verrückt zu machen.« Sie grinste schief. »Dabei war ich kaum vierundzwanzig Stunden in Haft.«

»Schrecklich genug«, brummte ihr Vater. »Zumal rein gar nichts gegen dich vorlag.«

»Schwamm drüber«, sagte Merike und gab ihm einen Kuss auf die Wange. »Es ist gut ausgegangen, das ist die Hauptsache.«

Raivo nickte und warf einen Blick auf das Bett. »Bei was hab ich dich denn gerade gestört?« Er deutete auf den alten Lederkoffer und die Briefe.

»Das Zeug gehörte einem gewissen Jaan«, antwortete Merike. »Mama hat mir doch meine Kindersachen ins Zimmer geräumt, die sie beim Ausmisten des Ladens geborgen hat. Darunter war dieser Koffer.«

»Jaan? Nie gehört«, sagte ihr Vater. »Wer war das denn?«

»Das versuche ich gerade herauszufinden.« Merike schob die Unterlippe vor. »Ich weiß nur, dass Oma und vor allem Opa das verhindern wollen. Es geht wahrscheinlich um eines der vielen Geheimnisse, die in dieser Familie ungelüftet vor sich hin modern.«

»Was dich natürlich erst recht neugierig macht.« Raivo zwinkerte Merike zu und stutzte. »Warum hat Vilja eigentlich angenommen, dass der Koffer dir gehört, als sie deine Sachen hierhergebracht hat? Sie hat ja alles sorgfältig sortiert und hätte gewiss zumindest einen Blick hineingeworfen.«

»Stimmt, das ist mir noch gar nicht aufgefallen.« Merike runzelte die Stirn.

»Vielleicht wollte jemand, dass du ihn unter die Lupe nimmst.«

»Jemand? Das könnte eigentlich nur Oma sein.«

Raivo nickte. »Ich habe schon seit einiger Zeit den Eindruck, dass ihr das ewige Schweigen und Unter-den-Teppich-Kehren an die Nieren gehen. Und als du angefangen hast, Fragen zu stellen, hat sie das eventuell als Chance gesehen, reinen Tisch zu machen. Quasi durch die Hintertür, ohne selbst die heiklen Themen ansprechen zu müssen.«

»Hm, gut möglich. Wobei sie seit Neuestem gar nicht mehr so zurückhaltend ist. Mama hat nämlich mitbekommen, wie Oma sich gestern Nacht furchtbar mit Opa gezofft hat. Er hat sogar woanders geschlafen. Und heute sind sie sich den ganzen Tag aus dem Weg gegangen.«

»Das ist wirklich ungewöhnlich.« Raivo hob die Brauen. »Ich hatte mich schon gewundert, wo die beiden sind. Normalerweise sitzen sie um die Zeit zusammen im Wohnzimmer.«

»Leider habe ich keine Ahnung, weswegen sie gestritten haben«, sagte Merike.

»Wenn jemand es herausfindet, dann du. An dir ist eine Detektivin verloren gegangen.« Raivo zerzauste ihr die Haare. »Und Durchhaltevermögen hast du auch.«

»Du meinst, einen Sturkopf.« Merike grinste. »Ja, den braucht man auch, wenn man bei uns ans Eingemachte geht.« Und das schiebe ich nicht länger vor mir her, fügte sie bei sich hinzu. Die Vorstellung, ihre Großmutter könnte ihr den Koffer von Jaan absichtlich untergejubelt haben, beflügelte Merike. Endlich kam Bewegung in die Sache.

Kapitel 43

Waren Mobilmachung und Kriegszustand für Luise im abgelegenen Algulfer abstrakt geblieben, wurden sie in Dorpat unmittelbar greifbar. Nicht nur am Bahnhof hatte es vor Soldaten gewimmelt. Auch in der Stadt mischte sich in die vielfältigen Farben der Studentenkorporationen das Khakigrün der Felduniformen. Außerdem war der Verein Studierender Esten nicht der einzige, der in seinem Conventshaus ein Lazarett eingerichtet hatte. Wilhelmine berichtete, dass die anderen Burschenschaften ihre Versammlungsräume demselben Zweck zur Verfügung stellten.

»Ich glaube, es ist nur eine Frage der Zeit, bis die Studenten auch ihre Farben und Fahnen nicht mehr öffentlich zeigen, und Deutsch nur noch hinter verschlossenen Türen gesprochen wird«, sagte Wilhelmine, als die Kutsche über das Kopfsteinpflaster des Großen Marktes rumpelte und auf die Steinerne Brücke zuhielt, die nach der Zerstörung Dorpats im Nordischen Krieg im Auftrag der Zarin Katharina II. aus mächtigen Granitblöcken über dem Embach errichtet worden war.

»Ich fürchte, es wird sogar von den Behörden offiziell verboten werden«, sagte Julius. »Wer will schon die Sprache des Kriegsgegners im eigenen Land hören? Umgekehrt werden sich vermutlich die meisten Deutschbalten bemühen, ihre ursprüngliche Herkunft nicht an die große Glocke zu hängen.«

Luise spürte, wie ihr Hals eng wurde. Es musste ein schreckliches Gefühl sein, sich von einem Tag auf den anderen als potentieller Feind beargwöhnt zu wissen, gleichgültig wie tief der Großteil der Deutschstämmigen in den Ostseeprovinzen des Russischen Reiches verwurzelt war.

Wenig später hatten sie ihr Ziel, das Haus von Frau Rätsep am

Petrimarkt, erreicht. Julius half dem Fuhrmann beim Abladen von Luises und Wilhelmines Koffer und ließ sich von ihm umgehend zurück in die Altstadt kutschieren, um seine Freunde aufzusuchen. Später wollte er Luise zum Essen ausführen. Wilhelmine, die er ebenfalls dazu eingeladen hatte, sagte für dieses Mal ab. Sie hatte Peet bereits vor Tagen versprochen, mit ihm Materialbestände zu sichten und Listen der Dinge anzulegen, die im Lazarett fehlten und dringend besorgt werden mussten. Erneut fiel Luise auf, dass ihre Freundin bei der Erwähnung des jungen Arztes rot wurde.

Julius hoffte, bis zum Abend schon einige wichtige Fragen klären zu können oder doch zumindest ihrer Lösung einen Schritt nähergekommen zu sein. Auf den Nägeln brannte ihm zum einen die Organisation der Hochzeit, zum anderen das Problem, wie es anschließend für ihn und Luise weitergehen sollte. Da Julius nicht wusste, wie viel Zeit ihm bis zu seiner Einberufung blieb, hatte für ihn oberste Priorität, schnellstmöglich eine Bleibe für Luise zu finden, wo er sie gut versorgt und sicher aufgehoben wusste.

Bis dahin war ihm daran gelegen, sich unauffällig zu verhalten. So gern er sie Luise auch gezeigt hätte, musste er wohl vorerst darauf verzichten, mit ihr die Orte zu besuchen, die er mit seinen Conventsbrüdern während der Studienzeit regelmäßig unsicher gemacht hatte. Etwa das Restaurant »Röthlinger« am Markt, das Lokal »Knuff«, das Gartentheater des Handwerkervereins oder das Grand Theatre Imperial auf dem Polizeiplatz. Zu groß war das Risiko, an diesen Lokalitäten, die sich in deutschbaltischen Kreisen großer Beliebtheit erfreuten, Bekannte zu treffen und ins Gerede zu kommen. Aus dem gleichen Grund wollte er seine beiden Freunde bitten, seine und Luises Anwesenheit in Dorpat diskret zu behandeln.

Wilhelmines Vorhersage, Frau Rätsep werde sich sehr über Luises Besuch freuen, traf zu deren Erleichterung voll und ganz zu. Auch Metsik wurde von der Zimmerwirtin ohne Zögern aufgenommen. Sie stellte ihm einen Wassernapf hin und schickte das Dienstmädchen, das ihr beim Saubermachen und anderen Hausarbeiten zur Hand ging, zum Metzger, um Schlachterabfälle und einen großen Rinderknochen für ihren vierbeinigen Gast zu besorgen. Wilhelmine und Luise bat sie ins Wohnzimmer, wo sie den Tisch mit ihrem guten Kaffeeservice eingedeckt hatte. Zu Ehren von Luise hatte Frau Rätsep eine Blaubeertorte gebacken mit einem dünnen Mürbeteigboden, einer fruchtigen Eiercremefüllung sowie einer Baiserhaube.

Zum zweiten Mal an diesem Tag war Luise zu Tränen gerührt über das herzliche Willkommen, das ihr bereitet wurde. In den vergangenen Wochen hatte Frau Rätsep für Wilhelmine unverkennbar mütterliche Gefühle entwickelt, die sie nun auch auf Luise ausweitete. Sie freute sich aufrichtig, als sie von deren geplanten Hochzeit erfuhr und dass sie selbst zu den wenigen Gästen gehören sollte, die an der Feier teilnehmen würden.

»Wissen Sie schon, in welcher Kirche die Trauung stattfinden wird?«, erkundigte sie sich.

»Vermutlich in der Johanniskirche«, antwortete Luise. »Dort ist nämlich der Freund meines Verlobten, der uns trauen wird, als Diakon angestellt.«

»Das ist vielleicht keine so gute Idee«, sagte Wilhelmine.

»Wieso?«

»Na ja, wenn ich Julius richtig verstanden habe, möchte er doch vermeiden, dass eure Verbindung in den deutschen Kreisen ruchbar wird. Die sind aber in der Johannisgemeinde stark vertreten.«

»Ach, herrje.« Luise zog die Stirn kraus. »Das hat er wohl nicht bedacht.«

»Sie könnten doch hier in der Petrikirche heiraten«, sagte Frau Rätsep. »Ich bin sicher, dass Pfarrer Eisenschmidt sie seinem jungen Kollegen für die Zeremonie gern zur Verfügung stellt.«

»Eisenschmidt? Ist er Deutscher?«

»Nein, er ist einer der ersten evangelischen Pfarrer estnischer Herkunft.« In Frau Rätseps Stimme schwang Stolz. »Sein Name wurde eingedeutscht. Wie bei vielen Esten, die im letzten Jahrhundert eine höhere Bildung erwerben wollten. Übrigens stammt Pastor Eisenschmidt aus einem Dorf am Heiligensee, der ganz in der Nähe von Odenpäh liegt.« Frau Rätsep sah Wilhelmine mit einem vielsagenden Lächeln an. Als diese keine Anstalten machte, darauf einzugehen, schob sie nach: »Das ist doch die Heimatstadt des sympathischen Arztes, dem Sie zur Hand gehen, oder?«

Wilhelmine nickte vage und zupfte an einer Haarlocke. Frau Rätsep bedachte sie mit einem nachsichtigen Kopfschütteln und zwinkerte Luise zu. »Ich nehme an, dass Sie den jungen Mann bald kennenlernen werden.«

»Das will ich doch hoffen.« Luise grinste Wilhelmine an, die sichtlich verlegen ihrem Blick auswich und etwas Unverständliches murmelte. »Ich platze vor Neugier«, raunte Luise, als Frau Rätsep sich zum Beistelltisch drehte, die Kaffeekanne von einem Stövchen hob und ihnen nachschenkte.

»Aber zurück zu Ihrer Vermählung«, sagte Frau Rätsep zu Luise. »Haben Sie denn überhaupt ein Hochzeitskleid?«

Luise schüttelte den Kopf. »Das ist auch nicht nötig, es wird ja kein großes Fest geben«, sagte sie und wandte sich an Wilhelmine. »Wenn du nichts dagegen hast, leihe ich mir dein weißes Kleid mit dem breiten Gürtel.«

»Selbstverständlich«, sagte Wilhelmine. »Wobei … es ist doch sehr schlicht. Bist du sicher, dass du nicht etwas …«

»Nein, das ist genau richtig«, fiel ihr Luise ins Wort. »Außerdem meint Julius, dass er mich auch in einem Kartoffelsack zum Altar führen würde.«

»Ts, ts, ts, Männer!« Frau Rätsep schüttelte tadelnd den Kopf. »Selbst wenn Sie nicht in großem Kreise feiern werden, ist es doch einer der wichtigsten und hoffentlich schönsten Tage in Ihrem Leben.« Sie tätschelte Luises Hand. »Da sollten Sie schon etwas hermachen.«

Bevor Luise etwas entgegnen konnte, sprang Frau Rätsep auf, eilte aus dem Wohnzimmer und kehrte mit einer Schachtel zurück.

»Den habe ich als junges Mädchen für meine Aussteuer von einer Tante geschenkt bekommen.« Sie hob den Deckel ab und entfernte eine Lage Seidenpapier, unter der ein mehrfach gefalteter Schleier aus weißer Spitze mit filigranen Blumenmustern zum Vorschein kam.

»Wunderschön«, hauchte Luise.

»Das ist eine Duchessespitze, nicht wahr?«, fragte Wilhelmine.

»Gut erkannt. Meine Tante hat sie von einer Reise nach Belgien mitgebracht«, antwortete Frau Rätsep. »Sie hatte dort eine Klöppelwerkstatt besucht, wo die Spitze noch von Hand hergestellt wurde und nicht maschinell.« Sie strich über den Schleier. »Er war für meine Hochzeit gedacht.« Sie lächelte wehmütig. »Dazu ist es dann aber nie gekommen.« Sie räusperte sich und legte die Schachtel auf Luises Schoß. »Ich möchte, dass Sie ihn tragen.«

»Ich soll ihn …?« Luise schüttelte unwillkürlich den Kopf. »Das kann ich unmöglich annehmen.«

»Bitte, Sie würden mir eine große Freude machen«, sagte Frau Rätsep. »Ich fände es wunderbar, wenn er nun endlich zu Ehren kommt und dem Zweck dient, für den er vorgesehen war.«

Am frühen Abend holte Julius Luise wie verabredet ab. Wilhelmine war kurz zuvor zum Lazarett aufgebrochen. Metsik lag nach einem Spaziergang, den Luise nach dem Kaffeetrinken mit ihm unternommen hatte, auf einer Matte, die Frau Rätsep für ihn auf den Boden neben die Eckbank in ihrer Wohnküche gelegt hatte, und nagte an dem Rinderknochen. Die Wirtin saß mit einer Näharbeit am Tisch und richtete zuweilen das Wort an ihn, was er mit kurzem Schwanzwedeln beantwortete. Die beiden hatten sich zu Luises Freude auf Anhieb gut verstanden, wobei seitens des Hundes gewiss die großzügige Fleischportion, die die Wirtin ihm serviert hatte, eine nicht unerhebliche Rolle spielte.

»Wohin gehen wir?«, fragte Luise, als Julius Richtung Altstadt lief. »Frau Rätsep hat mir ein Restaurant gar nicht weit von hier in der Jamasche Straße empfohlen. Da soll es sehr gute …«

»Ein anderes Mal gern«, unterbrach Julius sie. »Ich hoffe, du nimmst es mir nicht krumm, dass ich über deinen Kopf hinweg unsere Pläne geändert habe. Johann hat uns nämlich zum Diner eingeladen, was ich sehr gern angenommen habe.«

Luises Enttäuschung, die sich auf einen zweisamen Abend mit Julius gefreut hatte, schlug nach seinem nächsten Satz in Neugier um.

»Er will uns wohl einen Vorschlag unterbreiten, der uns vielleicht sehr helfen könnte.«

Luise sah ihn fragend an und öffnete den Mund.

»Mehr hat er nicht verraten«, sprach Julius rasch weiter. »Er wollte erst prüfen, ob seine Idee umsetzbar ist, und deswegen ein Ferngespräch führen.«

»Puh, er macht es wirklich spannend.« Luise rollte mit den Augen.

Julius grinste. »Johann hatte schon immer eine theatralische Ader.«

Wenig später erreichten sie den Embach, den sie dieses Mal auf der Holzbrücke nahe dem Ruderclub überquerten. Am anderen Ufer lag der Botanische Garten der Universität, nicht weit davon stand in der Scharren Straße das einstöckige Haus von Johann. Im Erdgeschoss war seine Anwaltskanzlei untergebracht, darüber befanden sich seine privaten Räume. Johann wohnte allein, da ihm, wie er Luise gleich bei der Begrüßung mit einem bedauernden Lächeln anvertraute, im Gegensatz zu Julius die richtige Frau noch nicht über den Weg gelaufen war, mit der er sich ein gemeinsames Leben und die Gründung einer Familie vorstellen konnte. Seinen Haushalt führte eine Estin, die bereits in seiner Zeit an der Universität für ihn und seine damaligen Mitbewohner in deren Studentenquartier für Sauberkeit und die Mahlzeiten gesorgt hatte. Von Julius wusste Luise, dass die Aufwärterin hervorragend kochte. Der Duft nach frisch gebackenem *sepik*, einem würzigen Hefebrot aus Weizenmehl, der das Haus durchzog, ließ Luise bereits an der Eingangstür das Wasser im Munde zusammenlaufen.

Johann, ein stämmiger Mann in maßgeschneidertem Anzug und mit einem sorgfältig getrimmten Schnauzbart, schickte die Haushälterin, die herbeieilte, um den Gästen die Mäntel abzunehmen, zurück in die Küche, wo sie sich weiter um die Zubereitung der Hauptmahlzeit, *silgusoust*, gebackene Sprotten mit Sauerrahm, und die Schmandtörtchen mit Preiselbeeren zum Dessert kümmern sollte. Johann bat Julius und Luise in den Salon neben dem Speisezimmer, wo auf einer Anrichte mehrere Platten mit *sakuski* bereitstanden, kleinen Happen, die traditionell als Vorspeise zum Wodka gereicht wurden: gefüllte Eierhälften, winzige Fleisch- und Gemüsepastetchen, eingelegte Pilze und Gurken, Kaviarbrötchen, geräucherter Fisch sowie verschiedene Würste und Sülzen.

Johann spannte seine Gäste nicht lange auf die Folter. Kaum hatte er ihnen ein erstes Gläschen Wodka offeriert und einen Toast auf die Freundschaft ausgebracht, verkündete er mit sichtlichem Vergnügen, dass sein Telefonat das von ihm erhoffte Resultat gehabt habe und er sich daher nun in die glückliche Lage versetzt sähe, seinem alten Freund und dessen bezaubernder Verlobten seinen Vorschlag zu unterbreiten.

Luise fiel es anfangs schwer, sich auf den Inhalt von Johanns Ansprache zu konzentrieren. Die gedrechselte Wortwahl ihres

Gastgebers lenkte sie ab und ließ sie innerlich glucksen, während sie sich nach außen um eine angemessen neugierig-ernste Miene bemühte. Ein Unterfangen, das ihr nach einem Blick auf Julius, der sie amüsiert beobachtete, nicht leichter fiel.

»Ich habe dich vorgewarnt«, flüsterte er ihr zu, als Johann kurz zur Anrichte ging und die Wodkaflasche zum Nachfüllen holte. »Er hat einen Hang zum Pathetischen.«

Nachdem sie ein weiteres Gläschen – dieses Mal mit einem Trinkspruch auf die Heimat – geleert hatten, ergriff Johann erneut das Wort. Sein Vater hatte nach seiner Erhebung in den Adelsstand ein großes Gut auf Dagö erworben und war mit seiner Familie auf die Insel, die zum estnischen Gouvernement gehörte, übergesiedelt. Lange hatten sie das Landleben jedoch nicht auskosten können. 1905 wurde das Herrenhaus während der revolutionären Unruhen, die Russland nach dem verlorenen Krieg gegen Japan erschüttert hatten, von aufgehetzten Bauern niedergebrannt. Johanns Eltern waren daraufhin zurück in ihr Stadthaus in Reval gezogen; ihr älterer Sohn, der das Gut hätte erben sollen, wanderte nach Schweden aus. Johann studierte zu dem Zeitpunkt noch Jura in Dorpat und ließ sich nach seinem Abschluss dort nieder. Die Ländereien auf Dagö wurden verpachtet.

»Der ratlose Ausdruck auf euren Gesichtern verrät mir, dass ihr euch die Frage stellt, zu welchem Zweck ich euch mit der missglückten Episode der Familie von Kleve als Gutsbesitzer behellige«, schloss Johann seine Einleitung und steckte sich ein Pastetchen in den Mund.

Luise unterdrückte ein Stöhnen. Sie hätte Johann am liebsten an den Schultern gepackt und geschüttelt. Sie bemerkte, dass auch Julius ungeduldig mit dem Fuß wippte.

»Zu dem Anwesen auf Dagö gehört ein kleines Nebengut auf der Halbinsel Kassari«, fuhr Johann fort, als er ausgekaut hatte. »Dieses hat die Revolution nicht zuletzt dank seiner abgeschiedenen Lage unbeschadet überstanden. Eigentlich hatte mein Vater vor, dort ein kleines, aber feines Sanatorium einzurichten. Dort sollten Kuren mit radioaktivem Ostseeschlamm angeboten werden, der sich während der letzten 2000 Jahre in der nahen Käina-Bucht in einer dicken Schicht abgelagert hat. Seine Qualität ist vergleichbar mit dem berühmten Heilschlamm von Hapsal, dessen lindernde Wirkung bei rheumatischen Leiden von einem deutschbaltischen Arzt Anfang des vorigen Jahrhunderts entdeckt wurde. Mein Vater hat mal im Krankenhaus von Selja einige Anwendungen mit dem Käina-Schlamm gehabt. Er war so begeistert von der Heilkraft, dass er auf die Idee mit dem Sanatorium kam. Diesen Plan hat er jedoch mit der Rückkehr nach Reval aufgeben.«

Johann langte nach der Platte mit den Kaviarbrötchen und hielt sie seinen Gästen hin. »Greift doch zu. Die sind köstlich. Das ist Astrachaner Fischrogen vom Kaspischen Meer.«

Luise kämpfte gegen den Drang an, Johann die Platte aus der Hand zu nehmen wie einem unartigen Kind und ihn wie ein solches zu ermahnen, sich zu konzentrieren und ohne weitere Umschweife zum Punkt zu kommen.

»Als mir Julius heute Nachmittag eure Situation schilderte«, sprach Johann weiter, als sie sich bedient hatten, »tauchte wie ein Blitz aus heiterem Himmel der Birkenhof aus den Tiefen meiner Erinnerung auf. Das wäre doch der perfekte Ort für meinen lieben Freund und seine Braut, dachte ich bei mir. Vorausgesetzt, das Haus ist noch bewohnbar und befindet sich nach wie vor im Besitz unserer Familie.«

»Birkenhof?«, fragte Julius. »Ist das das Nebengut? Du hast es nie erwähnt.«

»Weil es meinem Gedächtnis vollkommen entfallen war.« Johann klopfte sich mit den Knöcheln gegen die Stirn. »Am Telefon hat mir mein Vater vorhin berichtet, dass das Wohngebäude nach wie vor leer steht. Ab und an schaut Frau Mesila nach dem Rechten, eine Einheimische, die als Köchin und Hauswirtschafterin für das Kurhotel vorgesehen war. Sie sorgt dafür, dass etwaige Schäden repariert werden und alles gut in Schuss gehalten wird. Mein Vater spielte nämlich mit dem Gedanken, den Birkenhof dereinst als Alterssitz zu nutzen.« Johann zwirbelte seinen Schnauzbart. »Aber unter uns, ich glaube nicht, dass es dazu kommen wird. Meine Mutter ist eine ausgesprochene Stadtpflanze, die, wie sie mir einmal unter vier Augen gestanden hat, auf Dagö kreuzunglücklich gewesen ist und insgeheim sogar froh war, als das Gut ein Raub der Flammen …« Er unterbrach sich. »Entschuldigt bitte, ich schweife schon wieder ab.« Er sah Luise zerknirscht an. »Was ich eigentlich sagen will: Der Birkenhof könnte euer neues Zuhause sein. Mein Vater ist gern bereit, ihn euch zu überlassen.« Er schaute Luise und Julius erwartungsvoll an. »Für immer«, schob er nach.

Luise hätte beinahe ihr Kaviarbrötchen fallen lassen. Hatte sie das richtig verstanden? Johanns Vater wollte ihnen ein Haus schenken? Unsicher sah sie zu Julius, auf dessen Gesicht sie ihre eigene ungläubige Überraschung wiederfand.

»Betrachtet es als unser Hochzeitsgeschenk«, sagte Johann, dem es unverkennbar Vergnügen bereitete, seine Gäste sprachlos gemacht zu haben.

»Aber das … das können wir unmöglich annehmen«, stotterte Julius.

»Ich bitte dich.« Johann schlug ihm auf die Schulter. »Natürlich könnt ihr das.

»Aber wollte Ihr Vater das Anwesen nicht als Alterssi…«, begann Luise.

Johann winkte rasch ab. »Er hat wohl eingesehen, dass er meine Mutter nie dazu bewegen wird, wieder aufs Land zu ziehen. Deswegen hat er, ohne zu zögern, sein Placet gegeben, als ich wegen euch fragte.« Er lächelte Luise an. »Er meinte, es sei höchste Zeit, den Birkenhof aus seinem Dornröschenschlaf zu wecken, und dass wir Deutsche gerade jetzt zusammenhalten und einander helfen müssten.« Er schenkte Wodka nach. »Auf eure Zukunft im Birkenhof!« Er hob sein Glas und leerte es auf einen Zug.

Benommen tat Luise es ihm nach. Ist es möglich, dass sich eines unserer drängendsten Probleme so rasch und reibungslos in Luft auflöst?, fragte sie sich, während ihr der Schnaps weich die Kehle in den Magen hinunterrann, wo er sich warm ausbreitete. Oder kam die Wärme von der Dankbarkeit, die für ein paar Atemzüge alle Unsicherheiten und Sorgen verdrängte – allen voran die Angst um Julius, sollte er eingezogen werden und im Kampf verletzt oder gar getötet werden?

Kapitel 44

Talvis Zuversicht, der Geheimdienst werde Tarmo bald laufen lassen, erwies sich als berechtigt. Kurz nachdem Merike am Dienstagabend von der Arbeit nach Hause gekommen war, rief Helina an und berichtete ihr von seiner Rückkehr nach Otepää ein paar Stunden zuvor.

»Die KGB-Agenten haben wohl eingesehen, dass Tarmo sich nichts hat zuschulden kommen lassen und wir alle ohne Grund unter Verdacht geraten sind«, sagte sie abschließend. »Ich gehe davon aus, dass die Sache damit vom Tisch ist.«

»Das hoffe ich auch sehr.« Merike atmete erleichtert aus. »Vielen Dank, dass du mir gleich Bescheid gegeben hast.«

»Kannst du bitte Milvi und Mati informieren? Ich rufe derweil Artur an.«

»Klar, mach ich gern.«

»Du, Merike.« Helina räusperte sich. »Können wir eigentlich nach dem ganzen Schlamassel weiter auf dich zählen? Ich meine, ich würde es gut verstehen, wenn du erst mal nicht ...«

»Auf jeden Fall!«, rief Merike. »Jetzt erst recht!«

»Großartig, es gibt nämlich viel zu tun.«

»Was denn?«

»Wie du vielleicht weißt, haben sich schon im Mai die Leiter der Volksfronten von Litauen, Lettland und Estland in Tallinn getroffen, um über gemeinsame Ziele und Aktionen zu beraten«, begann Helina. »Da gab es allerdings noch keine konkreten Beschlüsse. Aber am letzten Samstag hat man Nägel mit Köpfen gemacht. Es soll eine Menschenkette organisiert werden, die unsere drei Hauptstädte verbindet. Und zwar am Jahrestag des Hitler-Stalin-Paktes.«

»Wow, das klingt super!«

»Damit soll ein Zeichen für unsere Forderung gesetzt werden, diesen perfiden Vertrag endlich völkerrechtlich als kriminelle Handlung zu verurteilen und für null und nichtig zu erklären. Vor allem aber wollen wir damit unsere Einigkeit im Wunsch nach Freiheit und Unabhängigkeit von der Sowjetunion demonstrieren.«

»Echt eine gute Idee«, sagte Merike. »Aber auch ganz schön sportlich. Ich meine, weil ja nicht mehr so viel Zeit ist bis zum 23. August. Und die Strecke von Tallinn über Riga bis nach Vilnius ist auch kein Pappenstiel.«

»Zwischen 600 und 650 Kilometer. Das hängt vom Verlauf ab, der ist noch nicht ganz festgeklopft«, sagte Helina.

»Wie viele Menschen braucht man wohl, um eine Kette über eine so große Distanz zu bilden?«

»Puh, keine Ahnung«, antwortete Helina. »Eine Million, oder zwei? Wird jedenfalls eine riesige logistische Aufgabe. Deswegen brauchen wir ja auch jede Hilfe.«

»Wie gesagt, ich bin dabei«, sagte Merike. »Wann findet denn unser nächstes Gruppentreffen statt?«

»Morgen Abend um sieben«, antwortete Helina. »Tarmo hat übrigens auch zugesagt«, schob sie nach einer winzigen Pause nach. »Obwohl er gerade so viel um die Ohren hat.«

Merike spürte, wie ihre Mundwinkel nach oben wanderten. Gleichzeitig schoss ihr die Frage in den Sinn, warum Helina das gesagt hatte. Glaubte sie, dass Tarmo etwas für sie empfand? Geheimnisse nicht immer so viel in die Dinge hinein, schimpfte ihr strenges Ich. Sie hat gerade mit ihm gesprochen und gibt nur weiter, was sie von ihm gehört hat. Dann wäre es doch möglich, dass er dabei eine Andeutung gemacht hat, aus der sie schließt, dass ich ihm mehr bedeute. Hör auf damit, das ist total peinlich! Sie warf sich einen tadelnden Blick im Garderobenspiegel neben dem Telefonregal zu und war froh, dass Helina ihre geröteten Wangen nicht sehen konnte.

»Wir treffen uns also morgen«, sagte sie laut. »Ich rufe jetzt gleich Milvi und Mati an.«

»Prima, bis morgen«, antwortete Helina und legte auf.

Merike lief beschwingt hinauf in die Wohnung unterm Dach. Die Aussicht, sich aktiv an der Organisation einer so großen Aktion zu beteiligen, gefiel ihr. Und dass Tarmo auch bei den Vorbereitungen dabei ist, flüsterte das hoffnungsvolle Stimmchen in ihr.

Vor dem Abendessen räumte Merike ihr Zimmer auf, sortierte Schmutzwäsche aus, machte Ordnung auf ihrem Schreibtisch und legte die Sachen von Jaan in den Lederkoffer zurück. Dabei fiel ihr ein vergilbter Zeitungsausschnitt in die Hände, der zwischen den Seiten eines alten Comic-Hefts gesteckt hatte. Er stammte aus der »Postimees« und berichtete über die festliche Einweihung des Freiheitkämpferdenkmals von Otepää am 10. Juni 1928. Merike betrachtete ihn nachdenklich. Warum hatte der damals achtjährige Jaan diesen Bericht ausgeschnitten und aufbewahrt? Unwillkürlich griff sie nach dem *Vabadusrist*, dem Freiheitskreuz, das sie auch an diesem Tag um den Hals trug. Seit sie es gefunden hatte, betrachtete sie es als eine Art Glücksbringer. War es möglich, dass der Orden Jaans Vater gehört hatte, der vermutlich der ältere Bruder von Opa Andrus war? War er im Unabhängigkeitskrieg gefallen? Zeitlich würde es passen, laut Oma Kadri war er 1919 gestorben. Merikes Atem ging schneller. Dann müsste sein Name auf dem Denkmal stehen. Der Gedanke elektrisierte sie. Ich muss das sofort nachprüfen, beschloss sie und stürmte aus ihrem Zimmer.

Fünf Minuten später erreichte sie mit dem Fahrrad die neugotische Maarja-Kirche, die auf einer Anhöhe in einem lichten Wäldchen am Stadtrand stand. Gegenüber war auf einem Hügel das Denkmal für die Gefallenen des Befreiungskrieges wieder errichtet worden. Am Fuß des Sockels aus hellgrauem Granit lehnten zwei mit blau-schwarz-weißen Bändern geschmückte Kränze, die wohl während der Enthüllungszeremonie niedergelegt worden waren. Darüber prangte auf der Vorderseite des Quaders ein flaches Bronzerelief, das einen Eichenkranz mit einem waagrecht liegenden Schwert darstellte. Während es sich bei dem Sockel um eine Rekonstruktion des ursprünglichen handelte, war der Obelisk das Original von 1928. Über dreißig Jahre hatte er im Schoß der Erde geruht, nachdem das Denkmal von den Sowjets abgetragen und vergraben worden war. Merike lief die sechzehn Stufen hinauf und las die unter einem großen Freiheitskreuz aus Metall eingravierte Inschrift auf der vierkantigen Säule:

AU LANGENUILE	**Ehre den Gefallenen**
VABADUSVÕITLUSE	*Im Kampf für die Freiheit*
KANGELASI	*Den Helden*
MÄLESTAB	*zum Gedenken*
OTEPÄÄ KIHELKOND	*Gemeinde Otepää*

Von Milvi wusste Merike, dass auf den Seiten des Sockels einst die Namen der 54 Einwohner von Otepää und Umgebung gemeißelt gewesen waren, die ihr Leben für die Unabhängigkeit Estlands gelassen hatten. Jetzt waren nur noch 37 Gefallene vermerkt, da eine der alten Platten spurlos verschwunden blieb und auch sonst keine Unterlagen mit allen Namen erhalten oder zugänglich waren. Merike überflog mit angehaltenem Atem die insgesamt sechs Spalten. Ein Ilves befand sich nicht unter den Gefallenen. Enttäuscht stieß sie die Luft aus, setzte sich auf die Basisstufe des Sockels, lehnte sich mit dem Rücken gegen den Granitblock und ließ ihre Augen über die Umgebung wandern.

Ein paar Atemzüge lang lauschte sie dem Rascheln der Blätter, durch die der Wind strich, und spürte der Wärme nach, die der Stein während des Tages gespeichert hatte. Mittlerweile stand die Sonne tiefer über dem Horizont und wurde von den Hügeln verdeckt, die Otepää umgaben. Abgesehen von ein paar Haubenmeisen, die in den Ästen der hinter dem Denkmal wachsenden Fichten herumhüpften und ihre rollenden Zizigürr-Rufe ertönen ließen, hatte Merike den Ort an diesem Werktagabend für sich. Gelegentliches Klopfen verriet ihr, dass irgendwo ein Specht nach Insekten unter einer Baumrinde hackte. Merike beobachtete einige Ameisen, die sich zu ihren Füßen mit dem Transport einer toten Fliege abmühten, während sie überlegte, wie sie bei ihrer Erforschung der Familiengeschichte weiter vorgehen sollte.

Dass Opa Andrus' älterer Bruder hier auf den Tafeln nicht erwähnt ist, bedeutet noch lange nicht, dass du mit deiner Vermutung falschliegst, tröstete sie sich. Schließlich fehlten siebzehn Namen. Sie schloss ihre Hand um den Kreuz-Orden und fühlte sich ihrem Großonkel einen Moment lang ganz nah. Was er wohl für ein Mensch war?, fragte sie sich. Ein sehr mutiger, der bereit gewesen ist, sein Leben für die Freiheit seines Vaterlandes zu riskieren und dieses Opfer tatsächlich hatte bringen müssen. Merikes Hals wurde eng. Zum Glück hatte er wenigstens nicht mitbekommen, dass er später nicht nur aus dem öffentlichen Gedenken getilgt worden ist, sondern auch aus dem Gedächtnis seiner eigenen Angehörigen. Und was war mit seinem Sohn Jaan und dessen Mutter geschehen? Warum wurden auch sie totgeschwiegen? Die Großeltern von Jaan hatten sich doch allem Anschein nach gut um ihren Enkel gekümmert. War Andrus am Ende eifersüchtig auf seinen Neffen gewesen? Unwillkürlich schüttelte Merike den Kopf. Das konnte sie sich nicht vorstellen. Er mochte ein Griesgram und Prinzipienreiter sein, aber ganz gewiss kein Neidhammel, der einem kleinen Jungen die Zuneigung der Großeltern nicht gönnte. Dass Jaan in späteren Jahren etwas angestellt hatte, was den Unmut seines Onkels geweckt hatte, konnte Merike hingegen nicht ausschließen. In dem Fall war es durchaus möglich, dass Opa Andrus mit ihm gebrochen und ihn aus seinem Leben verbannt hatte.

Merike kaute auf ihrer Unterlippe. Wer außerhalb ihrer Familie könnte ihr weiterhelfen? Wer lebte schon damals in Otepää und war heute noch hier? Merike schlug sich mit der flachen Hand vor die Stirn. Dass ihr das nicht schon viel früher eingefallen ist: Oma Kadris älteste Freundin natürlich! Milvi hatte die Familie von Opa Andrus spätestens bei der Hochzeit von Kadri kennengelernt. Also 1937. Vielleicht kannte sie sie aber auch schon vorher, weil sie zum Beispiel Kundin der Bäckerei Ilves war. Merike sprang auf, rannte zu ihrem Fahrrad und machte sich auf den Weg zur Pargi Straße, in der Mati und seine Frau in einem verwitterten Holzhäuschen wohnten.

Als sie am Fahnenplatz in südlicher Richtung entlangradelte, bremste sie kurz vor der Kreuzung Pärnastraße scharf ab. In einigen Metern Entfernung hatte sie Tarmo entdeckt, der gerade aus einer Apotheke kam. Sie hob grüßend die Hand und fuhr zu ihm. Konnte es sein, dass er auf dem Weg zu ihr war? Ihr Haus lag nur eine Straße weiter. Merikes Puls beschleunigte sich.

»Ich bin so erleichtert, dass du auch wieder hier bist«, rief sie und strahlte ihn an. »Enna ist sicher überglücklich, sie hatte solche Angst. Aber zum Glück ist ja nun alles gut ausge…« Merike unterbrach sich. Tarmos Miene war reserviert, um nicht zu sagen abweisend. »Oder habe ich da etwas falsch verstanden? Ist die Sache noch nicht vorbei für dich?«

»Vorerst schon«, antwortete er knapp. Nach einer winzigen Pause setzte er hinzu: »Das hab ich Ülle zu verdanken. Sie hat ihren Vater bekniet, sich für mich einzusetzen. Er ist ein hohes Tier in der Partei.«

»Ülle?« Merike starrte Tarmo perplex an. Das glaube ich nie und nimmer, lag es ihr auf der Zunge. Sie schluckte die Bemerkung hinunter. »Genau genommen hast du es deiner kleinen Schwester zu verdanken«, sagte sie stattdessen.

»Enna?« Tarmo zog die Brauen hoch. »Das ist doch absurd. Was hätte sie schon tun können?«

»Wenn sie nicht rechtzeitig die Zettel in deinem Schrank gefunden und entfernt hätte, sähe es duster für dich aus. Denn dann hätte der KGB sehr belastendes Material gegen dich in der Hand gehabt.«

»Was für Zettel?«

»He, komm schon!« Zu Merikes Irritation gesellte sich Unmut. »Mir gegenüber brauchst du das nicht leugnen. Ich bin auf deiner Seite.«

»Bist du das wirklich?« Tarmo sah sie argwöhnisch an.

»Was soll das denn jetzt?« Merike glaubte, sich verhört zu haben. Warum verhielt er sich mit einem Mal so argwöhnisch, ja, feindlich ihr gegenüber?

»Ist doch möglich, dass du die ganze Zeit nur so versöhnlich getan hast, aber eigentlich noch total sauer bist wegen damals. Und mich angeschwärzt hast, um dich für all die Hänseleien und Gemeinheiten zu rächen …«

»Das ist nicht dein Ernst!« Merike spürte, wie sich ein kalter Klumpen in ihrem Magen zusammenballte. »Du traust mir zu, dass ich so etwas Verabscheuungswürdiges machen würde?« Tränen der Wut und Enttäuschung schossen ihr in die Augen. »Und dass ich so hinterhältig bin?«

Verwechselst du mich nicht mit einer anderen?, hätte sie am liebsten hinzugefügt, hielt sich jedoch im letzten Moment davon ab, ihren Verdacht gegen Ülle zu äußern. Dazu hatte sie noch zu wenig Beweise gegen seine Ex-Freundin in der Hand. Oder war sie gar nicht mehr auf dem neuesten Stand? Hatte sich Tarmo mit Ülle versöhnt und war wieder glücklich vereint mit ihr? Mit der Frau, die behauptete, ihn gerettet zu haben?

»Du hast meine Frage nicht beantwortet«, sagte Tarmo. »Welche Zettel soll Enna angeblich bei mir entdeckt haben?«

»Das soll sie dir selbst sagen«, presste Merike hervor.

Sie kämpfte gegen das Schluchzen an, das ihr in der Kehle saß. Reiß dich zusammen, befahl sie sich. Gib dir vor dem da keine Blöße.

»Deiner eigenen Schwester wirst du ja wohl glauben. Oder denkst du am Ende, ich hätte sie eingeschüchtert oder manipuliert?« Die Vorstellung, Tarmo könnte das annehmen, steigerte ihre Wut. »Du und Ülle, ihr passt wirklich gut zusammen.«

Abrupt drehte sich Merike um, stieg auf ihr Rad und fuhr davon, kerzengerade aufgerichtet und bemüht, nicht zu stark in die Pedale zu treten. Er sollte sich nicht einbilden, dass sie vor ihm flüchtete. Obwohl genau das zutraf.

Livland, Sommer 1914

Kapitel 45

Wie von Frau Rätsep vermutet, war Pastor Eisenschmidt gern bereit, seinem jungen Kollegen die Petrikirche für die Trauzeremonie von Julius und Luise zur Verfügung zu stellen. Offenbar kannte Franz Freese den Pfarrer gut und vertrat ihn zuweilen bei den Gottesdiensten in deutscher Sprache, die jeweils am ersten Sonntag im Monat um zwölf Uhr abgehalten wurden. Zu ihnen erschienen überwiegend sogenannte Kleindeutsche: einfache Handwerker, Krämer und andere Angehörige der sozial knapp über den Lohnarbeitern stehenden Schicht, die sich die teuren Mieten und Grundstückspreise in der Altstadt auf der anderen Seite des Embachs nicht leisten konnten und sich in den hauptsächlich von Esten bewohnten »neuen Vierteln« am Ostufer angesiedelt hatten.

Auch an diesem 3. August hatte der Diakon die deutsche Sonntagspredigt gehalten. Während Franz Freese die Gottesdienstbesucher am Hauptportal verabschiedete, versammelte sich die kleine Hochzeitsgesellschaft vor dem Seiteneingang in einem der vier Ecktürme des mächtigen Ziegelsteinbaus. Das Gotteshaus erinnerte Luise an die katholische St. Peterskirche in Oldenburg, die ebenfalls im Stil der Neugotik aus roten Backsteinen errichtet war, mit Spitzbogenfenstern, schmalen Strebepfeilern, Erkern und überdachten Türmchen. Es ist wie ein Gruß aus der Heimat, dachte sie. Ach, wenn doch Ella hier sein könnte. Sie unterdrückte ein Seufzen. Dass weder ihre Schwester noch Baronin Beulwitz und Herr Moser, die sie ebenfalls gern zu ihrer Trauung eingeladen hätte, an diesem Tag mit ihr feiern konnten, war ein Wermutstropfen, der ihre Vorfreude in den vergangenen Tagen gedämpft hatte.

Die Wolken, die am Morgen für kurze Regenschauer gesorgt hatten, waren vom Westwind Richtung Peipussee geweht worden, die hoch stehende Sonne hatte die Pfützen auf den Straßen längst getrocknet, und der Himmel wölbte sich in makellosem Blau über der Stadt. Luise stand neben Julius, der einen schmal geschnittenen schwarzen Anzug mit Weste, weißem Hemd und Fliege trug, und drehte nervös den kleinen Brautstrauß aus zartrosa Moosröschen, weißem Schleierkraut und Efeublättern zwischen ihren Händen. Auf dem Spitzentuch von Frau Rätsep, das ihr diese kunstvoll von der Stirn über Kopf, Schultern und Rücken drapiert hatte, thronte ein Kranz, den Wilhelmine aus den gleichen Blumen gewunden hatte. »Bezaubernd«, hatte das einhellige Urteil ihrer beiden Helferinnen gelautet, als sie Luise nach dem Ankleiden vor den bodenlangen Spiegel im Schlafzimmer der Wirtin geführt hatten. Auch Julius' Augen hatten beim Anblick seiner Braut aufgeleuchtet und ihm ein zärtliches »Du bist wunderschön« entlockt.

Außer dem Brautpaar würden nur die beiden Trauzeugen Wilhelmine und Johann von Kleve sowie Frau Rätsep und Peet an der Zeremonie teilnehmen. Letzterem war Luise zum ersten Mal begegnet, als sie am Tag nach ihrer Ankunft in Dorpat Wilhelmine nach deren Dienst vom Lazarett abgeholt und sich bei der Gelegenheit ihren Arbeitsplatz hatte zeigen lassen.

Luises Gedanken schweiften zu dem Gespräch, das sie in der ersten Nacht mit Wilhelmine geführt hatte. Frau Rätsep hatte »um der alten Zeiten willen« in deren Zimmer ein Bett für Luise aufgestellt, damit die Freundinnen nach Herzenslust miteinander tuscheln und sich über alles, was sich seit ihrer Trennung ereignet hatte, ungestört austauschen konnten, wie sie mit einem auf Wilhelmine gemünzten Zwinkern gemeint hatte. Diese war wieder einmal rot angelaufen und hatte Luise im Schutz der Dunkelheit mit gesenkter Stimme anvertraut, was diese bereits vermutet hatte: Sie war bis über beide Ohren in Peet verliebt. Im Grunde hatte sie sich bereits am Tag ihres ersten Kennenlernens in den jungen Arzt verguckt und schwebte seit gut zwei Wochen auf rosa Wolken, nachdem er ihr gestanden hatte, dass er ihre Gefühle erwiderte.

»Ich wollte dir das persönlich sagen«, hatte Wilhelmine ein wenig schuldbewusst gesagt. »Irgendwie kann ich es immer noch nicht ganz fassen! Es ist so surreal. Ausgerechnet in einer Zeit, in der die Welt in Krieg und Hass zu versinken droht, widerfährt mir das größte Glück.«

»Ich verstehe genau, was du meinst«, hatte Luise geantwortet. »Mir geht es nämlich ähnlich. Ich frage mich ständig, ob ich mich so unbändig freuen darf, während andere aufs Schlachtfeld geschickt werden und ihre Angehörigen voller Angst zurückbleiben und nicht wissen, ob sie ihre Liebsten unversehrt wiedersehen werden.«

»Ist es nicht verrückt, dass wir beide fast gleichzeitig die Liebe unseres Lebens gefunden haben?«, hatte Wilhelmine kurz vor dem Einschlafen gemurmelt. »Nur schade, dass sich außer uns kaum jemand darüber freuen wird.«

Luise hatte nach dieser Unterhaltung noch lange wach gelegen. Wilhelmines letzte Bemerkung ließ ihr keine Ruhe. Ihr selbst hatte die Ablehnung seitens der Familie von Uexküll zwar wehgetan, diese Zurückweisung stand jedoch in keinem Verhältnis zu dem Schmerz und der Enttäuschung, die der Bruch mit seinen Eltern und seiner Schwester ihrem Verlobten bereitet hatte. Dass Wilhelmines Eltern deren Wahl gutheißen oder auch nur akzeptieren würden, war ähnlich unwahrscheinlich wie in Julius' Fall. Auch sie lief Gefahr, von ihrer Familie verstoßen zu werden und fortan keinen Fuß mehr in der Gesellschaft, aus der sie stammte, auf den Boden zu kriegen.

Luise schaute zu ihrer Freundin, die ein paar Schritte von ihr entfernt neben Peet stand und sich leise mit ihm unterhielt. Der junge Arzt war Luise auf Anhieb sympathisch gewesen. Sie war überzeugt, dass sich seine Patienten dank seiner zugewandten, einfühlsamen Art gut bei ihm aufgehoben fühlten und konnte verstehen, wieso sich Wilhelmine in ihn verliebt hatte. Ihre Befürchtung, er könnte nur mit den Gefühlen ihrer Freundin spielen, hatte sie bald verworfen. Peet neigte zwar nicht zu überschwänglichen Gefühlsbekundungen, die Selbstverständlichkeit, mit der er in der Öffentlichkeit Wilhelmines Hand hielt oder den Arm um ihre Schultern legte, sie als seine Verlobte vorstellte und vor allem die Zärtlichkeit, mit der er sie ansah, waren für Luise jedoch deutliche Zeichen, dass er in Wilhelmine die Frau sah, mit der er durchs Leben gehen wollte.

Diese wirkte auf Luise wie die Verkörperung puren Glücks: Ihre tiefblauen Augen leuchteten, ihr Teint war rosig überhaucht, und alles an ihr strahlte Zufriedenheit und Freude aus. Aber wie lange wird dieser Zustand anhalten?, fragte sich Luise. Im Augenblick – frisch verliebt und in Beschlag genommen von einer Arbeit, die sie erfüllte – mochten Wilhelmine die Konsequenzen ihrer Partnerwahl gleichgültig sein. Doch wie würde sie die Ächtung seitens der Gesellschaft auf Dauer aushalten? Würde sie es eines Tages bereuen, ihr bisheriges Leben für Peet aufgegeben zu haben? Nein, das sähe ihr nicht ähnlich, antwortete Luise sich selbst. Dazu beurteilte Wilhelmine die Normen und Überzeugungen ihrer Herkunftsfamilie und deren Umfeld viel zu kritisch. Sie hatte sich im Grunde schon lange von ihnen gelöst, nicht zuletzt mit ihrer Entscheidung, sich der Tradition ihrer Vorfahren zu widersetzen, sich auf eigene Beine zu stellen und zu studieren. Nichts von alledem würden ihre Eltern billigen. Da war die Liebe ihrer Tochter zu einem Mann, der weder adlig noch deutsch war, vermutlich nur der berühmte Tropfen, der das Fass endgültig zum Überlaufen bringen würde.

Aber was geschieht, wenn die Beziehung zu Peet scheitert?, spann Luise ihre Überlegungen weiter. Die beiden kannten sich ja auch noch nicht sehr lange. Im Gegensatz zu Luise, die dank ihrer jahrelangen Arbeit als Zofe über eine gute Kenntnis von den gesellschaftlichen Hintergründen von Julius verfügte und demselben Kulturkreis entstammte, kam Peet aus ganz anderen Verhältnissen als Wilhelmine. Auch wenn er gut Deutsch sprach, es war nicht seine Muttersprache. Und wie würde seine Familie reagieren, wenn er ihr eine Reichsdeutsche als seine zukünftige Ehefrau vorstellte? Noch dazu ausgerechnet jetzt, da sich sein Heimatland im Krieg mit Wilhelmines befand?

Im Vergleich zu ihr gehe ich kein Risiko ein, gestand Luise sich ein. Ella, ihre einzige Angehörige, stand auf ihrer Seite, und in die sogenannten höheren Kreise war sie nie integriert, auch wenn Baronin Beulwitz sie wie eine Ebenbürtige behandelt hatte. Wilhelmine und Julius waren beide so mutig und sich in dem Punkt verblüffend ähnlich. Sie verzichteten, ohne mit der Wimper zu zucken, auf angestammte Privilegien, Annehmlichkeiten und gesellschaftliches Ansehen. Sie dagegen hatte nichts zu verlieren.

Doch, jetzt schon. Ich kann Julius verlieren. Wenn er im Krieg getötet wird. Die Erkenntnis durchzuckte Luise wie ein elektrischer Schlag. Ihr Herz begann zu rasen, vor ihrem inneren Auge erschienen grauenerregende Bilder von Julius, der blutüberströmt zusammenbrach, irgendwo erschossen auf einem Schlachtfeld, Hunderte Kilometer von ihr entfernt. Das war die Kehrseite der Liebe: Wenn man sich an jemanden band, konnte er einem entrissen werden. Wenn man sein Herz verschenkte, konnte es einem gebrochen werden. Bitte mach, dass Julius nicht zum Militär muss, betete sie stumm. Dass diejenigen recht behalten, die von einem raschen Ende des Krieges ausgehen.

»Kommst du, meine Liebe?«

Julius' Frage riss Luise aus ihren Gedanken. Franz Freese, ein hagerer Mittdreißiger mit vollem dunkelblondem Haar, war im schwarzen Talar auf der Schwelle der Eingangstür erschienen und winkte sie mit einem Lächeln hinein. Luise atmete aus, legte ihre Hand auf Julius' Unterarm und betrat an seiner Seite die Kirche. Mit einem letzten Schauer verflog die ängstliche Anwandlung, vertrieben von der Wärme seiner Hand, die er über ihre gelegt hatte.

Hatte die Petrikirche Luise von außen an das gleichnamige Gotteshaus in ihrer Heimatstadt erinnert, bot sich ihr im Inneren ein vollkommen anderes Bild. Im Unterschied zur dreischiffigen St. Peter in Oldenburg, die auch im Inneren ganz im Stil des Spätmittelalters mit von schlanken Säulen getragenen Spitzbögen, Kreuzgewölben sowie einem dreiteiligen Steinaltar mit Heiligenfiguren gestaltet war und ungefähr 500 Sitzplätze hatte, konnten in der Dorpater Peetrikirik sowohl auf den Bänken vor dem Altar als auch auf den zweistöckigen Galerien, die auf beiden Seiten des ungeteilten Kirchenschiffs verliefen, und in den Logen in der Apsis dreimal so viel Gläubige an den Gottesdiensten teilnehmen. Die lichtdurchflutete, ganz in Weiß gehaltene Halle ließ Luise an einen riesigen Festsaal denken. Dieser Eindruck wurde durch mehrere ausladende Messingkronleuchter verstärkt, die von der flachen Holzdecke hingen.

Franz Freese bat das Brautpaar und die Trauzeugen, sich vor dem Altartisch aufzustellen, über dem ein riesiges Gemälde hing, das Jesus Christus mit einladend ausgebreiteten Armen darstellte. Im selben Moment erklang der mehrstimmige Choral »Was Gott tut, das ist wohlgetan« von Johann Sebastian Bach. Luise spürte, wie sich die Härchen auf ihren Unterarmen aufstellten. In den unteren Logen rechts und links des Altarraums standen ein Dutzend Frauen und Männer, deren volltönende Stimmen den Kirchenraum erfüllten. Luise drehte sich zu Frau Rätsep, die neben Peet hinter den Trauzeugen stand, und lächelte ihr zu. Das also war die Überraschung, die die Zimmerwirtin für sie organisiert hatte: die musikalische Untermalung der Zeremonie durch Mitglieder ihres Chores.

Nachdem Diakon Freese das Brautpaar und die Gäste begrüßt und seiner Freude Ausdruck verliehen hatte, diesen besonderen Moment im Leben seines alten Freundes gestalten zu dürfen, sprach er ein Gebet und bat anschließend die kleine Gesellschaft, sich auf die im Halbkreis vor dem Altar aufgestellten Stühle zu setzen. In der Mitte saß das Brautpaar. Johann von Kleve nahm als Trauzeuge von Julius links von diesem Platz, neben ihm Frau Rätsep. Wilhelmine setzte sich mit Peet auf Luises rechte Seite.

»Jetzt wird's ernst«, wisperte Wilhelmine ihr ins Ohr. »Das ist so aufregend!«

Luise zupfte nervös an ihrem Schleier. Hoffentlich verhasple ich mich nachher nicht, wenn wir unser Liebesbekenntnis sprechen, dachte sie.

Die Sänger und Sängerinnen hatten derweil die vierte Strophe des Chorals angestimmt:

Was Gott tut, das ist wohlgetan,
er ist mein Licht und Leben,
der mir nichts Böses gönnen kann;
ich will mich ihm ergeben
in Freud und Leid,
es kommt die Zeit,
da öffentlich erscheinet,
wie treulich er es meinet.

Anschließend hielt der Diakon eine kurze Predigt, die durchdrungen war von seiner Hoffnung auf einen baldigen Frieden und dem Wunsch, die Frischvermählten mögen nicht unter die Räder des Krieges geraten.

»Im Verständnis der Bibel ist Gott unser Schöpfer und gleichzeitig auch der Frieden in Person. In der Bibel wird uns von keinem Kriegsgott berichtet, auch wenn dieser Tage alle Staatsoberhäupter, die ihre Untertanen auf die Schlachtfelder schicken, Gott auf ihrer Seite wähnen und ihn um den Sieg bitten.« Franz Freese sah seine Zuhörer ernst an. »Ich bin der tiefen Überzeugung, dass sie Gott und sein Wesen gründlich missverstehen. Gott ist der ewige, allmächtige Herr seiner gesamten Schöpfung. Er hat es nicht nötig, Kriege zu führen, um seine Ziele zu erreichen. Dieser große, starke Gott bezwingt mit seinem Frieden alles Böse.« Franz Freese hielt kurz inne und hob eine Hand über Julius und Luise. »Und so stelle ich euch mit dem Segensspruch, den der Apostel Paulus in einem Brief an die Christen von Thessaloniki sandte, unter den Schutz des Allmächtigen: ›Er aber, der Gott des Friedens, heilige euch durch und durch und bewahre euren Geist samt Seele und Leib unversehrt.‹«

Luise hatte inbrünstig in das »Amen« eingestimmt, mit dem Franz Freese seine Ansprache beendet hatte. Auf Julius' Gesicht sah sie den feierlichen Ernst gespiegelt, der sie selbst übermannt hatte. Auch die anderen machten einen bewegten Eindruck. Kein Wunder, dachte sie. Dieser unselige Krieg betrifft uns schließlich alle.

Auf ein Zeichen des Diakons erhoben sich Julius und Luise. Diese schwankte kaum merklich, als sie sich vor den Geistlichen stellte. Gleich werde ich Julius' Frau sein, dachte sie. Ist das wirklich wahr? Ich, Luise Gerdes, darf diesen wundervollen Mann heiraten? Für den Bruchteil einer Sekunde war sie überzeugt, dass im nächsten Augenblick jemand Einspruch erheben würde. Oder dass sie aufwachte und alles nur geträumt hatte.

Der Chor sang den ersten Vers eines weiteren Liedes:

Herr, vor dein Antlitz treten zwei,
um künftig eins zu sein
und so einander Lieb und Treu
bis in den Tod zu weihn.

»Das Hohelied verkündet: Liebe ist stark wie der Tod. Ihre Glut ist feurig und eine Flamme des Herrn, so dass auch viele Wasser die Liebe nicht auslöschen und Ströme sie nicht ertränken können«, sagte Franz Freese und nickte dem Chor zu.

Sprich selbst das Amen auf den Bund,
der sie vor dir vereint;
hilf, dass ihr Ja von Herzensgrund
für immer sei gemeint.

»Bekennt euch nun zu eurer Liebe und dem Bund der Ehe, bis dass der Tod euch scheidet«, forderte der Diakon das Paar auf.

Julius und Luise wandten sich einander zu. Erneut wurde Luise von einem leichten Schwindel erfasst. Sie hob den Kopf und versenkte ihren Blick in seine graublauen Augen, die ihr seit ihrer ersten Begegnung ein tiefes Gefühl der Geborgenheit vermittelten. Das Schwindelgefühl verebbte.

Nachdem sie sich gegenseitig versichert hatten, den anderen fortan zu lieben und zu achten, ihm zu vertrauen und treu zu sein, steckten sie einander die Ringe an, während die letzte Strophe des Liedes erklang:

Zusammen füge Herz und Herz,
dass nichts hinfort sie trennt;
erhalt sie eins in Freud und Schmerz
bis an ihr Lebensend.

Luise schaute kurz zu Wilhelmine, die Hand in Hand neben Peet saß und die Zeremonie sichtlich bewegt verfolgte. Wann werden die beiden wohl vor den Altar treten, fragte sie sich.

»Du darfst deine Braut nun küssen.« Franz Freese lächelte seinen alten Freund verschmitzt an.

Luise zuckte zusammen und spürte, wie ihr das Blut in die Wangen stieg. Als Julius seine Lippen auf ihre legte, schloss sie die Augen und sah sich unter der Birke auf der Anhöhe bei Algulfer, wo Julius ihr an Mittsommer im Licht der aufgehenden Sonne seine Liebe gestanden und um ihre Hand angehalten hatte.

»Mein Birkenmädchen«, flüsterte er ihr ins Ohr, als sie sich voneinander lösten.

Luise hörte ein leises Schnüffeln und bemerkte aus den Augenwinkeln, dass Frau Rätsep nach ihrem Taschentuch nestelte. Auch Johann hatte gerötete Augen. Nachdem alle zusammen das »Vater unser« gebetet hatten, hob der Diakon segnend die Arme.

»So gehet nun euren gemeinsamen Weg in der Gewissheit, die Paulus seinem Begleiter Timotheus in einem Brief verkündet: ›Gott hat uns nicht gegeben den Geist der Furcht, sondern der Kraft und der Liebe und der Besonnenheit.‹«

Während der Chor ein letztes Lied intonierte, fasste Julius nach Luises Hand. »Und jetzt lass uns feiern«, sagte er und zog sie Richtung Tür, durch die die anderen bereits nach draußen gegangen waren.

»Es tut mir so leid, dass es so ein bescheidenes Fest ist.« Luise sah unsicher zu ihm hoch. »Du hast dir deine Hochzeit doch sicher anders vorgestellt. Ich meine auf Algulfer und vor allem mit deinen …«

»Verwandten samt all unseren Freunden und Bekannten?« Julius schüttelte den Kopf. »Wirklich nicht.« Ein spitzbübisches Lächeln umspielte seine Mundwinkel. »Ehrlich gesagt, bin ich froh, um das ganze Brimborium herumgekommen zu sein.« Er hielt kurz inne. »Natürlich macht es mich traurig, dass meine engere Familie heute nicht hier ist. Aber das ist nebensächlich.« Er schaute Luise in die Augen. »Alles, was ich zu meinem Glück brauche, steht in diesem Augenblick vor mir.«

Luise blinzelte die Tränen weg, die ihr seine Worte in die Augen trieben, reckte sich auf die Zehenspitzen, schlang ihre Arme um seinen Hals und gab ihm einen innigen Kuss.

Otepää / Estland, Sommer 1989

Kapitel 46

Nach der Begegnung mit Tarmo fuhr Merike nach Hause und verkroch sich in ihr Bett. Sie wollte niemanden sehen und verschob ihr Vorhaben, Milvi nach Jaan und seinen Eltern zu befragen. Ihre Gedanken kreisten unaufhörlich um die Frage, warum Ennas Bruder ihr gegenüber mit einem Mal so abweisend und misstrauisch war. Die Aussicht, am nächsten Abend in der Volksfrontgruppe auf ihn zu treffen, bereitete ihr Unwohlsein. Da musst du durch, mahnte ihr strenges Ich. Du hast Helina deine Unterstützung versprochen. Außerdem würde sie es sich selbst nicht verzeihen, wenn sie nicht mithelfen würde, diese großartige Idee umzusetzen. Merike kuschelte sich an ihre Katze, die sich zu ihr gelegt hatte, und verwünschte den Tag, an dem sich ihre Wege mit Tarmos gekreuzt hatten.

Wenig später ertönte ein leises Klopfen an der Tür. Oma Kadri steckte den Kopf ins Zimmer. »Hier steckst du. Ich hab mir schon Sorgen gemacht, weil du nicht zum Abendessen erschienen bist.«

»Hab keinen Hunger«, nuschelte Merike.

Ihre Großmutter setzte sich auf die Kante des Bettes und streichelte ihr übers Haar. »Was bedrückt dich, *mu rukkililleke*?«

Merike war kurz versucht, von Tarmos seltsamem Verhalten zu erzählen, ließ es jedoch bleiben. Sie hatte keine Lust, über den Wirrwarr ihrer Gefühle zu reden, die sie sich zum Teil selbst nicht eingestehen wollte. »Nichts, mir geht es gut. Bin nur etwas müde«, flunkerte sie. »Außerdem wollte ich in Ruhe nachdenken.« Sie richtete sich auf. »Ich war nämlich vorhin beim Denkmal für die Freiheitskämpfer.«

»Aha.« Oma Kadri sah sie ratlos an. »Und was hast du dort entdeckt, das dich zum Nachdenken gebracht hat?«

»Leider nicht das, was ich zu finden gehofft hatte.« Merike machte eine kurze Pause. »Nämlich den Namen von Jaans Vater, von dem ich annehme, dass er Opas älterer Bruder war.« Mit angehaltenem Atem beobachtete sie ihre Großmutter, die bei der Erwähnung von Jaan zusammengezuckt war. »Weißt du, ob er auf der Platte gestanden hat, die nicht wiedergefunden wurde?«

In Oma Kadris Gesicht arbeitete es. Gespannt wartete Merike auf eine Antwort.

»Peet, so hieß Andrus' Bruder, war tatsächlich auf dem Denkmal verewigt«, sagte ihre Großmutter heiser. Sie räusperte sich. »Ich erinnere mich noch gut an die Einweihungsfeier 1928, bei der die Namen der Gefallenen verlesen wurden. Darunter war auch der des älteren Sohnes von Bäckermeister Ilves. Ich war damals vierzehn und habe natürlich nicht geahnt, dass der jüngere mal mein Mann würde.« Sie lächelte versonnen. »Später hat es mich sehr stolz gemacht, in die Familie eines Unabhängigkeitskämpfers eingeheiratet zu haben. Es ist wirklich sehr bedauerlich, dass ausgerechnet die Platte mit seinem Namen nicht gefunden wurde.«

Merike starrte ihre Großmutter verblüfft an. Sie hatte damit gerechnet, dass sich diese ein weiteres Mal hinter der Mauer des Schweigens verschanzen würde.

»Nun, Opa wird erleichtert darüber sein«, sagte sie. »Er tut ja alles, um nicht an seinen älteren Bruder erinnert zu werden. Ich würde es ihm sogar zutrauen, dass er selbst dafür gesorgt hat, dass die Platte verschwunden bleibt.«

Oma Kadri schüttelte den Kopf. »Eigentlich standen sich die Brüder nah«, sagte sie. »Für Andrus war der vierzehn Jahre ältere Peet sein großes Idol. Sein Tod hat ihn sehr getroffen.«

»Wieso tut er dann so, als habe es Peet nie gegeben?«

»Es war wohl keine leichte Zeit für deinen Großvater.« Oma Kadri strich sich eine Haarsträhne, die sich aus ihrem Dutt gelöst hatte, hinters Ohr. »Liina, die Mutter, war untröstlich über den Verlust ihres Ältesten, versank monatelang in ihrer Trauer und hatte kaum noch ein Auge für Andrus. Ihr Mann Arvo suchte sein Heil in der Arbeit und war ebenfalls kaum ansprechbar.

»Opa muss sich sehr allein gelassen gefühlt haben«, stellte Merike fest und sah wieder seine gebeugte Gestalt vor sich, die sie am Abend zuvor durchs Schlüsselloch erspäht hatte.

»Ja, er hat mir mal gesagt, dass es ihm damals so vorkam, als habe er eine Tarnkappe auf dem Kopf, die ihn unsichtbar machte.« Oma Kadri seufzte. »Später haben sich Arvo und Liina dann vor allem um den kleinen Jaan gekümmert. Sie haben ihn bei sich aufgenommen, während seine Mutter in Tartu Medizin studierte. Im Gedenken an Peet, mit dem sie zusammen in Otepää eine Praxis hatte eröffnen wollen.«

»Kein Wunder, dass Opa eifersüchtig auf seinen Neffen war«, sagte Merike. »Der hat ihm ja quasi seinen Platz im Herzen seiner Eltern streitig gemacht.«

»Ja, für ihn hat sich das gewiss so dargestellt. Zumal Jaan von klein auf begeistert vom Bäckerhandwerk war und seine Zeit am liebsten in der Backstube bei seinem Großvater Arvo verbracht hat.« Oma Kadri presste kurz die Lippen aufeinander. »Aber eifersüchtig war Andrus nicht. Eher traurig, dass seine Eltern nicht über den Tod von Peet hinwegkamen. Das hat ihn sehr belastet.«

»Was ist mit Jaan und seiner Mutter geschehen? Und warum hatte er eine deutsche Patentante?«

»Das werde ich dir alles beantworten«, sagte Oma Kadri. »Ich möchte dich allerdings noch um ein wenig Geduld bitten. Es ist mir nämlich sehr wichtig, dass deine Mutter dabei ist, wenn ich von den beiden erzähle.«

»In Ordnung«, sagte Merike. »Mama hat übermorgen einen freien Tag, da können wir in Ruhe reden.«

»Abgemacht.« Oma Kadri drückte Merikes Arm. »Eigentlich fände ich es besser, wenn dein Großvater es euch sagt. Schließlich geht es um seine Familie.« Ihre Miene verdüsterte sich. »Aber wenn er weiter auf seinem Schweigen beharrt …« Sie stand auf. »Es ist höchste Zeit, alles ans Licht zu bringen. Das ist mir klar geworden, als ich ins Krankenhaus musste. Es darf nicht passieren, dass wir diese Geheimnisse mit ins Grab nehmen.«

»Hast du deswegen dafür gesorgt, dass ich Jaans Koffer finde?«

»Tut mir leid, dass ich so ein Hasenfuß war.« Oma Kadri rieb sich verlegen die Nase. »Ich hab mich einfach vor meinem Zusammenbruch nicht getraut, gegen den Willen von …«

»Schon gut.« Merike winkte ab. »Immerhin hast du verhindert, dass Opa die Sachen in die Hände bekommt. Er hätte sie sicher für immer verschwinden lassen.«

Als Merike sich am folgenden Abend vor dem Treffen mit der *Rahvarinne*-Gruppe in ihrem Zimmer umzog, hörte sie die Treppenstufen knarzen und gleich darauf feste Schritte auf dem Flur. Sie zog die Stirn kraus. Das konnte nur ihr Großvater sein. Ihre Mutter war bereits zur Nachtschicht aufgebrochen, ihr Vater traf sich mit einem Freund, und Oma war erneut zu Milvi und Mati gegangen. Was will Opa Andrus wohl?, fragte sie sich, stopfte sich schnell das Hemd in die Hose und öffnete die Tür.

Vor ihr stand Tarmo, der die Hand zum Anklopfen erhoben hatte.

»Ähm, hallo«, stotterte er. »Dein Großvater hat mich reingelassen und nach oben geschickt.«

Merike starrte ihn wortlos an.

»Ich muss mich bei dir entschuldigen«, fuhr er fort. »Enna hat mir gesagt, dass sie die Zettel gefunden und zu dir gebracht hat.« Tarmo schluckte. »Es tut mir wahnsinnig leid, dass ich dich gestern so blöd angegangen bin.«

»Das sollte es auch.« Merike verschränkte die Arme vor der

Brust. »Ich kann es immer noch nicht fassen, dass du echt geglaubt hast, ich hätte dich hinterlistig in die Scheiße geritten.«

»Ich will mich nicht rausreden«, sagte Tarmo. »Aber die Tage in Haft haben mich total durch den Wind geschossen.« Er senkte den Blick. »Wenn man zu viel Zeit zum Grübeln hat …« Er brach ab und zuckte die Schultern.

Die aufrichtige Zerknirschung in seinem Gesicht stimmte Merike milder. »Ich weiß«, sagte sie. »Ging mir ähnlich. Und ich war ja nur eine Nacht dort.«

»Danke.« Tarmo lächelte sie zaghaft an. »Hast du diese ominösen Papiere noch?«

Merike nickte, bat ihn mit einer Handbewegung ins Zimmer und holte die Zettel aus ihrem Versteck.

»Erkennst du die Schrift?«, fragte sie, als er die Notizen eingehend musterte.

Tarmo schüttelte den Kopf. Merike verzog enttäuscht den Mund.

»Aber das Papier«, schob er nach. »Es stammt von einem Block, auf dem mir Ülle ab und zu Botschaften geschrieben hat.«

»Echt? Woran erkennst du das?«

»Hier, dieser Fleck am Rand. Immer an derselben Stelle«, antwortete er und deutete auf eine rötliche Verfärbung, die sich auf allen Zetteln befand. »Da muss mal irgendein dunkler Beerensaft oder so draufgetropft sein. Es wäre schon ein sehr unwahrscheinlicher Zufall, wenn es einen zweiten Block in Otepää gibt, der auf die gleiche Weise beschmutzt wurde.«

»Ich werd' verrückt!« Merikes Augen weiteten sich. »Ich hatte Ülle zwar im Verdacht, dass sie dich denunziert hat. Aber sicher war ich mir nicht.« Sie ließ sich auf ihr Bett plumpsen. »Aber wie hat sie es geschafft, die falschen Beweise in deinen Schrank zu schmuggeln?«

»Gute Frage.« Tarmo zog sich den Schreibtischstuhl heran,

setzte sich und kratzte sich nachdenklich das Kinn. »Sie war wohl vor einiger Zeit kurz in unserem Haus«, sagte er nach ein paar Atemzügen. »Angeblich, um noch ein paar Sachen von sich zu holen. Meine Mutter war damals noch da und hat sie reingelassen.«

»Wahnsinn!«, rief Merike und beugte sich nach vorn. »Gut möglich, dass das an dem Abend war, als ich Ülle in eurer Straße gesehen habe. Da habe ich deine Schwester, die den Tag bei uns verbracht hatte, nach Hause begleitet. Ülle kam gerade aus eurem Vorgarten, als wir in die Straße eingebogen sind.«

»Nicht zu fassen.« Tarmo verzog den Mund. »Dass so viel kriminelle Energie in ihr steckt, hätte ich nie für möglich gehalten.«

»Sie wird sich ganz schön gewundert haben, warum der KGB nichts bei dir gefunden hat. Deine Schwester hat ihren perfiden Plan sauber durchkreuzt.«

»Zum Glück! Ich mag mir gar nicht ausmalen, was sie mit mir gemacht hätten, wenn sie …« Tarmo schüttelte sich. »Und dann besitzt diese Person auch noch die Frechheit, zu behaupten, sie hätte mich rausgehauen.« Er schnaubte.

»Was wirst du jetzt tun?«, fragte Merike.

»Hm, keinen Schimmer.«

»Wäre vermutlich nicht verkehrt, Ülle zu stecken, dass du sie durchschaut hast und auch Beweise gegen sie hast, die du gegen sie verwenden könntest, wenn sie nicht endlich Ruhe gibt.«

»Gute Idee.« Tarmo nickte. »Sie will sicher nicht, dass ihr mieses Spiel die Runde macht.« Er räusperte sich und fuhr nach einer winzigen Pause fort. »Vielen Dank! Ich weiß nicht, wie die Sache ohne deine Hilfe …«

»Lass mal«, sagte Merike schnell. »Ich bin froh, dass jetzt alle Missverständnisse beseitigt sind.«

»Und ich erst!« Tarmo lächelte schüchtern. »Ich war so ein Hornochse. Dass ich ausgerechnet dich verdächtigt habe.« Er sah ihr in die Augen.

Merike spürte ein Kribbeln im Bauch und senkte verlegen den Blick. »Wir sollten langsam aufbrechen.« Sie stand auf. »Nicht, dass Helina noch denkt, wir würden sie versetzen. Sie zählt auf uns. Es gibt ja noch wahnsinnig viel zu tun.«

»Ich weiß nicht, wie es dir geht«, sagte Tarmo, als sie die Treppe hinunterliefen. »Aber ich habe ehrlich gesagt schon Zweifel, ob das zu schaffen ist. Und ob überhaupt genug Leute kommen, um über eine so eine große Distanz eine Kette zu bilden.«

»Ja, leicht wird es sicher nicht«, sagte Merike. »Aber versuchen müssen wir es. Lieber scheitern, als untätig bleiben.«

»Das sehe ich genauso«, sagte Tarmo.

»Was müsst ihr versuchen?«

Opa Andrus stand am Fuß der Treppe und sah sie argwöhnisch an.

»Eine Menschenkette zu organisieren«, antwortete Tarmo. »Am 50. Jahrestag des Hitler-Stalin-Paktes. Von Tallinn über Riga bis nach Vilnius.«

Oh nein, dachte Merike. Warum hatte er das erwähnt? Jetzt würde Opa ein Riesentheater machen und ihr verbieten, zu dem Treffen zu gehen. Das war so peinlich!

»Seid ihr wahnsinnig?« Merikes Großvater starrte sie entgeistert an. »Gerade seid ihr mit einem blauen Auge davongekommen. Und schon wollt ihr den KGB wieder provozieren?« Er rang nach Luft. »Und überhaupt. Das wird böse enden. Für alle, die da mitmachen. So wie vor zehn Jahren.«

»Weißt du, was er meint?« Merike sah Tarmo ratlos an.

»Am 23. August 1979 hat eine kleine Gruppe von Esten, Letten und Litauern im ›Baltischen Appell‹ von den Vereinten Nationen gefordert, den Pakt zu verurteilen«, antwortete er.

»Die meisten der Unterzeichner wurden umgehend verhaftet und in sowjetische Lager und Gefängnisse geschickt«, sagte Opa Andrus.

»Stimmt«, Tarmo nickte. »Aber das kann man nicht vergleichen. Erstens war es eben nur eine kleine Gruppe, während wir jetzt Hundertausende zusammentrommeln werden. Und zweitens wurde beim letzten Gipfeltreffen des Warschauer Pakts ausdrücklich das Recht eines jeden Mitgliedslandes anerkannt, selbst über seine wirtschaftliche, soziale und staatliche Ordnung zu bestimmen. Gleichzeitig wurde jegliche Einmischung vonseiten eines anderen Landes – wohlgemerkt einschließlich der Bündnispartner – als unzulässig verurteilt.«

Merike sah ihn bewundernd an. Er machte einen gelassenen Eindruck und ließ sich von der zornigen Miene ihres Großvaters nicht einschüchtern. Unwillkürlich schob sie die Brust heraus und hob den Kopf.

»Das sind leere Worte auf Papier«, raunzte Opa Andrus. »Moskau kann jederzeit Panzer und Soldaten aus seinen Kasernen mobilisieren, die überall auf dem Gebiet des Warschauer Paktes stehen, um dem umstürzlerischen Treiben ein Ende zu bereiten.«

»Aber die geplante Aktion ist sogar von den kommunistischen Parteien und den Regierungen Estlands, Lettlands und Litauens genehmigt worden«, argumentierte Merike.

»Und bei den Wahlen zum Moskauer Deputiertenkongress im Frühjahr haben die Volksfronten große Erfolge erzielt«, sprang ihr Tarmo bei. »Das kann das Zentralkomitee der KPdSU nicht ignorieren.«

»Zu sehr würde ich mich nicht auf die Duldsamkeit in Moskau verlassen«, knurrte Opa Andrus. »Perestroika hin, Glasnost her. Wenn es um den Erhalt des Einflussgebietes und der Oberhoheit geht, versteht auch ein Gorbatschow keinen Spaß.«

»Natürlich ist die Sorge berechtigt, dass so eine Menschenkette mit militärischer Gewalt aufgelöst oder von vornherein verhindert werden könnte.« Tarmo zuckte die Schultern. »Ich bin dennoch der Überzeugung, dass wir alle das Risiko eingehen sollten. Es geht schließlich um nichts Geringeres als unsere Freiheit.«

Opa Andrus bedachte ihn mit einem finsteren Blick, grummelte etwas, das nach »Von dir hätte ich mehr Vernunft erwartet« klang, drehte sich brüsk um und verschwand im hinteren Teil des Hausflurs.

»Puh, der ist ja ’ne harte Nuss«, sagte Tarmo leise und hielt Merike die Tür auf.

»Das war vergleichsweise freundlich«, entgegnete sie mit einem Grinsen. »Normalerweise hätte er mich rundgemacht und mir strikt untersagt, mich an den Vorbereitungen, geschweige denn der Aktion selbst zu beteiligen.«

»Ich bin froh, dass er das nicht getan hat.« Tarmo lächelte sie an. »Ich fände es nämlich sehr schade, wenn du nicht mehr zu den Gruppentreffen kommen würdest.«

Wieder spürte Merike das Kribbeln im Bauch und hoffte, dass Tarmo die Röte nicht bemerkte, die ihr ins Gesicht stieg.

Kapitel 47

Dorpat, 1. September 1914 (14.9. greg. Kal.)

Liebe Luise,
herzlichen Dank für Deinen Brief mit den ersten Eindrücken Deines neuen Zuhauses. Du hast dieses Inselidyll so lebendig geschildert, dass ich glaubte, die herrliche Landschaft vor mir zu sehen, in der Euer Birkenhof liegt, an Deiner Seite durch die Räume des Wohnhauses zu laufen, in der Küche auf ein kurzes Schwätzchen mit Frau Mesila vorbeizuschauen, eine Runde im Park mit den alten Birken zu drehen und dabei den Fortschritt der Bauarbeiten am Pavillon zu begutachten, den Julius Dir für ungestörte Lesestündchen errichten lässt. Wobei Du zu Letzteren derzeit wohl kaum Muße finden würdest. Dein Tag scheint ja bis zum Bersten gefüllt zu sein mit dem Anlegen eines Obst- und Gemüsegartens, der Einrichtung der Zimmer, der Suche nach einem geeigneten Dienstmädchen und allem anderen, voran natürlich dem Auskosten der gemeinsamen Zeit mit Julius, solange er noch nicht zum Militär muss.

Luise unterbrach ihre Lektüre und seufzte. In der Post, mit der Wilhelmines Brief gekommen war, hatte sich der Einberufungsbefehl befunden, der Julius von ihr fortrief und den unbeschwerten »Flittertagen«, die sie seit knapp vier Wochen auf dem Birkenhof verbrachten, ein Ende bereitete. Während er die Stunden bis zum frühen Abendessen in seinem Büro im Erdgeschoss verbringen würde, um die notwendigen Dokumente zusammenzusuchen, Bestellungen aufzugeben, Anordnungen für die Handwerker zu schreiben und andere geschäftliche Dinge zu regeln, die vor seiner Abreise am nächsten Tag erledigt werden sollten, hatte sich Luise in eines der Zimmer im ersten Stock zurückgezogen, das einmal ihr »Salon« werden sollte. Die Wände waren bereits einige Tage zuvor mit einer hellen Tapete, auf die ein dezentes florales Muster gedruckt war, beklebt worden, ansonsten gab es nur einen etwas abgewetzten Schaukelstuhl, den Luise beim Entrümpeln des Dachbodens entdeckt hatte. Auf diesem hatte sie es sich vor dem geöffneten Fenster bequem gemacht. Metsik döste auf einer Pferdedecke zu ihren Füßen.

Luise ließ den Blick über die Wipfel der Birken im Park schweifen, der sich bis zum Schilfgürtel am Ufer der Käina-Bucht erstreckte, die die Halbinsel Kassari von Dagö trennte. Das Geschnatter, Pfeifen und Rufen der Enten und Gänse, das von dort herüberschallte, mischte sich mit dem Rauschen des Regens, der seit den frühen Morgenstunden aus tief hängenden Wolken herabprasselte. Eine leichte Brise wehte den Geruch nasser Erde ins Zimmer, in den sich der süße Duft der Clematis, die an der Hauswand emporrankte, sowie eine rauchige Note mischten, die vom mit Holz befeuerten Herd aus der Küche stammte. Luise atmete tief durch und richtete ihre Augen wieder auf Wilhelmines Brief.

Ich weiß, dass Julius Skrupel hat, Dich mehr oder weniger allein in dieser Einöde zurückzulassen, wenn er fortmuss. Aber ich bin wie er der Meinung, dass es momentan der sicherste Ort für Dich ist. Erstens bist Du weit entfernt vom Kriegsgeschehen, und zweitens läufst Du auf Kassari, wo es – wie mir Julius' Trauzeuge versicherte – weit mehr Schafe als Menschen gibt, kaum Gefahr, als Deutsche aufzufallen und Misstrauen zu erregen. Was man dagegen in den Städten deutlich zu spüren bekommt. Erst recht seit der vernichtenden Niederlage, die die 2. Russische Armee bei der Schlacht von Tannenberg gegen die Truppen Wilhelms II. erlitten hat. Die zunehmend schlechte Versorgungslage mit Lebensmitteln und anderen wichtigen Waren des Alltags tut ein Übriges, dass sich der Ton und die Maßnahmen gegenüber den Deutschbalten verschärfen.

Der öffentliche Gebrauch ihrer Muttersprache ist mittlerweile untersagt, deutsche Vereine sowie Druckerzeugnisse wurden ebenfalls verboten. St. Petersburg wurde in Petrograd umbenannt, weil der alte Name »zu deutsch« klang. Außerdem wird unter den deutschstämmigen Bürgern des Zarenreiches nach vermeintlichen Spionen und Saboteuren gesucht. Nationalistische Boulevardblätter rufen mit Riesenlettern zum ›Kampf gegen den geheimen deutschen Einfluss‹ oder die sogenannten ›falschen Russen‹ auf. Wilde Gerüchte kursieren. So wurden schon einige Gutbesitzer angezeigt, deren Tennisplätze angeblich als Pisten für feindliche Flugzeuge dienten, die nachts dort landeten und beladen mit Ochsen, Milchkühen, Getreide etc. hinter die Front zu den deutschen Truppen flogen, um sie zu versorgen, während unsere Soldaten darben. Die betagte Witwe eines hochrangigen Beamten des Zaren wurde bezichtigt, von ihrem Alterssitz im Kurbad Pernau aus feindlichen Schiffen mittels Lichtsignalen Informationen über Truppenbewegungen gesendet zu haben. Wie sich jedoch herausstellte, hatte die Gute im Garten im Schein einer Petroleumlampe gestrickt, die vom Wind hin und her geschaukelt wurde.

Wie Du Dir denken kannst, finde ich diese hanebüchenen Behauptungen eigentlich zum Schreien komisch – allerdings bleibt mir das Lachen im Halse stecken, da die Beschuldigten allzu oft schlimme Konsequenzen erdulden müssen. Immer mehr Deutschbalten werden verhaftet und zum Teil ins Innere Russlands oder gar nach Sibirien deportiert. Während viele der wehrfähigen Männer zur gleichen Zeit für Russland kämpfen und auf den Schlachtfeldern ihr Leben riskieren. Das ist doch verrückt!

Erneut ließ Luise den Briefbogen auf ihren Schoß sinken und gestand sich ein, in den vergangenen Tagen alles ausgeblendet zu haben, was ihre glückliche Stimmung hätte trüben können. Auch Julius hatte sich nach Kräften bemüht, belastende Themen zu vermeiden. Wilhelmine hat es trefflich auf den Punkt gebracht, dachte Luise. Sie hatten hier bislang in einem Idyll gelebt, in das nur ein schwacher Widerhall des Schlachtengetöses und der schrecklichen Folgen gedrungen war, die der Krieg auf allen Ebenen mit sich brachte. Als läge der Birkenhof auf einer verwunschenen Insel, die sich wie weiland Avalon hinter Nebeln den Blicken der Welt entzog. Ach, wenn es doch so wäre! Dann könnte Julius hier bleiben, und niemand würde ihn finden. Luise presste die Lippen aufeinander und las weiter.

Ich sehe Dich die Stirn runzeln. Gewiss stellst Du Dir die Frage, wie ich selbst gedenke, solchen Repressalien zu entgehen, zumal ich in einer Stadt lebe – nach meinen eigenen Beschreibungen ein gefährliches Pflaster für vermeintliche Spione. Als Reichsdeutsche werde ich ohne Zweifel noch viel stärker beargwöhnt und laufe permanent Gefahr, in Gewahrsam genommen und im besten Fall nach Deutschland abgeschoben zu werden. Nun, das Problem ist zumindest entschärft.

Zum einen, weil ich Peet, der in ein Lazarett in Frontnähe beordert wurde, als Krankenschwester dorthin begleiten werde. Nach allem, was man hört, herrscht dort unter den Soldaten ein durchweg kameradschaftlicher Ton, deutschbaltische und andere nicht russischstämmige Heeresangehörige werden in der Regel weder ausgegrenzt noch verräterischer Absichten bezichtigt. Zum anderen, weil ich seit knapp einer Woche die stolze Besitzerin eines russischen Passes bin, der auf den Namen Vilhelmiina Ilves ausgestellt ist.

Ja, ich weiß, das kommt sehr überraschend und mag in Deinen

Ohren nach einer überstürzten, gar unüberlegten Aktion klingen. Ich kann Dir versichern, dass dem nicht so ist! Peet und mir war schon nach wenigen Begegnungen klar, dass wir zueinandergehören. Mit dem Heiraten hatten wir es dennoch nicht eilig. Vorher wollte ich mein Medizinstudium absolvieren und Peet seine Zeit als Assistenzarzt beenden, bevor er sich anschließend den Traum einer eigenen Praxis in seiner Heimatstadt verwirklichen will, die ich zusammen mit ihm führen möchte. Der gemeinsame Neubeginn in Odenpäh wäre unser Wunschtermin für die Vermählung gewesen.

Nachdem Peet so überraschend verlegt werden soll, haben wir jedoch beschlossen, uns umgehend trauen zu lassen. Glaube mir, wir hätten zu gern eine richtige Hochzeit gefeiert oder doch zumindest ein Fest mit den Menschen, die uns besonders am Herzen liegen. Das wollen wir nachholen, sobald dieser leidige Krieg vorbei ist und wir uns (hoffentlich!!!) alle gesund wiedersehen werden.

Für heute sage ich Dir Lebewohl, es gibt noch einiges zu packen und zu erledigen, bevor es dann morgen in die Karpaten geht.

Ich soll Dir ganz herzliche Grüße von Peet und von Frau Rätsep ausrichten. Grüße Du bitte Julius von mir.

Ich umarme Dich in Gedanken und wünsche Dir alles Gute,

Deine Wilhelmine

»Ach, Wilhelmine«, sagte Luise leise und spürte einen Kloß im Hals. Angst um ihre Freundin, die in umkämpftes Gebiet ziehen würde, machte sich in ihr breit. Gepaart mit dem Gefühl der Verlassenheit. Solange sie Wilhelmine in Dorpat wusste, war sie erreichbar; selbst wenn sie selbst auf unbestimmte Zeit keine Möglichkeit haben würde, Kassari zu verlassen und sie zu besuchen.

Luise steckte den Brief zurück in den Umschlag. Das Geräusch weckte Metsik. Er erhob sich, setzte sich vor den Schaukelstuhl, legte seinen Kopf auf Luises Knie und schaute zu ihr auf.

»Mein Guter.« Sie kraulte ihn hinter den Ohren. »Du weißt genau, wann ich Trost brauche.« Und wenn Julius morgen fortginge, würde sie den noch viel dringender brauchen. Sie schluchzte auf, beugte sich über den Hund und barg ihr Gesicht in seinem Fell.

»Ich werde dich so sehr vermissen«, flüsterte Julius.

Er stützte sich auf einen Ellbogen und betrachtete Luise, die ihm zugewandt auf der Seite neben ihm lag, im Licht der Kerzen, die in einem dreiarmigen Leuchter auf seinem Nachttisch brannten. Mit der Kuppe seines Zeigefingers strich er von ihrer Schläfe über die Wangen zu ihrem Mund, zeichnete die Kontur ihrer Lippen nach und ließ seine Hand über ihren Hals zum Brustkorb und den Lenden hinab zu ihrer Hüfte wandern, die noch eng an die seine geschmiegt war.

Es waren die ersten Worte, seit sie in stummem Einvernehmen das Speisezimmer verlassen hatten. Die Koteletts mit Kartoffeln und gelben Rüben, die ihnen Frau Mesila zum Abendessen serviert hatte, lagen unberührt auf den Tellern. Nachdem die Köchin ihnen »Guten Appetit« gewünscht hatte und in die Küche zurückgekehrt war, hatten sich Luise und Julius angesehen, waren wie auf ein geheimes Zeichen gleichzeitig aufgestanden, hatten sich Hand in Hand in die obere Etage geschlichen und begonnen, sich gegenseitig zu entkleiden, kaum dass sie die Tür ihres Schlafzimmers hinter sich geschlossen hatten. Nicht stürmisch und ungeduldig wie in vielen Nächten davor. An diesem Abend ließen sie sich Zeit, erkundeten den anderen mit allen Sinnen, als gälte es, sich jedes Detail einzuprägen, keine Regung zu verpassen, kein noch so leises Stöhnen, als sie miteinander verschmolzen und sich ihre Körper im Gleichklang bewegten. Irgendwann hatte Luise die

Augen geschlossen, übermannt von der Intensität, mit der sie Julius in sich wahrnahm.

»Mein Birkenmädchen.«

Die Zärtlichkeit in seiner Stimme ließ Luise erneut erschauern, dieses Mal vor Abschiedsschmerz. Ihre Unterlippe begann zu zittern. Die Selbstbeherrschung, die sie sich für die letzten gemeinsamen Stunden vorgenommen hatte, brach in sich zusammen. Sie schlang ihre Arme um Julius' Hals. »Verlass mich nicht«, flehte sie und klammerte sich an ihn, so fest sie konnte. »Bleib hier.«

»Es gibt nichts, was ich lieber täte«, flüsterte Julius in ihr Haar und streichelte Luises Rücken. »Es zerreißt mir selbst das Herz«, fuhr er nach kurzem Schweigen etwas lauter fort. »Aber ich kann mich der Einberufung nicht entziehen. Täte ich es, gälte ich als Deserteur, müsste mich verstecken und könnte ebenfalls nicht bei dir bleiben. Dann hätte ich nicht einmal die Möglichkeit, dich zu besuchen, wenn ich Heimaturlaub habe.«

»Dann lass uns gemeinsam außer Landes fliehen«, schluchzte Luise. »Irgendwo ein neues Leben beginnen. Hauptsache, wir sind zusammen. Und du wärest nicht in Gefahr, erschossen zu werden.«

Julius löste sanft ihre Arme, hob ihr Kinn an und sah ihr forschend in die Augen. »Willst du das wirklich?«

Ja, schrie alles in Luise. Ich will nicht ohne dich sein! Ich würde es nicht ertragen, dich zu verlieren. Das würdest du aber, meldete sich ihre Vernunftsstimme. Auf eine andere Weise. Wenn du ihn zwingst, deinetwegen gegen sein Gewissen und sein Loyalitätsgefühl zu handeln und obendrein seine geliebte Heimat zu verlassen und seinen Traum von einer Tori-Zucht aufzugeben, würde er todunglücklich werden, sosehr er dich auch liebt. Er hatte schon so viel für sie aufgegeben. Und ihm fiel der Abschied ja auch alles andere als leicht. Sie durfte es ihm nicht noch schwerer machen. Er brauchte die Gewissheit, dass sie hier die Stellung hielt und gut zurechtkam. Und nicht jemanden, der ihm Schuldgefühle mit auf den Weg gab.

Luise schniefte und schüttelte den Kopf. Julius küsste ihr zärtlich die Tränen von den Wangen.

»Verzeih meinen Ausbruch«, murmelte Luise heiser. »Ich wollte dich nicht …«

»Sch«, machte Julius leise. »Du musst dich nicht entschuldigen. Eher umgekehrt. Mir ist bewusst, dass ich dir einiges abverlange. Mutterseelenallein auf dieser …«

»Nein, mach dir deswegen keine Gedanken«, unterbrach Luise ihn und hoffte, dass sie überzeugend klang. »Ich fühle mich wirklich sehr wohl hier. Es ist ein Ort, wie geschaffen für mich. Ich habe schon als Kind davon geträumt, in einem Haus im Grünen zu wohnen, die Möglichkeit zu haben, einen großen Garten anzulegen und vor allem nach eigenem Gutdünken zu entscheiden, wie ich meine Tage gestalte.« Sie sah ihn an. »Ich hätte nie geglaubt, dass ich diesen Traum wirklich einmal leben darf.

»Bald werden wir ihn gemeinsam auskosten«, sagte Julius mit belegter Stimme.

»Und das möge dich in der Zwischenzeit beschützen«, sagte Luise, drehte sich zu ihrem Nachttisch und holte ein Beutelchen aus der Schublade, das sie aus einem Stück Leinenstoff genäht und mit den Umrissen eines Birkenblattes bestickt hatte. Seit Tagen war sie unschlüssig, ob sie es Julius geben sollte. Was, wenn er es für kindischen Mumpitz hielt und sie als abergläubisch belächelte?

»Was ist darin?« Julius zog die Schnur des Tunnelzugverschlusses auf und schaute hinein. »Von dir?«

Luise sah, dass sich seine Augen mit Tränen füllten.

»Das bedeutet mir viel«, sagte er leise. »Ich hab mich nicht getraut, dich um eine Haarlocke zu bitten. Ich hatte wohl befürchtet, du könntest mich für einen sentimentalen alten …«

»Aber nein.« Luise lächelte unter Tränen.

»Sie wird mir Glück bringen.« Julius zog das Beutelchen wieder zu und hängte es sich um den Hals. »Ich werde sie stets bei mir tragen.«

»Und ich werde jeden Tag beten, dass sie dich wohlbehalten zu mir zurückbringt.« Luise schmiegte sich eng an ihn und spürte, wie ihre Herzen im selben Rhythmus schlugen und ihr Atem in den gleichen Intervallen erfolgte. Für einen Moment wurde sie von tiefer Ruhe erfüllt und einer Gewissheit jenseits aller Wahrscheinlichkeit und Vernunft: Julius wird zu mir zurückkehren.

Otepää / Estland, Sommer 1989

Kapitel 48

Am Donnerstag schaute Merike ab der Mittagspause alle paar Minuten auf die Uhr in der Werkshalle. Die Zeit bis zum Ende ihrer Schicht wollte einfach nicht verstreichen. Als endlich die Sirene ertönte, sauste sie zur Frauenumkleide, riss sich noch im Laufen den Arbeitskittel herunter und radelte, so schnell sie konnte, nach Hause. Beim Frühstück hatte Oma Kadri ihr Versprechen erneuert, an diesem Abend, an dem Vilja freihatte, die Geheimnisse zu lüften, die in der Familie schon viel zu lange unter Verschluss gehalten wurden.

Nach dem Essen in der Küche bat sie alle ins Wohnzimmer. Opa Andrus, der schweigend die Kartoffelsuppe mit Speck in sich hineingelöffelt hatte, folgte der Aufforderung zu Merikes Erstaunen ohne Widerworte. Sie hatte erwartet, dass er sich wie an den vergangenen Tagen in sein selbst gewähltes Exil im Raum hinter dem Laden zurückziehen würde. Er war bleich, hatte tiefe Ringe unter den Augen und wich den Blicken der anderen aus.

»Deine Großmutter hat ihm mit Scheidung gedroht, wenn er kneift«, raunte Raivo seiner Tochter zu, als sie die Küche verließen.

In der Wohnstube nahm er neben seiner Frau auf einem der beiden Sofas Platz, Merike ihnen gegenüber auf dem zweiten. Opa Andrus setzte sich in seinen Stammsessel. Seine Frau stellte sich hinter ihren an der anderen Schmalseite des niedrigen Couchtisches, umfasste die Rückenlehne mit beiden Händen und ergriff das Wort, sobald alle saßen.

»Als wir angefangen haben, die alte Backstube und den Laden zu entrümpeln, war mir klar, dass dabei weit mehr aufgewirbelt werden würde als der Staub, der sich dort seit Jahrzehnten angesammelt hat. Da kam einiges zum Vorschein, das die Neugier unserer Merike geweckt hat. Sie hat begonnen, sich für die Geschichte ihrer Vorfahren zu interessieren und mich und vermutlich auch euch«, Oma Kadri nickte ihrer Tochter und Raivo zu, »mit ihren Fragen zu löchern. Zum Beispiel, warum nie jemand Peet, den älteren Bruder ihres Großvaters, erwähnt.«

Merike warf Opa Andrus einen Blick zu. Er hatte die Schultern hochgezogen, die Augen auf die Kante des Tisches vor sich geheftet und seine Kiefer fest aufeinandergepresst. Alles an ihm strahlte Abwehr und Missbilligung aus.

»Merike hat herausgefunden, dass Peet einen Sohn hatte, der Jaan hieß und Anfang 1920 geboren wurde, also nachdem sein Vater 1919 im Freiheitskrieg gefallen war.«

»Wie bitte?« Merikes Mutter riss die Augen auf. »Das ist doch nicht mö…«

Sie verstummte, als Raivo seine Hand auf ihre legte.

»Peet hatte nichts mit dem Bäckereihandwerk am Hut. Stattdessen hat er in Tartu Medizin studiert und anschließend in einem Krankenhaus gearbeitet«, sprach Oma Kadri weiter. »Dort hat er 1914 eine junge Deutsche kennengelernt und sie geheiratet. Sie wollte ebenfalls Medizin studieren, was allerdings für Frauen erst nach dem Krieg an der Universität möglich war.

»Wie hieß sie denn?«, fragte Merike.

»Wilhelmine von Rahden«, antwortete Oma Kadri. »1930 kam sie nach Otepää, wo sie sich als Ärztin niederließ, um in der Nähe ihres Sohnes zu leben und den alten Traum von Peet und ihr zu verwirklichen: eine eigene Praxis zu eröffnen. Zuvor hatte sie ihren Sohn, sooft es ging, an Wochenenden besucht und die Sommerferien mit ihm bei seiner Patentante Luise verbracht, die auf Hiiumaa lebte.«

»Hat Jaan auch Medizin studiert?«, fragte Vilja.

»Nein, er wollte immer Bäcker werden«, antwortete ihre Mutter. »1936 hat er seine Lehre begonnen und anschließend als Geselle im Familienbetrieb gearbeitet, wo er übrigens auch Priit, seiner späteren Frau begegnet ist, die damals als Verkäuferin bei uns angestellt war. Jaan machte aber erst noch seinen Meister, bevor sie kurz nach Kriegsende geheiratet haben.« Oma Kadri seufzte. »Es war ein wunderschönes Fest. Wilhelmine war so stolz und glücklich.« Sie lächelte ihrer Tochter zu. »Du bist übrigens nach ihr benannt. Vilja ist eine estnische Ableitung des deutschen Namens.«

»Was ist aus ihr geworden?«, erkundigte sich Merikes Mutter.

»Und aus Jaan?«, wollte Raivo gleichzeitig wissen, während Merike fragte: »Habt ihr Mama nach Wilhelmine benannt, weil ihr diese besonders gernhattet?«

Oma Kadri schüttelte den Kopf und sah ihren Mann an, der beharrlich auf die Tischkante starrte und keine Anstalten machte, das Wort zu ergreifen. Sie holte tief Luft, schloss kurz die Augen und presste ihre Hände ineinander.

Sie hat wahnsinnige Angst. Die Erkenntnis durchfuhr Merike wie ein Stich. Ihr Herzschlag beschleunigte sich.

»Deine Eltern haben dich nach deiner Großmutter genannt«, sagte Oma Kadri schließlich zu ihrer Tochter.

Merike sah, wie sich Verständnislosigkeit auf dem Gesicht ihrer Mutter breitmachte.

»Meine Eltern?« Vilja zog die Stirn kraus. »Aber das seid doch …«

»Soll das heißen, Mama ist gar nicht eure Tochter?«, rief Merike. »Sondern … etwa die von Jaan und seiner Frau?« Das würde ja bedeuten, dass Oma und Opa gar nicht meine Großeltern sind, überlegte sie im Stillen weiter. Jaan war ihr Großvater! Und Peet ihr Urgroßvater.

Oma Kadri nickte und sah zu Vilja, die sich an den Hals fasste und blass wurde.

»Das ist nicht dein Ernst«, würgte sie hervor und sprang auf. »Das kann nicht … Ihr habt mich mein Leben lang glauben lassen, dass ich … Das war alles eine Lüge?« Sie schwankte kurz, fing sich wieder und rannte aus dem Zimmer.

»Liebling, warte!« Raivo warf seinen Schwiegereltern einen fassungslosen Blick zu und folgte seiner Frau.

Merike hatte die letzten Sekunden wie eine Szene in Zeitlupe erlebt. Sie fühlte sich wie betäubt. So war das also, wenn die sprichwörtliche Bombe einschlug. Binnen eines Wimpernschlags war die Welt ihrer Mutter aus den Fugen geraten, das Fundament ihres Selbstverständnisses zerstört, nämlich das Wissen, woher sie stammte. Das weitere Ausmaß der Verwüstung war wie bei einer echten Sprengladung noch gar nicht abzusehen. Welche Wirkung würden die Schockwellen noch entfalten? Das alles ging ihr durch den Kopf, während sie von ihrer Großmutter, der Tränen über die Wangen liefen, zu Opa Andrus schaute, auf dessen Gesicht sich eine Mischung aus Verzweiflung und Vorwurf breitmachte. Merike war hin und her gerissen zwischen dem Impuls, ihren Eltern hinterherzurennen, um ihre Mutter zu trösten, und der Befürchtung, sie würde den Rest der Geschichte nie erfahren, wenn sie jetzt nicht nachhakte und Oma Kadri sich vielleicht wieder in ihr Schweigen zurückzog.

»Hab ich es nicht gesagt?«, knurrte Opa Andrus. »Jetzt ist genau das passiert, was ich immer befürchtet habe: Unsere Familie bricht auseinander, weil die Wahrheit ans Licht kommt.«

»Das ist doch kompletter Blödsinn.« Merike funkelte ihn empört an. »Diese Familie wurde doch jahrelang nur noch durch Lügen und Verbote zusammengehalten. Und durch Angst. Das ist kein solides Fundament für ein vertrauensvolles Miteinander.«

»Merike hat recht«, sagte Oma Kadri, bevor ihr Mann etwas entgegnen konnte. »Außerdem hast du selbst mit deinen unüberlegten Andeutungen dafür gesorgt, dass nicht nur unsere Enkelin misstrauisch geworden ist. Erst vorgestern hat mich Vilja gefragt, wen du an dem Morgen, als Merike verhaftet wurde, mit dem Balg gemeint hast, das wir niemals hätten aufnehmen dürfen.«

Merike sah ihren Großvater zusammenzucken. Er hat Mama gemeint, stellte sie bei sich fest. Ihr wurde kalt.

»Was hast du ihr geantwortet?«, fragte Opa Andrus. In seiner Stimme schwang Furcht.

»Ich bin ihr wie immer ausgewichen und …«

»Wenn ich das richtig verstehe, habt ihr Mama adoptiert«, fiel ihr Merike ins Wort, die ungeduldig auf dem Sofa hin und her rutschte und verhindern wollte, dass ihre Großeltern vom Thema abkamen. »Aber du hast mir doch mal erzählt, dass du kurz nach Ende des Zweiten Weltkriegs schwanger warst. Das kapier ich nicht. Oder war das auch gelogen?«

Oma Kadri schüttelte den Kopf. »Ich habe 1946 tatsächlich ein Kind erwartet.« Sie seufzte und setzte sich auf ihren Sessel. »Nicht zum ersten Mal. Ich war schon davor zweimal guter Hoffnung gewesen, hatte aber immer Fehlgeburten. Deshalb hatte mir der Arzt bei dieser Schwangerschaft strikte Ruhe und Nichtstun verordnet.«

»Weswegen du zu deiner Schwester Anneli nach Kabli gefahren bist, ich erinnere mich«, sagte Merike.

»Leider hat das nicht geholfen. Ich habe auch dieses Kind verloren.«

»Stattdessen habt ihr Mama adoptiert.« Merike rieb sich die Stirn. »Aber wieso …«

»Nein, nicht adoptiert«, unterbrach ihr Großvater sie. »Vilja ist als unsere leibliche Tochter registriert worden.«

»Wie das?« Merike sah ihn überrascht an. »Was ist denn mit Jaan und seiner Frau passiert? Hatten sie einen Unfall?«

»Nein.« Opa Andrus' Miene verdüsterte sich. »Die beiden haben ein paar Waldbrüder, die sich hier in der Nähe versteckt hatten, mit Essen versorgt. Dabei wurden sie von sowjetischen Soldaten erwischt und hingerichtet.«

»Was?« Merike hob die Hand vor den Mund. »Das ist ja furchtbar!«

»Sie mussten ja unbedingt die Helden spielen«, knurrte ihr Großvater. »So wie Peet im Freiheitskampf.« Er schaute sie finster an. »Und was hat es gebracht? Nichts als Leid und Verderben.«

Merike schluckte. Das also war der Grund, warum Opa Andrus sich so über ihr Engagement bei der Unabhängigkeitsbewegung aufgeregt hatte. Warum er alles vermeiden wollte, was auch nur ansatzweise nach Rebellion, Regimekritik oder von der herrschenden Doktrin abweichender Gesinnung roch.

»Wie konnten sie nur?«, fuhr er fort. »Als frischgebackene Eltern! Offenbar war es ihnen gleichgültig, was mit Vilja geschah, falls man sie fasste.«

»Zum Glück warst du zur Stelle.« Oma Kadri bedachte ihren Mann zum ersten Mal seit Tagen mit einem warmen Lächeln. »Dein Großvater hat die Kleine zu sich genommen«, erklärte sie Merike. »Er hat dafür gesorgt, dass alle Welt glaubte, sie sei kurz nach ihrer Geburt einer schweren Lungenentzündung erlegen, und hat sie zu mir nach Kabli gebracht.«

»Und dort hast du sie dann angeblich geboren.«

»Genau. Als ich ein paar Wochen später nach Hause zurückgekehrt bin, haben wir Vilja nachträglich als unsere Tochter ins Geburtenregister eintragen lassen.«

»Und was war mit Wilhelmine?« Merike runzelte die Stirn. »Warum hat sie sich nicht um ihre Enkelin gekümmert?«

»Das weiß ich nicht«, antwortete Oma Kadri. »Sie war nicht mehr in Otepää, als ich zurückkam.«

»So wie der ehemalige russische Kriegskamerad und Freund von Opa? Kolja hieß er, nicht wahr?«

Ihre Großmutter nickte. Merike zog die Brauen zusammen

und fragte sich, ob das zeitgleiche Verschwinden der beiden womöglich kein Zufall war. Sie schaute zu ihrem Großvater und erschrak. Sein Gesicht hatte sich zu einer hasserfüllten Grimasse verzogen.

»Er war ein Schuft«, zischte er.

Merike und Oma Kadri sahen ihn verblüfft an.

»Wie bitte? Was hat er denn getan?«, fragte Letztere. »Bevor ich damals zu meiner Schwester gefahren bin, wart ihr noch die besten Freunde.«

»Das habe ich leider auch angenommen.« Opa Andrus stöhnte auf. »Was war ich nur für ein Narr! Ich bin schuld, dass Vilja nicht nur ihre Eltern, sondern auch ihre Großmutter verloren hat.«

»Du?«, riefen seine Frau und Merike wie aus einem Munde.

»Ich weiß nicht, was mich damals geritten hat. Aber ausgerechnet ihm habe ich mal im Vertrauen von der deutschen – und noch dazu adligen – Herkunft meiner Schwägerin erzählt.«

»Oh, nein!«, rief Merike, der schwante, was passiert war. Schließlich hatte Oma Kadri ihr berichtet, dass deutsche Soldaten das Dorf in der Ukraine, aus dem Kolja stammte, im Zuge einer Strafaktion vollständig zerstört und alle Bewohner ermordet hatten. Darunter auch Koljas Familie.

»Ich hatte in dem Moment vergessen, was Deutsche ihm angetan hatten«, fuhr Opa Andrus fort. »Besser gesagt, war mir nicht klar, wie stark der Zorn und der Wunsch nach Rache nach wie vor in Kolja loderten.« Wieder entrang sich seiner Brust ein Stöhnen. »Er muss mit meiner Information schnurstracks zum Geheimdienst gegangen sein und Wilhelmine denunziert haben. Da sie einen russischen Pass hatte und sowohl Estnisch als auch Russisch perfekt sprach, hatte nie jemand Verdacht geschöpft, sie könnte Deutsche sein. Aber nun war sie doppelt verdächtig, weil ihr Sohn als Helfer der Waldbrüder hingerichtet worden war und sie deshalb automatisch als Sympathisantin galt. Wilhelmine wurde sofort verhaftet und ohne Prozess in einen GULAG deportiert. Sie ist aber wohl nie dort angekommen, sondern bereits auf der Fahrt gestorben.«

Merike wurde flau im Magen. Das übertraf alle schrecklichen Möglichkeiten, die sie für das Schicksal von Jaan und seiner Mutter in Betracht gezogen hatte.

»Und ich dachte immer, Wilhelmine sei fortgegangen, weil sie es in Otepää nicht mehr ausgehalten hat«, sagte Oma Kadri tonlos. »Weil sie an jeder Ecke über Erinnerungen an glücklichere Zeiten gestolpert ist.« Ihre Augen füllten sich erneut mit Tränen. »Wieso hast du mir nicht gesagt, was ihr passiert ist?«

»Weil du nach der Fehlgeburt sowohl körperlich als auch seelisch äußerst angegriffen warst.« Opa Andrus stand auf, setzte sich auf das leere Sofa über Eck zu seiner Frau und griff nach ihrer Hand. »Ich habe befürchtet, dass du es nicht verkraften würdest. Ich wollte nicht auch noch dich verlieren.«

Merike beobachtete die beiden mit angehaltenem Atem. Wenn er so gewesen ist, als Oma ihn kennenlernte, verstehe ich gut, weshalb sie sich in ihn verliebt hat, dachte sie. »Was ich dagegen nicht verstehe, ist, warum Vilja belogen wurde.« Dass sie den letzten Gedanken laut ausgesprochen hatte, wurde ihr erst bewusst, als sie ihre Großeltern zusammenschrecken sah.

»Ich hielt es für das Beste, um sie zu schützen«, antwortete Opa Andrus. »Sie sollte unbelastet von dem Schicksal ihrer Eltern aufwachsen. Niemand sollte erfahren, dass Vilja die Tochter von Rebellen war, die als Verräter hingerichtet worden waren.«

»Das mag ja damals sinnvoll gewesen sein«, sagte Merike nach kurzem Nachdenken. »Aber heute gelten die Waldbrüder und ihre Unterstützer bei den allermeisten Leuten als Helden, die man wieder öffentlich ehren darf. Außerdem hat doch jeder Mensch das Recht, spätestens als Erwachsener die Wahrheit über seine Herkunft zu erfahren.«

»Das habe ich jetzt auch eingesehen.« Opa Andrus sah seine Frau kleinlaut an. »Ich hätte auf dich hören sollen.« Er fuhr sich mit zitternder Hand übers Kinn. »Glaubst du, sie wird uns verzeihen?«, fragte er mit belegter Stimme.

»Ich hoffe es.« Oma Kadri stand auf. »Ich werde jetzt gleich mit ihr reden.« Sie lief aus dem Zimmer.

»Es tut mir so leid.« Opa Andrus sackte in sich zusammen.

»Sag das nicht mir, sondern Mama.«

»Sie sind weg!« Oma Kadri stand in der Tür. Sie war kalkweiß.

Merike sprang auf und eilte zu ihr. Gleich bricht sie wieder zusammen, dachte sie. Genauso hatte sie beim letzten Mal ausgesehen.

»Raivo hat eine kurze Notiz geschrieben.« Oma Kadri schaute ihren Mann mit glasigen Augen an. »Er bittet uns, nicht nach Vilja zu suchen, sondern sie vorerst in Ruhe zu lassen.«

Opa Andrus presste die Lippen aufeinander und senkte den Blick.

»Was haben wir nur angerichtet?«, schluchzte Oma Kadri.

Merike umfasste sanft ihre Hüfte und führte sie zum Sofa, auf das ihre Großmutter sank, die Hände vors Gesicht schlug und anfing, heftig zu weinen. Merike setzte sich neben sie und streichelte ihren Rücken. Opa Andrus, der sich ebenfalls erhoben hatte, stand mit hängenden Schultern ein paar Schritte abseits und musterte seine Frau mit schuldbewusster Miene. Nach einer Weile ebbte das Schluchzen ab. Oma Kadri richtete sich auf, griff in ihre Jackentasche und hielt Merike einen zusammengefalteten Zettel hin, auf der ihr Name stand.

»Entschuldige, den hätte ich fast vergessen.«

Merike erkannte die Handschrift ihres Vaters und überflog die wenigen Zeilen:

Liebe Merike,
bitte entschuldige, dass wir uns einfach so davongemacht haben. Aber Deine Mutter hat es keine Sekunde länger in diesem Haus ausgehalten.

Ich hoffe, Du weißt, dass das absolut nichts mit Dir zu tun hat! Wir sind froh und dankbar, dass Du nicht lockergelassen hast mit Deinen Fragen und den Versuchen, Licht ins Dunkel zu bringen. Ohne Dich hätte Vilja vielleicht nie erfahren, wer ihre leiblichen Eltern waren.

Sobald ich weiß, wo wir unterkommen, melde ich mich. Dann beraten wir gemeinsam, wie es weitergeht.

Fühle Dich herzlich von Mama und mir umarmt. Bis ganz bald, alles Liebe von Deinem Papa

Merike atmete erleichtert aus. Ihre Befürchtung, ihre Eltern würden auch sie nicht sehen wollen und ihr böse sein, weil sie immer wieder in der Vergangenheit gestochert hatte, war unbegründet. Arme Mama, dachte sie. Sie muss sich furchtbar fühlen. Zum Glück ist Papa bei ihr.

»Wird sie uns je verzeihen können?«, hauchte Oma Kadri und sah Merike ängstlich an.

»Ganz ehrlich, ich weiß es nicht«, antwortete diese und legte ihren Arm um die Schultern ihrer Großmutter. Mir würde es jedenfalls schwerfallen, fügte sie im Stillen hinzu. »Lasst ihr Zeit«, sagte sie stattdessen.

Sie schaute zu Opa Andrus, der nach wie vor bewegungslos dastand, auf den Boden starrte und mit zitternden Lippen vor sich hin murmelte: »Was soll ich nur tun, was soll ich nur tun?«

Merike wurde jäh von einem Gefühl übermannt, das sie ihrem Großvater gegenüber noch nie empfunden hatte: Mitleid.

»Du musst Vilja erklären, warum du ihr nie die Wahrheit gesagt hast. Und zwar ganz ehrlich, ohne Ausflüchte.«

»Aber sie will doch nichts mehr mit mir zu tun haben.«

Opa Andrus hob den Kopf und sah Merike mit einem Ausdruck an, den sie ebenfalls noch nie an ihm gesehen hatte: verletzlich und Hilfe suchend. Auch Oma Kadri hatte sich zu ihr gedreht und hing an ihren Lippen, als wolle sie kein Wort ihrer Antwort verpassen. Rollentausch. Ihre Großeltern fragten sie um Rat!

»Schreib ihr einen Brief«, sagte sie zu Opa Andrus. »Mach nicht den Fehler und verschanze dich jetzt hinter Selbstvorwürfen. Damit ist niemandem geholfen. Zeig deiner Tochter, was dir an ihr liegt.« Merike drehte sich zu Oma Kadri. »Denn eure Tochter ist und bleibt sie. Auch wenn sie das im Moment vermutlich anders wahrnimmt.«

Kapitel 49

»Das ist echt heftig«, rief Talvi. »Und deine Mutter hat nie auch nur den leisesten Verdacht gehabt?«

»Wie hätte sie?«, antwortete Merike. »Es ist ja sogar amtlich.«

Sie saß im milden Licht der tief stehenden Sonne am Weiher auf dem Gartengrundstück von Talvis Familie und feierte mit ihrer Freundin deren erfolgreich absolvierte Prüfungen mit einem Picknick. Nachdem sie mit selbst gemachtem Himbeerlikör angestoßen hatten, berichtete Merike von dem folgenschweren Enthüllungsabend zwei Tage zuvor.

»Auf Mamas Geburtsurkunde sind als ihre Eltern meine Großeltern vermerkt.«

»Die gar nicht deine Großeltern sind, sondern … was eigentlich?« Talvi legte die Stirn in Falten.

»Andrus ist mein Urgroßonkel.« Merike zuckte die Schultern. »Ist mir aber egal. Für mich sind es nach wie vor Oma und Opa.«

»Und wie geht es jetzt weiter?«, fragte Talvi.

»Gute Frage. Mama hat sich gestern krankgemeldet und begleitet Papa auf einer seiner Ferntouren. Sie braucht jetzt erst einmal Abstand.«

»Kann ich gut verstehen.« Talvi nahm sich eine mit Pilzen gefüllte Pirogge. »Das muss ein Wahnsinnsschock für sie gewesen sein. Wenn ich mir vorstelle, dass mich meine Eltern jahrzehntelang so krass belügen würden.« Sie schüttelte sich. »Ich weiß nicht, wie ich damit klarkäme.«

»Ich auch nicht«, sagte Merike. »Aber immerhin ist die Katze jetzt aus dem Sack. Ich hätte es noch viel schlimmer gefunden, wenn Mama es erst nach dem Tod von Oma und Opa rausgefunden hätte. Jetzt hat sie wenigstens die Möglichkeit, etwas über ihre leiblichen Eltern zu erfahren. Und hoffentlich ihren Frieden mit Kadri und Andrus zu machen.«

Talvi nickte, biss in ihre Teigtasche und kaute mit nachdenklicher Miene.

»Was hat deine deutsche Urgroßmutter eigentlich nach Estland verschlagen?«, fragte sie nach kurzem Schweigen.

»Das ist 'ne wilde Geschichte«, antwortete Merike. »Wilhelmine stammte aus einer adligen Familie und sollte eigentlich einen gewissen Julius heiraten, einen deutschbaltischen Baron, der in der Nähe von Põltsama auf einem Rittergut lebte. Julius hat sich aber in Wilhelmines Freundin Luise, eine Zofe aus bescheidenen Verhältnissen, verliebt und diese gegen den Willen seiner Eltern geheiratet, woraufhin er enterbt wurde.«

»Klingt wirklich wild«, sagte Talvi. »Und wie kam es, dass Wilhelmine in Estland geblieben ist? Mussten die Deutschen nicht kurz vor dem Zweiten Weltkrieg alle weg von hier?«

»Du meinst diese ›Heim-ins-Reich-Aktion‹.« Merike kratzte sich am Kinn. »Wenn ich das richtig verstanden habe, hatte Wilhelmine schon lange davor mit ihren Eltern gebrochen. Die konnten es nicht akzeptieren, dass sie ihren eigenen Weg gehen wollte, Medizin studierte und einen Esten geheiratet hat. Und als dann die Deutschen Estland verlassen mussten, war es für Wilhelmine wohl keine Frage, dass sie hier bei ihrem Sohn blieb, der mal die Bäckerei übernehmen sollte. Außerdem hatte sie eine Arztpraxis und war bei ihren Patienten sehr beliebt. Bis auf unsere Familie wusste niemand, dass sie Deutsche war. Sie hat fließend Estnisch gesprochen.«

»Schade, dass du sie nicht kennengelernt hast«, meinte Talvi. »Sie muss eine tolle Frau gewesen sein.«

»Ja, das denke ich auch.« Merike lächelte. »Ich hab wohl die gleichen Augen wie sie. Blau wie Kornblumen.«

»Und den rebellischen Charakter.« Talvi zwinkerte ihr zu. »Probier mal, die sind köstlich.« Sie hielt Merike einen Teller mit kross gebratenen Fischchen hin. »Apropos rebellisch. Was genau ist eigentlich für den 23. August geplant? Jetzt, wo ich die leidigen Prüfungen hinter mir habe, kann ich mich endlich wieder bei der Volksfrontgruppe einbringen.«

»Super, wir können echt jede Hilfe gebrauchen.« Merike steckte sich ein Fischchen in den Mund. »Es soll ja eine möglichst lückenlose Menschenkette gebildet werden, die die drei baltischen Hauptstädte verbindet. Und das wird schon rein organisatorisch eine Riesenherausforderung.«

»Weiß man denn, wie viele Leute überhaupt mitmachen werden?«

»Nee, das ist auch so ein Punkt. Tarmo zum Beispiel befürchtet, dass sich viele nicht trauen. Obwohl die Aktion von den kommunistischen Parteien und Regierungen genehmigt worden ist. Aber eben nicht von Moskau.«

»Verstehe.« Talvi legte den Kopf schief. »Die Leute haben Angst davor, dass der Protest wie der auf dem Platz des Himmlischen Friedens in Peking mit Panzern und mehreren Zehntausend Toten gewaltsam beendet werden könnte.«

»Genau. Und viele Ältere haben noch sehr lebendige Erinnerungen an die gewaltsame Niederschlagung der Proteste 1953 in der DDR, 1956 in Ungarn oder 1968 in der Tschechoslowakei.«

»Hm«, machte Talvi und verzog den Mund. »Nachvollziehbar. Schließlich sind hier Hunderttausende sowjetische Soldaten stationiert, denen der Kreml befehlen könnte, die Menschenkette notfalls mit Gewalt aufzulösen.«

»Aber ich bin trotzdem optimistisch, dass wir genügend Leute mobilisieren können«, sagte Merike. »Sorgen macht mir eher, dass noch nicht klar ist, wie man die Teilnehmer zu entlegeneren Streckenabschnitten transportieren kann. Schließlich haben nur wenige Autos. Außerdem muss alles zeitlich genau abgestimmt werden.«

»Nicht zu vergessen, dass man auf medizinische Notfälle vorbereitet sein sollte.«

»Und ich frage mich, was geschieht, wenn das Wetter nicht mitspielt.«

»Puh, ich seh schon, da kommt 'ne Menge Arbeit auf uns zu.« Talvi grinste vergnügt. »Genau das Richtige für mich. Nach der ganzen Stubenhockerei ist das eine willkommene Abwechslung.«

Die vier Wochen bis zum Jahrestag des Hitler-Stalin-Pakts standen für Merike und die anderen Volksfrontler ganz im Zeichen der geplanten Aktion. Wie jede der regionalen Gruppen war auch ihre für einen bestimmten Abschnitt der Strecke zuständig, in ihrem Fall dem zwischen Nuia und Lilli, der rund 70 Kilometer südwestlich von Otepää gelegenen Grenzstation zu Lettland. Merike war froh über die vielen Aufgaben, deren Erledigung fast jede freie Minute nach ihren Schichten in der Brotfabrik in Anspruch nahm. Sie lenkte sie von der bedrückten Stimmung ab, die zu Hause herrschte.

Zwar hatte sich Oma Kadri wieder mit ihrem Mann ausgesöhnt. Die Frage, wie sich Vilja in Zukunft ihnen gegenüber verhalten würde, machte den beiden jedoch sehr zu schaffen. Merike hatte ihrer Mutter einen Brief von Opa Andrus übergeben, als sie sich vor dem Aufbruch ihrer Eltern mit diesen getroffen hatte. Ob Vilja ihn mittlerweile gelesen hatte und was er in ihr auslöste, war jedoch ebenso ungewiss wie der Zeitpunkt ihrer Rückkehr. Die Hoffnung, sie werde spätestens Mitte August zum 85. Geburtstag von Opa Andrus wieder in Otepää sein und mit ihnen feiern, erfüllte sich nicht.

Unterdessen liefen die Vorbereitungen für die Menschenkette auf Hochtouren. Die Solidarität und Unterstützung waren überwältigend. Einige Minister erklärten den 23. August, einen Mittwoch, kurzerhand für arbeitsfrei, viele volkseigene Betriebe stellten Busse und LKW für den Transport der Teilnehmer zur Verfügung, öffentliche Busse sollten von ihren regulären Linien abweichen und Demonstranten in die abgelegeneren Streckenabschnitte bringen. Sogar die Polizei war zur Kooperation bereit, wollte das zu erwartende hohe Verkehrsaufkommen kontrollieren und für Ordnung sorgen. Ihr Einsatz war aus einem weiteren Grund sehr willkommen: Die Fahrzeuge der Polizisten verfügten über Telefone, mit denen im Notfall zum Beispiel medizinische Hilfe herbeigerufen werden konnte.

Am 50. Jahrestag des Hitler-Stalin-Pakts herrschte sonniges Wetter. Ganz Otepää schien auf den Beinen zu sein und sich zu den vorher in Zeitungen veröffentlichten, an diesem Tag über Radio koordinierten Standplätzen zu begeben: beladen mit Transistorradios, Fahnen, Kerzen sowie Papptafeln und Transparenten, auf denen »Historische Gerechtigkeit« gefordert und die Veröffentlichung der Namen aller von den Sowjets verschleppten und ermordeten Menschen verlangt wurde. Auf anderen standen einfach nur Slogans wie »Freiheit für das Baltikum«, »Rückkehr nach Europa« oder »Beitritt zur Europäischen Gemeinschaft«.

Merike saß bis zum späten Nachmittag mit Helina und Tarmo in einem Zimmer des Volkskulturhauses, sammelte Meldungen über Streckenabschnitte, bei denen noch Menschen fehlten, und gab diese über den Rundfunk auf einer eigens dafür freigeschalteten Frequenz weiter. Erst um kurz nach sechs Uhr verließen sie das Büro. Tarmo wollte Enna mit dem Moped abholen und sich mit ihr zu der circa 40 Kilometer westlich von Otepää entfernten Stelle begeben, an der sich die meisten Mitglieder der Volksfrontgruppe und ihre Angehörigen versammeln würden. Helina wurde von zwei Freundinnen im Auto abgeholt und bot Merike an, mit ihnen zu fahren.

»Ähm … warte kurz«, bat Tarmo, als sie Helina folgen wollte. »Ich … ich wollte fragen, ob du Lust hast, mal mit mir ins …«

»Sehr gern!«, rutschte es Merike heraus.

Verdammt, kannst du dich nicht einmal beherrschen?, schimpfte ihr strenges Ich. Und jetzt wurde sie auch noch rot.

»Echt?« Ein ungläubiges Lächeln breitete sich auf seinem Gesicht aus. »Du würdest dich mit …« Er räusperte sich. »Ins Kino? Gleich morgen?«

Merike nickte stumm. Das Strahlen, das in seinen Augen aufleuchtete, vertrieb das Schamgefühl und machte einer kribbelnden Freude Platz. Tarmo stieg auf sein Mofa und fuhr, eine fröhliche Melodie pfeifend, die das Knattern übertönte, davon, während Merike in den Wagen zu Helina und ihren Freundinnen stieg.

Kurz vor sieben erreichten sie den Abschnitt der Straße, zu dem Merike nachmittags ihre Mitstreiter dirigiert hatte. Während sie noch überlegte, ob sie erst Talvi und ihre Familie begrüßen sollte oder Marten und Lenja, die wieder einmal bei diesem zu Besuch war, hörte sie eine wohlbekannte Stimme ihren Namen rufen. Suchend sah sie sich um und entdeckte ihre Eltern unweit eines kleinen Lastwagens des Textilkombinats, der neben unzähligen Autos und anderen Fahrzeugen auf der Wiese entlang der Straße geparkt war.

»Mama, Papa!« Merike rannte zu ihnen und warf sich in ihre Arme. »Ich freue mich so, dass ihr da seid.«

»Wir sind auch froh, dass wir es noch pünktlich geschafft haben«, sagte ihr Vater. »So viel Verkehr und Staus habe ich in dieser Gegend noch nie erlebt.«

»Woher wusstet ihr, dass ich hier bin?«

»Von dir selbst«, antwortete er. »Deine Stimme im Radio hat uns den Weg gewiesen.«

»Wie geht es dir, Mama?« Merike sah ihre Mutter unsicher an.

»Viel besser. Ich habe viel nachgedacht und mit deinem Vater geredet. Die Auszeit und der Abstand von Otepää haben gutgetan.« Sie zauste Merikes Haar. »Aber jetzt freue ich mich, wieder hier zu sein.«

»Und was ist mit deinen … äh …«

»Meinen Eltern?« Vilja hob die Schultern. »Ich brauche sicher noch eine Weile, bis ich das verdaut habe. Aber ich kann verstehen, warum sie glaubten, mir die Wahrheit verschweigen zu müssen. Und sie sind die einzigen Eltern, die ich je kannte. Wenn sie mich damals nicht zu sich genommen hätten, wäre ich wohl bei einer Pflegefamilie oder, schlimmer noch, in einem Heim gelandet.« Sie hakte sich bei Merike unter. »Lass uns später darüber reden. Jetzt sollten wir uns in die Kette stellen.«

»Ich fasse es nicht«, sagte Raivo und deutete mit dem Kopf zu Merikes Großeltern, die einige Meter weiter mit Bekannten zusammenstanden.

Vilja folgte seinem Blick und zog die Brauen hoch. »Andrus macht bei dem Protest mit?«

»Das ist ja fast so ein historisches Ereignis wie die Menschenkette.« Raivo grinste und legte seinen Arm um Vilja. Über deren Kopf hinweg sah er Merike an und formulierte lautlos die Worte: »Mach dir keine Sorgen, alles wird gut.«

Punkt 19 Uhr ertonte aus den unzähligen Transistorradios die Stimme der Sozialwissenschaftlerin Marju Lauristin. Vom Langen Hermann aus, einem altem Burgturm auf dem Tallinner Domberg, rief sie: »Unser Ziel ist Freiheit.« Als anschließend das eigens für diesen Anlass komponierte Lied »*Ärgake Baltimaad* – Wach auf, Baltikum!« ausgestrahlt wurde, fassten sich die Menschen an den Händen und verharrten eine Viertelstunde lang in Schweigen. Merike stand zwischen ihren Eltern und ihren Großeltern. Ein paar Schritte von ihnen entfernt hatte sich Tarmo mit seiner kleinen Schwester eingereiht, auch Talvi und ihre Familie, Milvi und Mati sowie der Rest der Volksfrontgruppe standen in der Nähe.

Merike legte den Kopf in den Nacken, sah in den Himmel, an dem erste Sterne funkelten, und spürte diesem Gefühl der Verbundenheit nach. Zu wissen, dass jetzt, in diesem Augenblick, rund zwei Millionen Litauer, Letten und Esten ein Band bildeten, um gemeinsam für ihre Unabhängigkeit zu demonstrieren, erfüllte sie mit ehrfürchtigem Staunen. Für ein paar Atemzüge war Merike so, als hätten sich auch die Toten in die menschliche Kette eingereiht, als würden auch Peet und Wilhelmine, Jaan und Priit an ihrer Seite stehen und mit den Lebenden vereint für das demonstrieren, für das sie sich geopfert hatten: die Freiheit ihres Landes.

Nach einer Weile begannen ein paar Leute das Protestlied »*Koit*« von Tõnis Mägi zu singen, in das nach und nach die anderen einstimmten. Merike überlief ein Schauer, und ihr Hals wurde eng. Auch in den Augen ihrer Nachbarn sah sie Tränen schimmern. Stumm bewegte sie die Lippen, als die letzte Strophe erklang, in der die Freiheit ihres Heimatlandes beschworen wurde:

Land, Land meiner Väter,
so heiliges Land, das jetzt frei sein muss.
Unser Lied, unser Lied der Freiheit wird klingen.
Und du wirst ein freies Estland sehen.

Epilog

Birkenhof, 20. Juni 1920

Liebe Ella,
Du machst Dir keine Vorstellung von meiner Erleichterung, als Dein Schreiben vom 15. dieses Monats bei mir eintraf und ich endlich Gewissheit hatte, dass Du wohlauf bist. Die Briefe, die Du mir – wie ich jetzt weiß – davor geschickt hattest, sind nämlich nie hier angekommen. Die lange Funkstille hatte die schlimmsten Befürchtungen in mir geweckt. Es gab so viele Widrigkeiten und Gefahren, denen Du in Deutschland ausgesetzt warst, angefangen von den entsetzlichen Hungerwintern über die revolutionären Unruhen nach dem Ende des Krieges und der Flucht des Kaisers ins Exil bis hin zur Spanischen Grippe, die bei Euch vor zwei Jahren sehr viel heftiger gewütet hat als hier. Auf unserer Insel sind wir sogar gänzlich von dieser Seuche verschont geblieben.

Auch sonst sind viele der Stürme, die in den letzten Jahren über die Welt hinwegfegten und sie gehörig durcheinandergewirbelt haben, oft an Dagö (besser gesagt Hiiumaa, dem nun offiziell geltenden estnischen Namen) vorbeigezogen und haben vergleichsweise geringe Schäden angerichtet. Dennoch ist auch in meinem Leben und Umfeld so viel passiert, man könnte ein ganzes Buch damit füllen. Ich versuche, mich auf das Nötigste zu beschränken, und hoffe inständig, dass wir uns in naher Zukunft treffen und dann ausgiebig austauschen können.

Um das Wichtigste vorwegzunehmen: Julius hat seine Soldatenzeit gut überstanden und ist unversehrt zu mir zurückgekehrt. Als er im Februar auf den Birkenhof geritten kam, fiel mir ein Berg Steine vom Herzen. Ich übertreibe nicht, wenn ich sage, dass das der bislang glücklichste Tag in meinem Leben war.

Wie Du sicher weißt, hat auf dem Baltikum das offizielle Kriegsende keineswegs das Ende der kämpferischen Auseinandersetzungen bedeutet. Meine Hoffnung, Julius könne nach vier langen Jahren, in denen wir uns nur unregelmäßig und kurz während seiner Urlaube gesehen hatten, nach Hause kommen, zerschlug sich schnell. Sobald sich die deutschen Truppen aus den von ihnen besetzten Gebieten zurückgezogen hatten, machte sich die Rote Armee daran, diese für Russland zurückzuerobern; ungeachtet der Tatsache, dass sich die Esten für unabhängig erklärt hatten. Zwar gelang es diesen, die Bolschewiken im Mai vergangenen Jahres über die Grenze zurückzutreiben, doch nun sahen sie sich ehemaligen deutschen Reichswehrsoldaten, der deutschbaltischen Landeswehr und zaristisch gesonnenen Letten sowie Russen gegenüber, die die Wiederherstellung des russischen Kaiserreiches sowie ein Bündnis mit Deutschland anstrebten. In der Schlacht von Wenden (Võnnu) wurden sie von den Esten vernichtend geschlagen. Aber auch nach diesem Sieg konnten unsere Soldaten ihre Waffen nicht an den Nagel hängen. In einem letzten Aufbäumen rückte die Rote Armee im vergangenen November noch einmal bis zur Grenzstadt Narva vor, bevor sie wenige Wochen später endgültig aufgab und schließlich diesen Februar den Frieden von Tartu schloss, in dem Sowjetrussland die Unabhängigkeit Estlands »auf alle Zeiten« anerkannt hat. Jetzt leben wir also in einer selbstständigen Republik.

In meine Freude, Julius wiederzuhaben, mischen sich bittere Tropfen. Besonders nahe geht mir das tragische Schicksal von Wilhelmine. Vor zwei Jahren ist sie zu mir gezogen, nachdem die Lage auf dem Festland immer gefährlicher und unberechenbarer wurde. Ihr Mann Peet hatte sich wie Julius den estnischen Frei-

heitskämpfern angeschlossen. Bei einem der letzten Scharmützel mit der zurückweichenden Landeswehr ist er gefallen. Kurz bevor Wilhelmine die Todesnachricht erhielt, hatte sie festgestellt, dass sie guter Hoffnung war. Du kannst Dir vorstellen, wie furchtbar das für sie gewesen ist. Sie war buchstäblich am Boden zerstört. Aber Wilhelmine ist eine Kämpferin und lässt sich nicht so schnell unterkriegen. Vor einer Woche hat sie einen gesunden Jungen zur Welt gebracht. Jaan heißt er, und ich werde seine Patentante. Ich platze vor Stolz!

Die anderen traurigen Ereignisse betreffen Familie von Uexküll. Julius' Eltern wurden im Sommer 1918 von der Spanischen Grippe dahingerafft – was es ihnen zumindest erspart hat, das Schicksal ihrer Standesgenossen zu teilen und die Enteignung von Algulfer erleben zu müssen. Auch Ferdinand, der jüngere Bruder von Julius, war zu dieser Zeit bereits tot: erschossen in einem der ersten Gefechte an der galizischen Front.

Es hat Julius sehr zugesetzt, dass er sich nicht mehr mit seinen Eltern versöhnen konnte. Umso tröstlicher war es für ihn, dass Jüri Landa, der früher Stallmeister auf Algulfer war, nach deren Tod samt seiner Familie zu uns auf den Birkenhof gezogen ist. Landa hat Julius nämlich glaubhaft versichert, dass der Baron und seine Frau ihrem Ältesten längst verziehen hatten und sich mit ihm in Verbindung setzen wollten, sobald wieder Frieden eingekehrt sein würde.

Julius' Schwester Irmengard dagegen verharrte zunächst in ihrer feindlichen Haltung und überzog ihren Bruder mit Vorwürfen. Als sei er sowohl am Tod der Eltern als auch an der Enteignung schuld. Eine Zeit lang hat sie sich sogar zu der Behauptung verstiegen, unsere Kinderlosigkeit sei die gerechte Strafe dafür, dass Julius weit unter Stand geheiratet und damit die göttlichen Gesetze der Gesellschaftsordnung mit Füßen getreten habe.

Seit einiger Zeit kommen jedoch ganz andere Töne aus Haapsalu (vormals Hapsal), wo Irmengard seit der Heirat mit ihrem Mann Clemens lebt. Nachdem sie erfahren hat, dass die junge estnische Republik Julius für seinen Einsatz im Unabhängigkeitskrieg nicht nur mit einem hohen Orden dekoriert, sondern ihm außerdem zum Dank den Birkenhof geschenkt hat, gibt sie sich auf einmal versöhnlich. Nach dem Motto: Der klägliche Rest der Familie müsse nun zusammenhalten und die Querelen der Vergangenheit hinter sich lassen. Julius amüsiert sich über diesen »Sinneswandel«, dessen Gründe so selbstsüchtig wie leicht durchschaubar sind. Irmengard will sich gut mit uns stellen, weil wir uns nun auf einmal in einer privilegierten Position befinden und Besitzer eines Gutshofes sind. Während sie als Arztgattin zwar ein gutes Auskommen hat, aber eben keinen Landbesitz. Im Birkenhof scheint sie die ideale Sommerfrische zu sehen. Sie hat uns nämlich einen ausgedehnten Besuch mit ihren beiden kleinen Kindern Johann und Charlotte im August in Aussicht gestellt.

Julius wollte ihr absagen, weil er mir das nicht zumuten möchte. Schließlich hat mich Irmengard in der Vergangenheit ihre Verachtung mehr als deutlich spüren lassen. Aber erstens berührt mich das schon lange nicht mehr, zweitens weiß ich, dass Julius bei allen Differenzen doch an seiner Schwester und nunmehr einzigen nahen Verwandten hängt, und drittens freue ich mich auf Johann und Charlotte.

Ich habe gern viele Kinder um mich. Direkt auf dem Birkenhof wohnen die von Stallmeister Landa: die mittlerweile siebenjährige Maarja und ihr sechs Monate altes Brüderchen Lennart. Außerdem kommen oft die Sprösslinge unserer Nachbarn zu Besuch, die gern im Park herumtollen, bei schlechtem Wetter in der Scheune Verstecken spielen und sich die Kringel schmecken lassen, die unsere Köchin Frau Mesila stets für sie bereithält.

Als ich schrieb, Julius sei unversehrt zu mir zurückgekehrt, war das leider nicht die ganze Wahrheit. Er wird niemals Vater werden. Bei der Schlacht von Wenden wurde er von einem Schrapnell im Unterleib getroffen. Zunächst hatte es so ausgesehen, als sei er glimpflich davongekommen, doch nach einer eingehenden Untersuchung hat ihm der Arzt eröffnet, dass die Verletzung seine Zeugungsfähigkeit für immer zerstört hat. Es war ein schrecklicher Schlag für Julius. Er hat sehr mit sich gehadert und in einer dunklen Stunde sogar zu mir gesagt, dass er gut verstehen könnte, wenn ich mich nicht an einen Krüppel binden wolle. Schließlich sei ich noch jung und würde sicher einen »vollwertigen« Mann finden. Zum Glück hat er nicht lange auf diesem Unsinn beharrt, sondern meiner Beteuerung Glauben geschenkt, dass ich nicht im Traum auf so einen abwegigen Gedanken käme. Natürlich habe auch ich mir eigene Kinder gewünscht. Aber nur mit Julius als Vater.

Liebe Ella, ich sehne mich danach, Dich so bald wie möglich in meine Arme zu schließen! Ich möchte Dir so gerne mein Leben hier zeigen. Worte können unser Inselidyll nur sehr unzureichend beschreiben, man muss es mit allen Sinnen erleben. Allein schon die klare Luft und der unvergleichliche Duft nach Wacholder und dem Salz des Meeres. Warum kann ich Dich nicht einfach zu mir herzaubern? Dann säßen wir hier zusammen im Birkenpavillon, in den ich mich auch jetzt zum Schreiben zurückgezogen habe, und könnten uns nach Herzenslust unterhalten.

Übrigens ist die Laube mittlerweile von einem regelrechten Birkenwäldchen umgeben. Zu den alten Bäumen, die schon lange vor unserem Einzug im Park standen, kamen im Lauf der letzten Jahre viele junge hinzu. Julius hat nämlich bei jedem Urlaub Sprösslinge aller möglichen Birkenarten (u. a. Strauch-, Hänge- oder Eisenbirken) mitgebracht und hier eingepflanzt. Als Zeichen der Hoffnung auf Frieden und Freiheit – was nun endlich, endlich eingetreten ist.

Was hältst Du davon, wenn Du uns in Deinen Ferien besuchst? Julius würde sich auch sehr freuen, Dich endlich kennenzulernen, und lässt Dich herzlich grüßen.

Für heute sage ich Adieu. Bleib gesund und fühle Dich fest umarmt.

Alles Liebe
Deine Luise.

ENDE

Anmerkungen

Der gregorianische Kalender, den wir heutzutage in Europa verwenden, wurde erst im Spätsommer 1917 im Gouvernement Livland und im Februar 1918 im Gouvernement Estland eingeführt. Insofern nicht anders gekennzeichnet, wurden daher in diesem Roman die Ereignisse des Jahres 1914, sobald die Handlung im Zarenreich spielt, noch nach dem damals gebräuchlichen julianischen Kalender datiert, der dem gregorianischen um 13 Tage nachläuft.

Des Weiteren prägten die Sprache und Kultur der Deutschbalten, die unter anderem in den Ostseegouvernements Estland und Livland ansässig waren, bis zur Russifizierung des Zarenreichs die Ortsnamen im Baltikum. Die in diesem Roman verwendeten deutschsprachigen Ortsnamen entsprechen in alphabethischer Anordnung wie folgt den estnischen Bezeichnungen:

Dagö	Hiiumaa
Dorpat	Tartu
Embach	Emajõgi
Fellin	Viljandi
Hapsal	Haapsalu
Laisholm	Jõgeva
Moiseküll	Mõisaküla
Narwa	Narva
Oberpahlen	Põltsamaa
Odenpäh	Otepää
Rappel	Rapla
Reval	Tallinn

Turgel	Türi
Walk	Valga
Weissenstein	Paide
Wenden	Võnnu
Wesenberg	Rakvere

Danksagung

Es ist mir auch bei diesem Buch ein großes Bedürfnis, mich für die vielfältige Unterstützung zu bedanken, auf die ich während des Schreibens zählen durfte.

An erster Stelle danke ich Christina Weiser, meiner Lektorin beim Aufbau-Verlag, für das vertrauensvolle und reibungslose Zusammenspiel – insbesondere bei den abschließenden Korrekturen, die dem Manuskript den letzten Schliff verliehen haben.

Sehr zu schätzen weiß ich ebenfalls die Bemühungen der anderen Verlagsmitarbeiter, die sich mit ihrem Engagement, Wissen und Können in den unterschiedlichsten Bereichen dafür einsetzen, dass der Roman erscheint und verkauft wird.

Ein herzliches Dankeschön geht an meine Agentinnen Lianne Kolf und Isabel Schickinger sowie ihr Team, die mir den Rücken stärken und bei Fragen stets ein offenes Ohr für mich haben.

Liebe Lilian Thoma, auch wenn ich mich wiederhole (was ich eigentlich nach Möglichkeit vermeide, in diesem Fall jedoch ausgesprochen gern tue): Ich bin Dir unendlich dankbar für Deine anhaltende Bereitschaft, mich beim Entstehen meiner Geschichten mit Deiner treffsicheren Kritik und Deiner Begeisterung über Gelungenes zu begleiten.

Und nicht zuletzt danke ich Dir, geliebter Stefan, sowohl für die Gestaltung der Landkarten als auch und allem anderen voran für Deine unermüdliche Ermutigung und Deinen unerschütterlichen Glauben an mich.

Sommaire

9 • Avant-propos

11 • Comment faire le tour de la question sans pleurer feu votre taille de guêpe

25 • Comment malmener votre petit bidon avec le programme de la 1re semaine

91 • Comment revoir vos pieds grâce aux exercices de la 2e semaine

157 • Comment donner des complexes à Jules en 3 semaines

223 • Comment devenir une bombe atomique à l'issue de la 4e semaine

289 • Comment bannir le mot « régime » de votre vocabulaire

303 • Table des matières